欣梦享
ENJOY LIVING

非常同学

SPECIAL CLASSMATE

薄暮冰轮／著

海峡出版发行集团 | 海峡文艺出版社

图书在版编目（CIP）数据

非常同学 / 薄暮冰轮著 . — 福州：海峡文艺出版
社，2022.4
ISBN 978-7-5550-2870-3

Ⅰ . ①非… Ⅱ . ①薄… Ⅲ . ①长篇小说—中国—当代
Ⅳ . ① I247.5

中国版本图书馆 CIP 数据核字（2022）第 017104 号

非常同学

薄暮冰轮　著

出 版 人	林　滨
出版统筹	李亚丽
责任编辑	邱戊琴
编辑助理	王清云
特约监制	杨　琴
特约策划	月　桐
出版发行	海峡文艺出版社
经　　销	福建新华发行（集团）有限责任公司
社　　址	福州市东水路 76 号 14 层
发 行 部	0591—87536797
印　　刷	三河市兴博印务有限公司
厂　　址	河北省廊坊市三河市杨庄镇大窝头村西
开　　本	710 毫米 ×970 毫米　　1/16
字　　数	421 千字
印　　张	21
版　　次	2022 年 4 月第 1 版
印　　次	2022 年 4 月第 1 次印刷
书　　号	ISBN 978-7-5550-2870-3
定　　价	49.80 元

如发现印装质理问题，请寄承印厂调换

目 录

CONTENTS

001　初 遇 篇

偶像他不想养猪

022　BATTLE（较量）篇

黑粉决定教你做人

037　住 校 篇

你的室友是个大神

060　吸 引 篇

没有我陆越吸引不到的妹子！

081　宿 敌 篇

得罪校霸的下场

100　综 艺 篇

不许抢我的经纪人！

126　露 营 篇

怦然心动的瞬间

155　心 动 篇

论错误的表白方式

目 录

CONTENTS

172 玫瑰篇
用钞能力打造表白圣地

189 生日篇
你喜欢我

211 团队篇
队友们的秘密

249 养猪篇
小猪佩奇

276 运动会篇
我也喜欢你

290 抉择篇
分手警告

311 董薇篇
她的梦想

326 尾声

偶像他不想养猪

个人演唱会现场的后台，即将登场的陆越正在日常膨胀之中。

三年来，他作为偶像的事业发展顺利得不可思议——中断了在美国的学业，回国参加选秀节目 C 位组团出道，单飞后人气不跌反涨，出道第二年个人专辑销售登顶，接下来的两年里自己破自己的纪录，还把各大音乐奖项拿了个遍，顺利进入综艺、电影等领域，把他的昔日队友兼头号竞争对手压得喘不过气来。

而取得这一切成就的陆越，不过才二十岁，今天还是他的生日演唱会。就算是在后台，也挡不住粉丝们兴奋的尖叫声。

"哎，我真是太优秀了。"站在镜子前做最后登场准备的陆越长叹了一口气。

一旁的经纪人辰哥嘴角一抽，顺着他的目光看向镜子里的陆越。

看看这脸蛋，英俊！

看看这身材，完美！

看看这头脑……对不起，偶像不需要这玩意儿！

陆越的脸好看，唱歌好听，跳舞贼溜，如果他还很聪明，那这个世界未免也太不公平了。

"这么英俊潇洒的我，应该跟粉丝们分享一下。"说着，陆越掏出了手机，不开美颜不用滤镜地用手机前置摄像头给自己拍了一张照片，并打开了微博。

这一刻，后台休息室里瞬间响起了惊悚的 BGM（背景音乐），一听就知道要出大事的那种。

经纪人大惊失色，助理心胆俱裂，两人异口同声地高喊着"住手啊"，飞扑了上去，一个按住陆越，一个夺走手机，配合默契，仿佛已经演练过无数次。

"陆哥你冷静一下，都说了多少次了，千万不要自己发微博！"助理抱住陆越，声嘶力竭地喊道，"今年的十八次热搜事故你都忘了吗？"

夺下手机的经纪人马上检查起了手机，飞快地删掉了这张堪称"死亡角度、直男摄影"但当事人自我感觉良好的照片，并苦口婆心地说道："阿越啊，你就听我们的吧。

要不是你乱发微博，你现在哪来这么多黑粉啊！"

陆越冷哼一声："他们都是嫉妒我的英俊和才华！"

"是是是！但是你就心疼一下我们的公关团队吧，为了你今晚的生日演唱会，他们都一天一夜没合眼了，就怕在这个节骨眼上又闹出什么乱子来！"经纪人苦口婆心地劝道。

陆越有一瞬间的心虚，每次他去公司开会，公关部的部长都挂着两个硕大的黑眼圈，一副随时都会猝死的样子。

"不就是发条微博嘛，搞得这么严重……"陆越嘀咕了一声，悻悻地放弃了作死行为。

经纪人和助理齐齐松了口气：呼，终于把人劝住了，公关部长不用进 ICU（重症监护室）急救了，万幸万幸。

"行了，时间差不多了，我该闪亮登场了！你们看着吧，今天的演唱会，我的表现会是完美的！"陆越高高扬起下巴，信心满满地说道。

经纪人苦大仇深的脸上终于有了笑容："你在舞台上的表现，我从来都不担心。"

在舞台上，陆越一贯都是用最严格的标准来要求自己。为了今天的表演，他不知道在台下练习了多少次，也正是这种对音乐认真的态度和对事业负责任的心态，才让他能赢得今天的地位。

但是，天才总有这样那样的缺陷，离开了镜头的陆越总是"缺根弦"：自拍专挑死亡角度，发条微博错字连篇，记者采访说话不过脑子，飞机上遇到跟踪狂、私生饭指着人家的鼻子骂了整个航程，人在头等舱的他为了能更好地和这个坐在经济舱里的私生饭 battle（战斗），自己掏钱给人升了舱，堪称人间迷惑行为……公关部长能至今没有在陆越家门口上吊，完全是因为她拿了数倍于业界平均水平的薪水，公司还全包了她的医疗费用。

看着陆越离去的背影，经纪人长叹了一口气，对助理说道："带了阿越三年，你看我的头发都白了。"

助理欲哭无泪："哥，你这好歹还有头发呢，你看看我的发际线，我都秃了！"

经纪人和助理面面相觑，一个两鬓生白发，一个头顶地中海，和青春靓丽、英气逼人的陆越一比，两人不禁悲从中来。

"可为什么陆越的头发还这么茂密？"助理纳闷儿道。

"人会脱发，可是哈士奇不会啊！他甚至快乐无边！"经纪人悲痛地说道，"我去算过命了，大师说我最多再带他一年半载，要么辞职，要么猝死，要么辞职不久猝死。"

聊着沉重的话题，奋斗在饲养"哈士奇"陆越第一线的两位工作人员，你看看我，我看看你，最后——

助理："辰哥，你刚刚是不是骂陆越是狗？"

经纪人："我不是，我没有，你别瞎说啊！"

助理："嘻，这又没什么，老实跟你说，他每次被骂上热搜害我没得觉睡的时候，我都在被窝里这么偷偷骂他来着。"

经纪人："巧了，我也是。我还在 ICU 里听见过公关部长一边插着输氧管一边骂他呢。"

两人再度面面相觑，不约而同地发出了一声叹息。

"我现在就盼望着，这场演唱会别出什么纰漏了。"经纪人说道。

此时的经纪人并不知道，他已经完美地立下了一个 flag（目标）。

生日演唱会现场座无虚席，激动的粉丝们挥舞着同一颜色的荧光棒，两个多小时的演唱会不但榨干了舞台上的人的体力，也榨干了粉丝的体力。但即便如此，粉丝们还是用嘶哑的声音喊着"安可"，像是虔诚的信徒期待着神明的回应，然后，神谕降临——

舞台上灯光变幻，集中打在了一处，音乐随之再次响起，现场顿时一片疯狂的尖叫声和欢呼声。

一个挺拔的身影在万丈光芒中缓缓升起。升降台上，万众瞩目之下，陆越转过身来，面朝一片荧光组成的"海洋"——

"今天，是我的二十岁生日。"陆越刚一开口，全场的欢呼声如同暴雨一般落下。

粉丝们当然知道，早在几个月前，他们就已经组织起来。粉丝应援活动遍布全国，甚至辐射到了国外。特别是今晚，各大流量站点的地铁广告、巨型广场的大屏幕、各大视频网站的生日祝福放送，全都被陆越的脸占领，粉丝甚至还在飞机上做起了空中应援。

也正是因为今晚的演唱会是生日演唱会，无论是舞台布置还是安保措施，都做得尽善尽美，唯恐有一丝纰漏。

陆越打了个响指，全场的尖叫欢呼声停了下来。

舞台的灯光照亮了这个耀眼的明星，大屏幕上映出他年轻英俊的面庞，他好像天生就应该站在舞台上，在光芒万丈中给粉丝带来信仰。

忽然，他笑了起来，冷峻的眉眼因为这一笑柔和了下来，只留下满满的温柔宠溺。

"谢谢你们，从全国各地，有的甚至从国外，赶来参加我的生日演唱会。我知道，我有时候挺幼稚的，别以为我不知道你们私下里管我叫陆三岁。"说到这里，荧光海里的粉丝们哄堂大笑，就连陆越自己都笑了。

"今天的最后一首歌，我要送给在座的和在屏幕前的所有粉丝，谢谢你们包容任性的我。我会继续加油，努力下去，明年的我，会是更好的我。这首新歌 I Promise（《我保证》）送给你们所有人！"

音乐前奏响起，演唱会的最后一首歌里，演唱会的气氛达到了最高潮。

被人群簇拥着的陆越，一如既往地在所有人眼中闪闪发光。

"今天的表现完美！"经纪人大声夸奖着陆越，和他来了个拥抱。

陆越得意扬扬地说道："那是，也不看看台上的人是谁，我什么时候掉过链子？"

一旁的助理小声嘀咕："那可太多了。"

陆越闻言，佯装恼怒："好哇，敢当面说我坏话，你这个月的工资没有了！"

"陆哥，陆哥不要啊！"助理配合地哀号了起来，"陆哥，请你喝香槟！求求你不要扣我工资！"说着，助理递上了庆功用的香槟，撒腿就跑。

陆越拔腿就追，拿着香槟当喷射武器，在后台休息室里撒欢狂奔，宛如一只三天没遛终于出门的哈士奇，追得助理汪汪大叫。

庆功的气氛一下子热烈了起来，后台休息室里乱成一片。好好的生日蛋糕被糟蹋成了投掷武器，香槟开了一瓶又一瓶，尖叫声、欢呼声，还有陆越现场发挥的歌声，气氛异常热烈。

大半个小时后，整个房间里就没有一个人身上不带点儿酒精味、脸上不带点儿蛋糕沫的。特别是陆越，他作为今晚的寿星，主动挑起"战斗"，和全体工作人员斗智斗勇，疯狂搞事，最后精疲力竭还喝得打起了酒嗝。

瘫在沙发上的陆越醉醺醺地刷着微博，看起了粉丝对演唱会的评价，那一条又一条的彩虹屁，吹得他浑身轻飘飘，满脸都是得意的笑容。

"哎，有时候人太优秀也是一种烦恼。喜欢我的人可真是太多了。"陆越发表了自恋的发言，"必须把我的英俊和才华分享给每一位爱我的粉丝，让他们知道，喜欢我这样优秀的偶像，是多么幸福的一件事情，嗝——"

酒量不行的经纪人和助理都已经被陆越灌醉了，两人正在一起抱头痛哭，互相推荐起了生发产品，根本没注意到陆越在做什么。

于是，再没有人可以阻止这场惊天动地的事故——

陆越切到了自己的微博大号，用一个堪称死亡角度的仰拍，给自己来了张近距离、无滤镜、无美颜的照片，然后配上了他在醉酒之际苦思冥想出来的台词。

陆越_TWENTY：标新立异的生日演唱会结束了。感谢从四湖五海赶来的粉丝们，是你们锦上添花。感谢为了这次演唱会忙得七手八脚的工作人员，你们首当其冲。我们明年再见！

嚯，一条微博，三句话，五个成语全部用错！就连配图的照片都很魔鬼！

"陆越文盲"的热搜关键词，火速冲上了热搜榜，将"陆越生日"的关键词一脚踢下了第一名的宝座。

留美海归的顶级流量偶像陆越，在二十岁生日这天，翻车了。

虽然有成千上万的黑粉，但陆越是真心实意地为自己的优秀感到苦恼。

在他自成体系的逻辑链条中，他的一切烦恼根源都来自他太优秀了。

走到哪里都被粉丝围追堵截——这是因为他太优秀了，粉丝爱他啊！

黑粉日益增多——这当然是因为他太优秀了，黑粉嫉妒啊！

难道这一切还有别的解释吗？

"有，因为你是个蠢货。"坐在老板椅上，一身高定西装的陆行舟无情地击穿了陆越良好的自我感觉，"但凡你能聪明一点，我都没必要坐在这间办公室里，给你重新规划未来。"

陆行舟，陆越，从姓名来看就可以判断出两人之间的亲缘关系。

陆行舟已经人到中年，早年是个学者，师从国内最知名的农学大拿，却深感搞学术无法发家致富，干脆离开高校和名师下海经商，如今成为一名成功的投资人，热衷于在各个领域里做投资，特别是涉农领域。

在他二十多年的投资生涯中，最成功的一笔是娶了一位美貌惊人脑袋空空但是性格有趣的老婆，从此拥有了成功人士罕见的幸福婚姻；最失败的一笔是和心爱的老婆生了个空有美貌但是一样脑袋空空的儿子，从小成绩稀烂，一提到学习就眨巴眨巴大眼睛，眼泪汪汪地试图"萌"混过关。

偏偏老婆溺爱儿子，坚信儿子虽然学习不佳，但是很有音乐天赋。她哼过一次的歌，儿子总能准确地重复出来，家里的狗跳到钢琴上，他都听得出狗爪子是踩了哪几个琴键。可惜陆越小时候学什么都吊儿郎当，只要让他在钢琴前坐上半小时，他就哭闹着宁可去花园里拔草。最后，老婆无奈地放弃了培养出一个音乐家儿子的期望，继续放任他享受快乐童年。

老婆是陆行舟的真爱，而儿子写作"爱情的结晶"，读作"婚姻的赠品"，想退货又不能塞回老婆的肚子里去，只能捏着鼻子养大了。

他不是没有尝试过挽救一下儿子的学业，在确定陆越没可能在国内的基础教育环境下战胜一大群既聪明又勤奋的同龄人后，干脆早早把他送出国，准备用腐朽的资本主义"钞能力"给他镀金，好歹先混到一个正儿八经的学历——中年人的社交场合一样要攀比的，攀比谁钱多、老婆漂亮、孩子聪明，他商业大佬陆行舟不要面子啊？

最可怕的是，二十年来他不断追加这笔育儿投资，让沉没成本越来越高。就在近期，他又追加了一笔沉没成本：买下了儿子所在的经纪公司，炒掉一群绞尽脑汁捧红他儿子的"好心人"，亲自当他的老板。

但目的，不是为了捧红儿子，而是为了封杀他！

真是感天动地的社会父子情。

陆越抱着手臂坐在沙发上，阴沉着一张俊美的脸蛋儿，用杀人般的眼神瞪着陆行舟，发出了冷冷的一记哼气声："我看你是钱太多没地方花。建议你把买公司的钱拿去做些开心的事，免得你闲出事来。"

陆行舟笑得比他还冷："我要是有空，现在就应该和你妈在太平洋的小岛上度假，而不是在这里听了一早上'知名偶像明星陆越人设崩塌的危机公关应对办法'。"

真是哪壶不开提哪壶，被戳到痛处的陆越一下子就蔫了，像条把家里糟蹋成狗窝后被主人一顿训斥的哈士奇。

虽然生日当晚那条微博，发出不到十分钟就被经纪公司删了，但是十分钟的时间足够成千上万人截图留证，粉丝们哭天抢地，黑粉们喜如过年。营销号们争先恐后发截图讨论这件事，跷着腿只等陆越的公关团队一手交钱一手删博。无论公关团队怎么带节奏，试图给陆越洗白"他从小在美国念书所以中文不行"的人设，都挽救不了他这一次作的死。

"我现在很后悔，我当初就不该相信你说的兼顾学业和事业的鬼话，答应让你回国出道。"陆行舟语气幽幽地说道。

陆越很不服气："事实证明，这三年来我很成功啊！"

陆行舟冷笑："成功到全国人民都知道你是个三句话能用错五个成语的蠢货！"

陆越噎住了，小声道："那天只是喝多了，平常我会让助理给我检查一遍的……再说了，再优秀的人也有不擅长的东西，我只是语文不太好，你让我说英语我就好了呀……"

这副自知理亏时心虚地嘀嘀咕咕念念叨叨的样子，真是和他母亲如出一辙，陆行舟在心里无声地叹了口气。

身为资本圈的大佬，陆行舟从来也不认为陆越进入娱乐圈是一件好事。在他看来，这个圈子虚荣、浮躁、争名夺利，大多数人汲汲营营只为了往上爬，迅速把名气变现，从一个被资本剥削的赚钱的工具晋升为剥削者，根本没有多少人把心思花在创作优秀的作品上。

这个圈子唯一的优点就是能赚钱，但是这个优点对于陆越来说根本不算什么，他又不缺钱，他缺的是脑子！

要是真有聪明药就好了，无论花多少钱他都要给儿子灌上几瓶，陆行舟无奈地心想着。

但是，即便没有聪明药，他还有钱，钱总能解决这个世界上大部分的问题。

陆行舟思索地看着陆越，后者久未听见他发话，偷偷抬头看他，结果偷看行为被抓个正着，顿时心虚地垂下脑袋，假装无事发生。

陆行舟又好气又好笑："行了，你也不用解释了。当初我答应你回国出道，是因为你答应我不会放弃学业，结果呢？我掏钱捐了一栋图书馆给你的大学，换你一个入学资格，结果两年来，你根本没有去上过一堂课！"

陆越振振有词："我行程那么紧，怎么可能花十几个小时飞到美国去上课啊！"

"可以，那我给你换个国内的学校，免得你陆大明星舟车劳顿。刚好你所在的大学和国内的一所高校有一个交换生项目，我已经帮你申请好了，下周就是九月一号，退圈念大学去吧。"陆行舟淡淡道。

"退圈上学？ Excuse me（对不起），我现在可是当红炸子鸡顶配摇钱树哎！公司不要赚钱的吗？"陆越惊叫道。

"以前是要的，但现在我是你老板了，刚好我很有钱，你这棵摇钱树我决定砍了。"陆行舟冷酷地说道，"我作为你的老板通知你，上学期间你不会有通告，不会有唱片安排，也不会再有演唱会和片约，直到你毕业。"

"解约，我要解约！"陆越怒不可遏。

陆行舟拿出他的合同，往办公桌上一扔："你去年和公司续的约，合同还有四年，违约金一亿两千万，你要是拿得出来，我现在就在解约协议上签字。"

陆越当然掏不出钱，所以他只能掏出电话："我要告诉老妈，你雪藏我！"

陆行舟嗤笑了一声："你以为我没跟她打过招呼？别做梦了，她这几天都没脸和老姐妹们开茶话会，生怕她们问起你来让她丢人。我说要让你返校重修，她举双手支持，说愿意把这个月的买包钱捐出来给你当学费！"

陆越呆呆地坐在沙发上，这一刻，他感觉到了身为偶像的身不由己。

垃圾老爹，收购公司，雪藏亲儿，送去上学！

这是什么魔鬼老爹啊？！

陆越欲哭无泪，违约金拿不出来，退圈念大学又等于事业自杀，这可怎么办？

在这危急时刻，陆越绞尽脑汁，在脑中和老爹斗法了一百零八轮，全部以失败告终——毕竟姜还是老的辣，他这只哈士奇怎么斗得过老狐狸？

怎么办？对了，装哭，马上装哭！

陆越在自己大腿上狠狠地拧了一把，当场哭出声来："哇，有你这样的亲爹吗？我是不是你捡来的？你还算是个人吗？！"

这喷泉一样的眼泪让陆行舟愣住了，半晌才道："你这演技倒是进步了，哭戏演得不错啊，怪不得都拿到电影新人奖提名了。"

陆越是真哭了，刚才那一拧下手太狠，真的把自己疼哭了，眼泪不要钱似的狂飙："我才不是装哭！我辛辛苦苦打拼三年，好不容易混出头，你现在让我退圈去念书四年？等我毕业我早糊了！"

陆行舟沉吟了一下，看着哭得可怜兮兮上气不接下气的儿子，又好气又心疼还有点儿烦心："是两年。你虽然一天课都没去上，但已经大三了，作为交换生回国，直接从大三念起。"

陆越收敛了表情，在脑中粗略地判断了一下时间，如果只是退圈两年的话，好像还可以接受。反正他现在人设崩塌，一时半会儿也没有工作，与其在家抠脚还不如抢救一下自己的风评。

"哦，那行吧，两年就两年。"陆越一下子不闹了，在沙发上坐直了身体，继续和陆行舟讨价还价，"哪个学校啊？不会是什么野鸡大学吧？"

这浑小子还真是装哭啊？！醒悟过来的陆行舟气不打一处来，这一招陆越从小玩到大，结果他还就是吃这套！

陆行舟冷笑了一声："湘南农业大学，你应该对这个名字印象深刻才对。"

陆越倒吸一口凉气，脸都白了。

他怎么能不记得呢？这个学校的名字简直像幽灵一样跟随在他的身后，每当他被人黑上热搜，总有人提起这所和他有着不解之缘的学校。

湘南农业大学是他父亲陆行舟的母校，陆越对此毫无兴趣，因为他一听到"农业"两个字，脑中便迅速跳出了一群老农民在田里汗流浃背耕作的样子，顿时兴致缺缺，还有点儿嫌弃。

在陆越单飞后不久，他作为嘉宾受邀参加真人秀节目，节目的地点就选在了湘南农大，听说内容包括水稻脱壳比赛、蔬菜收割比赛和养猪大比拼，每一项都加剧了陆越的崩溃心情。

那会儿陆越刚摆脱了糟心的团队，正开始春风得意放飞自我，飘得很。在拍摄期间，他不情不愿地干着活，那张嘴就没停过，一会儿"我捐赠一台脱壳机，放过我吧"，一会儿"这菜叶上有虫，打死我也不吃"，再一会儿"农大是真的土，谁会来这里念大学啊"。

那时候的陆越还不知道，他的这句话到底得罪了什么人。

在他作天作地拍完了第一期的拍摄之后，惊闻悲报——下一期养猪。

陆越顿时眼前一黑，他已经想退出了，但本着"来都来了总得拍完"的念头，他咬牙继续，结果等到了拍摄那天，一个可怕的意外发生了。

养猪场里不知怎么的，关在圈里的猪跑了出来，一片慌乱的现场中，陆越被一头受到惊吓的临产母猪撞到了沟里，磕了个头破血流，险些脑震荡。

这还不是最悲惨的，最悲惨的是，等陆越被工作人员救上来时，侧躺在沟边的母猪正好生出了一头带着胎衣的小猪仔，滑溜溜还带着血腥味的小猪滚进了陆越的怀中。

导演惊喜地喊道："看来你和这头猪有缘，陆越，这头小猪就交给你来养了！"

这一刻，额头上还在流血的陆越崩溃地用男高音喊出了著名发言："我不想养猪！"

陆越宁可付违约金也绝不要再拍下去了，要不是经纪人劝着他，他还想告这个节目组呢，没看到他额头上的伤口吗，差点就留下疤痕了。但他万万没想到，这个节目组也很没节操，立刻把他中途退出的消息爆了出去，公告里还十分心机地暗示陆越没有敬业精神，拍摄期间各种要大牌，最后被一头母猪吓跑了。

陆越哪能受这种气，立刻要和节目组撕到底。正好第一期真人秀开播了，陆越被一通恶意剪辑，吐槽湘南农大的一番话更是荣登热搜榜首，当时就引来了农大学子的集体抵制。他差点破相的那段录像也被播了出去，掐头去尾，只留了他高喊不想养猪的那段。

节目组红红火火地播放，还找了他的死对头郑太来接替他的位置，陆越气急败坏，最后被公司按着吃下了这个哑巴亏。最后倒是他的死对头郑太名利双收，全程一脸白莲花的胜利笑容。

这件事的后果，在之后两年多的时间里一直困扰着陆越，因为他发现，他多了一大群黑粉，大半来自湘南农大，因为陆越在节目里黑他们母校而和他结了梁子。

从此陆越用小号搜自己的黑料的时候，都会小心翼翼地点开黑粉的个人主页，看一看毕业院校里是不是填了湘南农大——他简直对这个学校有阴影了。

所以现在，一想到自己要被混账老爹送到一个充斥着他黑粉的大学里，陆越怀疑自己一周内就会被黑粉校友谋杀。

陆越心态崩了："为什么要去农业大学？我去那里学什么？种地吗？"

陆行舟："怎么，舞台上唱歌唱多了，还看不起种地的了？你老子我当年念的还是王牌学科农学呢，知道我老师是谁吗？国内顶级农学专家……"

陆越："我管你老师是谁啊！要种地你自己去，反正我不去！我陆越就算是糊掉，糊没边，糊到查无此人，也不会去农大念书！"

陆行舟："那雪藏四年。"

陆越："哇，你是魔鬼吗？！"

陆行舟："我是，我还是你爸爸，特别有钱还狠毒的那种。"

陆越颓丧地坐在沙发上，心如刀绞。

"真没得商量？"陆越颤巍巍地问道。

"没得商量。"陆行舟冷酷地说道。

陆越有个优点，他是个识时务的人。他会为自己的权益抗争，但是一旦发现胳膊拧不过大腿，他会暂时认命，直到自己有能力摆脱困境。

在他还是个刚火起来的小新人的时候，公司让他和同队的队友郑太炒 CP（配对），他和公司撕了一通之后发现撕不动，于是咬牙"君子报仇十年不晚"，任由郑太贴着他炒了三个月的CP。他全程扮演盐系酷哥，营业时的笑容用最精准的量角器来测量都不超过5度角，气得郑太下了镜头对他阴阳怪气。

直到他一炮而红，终于可以和公司谈条件了，他立刻单飞，从此再也不用营业炒CP了。

今天的情景，和当年他被逼炒CP也差不多了，陆越心想。

于是，识时务的优点再次发挥了作用，陆越又是一番讨价还价，约定只要他拿到毕业证书，以后无论他去做什么，陆行舟都不能再管他；又约定大学期间，他虽然没有行程，但是不能解散他的团队，也不能降低他们的待遇。

陆越甚至和陆行舟谈判，如果他顺利回到娱乐圈，事业更上一层楼，他要入股经纪公司，自己做自己的老板，从此谁也不能再雪藏他——当然，这条暂时没有通过，但他有信心，他迟早会胜利的，毕竟他是那么优秀！

陆越自觉谈判技巧大有长进，擦干眼泪心满意足地走出了办公室，兴高采烈地跟经纪人和助理通报了这个消息："我回去念两年书，很快就回来！"

经纪人一脸呆滞："念书？回美国念书吗？"

陆越抬起下巴，得意道："不，就在国内，就是那个挨千刀的湘南农大。你们放心吧，区区一个毕业证书，给我两年时间，我手到擒来！"

经纪人：？

助理：？

——你对自己的智商到底有没有正确的认识啊？！

——还有，你还记得那个湘南农大里有多少你的黑粉吗？！

这一刻，两人的内心只有同一句话：完了，陆越这辈子都回不了娱乐圈了！我们这是要失业了啊！

陆行舟走出了办公室，背着手叹了口气，幽幽问道："我儿子，可能真的不太聪明吧？"

经纪人和助理在"违心地夸奖"和"诚实地说出真相"之间挣扎了几秒钟："……嗯。"

"但是他长得还是很俊的。"助理为陆越挽尊。

"而且唱跳俱佳。"经纪人也为陆越挽尊。

陆行舟叹了口气，又问："那你们觉得，他两年内能毕业吗？"

经纪人和助理异口同声："不能。"

三人面面相觑，最后不约而同地叹了一口气。

陆行舟长吁短叹了半天，感到了身为人父的不容易。他纠结了半天，掏出电话翻到"原兴平老师"，心情复杂地看着这个名字。

实在没办法，就只能贴上脸皮去求求老师，看看能不能找个靠谱的救星抢救一下他傻儿子的学业了。

原兴平，何许人也？

国内最顶尖的农业科学家，湘南农业大学名誉教授这个头衔，只是他众多光彩熠熠的头衔中不起眼的一个。这样的人物，哪怕陆行舟这样的资本大鳄见到他都会恭恭敬敬地尊称一声"原老"，但实际上，陆行舟却管他叫老师。

即使是陆越也不知道，自己父亲年轻时竟然是原兴平教授的学生——他知不知道原兴平教授是谁也许还是个问题。

这段师生缘分只持续了短短几年，未来的商业大佬陆行舟悲惨地意识到：自己资质平平，耐心又差，搞研究救不了他的财务状况，于是果断拜别了老师，下海经商去了。

这无疑是个正确的决定，接下来的二十多年里，陆行舟商海沉浮，事业家庭一帆风顺。本着和农学的那点缘分，他偶尔也会投资一些农业前沿性的项目，有时候甚至是赔本赚吆喝。

但他不在乎，谁让他不差钱呢？更何况，这个举动显然博得了老师的好感。原教授对这个半途被金钱迷住双眼跑路经商的学生还算宽容，逢年过节也不排斥他带着礼物上门问候。

现在，这一关系派上用场了，原教授欣然同意了他的请求："陆越啊？哦，我听说过，还在广告里见过他，不错不错，小朋友不错的。你想让他来农大念两年书？那敢情好啊，顺便宣传宣传我们农大嘛，后天就是开学典礼，让他上台发个言吧！"

挂了电话，陆行舟长长地舒了口气。

这下应该稳了吧？陆行舟心想，他就不相信了，陆越这小子还能给他出什么岔子！

一辆宽敞舒适的轿车内，身穿格子衬衫、年逾古稀的原兴平教授正眯着眼严肃打量坐在前排副驾驶座上的女生……的后脑勺。

人的后脑勺上是长不了眼睛的，所以副驾驶座上观察路况的女生自然看不见后排的动静。原教授放下心来，小心翼翼地从一旁的公文包里掏出了一只放大镜和一本《中国农学通报》杂志，在微微晃动的车厢里阅读了起来。

副驾驶座上的女生从窗外收回了视线。她穿着一件简单的白衬衫，衬衫的领口上有湘南农业大学的校徽图案，显然这是一件校服，但就是这样简单寻常到毫无设计感的白衬衫，穿在她身上都有一股别样的气质。她的胸前还挂着一张通行牌，牌上写着"湘南农业大学 2020 级开学典礼工作证"，下方的横线上是三个手写的钢笔字，行楷的字体苍劲有力、铁画银钩，不像寻常女孩子的字迹，反倒像是男生的笔迹，正是她的名字——唐堇薇。

唐堇薇有一张格外出众的脸，五官温婉端丽，有一股书香门第大家闺秀的气质，一看就是从小到大铁打的三好学生，学习优秀，品行良好，待人温柔，从不出错。

可她的神情却不是那么回事了，她的眼神几乎可以说是认真中透着一股生动的狡黠，似乎随时都有无数个古怪的点子在她脑中游来游去，而她会笑眯眯地给人挖个坑，连哄带骗地把人诓进坑里。

这种奇怪的矛盾，毫无违和感地糅合在了她的身上。至于究竟哪一面占据上风，就要看她面对的人是谁了。

唐堇薇听到了身后传来的翻页声也不回头，而是眼珠一转，瞥向车上的后视镜。

后视镜里倒映出老人的模样，他皮肤黝黑，脸上还有常年日照留下的晒斑，但身体硬朗、精神矍铄。此时他似乎被杂志上的文字深深吸引，举着放大镜看得入神，丝毫没有发现自己在车上看书的举动已经被唐堇薇发现。

"老师，您是在偷偷看书吗？"唐堇薇压低了声音问道。

明明是温柔得能掐出水来的声音，可是听起来却让人背后一凉。

许是专心致志，又许是年老耳背，原教授对唐堇薇的劝说置若罔闻，觑眼盯着放大镜，和白纸黑字较上了劲，认真得仿佛在水稻田里检查稻穗。

唐堇薇无声地叹了口气，礼貌地对司机说道："麻烦师傅先停一下车，我换个座位。"

司机依言将车停在了路边，唐堇薇下车拉开后排的车门，坐在了原教授的身边，提高了音量大声说道："老师，车上不能看书，太颠簸了，伤眼睛。"

原教授这才听见，悻悻说道："我就看两眼，不碍事。"说着说着，他又突然重获了为人师长的气势，理直气壮了起来，"再说了，我什么车上没看过书啊，在农校教书的时候，我坐着牛车颠在土路上都能看书呢！"

唐堇薇淡淡地扫了他一眼，语气礼貌："哦，厉害厉害，佩服佩服，那敢问您当年贵庚？"

原教授扬起嘴角，意气风发道："时年三十三岁是也。"

唐堇薇的眼中浮现出了一丝笑意，又正色问道："那您如今年岁几何？"

原教授抿了抿嘴，用鼻孔出气，拒不回答。这一举动引得司机和唐堇薇都不禁在心中暗笑，却又不好表露出来，以免他恼羞成怒。

唐堇薇甜甜一笑，给了个折中方案："您要是真的想看，我可以念给您听。"

说着，她主动拿过了杂志，就着原教授翻开的那一页，提高了音量朗读了起来。原教授脸上的表情这才转嗔为喜，靠在椅子上闭目养神地听了起来。

原教授今天这趟出行是应邀参加农大新一届的开学仪式。按理说原教授莅临，应该由校方委派一干领导前来接待，但都被不讲究排场的原教授推拒了，只留下了自己的侄外孙女唐堇薇。

说是侄外孙女，其实和亲孙女也没什么区别了。唐堇薇的父亲在西北搞核物理研究，工作保密，一年也回不来两次。她的母亲是原兴平教授的侄女，又是他的学生，早年在湘南农大教书，却因病去世，年仅十岁的唐堇薇就被托付给了长辈兼老师原兴平。那时候她什么也不懂，只知道他是她妈妈的老师，于是也跟着喊老师，喊着喊着就真的成了他的学生。当时原教授还在湘南农大亲自带博士生，她几乎是在这所大学里度过了自己的整个童年，对这里的一草一木都无比熟悉。

听完了一整篇《一种仿植物工厂数据系统的智能生态箱概述》的文章后，原教授考校了唐堇薇几个问题，见她对答如流，言谈间颇有自己的思考，不觉满意地点了点头。

"论专业知识，你现在比一般的研究生还强些。"原教授用那双沉淀了岁月智慧的眼眸看着唐堇薇，"你知道我为什么压着不让你跳级吗？"

唐堇薇微微一愣。

这个问题困扰了她很久，她自小就非常聪明，学习对她来说只是吃饭喝水一样简单的事情，所以她在轻松地保证自己年级第一的成绩后，还有大量空闲时间去做一些听起来不那么好学生的事情。

唐堇薇一直觉得自己不该在课堂里浪费时间听老师讲她完全掌握了的知识，也没必要和毕业后多半不会再联系的同学保持融洽关系，她现在就应该结束本科的学业，以规定允许的最快速度念完硕士和博士，然后去实现她的个人梦想——去做农业类节目，把她所学到的一切传播给更多人。

但是，每当她提及自己想要跳级的心思时，却总是被原教授轻描淡写地打回来。"还不是时候。"他每次都这样说，但却从来不说原因。

"我不知道，请您务必告诉我。"唐堇薇微微蹙着眉，露出了少女忧愁困扰的神色。

"我可以给你一个提示：你的学生生涯，不只是学习而已。"原教授笑眯眯地说道。

唐堇薇的呼吸一滞，心跳骤增，她差点以为自己前两年痛殴到处收保护费的小混混的事情被原教授知道了。可转念一想，这不可能，要是原教授知道自己私底下做的那些"出格"的事情，此时的态度应该不会如此平静。

可学生生涯，如果不只是学习，还能是什么呢？

唐堇薇抿着嘴唇苦思冥想，只觉得这种问题可比考校她专业知识难多了。

见她这副困扰的模样，原教授叹了口气："你这个年纪，总该有其他事情可做吧。比如约同学出去吃吃饭、逛逛街、谈谈朋友、聊聊心事，发展发展个人爱好，哪怕你去追星我都没有意见，现在的小姑娘不都迷这个吗？说到这个，堇薇知道陆越吗？唱歌的那个，还演过电影。"

这一刻，唐堇薇差点没绷住自己的表情。

别的明星她十有八九不知道，毕竟她对追星毫无兴趣，但唯独这个陆越，她可太清楚了。

这个世界上唯有两种人会对某个明星的一切了如指掌，一是喜欢他的粉丝，二是讨厌他的黑粉，而唐堇薇恰好是后者。

起初，他们之间毫无瓜葛。唐堇薇并不关心娱乐圈的八卦，她对明星的了解来自她的竹马冯戚。冯戚的父母是圈内人，他因为从小长得高挑俊美，被懂行的父母安排了模特兼职，也算是半个圈内人了。

冯戚和刚出道的陆越一起拍过杂志广告，两人根本不熟，但这并不妨碍冯戚讨厌陆越——因为他的圈内好友恰好是陆越的队友兼死对头郑太。因此他对陆越的种种装腔作势行径都十分看不顺眼，在他的吐槽里，唐堇薇建立起了一个对陆越的初步印象：装酷、嚣张、学渣，除了一张脸一无是处的偶像。

而她真正讨厌陆越，是从他在湘南农大拍真人秀开始。唐堇薇被几个朋友拉着围观了第一期节目的录制，将他吐槽农大的所有话都用小本本记在了心里。

"农大是真的土，谁会来这里念大学啊！"陆越旁若无人地对一旁的助理说道。

站在人群里的唐堇薇淑女的笑容出现了一丝裂纹：谁准许你这样诋毁湘南农大？！

当时唐堇薇还在湘南农大的附属高中念高三，校区距离农大不远，而原教授的公寓却远在市区，通勤不便。所以她每天放学之后都是回湘南农大，在那里的图书馆里做作业，这个习惯从她小学一直保持到了高中，那里甚至已经有了她的专属座位。

至于住宿，她更是从小住在湘南农大教职工区属于原教授的那一间里，三餐都是拿着教授的卡在食堂吃饭，只有周末会回原教授家。

平日里各位老师教授也乐于照顾她，特别是原教授的几个学生，都是她母亲生前的同事，在农大教书育人搞研究，清楚这孩子的情况，特别乐意帮老师带孩子，教授有事外出参加交流会议等活动时，还会邀请唐堇薇周末到他们家中做客。而唐堇薇也总是表现出讨人喜欢的乖宝宝的一面，格外受到长辈们的欢迎。

可想而知，唐堇薇从有记忆以来就生活在湘南农大，这里就是她的家。她在这里长大，在这里成年，在这里度过了自己人生中的前二十年，她熟悉这里的每一块砖瓦，知道每一年学校的变化，她见证着它越来越好，也见证了越来越多的学生走进这所校园，她对这所学校的感情是如此深厚，哪里忍得了一个陌生人的诋毁。

于是她成了陆越的黑粉。

好友冯戚听闻此事，也义愤填膺，他很笃定地表示，陆越这样的大少爷，绝对坚持不到第二期，肯定会中途退出。

之后也正如他所言，陆越毫无职业道德地退出了节目组，第一期节目播出后还连累湘南农大也上了热搜。不少不明真相的网友调侃起了农大就是土，绝对不会报考，唐堇薇因此生了好几天的闷气——她趴在床上一边刷微博一边恨恨地咬起了被角，恨不得把陆越绑起来逼他对农大道歉——你随口一黑，影响的是农大的招生计划啊！

准备和唐堇薇一起报考湘南农大的冯戚当即决定：他要联合未来的校友们，建立一个 anti（反对）陆越的黑粉大本营。他也确实做到了。

当时唐堇薇正在为附近校区里越来越多的小混混头痛，她认为治安问题决定了湘南农大的形象，绝不能让这群人影响学校的口碑。于是她下了一番苦功夫，总算搞定了这个问题。

但这一切唐堇薇是绝对不会让最尊敬的原教授知晓的，毕竟，她在原教授面前可是个乖得不能再乖的好孩子呢。

唐堇薇露出一个乖巧的微笑，飞快地来了个否定三连："陆越？不认识，没听说过，肯定不红吧。"

原教授疑惑地嘀咕："我记得挺红的啊……"

唐堇薇假装好奇："哦，是吗？"

原教授也没发现她的装傻，继续道："是这样的，陆越的爸爸是我以前的一个学生，说起来，和你妈妈还是同届的呢。后来下海经商去了，听说混得不错。唯独有一个烦恼，就是儿子陆越不好好念书，本来在美国留学，课也不好好上，跑去娱乐圈了。听他说，这孩子从小养尊处优没吃过什么苦头，现在突然栽了个大跟头，他爸想磨一磨他的性子，所以求到了我面前。我琢磨着，要不就安排到你在的实验班里，你看你这个当班长的，要不就多关照一下？"

唐堇薇的第一反应是拒绝，她的理由很充分，她所在的兴平实验班不同于同系的其他普通班级，所有学生都是入学后通过了额外的考试才抽选到一起，他们学习的内容更广泛，涉及农学、畜牧、兽医、园艺等专业，还有大量实践课程和社团活动，现在已经是大三了，临时来一个插班生是很难跟上进度的。

但是，那又怎么样呢？

陆越掉进这个黑粉大本营里，还跟不上进度，这不是更好吗？他们有那么多实践课，有那么多农学社团，要下田要养殖要野外露营地折腾，这完全是陆越当年中途退出的那一期真人秀节目的难度升级版。

脑补着陆越会因此崩溃抓狂哭着喊着要退学的画面，唐堇薇的脸上不禁浮现出了黑粉的微笑，像极了一个拿着小叉子长出了犄角的坏心眼小恶魔："没问题，我会'好好关照'他的。"

原教授对唐堇薇心中的弯弯绕绕一无所知，他欣慰地说道："那等陆越转过来之后，就拜托你多关照他了，务必让他了解我们农学的魅力啊。"

唐堇薇几乎要控制不住表情了，这一刻她身后看不见的小恶魔尾巴也哗啦哗啦地摇晃了起来，可偏偏她笑得像个散发着圣光的天使："您就放心吧。我们学校有那么多有趣的实践课和社团，不如让陆越同学先从养猪开始了解农学吧？我相信他一定会爱上农学的。"

原教授："……"

那倒也不必！

"阿嚏！"陆越猛地打了个喷嚏，嘟哝道："温度调高一点儿，我可不想感冒。"

正在开车的助理赶忙把车里的空调调高了两度，免得冻坏了陆越。

经纪人笑道："也许是哪里走漏了消息，你的粉丝知道了你要去湘南农大念书，现在正翘首以盼。"

陆越正色道："那可不行，说好了我要在开学典礼上闪亮登场，给所有人一个惊喜！"

经纪人："是是是，都安排好了。校方也很高兴你能来他们学校，就是可惜晚了两个月，不然好好宣传一番，今年招生时肯定能招来不少你的粉丝。"

"那是自然！"陆越得意地说着，却又突然被害妄想症发作了起来，沉思道，"但是这个学校有毒，我的黑粉十有八九都是来自这个学校，你说他们会不会趁我在校期间暗杀我？"

经纪人满脸黑线："那倒不至于。"

陆越一本正经地摸了摸下巴："不管怎么样，我相信以我的优秀，很快就能策反这群黑粉，特别是女生。再冷酷的妹子，只要当面见到我的脸，就一定会被我英俊的脸蛋儿征服。哎，都怪我太优秀了，虽然农大是有点土，但是'校园王子''人气之王'的名号我还是毫不客气地收下了！"

满脸苦大仇深还两鬓斑白的经纪人已经被他的自恋逼到了崩溃边缘，他苦口婆心地劝道："先别想那么多了，你现在要做的就是在开学典礼上好好表现，照着公关部给你写的演讲材料念，表达出你知耻而后勇，现在离开了娱乐圈，在湘南农大认真学习直到毕业。这样有利于舆论，千万不要掉链子了，明白吗？"

陆越敷衍地"哦"了一声，摸出口袋里的演讲材料扫了两眼，感到一阵乏味："这写得也太官方了，我就不能自己随口说两句吗？"

这下不只是经纪人，连开车的助理都忍无可忍地尖叫了起来："求你了，不要再自己动脑子了！"

——你没有那玩意儿！

陆越："……"

哼！

虽然湘南农大盛产陆越的黑粉这件事已经全网皆知，但是一所正常的大学，不可能只有黑粉，当然也有正常的粉丝。

夏姝宁就是其中之一。

在追星之前，夏姝宁是一个货真价实的傻白甜大小姐。她家境优越，身材娇小，长相甜美，学过琴棋书画，言辞文雅。然而自从她开始追星之后，她引以为傲的淑女气质已经崩塌殆尽，她成了一个在网上和黑粉对掐时互相辱骂对方祖宗十八代的追星少女。

但这位大小姐的身上还残存着淑女的一面——掐不过的时候她会在屏幕前嘤嘤嘤地哭，哭得梨花带雨我见犹怜，而不是撕心裂肺形象全无。

这天，她从亲戚那里打听到了陆越即将来湘南农大念书的内幕消息，顿时丢开了一切，拉来了粉丝小姐妹们在开学典礼现场蹲点陆越。

"来了来了，这辆车我认得！绝对是陆越没错了！"夏姝宁举着一台望远镜，大老远就看到了缓缓驶来的商务车，兴奋地拽住小姐妹，"准备战斗！"

"是陆越啊！"保镖簇拥着陆越准备下车的一瞬间，人群中爆出了一声高八度的女高音，这一声尖叫犹如战斗的号角声，立刻唤醒了周围潜在的粉丝，还顺带把一群路人转化成了临时粉丝。

身材娇小但是气场两米八的夏姝宁和小姐妹们齐心协力，一路挤到了被包围的陆越面前。四周的人群蜂拥而至，现场有如被拔了塞子的水池，疯狂地朝着黑洞中心涌去。

"让一让，让一让！"几个穿着西装戴着墨镜的保镖屏开人群，为陆越挡开一条可以通过的道路。

原本因为前方交通管制不得不提前下车的陆越，见到这气氛热烈的一幕之后心情顿时多云转晴。他潇洒地迈开脚步下了车，临下车前还从裤兜里捞出了一副和他身价相配的墨镜，往鼻梁上轻轻一架，这才微微扬起下巴，对着人群抛了个飞吻，瞬间让周围的气氛从热烈变成了爆炸。

九月灿烂的阳光下，许久没有在公众面前露面的陆越依旧是如此英俊潇洒，浑身都好像闪着耀眼的光芒，一个看似随意的飞吻引来了人群越发激动的反应，几个保镖都快顶不住这阵仗了。

"不要停留了，赶紧走吧。"经纪人叫苦不迭地劝道。

"时间还早，先签几个名吧。"陆越满意于现场热烈的气氛，丝毫不急着离开，反倒是站在路中央给热情的粉丝们签起了名。

"二越二越！我是你的粉丝！请给我签个名吧！"身材娇小的夏姝宁喊着陆越的昵称，不知怎么的挤到了最前排，奋力举高了手臂，硬是把签名本和笔从两个保镖中间塞了过来。

陆越熟练地完成了这一周以来的第一个签名，还顺便翻了翻签名本前面几页，满意地发现里面都是他的签名，每一个还标注了日期，光今年的签名就有四个。

是个真爱粉。陆越颇有些得意，不禁多问了一句："你是这里的学生吗？大几了？哪个系的？"

夏姝宁赧然地迟疑了片刻："农学大三……兴平实验班的。"

好耳熟，陆越下意识回头用眼神询问经纪人，经纪人小声在他耳边说道："就是你要去的那个班。"

这可太巧了，陆越展颜一笑，丢下了一个重磅炸弹："那以后我们就是同学了，请多指教。"说着，他主动伸出了手。

夏姝宁倒吸一口凉气，捂住嘴尖叫了起来，竟然被这从天而降的巨大惊喜整得晕了过去。她的小姐妹们愣了一下，慌忙把人扶住："救护车！有人晕倒了，快叫救护车！"

人群一下子动乱了起来，有人往后面退，又被后排人群堵在中间，一时间推搡的、踩踏的、尖叫呼痛的乱成一片，现场一片混乱，眼看着就要酿成事故！

陆越拿着一本签名本，茫然地站在原地，有一点儿惊慌，还有一点儿蒙圈。

一片慌乱之际，一个被喇叭放大的温柔声音响起，犹如在一锅沸水中投入了一盒冰块，瞬间止住了沸腾之势："现场有人晕倒，请围堵在路中央的同学有序往两边疏散，不要妨碍医务人员进场。中间的那个谁，请回车上，不要妨碍交通。开学典礼即将开始，请同学们先去操场，谢谢。"

这段话一连重复了三遍，等到第三遍说完的时候，堵在路中间围观陆越的人群已经散得差不多了，活动现场一直随时待命的医务人员把晕过去的夏姝宁抬上了担架。

人群散了，陆越这才看清了不远处站在一辆轿车旁拿着喇叭的女生，阳光下，她浑身都浸染在温暖的日光中，宛如天使一般散发着圣光。温婉秀美的大家闺秀脸庞，一看就让人觉得是个文静优雅的淑女，既温柔又善解人意。

看妹子看愣的陆越这才回过神来，那种被颜值惊艳的感觉散去后，他突然回过味来："你们听到了吗，她刚才是不是管我叫'那个谁'？"

经纪人安抚道："隔太远了她没看清楚你吧。"

助理也说："这个年纪的女孩子咋可能不认识你呢？就算不关心娱乐圈，也肯定在广告上见过你，所以没可能的啦！"

陆越被说服了。他也不相信这个年纪的女生竟然有会不认识他，这在非常膨胀的陆越心中，是根本不可能发生的事情。

一定是她刚才没看清楚，陆越心想，说不定她还是他的粉丝呢。

"唐堇薇学姐！"旁边冲过来一个捧着花的女生，大声喊着那个女生的名字，红着脸把鲜花交到了她的手中，又回头指了指陆越所在的方向。

那个名叫唐堇薇的女生拿着花，目光淡淡地看向陆越，她对那个递花的女生微微一笑，点了点头，随即大步朝着陆越走来。

这场面陆越眼熟，一定是给他送花来的，她果然是他的粉丝！

有着无数次被粉丝送花经验的陆越骄傲地站直了身躯，像一只开屏的孔雀一样散发出自己的魅力。看在鲜花的分上，他决定大人有大量地原谅唐堇薇刚才喊话的时候竟然叫他"那个谁"的无礼行径了，他还决定送一个带祝福语的签名给她。

唐堇薇嘴角含着一抹温柔的微笑，径直走向陆越。

近了，越来越近了，陆越的下巴越抬越高，得意的心情已经溢出他的心头，他伸出了手，准备接过这束花。

唐堇薇好似早已猜到了他要做什么，她眼珠一转，灵巧地闪避了一下，从他张开的手臂下钻了过去，头也不回地走向他身后那位精神矍铄的老人。

"原教授，这是我们学校的同学送给您的花。"唐堇薇笑容灿烂地说道。

不远处好似被按下了暂停键的陆越，维持着刚才张开手臂拥抱太阳一般的姿势，难以置信地回过头看向她。

他的花呢？他那么大一束花呢？

人群中，他的粉丝已经被驱散了，农大的学生们热情地高喊着"原教授好""是原教授""原教授来参加开学典礼了"，无视站在原地的陆越，朝着原教授围拢过去。

这一刻，被当众打脸的陆越，在风中化成一座剥落的沙雕。

而唐堇薇，她悄悄回头瞄了陆越一眼，看着他那崩溃又难以置信的神情，嘴角露出了一个愉快的笑容。

等到陆越被经纪人和助理塞回车里，他还沉浸在刚才那一幕的尴尬中。车外，人群中纷乱的欢呼声统一成了一阵又一阵整齐划一的口号："热烈欢迎原教授莅临我校！"

老人笑眯眯地跟学生们挥手，引来越发激动的声音，无数人掏出手机拍摄起了这一幕，陆越目瞪口呆，脑中只有一个盘旋不去的问题：看看人家这阵仗，是我糊了吗？

老人缓缓来到陆越车边，礼貌地敲了敲玻璃。

玻璃降了下来，陆越和老人四目相对，心中闪过一丝熟悉的感觉——他一定在哪里见过这位教授，可偏偏想不起来。

经纪人已经激动地打开了车门，握着原教授的手说道："原教授久仰久仰，您车上坐，我送您去会场。"

"就百八十米的路，我还走得动，就不麻烦了。"原教授笑盈盈地说道，眼角的皱纹越发明显。他看着陆越，用长辈的语气说道："小朋友不错，来农大要好好学习啊。"

正在尴尬中的陆越胡乱点了点头，猜测这位原教授是学校里某位出名的教授，出名到连他那个只看娱乐新闻的经纪人都认识的地步，他顿时不敢表露出自己孤陋寡闻。

幸好原教授只是来打个招呼，也不和他多聊，转身就离开了。人刚一走，陆越赶忙问一旁的经纪人："他是谁？"

走在原教授身后的唐堇薇猛然停下了脚步，震惊地回过头来，锐利的目光如刀剑一般直刺陆越，陆越被她的瞬间变脸吓了一跳，立刻恶狠狠地瞪了回去，还回赠了一个高冷的哼声。

"如果连他都不认识的话，你现在就可以退学了。"唐堇薇语气温柔却又语重心长地说道。

陆越涨红了脸："大家业术有专攻，不认识很正常，你不也不认识我吗？"

唐堇薇露出了一个淑女的假笑，看着他的眼神里多了几分明显的嫌弃："是术业有专攻。"

如果用口红的色号来类比，陆越的脸色这是从迪奥变色润唇膏的淡粉色，变成了迪奥999的正红色，他尴尬得一个字都说不出来，心里有一万只嚎叫的野猫在撒泼打滚，而他则是那只被吓得不敢动的老鼠。如果尴尬能化为动能，这一刻他已经在爆发中冲破地球引力升入太空直奔月球了。

丢人，太丢人了！

为什么这个唐堇薇总是会让他丢人丢出新境界？她是他的克星吗，还是他的黑粉？

"农大的生活没有你想象的那么容易，比如说，我们要养猪，就是你知道的那种猪，你一定会感兴趣的。"唐堇薇勾了勾嘴角，对他露出了一个别有用心的笑容，说完便转身离去，留下陆越在车里从尴尬到沉默，从沉默到爆发。

被"养猪"两个字戳中雷点的陆越抓住经纪人的胳膊，恶狠狠地说道："掉头，我要回家！我不要养猪！"

经纪人当然没有同意，相反，他勒令助理把车开到操场边上，押送着陆越进入了开学典礼现场的休息室，并沿途给陆越科普了原兴平教授的事迹。

陆越终于知道为什么他会觉得原教授眼熟了。哪怕他从小在国外念书，从来不看社会新闻，也看到过这位知名农学大佬的事迹，只是一时间人名和模样没有对上。

后台休息室的门被敲开了，唐堇薇站在门边，微笑着说道："原教授在做开学致辞了，下一个就是你了，请跟我来吧。"

陆越已经整理好了刚才爆炸的心情，直挺挺地站了起来，高高地抬起下巴："你带路。"

说着，他气势满满地走了出去，自觉自己输人不输阵，英俊潇洒霸气外露，可以打满分！

经纪人追问道："演讲稿带了吗？"

"我当然带了……"陆越把手往裤袋里一伸，瞬间脸色大变，"不好，落在车上了！"

经纪人也顿时脸色惨白："现在去拿来不及了！你记住，不要乱说话，上去感谢一下学校和老师同学，说你未来两年会在湘南农大好好学习直到毕业，记住了吗？"

陆越哪里记得住，他昏头昏脑地跟着唐堇薇走向主席台，绞尽脑汁想着一会儿要说些什么。

偏偏在这时候，唐堇薇还要打岔："听说你讨厌农大？"

陆越警惕地看着她，越发怀疑她是他的黑粉了。

陆越咬牙："是又怎么样？"

唐堇薇转过脸，这么近的距离，她温婉中有几分可爱的脸上，突然浮现出一个神秘古怪的笑容，却无端让陆越后背一凉："我保证你会爱上这里的。放心吧，我会是你的班长，以后我会关照你的。"

陆越一脸蒙圈，这种友好的发言，难道刚才是他误会了吗？这个唐堇薇是他未来的班长，她其实并不是他的黑粉，只是孤陋寡闻不认识他罢了？

想到这里，陆越颇有些不好意思："咳……谢了。自我介绍一下，我叫陆越，你叫唐堇薇是吧？以后请你多多关照了。"

唐堇薇笑得温柔似水，言语间却暗藏杀机："不用谢，到时候需要养猪的活动，我会特别关照你好好表现的。哦，我们还要给母猪接生哦，你会害怕吗？应该不会吧？肯定不会吧？"

陆越傻住了，脑中迅速回想起当年拍真人秀时惨烈的一幕幕。

啊——真的要养猪吗？他不想养猪啊！

"……下面，让我们有请一位特别的新同学——从美国交流学习来到湘南农大的陆越陆同学！"主持人大声说道。

陆越在毫无准备的情况下来到了演讲台前，脑中一片空白，满心都是唐堇薇温柔的"恐吓发言"。

养猪，真的要养猪吗？他不要啊！

陆越俯瞰着操场上密密麻麻的人群，演讲稿上的台词一句也想不起来。

因为这一刻，陆越满脑子都是那个小恶魔一样的唐堇薇对他说过的那些话，所有的句子都被提炼成了两个字：养猪。

他张了张嘴，说出了一句石破天惊的话语——

"我真的不想养猪！"

黑粉决定教你做人

夜晚闭馆前的农大图书馆中，唐堇薇正在笔记本电脑上修改一篇论文，秀气的眉毛拧成一团，改到烦心时郁闷地咬着吸管喝起了奶茶。

坐在她对面的人是冯戚，他突然伸了个懒腰，酷酷地开口道："今晚我可有的忙了。"

唐堇薇抬起头："陆越的事？"

冯戚对她露出一个高冷的微笑："是啊。"

下午开学典礼上陆越的惊天发言再次引起轩然大波，身为陆越资深黑粉的冯戚为此紧急召集了人员线上开会，准备忙上半宿。

湘南农大的陆越黑粉集中营里人才辈出，只需短短一晚上的时间，就会有若干陆越最新素材的鬼畜视频新鲜出炉，牢牢霸占视频弹幕网站的排行榜。陆越最新的颜艺表情包也会被传遍全网，成为吃瓜群众聊天必备的新宠。

这一切，冯戚"功不可没"，自从组建了湘南农大陆越的 anti 群后，他就广为招募社员，成了神秘的幕后操盘手。

这群黑粉行动隐秘，纪律严明，热衷于挖掘陆越丢人的每一个瞬间，P 图（P 图指处理图片）制作表情包，制作鬼畜恶搞视频，向所有吃瓜路人曝光陆越真实的一面。

虽然他们从不胡编乱造黑料，也不造谣生事，但是陆越翻车的时候，他们总是冲在第一线，恨不得包下纽约时代广场的广告位播放给全世界。

就比如前一阵子陆越生日发微博连错五个成语那次，黑粉群不到十五分钟就做好了"正确的成语用法科普"长微博，三小时内整理完"历年来陆越用错的成语大全"，十二小时后，陆越的恶搞鬼畜视频已经在视频弹幕网站里冲到了排行榜第一的位置，足见他们的效率有多惊人，战斗力又是如何了得。

这其中一半要归功于冯戚指挥得当，另一半则要归功于人类"恨比爱更长久"的本性。

冯戚还邀请唐堇薇加入，但是她自己的事情已经够忙了，比起追着陆越黑，她更希望能为自己的母校做些什么。

"董薇，你觉得陆越来我们学校能坚持几天？"冯戚问道，"他这种大少爷脾气，怕是坚持不到三天就撂挑子走人了吧。"

"开学典礼的热搜都上了，他怕丢脸，说不定根本不会来。"唐董薇说。

"那可不行，我可是对他加入我们农大很期待的！"冯戚一脸认真。

"别太过分哦。"唐董薇伸出一根手指在他面前摆了摆，"不要影响学校的名誉。"

"了解，绝不让你这个'爱校狂魔'为难。"冯戚说。

唐董薇这才放下心来，她不关心陆越到底来不来，最好不要出现在她的眼前。

此时的她想不到，天刚一亮，她的期望就破灭了。

一大早，唐董薇接到了原教授的电话："董薇，今天有空吗？有位客人邀请我们上门做客去咯。"

最尊敬的长辈的邀请，只要不是躺在 ICU 里罩着呼吸机，唐董薇就一定不会拒绝。

她现在就和原教授坐在一辆驶向本市郊区庄园的车上。

前来接两人的司机穿着西装，打着一条和西装搭配合宜的领带，脸上的笑容和语气都透着一种训练得体的妥帖。唐董薇并不常在自己的生活圈中见到这种人，但跟随原教授出去参加学术会议或者调研项目的时候，她偶尔会见到这样的人。于是她对今天这一趟的目的地有了敏锐且明确的猜测。

"你不好奇我们要去哪里吗？"原教授笑眯眯地问道。

"您不是准备告诉我了吗？"唐董薇学着他的表情，也笑眯眯地反问。

"可我现在又不想告诉你了，不如你猜猜看？"原教授饶有兴致地考验起了她。

唐董薇做出一副苦思冥想的神情，半晌过去才一拍手，仿佛恍然大悟："我知道了，是陆越家，对不对？"

"咦，这你是怎么猜到的？"原教授惊讶地问道。

唐董薇不答，她微笑着摊开手讨要道："您把藏在口袋里的糖给我，我就告诉您。医生说过了，您不能再偷偷吃甜食了。"

原教授嘀咕了一句，无奈地交出了一把糖。唐董薇这下满意了，她剥了一颗糖放进了自己的嘴里，眨了眨眼回答道："很简单，您明确地说这位客人是邀请'我们'上门做客，而不是邀请您一个人，那就排除了所有与我无关的人。再从剩下的名单里排查，最有可能邀请我们的人，应该是陆越的父亲。毕竟昨天开学典礼上的意外，实在令人印象深刻。"

原教授认真打量着唐董薇，露出了满意的笑容。

"不过我有些意外的是，我以为陆先生会来上门拜访的。"唐董薇微微蹙了蹙眉，对此颇有微词，毕竟他是原教授的学生，只有学生登门拜访，哪有让老师亲自上门的道理？

"哈哈,他倒是想来,可我不让,我非要去看看他的大园子不可。"原教授露出了顽童般的笑容,"这些年他生意做得风生水起,逢年过节还给我送来自家产的水果和果酒,我倒要看看他家的园子到底有多大,种得齐这么多水果来。"

唐堇薇心说也许是人家的庄园遍布世界各地,可见原教授这番兴致勃勃的样子,她也只好微微一笑,陪同师长乘兴而去。

"而且,他这次特地邀请你,还有事要当面拜托你。"原教授说。

唐堇薇猜测:"又是陆越的事情?"

原教授卖了个关子:"到时候你就知道了。"

唐堇薇有些许疑惑,如果是关照陆越的请求,陆先生已经通过原教授拜托过一次了,没必要当面再说一次。

难道,是有别的请求?

还是说,陆先生另有打算?

不管是什么,等见到了陆行舟就知道了,唐堇薇心想。

陆越家后院的庭院中,唐堇薇端着礼貌的微笑,看着人到中年依旧风度翩翩的陆行舟,随着他一个接一个的问题,她脑中的疑问越来越多了。

"堇薇原来都这么大了啊?"

"你和你妈妈长得挺像的,我们两个是同一届的同学。"

"听说你的专业水平很不错?"

"今年几岁了呀?"

"有男朋友了吗?"

"那有喜欢的男孩子吗?"

"没有啊?确实,你聪明又好看,女孩子多挑剔也是应该的。"

随着问题越来越不对劲,唐堇薇脸上的笑容也逐渐僵硬,她逐渐怀疑这是一个相亲现场,否则为什么陆行舟尽挑感情问题发问呢?

陆行舟兴致勃勃地问道:"那你看我儿子怎么样?"

唐堇薇:"……"

不怎么样,她是个智性恋,对只有一张脸脑袋空空的哈士奇没有兴趣。

原教授干咳了两声,在唐堇薇的笑容消失前打了个圆场:"堇薇年纪还小呢,行舟啊,你不是还有事要拜托堇薇吗?"

跑题的商界大佬终于回归了正题,拿出了一点儿面试的态度来:"从堇薇的角度来看,陆越未来两年在农大,应该做些什么?"

原来是面试,唐堇薇瞬间明白了。

她定了定神,不慌不忙地回答道:"这就要看陆越希望通过这两年的学习达到什么样的目标，或者说，您希望他达到什么样的目标。"

"哦?"陆行舟意识到，眼前这个年轻的小姑娘一下子就抓住了主要矛盾。现在在做决定的人不是陆越，而是他陆行舟。

唐堇薇温柔又礼貌地说道："但是，无论您对陆越有什么样的设想，恐怕都和陆越自己的期望有所出入。他并不是心甘情愿来农大念书的，可以预见到未来两年，他一定会挖空心思尽快回去，而不是把注意力放在学业上，所以您找到了我，希望我能为他提供一些'帮助'，以免他名义上返校念书，实际上不见踪影，对吗?"

陆行舟笑了，他看着原教授，感叹地说道："唉，我家那个傻儿子，要是有堇薇一半聪明，我现在就不用这么头痛地到处托人了。"

原教授笑呵呵地摸了摸唐堇薇的脑袋，骄傲地说道："怎么样，我就说交给堇薇一定没有问题吧。"

陆行舟信服地点了点头："堇薇啊，我这个做父亲的实在不能看着他再这样下去了。他需要一个能全方面管住他，让他静下心来好好学习重新做人的监护人。所以，你愿意做他在校期间的经纪人吗? 只要他在学校一天，他的所有事情都是你说了算。至于报酬，谈钱可能有点俗气，那就谈谈人情吧。老师帮我做个见证，我给堇薇一个保证，无论未来堇薇在哪方面需要帮助，经济也好，人脉也好，资源也好，我总有能帮得上忙的地方。"

陆越的内心是崩溃的。

昨天开学典礼的事故之后，他果然又被黑上了热搜，这一波未平一波又起，活活让公关部全体人员忙到晕厥。

陆越被千叮咛万嘱咐不许乱发微博，经纪人甚至禁止他上微博，但这种禁令对陆越毫无作用，他毅然决然地躲在被窝里登录了微博小号，像是看恐怖片一样用手捂住眼睛，偷偷从指缝里看热搜词条。

这一看就是瞳孔紧缩、心跳加速、呼吸困难、生无可恋。

网友再健忘也还记得他上次那个乱用成语的文盲热搜呢，当时就有无数人劝他回去多读些书。没想到陆越竟然真的回大学念书去了，念的还是他昔日亲口吐槽过的湘南农大——那个知名的陆越黑粉集中营，真是勇气可嘉。

然而不等网友们对他稍加改观，他又在开学典礼上喊出"不想养猪"的爆炸性发言，这下全网只剩下"哈哈哈哈哈哈"的声音了，还有人问他到底是对养猪留下了多大的阴影。

除了黑粉照例往死里黑他，以及同样照例的粉丝挽尊行为，剩下的就是无数唯恐天下不乱的路人期待起了陆越在农大养猪的生活，其中还夹杂着若干农大的学生弱弱地辩解不是每个农业大学都需要养猪的，他们大部分时间也只是在教室里上专业课。

还有一些网友翻出了陆越三年前吐槽湘南农大的真人秀视频片段，还戏谑地配上了表情包："我陆越就是饿死，死外边，从这里跳下去，也不会去湘南农大——我要去农大念书了！真香！"

陆越越想越气，越气越想，他情愿因为自己的过分优秀而被黑粉羡慕嫉妒恨，也不想成为一个搞笑明星啊，这简直是品味丧尽！他陆越长得帅、出身好、人又那么优秀，他不要面子的吗？

在这个年纪的男生心中，自我膨胀是一件"理所当然"的事情，陆越在这方面更是远超常人，他膨胀得简直可以当场脱离地球引力直接飞到宇宙里去。

现在他又被黑上热搜，这肯定不是他的错。如果不是他的错，那会是谁的错呢？

毫无疑问，是唐堇薇的错！

下次再见面的时候，他一定要给她好看！陆越恨恨地下定了决心。

这一晚陆越没有睡好，他熬夜看热搜看到凌晨四点多才睡了过去，不出意外地噩梦连连。他梦到自己刚到湘南农大就被一大群黑粉团团围住，危急之际他不知道从哪儿找到了一根撬棍，威武霸气地追着黑粉打了起来，顿时把这批凶神恶煞的黑粉吓得抱头鼠窜。

就在他得意之际，他猛然一抬头，看到唐堇薇站在教学楼的楼顶，居高临下地看着他冷冷一笑。

陆越恍惚地怔住了，竟然动弹不得。周围的黑粉顿时抓住了他，七手八脚地把他拖到了猪圈里，陆越一边挣扎一边呐喊"我不想养猪"，竟然在惨叫中惊醒了。

卧室门外的管家敲了敲门："有客人要来，陆先生让你赶紧起来。"

"不去！谁来我都不去！"陆越把被子一蒙继续睡，他要继续回到梦里和黑粉搏斗！

"陆先生说，如果你不去的话，他就把你送回美国让你本硕博连读，不毕业你这辈子都别想回娱乐圈了。"

陆越惨叫一声，睡意全消地滚下了床："告诉他我这就来！陆行舟你不是人！我诅咒你老婆刷爆你的信用卡！"

冰冷的现实打击，让陆越不得不把整治亲爹的愿望寄托在了亲妈身上，可惜她最近出国看走秀去了，孤立无援的陆越惨遭亲爹折磨，觉得自己像是地里的一棵小白菜。

太惨了，真的太悲惨了，他一个当红偶像为什么会混得这么惨？就连睡个懒觉的权利都没有吗？难道是这个世界针对他？为什么，就因为他太优秀了吗？陆越捂住了胸口，深深地感觉到了世界的恶意。

等到挂着两个黑眼圈的陆越出现在后宅凉亭中时，陆越绝望地发现，原来这个世界还能对他更恶意。

他的父亲，外表温文儒雅其实对儿子坏得流油的黑心资本家，正握着那个让他噩梦整夜的唐董薇的手，一脸刘备托孤一般的表情："董薇啊，我儿子在大学里的一切事宜就拜托你了，他能不能毕业，你说了算！"

唐董薇藏好了狐狸尾巴，语笑嫣然地说道："您言重了，我一定会尽力而为的。只是不知道他吃不吃得了这些苦，您也是学农出身，应该知道这个专业并不是想象的那么容易……"

陆行舟坦然道："就是要他吃些苦头，狠狠吃苦头！"

这一刻，陆越发出了歇斯底里的惨叫声："我不同意啊——"

亲爹要把他"托孤"给黑粉，这和谋杀亲儿有什么区别？

他一定会死得很难看的！

伴随着一声歇斯底里的"我不同意"，人气当红偶像陆越闪亮登场——挂着两个明显的黑眼圈，并且衣衫不整。

这一瞬间，陆行舟感到了真切的后悔：我真傻，真的。我早知道我儿子是个傻的，我为什么要让他出来见客？现在我在老师面前丢人，还在昔日同学的女儿面前丢人，我商业大佬陆行舟不要面子的吗？

不，当他有陆越这个儿子的时候，他就没有面子了。

陆行舟深呼吸，再深呼吸，压抑住熊熊燃烧的怒火，若无其事地对唐董薇说道："董薇啊，陆越这崽子被他妈妈惯坏了，再这样下去真的不行。我现在也没有别的更好的办法，只好暂停了他的对外活动，让他回学校念书。现在你是他的校园经纪人，如果他在学校里胡来，你可以随便管教他，我绝无二话。就算他修够了学分，只要你觉得他还不够格，就算他拿到毕业证，我也不认！"

"凭什么啊！"陆越怒气冲冲。

"凭我是你爹！"陆行舟没好气地说。

"爹也没资格这么干！"陆越不服。

"哦，不好意思，我还是你老板，这下我有资格了吧。"

他还真有，毕竟合约还没到期，除非陆越拿出一笔巨款来解约，否则还真杠不过老板。

陆越气得眼前发黑，哆嗦着嘴唇说不出话来，他想当场撒泼打滚和陆行舟讨价还价，但是一瞥到正坐在一旁微笑旁观的唐董薇，他顿时把这个念头扼杀在了脑海里——杀了他也不能再在唐董薇面前丢人了！

唐董薇不动声色地打量着陆越，她承认自己的确居心不良。

当陆行舟把陆越在校期间的一切拜托给她的时候，她简直要笑出声了。

——想不到吧，陆越，你落在黑粉手上了，还要在你最讨厌的大学里学你最讨厌的专业，这叫天道好轮回！

唐堇薇琢磨着，故意坑害陆越的事情，就算她是个黑粉也做不出来。她讨厌陆越的根本原因在于陆越黑过湘南农大，如今陆越也要在湘南农大念书了，往后别人提起湘南农大，都会想起陆越在这里念书，他们被变相地捆绑在了一起。

如果陆越在校期间又爆出什么黑料，也有损学校的声誉，这对唐堇薇这个爱校狂魔来说是万万不能忍的。相反，她反倒要借助陆越的名气，让学校的知名度进一步提升。

而且，陆先生的承诺也很有诱惑力。圈内圈外都有足够人脉的陆行舟的一个人情，也许是她实现自己梦想的重要一步，而她所需要付出的，不过是一点儿业余时间罢了。

用一点儿业余时间折腾讨厌的人，看他在农大上蹿下跳死去活来，被迫改改他那讨人厌的大少爷脾气，光是想象一下这个画面，唐堇薇都快控制不住笑容的弧度了。

至于怎么做，唐堇薇已经有了一个初步的计划，只等挖好一个坑，准备一套花言巧语，忽悠陆越主动往坑里跳了。

用正当的理由让陆越吃点苦头的事情，唐堇薇乐意去做。

再说了，学习的事情，怎么能叫吃苦呢？

这叫学海无涯苦作舟。

于是，唐堇薇温文端丽的脸上露出了一个淑女的微笑，这个标准的完美笑容能让每一个老师同学长辈无比放心，她郑重接下了陆行舟先生的嘱托。

这个决定无疑是正确的，当看到陆越一张俊脸因为气愤而扭曲，在原地跳着脚和他多吵了起来，还吵架失败气成河豚时，唐堇薇的心底突然泛起了一股奇妙的恶趣味，仿佛有一只小恶魔快乐地挥舞着魔杖，在她脑中扑腾着翅膀。

大概是因为看到讨厌的人气急败坏，本身就是一种乐趣吧，唐堇薇愉快地心想。

这么一想，这份工作也许还有些意外的乐趣。

"我现在给你介绍，这位是我的老师原兴平教授，他的事迹我就不用多介绍了，你小子给我放尊重点儿。"陆行舟严厉地瞪了陆越一眼，又介绍起了唐堇薇，"这位是唐堇薇，原教授的晚辈，也是你的班长。未来两年你做好心理准备吧，你要在她手下讨生活了。我郑重告诫你，你我之间的约定不只是一张毕业证而已，那种东西我花钱买不到吗？我要的是你端正态度，从头开始好好学习，顺便改改你这狗一样的大少爷脾气。"

说着，原本趴在陆行舟脚边的真正的哈士奇发出了"汪"的叫声。陆行舟越发恼怒："狗都比你脾气好！"

这属于一骂骂俩，哈士奇委委屈屈地呜咽了一声，陆越愤愤不平地哼了一声，一人一狗都感到自己被侮辱了。这副互不服气的样子，让偷偷观察陆越的唐堇薇哑然失笑。

原教授笑眯眯地看这对父子吵架，打了个圆场："小朋友的事情就交给小朋友们自己解决吧。董薇啊，你和陆越好好聊聊，看看需要补哪些课程好了。"

陆行舟也懒得和傻儿子纠缠，眼不见为净地摆了摆手："你带董薇逛一逛吧，注意礼貌！"

陆越哪有心情带唐董薇参观自己家啊，他恶狠狠地给了个警告的眼神，示意她不要跟来，自顾自地牵着哈士奇走了：哼，宁可遛狗都不想遛她！她最好别跟过来，否则别怪他不客气了。

谁料唐董薇对陆行舟和原教授微微一礼，从容地跟上了陆越的脚步。

陆越深深记得，昨晚他才赌咒发誓要给唐董薇一点儿颜色看看，结果万万没想到，第二天一早就见到了她，此人还成了他的校园经纪人，掌握着他毕业的生杀大权，搞不好隔三岔五就要给他爹多打小报告的那种。

陆越觉得不能再这样下去了，否则他未来两年的大学生活一定会惨不忍睹，他必须扳回一城！

陆越停下了脚步，调整出自己最有气势的表情，转身面对跟在他身后的唐董薇，誓要给她一个下马威。

特别严厉，特别高冷，特别有大牌范儿的那种！

然而，被陆越牵着绳子却依旧迈着六亲不认步伐的哈士奇浑然没有注意到主人留步，强势地拖着陆越往前走。这一走一停之间，一场无声的较量瞬间展开了，猝不及防的陆越脚下一个趔趄，被手中的牵引绳带动着，以一个一百八十度的转弯扭曲姿势被拖倒在了地上，摔了个屁股蹲儿。

陆越屁股一痛："嗷——"

唐董薇忍俊不禁："噗——"

这一刻，在唐董薇的一声轻笑中，陆越感觉自己的灵魂脱离了身体，从他大脑中逃窜而出，原地飞升炸成了一朵烟花。

他，陆越，二十岁的当红偶像明星，此时此刻在疑似他黑粉的唐董薇面前，因为丢人而社会性死亡！

面红耳赤的陆越无视疼痛，挣扎着从地上爬了起来，用他能做出来的最"凶恶"的表情，恶狠狠地威胁唐董薇："你什么都没看到！"

哈士奇还配合地"汪"了一声，凶恶里透着一丝丝搞笑的气息。

唐董薇歪了歪头，微笑道："可我就是看到了。"

"看到了也不许说出去！"陆越气急败坏地叫道，俊俏的脸蛋儿在气愤中涨得通红，满脸都是羞愤。

唐董薇的心突然被一个黑不溜秋的毛团蹭了一下，痒痒的，一种沉淀在心底的恶趣味在引诱她做出一点儿不太"唐堇薇"的举动。

一瞬间的迟疑之后，唐堇薇顺应了内心的召唤，她掏出手机对准陆越，满眼好奇地问道："哦，我不说，打字可以吗？"

"不行！"陆越崩溃地呐喊了起来，"唐堇薇，如果你敢把这件事透露出去，我要组织全校女生针对你！看过《流星花园》没有？就是那种在你的课桌上乱涂乱画，把你的课本偷偷扔掉，把你锁在厕所里的针对！"

唐堇薇笑盈盈地问道："陆越，你是在威胁我吗？"

陆越恼怒道："对，我就是在威胁你！"

唐堇薇点了点头："很好，我连名带姓完整地录下来了。"

陆越一脸蒙圈，什么？什么录下来了？刚才他说了什么？啊，他好像威胁了唐堇薇要霸凌她。等等，这种录音放出去才是他真正社会性死亡啊！

唐堇薇把手机举高，大大方方地按下了播放键，手机里响起了陆越气急败坏的威胁声，指名道姓辩无可辩，公关部全员听了会当场脑出血。

"你你你你……"陆越指着唐堇薇，感到自己血压飙升心跳加速，这个卑鄙无耻的家伙竟然趁他不备偷偷录音，她想做什么？敲诈勒索吗？还是发出去让他身败名裂吗？她是魔鬼吗？

"快删掉，删掉删掉！"陆越急得上来抢手机，唐堇薇没想到他急成这样，愣了一下才闪开。

陆越哪能善罢甘休，从来把个人形象放在第一位的他，决不允许自己的偶像生涯多出这样一个黑点，于是顽强地再接再厉，誓要抢回手机！但唐堇薇的力气之大，远远出乎他的意料，抢夺手机竟然困难万分。

就在两人为着手机纠缠之际，跃跃欲试的哈士奇以为他们在玩什么游戏，兴奋地冲过试图加入。被喂得膘肥体壮的哈士奇义无反顾地在陆越的膝盖上撞了一下，这一下的冲击力成了压垮两人僵持的最后一根稻草。

陆越脚下不稳，失去重心往后仰，可是手上还死死抓着唐堇薇的手腕，唐堇薇被他的力道拉扯着，两人一起跌倒在了草坪上，手机还摔了出去，落在几步之外。

陆越的呼吸都停了，他愣愣地看着压在他身上的唐堇薇。两人的距离之近，甚至能清晰感受到对方的呼吸落在自己的脸上，要不是唐堇薇一手撑住了地面，两人差点要亲到一块儿去了。

这猝不及防的变故让两人的大脑都宕机了一刹那，这短短的一刹那，陆越怔怔地看着近在咫尺的唐堇薇。她的嘴唇和她本人一样有一种颜色淡然的温婉秀致，唇形很漂亮，让人一时间移不开视线。在电光石火之间，他突然想通了——

原来如此！

这一切都是唐堇薇的套路！

她从一开始就是在故意吸引他的注意力！先是故意害他在大庭广众之下丢人，好让他牢牢把她记在心里。现在更是得寸进尺，成了他的校园经纪人之后还不满足，试图用录音强迫他做他不想做的事情，而这一切的背后，目的已经昭然若揭！

没错，唐堇薇不是什么黑粉，她喜欢他！这一切都是她的套路！

就在陆越用恋爱脑将一切逻辑"想通"的同时，他毅然决然地做出了决定：闭上眼睛。

——你不就是想亲我吗？那你亲啊，等你放松警惕我立刻抢到手机删视频，看你还怎么威胁我！

陆越咬牙切齿地决定牺牲自己嘴上的"贞操"，闭眼等非礼。果然，压在他身上的人动了动，喘着粗气的滚烫呼吸越来越近，陆越忍着满身鸡皮疙瘩，只觉得一条热乎乎的舌头在他的嘴唇上舔了一口，顿时脑内尖叫：唐堇薇也太不要脸了吧，明明看起来那么淑女，怎么强吻还带伸舌头的？

不对，这舌头怎么好像有一股狗粮的味道……

陆越猛地睁开眼，震惊地看着他家的哈士奇热情似火地用舌头舔他的脸，用湿答答的口水给他洗了一遍脸。

而唐堇薇，不知何时早已捡起了手机，站在一旁一边拍视频一边疑惑地问道："刚才它舔你的时候，你好像挺高兴的样子？"

陆越："我没有！"

陆越好像是气傻了。

唐堇薇看着死死抱住哈士奇并且坚定地把脑袋埋进哈士奇脖子里的陆越，觉得他现在的行为像是一只把脑袋埋进沙子里假装无事发生的鸵鸟。

竟然还有点可爱，唐堇薇心想，下一秒她就怀疑自己被传染了弱智，还被传染了弱视。

陆越埋首在哈士奇的毛发里，深呼吸，深呼吸，再深呼吸……呸，一嘴狗毛！

他想明白了，自己刚才绝对是想岔了，唐堇薇根本不喜欢他，她是真的恨他！否则怎么能解释他一个万千少女心目中的美男子躺在她面前，她非但没有内心小鹿乱撞地亲上来，反而是无情地站在一旁拿手机拍他被哈士奇"洗脸"？

唐堇薇到底是不是女人啊？陆越气愤地心想，还是他陆越真的没有魅力了？不，这不可能！他那么优秀，怎么可能有女孩子能抗拒他的吸引力！

除非，除非她真的是他的黑粉！

这不科学啊！说好的只要线下见到他真人，所有女性黑粉都会自动脱籍呢？

他无往不利的美男计为什么不管用了啊！

如果说这个世界上，上帝是用各种各样的元素合成一个人，那么上帝在创造陆越的时候，不仅给他加入了大量的英俊，还不小心加入了过量的"自恋"元素，让他不知不觉膨胀成了一个快乐上升的热气球，直到他……遇到了唐堇薇。

"到底怎么样你才肯删掉？"陆越终于调整好了崩盘的心态，把埋首在哈士奇毛发里的脑袋抬了起来，恶狠狠地问道。

"如果我删掉录音，这件事情是不是就过去了？"唐堇薇问道。

"哼，勉强算过去吧。"陆越哼了一声，"记住，是我宽宏大量放你一马的。"

唐堇薇微笑了起来，温柔却坚定地告诉他："那我不会删掉的。"

陆越一头雾水，她在说什么？他都打算勉为其难地原谅她了哎！她还有什么不满意的？

在陆越不解的眼神中，唐堇薇缓缓道："因为你还欠我一个道歉。我无缘无故被你威胁，你非但没有悔意，也不打算道歉，甚至还试图强行毁灭证据，难道你认为自己的行为没有问题吗？"

陆越愣住了，他完全没有思考过这个问题。从小到大，因为优越的家世和俊俏的脸蛋儿，陆越从来都是被所有人偏爱的那个异类，就连他自己都没有意识到，他本能地觉得自己做什么都会被人原谅。

"很显然，你觉得有。因为如果你觉得没有问题，你也不会急着要我删掉录音了。"唐堇薇说道。

陆越沉默了，一直被激动和恼怒冲昏的头脑终于逐渐冷静了下来，他意识到，摒弃他对唐堇薇强烈的个人情绪，他好像……确实干了件不地道的事情。

要道歉吗？陆越纠结了起来，他偷偷打量了一眼唐堇薇。唐堇薇微笑地看着他，明明是柔和的神情，眼神却冰冷犀利，看得陆越一阵心虚。可是心虚之后，那恼羞成怒的情绪再次沉渣泛起，他突然又生起气来。

凭什么啊，他才不要对黑粉道歉！

"道歉是不可能道歉的，这辈子都不可能道歉。说吧，你想要什么，我可以拿钱买这条录音，你开个价吧。"陆越抱起了手臂，气势汹汹地说道。

唐堇薇感到太阳穴一跳，那股对陆越的反感之意再次喷涌了出来。她深吸了一口气，努力平静道："陆越，现在摆在你眼前的，是一个不应该用金钱来解决的问题。"

陆越一挑眉，自信满满道："那肯定是给的钱不够多，钞能力无所不能。"

唐堇薇知道陆越有很多缺点，作为一个资深黑粉，她不吝于存档陆越人设崩塌、行为出格、发言失态的各种丢人场面，但是她也知道，她所见到的陆越并不是真实的陆越，而是一个被包装过的偶像。

她也曾经在被陆越的颜值迷惑的若干瞬间怀疑过，也许镜头外的陆越有他的优点。

现在她知道了，陆越的优点就只有长得好看而已。她也知道陆行舟先生口中陆越的坏毛病到底是什么了：他性格里的缺点被掩盖在格外优秀的皮相和偶像的光环下，让人有意无意地忽略了他的缺点，只记得他璀璨耀眼的那一面。

唐堇薇深吸了一口气，冷了下脸问道："你觉得，原教授和你父亲比，谁更富有？"

陆越愣了一下，回忆着那位老教授的穿着打扮，笃定地说道："那显然是我那个混账老爹啊。"

"但是你的父亲很尊敬原教授，不仅仅是他，所有认识原教授的人，都很尊敬他。哦，你可能除外，毕竟昨天你还不知道他是谁。"唐堇薇忍不住翻了一页旧账。

陆越的脸上一阵发烫："我现在知道了！"

唐堇薇淡淡地瞥了他一眼："尊敬和金钱本身没有关系，同样的，我对你的看法和你的名气没有关系。到现在为止，你在我这里留下的印象分是负数，因为你经常口出狂言、学业糟糕、在开学典礼上胡言乱语、当面威胁我并且拒不道歉，还试图收买我来解决问题，我实在没有在你身上看到优点。一想到我的校友里也许就有你的粉丝，被你包装出来的形象吸引，真心实意地喜欢你，我就为她们感到可惜，也许我有义务让她们知道你的真面目，助她们早日脱粉。"

脱粉？

如果说唐堇薇的指责对他的伤害是 100 点，那么"脱粉"这个词语，对陆越的伤害就直接飙升到了 1000 点，将他的"血条"瞬间打空！

脱粉，这绝对不可以！

陆越的脑中瞬间有了画面感：唐堇薇把他的录音放到了网上，然后他立刻又承包了热搜，无数黑粉欢欣鼓舞情绪高涨宛如过年，到处宣传他霸凌同学的不良行为，然后更多人加入到了"陆越滚出娱乐圈"的游行示威团体中。

而他，陆越，凄凄惨惨地被经纪人、公关部长和老爹轮流训斥，骂到他恨不得拿根绳子上吊。下一秒，画面一转，他的魔鬼老爹宣布他从此不要想回娱乐圈了，而他只好穿着打了补丁的衣服，背上他的行囊，哭哭啼啼和哈士奇一起被赶出家门浪迹天涯住进猪舍……

陆越顿时被自己的想象打击得萎靡不振，生无可恋。

"对不起！"陆越在一通极限脑补的操作后，依旧怀着郁结的心情，对唐堇薇大声道歉，声音里还带着一丝不甘，如同一个被持刀劫匪威逼不得不交出钱包的倒霉蛋。

这一声之后，唐堇薇沉默了，迟迟没有回答，她知道这个道歉是她逼出来的，陆越并不情愿。

长时间的沉默加剧了陆越的不安，他原本低垂的脑袋悄悄抬起了一点儿，偷看起了唐堇薇的表情，小心翼翼里还有几分委屈。这个仿佛小狗小猫"暗中观察"的动作被唐堇薇完整地看在了眼里，她莫名觉得这个表情有点儿眼熟。

到底是在哪里见过呢？唐堇薇思索了起来，下一秒，她的视线落在了陆越脚边的宠物狗身上。这条憨憨的哈士奇因为迟迟没有人理会，正委屈巴巴地趴在地上，又是凶恶又是可怜地看着他俩。

唐堇薇："……"

原来如此。

真的好像。

唐堇薇被自己不受逻辑控制的联想逗笑了，脸上严肃的表情没有绷住，反倒露出了一丝笑意："好，我接受你的道歉。"

"那录音？"陆越立刻追问。

"我会删掉的，但不是现在。"唐堇薇义正词严地说道，"我是你的校园经纪人，我会观察你接下来的表现，直到你的所作所为符合一个价值观健康的大学生的标准，我就会删掉这条录音。"

陆越有些不满意，但唐堇薇语气坚决，他只能不悦地努了努嘴，暂时偃旗息鼓。

看到陆越服了软，唐堇薇的心情大好："作为道歉，你陪我做一件事吧。"

"你想做什么？"陆越立刻警觉了起来，之前那个"可怕"的猜测再一次浮现在他的恋爱脑中：这个黑粉不会是想泡他吧？

"陪我看个电影。"唐堇薇笑了起来，眉眼弯弯，仿佛这是一个暧昧的邀请。

陆越的表情瞬间惊恐：糟糕，唐堇薇这是想和他约会！这怎么行！他陆越不要面子的啊？

"我为什么要陪你看电影？什么电影？看它做什么？"陆越警惕心十足地追问道，绞尽脑汁要想出一个拒绝的借口。

"关于原教授的个人传记电影。"唐堇薇似笑非笑地瞪了他一眼，嗔怪地说道，"我实在不能忍受你竟然不认识他。"

陆越顿时心虚了一下，小声辩解："我认识的，只是一时间没把人和名字对上号……"

"是吗？那你现在说三项原教授的重要研究成果吧。"

"呃……"

唐堇薇看他张口结舌又心虚得眼神乱飘的样子，语气益发温柔却危险："现在，可以跟我一起看一遍原教授的传记电影了吗？"

陆越认命地点了点头，心想着，看就看呗，不就是传记电影吗？一两个小时随便忍一下就过去了，实在不行，偷偷玩手机呗。说起来，唐堇薇现在这副逼他看电影的样子,倒有点儿像跟别人死命宣传自己偶像唱跳视频的粉丝……只不过她追的这个"星"实在有点儿与众不同。

这么一想,陆越看待唐堇薇的眼神一下子变得古怪起来。

嘿,原来黑粉也是个追星少女啊,只是追的不是他而已。

两个小时后,陆家庄园的家庭影院中,感情丰沛特别容易被感动的陆越眼泪狂飙。

"呜——,原来当年条件这么艰苦,原教授也太不容易了。"陆越红着眼睛吸着鼻子,哽咽着说道。

唐堇薇嘴角一抽,递了两张纸巾过去:"擦擦吧。"

陆越一边擦一边哭,好好的一个偶像明星,哭得毫无形象可言,不禁让唐堇薇有些后悔,她是不是应该选更客观的纪录片,而不是在真实事件基础上加了一些煽情色彩的电影?

她也没想到,被她讨厌了三年的陆越竟然是这么一个感情丰富的人。他刚看了半小时,才看到原教授的研究成果被人恶意毁坏痛心难当的时候,就开始哭了起来。一开始陆越还会掩饰一下,偷偷擦眼泪,然而十分钟后,陆越就完全绷不住了,一边絮絮叨叨一边哭哭啼啼。再过半小时,陆越完全忘记了个人形象,开始捶胸顿足号啕大哭,那副激动的样子,着实把唐堇薇吓了一跳。

陆越原来是个这么感性的人吗?唐堇薇迷惑地偷觑了他一眼,后者用力搓了一下鼻子,恶狠狠地瞪了她一眼:"看什么看?好好看电影!不要瞎走神!你这样对得起原教授吗?"

唐堇薇:"……"

她在黑暗中优雅地翻了个白眼:算了,不和这个新晋迷弟辩论了。看在同为原教授粉丝的分上,她大方地容忍他的无礼了。

电影刚一看完,唐堇薇就接到原教授的电话,他准备回家了。陆越一听,丢下唐堇薇狂奔着离开了家庭影院。等到唐堇薇来到现场,她目睹到了深情地拉着原教授的手依依不舍的陆越,以及一脸茫然怀疑自己儿子是不是突然吃错了药的陆行舟。

"原教授,我刚刚看了您的传记电影,不知道该怎么表达我现在的心情,您真是一个了不起的人,我太佩服您啦!"陆越说着,情绪又上来了,现场来了个泪洒花园。

原教授还是那副笑眯眯的样子:"好的嘛,一定来,一定来。堇薇,我们该走啦。"

唐堇薇快步来到原教授身边,礼貌地告别了陆家父子,并坚定地拒绝了抽风中的陆越的十八相送。陆越还想钻进车里对原教授道别,唐堇薇坚定地用一根手指戳在他的胸口上,硬是把他戳了下去。

"你下手也太重了。"陆越捂着胸口抱怨道。

"抱歉哦。喏，赔偿金收好。"唐堇薇从口袋里掏出了一颗糖，用两根纤长的手指捏着，放到了陆越的手上。

陆越拿着一颗糖，茫然地看着她。

唐堇薇趁他愣神之际，对他甜美一笑，反手无情地关上了车门：搞定！

"电影是你让他看的？"原教授问道。

"嗯，但我没想到，他会有这么大反应。"唐堇薇的心情有点儿复杂。

"小朋友其实人不错吧？"原教授笑着，眼角的皱纹因为这个笑容而加深了许多。

唐堇薇看着站在车外拼命挥手告别，恨不得上车跟着走的陆越，半晌才应了一声："还有救吧，大概。"

虽然讨厌陆越，但唐堇薇是个理性黑粉。她不是见不得陆越学好，相反，她乐于看到陆越往好的方向发展，最好从此安安分分退圈上学，兢兢业业提升农大知名度，作为爱校狂魔，她对此充满期待。

但是，现在的陆越还差得远呢，她心想。

也许陆越的真情流露证明了他本性并不坏，让她对陆越有所改观。但是，她可不觉得陆越从此会安分下来，未来农大的生活，一定是鸡飞狗跳的大混战。

不过她可不怕这个，在混乱中因势利导，不动声色地让局势向自己想要的方向发展，这才是幕后黑手的长处，也是她最擅长的事情，毕竟，她可不是什么真的三好学生。

唐堇薇微微一笑，将陆越的黑历史录音发到了自己的邮箱里备份，又剥开了一颗糖放进了嘴里，是酸酸甜甜的味道。

接下来的两年里，就让黑粉教你做人吧，唐堇薇美滋滋地心想。

至于从哪里开始呢……

就从让偶像搬进学生宿舍开始吧！

你的室友是个大神

一直以来，陆越都有一个不为人知的烦恼。就连关系和他最亲密的助理都不知道，因为他从来没有对人提起过，至于原因嘛，自然是羞于启齿。

时间已经悄悄接近午夜，陆越准备睡了。但是作为每晚睡前必备功课，陆越登录小号查看了一下热搜上有没有自己的名字，在他看到"陆越 鬼畜"这个热搜关键词的那一刻，陆越知道，自己今晚又要睡不着了。

陆越咬牙切齿地摸到了某知名视频弹幕网站的排行榜，一手捂着眼睛，像是参加整蛊综艺一样胆战心惊地点开了视频。充满动感的洗脑旋律响起的一瞬间，陆越的玻璃心就哗啦啦地碎了一地。

这首名为《偶像他不想养猪》的鬼畜恶搞视频集合了陆越的众多丢人素材。从当年不想参加湘南农大那期真人秀的黑历史，到综艺节目里被整蛊时的沙雕表情，再到陆越时不时在记者面前脱线的发言，最后再配合陆越近期的热搜事故，不但完美蹭上了热度，制作水平还极其精良，一经发布就广为传播，热情网友的点赞投币已经把这条视频送到了弹幕视频网站的首页排行榜上。

陆越气得抱着枕头在被窝里一口气滚了十八圈，愣是把自己卷成一条裹着被子的毛毛虫！

可恶，实在是太可恶了！为什么这群黑粉这么喜欢做他的鬼畜视频啊？！陆越抓破头皮也想不通。

"人红是非多"这句话在陆越身上有了个完美的验证。自从他走红开始，陆越就特别能招惹是非，积累了数量惊人的黑粉，特别是那些湘南农大学籍的黑粉。不知道什么时候起，陆越的黑粉中逐渐多出了一拨"多才多艺"的人士，热衷于给陆越制作沙雕表情包，记录陆越的沙雕言语，反复重播他的各种翻车黑历史，并送他在弹幕网站鬼畜区出道，三年来陆越简直称霸弹幕网站鬼畜区，人称鬼畜区四大天王之一。

陆越对此一直耿耿于怀。

在他自己心中，他是一个优秀的当红偶像，长得帅，唱跳俱佳，还能自己写歌编曲，走到哪里都是人群的焦点、少女的偶像，简直酷帅狂霸跩，人中龙傲天，这群黑粉为什么要追着他黑？显然，这是他们在嫉妒他的优秀！

想通了这一点后，陆越的心情好了许多，开始用精神胜利法安慰自己：这群黑粉肯定是单身狗，长得丑还很穷，交不到女朋友，暗恋的女神又是他的粉丝，所以就记恨上他了，成天闲着没事干剪他的鬼畜视频。呵呵，祝他们这辈了都找不到女朋友，男朋友也一样！

选择性地忘了自己也是个单身狗的陆越，在自我安慰一番之后稍稍平静了下来。临睡前他愤愤地看了一眼这条鬼畜视频的 UP 主（UP 主指上传者）ID（身份证件），嚯，还是个老熟人。

这位名叫"二狗撕书"的 UP 主，两年来制作了三十八条陆越的鬼畜视频——陆越每条都看过了——随便一条点击量都以数百万计，点击量最高的甚至有两千多万。此人还是弹幕网站里最早开始做陆越鬼畜视频的 UP 主之一，并且只做陆越的鬼畜视频，可谓对他"爱得深沉"。

陆越对这个"忠心耿耿"的黑粉记恨在心。哼，要是让他知道这是谁……他绝对不会放过他！先打一顿再说！

怀着这样的愤愤之情，陆越心不甘情不愿地坠入梦乡。

在陆越不算漫长的人生中，他获得了一个经验：坏事绝不会只发生一件，它只会接连发生。

第二天一早，陆越接到了一个噩耗。

"陆少，唐小姐来接你去学校报到了，行李我让帮工帮你打包好了，陆先生已经同意让你住校了。"老管家敲开了陆越的房门。

陆越差点儿以为自己还没睡醒。住校？ Excuse me ！他陆越，住校？唐堇薇这是疯了吧？

等到陆越匆忙赶到一楼的客厅，正瞅见唐堇薇和他那个混账老爹友好交流着"住校对陆越融入校园的积极作用"，吓得陆越立刻大喊出声："凭什么要我住校？我自己会在学校附近租房子，不劳你操心！"

当着人家父亲的面，唐堇薇没有拿出那套"我为刀俎你为鱼肉"的毕业证威胁大法，而是拿出一副忧心忡忡的模样："这学期开始，我们学校禁止外宿了。如果被人发现你公然违反校规，对你的形象可没有什么好处。"

说着，她还对陆越眨了眨眼，仿佛自己是真心诚意地在为他考虑。

"这是什么沙雕校规啊！我有钱自己住外面不行吗？为什么非要我去挤鸽子笼？"陆越十分不满。

陆行舟最看不惯儿子这副娇生惯养作天作地的样子，直接大手一挥，让人把陆越连人带行李押到了车库里的一辆黑色八人座商务车前。

陆越一路惨叫："陆行舟你没有心！你住几千平方米豪宅，却让你亲儿子住男生宿舍，你还算是个人吗？"

陆行舟深感丢脸，全靠多年商海沉浮锻炼出来的厚脸皮，面不改色地感谢唐堇薇今天亲自开车来接陆越。

"真是麻烦你了。需要我派几个人把这小子送到学校吗？我怕他一会儿又闹你。"陆行舟怪不好意思的。

唐堇薇微微一笑，温柔礼貌地回道："不用了，我今天带了几个朋友来帮忙，都是很可靠的人，能照顾好陆越的。"

陆行舟往商务车看了一眼，这辆车的玻璃贴了单向膜，他看不清里面坐了什么人。但是看唐堇薇这副胸有成竹的样子，他觉得，原教授的这位侄外孙女应该不简单。

唐堇薇礼貌地和陆行舟道别，自己开了车门对陆越做了个"请"的手势，脸上的笑容无端让陆越心里一突，有一种不妙的预感。

唐堇薇语笑嫣然："不敢吗？"

陆越愤愤地甩开押送他的帮工，恶狠狠地剜了唐堇薇一眼："我有什么不敢的！算你狠！别以为我会老实听话，等这车开出了我家大门，我要去哪儿，我自己说了算！"

唐堇薇一挑眉，也不和他争辩："那请吧。"

陆越哼了一声，迈开脚上了车。

车门一关，陆越这才看清了车内的情形——后排的座位上，整整齐齐地坐着六个肌肉大汉，个个光头，西装革履，皮鞋锃亮，还每人戴着一副墨镜，齐刷刷地看向刚上车的陆越。

这恐怖的精神压迫感，让刚刚还在叫嚣的陆越感到冷汗从额角上流了下来。

他这是闯入了绑匪的包车吗？

"爸，救命啊！唐堇薇这是要绑架我啊！"陆越惨叫着要下车，可是车门已经被锁，商务车不紧不慢地驶离了陆家的大宅。陆越使劲拍窗求救，却看到自己的老爹满脸笑容地对他挥手，欢送败家儿子去大学接受魔鬼教育。

开车的唐堇薇忍着笑，用沉稳却不失欢快的语气说道："放心吧，我没有绑架你的意思。只是出于安全考虑，找了几个朋友送你去学校。"

陆越叫得更惨了："你哪来的这种朋友啊！你确定他们不是干……干那个的吗？"

看看后面这六个体格健壮的肌肉大汉，说是收保护费的都有人信！

肌肉大汉 A 友好地拍了拍陆越的肩膀："不要害怕，我们只是看起来有点儿吓人，其实都是在校大学生，我成绩还不错，还有乐器才艺。哦，你可以叫我王朝。"

陆越：我不信！

肌肉大汉 B 也很友好："以前我们确实收过保护费，得罪了……呃……我们老大。但是，我们已经改邪归正了。说来你可能不信，我以前可是个发型时髦的杀马特呢，老大说这不符合校规，让我们都剃光了，改天给你看我以前的视频，我们共同怀念一下时尚的'葬爱'发型吧。哦，我叫马汉。"

陆越的眼神都死了：你们王朝、马汉组合剃光后看起来更不像好人了。

王朝见陆越还是紧张，递了一份早餐给陆越："你还没吃早饭吧，来，垫垫肚子别饿着，东西是我做的，保证干净好吃。"

陆越：……绑匪还要掌握厨艺？

陆越琢磨着，自己是没法干掉六个肌肉大汉从行驶的车上逃走了，识时务的一面再次占据了上风，他接过早饭，小声道谢，委委屈屈地啃了两口。

唐堇薇一边开车，一边不动声色地观察着陆越的举动，嘴角挂着一丝愉悦的笑容。要不是旁边还有人她得顾及形象，她都想哼两句小曲表达自己畅快的心情了。

今天带人来接陆越去学校，这一步走对了。

对陆越，摆事实讲道理还不够，有时候还得来一点儿"震撼教育"。

吃了早饭，陆越没那么紧张了，他小声问唐堇薇："你怎么认识他们的？"

陆越感到不可思议，唐堇薇这么一个典型三好学生的学霸，为什么出了校门画风突变，抬手就叫来了一群肌肉猛男？总觉得，他们两拨人泾渭分明，根本不是一路人。

刚好到了红绿灯，唐堇薇停下车，转头看了他一眼。那双灵动的眼眸直直盯着陆越，看得他心里打鼓，下意识地怀疑唐堇薇又在憋什么大招。

他已经看透了，这个女人只是一个表面好学生，其实一肚子坏水！

"因为他们在农大收保护费，还不遵纪守法，身为一个有责任感的农大学子，我有义务帮他们改过自新。"爱校狂魔唐堇薇如是说道。

几个肌肉大汉齐齐叹了口气，这口气里充满了被迫从良的垂头丧气。

见陆越迷惑不解，唐堇薇又笑了一笑，语气突然温柔，又有几分暗藏的狡黠："我就给他们上了点儿'德育课'和'体育课'，就这样认识了，现在他们都是学习积极分子，从来不干违法乱纪的事情。"

陆越：？

——我怀疑唐堇薇在忽悠我，但是我没有证据！

陆越怀疑地问道："就这样？"

唐堇薇点了点头，真诚地说道："就这样。你要是不信，可以问问他们现在都在做些什么。"

陆越犹犹豫豫地回过头，打量起了六个肌肉大汉。

肌肉大汉 A："好好学习！"

肌肉大汉 B："天天向上！"

肌肉大汉 C："打击违纪！"

肌肉大汉 D："刻不容缓！"

肌肉大汉 E："维护校风！"

肌肉大汉 F："人人有责！"

陆越："……"

这群人到底都经历了些什么呢？总觉得很可怕的样子。

有了这种猜想，陆越看着唐堇薇的眼神越发不对劲了，他那不受控制的小脑瓜子展开了丰富的联想，将唐堇薇的身份从秘密特工，一路猜到了卧底警察。他甚至怀疑唐堇薇是个魔法少女，特别擅长给坏人洗脑。总之，唐堇薇这个人，不对劲。

在各种奇葩猜想的自我恐吓下，陆越决定暂时不搞事了，先老老实实去学校报到再说，搬出去单住也不急于一时。

此时的陆越还不知道，他即将居住两年的寝室里，有一名特别的室友正在积极筹措着赠送给他的"见面大礼包"。

他被困在这辆肌肉含量超标的车里，苦闷地用手机在问答类社交平台上搜索"如何和室友相处"的提问，并按照点赞量把各种回答一条条看了下来，还跟唐堇薇打听了起来："寝室几人间啊？有独立卫浴吗？室友都是些什么人啊？"

唐堇薇："放心吧，我们学校的宿舍条件很不错，带独立卫浴的两人间。你的室友叫蔺君书，人比较内向，喜欢摄影和文学，成绩很好，每年都能拿到学校奖学金。"

一听就是个很无聊的人，陆越扁了扁嘴，脑中已经勾勒出了一个中等身材，发型土气，戴着黑框眼镜的木讷三好学生。

不过往好处想，这种死读书的好学生总不会是他的黑粉了吧？想到这里，陆越又不禁感到一阵欣慰。

不对，例外也是有的……

陆越恨恨地瞪了开车的唐堇薇一眼：这个表面好学生，在家长面前装得温柔无害，在他面前已经毫不掩饰自己的腹黑本性了！还和一帮校外的小混混勾结在一起，逼迫他这个人气明星住男生寝室！

这女人有毒！

她还有脸对他笑，太可恶了，陆越咬牙切齿地看着她满面春风暗藏得意的样子，气得恶狠狠地咬了一口包子。

搞定了注册手续，唐堇薇开车把陆越送到了男生宿舍楼下。

"你的宿舍在 7 栋 302。"唐堇薇说着，帮陆越开了门，"需要王朝、马汉帮你搬行李吗？"

陆越一看六个肌肉大汉，顿时把脑袋摇得像个拨浪鼓："不不不，我自己就可以！"

说完，他鬼鬼祟祟地戴上了帽子和墨镜，拿起自己的行李，像是逃难一样逃离了这辆恐怖的商务车。

他说什么也不要和肌肉猛男们共处了，也不要和唐堇微共处了！

这是陆越第一次踏足国内高校的男生寝室，开门的一瞬间，陆越陷入了巨大的惶恐之中。

它太小了——除掉摆了两张床铺和两张书桌的空间之外，只剩下一条一米多宽的"走廊"勉强可以通行。它也太乱了——两个衣柜门都敞开着，露出能让他家的老管家一看就皱眉的摆放情况：T恤、衬衫和牛仔裤形成了你中有我，我中有你，中间甚至还有脏袜子的奇妙生态。

一只球鞋被踢到了门边，另一只球鞋莫名出现在椅子上，它们就像是一对因为孩子和财产分割问题撕破了脸皮的夫妇，永远不想好好地站在一起。它还太臭了——一股奇妙的臭袜子和肥皂水的味道狼狈为奸，在陆越一进门的一瞬间扑面而来，让他当即一个趔趄，差点儿被熏出眼泪！

这到底是什么人间地狱啊？他陆越难道要住在这种鬼地方吗？！

略有洁癖的陆越简直要像名画《呐喊》里的那个小人儿一样捧着脸尖叫起来了！

在这一片脏乱的海洋中，陆越看到了他的未来室友——那是一个戴着眼镜和口罩的男孩子，正埋头在笔记本电脑前打字。听到开门的声音，他抬起头，目光炯炯地看向陆越，应该就是蔺君书了。

这一刻，陆越感觉到了一股奇妙的杀气，转眼又被臭袜子的味道冲跑了。

毕竟，没人能在臭袜子的味道中用眼神杀死别人。

陆越顾不得自己临时查阅的和室友相处的秘诀了，他浑身上下都被恶心得充满了嫌弃："你这个人是住在垃圾堆里吗？为什么能把房间弄成这样啊？！"

戴着口罩的蔺君书阴恻恻地盯着他看："因为熵增定律——一个人类历史上最令人绝望的物理定律。"

陆越：？

什么玩意儿？他怀疑这个室友在忽悠他这个学渣，但是他没有证据。

蔺君书推了推眼镜，镜片一阵反光，让他像极了一个反派："男生寝室作为一个孤立的系统，整个体系依据熵增定律不断地朝着增加混乱度的方向进发。换言之，在一个孤立的系统中，无论一开始一切是如何有序，最终都会走向无序的状态，混乱增加，秩序崩溃。我们的地球，我们的宇宙，都在走向混乱无序的混沌，一切都注定崩溃消亡。区区一间男生寝室，混乱不过是它的常态，它只会更混乱，更无序，直到一切彻底崩溃。"

陆越刚听了他第一句话，就知道这玩意儿他肯定听不懂，干脆从口袋里掏出了一只明星出门必备的口罩严严实实地戴上，埋头搜索起了臭味的来源。

蔺君书还在滔滔不绝地讲着他的"男生寝室熵增定律"，陆越已经找到了床底的臭味来源："道理我都懂，为什么床底下有这么多臭袜子？！"

蔺君书：啧，被发现了。

但是下一秒，蔺君书就兴奋起来了，看陆越这副嫌弃至极的样子，他一定是个对生活环境很有要求的人，这恶心陆越的棋是走对了！

蔺君书干咳了两声，正色道："男生寝室就是这样的……"

话刚一出口，陆越就嫌弃地打断了："Stop（停下）！我实在不能忍受了，我这辈子都没有见过你这样不讲卫生的人，太让人看不下去了！"

蔺君书眼睛一亮：好哇，他这是要耍大少爷脾气了？闹起来，最好闹得整层楼都知道陆越嫌弃男生宿舍，这样陆越的黑粉数量又会增加了！

不错，蔺君书正是陆越的黑粉，还是一个加入了 anti（反对）陆越组织的资深黑粉。他和陆越单方面的"深仇大恨"已经延续了多年，那可是夺"妻"之仇，断财之恨，仇深似海，不可不报。

在他得知陆越即将成为他室友的那一刻，他狂喜乱舞地从床上摔到了地上，连滚带爬地冲出了门，借来了整层楼的臭袜子，发誓要给陆越一个终生难忘的下马威。

然而，陆越这个人，有时候就不按常理出牌。

他在蔺君书目瞪口呆的注视下，拿起门后的畚箕和扫帚，屏着呼吸皱着眉头将床底下的一堆臭袜子扫进了垃圾桶。

"等等，别扔啊！"蔺君书立刻站了起来，这可是他借遍了整个楼层借来的，不还回去是要被臭袜子堵嘴的！

"没说要扔啊，洗衣机在哪里？"陆越捏着鼻子，恨不得离这袋"垃圾"十米远，没好气地逼问蔺君书。

黑粉蔺君书已经完全蒙了："走廊到底的洗衣间里。"

"我拿去洗洗，不用谢我！"陆越憋着呼吸，火速提起这袋袜子冲了出去，徒留下蔺君书一个人对着失去了"核武器"的寝室感到一阵凌乱。

这人……这人怎么不按常理出牌啊！

蔺君书简直要怀疑人生了。他做了陆越两年半的黑粉，恶搞视频都剪了三十八条，但是从没有人告诉他，这位眼高于顶的装腔作势惯犯大少爷，竟然会进门就帮他洗袜子！

真实身份是鬼畜视频剪辑大师的蔺君书陷入了茫然之中，不禁开始怀疑陆越是不是被人魂穿了。

他忍不住打开了手机里的黑粉群，想要和同好们分享一下这惊悚的一刻。

可随即他就清醒过来了：不行！他在群里是"二狗撕书"，不是"蔺君书"，一旦把陆越成为他室友的消息发到群里，他的马甲就立刻掉了！

虽然群里都是陆越的黑粉，也大多是湘南农大的校友，但是本着一点儿大神的矜持，蔺君书不愿意把自己网上的身份和现实重叠到一起。他可是自诩能很好地把二次元和三次元身份分开来的人呢。

迄今为止，知道他蔺君书就是"二狗撕书"的人也只有隔壁寝室的冯戚——此人就是黑粉群的群主，是个比他还激进的陆越黑粉，还是他的同班同学。

说曹操，曹操到。隔壁寝室的冯戚一脸高冷地前来串门了。

冯戚是个毫无疑问的帅哥，还是自带生人勿近气场的那种酷哥类型，颇有一种傲慢贵公子的气派，就算他穿着一身 T 恤，蹬着一双凉拖，走进这间寝室的时候仍是让这里蓬荜生辉。

"陆越还没来吗？"板着一张帅哥脸的冯戚问道，说到"陆越"这个名字的时候，他还皱了皱眉，毫不掩饰自己对这个名字的厌恶。

"你怎么知道陆越要搬这里来？"蔺君书惊讶地问道。要知道，他这个当事人也是一小时前才从唐董薇那里得到消息的。

冯戚轻嗤了一声，自顾自地拖了把椅子坐了下来，这才开口说道："董薇说的。"

哦，唐董薇。蔺君书秒懂了。听说他们两人是青梅竹马，关系好得很，蔺君书从蛛丝马迹中猜测，冯戚似乎是喜欢唐董薇。

蔺君书不禁对冯戚讨厌陆越的缘由有了一点儿全新的猜测，难道，冯戚这位校园王子也有和他相似的经历？莫非是唐董薇也被陆越的俊俏脸蛋儿迷惑，成为一名脑残粉，所以冯戚因爱生醋，毅然做了陆越的黑粉？

不对，唐董薇不像是会追星的人啊……蔺君书思索了半天，发现自己对这位作风低调的班长知之甚少，也从没听她提起过陆越。她应该是没时间追星的吧，毕竟她在校内是出了名的大忙人，还在本科就已经发表了不少专业论文，和各位教授都很熟悉，经常在他们的项目组里帮忙，这样的学神听起来就和追星的事情绝缘。当然，也和他们这种黑粉事业绝缘。

蔺君书还在思索唐董薇的事情，冯戚却已经转移了话题："对了，你昨晚剪的那条鬼畜视频数据不错，不愧是'二狗撕书'……"

冯戚此人，说话有一股很特别的腔调，一些字节音拖得长长的，就算是夸人也自带一种嘲讽气场，也亏得他长得一张好脸，否则早被人套麻袋揍了。

蔺君书脸色一变，急忙把笔记本电脑盖上说道："都说了多少次了，在三次元不要提二次元的马甲！"

冯戚完全不理解他的"爆马"焦虑，瞥了他的电脑一眼："这有什么。以后你们成了室友，你当着他的面剪视频，岂不是更有干劲了？"

蔺君书慌忙抱起自己的宝贝电脑："别瞎说啊，我怕他砸我电脑！"

话音未落，坐在蔺君书对面，面朝寝室大门的冯戚突然抬起头，惊讶地看向门口。

一种不祥的预感突然涌上了蔺君书的心头，他警觉地抬起头，却见一脸凶神恶煞的陆越不知何时已经回来了，此刻他正站在寝室门边，一手提着垃圾桶，一手拿着畚箕扫帚，用格外可怕的眼神怒视着他和他的宝贝电脑，语气阴冷吓人："你就是用这台电脑给我剪了三十八条鬼畜视频啊，变态黑粉'二狗撕书'？"

蔺君书的心情是崩溃的，完了！陆越知道了！

惊闻噩耗，陆越简直要炸了！

二狗撕书，蔺君书就是"二狗撕书"！那个阴魂不散剪他鬼畜视频的黑粉！

因为这个人带头搞他，害他沦为鬼畜区常客，酷帅狂霸跩的人设差点儿崩成哈士奇！他陆越不要面子的吗？！

蔺君书慌了："你你……我解释，这这……件事……"

"闭嘴，你这个变态黑粉，我今天就要砸了你的电脑！"陆越一声怒喝，把手上的东西一丢，扑上来就要抢电脑。

宅男蔺君书惨叫："你打我可以，不要碰我的电脑！"

然而，可怜蔺君书一个四体不勤的宅男，哪里战得过一个貌似瘦削实则动不动高强度练舞一整天的偶像，当场就被按倒在地，连带着椅子也被拖翻，书桌上的杯子、鼠标、书本一起被掀到了地上。拼尽最后一口气，蔺君书死死抱着笔记本电脑，陆越怎么抢都不撒手。场面骤然间乱成一团。

这抢夺电脑的画面，落在冯戚眼中就是绝佳的爆料素材，他一挑眉，兴致盎然地加入了进来，嘴里高喊着"别打了，来人啊，陆越疯了，快把他们拉开"，手上却诚实地照着陆越的俊脸来了一下狠的，当即把"抢劫"变成了"对殴"。

陆越当然不甘心被揍，迅速忘记了自己"销毁黑粉作案工具"的初衷，扭头就和冯戚打了起来。

夹在两个打架高手中间的柔弱宅男蔺君书，此时脑海中只剩下一个念头：男生寝室作为一个孤立的个体，只会从有序走向无序，最终在混乱中崩溃，这就是熵增定律在大学男生宿舍中的体现。原来，他胡诌的东西，是真的啊。

靠，陆越打人好疼！

靠靠，电脑，他的电脑没事吧？

靠靠靠，冯戚你动手就动手，不要误伤队友啊！

陆越的开学第一天是精彩纷呈的。

被唐堇薇率领肌肉大汉押送着来学校报到，没有排面。

发现室友是知名黑粉"二狗撕书"，昨晚才发布了一条传遍全网的鬼畜视频，让陆越在谐星之路上突飞猛进，没有排面。

陆越哪里受得了这种气，上来就要销毁黑粉作案工具，谁料旁边还有个冯戚，嚷嚷着"陆越打人啦"，迅速把这起小事件变成了陆越动手打人的大事件，还是没有排面。

等到三人被闻讯赶来的同学拖开，这个叫冯戚的混蛋还狡猾地表示自己只是来劝架的，没想到被陆越误会，被迫还手。陆越被他这番颠倒黑白气得七窍生烟，可偏偏周围的围观同学也信誓旦旦地说就是陆越先动的手，不愧是他的黑粉大本营，在黑陆越这件事上堪称同仇敌忾。

教务处的老师信了，把三人一起叫到了办公室里，看着一旁的冯戚脸上那嘲讽的笑容，陆越气得心肝脾肺肾都一起疼了，立刻把"冯戚"这个名字写进了自己的记仇小本本里。

更胃疼的事情还在后面，唐堇薇也来了！

屏蔽开包围了走廊的吃瓜群众，唐堇薇敲开了教务处的大门，熟稔地和老师打了声招呼，说道："我刚才在原教授那儿，他听说了这件事很担心，让我来了解一下情况。"

教务处的老师尴尬地问道："怎么惊动原教授了？"

"陆越是原教授学生的儿子，他的父亲还拜托原教授在学校里关照他一下，现在闹成这样，对学校的声誉也有影响，他自然很挂心。"唐堇薇借用了一下长辈的名号之后，脸上挂着有礼貌的三好学生的标准笑容，不紧不慢地说出了自己的来意，"老师，我有个办法，也许能解决现在的麻烦，能让我和陆越以及蔺君书单独谈谈吗？"

教务处老师竟然立刻答应了下来，空出了办公室让唐堇薇办事。

陆越看唐堇薇的眼神顿时微妙了起来，她凭什么那么有排面？

一旁的冯戚微笑着，亲昵地问道："那我呢？"

"你先出去。"唐堇薇瞥了他一眼，眼神中有一丝警告的意味。

冯戚耸了耸肩，临走前还对唐堇薇眨了眨眼，说了句"我就在门口守着"，唐堇薇还在为他那番骚操作生气，当下没理会他，反手关上办公室的门。

大门一关，唐堇薇挂起那她标准的淑女笑容，啪啪啪地鼓起了掌："了不起，非常了不起。陆越上学第一天就殴打室友，让我大开眼界。"

来了，唐堇薇温柔优雅的阴阳怪气发言。

憋了一肚子气的陆越当然不服气："这不能怪我，都是他！他干了什么你知道吗？他就是'二狗撕书'，在网上狂黑我，我捍卫一下自己的尊严怎么了？还有那个冯戚，他根本不是来劝架的，他打我哎！再说，再说我根本不是揍他，我只是销毁他的作案工具！"

唐堇薇笑得更温柔了："冯戚？寂寂无闻的大学生，被人爆到网上没人在意。二狗撕书？勉强算有点儿知名度了，但是谁会关心一个鬼畜剪辑师的八卦呢？只有你陆越，一动手轻松上热搜，确实了不起。"

说着，她拿出手机看了一眼，装模作样地摇头叹气："哎，排名又上升了。"

陆越大惊失色，惊恐地掏出手机看了起来，"陆越 二狗撕书"这个关键词已经排到了热搜前几名，还在不断上升。点进去一看，不知道哪个寝室的同学守在走廊上把三人打架的画面拍了下来，包括陆越和蔺君书为"二狗撕书"的鬼畜视频争吵的部分。最过分的是，还掐头去尾，剪掉了陆越和蔺君书抢电脑的那段，只留下了后面的部分，让整件事看起来宛如陆越突然抽风殴打室友。

这下，全网都知道陆越和黑粉"二狗撕书"线下PK（对决）了！

蔺君书惨叫一声："我的马甲啊！！！"

他捂了两年的马甲，这下瞬间被曝到了全网！现充们永远无法理解次元壁破裂对一个死宅来说是多么羞耻的公开处刑。

陆越黑着一张脸："经纪人给我打了二十个电话，我先回个电话……"

唐堇薇不紧不慢地说道："比起这个，你最好先担心一下你的毕业证。"

陆越回拨的手停住了，难以置信地看向唐堇薇："不是吧？！"

唐堇薇微笑道："打架是要处分记过的，如果情节严重，延迟毕业甚至扣留毕业证也是有的。你现在无故殴打同学，连一句道歉都没有，你觉得这是件小事吗？"

原本还因为听到延迟毕业而心慌慌的陆越顿时气愤道："什么无故殴打同学啊！我一开始根本没打人，后来是因为那个叫冯戚的先揍我，我才还手的。而且，而且……难道你觉得他在网上黑我不需要负责任吗？"

又来了，这个大少爷脾气。唐堇薇扫了他一眼，反问道："在网上黑人和线下打人，哪个情节更严重？"

陆越一时语塞，蔺君书适时补刀："严格来说，我做你的视频不能算是黑你。因为我的所有素材都是真实存在的，我也不是那种喜欢剪脏话流的类型，最多算是恶搞。"

"这还不算黑我？"陆越一听就炸毛了，气得要再和蔺君书进行一番肉搏，吓得蔺君书当即往唐堇薇身后一躲，干脆利落地抱头蹲好。

眼前的画面变得有些搞笑，陆越张牙舞爪要逮蔺君书，蔺君书躲在唐堇薇身后，活像是在玩老鹰捉小鸡。唐堇薇脑补了一下这个场面，原本因为陆越的突发事件阴云密布的心情一下子出现了一道缝隙，暖暖的阳光从云缝中流了出来。

看着陆越气势汹汹的样子，再看看蔺君书瑟瑟发抖的样子，唐堇薇无端地有了奇怪的联想：像是一只被猫偷了狗粮的小狗，在生气地汪汪叫。

也许今天，她得担当一下"驯兽师"的工作，唐堇薇心想。

"现在打一架也解决不了问题，我们来谈谈吧。"唐堇薇微笑着说道。

"哼，我和他没什么好谈的！"陆越抱着手臂，扬起下巴，一副无话可说的样子。

"我也……"蔺君书本也想这么说，但是在唐堇薇的笑容中音量越来越小，心中越来越虚，最后讷讷不敢言。

看来得先搞定陆越，唐堇薇瞥了他一眼，缓缓道："首先，你们如果把这件事情当作普通的口角就错了。陆越，你的影响力决定了你的一切行为都会被放大处理，所以这是一件性质严重的恶性事件，对你的个人名誉有着极坏的影响。我可以基本宣布，你重返娱乐圈的计划已经报销了，因为你肯定会被记过处分，两年内难以毕业。同时，这件事的影响会持续地跟着你，陆先生也不会同意你回娱乐圈了。"

唐堇薇果断地将问题的严重性放大，果不其然，陆越立刻就紧张了起来，那副事不关己任凭处分的样子再也保持不住了。

"喂，真这么严重吗？"陆越有些慌了。

唐堇薇对他嫣然一笑，转头对蔺君书说道："你这边的问题也不小，虽然这次是陆越先对你动手，但你是他黑粉的事情已经全校皆知。恭喜你成为我校名人，未来两年你会体验到被陆越粉丝特别是我们学校里的陆越粉丝针对的'快乐生活'。"

蔺君书的脸瞬间白了。对一个宅男来说，有两件事是他最不想遇见的，第一是兴趣爱好被"公开处刑"，第二就是被熟人和不熟的人指指点点，成为别人的话题。

"哦，你本学期的奖学金应该是没希望了，毕竟这个项目还要参考全班同学的投票意见，而我们班的女生不少都是陆越的粉丝，你懂的。"唐堇薇给了他一个高深莫测的笑容。

听到自己的名字，陆越的耳朵竖了起来，得知自己的粉丝团队如此庞大，他不禁露出了一个得意的笑容，顺便对垂头丧气的蔺君书做了个鬼脸。

幼稚鬼！蔺君书忍不住瞪了回去。

"很显然，因为这件事，你们两个未来两年都不会很好过，作为你们的班长，我当然不希望如此。"唐堇薇见两人都有些反省的样子了，缓缓道出了自己的目的，"现在，我有个办法，也许能解决你们两人的问题，甚至……"

说到这里，唐堇薇停顿了一下，锐利双眸凝视着陆越，肃然问道："陆越，你想回到娱乐圈吗？"

陆越怔住了。

他想啊，怎么不想呢？在被迫退圈的日日夜夜里，他总想着回去。

如果不是为了回去，他怎么可能答应陆行舟回学校念书两年？他所做的一切努力，都是为了有一天能顺理成章地重返娱乐圈，比从前更耀眼。

可是，问出这话的人是唐堇薇。

陆越不相信她,这个手握着他黑历史和毕业大权的黑粉,他半点儿也不相信。

"我为什么要相信你会帮我?"陆越反问,"你和这家伙一样,都是我的黑粉。"

唐堇薇眨了眨眼,反将一军地问道:"从来都很自信的陆越同学,难道没有信心让我对你黑转粉吗?"

陆越哑然,他想说自己当然有。超级无敌自信的陆越,坚信每一个黑粉妹子在线下见到他本人的时候都会义无反顾地黑转粉,但是在唐堇薇面前,他突然没有那种自信了。

他怀疑地看着唐堇薇,似乎要看穿她漂亮外表下那颗小恶魔的黑心里到底在盘算什么坏主意。

偏偏小恶魔对他笑得一脸纯良:"而且,为什么不先听听我的主意呢?反正决定权在你手里。"

她说得好像很有道理,实在没什么反驳的余地,反正听一听总没有什么坏处吧,陆越心想。

"那你说吧,我听着。"陆越抱着手臂,侧耳倾听起来。

"很简单。陆越,你发声明,邀请'二狗撕书'作为你的摄影师和剪辑师,负责制作你在农大期间的学习生活 vlog(视频日志)。"唐堇薇笑眯眯地提出了一个惊人的建议。

"开什么玩笑?!"陆越拍桌而起,指着蔺君书的鼻子叫道,"我找一个黑粉拍我的视频?我吃错药了吗?!"

"我不干!我为什么要帮他拍 vlog?"蔺君书也起身反对,动作之大,连带着椅子都被他拖出一声刺耳的"刺啦"声。

"砰"的一声巨响,正针尖对麦芒的两人齐齐打了个激灵,惊恐地看向声音的源头。

唐堇薇一巴掌拍在桌板上,竟然将木质的桌板拍出了一条狰狞的裂纹!

——去,这桌板是纸糊的吗?陆越震惊地瞪大了眼。

——这一下打到我头上,头盖骨都掀飞了!蔺君书小脸煞白。

"不好意思,我这个人生气的时候手劲比较大,以前还不小心捏断过几个打劫的小混混的骨头。"唐堇薇一副轻描淡写的样子,对两人笑眯眯地说道,"现在可以听我继续说了吗?"

两个刚刚蹦跶起来的大男生脸色煞白,盯着桌板看了半天,最后谁也没作声,老老实实地坐了回去。

唐堇薇俏皮地眨了眨眼:"有句话说,当局者迷,旁观者清。既然你们对我的提案有意见,那这样吧,围绕着我刚才的提案,你们站在对方的角度说说看这么做的好处,一人一条,轮流回答,谁答不出来就算输了……你们不会想输给对方吧?"

陆越当即上当:"我才不会输!"

蔺君书警觉了一瞬："这是激将法？无所谓，反正我是不会输的！"

唐堇薇脸上露出了胜利的笑容，她从容地点了点头："哦，那开始吧。"

陆越立刻抢答："你帮我拍 vlog，全校女生都不会再 diss（不公正地批评）你，她们会喜欢你欢迎你，你赚到了！"

蔺君书若有所思起来，唐堇薇轻轻点了点头："理由成立，现在一比零。轮到你了，蔺君书。"

蔺君书轻哼了一声，偷偷瞪了陆越一眼，张口就来："陆越雇用我拍 vlog，大家的注意力就会从他打了我，转变到陆越雇用自己的黑粉给他拍视频这件事上，证明我们两人虽然过去有矛盾，但是已经'化敌为友'了，这说明什么？说明你陆越是一个心胸宽广还很有个人魅力的人，哪怕是你的黑粉，也能和你成为朋友。如果运作得当，这甚至可以是一起成功的炒作，不管怎么说，你的形象保住了。"

陆越摸了摸下巴，这么说起来，好像是哦！

唐堇薇再次点头，把视线投向陆越："这个理由也成立，现在一比一平。"

陆越"呃"了一声，有点儿卡壳，绞尽脑汁想了一会儿，才憋出一个理由："跟我合作的话，你的名气也会大增，以后说不定可以转职去做摄影师、剪辑师之类的。"

这又是一条戳中蔺君书的理由，他从小就是个文艺青年，写过小说，拍过视频，做过剪辑，他甚至考虑过未来要不要继续在这方面发展。成为陆越的摄影师是一个很重要的资历，能够让他更进一步的资历。如果陆越的 vlog 红了，作为摄影者和剪辑者的他，一定会被看好吧？

想到这里，蔺君书的态度又软化了一些，默默点了点头。

"那现在就是二比一了，轮到你了。"唐堇薇对蔺君书说道。

"拍 vlog 有利于巩固陆越的人气。因为退圈偶像在农大的日常生活这个题材，很有趣，会有很多人感兴趣。而且你的退圈声明里说，你这两年都不会接通告，那你总需要一点儿曝光吧，这就是个很好的曝光途径。"蔺君书说道。

"哼，就算你说得对，那我也不一定要找你拍啊，我就不信农大这么多学生，没有会拍视频剪视频的。"似乎是为了报复蔺君书刚才反驳他的理由，陆越也挑起了刺儿。

被质疑专业水平的蔺君书不服气地说："我的拍摄技术很专业，拿过不少摄影项目的奖项，还是摄影社团的骨干成员。我保证你在同学里找不到和我同一水平的摄影剪辑人员，就算有，他们也没有我的话题度。"

唐堇薇点头认可："成立。至于为什么必须找蔺君书拍视频，理由详见他上一条。现在二比二平，轮到陆越来说。"

陆越这下是真的卡住了，他绞尽脑汁地想了半天，终于一拍脑袋想了出来："钱！我会付你钱！我对人一向很大方，所以我会开给你一个业内新人绝对拿不到的工资。"

蔺君书白眼都快翻到天上去了："谁稀罕啊！"他家虽然不是什么大富大贵，但是生活费也没少了他的，足够他吃喝不愁。

陆越大感惊奇："基础工资两万一个月，根据视频数据再给分成，这样你都不满意吗？我可以再加钱。"

蔺君书傻眼了。

真的不是他见钱眼开，但是对方给得实在太多了，他……他……他……他要把持不住了！

只要动动手，给陆越拍点儿素材，再剪辑一下，就可以拿到远超应届毕业生平均水平的工资，刷爆全校女生好感度，还能名利双收事业成功，这种好事……他怎么拒绝得了啊！

但是，他蔺君书不要面子的吗？他可是陆越的黑粉啊！还是加入了黑粉组织的死忠黑粉。对方一给他钱就跪下了，那他以后还怎么在组织里抬起头啊？蔺君书在金钱和尊严之间挣扎了起来，脸上一阵青一阵白，一会儿嘿嘿傻笑一会儿咬牙切齿，把陆越吓了一跳，还以为对方是想揍他。

万恶的钞能力，唐堇薇心想，但是，正合她意。

"稍等，我接个电话。"唐堇薇说着，佯装接电话走出了办公室，和等在门外的冯戚低声交谈了几句："……大概就是这样了。蔺君书基本上是同意了，他现在只是担心他担任陆越的摄影师会引起黑粉组织的不满。这就需要你这个老大发句话了。"

从来不反对唐堇薇的冯戚头一次露出了犹豫的神色："你真的要帮陆越洗白？"

唐堇薇："与其说是洗白，不如说是改造。虽然你一直在黑陆越，但是我知道你是个有底线的人。你从来不会编造黑料去抹黑他，你只是把他做过的一切都展示了出来。未来陆越会改变自己，会往好的一面走，如果他做了错的事情，我绝不反对你曝光。但是，请你给他一个尝试改变的机会。"

冯戚深深地看着她："好，我答应你。但如果陆越真的没救，我也希望你不要在他身上浪费时间。"

说完，他转身走进了办公室。

"听说你要雇蔺君书拍 vlog？"冯戚双手抱臂，颇有兴趣地打量着两人。

陆越没好气地哼了一声："关你什么事！"

冯戚似笑非笑地看了他一眼，又对蔺君书点了点头，之后他也不说话，转身出门后给蔺君书发起了消息：答应他。

蔺君书这才松了口气，这下他可是组织认证过身份合法的卧底了！

见事情解决，唐堇薇笑眯眯地从走廊上回来了："好了，继续吧，现在三比二，蔺君书轮到你了。"蔺君书其实还能说出很多条理由，比如，和他化敌为友，他就会在教务处老师面前帮陆越澄清，陆越一开始并没有对他动手，是双方发生了一点儿口角，这样陆越受到的处罚就不会太严重；再比如，拍 vlog 间接宣传了学校，这个做法一定会博得校友们和老师的好感，这对陆越的大学生活很有利……

但已经没必要了，现在他要做的，就是体面地给陆越一个下来的台阶，让这个双赢的提案顺利通过。

想到这里，蔺君书装模作样地叹了口气："我想不出来了……算你赢了。"

唐堇薇斜睨了他一眼，觉得他的演技有待加强，但幸好，瞒过陆越已经足够了。陆越听到蔺君书认输，顿时喜笑颜开："你认输了？好好好，那就是我赢了！哼哼，现在你知道给我拍 vlog 是多么荣幸多么有意义的事情了吧！你以后可不许再剪我的那些视频了，好好给我拍 vlog，我绝对不会亏待你的！"

"……知道了。"蔺君书忍住抽动的嘴角，假装一脸梁山好汉被招安的沉痛。

"那就这么说定了！我回头让我的助理跟你联系，确定一下合同和初步策划，你看完觉得没问题就签了吧。"陆越叉着腰，一副志得意满的模样。

"哎，好吧。"蔺君书一副不甘心的模样，其实内心已经快笑翻了——陆越这家伙还记不记得他刚才多不想拍 vlog 啊？！

这家伙怎么这么傻，简直让他同情了，蔺君书默默打量了唐堇薇一眼，想知道班长对此的看法。果然，唐堇薇也是一副不忍直视的表情，用修长的食指轻轻按着太阳穴揉了起来，看起来是快被好骗的陆越蠢哭了。

也许是感觉到了他的视线，唐堇薇和他对视了一眼，又是无奈又是好笑地摇了摇头，这个表情出现在她的脸上，有一种不同于往常的鲜活可爱。

"那就这么说定了，从今天起，你们两人的命运已经被绑定在了一起，希望你们砥砺同行，追求各自的梦想，决不轻言放弃，也祝你们合作愉快。"唐堇薇笑盈盈地说道。

"嗯。"单方面认为自己大获全胜的陆越点了点头，看蔺君书也觉得顺眼了许多。

"好！"这一刻蔺君书竟然有一种激情燃烧的感觉，他觉得自己离梦想更近了。

这还没完，唐堇薇叫来了教务处老师，自己左手拉着陆越的手，右手拉着蔺君书的手，坚定地把两人的手握在了一起："老师，您看，误会已经完全澄清了，真是皆大欢喜呢。"

陆越不情愿地想抽回手来，蔺君书也是，然而两人一脸蒙圈地看着笑容满面仿佛完全没用力的唐堇薇，竟然没能挣脱她的强行握手。

在唐堇薇暗含威胁的笑容中，陆越和蔺君书握手的画面，被相机定格了下来。

果真是皆大欢喜。

有了唐堇薇帮陆越斡旋，事情很快解决，教务处只给了两人一个警告处分。

这其中除了唐堇薇在湘南农大的人脉，也少不了陆越的因素。

陆越现在是湘南农大的知名校友，虽然他打架的事情连累了学校的声誉——爱校狂魔唐堇薇对此很生气——但是当唐堇薇把陆越会拍摄在学校期间的 vlog 并宣传学校的事情告诉学校领导时，校方立刻明白这是一个双赢的好机会：一个当红偶像来为学校做长期代言，还是自掏腰包。那接下来的事情就很容易谈妥了。

可唐堇薇的心思不止于此，在她的设想中，陆越的 vlog 不仅仅是他个人的事情，更是对学校的宣传，甚至担负着对农学知识进行科普的重任，这也是她一直想做的事情。

想到曾经黑过湘南农大的陆越，未来两年肩负着为校宣传的重任，唐堇薇就不禁微笑了起来，颇有一种"大仇得报"的痛快。

湘南农大是个老牌农业大学，各方面条件都不错，还有原教授这样的业界大拿，但是在一众实力差不多的农大之中并不是最出名的，在生源上向来很吃亏。

唐堇薇深知酒香也怕巷子深的道理，早就想为自己的母校宣传，却苦于没有一个好的招牌。

现在，她有了。

唐堇薇看着自己连夜写好的计划书，露出了愉快的微笑。

冲吧，陆越同学，为你曾经最讨厌的湘南农大代言吧！

"你真的要走？"陆越的助理忧虑地看着经纪人，"陆哥对我们其实很不错了。他去念书之后还拜托老板保留了我们这个团队，还照发工资。如果我们走了……"

"工资？谁在乎那点儿工资啊，他未来两年不接工作，我的提成可是一分没有的。"经纪人坐在沙发上抽着烟，神情里充满了冷漠，"况且你觉得他还能回来吗？如果他回不来了，我们就陪他白白耽误两年时间？两年后我的人脉可就都没了。"

助理沉默了，这是个无比现实的问题。

"我带了他三年，陪他走到今天，自问没亏待过他，现在我也该走了。"经纪人叹了口气，掐灭了烟头。

"那你有什么打算？"助理小心翼翼地问道。

"有个人来挖我，我觉得不错。你要不要也考虑一下？"经纪人抬起头，认真地问助理。

"谁？"助理问道。

"郑太。"经纪人说道。

"哥，这不行啊！"助理慌了，"那可是陆越的死对头！他知道了非气死不可。"

"我被他气死还差不多。看看他去学校后做的都是什么事！你还不知道吧，他又有个经纪人了，还是他爸亲自给他安排的校园经纪人，和他一个年纪的黄毛丫头，她能有我专业？现在他还跟给他剪过鬼畜视频的黑粉合作拍什么校园 vlog，他简直疯了！反正我已经对他死心了，他不可能回来了，既然不回来了，我们去哪里他管得着吗？"

经纪人越说越气愤。

助理又沉默了。

"人往高处走，水往低处流。郑太虽然起步不如陆越，但是他是个聪明人，很会为自己经营炒作，我很看好他。"经纪人拍了拍助理的肩膀，"你也好好考虑一下吧，总得为自己打算打算。"

助理犹豫了半天，小声问道："哥，那你觉得郑太那边会要我吗？"

经纪人笑了，语气有些得意："我手头有个很棒的大学生活真人秀资源，主事的和我关系不错，本来想请的是陆越，但是陆越现在退圈了，郑太又很想要这个机会，他肯定会卖我一个面子的。"

自从"陆越聘请黑粉'二狗撕书'做自己的摄影师拍他的校园生活 vlog"的消息被爆出来之后，顿时又是一个热搜，惊掉了无数吃瓜群众的眼睛。

这是什么操作？不是他们见识少，但是明星和黑粉线下干架之后握手言和，一起搞起了事业，这操作他们真的没有见过！

虽然网上不乏质疑陆越炒作的言语，但是大部分吃瓜群众更好奇的是一个当红偶像和一个鬼畜区剪辑大手，两人到底是怎么搅和到一块儿去的。"二狗撕书"可是知名的陆越黑粉啊！

蔺君书在唐董薇的授意下，和陆越核对了一番台词，在自己的社交账号里发布了事情的始末：最初是他不乐意和陆越当室友，拿满屋子的臭袜子试图逼退这位不受欢迎的新室友，然后陆越竟然去洗袜子了！他不幸在陆越面前"掉马"，陆越试图抢走他的作案工具——笔记本电脑，蔺君书抵死不从，结果就打起来了。谁料他们不打不相识，在一番折腾后对彼此互有改观，当他谈到自己的剪辑之路和摄影爱好时，陆越提出让他来给自己拍 vlog，两人一拍即合，化敌为友，现在正在一起研究怎么拍出有趣的农大学习生活 vlog。最后，他诚邀各位网友给点儿建议，大家如果有想看的内容可以在他的微博下留言，他会整理出来给陆越看的。

蔺君书不愧是网文写手出身，把这段主要剧情基本属实但两人之间的情感纯属虚构的故事写得诙谐幽默，充满了意料之外情理之中的反转，最后还是一个皆大欢喜的结尾。在他的笔下，会因为受不了寝室脏乱而捏着鼻子打扫卫生的陆越有一种有别于荧幕上那个陆越的生活感，还有一点儿二了吧唧的可爱。

人类天生就喜欢故事，面对一次公关危机最好的办法，是给大家一个全新的、更有趣的故事，只有这样，才能让他们从上一个糟糕的故事里走出来。

虽然陆越看完之后大叫"这不是酷帅的我"，但公关部的人已经跃跃欲试想要给蔺君书发录用通知了，还诚挚建议陆越以后就操这个人设，比他硬拗一个酷帅狂霸跩的人设好多了。

发完了澄清微博之后，蔺君书特地找到了唐董薇。

"班长，有件事情，我还是要帮陆越澄清一下……那天打架的事情，阴错阳差的，其实不能怪陆越。他当时并不是想揍我，只是想把我剪视频的电脑抢了。"蔺君书翻着微博评论，不好意思地对唐董薇说道，"说起来，我和冯戚的问题更多。后来传到了网上的视频也是剪辑过的。你懂的，网上的那些东西，断章取义的很多……你和陆越接触下来，应该也感觉得到，他和网上传的不一样吧？其实我也是。"

蔺君书的话让唐董薇陷入了思索。

陆越是一个什么样的人呢？她本来可以笃定地评价他，无非是傲慢、自恋、无知、讨人厌……但是当陆越真正走入了她的生活，她却无法再轻率地给出一个评语了。

因为她无法再那么笃定，她从前所看到的那个陆越，有几分是真实的他，又有几分是在舆论的发酵中逐渐模糊了原貌的他。

她想，她应该再看一看，亲眼看一看陆越。

"哦，对了，班长，我把网友评论里最受欢迎的几个 vlog 主题整理出来了。排名第一的是什么，你猜猜看？"蔺君书的表情变得诡异了起来，一副想笑又憋着笑，但克制不住幸灾乐祸的样子。

唐董薇了然地一挑眉，视线穿过蔺君书的肩膀，看到了已经走到他身后的陆越，缓缓开口道："排名第一的 vlog 主题是：偶像养猪。我觉得很好，就定这个吧。"

蔺君书露出不怀好意的笑容："好，我这就去说服陆越养猪！"

刚好路过，因为看到唐董薇和蔺君书说话，忍不住上来偷听的陆越闻言顿时惨叫出声："我不同意！"

他不仅不同意拍养猪，他还不同意住宿呢！

必须马上搬出去！他一天也不要在大学寝室里住了，室友是个想方设法搞事的黑粉，他堂堂陆越受不了这个委屈！

说搬就搬，当天下午，陆越义正词严地告诉室友蔺君书，他要在外面租一套符合他陆越身份的单身公寓，严禁蔺君书告诉唐董薇，否则就扣他工资！

蔺君书一脸蒙圈地看着陆越拿起自己的随身行李，偷偷摸摸地逃离了这个充满他黑粉的恐怖的男生宿舍。

陆越不知道，当他踏出男生宿舍大楼的那一刻，他的行踪就已经落入了有心人的眼中。

此时，陆越正大大咧咧地联系自己的助理，让助理迅速帮自己找好中介，挑出一套符合他要求的豪华公寓，并配好保洁，钱不是问题，但两小时后他就要搬进去。

然而他得到了一个坏消息："对不起啊，陆哥，我已经辞职了。"

陆越一脸蒙圈。

不只是助理，他的经纪人也带着整个团队辞职了！

惊闻噩耗的陆越呆坐在咖啡馆中怀疑人生，他给经纪人打电话，经纪人根本不接，再给公司打，公司礼貌地告诉他：您的霸道总裁父亲听说团队要辞职，迅速批准他们连夜滚蛋，现在他的团队里连化妆师都没影了。

失魂落魄的陆越委屈得连生气的力气都没有了，他想不通为什么大家就这样抛弃了他，义无反顾地走了。

这是他的团队啊，虽然他总是惹出大大小小的麻烦，但是他从来没有在金钱上吝啬过，开出的薪水都是业内最高的一档。

呆坐在咖啡馆里的陆越怎么也想不通，倒是有点儿想哭。

"陆越？"一个甜美的女声传来，他抬起头，看到惊讶的夏姝宁。

"你是……夏姝宁？"陆越还记得开学典礼前那个第一个冲到他面前要签名的女孩子，还是他的未来同学。

"你记得我啊。"夏姝宁激动坏了，"你怎么在这里，在等人吗？"

陆越再次情绪低落了起来："不等了，都跑了。"

关心偶像的夏姝宁立刻追问了起来，得知他的团队竟然离他而去之后，顿时义愤填膺。

"这简直太过分了！"她气坏了，为陆越打抱不平，"他们怎么能这么做！"

见陆越闷闷不乐，夏姝宁心疼地问道："那你身边现在还有什么人吗？"

陆越想起了唐董薇，这位新任的校园经纪人大概是团队里唯一的成员了，然而……

这个世界上有比团队跑掉更悲惨的事情？有，唯一剩下的人是他的黑粉。

陆越不禁悲从中来。看着他的脸色，夏姝宁怜爱之心大发，她勇敢地自荐起来："你缺助理吗？我可以来当你的助理。"

陆越："啊？"

夏姝宁激动了起来，毅然把自己的爱马仕包藏到了身后："对，我需要一份助理工作！因为我很穷，很缺钱，再找不到兼职，我就要饿死了！"

原来他的小粉丝这么穷，可她就算这么穷，也坚定地做他的粉丝，这种精神也太伟大了，她是个真爱粉！

陆越被感动了："当然可以，我可以给你一份助理工作，绝对让你有饭吃。"

夏姝宁呜呜呜了起来："谢谢你二越，我好感动，喜欢你真是我做过最正确的一件事。"

陆越也被感动得眼眶发热，在这样的困境中仍然有人爱他，他感到了被爱的力量。他一定要好好对待他的真爱粉，就算她的助理工作做得不好，他也会很宽容的。

获得助理工作的夏姝宁问道："现在有什么需要我帮你做的吗？"

陆越想了想，决定把租房的工作交给夏姝宁。夏姝宁闻言，让他在咖啡馆里稍作休息，她立刻前往中介公司帮他筛选房源。

两个小时后，接到夏姝宁电话的陆越驱车前去看房，一路上还和夏姝宁通电话，感谢她的帮助。

电话那头，夏姝宁身边围着一圈穿着西装的房产中介，正争相给这位开着保时捷前来的有钱大小姐介绍另外几套面积宽敞装修精美的私人公寓。得到了偶像的夸奖，她美滋滋地笑着，甜甜地说道："不用客气，这一切都是应该的。二越，妈妈爱你！"

陆越："啊，什么？"

夏姝宁立刻改口："我说，我说的是，我会永远支持你的！"

陆越："不，我听到你说了'妈妈爱你'。"

夏姝宁捂住了脸，以头抢地。

糟糕，妈妈粉本质暴露了。

虽然新聘的助理是个亲妈粉这件事让陆越十分意外，但是他是个擅长自我安慰的人：总比是个泥塑粉好。

最重要的是，她帮他挑好了一套很棒的公寓，完全符合他的需求。

怀着对美好住宿条件的期待，陆越来到公寓前，冷不防看到门口站着六个熟悉的肌肉大汉。

这不是王朝、马汉他们吗？为什么会出现在这里？！

陆越大惊失色，拔腿想跑，还没跑出几米远就被六人团团围住，押送上车，商务车直奔目的地——湘南农大的男生宿舍。

半小时后，被人押送回校的陆越傻眼地看着敞开的寝室大门。

这间平平无奇的男生寝室中央，赫然是一身衬衫校服的唐堇薇，她手里拿着一本学术杂志，正认真地看着。又有几个肌肉大汉，有的给她端茶送水，有的给她捶肩捶腿，还有几个一边打扫寝室，一边被挤到洗手间的蔺君书小声交谈。

"老……呃，唐女士，啊不，唐小姐……不不不，唐学姐，人带到了！"关上门，王朝为如何在陆越面前称呼唐堇薇纠结了半天。

唐堇薇这才抬起头，秀美的脸上浮现出一个满意的笑容："干得不错。"

陆越一脸蒙圈，他的脑中有太多问题，可是脱口而出的却是："这里是男生寝室啊！你为什么会在这里？！"

"这个问题问得毫无价值。"唐堇薇摆了摆手，示意给陆越上茶，一副大佬做派。

但是她这副大家闺秀的样子，和她指挥肌肉大汉们的架势是如此割裂，让这个严肃的画面充斥着淡淡的喜感。

陆越被按在了另一把椅子上，被强塞了一个保温杯，里面还泡了枸杞，在陆越眼里这就是唐堇薇这种人会喝的饮料，他忍不住翻了个白眼。

但他不知道，坐在他对面的唐堇薇的密封杯里可不是什么养生饮料，而是自制的奶茶，这是她奖励自己成功抓获陆越的小礼物。

"如果你非要一个回答的话，我也可以给你。"唐堇薇美美地喝着奶茶，慢条斯理地说道，"因为在湘南农大，一切无关紧要的小事，我说了算。"

陆越更加摸不着头脑了，他气愤地说道："你凭什么让人把我绑回来？"

唐堇薇又喝了一口奶茶，对他的问题置若罔闻："现在我要和你谈谈，关于你如何在团队抛弃你之后自力更生重回娱乐圈的问题。"

上一次唐堇薇说起这个话题的时候，陆越还不信任她，可是经过她的一番操作，他和蔺君书的丑闻立刻变成了一桩美谈。陆越再傻也看出来了，唐堇薇确实是个很厉害的人。

陆越有点儿难堪地问道："你怎么知道……"

唐堇薇微笑："我不仅知道他们都走了，我还知道他们去了哪儿。"

陆越："去了哪儿？"

唐堇薇："你很熟悉的一个'老朋友'，郑太。"

陆越当即"卧槽"了一声，气得狂拍门板："他们怎么敢？我……"

这下他是真怒了，经纪人和助理辞职走人，那还能说是好聚好散，可是竟然去了他死对头那里，这就是对他的侮辱！

唐堇薇皱了皱眉："不要说脏话。"

陆越还在气头上，毫不客气地怼了回去："我说了又怎么样！"

唐堇薇歪了歪头："我再录音咯。"

陆越一秒闭嘴，气呼呼地拉过椅子坐了下来转移话题："你还没回答为什么把我绑回来呢。"

唐堇薇笑得温柔："我这是在帮你避免丢脸。"

陆越不解地看着她。

唐堇薇解释道："你还不知道吗？陆先生已经把你手头的卡冻结了，所以你恐怕付不起在外住宿的房租。"

陆越觉得自己应该再生气的，但是今天他已经气到麻木了，他冷笑了一声："冻就冻，我把游艇和跑车一卖，房子还是租得起的。"

唐堇薇摇了摇头："你还是不明白，住校是你回到娱乐圈的第一步。"

陆越："啊？"

唐堇薇："你以为靠拍 vlog 就能挽救你已经崩塌的人设？天真。不要再想着你之前那个蠢爆了的人设了，简直让黑粉发笑。你现在要做的是从头开始，重新给自己打造一个全新的、真正符合你自己的人设。"

陆越："这和我住校有什么关系？"

唐堇薇："当然有。当所有人都觉得你不学无术的时候，你能做的，不是拿着喇叭告诉所有人你肚子里有货，而是沉下心去，虚心学习。陆先生的思路是对的，他让你回到大学重新学习，洗刷掉你身上不学无术的标签。在校期间，你不应该搞特殊化，而是应该和其他大学生一样，老老实实地学习，和普通人做朋友，积极参加学校活动，这一切不是没有意义的。你的一举一动会通过周围人的镜头，通过你的 vlog 展示给所有人。没有比这个更有力的自证，前提是，你要诚实。"

陆越怔了怔，诚实？

唐堇薇继续道："vlog 里的你会是一个意识到从前荒唐，决心返回校园重新学习的退圈明星，你的一切都应该低调，并且诚实。vlog 里的你在住校，那么真实的你也应该住校，vlog 里的你每天去上课，那么真实的你也应该每天去上课。否则，当你的谎言被大众发现的时候，你重返娱乐圈的梦想就真的破灭了。"

这一刹那，陆越突然明白了，曾经他究竟跌倒在哪里。

唐堇薇静静地看着他，见他的神情变了，她问道："回到娱乐圈，是你的梦想吗？"

陆越郑重地点了点头。

唐堇薇又问："为了这个梦想，你愿意付出汗水，改变自己，努力去实现它吗？"

陆越再次点了点头。

唐堇薇于是笑了，她严肃的神情和了下来，秀美的脸庞因为这个笑容有了一刹那的温柔，竟让陆越觉得她是真诚的。她站了起来，朝陆越伸出手，眼眸中倒映着迷茫的他："那么，我来帮你实现这个梦想。也许这个过程很痛苦，你会受到挫折，想要逃避，自我怀疑，但是我保证，这些付出都是有意义的。为了梦想，一起努力吧，陆越同学。你会让那些离开你的人都为自己轻率的决定后悔。"

陆越站了起来，与她四目相对，他仍然有怀疑，可是心里有一个声音在对他说：你应该试一试。

反正，不会比现在更糟糕了，他想。

他握住了唐堇薇的手，沉声问道："那么，你的目的呢？"

唐堇薇紧紧握着他的手，对他微微一笑，眼中闪耀着明亮的光彩："因为我也有一个梦想，你恰好可以帮我实现我的梦想，所以我选择帮你。"

所以，加油吧，陆越。

为了你的梦想，也为了我的梦想，我们必须一起努力。

没有我陆越吸引不到的妹子！

"农业劳动社团？这是什么东西？"陆越一脸蒙圈地看着唐堇薇递给他的申请表。

"农大所有学生都至少要参加一个社团，我推荐你参加这个。"唐堇薇对他嫣然一笑。

明明是个温柔甜美让人心跳加速的笑容，可是陆越在一瞬间的恍惚后，骤然后背发凉：不妙，有危险。

屡战屡败、屡败屡战的经验告诉他，唐堇薇一脸严肃的时候，他的安全系数是60，但是当她笑靥如花的时候，他的安全系数是 −10000。

绝对有阴谋！陆越警觉地说道："我不想参加这种一听就很 low（低水平）的社团，有钢琴社吗？吉他、街舞、声乐这些也可以，没有的话，英语社总有吧？"

唐堇薇嘴角的笑容弧度扩大了，她还俏皮地眨了眨眼："我们农大不欣赏那种花里胡哨混学分的社团，你得硬核一点儿，加入符合我们农大标准的特色社团，比如养猪社。"

陆越顿时跳了起来："什么鬼！为什么会有这种社团？！"

唐堇薇叹了口气："我本来想推荐你去养猪社的，毕竟你要拍一期以养猪为主题的 vlog，但是这个可以作为重头戏放在后面，先从简单日常点儿的内容拍起吧。还是说，你迫不及待地想要养猪……"

陆越惨叫："我不想养猪！"

唐堇薇笑眯眯："不想养猪也可以，还有养鸡、养鸭、养鹅、养牛、养马、钓鱼、种水稻、种小麦、种蔬菜……只要你想得到的农业活动都有社团，每个社团都有自己的农业特色活动，你可以随便挑。"

陆越的大少爷脾气上来了："这种农业活动，我一点儿兴趣都没有！"

唐堇薇笑得更甜了："不参加的话，学分不够是不能毕业的。"

被戳中死穴的陆越心如死灰，默默把视线投向社团申请表上。

唐堇薇知道他意动了，熟练地开始套路，她忧郁地一手托着腮，幽幽地叹了口气："唉，可惜劳动社和这些经费充足的社团不一样。劳动社没有申请养殖场地，也没有申请试验田，连社团资金都很紧缺，能组织的活动不多呢。"

也就是说，这个社团什么也不种，什么也不养，连社团活动都很少？听起来是个"咸鱼"社团，陆越顿时心动了。

唐堇薇继续叹气，心底的小恶魔争分夺秒地挖起了坑："算了，还是不推荐你去劳动社了，我推荐你去水稻社吧，马上就到中稻收割的时候了，正好让你体验一下人力收割，我以前去帮过忙，还是挺辛苦的。你见过蚂蟥吗？稻田里到处都是，本来小小的一只，黏糊糊的很恶心，只要被它沾到，就会立刻吸血膨胀数倍。等到发现把它扯下来，伤口还会流血不止……"

这当然是骗陆越的，水田里才会遇到蚂蟥，收割的时候田里早已没水了，根本遇不到。但是对农业常识几乎一无所知的陆越还是上当了。

"不用了，谢谢，我已经申请好劳动社了。"陆越听得头皮发麻，以最快的速度在社团申请表上写好了"劳动社"。

他堂堂陆越下田去割水稻？他不要面子的吗？绝对不是因为他怕蚂蟥！

唐堇薇忍着笑，拿起表格从头到尾看了一遍，顺便帮他改了个错别字，这才施施然地说道："很好，那下午你就来社团报到吧。"

陆越追问了一句："既然劳动社什么都没有，那到底要做什么？"

手持申请表的唐堇薇笑容灿烂："什么都做啊。"

陆越："啊？"

唐堇薇的眼中浮现出了坏主意得逞的狡黠："以上我说过的社团，都会请劳动社的同学帮忙，所以你懂的，毕竟我们社团没有场地没有经费，只能出卖劳动力维持社团活动这个样子。"

这一刻，陆越完全懂了，这都是唐堇薇的套路！！！

在陆越看不到的角度，唐堇薇偷偷比了个 V 的手势：忽悠陆越的第一步，大成功。

陆越决定逃课，准确来说，是逃社团活动。

开什么玩笑，难道真的听唐堇薇的鬼话，老老实实去参加那种丢人的社团活动吗？他既不想养猪也不想割水稻，这些活动完全是破坏他的形象！他当年拒不参加在农大拍摄的真人秀，现在就不会老老实实地去干农活，说什么都不行！

然而，唐堇薇却好似已经看穿了一切。

陆越鬼鬼祟祟地背着吉他溜出男生寝室，准备找个地方练歌，人还没走出两米，就看到唐堇薇面带笑容地站在不远处对他招了招手。陆越立刻扭过头往左走，假装没看到她，然而前方已经站着三个肌肉大汉，领头的那个陆越记得他叫王朝。陆越再往右一看，另一边也站了三个，领头的那个叫马汉。

有备而来的唐堇薇笑眯眯道："你这是要去哪儿？该不会想要逃课吧？"

被瓮中捉鳖的陆越当然不承认："没有的事！我这是去参加社团活动呢。"

唐堇薇一脸恍然大悟："原来如此。咦，你竟然知道要去哪里参加？我刚才想到，上午忘了告诉你具体地点，特地来接你。"

陆越咬牙切齿："那可真是谢谢你了！"

唐堇薇："不客气。那现在跟我走吧？"

陆越还能说什么，他当然只能乖乖跟上了。套路，这都是唐堇薇的套路！

他是不会就这样认输的！！！

"给你介绍一下我们的社团成员。"唐堇薇一边走一边对陆越介绍起来，"不全是我们学校的，还有大学城里其他学校的一些校友。"

陆越迷惑道："其他学校的人为什么要来参加这个社团？"

唐堇薇语气温柔："因为他们当初的行为给同学们带来了困扰，现在当然有义务为建设校园贡献自己的努力呀。"

陆越："……你确定这个不叫劳动改造吗？"

唐堇薇一副恍然大悟的表情："你说得有道理，那就叫劳动改造吧。"

唐堇薇挥了挥手，一群垂头丧气的杀马特小混混和陆越打了个招呼。

"这些就是社团的新成员了。现在他们还在改造中，等过段时间你就会发现他们剃了板寸，有了肌肉，一肚子农学知识，像个好学生的样子了。这就是劳动的魅力啊。"唐堇薇一脸憧憬地说道。

陆越怜悯地看着这群一看就是小混混的倒霉蛋，突然回过味来："等等，他们需要劳动改造，为什么我也要？"

唐堇薇微笑："因为你在我面前又是威胁又是收买还想逃课，也没干过什么好事呀。"

陆越："……"

——呸，你就是想折腾我！

实在可恶，就没有什么办法能治一治她了吗？她简直是为所欲为！陆越越想越气，越气越想，这日子简直没法过下去了，他必须想出个办法来让唐堇薇停止她的魔鬼行为！

"哦，对了，今天的社团活动内容我还没诉你，是钓鱼社的同学邀请我们一起钓鱼。你会钓鱼吗？"唐堇薇问道。

"钓鱼？这个就太简单了！"陆越一听到活动内容，顿时嘚瑟了起来，"我可是海钓高手，上个月我在南岛度假还开着新买的游艇出海了呢，说到游艇……"

唐堇薇仿佛完全没有听出来某人只是想要炫耀他的游艇，笑容灿烂地打断道："那太好了，看来你是一个钓鱼高手，是我们社团迫切需要的人才。"

陆越得意地抬起下巴："那必须的。和钓鱼有关的一切，我都一清二楚！"

唐堇薇连连点头："了不起，那挖鱼饵的工作就交给你了。"

陆越愣住了："挖，鱼饵？"这玩意儿为什么要挖，不都是配好的饵料吗？

等等，难道说……

"钓鱼社喜欢用活的万能鱼饵，也就是蚯蚓。你不用担心，河边的泥土很湿润，蚯蚓很多，一挖一大团。"唐堇薇嫣然一笑，"那就拜托你了。"

陆越："……"

套路，全都是套路！

看着陆越崩溃的表情，唐堇薇的笑容里多了几分愉悦：啊，套路陆越，真是快乐无边。

农大附近的河边，偶像包袱沉重的陆越面色铁青，对着蔺君书恶声恶气地说道："我是不会就这样屈服的！"

蔺君书是被唐堇薇喊来拍 vlog 素材的，此时正在调试三脚架，闻言怜悯地看向陆越："以我对班长的了解，你最好老老实实地听她的话，赶紧把蚯蚓挖了吧，这样还能少吃点儿苦头。"

陆越听到"蚯蚓"两个字就打了个哆嗦："别跟我提蚯蚓！太恶心了！"

一想到自己脚下的泥土里就有蠕动的蚯蚓，讨厌虫子的陆越被恶心得够呛。

新任小助理夏姝宁怜爱地看着陆越，对唐堇薇说话的语气都带着幽怨："我可怜的二越，竟然要在泥土里挖蚯蚓……虽然这样的他也很可爱，但是太可怜了，好想给他承包河塘，好想雇人帮他钓鱼……"

蔺君书听到这话，感到了一阵强烈的酸意。这位傻白甜大小姐为什么就是喜欢陆越啊？

唐堇薇认真地对夏姝宁说："如果你是为他好，就不要干扰他的拍摄工作。"

夏姝宁唉声叹气地同意了。现在唐堇薇才是陆越团队里的管事人，她害怕被拆穿"穷鬼"人设丢掉助理工作，现在只好乖乖听话，满身的奢侈品都不敢穿戴在身上，还特地把保时捷开回了家中，买了一辆二手电瓶车代步。

为了近距离追星，她做出了巨大的牺牲。

"抓紧时间，再过半小时钓鱼社的同学就要过来了，如果没有准备好饵料，你今天的社团活动就不及格了哦。"唐堇薇"善意"地提醒陆越。

坚持不肯放下吉他的陆越黑着脸："我是不会去挖蚯蚓的！拿着把铲子在河边刨坑弄得一身泥，这像什么样子？我拒绝！"

唐堇薇微笑："你也可以不挖。"

"真的？"陆越眼前一亮，随即又满脸警惕，"你又有什么阴谋？"

唐堇薇继续微笑："你可以给蚯蚓弹弹吉他，也许它们听到美妙的音乐就会钻出来了。"

陆越用看弱智的眼神看着她："你以为我会信吗？"

唐堇薇认真道："我没有骗你。你应该听说过，打雷的时候蚯蚓是会钻出地面的。因为它们对声音很敏感。"

陆越回忆了一下，好像真的有这个说法。

不管怎么样，弹吉他总比挖泥土好一点儿，陆越琢磨了一下，决定试一试。

于是蔺君书的镜头拍摄到了这样一段中二满点的画面：陆越谨慎地坐在树桩上，拨动着吉他弦在河边弹唱他上一张专辑里的歌，是几首广受好评的情歌。

一边弹唱，他一边紧紧盯着泥土，好像里面随时会有僵尸破土而出，而他已经准备好丢下吉他用铲子搏斗。

然而泥土里毫无动静，倒是有几只没有音乐鉴赏能力的青蛙从他面前路过，对这场免费的演唱会毫无兴趣，蹦蹦跶跶地跳走了。

陆越："……"

观众里唯一表现出感动的是夏姝宁，她还在陆越唱歌的间隙里鼓掌。一连唱了三首歌，陆越看着毫无动静的泥土，怀疑地问唐堇薇："你是不是又骗了我？"

唐堇薇对蔺君书使了个眼色，得到了"再忽悠他来一段搞笑素材"的眼神回复。

唐堇薇于是说道："一定是你挑的歌不对，来几首激昂的音乐，要动感一点儿。你想想，打雷的时候声音可是很大的。"

陆越再次将信将疑地坐了下来，从以前的歌单里挑了几首符合要求的歌曲，这次他不坐下了，站着弹奏更有激情！

音乐声一响起，夏姝宁再次露出了陶醉的表情：啊，二越的歌真棒！

几只鸽子在他换歌的空当飞了过来，大摇大摆地路过他面前，陆越看着白白胖胖的鸽子，对这群只会咕咕的观众唱起了关于飞行的梦想。鸽子觉得他太吵，飞走了。

陆越："……"

又来了两只野猫，从河边一路打到了陆越面前，陆越激动地即兴创作了起来，来了一首激情澎湃的 battle 音乐。结果两只野猫突然停下了对殴，对着发出"噪音"的陆越一通吼叫，气鼓鼓地跑掉了。

陆越："……"

唐堇薇终于忍不住了："噗——"

听到她的笑声，陆越终于意识到自己上当了，他恼羞成怒地放下吉他，对她叫道："你到底是不是在骗我？！"

夏姝宁终于看不下去了，她把搜索引擎告诉她的真相告知了陆越："其实，打雷天经常有蚯蚓出来，是因为下雨前后空气潮湿，蚯蚓才会钻出泥土。"

陆越："唐、堇、薇！"

唐堇薇露出了一个落落大方的笑容，真诚得不能再真诚了："其实我只是想让蔺君书录几段你弹吉他的画面，挺好的，你刚才弹得不错，让我这个不喜欢音乐的人也很受感染。"

这突如其来的夸奖让陆越愣了一下：什么？这个黑粉竟然夸他了？

这下陆越可不好意思发脾气了，他耳尖微微发烫着，故作镇定地扭开脸："还行吧，普通发挥而已。你要是想听，直接说就可以了，不要老拿乱七八糟的由头来糊弄我。"

唐堇薇："你说的对。那现在挖蚯蚓吧。"

陆越气愤道："我说过了，我是不会用铲子在泥土里乱刨的！"

唐堇薇歪了歪头："不需要。用铲子挖效率不高，我教你一种高效的捉蚯蚓办法，保证不需要你用铲子，几分钟就能看到蚯蚓争先恐后地爬出来。"

刚上过一次当的陆越已经没有那么好骗了："你以为我会相信吗？！"

唐堇薇指了指一旁的水桶和洗洁精："装上水，倒入洗洁精，搅拌均匀后把水倒在泥土里，蚯蚓就会自己跑出来了。你拿着筷子夹蚯蚓装进桶里，你的任务就完成了。不信你现在搜索一下。"

陆越掏出手机一搜，这竟然是个可行的办法。而且这办法听起来比铲子挖土文雅多了，起码不会弄得满身泥土，陆越有点儿意动。但是转念一想，他凭什么要老老实实听唐堇薇的？她让做什么，他就做什么，那他岂不是很没有面子？

陆越哼了一声，挑衅道："如果我不干呢？"

唐堇薇丝毫不恼火，她靠近陆越，在他耳边温柔地威胁道："你还不知道吧，你的黑粉们正打算买人写你和你那个死对头郑太的同人文，特别劲爆，超级狗血，绝对会火的那种。现在我觉得这主意不错，打算支持一下。"

陆越：……

钓鱼活动现场传来陆越的惨叫声："唐堇薇，你是魔鬼吗？！"

唐堇薇微笑：没错。

陆越杀气腾腾地干了起来，他决定了，今天，现在，就这次活动里，他一定要报复唐堇薇！

装水，倒洗洁精，搅拌均匀泼在草地里，陆越拿着一双筷子，咬牙切齿地站在湿漉漉的泥地里，已经气到忘记洁癖。

就在刚才，他已经想出了一条绝妙的报复唐堇薇的办法——他要把蚯蚓丢到唐堇薇身上去！没错，就是这么小学生的办法，但是绝对会管用，因为没有女孩子不怕虫子！

陆越信心满满，握着筷子的手激动到颤抖，他已经迫不及待地想听到唐堇薇惊恐的尖叫声了。

湿润的杂草丛中，讨厌洗洁精味道的蚯蚓争先恐后地从泥土里钻了出来，一时间满地都是扭动的蚯蚓。

夏姝宁吓得躲到了蔺君书身后，生怕蚯蚓对她展开"追杀"。

陆越眼前一黑，鸡皮疙瘩此起彼伏。

"咦，你竟然怕虫子吗？"唯恐天下不乱的唐堇薇幸灾乐祸地问道。

"我不是怕虫子！我只是有洁癖！"陆越叫道。

"哦，那加油哦，你是最棒的！"说着，唐堇薇还做了个加油的动作，嘲讽效果满分。

陆越气不打一处来，顿时忍下了对虫子的恶心，用筷子飞快地夹起了蚯蚓，看也不看地丢进桶里。

唐堇薇看他满头大汗地捉蚯蚓，自己坐在河边笑眯眯地对陆越介绍起了蚯蚓粪便作为肥料在农业生产中的作用。

陆越：根本不想知道的知识增加了！对唐堇薇的恨意也增加了！

眼看着桶里的蚯蚓越来越多，一大团蠕动的蚯蚓让陆越快要无法呼吸。

是时候实行他的计划了，陆越心想着，眼中跳动着复仇的火焰。他从地里夹起一条格外长的蚯蚓，装作一脸惊喜地对唐堇薇说："你看，这条蚯蚓特别大呢！"

说着，陆越用筷子夹着蚯蚓，快步走向唐堇薇，似乎是想把这条特别的蚯蚓展示给她看："差不多是其他蚯蚓的两倍长……"

陆越站在唐堇薇面前，拿着筷子的手激动到颤抖：就是现在，假装没夹稳，让蚯蚓掉到唐堇薇身上，一定能吓得她花容失色尖叫着跑掉，说不定还会一头栽进河里！

陆越仿佛已经看到自己胜利的一刻，他强忍着激动，右手轻轻一抖——蚯蚓果然挣脱了筷子，掉在了唐堇薇的裙子上。

意料之中的尖叫声没有响起，唐堇薇若无其事地徒手把蚯蚓抓了起来，放在眼前认真打量："这条不算大。而且这片水域的鱼普遍体型不大，比较喜欢鲜嫩的小蚯蚓，太大的反而起不到很好的鱼饵作用。"

陆越："……"

害怕呢？尖叫呢？逃跑呢？怎么没有反应呢？为什么她一本正经地说起了蚯蚓？

不等陆越回过神来，唐堇薇已经拎起了装满蚯蚓的桶，随手挑了一条出来："比如这种细小的红蚯蚓，就比刚才那条黑蚯蚓更合适用在这里。你看看，这两种蚯蚓是不一样的。"

唐堇薇一手一条蚯蚓，热情地放在了陆越的手背上，方便他观察蚯蚓，而她，则在专心致志地观察陆越。

一黑一红，一大一小，两条蚯蚓一起在陆越的手上欢快扭动。

"啊——！"蚯蚓飞了出去，陆越的魂也飞了出去！

"小心脚下！"

"扑通——"

"蔺君书，快来帮忙！陆越掉水里了！"

"二越啊——！别怕，妈妈来救你！！！"

正忙着拍摄陆越挖蚯蚓的蔺君书目瞪口呆地看着 vlog 的主角在一声惨叫后一蹿老高，却被脚边的石头绊了一下，一头栽进了河里。

唐堇薇站在河岸边看着陆越挣扎着爬上岸，比起陆越风光八面的样子，这种狼狈的时候他反倒可爱了起来。

陆越在河边骂骂咧咧地脱了鞋子倒水，唐堇薇关心地走了过去，掏出了一包从原教授那儿缴获来的蚯蚓软糖，若无其事地吃了起来，还热情地问陆越："要吃吗？"

陆越惊恐地看着她，一时间没有看出那是软糖："你是变态吗？！"

唐堇薇笑而不语，一手把蚯蚓糖塞进了陆越的嘴里。

陆越当场背过气去。

摄像机无情地把这一幕记录了下来，名场面素材 get（收到）！

"这日子没法过了。"陆越绝望地对新任助理说道。

夏姝宁怜悯地看着他，陪他一起唉声叹气。

陆越忧心忡忡："再这样下去，未来两年我岂不是被她放在手心里随意拿捏……哎，我中文不太好，形容这个的俗语怎么说来着？"

夏姝宁心疼偶像的语文水平："玩弄于股掌之间。"

"没错，就是这个词。"陆越又是一声长叹，"我从来没见过哪个女孩子是这个样子的！她竟然不怕虫子，一点儿也不小鸟依人，动不动就套路我，手下还有一群小混混！"

夏姝宁眨了眨眼："这个我知道，他们都在劳动社里改造呢。"

同样在劳动社里被改造的陆越，闻言悲从中来："不行，我必须想个办法治治她，否则未来两年，我的生活暗无天日！"

夏姝宁："那可是唐堇薇啊，我们斗不过她的。"

陆越不信邪："你不是她的室友吗？她一定是有弱点的。来说说看，你对她有什么了解？"

夏姝宁甜美的脸蛋儿立刻变成了苦瓜："虽然我们是两年的同学，但我对她也不是很了解。而且……"

而且她们两个经常不住寝室。夏姝宁的父母给她在学校附近买了一栋小别墅，她每天开车回去住，直到学校禁止工作日在外住宿，她才被迫搬回了寝室——另一大原因是她买的陆越周边实在太多了，一箱一箱地已经塞满了整个别墅，连她自己的卧室都快没地方下脚了。

唐堇薇就更神奇了，原教授在农大有教职工宿舍，她从小就住在那里，现在也经常去那边住。所以这两位名义上的室友，实际上很少在女生寝室碰面。

但是夏姝宁能说吗？不能，她要维持住自己的人设，不能让陆越知道她是个住着别墅的助理。

"而且，虽然平时班长是很温柔靠谱善解人意，但是我从来没听说她和谁特别交心，女生寝室里的夜间谈心什么的，我们从来也没有呢。"夏姝宁纠结地胡编起了理由，"她学习很好，我不敢在她面前大声说话。她还很忙，总是有做不完的事情，平常很少待在寝室里。哦，她和我也没什么女孩子的话题，她又不追星，也不谈恋爱……对，她不谈恋爱。"

恋爱？

说到这个话题，陆越可就兴奋了："不谈恋爱啊。唔，有问题。她这种笑里藏刀的小恶魔个性，当然没有男生追她，她会单身到死。我已经退圈了，可以谈恋爱了，我马上就会找到一个温柔漂亮善解人意的女朋友，气死唐堇薇这个单身狗！"

夏姝宁发出了一声尖叫："二越，你还小，妈妈不许你谈恋爱！"

陆越："……"

夏姝宁苦口婆心起来："真的，谈恋爱一点儿意思都没有。我谈过，结果呢，前男友是你的黑粉，我跟他分手了！"

陆越立刻表示了关怀，可夏姝宁显然对自己的初恋故事心有余悸，只告诉陆越那是一段不成功的网恋。

"总之，谈恋爱没什么意思的。还是好好搞事业吧！"亲妈事业粉诚恳地对陆越说道。

陆越小声嘀咕："也不是谈恋爱，只是基于我无懈可击的颜值，我做出了一个重要的决定。"

夏姝宁："什么决定？"

陆越高高地抬起了下巴，骄傲地说道："我要去勾引唐堇薇！"

夏姝宁如遭雷击，她甚至无法尖叫出声了！

陆越继续说着自己"天才般"的创意："唐堇薇这样的人要是喜欢上谁了，一定会智商狂掉吧，电影里不都是这么演的吗？恋爱让人失智。她肯定是那种表面很冷酷，其实内心很渴望爱情的类型。一旦坠入爱河，她就会为爱改变，肯定是这样没错。"

夏姝宁："……"

陆越说到了兴头上："我只要搞定了她，让她对我言听计从，她就再也不能折腾我了，当然也不会让人写……咳咳。等我追到她，再甩了她，我就可以看她痛哭流涕抱着我的大腿苦苦哀求我不要和她分手。哇，我爽到了，我现在就去准备！"

看着陆越扬长而去的背影，夏姝宁两腿一软，坐在了地上。

世界一片黑暗，她仿佛是歌剧舞台上的女演员，只有一束聚光灯照在她的身上，她幽幽地唱了起来："寒叶飘逸，洒满我的脸。吾儿叛逆，伤透我的心。你讲的话像是冰锥刺入我心底。妈妈真的很受伤……"

夏姝宁泪流满面：儿子叛逆了，要去找妹子了，妹子还是我的室友兼班长。她该如何拯救这段扭曲的关系？她不要当唐董薇的婆婆啊！

陆越对自己的优势十分清楚。

他长得帅，是个明星，还很有钱，三重光环笼罩在他的头顶，让他对自己的追妹子水平有着充分的信心——无论拿出哪一项优势，都足以让他无往不利。

在男生寝室里揽镜自照的陆越，认真端详着自己英俊的脸，再次确信，只要他对女孩子表达出好感，哪怕对方是个黑粉，也会立刻叛变的，唐董薇也不例外！

帅，就是这么自信！

那就从展示自己的英俊脸蛋儿和优秀的音乐才华开始吧！

这么想着，陆越掏出了自己的手机，就着寝室昏暗的灯光，开始自拍。

很好，完美，每张都很帅！

陆越自信地翻阅了一下相册，最后挑了一组四十五度角仰拍的邪魅表情，兴冲冲地打开电脑，套了个模板，搞得花里胡哨，再录上一段现场弹唱的歌曲，还亲自作词："虽然你的个性魔鬼，但是勉强还算可爱。我看你很不顺眼，并不真心想和你谈恋爱……"

搞定！

陆越立刻把做好的《陆越邀请你来欣赏盛世美颜》H5（营销页面）发给了唐董薇。

内心毫无点儿数的陆越美滋滋地计划好了，他要用自己无与伦比的颜值和才华攻略冷酷学霸唐董薇。一旦勾引成功，他一定可以让唐董薇对他千依百顺，从此让她朝东走她不敢往西跑，要她认可他的毕业资格，她就不敢说一个"不"字。哼哼，这感觉就一个字——爽！

将 H5 发过去之后，陆越哼着情歌等唐董薇回他消息，在他这颗装满了恋爱的脑袋里已经脑补出了唐董薇回复他消息时的样子：唐董薇打开微信，惊喜地看到他给她发来的 H5，点开一看，啊，这脸蛋儿，英俊！啊，这歌声，迷人！顿时面色羞红，捧着脸拼命控制急促的呼吸，但还是克制不住地在原地跳了几下，捂着脸低声尖叫"好帅好帅陆越好帅"，然后用激动到颤抖的手给他回消息。

啊，就该是这样，没错！

然而十分钟过去了，唐董薇还是毫无动静，反倒是陆越，在狭窄的寝室里徘徊起来，满心都是焦虑的纠结：为什么唐堇薇不回他消息？是没看到吗？陆越在心里嘀嘀咕咕了半天，终于忍不住又发了一条消息。

陆越：看到了吗？感觉如何？

微信界面上跳出了一条无情的系统提示：消息已发出，但被对方拒收了。

这句系统提示翻译过来的意思就是：你已被拉黑。

陆越蒙住了，傻乎乎地一脚踹在椅子上。椅子不堪受虐，在一声惊天动地的拖动声后，把陆越绊倒在地摔了个嘴啃瓷砖。

趴在地上的陆越又是剧痛又是满头问号：拉黑？唐堇薇拉黑了他？为什么？是他不够帅吗？还是他的歌不够好听？不应该啊！

时间地点倒回十分钟前的女生寝室中。

今天，唐堇薇难得回到了寝室住，因为她的室友夏姝宁突然表示她刚看了一部恐怖片，现在吓得腿软动弹不得，一个人根本不敢睡，苦苦哀求唐堇薇回寝室陪她住一晚。

唐堇薇对这种不小心看了恐怖内容之后吓得要命的状态感同身受，她也是个怕鬼的人——当然她从来不会对别人承认——所以她体贴地答应了夏姝宁的请求，回女生寝室陪夏姝宁住一晚。

为了鼓励室友勇敢起来，她还买了两杯奶茶，一杯送给吓坏了的夏姝宁，一杯奖励给善解人意的自己。唐堇薇为自己的靠谱点了个赞，愉快地沿途享用了这杯奶茶。

偶尔也要奖励一下自己，她心想，并在走进宿舍大楼前就飞快地消灭了"罪证"，把喝光的那杯奶茶扔了。

只要没人发现她有不自律的行为，她就是最自律的人！

她一进门，夏姝宁从被窝里钻出来，一张傻白甜的漂亮的脸上露出痛苦的表情："班长，我有一件重要的事情要告诉你。"

唐堇薇把奶茶放在她的床边，一边挤牙膏准备刷牙，一边随口说道："你说，我在听呢。"

夏姝宁犹豫着该如何告诉她陆越打算勾引她，她说不出口，可她更怕陆越万一成功，那岂不是……

"陆越，他……呃……他对你有点儿意见。"一番挣扎之后，夏姝宁决定说个小谎。

"我知道啊。"唐堇薇并不在乎，只要陆越乖乖配合，她不介意他私底下对她的看法。

"他打算报复你，用一种特别的方式。"夏姝宁委婉地说道。

"哦？"这下，唐堇薇倒是感兴趣了，陆越会用什么方式来报复她呢？

就在这时，正在洗脸台前刷牙的唐堇薇的手机响了，是陆越发来的一条微信，她好奇地一挑眉，点开了这条链接。

下一秒，惊天动地的音乐响了起来，屏幕上骤然出现了一张陆越的近距离自拍照：照片里的陆越眼神睥睨，但透着一丝丝的搞笑气息，原本一张三百六十度无死角的俊脸，硬是在他的努力下拗出了独辟蹊径的卓越沙雕感，让英俊男神变成了一个搞笑男神经病。

这一魔鬼举措，成功让唐董薇的表情呆滞了两秒钟，下意识地把嘴里的牙膏泡沫咽了下去。

"咳咳咳咳，呕——"唐董薇立刻吐起了牙膏沫，皱着眉喝水漱口，努力把那股过分清凉但有点儿恶心的味道驱散。

这一干呕就坏事了，唐董薇感到胃里痉挛了起来，奶茶里的珍珠调皮地从她的嘴里蹦了出来。

"班长，你没事吧？"夏姝宁冲过来关切地问道，对着水槽里的珍珠蒙圈。

"没事，只是呛到了。"唐董薇若无其事地打开了水龙头，无情地把珍珠冲了下去，那坚毅的神情努力在暗示夏姝宁，她刚才看到的珍珠完全是错觉。

"你也喝奶茶了？"夏姝宁傻乎乎地问道。

"没有，我怎么会喝那种垃圾食品呢，那是胆结石。"唐董薇端起淑女的微笑。

夏姝宁愣愣道："你一定要注意身体啊！"

"我会的。"唐董薇擦掉嘴角的牙膏沫，再次拿起手机时脸上的笑容里已经显露出一丝狰狞。

这就是陆越对她不满的报复吗？不错，这是他第一次成功让她失态。但不会有下次机会了！

"我刚才好像听到了陆越唱歌的声音，他给你发了什么？"夏姝宁忧心忡忡地问道。

唐董薇把手机抛给她，咬牙切齿地说道："你自己看。"

夏姝宁同样被这《陆越邀请你来欣赏盛世美颜》的H5弄得眼前一黑，音乐打九分，自拍零分。

刷完了牙，唐董薇拿回了手机，面色严峻地点开了陆越的微信头像，干脆利落且毫不留情地把他拖进了黑名单里。

"感谢你的提醒，我会对他的报复行为严阵以待的。"唐董薇说道。

"……不、不客气。"夏姝宁战战兢兢地说道。

虽然理解上好像出现了一点儿问题，但是，至少达到了应有的效果吧？夏姝宁苦中作乐地心想。

唐董薇迅速打开电脑，在邮箱里检查起其他社团发来的帮忙申请，挑出最麻烦、最辛苦、最让陆越崩溃的工作，一股脑儿通过，还不忘发邮件催促蔺君书尽快把陆越的第一期 vlog 素材整理好。

做完了这一切，唐堇薇满脸肃容：陆越，本来看在你今天不幸落水的分上，我打算放你一马，但你的报复招数出乎我的意料，还差点儿败坏了我的正经形象，那我也要好好回敬你，你就接招吧！

第一次勾引唐堇薇行动大失败！

陆越百思不得其解，心里又是茫然，又是委屈。

为什么他发自己配乐的帅照会被拉黑？他做错了什么吗？

纠结的陆越像是一只热锅上的蚂蚁，在寝室里团团转了起来。

他决定参考一下室友蔺君书的意见。

陆越："我帅吗？"

正在专心看漫画的蔺君书一脸蒙圈地抬起头："啊？"

陆越面色深沉，竟有几分忧郁酷哥的架势："我在问，你觉得我帅吗？"

蔺君书很想对这张帅到让同性嫉妒的脸来一拳，但陆越毕竟是他的雇主，他忍耐着黑粉的冲动，实话实说："挺帅的。"

陆越露出了满意的笑容，又问："那你觉得，我的歌怎么样？"

蔺君书："也还不错。"

陆越感到不满："只是不错？你等一下，我现在给你弹一首我即兴创作的新歌！"

说着，陆越拿起吉他，轻快地唱起了他刚刚编写的新歌："虽然你的个性魔鬼，但是勉强还算可爱。我看你很不顺眼，并不真心想和你谈恋爱……"

蔺君书虽然并不太懂音乐，但他听得出陆越的嗓音和这首歌的旋律都是优秀的，但是，这个歌词是怎么回事？

陆越才弹了两句，就迫不及待地问蔺君书："你说，一个女孩子看到英俊的我给她弹唱这首歌，是不是会立刻被我吸引，坠入爱河？"

蔺君书代入了一下，感到自己拳头硬了："不，她会揍你。"

陆越难以置信："为什么？我长得不帅吗？我的歌不好听吗？"

蔺君书放弃和这个过分自恋的偶像讨论恋爱话题了，他敷衍道："开玩笑的。歌很好，特别好，我不用听后半段都知道，一定是完美无缺的作品！你赶紧去给妹子表演吧，她一定会被你打动的。加油，冲呀！"

见室友这么说，陆越大受鼓舞。

妥了，明天就来个当面表演，一定会让唐堇薇激动地扑到他的怀里请求交往吧！

次日一早，熬夜之后给自己灌了三罐咖啡的陆越精神抖擞地拾掇好自己，在室友蔺君书的目瞪口呆中给自己涂了含防晒效果的隔离霜，还认真地挑选了今天的服装，讲究到连袜子的颜色都斟酌了五分钟，十分有偶像包袱，去上课还不忘背上他心爱的吉他——因为他要撩妹。

这一番讲究的成果就是，当陆越戴着一副新款墨镜背着吉他装逼如风地踏出男生寝室大楼的时候，路过的女生们发出了惊天动地的尖叫声——陆越好帅啊！

谁也不知道，这位偶像为了抓紧时间去堵人，付出了不吃早饭饿肚子的代价。

陆越从容不迫地和女生们招手，脸上挂着偶像的笑容，一路点头微笑致意。

很好，第一天上课，一切都是如此完美。

就算是黑粉大本营的湘南农大，他陆越的粉丝数量也可以吊打黑粉！

他陆越，退圈也是实红！勾引一个妹子，岂不是手到擒来？

陆越给自己做了一番心理建设，来到教室门前的走廊上，在万众瞩目下开始弹吉他，等待着唐堇薇的出现。

女孩子们简直疯了，呼朋唤友来围观陆越的即兴表演，陆越原本还觉得这个"舞台"有点儿狭窄，但是开唱之后他就沉浸在表演中，浑然不在乎环境了。

陆越的如意算盘打得很响：等唐堇薇来上课，见到在门口弹唱的他，一定会被他的现场表演震惊，到时候他就给她唱昨晚的新歌。他对自己很有自信，就算是黑粉，也抵抗不了他的现场表演。

然而，陆越永远想不到唐堇薇的操作。

十五分钟后，走廊已经被围得水泄不通，严重干扰正常的教学秩序。眼看上课铃快要响了，造成这一切的罪魁祸首却毫无自觉地继续唱歌，引得全场女生跟着他一起唱。

气氛是热烈的，场合是错误的。忍无可忍的唐堇薇决定给陆越一点儿教训。

唐堇薇面带冷笑站在人群外，杀气腾腾地对身边拿着唢呐的王朝说道："吹，用力吹。"

被紧急喊来踢场子的王朝拿起唢呐就是一个喜庆的旋律，唢呐特有的富有冲击力的声音瞬间盖过了全场的歌声，所有人的脑中都是一片空白——发生了什么？为什么他们集体跑调了？

陆越的演唱会突然变成了乡村婚嫁时热闹的唢呐配乐，流氓乐器唢呐撼动全场，陆越不服输地用力弹吉他飙高音，想把音乐气氛抢救回来，可是却被唢呐疯狂霸凌，简直是斯文读书人遇到地痞流氓，想讲道理却被按在地上摩擦，最后他惨叫一声："别吹了！"

唐堇薇一抬手，唢呐声停了，她穿过人群杀气腾腾地来到陆越面前，对他展颜一笑："下次再让我看到你干扰正常教学秩序，我就叫二十个人来给你吹唢呐，保准你晚上做梦都是这个音乐。"

陆越露出震惊又委屈的眼神，仿佛辛辛苦苦捉到一只耗子的哈士奇被主人一顿训斥。

陆越的第二次勾引唐堇薇行动，依旧以失败告终。

这个世界，太残酷了。瘫在教室椅子上的陆越放空了眼神，仿佛一只失去鸡腿的哈士奇。

对于从小就长得好看、家境优越、事业发展一帆风顺的陆越而言，他压根儿不相信自己有什么缺点——看他总是把一切否定他的言论归为黑粉的嫉妒就知道了——在骄傲得像一只开屏的漂亮孔雀的陆越眼中，他，陆越，是完美的代名词。就算偶尔吃瘪，那也是暂时的，他一定能很快搞定所有麻烦，卷土重来，走上人生巅峰。

可唐堇薇简直是他人生道路上的泥石流，他到现在都没有摸索出对付她的办法，这让陆越苦恼不已。他可是当红偶像啊，有着丰富的对付女孩子的经验，通常来说只要他对女孩子露出笑容，百分之八十的女孩子已经呼吸急促心跳加速两眼只看得到他了，剩下抗性比较强的，也只需要他附赠一句真挚的感谢和鼓励，就会当场成为他的粉丝，哪怕是黑粉也会迅速转化成路人粉。

陆越越想越委屈，愤愤地剜了唐堇薇一眼，想要用眼神暗示自己的愤怒。

可是唐堇薇对此一无所知——她正坐在靠窗的座位上，专心致志地翻阅着一本彩色印刷的手册，好像是一本介绍养鸡的手册？这有什么好看的，有他好看吗？！

陆越造作地清了清嗓子："咳——"

唐堇薇头也不抬地翻了一页，还用笔在上面画了几条重点线，那副认真的样子有如考前最后两小时在看期末复习资料。

——看什么养鸡材料啊，快来看我，我好英俊的！陆越的内心发出不甘心被忽略的呐喊声，清嗓子的声音越发响亮了："咳咳……嗯，咳咳咳！"

这下唐堇薇终于听见了，她淡淡地看过来，陆越登时兴奋了，立刻挺直坐姿，满脸高冷地瞥着她，一副"我们帅哥就是这么傲慢"的神情，可是却又好像有一条看不见的尾巴在使劲摇晃着，疯狂暗示自己正在博取别人的注意。

唐堇薇把放在身侧的包拿到膝盖上，摸索起来。陆越好奇地看过去，在心中猜测她这是要拿什么。

舒缓喉咙难受的薄荷糖？还是为他准备的矿泉水？没想到唐堇薇还蛮体贴的嘛。

不料，唐堇薇摸出一副没拆的一次性口罩，递到陆越的面前："感冒了记得戴口罩，不要传染给其他人，这是礼貌。"

陆越满脸的期待表情，瞬间狰狞无比，他咬牙切齿地说道："我没感冒！我只是……"

陆越说不下去了，他总不能直白地告诉唐堇薇他只是想要引起她的注意吧？他陆越难道不要面子的吗？

就在卡壳之际，陆越的肚子突然发出一声"咕噜"的声音，空荡荡的胃抽搐了一下，他这才想起今天早上为了省时间拾掇自己，没吃早饭。

别叫！陆越一手捂住肚子，唾弃它丢人，可是胃却有自己的想法，大声抗议陆越让它饿肚子的行径。

"你没吃早饭吗？"唐堇薇歪了歪头问道。

陆越轻哼一声，傲慢道："这你就不懂了。当明星可不是那么容易的事情，我们为了保持身材，少吃饭或者不吃饭是常有的事。"

唐堇薇"哦"了一声，语气里似乎有一丝丝的惋惜："是吗？本来还想说我早餐买多了，包里还有一个白煮蛋，想问你要不要的。"

陆越："……"

他想吃啊！真的想吃！他现在好饿啊！

"如果你不要的话，我就自己吃了吧。"唐堇薇说着，掏出一个白煮蛋，隔着保鲜袋慢条斯理地剥了起来。

白煮蛋本该没多大的味道，但是在人饥饿的时候，它好像突然间有了一股诱人的魔力。陆越的眼神止不住地往白煮蛋上飘了过去，看着它被唐堇薇一点点剥去外壳，露出光滑的蛋白，散发着食物好闻的气味，暗示它非常好吃。陆越的唾液开始不受控制地分泌，他努力咽了一下，喉咙里发出了细微的"咕咚"声。

"我们学校有自己的养鸡场，鸡蛋是自产自销的，饲料经过改良，鸡蛋的口感和营养价值都远超市面上的普通鸡蛋，非常受欢迎。"唐堇薇随口介绍着农大的产品，语气十分骄傲，"如果你不想吃的话，我就自己吃掉了哦。"

这一刻，感到腹中空虚的陆越终于屈服在香喷喷的鸡蛋面前，可怜巴巴地看着唐堇薇，发出了渴望的声音："……我……我想吃。"

真香！

陆越两口啃掉一个白煮蛋，还带着温度的新鲜白煮蛋不需要蘸酱油就已经好吃到他难以忘怀了，难道农大的养鸡场里的鸡蛋都这么好吃吗？那他以后一定要坚持去食堂买早餐了！

唐堇薇："好吃吗？"

吃得恨不得舔手指的陆越恢复了一点儿矜持，语气傲慢地说道："嗯，勉强还可以，没想到农大的养鸡场有这个水平，倒是让我很意外。"

唐堇薇："看你这么讨厌养猪，我还以为你对所有的养殖禽畜都敬谢不敏。"

肚子不饿了，陆越的心情也好了："那倒没有，养鸡听起来就比养猪轻松干净多了，至少鸡蛋很干净啊。"

唐堇薇看铺垫得差不多了，心中的那只小恶魔再次摇晃着尾巴浮了出来，她靠近陆越，直勾勾地看着他问道："你知道鸟类的泄殖腔吗？"

陆越一脸茫然地看着她，就差在脸上写着"不知道"三个字了。

唐堇薇对他露出一个狡黠的笑容："鸡属于鸟类，而鸟类的一个显著特点是消化、泌尿和生殖系统共用一个通道。"

唐堇薇看见陆越越发迷茫的小眼神，"体贴"地用大白话解释："通俗来说，鸡蛋是从肛门里出来的，新鲜的鸡蛋上经常有粪便。"她有意无意地省略了现代养殖场里清洗和消毒的步骤。

这一刻，有轻微洁癖的陆越脸上的笑容以肉眼可见的速度消失了。

唐堇薇乘胜追击，微笑着说了最后一句话："对了，下午养鸡社拜托我们去帮忙收集鸡蛋，到时候你就知道新鲜的鸡蛋是什么样子的了。"

陆越的双眼在这一刻失去神采，他到底为什么要来农大上学呢？

他为什么要想不开勾引唐堇薇呢？

从今往后，每一颗吃进嘴里的鸡蛋，都会让他想起唐堇薇的话。

她是魔鬼！

"今天社团活动是帮养鸡社的同学捡鸡蛋，比挖蚯蚓还简单，你一定可以的。"唐堇薇笑盈盈地对陆越说道。

"我不相信，你一定有阴谋。"陆越警惕地说着，指着在一旁拍素材的蔺君书，"不然你为什么叫上蔺君书？你一定又想拍我出糗的画面。"

唐堇薇歪了歪头："这么想就是你不对了。捡鸡蛋这么简单的工作，怎么会出糗呢？只要把手伸到鸡窝里，把蛋拿起来，放进篮筐，你的工作就完成了。"

听起来确实很简单，但是前两天才因为挖蚯蚓掉进河里的陆越深深地明白，唐堇薇这个人有千种套路，她嘴里说得简单，绝对不是那么回事！

但这不重要，重要的是，第三次勾引唐堇薇的计划。

陆越深吸一口气，怀着十万分的警惕，勇敢地走进了养鸡场。

事不过三，这一次他要找准时机，单刀直入，直接表白，一定可以成功，毕竟哪个女孩子能拒绝他这么英俊的男朋友呢？

出乎陆越的意料，他以为自己会看到一个脏乱的养鸡场，母鸡满地乱跑，结果偌大的养鸡场打扫得干干净净，几千只母鸡被限位在各自的隔栏里，一共有三层，看起来像超市里的货架，只不过货架上摆放商品的位置被换成了下蛋的母鸡。

母鸡被限制在自己的位置里，只有脑袋能伸到食槽里，全自动的投食器一边移动一边撒下饲料，而母鸡生产出来的鸡蛋恰好能掉在蛋槽里，然后鸡蛋被履带缓慢地运到一起，被一个清洁机器清洗干净，组装到蛋盒中。

陆越目瞪口呆："这……不需要我捡鸡蛋啊？"

唐堇薇："这里是学校的自动养鸡场，而你工作的地方在这里。"

说着，唐堇薇打开了养鸡场的后门。那是一片被圈出来的户外草地，一大群母鸡在草坪上散步啄食，鸡窝被统一安置在能遮风挡雨的棚顶下，里面是一颗颗圆滚滚的鸡蛋。还有几只没有离开鸡窝的母鸡警惕地看向陆越，似乎意识到这个偷蛋贼想要偷走它们的蛋。

唐堇薇："加油，这群抱窝母鸡会啄人，一定要眼疾手快哦。"

陆越："……"

他就知道这是唐堇薇的套路！

陆越满脸严肃地蹲在鸡窝前，和鸡窝里的母鸡面面相觑。

陆越戴上手套，母鸡的眼中浮现出杀气。

陆越把手伸向鸡蛋，母鸡立刻啄了上去——

"啊——！"陆越惊叫一声，立刻抽回手，怨念地看向唐堇薇，"这根本拿不出来！"

唐堇薇微笑："也许你可以和它讲讲道理。"

陆越幽幽地看着母鸡，决定来一番"指桑骂槐"："你有男朋友吗？"

母鸡：？

唐堇薇：？

陆越："你这么凶，绝对没有男朋友。"

母鸡：……

唐堇薇：……

陆越："而且你以后也找不到男朋友，就像某人一样单身一辈子！"

唐堇薇眯起眼，眼神变得危险起来："忘了告诉你一个常识。母鸡不需要公鸡就可以下蛋。鸡蛋只是它的卵子，受精与否不影响它生蛋。你没发现吗？这里一只公鸡都没有，全都是单身母鸡。"

陆越乐了："原来如此，那我更应该给寂寞的女士们弹奏音乐啊。它们一定会被我美妙的音乐打动，说不定就想恋爱了呢。"

说着，他偷觑了唐堇薇一眼。他真正要献歌的对象和母鸡有什么关系？他只是想让唐堇薇听他唱歌，昨晚他专门写给唐堇薇的歌，她一定没有听完，否则她怎么会无动于衷呢？

唐堇薇乐见其成，她打算再让蔺君书拍点儿陆越给小动物弹唱的素材。

"可以试试。"她说。

陆越美滋滋地拿起吉他，倚靠在墙边开始了他的表演。

还是昨晚的那首歌，他想当面唱给唐堇薇听："虽然你的个性魔鬼，但是勉强还算可爱。我看你很不顺眼，并不真心想和你谈恋爱……"

唐堇薇的眉毛一挑，想起昨晚陆越发给她的沙雕H5，她感到一阵怒气上涌，笑容都僵硬起来。为了拍摄，她忍了。

轻松优美的旋律在陆越的指尖流淌，他边弹边唱："……你的冷漠让我不太明白，我总是被你轻易挫败，难道是我太菜？"

歌声里的困惑和自嘲让唐堇薇的眼中有了一丝淡淡的笑意。

陆越捕捉到她的神情变化，笑了，迈开脚步，一边弹唱一边走向唐堇薇："如果回到初次相遇地点，轻轻说一声嗨，你会不会答应和我谈恋爱？"

手指在琴弦上结束了最后一个节拍，陆越抬起头，认真地看向唐堇薇。

他那双漂亮的桃花眼眨啊眨，肆意地散发着帅哥的魅力："所以，你的答案呢？"

问出这句话的时候，陆越心跳加速，左脚向前迈出了一步。

这一刻的陆越竟然有一种出人意料的魅力，好像全世界他只注视着她一个人，这种唯一感是如此强烈，竟然让人觉得这个肤浅跳脱的男孩子也有成熟深情的一面。

唐堇薇不知所措地怔了怔，耳边传来一声脆响，她猛然从那种愣神的状态中清醒过来，视线立刻从陆越的脸上移到了他的脚下。

陆越的表情僵硬了，一摊蛋液正从他的鞋底缓缓流出来——他踩到了一颗藏在草丛里的蛋！

"咯咯哒！"一声愤怒的鸡叫声响起，一只正在旁边觅食的母鸡发现自己的蛋惨遭不测，立即横冲直撞地朝着陆越飞扑过来！

这短暂的旖旎气氛瞬间被打破了。陆越倒吸一口凉气，危急时刻，他瞥见唐堇薇似乎愣在一旁，想也不想地伸出手护在她面前。母鸡展开翅膀扑腾起来，狠狠地啄在他手上，一下就啄出了血。

陆越痛呼一声，一把拉住唐堇薇就跑："痛痛痛痛痛，快跑快跑，母鸡疯了，它要杀人啦！"

唐堇薇还在为陆越竟然在关键时刻挡在她面前感到惊讶，冷不防被他拽着跑，立刻说道："草丛里有很多鸡蛋！会踩碎的！"

陆越哪里听得进去，他拖着唐堇薇被发狂的母鸡追得到处跑，一路横冲直撞，鸡飞蛋打，到处都是受到惊吓的母鸡四处乱窜，场面骤然失控。

本来她一只手就能按住那只母鸡，现在要面对一群发疯的母鸡了，唐堇薇绝望地想。

陆越一脚踢翻了一篮收集好的鸡蛋，唐堇薇终于对这个猪队友忍无可忍，凭借自己对地形的熟悉，她拽着陆越冲进育雏室里关上了门。

门外，是暴躁母鸡的叫声；门内，是满地小鸡的叽叽声。

育雏室内空间狭小，陆越连脚都迈不开了，一大群黄澄澄的小鸡崽儿围着他叫个不停，陆越往旁边挪一步，小鸡们追着他往旁边跑，他再移动一下，小鸡们继续追着他跑，好像认定了他似的。

陆越不知所措地看着唐堇薇："这是怎么回事啊？"

唐堇薇忍俊不禁："这群小鸡刚破壳不久，有一种本能的印随行为，会把第一个见到的大的移动物体当作自己的母亲。"

陆越惨叫："什么鬼？"

为了躲避缠着他不放的小鸡，陆越蹑手蹑脚地绕到唐堇薇身后，抓着她衣服的后摆蹲了下来："借我躲躲哈，我可不想给一群小鸡当妈妈。"

陆越躲得很认真，狭窄的空间里，他紧紧地贴在唐堇薇身后，好像这样他就可以不存在似的。灼热的体温让唐堇薇打了个战，她想拉开这过近的距离，可是陆越却偏偏拉住了她的手："别那么小气啊，帮我挡一挡，不然等我出去，后面跟了一屁股小鸡，你让我怎么见人啊。"

浑身不自在的唐堇薇情不自禁地想象了一下这个画面，笑意浮现在她的嘴角："鸡妈妈陆越，好像也是个不错的 vlog 素材。"

"快停止你的唐堇薇行为！"陆越恼怒地用手指戳着她的后背，一下又一下。

太痒了，酥酥麻麻的痒意沿着脊背爬到了后颈，唐堇薇被这突然袭击弄得浑身一颤，下意识地回头一巴掌拍掉了陆越作怪的手："你做什么？"

陆越一脸无辜和茫然，完全没明白唐堇薇为什么突然生气："啊？"

唐堇薇恼羞成怒地瞪着他，红晕从白皙的脖颈一路蔓延到耳边，不习惯和人亲近的她无法解释自己过激的反应。

陆越看着她涨红的脸，恍然大悟："哦，你怕痒啊。"

唐堇薇："……"

不作不死，陆越兴奋地搓搓手："找到你的弱点了，以后你再折腾我，我就呵你痒痒！"

羞涩的少女心在这一刻扭曲成了小恶魔的报复心，唐堇薇对他灿烂一笑，将躲小鸡的陆越拎了出来，推进鸡群里："好啊，给你的小鸡崽儿们呵痒去吧。"

说着，她反手掏出手机按下了视频录像。

满脸蒙圈的陆越坐在鸡群中，黄澄澄的小鸡们兴奋地围绕着失而复得的"母鸡"走来走去，有的啄着他的衣服，有的蹭着他的手，还有调皮蛋一路蹦跶着往他身上跳。

小小的育雏间里传来陆越的惨叫声："走开走开走开，我不是你们的鸡妈妈！""别过来了，好痒，哈哈哈哈哈，别蹭我了，真的好痒，哈哈哈哈哈哈哈哈哈哈……""啊喂，不要啄我头发，不要啄我的头发啊，我的发型完蛋了！"

唐堇薇满意地拍到了衣服里兜满了小鸡崽儿的陆越，打包视频发给了门外的蔺君书，注明标题：鸡妈妈陆越的一天（重要素材）。

发完视频，唐堇薇一边看着手捧小鸡苦口婆心讲道理的陆越，一边用手给自己扇风降温，好让自己过分红润的脸色恢复正常。

都怪育雏室里的温度太高了，她想，出去后一定要偷偷来杯冰奶茶降温。

反正她的任何不正常行为，都是陆越的错！

得罪校霸的下场

深夜，陆越怀着满腔悲愤，在寝室的被窝里打开了某知名同人网站，颤抖着手输入了关键词：陆郑。

顷刻间，app（应用程序）里跳出几千甚至上万篇打了"陆郑"tag（标签）的同人，有的是文，有的是图，有的文还配了图。

陆越心如刀绞，一手捂住眼睛，从指缝中翻起了同人，他当然不敢点进去看—鬼知道里面会是什么剧情。年少无知的时候他勇敢地打开过其中一篇热门同人，开头便是"郑太发现自己怀孕了，孩子是陆越的，而他们已经分手了，他决定流掉这个孩子"，吓得陆越差点儿把手机扔到马桶里去。

可怜他一个铁骨铮铮的直男，竟然和这个白莲花绿茶男被迫绑定，简直是人生耻辱！

可就算不点进去看，光看标题，陆越就已经快心梗了。

半个小时后，确认这对本该糊掉的CP真的死灰复燃，陆越愤怒地给唐堇薇发了十条短信，逼问她这个黑粉组织到底有哪些人？她是不是也偷偷加入了？她有没有参与搞这个能气死他的同人？

然后他发现，自己享受到了微信、短信、QQ（一款基于互联网的即时通信软件）等所有联络方式均被唐堇薇拉黑的待遇。

陆越气得在床上翻来覆去睡不着，越发怀疑唐堇薇也参与了。

他陆越就算死，也绝不要和郑太这个白莲花绿茶男扯上关系。明天就找唐堇薇当面对质去！

此时为同人操碎了心的陆越并不知道，这对红极一时的CP的另一位成员郑太，正在策划一起针对他的阴谋。

和走英俊酷哥路线的陆越不同，郑太是个美少年，还是个弱柳扶风我见犹怜的美少年，大眼睛白皮肤，文艺又忧郁，仿佛谁对他说话重一点儿，他就会捂着胸口晕过去。

喜欢他的粉丝把他当成心肝宝贝小甜心，恨不得星星月亮都摘给他，讨厌他的人则会翻个白眼骂他"娘炮就是造作"。

可如果有人真的以为他是无害的美少年，那就大错特错了。

资深受害者陆越数落起这个心机白莲花干过的好事，简直能说上三天三夜：拉着他硬炒CP，假装被队友霸凌，采访时卖陆越，卖惨倒贴吸血……钢铁直男陆越一提起郑太就要心梗。

"不错，冯戚确实厉害，这么短的时间里又把这对糊掉的CP炒起来了。"装修奢华的公寓中，当红偶像郑太满意地对新来的助理——也就是陆越的前助理说道。

助理还有些忐忑，他心下觉得郑太这种捆绑蹭热度的操作很不厚道，但是现在他领着郑太的工资，也不好说什么，只能唯唯地应了几声。

同样从陆越那边跳槽过来的经纪人颇为得意地说："之前我拉来的那个真人秀马上就要开拍了，地点正好是湘南农大，你这几天记得去见陆越一面，弄出点儿动静来，也算是给节目预热嘛。"

"我知道。"纯情的美少年眨了眨乌黑的眼睛，微微一笑说道，"节目里内置的那个牛奶广告呢，拿下了吗？"

经纪人："我办事你放心，已经确定是让你代言了。不过倒是出了件怪事，那个牛奶有意让陆越做个特别代言。"

郑太眉间微蹙，不悦道："他都退圈了，还接什么代言啊？"

经纪人解释道："他最近不是在弄他那个哗众取宠的vlog吗？那个牛奶又是他们学校自产的品牌，就打算让他在vlog里宣传一下。就这么一个小小的推广，顶不了什么事，和你肯定是没法比的，你就尽管放心吧。"

郑太被说服了："那就先不理会。我去找陆越探个班好了，他现在人走了，名气迟早一落千丈，趁他还有点儿人气的时候，我可不能放过呀。"

经纪人："我就知道你比陆越上进。他那个人啊，除了那张脸和一点儿音乐才华，其他实在是……啧。你赶紧准备一下吧，就这几天去一趟。"

说着，郑太露出了一个恶意的笑容："哎呀，能正大光明羞辱死对头的机会，不好好珍惜可是要被天打雷劈的呀。"

助理看着这对一拍即合的新搭档，无声地在心里叹了口气，他也只能祝福陆越自求多福了。

"你站住！"一大早，前往教学楼的路上，埋伏已久的陆越大喝一声，当众拦下了罪魁祸首。

唐堇薇刚从食堂出来，手里还拿着一包农大自产的有机牛奶，是她从小喝到大的湘农牛奶，最近终于要对外推广了。为了庆祝，她放弃了心爱的奶茶，今天就决定喝牛奶了。

陆越气愤地叫道："你怎么可以……你浑蛋，快把我从黑名单里放出来，我要一天一百条地骂你！怎么会有女孩子干得出这种事情来啊？！"

"我不知道你在说什么。"唐堇薇笑眯眯的，转身绕开陆越继续往教学楼走，笑容里还有一丝压抑不住的黑气，满满的都是恶趣味。

陆越哪里肯放她走，快步追上去，拉住唐堇薇："你到底想怎么样？"

"不怎么样。"

"胡说，都这样了，你这个人负不负责任啊？！"陆越气结。现在他和他的死对头的同人大火，眼看着这对已经糊了的CP又要卷土重来，他顿时心绞痛，恨不得把所有写文的人都拉出去枪毙。

"我有什么责任？"唐堇薇歪了歪头，反问道。

先搞事的是陆越，她只是还以颜色罢了。

"你怎么没责任了？你这是……这是……"陆越想用个成语表达唐堇薇无耻的坑人行径，但是全国人民都知道他的中文水平有多糟糕，一通纠结之后，他甩出了一句石破天惊的话，"你这是投敌行为，对我始乱终弃！"

正在喝奶补充钙质的唐堇薇猛然听到这个词，一口牛奶呛在了喉咙里，憋得她满脸通红，她强忍着失态没有咳出来，却反倒像是羞愤至极。

围观的吃瓜路人面面相觑，总觉得这番对话信息量很大的样子。

"这是我认识的陆越吗？"不远处的树荫下，做了一番伪装的郑太扭头幽幽地问冯戚。

冯戚面色不愉地盯着陆越看，眉头紧皱。

"旁边那个女生是谁？和陆越很熟吗？"郑太眨巴眨巴眼，好奇地询问冯戚。

冯戚黑着脸，既骄傲又郁闷地说："唐堇薇，我们班的班长，我的……青梅竹马。"

郑太当即露出了一个美少年特有的春暖花开式的笑容，不动声色地挑拨道："以前听你说起过，是那个很有家学渊源的学霸妹子，对吧？可她不是你的小青梅吗？为什么看起来和陆越关系匪浅？"

"他俩没关系。"冯戚生硬地说道，"别听陆越胡说。"

"既然没关系，怎么能在大庭广众下对女孩子拉拉扯扯呢，这太没有礼貌了。这样吧，我去帮你的小青梅一个忙，顺便和老朋友打个招呼。"郑太微微一笑，摘下口罩、帽子，朝着陆越一路小跑了过去。

"陆越！"

随着一声惊喜的呼唤，正在和唐堇薇"纠缠不休"的陆越顿时浑身都僵住了。

这个声音……不可能，那个绿茶白莲心机男向来无利不起早，怎么可能出现在这里呢？绝对是他听错了！

然而，周围人群的骚动却打破了陆越的幻想。

"是郑太哎！"

"郑太，真的是郑太！"

"郑太怎么会来农大？"

"是来看陆越的吧？！我的妈呀，我嗑的CP是真的！"

陆越猛然回过头，不远处被人群簇拥着的清秀美少年宛如少女漫里走出来的人，浑身都散发着不谙世事的纯情天真，让女孩子一看就顿时变成他的亲妈粉。可当了三年的死对头，陆越哪会不知道他这张皮相下的心有多黑。

郑太穿过人群，欢欢喜喜地一路小跑来到陆越面前，满脸都是天使一般的纯真笑容："太好了，今天我难得有空，本来想给你一个惊喜，到了学校再约你见面，没想到还没打电话就遇到了你，这就是缘分呀！"

——滚，老子才不会和你约见面呢！陆越在心里尖叫了起来。

可是他不能说出来，一旦他在大庭广众下和郑太翻脸对撕，上了热搜绝对是他吃亏，郑太这个心机白莲花的套路他可太熟悉了：倒贴、卖惨、蹭热度，这三板斧屡试不爽。

冷静，一定要冷静，不能让郑太这个心机男得逞！

陆越深呼吸几次，对郑太露出一个塑料的笑容，并附赠了一个隐晦的白眼："谢谢你的惊喜，不过我现在要去上课了，回见！"

说着，陆越转身就走，绝不给他多说话的机会。

"等一等！我送你去教室，好久不见，我有好多话想跟你说呢。"郑太哪里会放过他，他快走了两步来到陆越面前，满脸笑容地压低了声音，"特别是跟你分享一些快乐。"

陆越顿时有种不妙的预感。

郑太笑得纯真又可爱："我的新专辑周榜登顶了呢。"

陆越怒气值 up（上升）。

郑太小声："我要在农大拍广告，到时候说不定还要再见面呢。"

陆越怒气值持续 up。

郑太小小声："我还拿到了一个很不错的真人秀邀约，是你经纪人从你那儿拿来送我的哦。哎呀，是不是戳中了你的伤心事？你的团队现在可是全都到我这里来了呢，这也不能怪他们，谁让我比较有前途呢？"

陆越怒气值爆表！

"郑太！你就是特地来羞辱我的吗？！"陆越气急败坏地叫道。

郑太一愣，眼泪顿时在眼眶里打转："我……陆哥你误会了，我只是来看看你过得好不好，你怎么可以这样看待我，我……"

郑太用力揉了揉眼睛，揉出一片红痕，他后退两步，当着围观群众的面对陆越深深一鞠躬："对不起，都是我的错，我知道你现在有点儿消沉，但是我相信你不会就此沉寂的！陆哥，我等你回来！"

说完，郑太根本不给陆越反应的时间，迅速消失在人群中，临走前还朝着若干拿着手机拍视频的吃瓜群众惨然一笑，给足了他们拍摄角度，把一个"好心来看落魄的好朋友却被误会欺负的可怜美少年"演绎得惟妙惟肖。

再次被套路的陆越："啊——我就知道，我就知道郑太这浑蛋又来这套！"

拿着牛奶围观了整场闹剧的唐堇薇，无声地摇头叹气：陆越这家伙啊，明明恨郑太恨得牙痒痒，还是被人家牵着鼻子走，这就是情商的差距吧。

不过，也许可以用郑太适当刺激他一下？唐堇薇吮了一口牛奶，脑中迅速拉出了郑太要来拍牛奶广告的消息。

好了，现在她有一个很棒的计划了，唐堇薇愉快地笑起来，开始悄悄地给陆越挖起了坑。

陆越再次风评被害。

今天一整天他都无心上课，虽然人在课堂里，但是心在热搜上，每隔两分钟就要去看一眼热搜。

不祥的预感是真的，郑太前来看望他却被他骂跑的视频立刻出现在网上，转眼就被送上了热搜榜，眼看着热度节节攀升，连带着郑太要拍广告的消息都被炒了起来，一下子热度飙升。

陆越气得心梗。

炒作，这绝对是郑太瞅准时机用他炒作！

每次摊上郑太准没好事，百分百被蹭热度还被倒打一耙，陆越一想起这个精通如何装可怜卖惨的心机白莲花死对头就气得要命。

手机震动了一下，一条微信发了进来。

唐堇薇：放下手机，专心听课。

陆越大惊：你把我从黑名单里放出来了？

系统：消息已发出，但被对方拒收。

陆越："……"

唐堇薇只在需要跟他沟通的时候才把他放出黑名单，说完就继续拉黑，可以说很冷酷。

不等陆越放下手机，唐堇薇又发了一条信息过来。

唐堇薇：哦，还有一件事忘了通知你。

陆越：你怎么又把我放出来了？

唐堇薇：养羊社的绵羊要剪毛了，下午我带你过去，到时候还有事跟你说。

陆越：我不去！

系统：消息已发出，但被对方拒收了。

陆越："……"

他要把唐堇薇放到"最讨厌的人名单"的第二名！

至于第一名，当然是郑太了，毕竟这家伙骚操作多啊！

但陆越万万想不到，唐堇薇在骚操作上竟然也不输郑太！

"你让我也去拍广告？"正在对着浑身脏兮兮的绵羊发愁的陆越，冷不防听到这个噩耗，当即拒绝，"我疯了才会同意给他垫脚，他郑太不配！"

唐堇薇气定神闲地说道："你误会了。我没有让你在郑太的广告里出镜，他这次要代言的产品是我从小喝到大的湘农牛奶，这可是我们学校的有机牧场自产的品牌，无论是营养价值还是口味都绝不输给市面上任何一种牛奶，只不过一直没怎么做市场推广。我打算让你也做一期关于牛奶的vlog，和他来个同台竞技。"

陆越哼了一声："你是不是忘了我那个浑蛋老爹的要求了，我毕业前不能接通告！"

唐堇薇笑眯眯地说："这怎么能算是通告呢？我特地和陆先生商量过，他听说你要在vlog里给母校产品做推广，非常支持，让你好好干，不要给农大丢脸，这也能给我们学校提高知名度嘛。"

陆越目瞪口呆，原来他爹和唐堇薇一样，也是个爱校狂魔啊！他就知道，唐堇薇让他干什么，最终目的都是为了提高学校知名度！

唐堇薇继续说道："我知道你是因为郑太蹭你热度还反踩你一脚的事情恼火。你这些年被他坑了那么多次，难道就不想光明正大地赢他吗？"

当然不甘心，唐堇薇看陆越的神情就猜得到他心里的想法，他从来不是个擅长掩饰内心想法的人。

唐堇薇眼看着陆越动摇了，立刻补上了最后一击："你想，同一款产品，郑太走的是正经的广告代言，你却是随便拍的vlog，最后如果你在带货能力上赢过他，岂不是证明你陆越就算是退圈，也比他郑太强一万倍？以后他还有什么脸面来农大找你的碴儿？就算在大街上看到你，也要绕着走。"

陆越脑补着看见他就低头绕道的郑太：哇哦，爽到了！

"既然你都这么说了，那我就随便拍一下好了。"陆越假装毫不在意地说道，"反正我是不会输给他的，我可是比他红多了！"

唐堇薇微微一笑："当然了，你也比他优秀多了。"

这突如其来的夸奖让陆越愣住了，他像是不认识唐堇薇似的，惊讶地看着她："你刚才说了什么？"

　　唐堇薇俏皮地眨了眨眼："至少在为人真诚方面，你比他强多了。"

　　陆越眼前一亮："你也觉得他这个人很假对吧？来来来，我给你八一八他，他这个人最擅长卖惨装可怜，你千万别相信他，他这人心黑得很，脑子里全都是坑人的套路——倒是和你蛮像的哦。哦，还有，既然你也觉得他这个人不行，能不能赶紧告诉我到底是哪些黑粉在背后搞事情？"

　　唐堇薇嫣然一笑，温言软语："看到这只美利奴羊了吗？如果你能做到两分钟剪完一只羊的羊毛的话，我就答应你。"

　　陆越默默看向脚边已经被唐堇薇按倒，四脚朝天，正无辜地看着她的美利奴羊。

　　唐堇薇笑盈盈地，自己拿起一只羊毛电推，蹲下按住绵羊，熟练地剃起了羊毛，动作行云流水一般，剪完腹部的羊毛，又把绵羊翻身继续剪侧身的羊毛。绵羊好似被剥了一层毛大衣一般，露出光溜溜的身体，全程没有挣扎，老实得不愧绵羊之名。几个唐堇薇的狗腿小弟纷纷给她鼓掌。

　　陆越看了一眼时间，也就花了一分钟多一点儿。

　　两分钟剪完一只老实绵羊，应该不难，陆越自信地想着。

　　于是陆越举起电推，接手按住绵羊，对可怜的绵羊下手了！

　　吃痛的绵羊惨叫一声，奋力挣扎起来，不好，陆越被发狂的绵羊掀翻了！

　　唐堇薇的小弟们冲了过去，紧急从羊腿下救出了差点儿变成地毯的陆越！

　　陆越愤怒地叫嚣："今天就要吃烤羊腿！"

　　周围的绵羊突然停下了动作，齐刷刷地看向他！

　　这眼神，有杀气！

　　眼前的绵羊一下子化身凶狠的恶狼，而陆越，在这一刻仿佛是被恶狼包围瑟瑟发抖的小绵羊，弱小无助又可怜。

　　陆越可耻地沉默了，吹着口哨假装若无其事地溜回了栅栏后。

　　唐堇薇怜悯地看了丢人的陆越一眼，又转头问蔺君书："拍下来了吗？"

　　架着相机专心拍摄，绝不错过任何一个陆越丢人镜头的蔺君书对她比了个 OK 的手势。

　　唐堇薇满意地笑了，下一期 vlog 的重要素材 get！

　　不过，万众瞩目的第一期，还是要从头规划准备一下，她已经做好了计划，就等郑太来助攻了。

　　陆越是个不服输的幼稚鬼，这一点唐堇薇非常清楚。

　　所以，当她"好心"告诉陆越下午郑太要来他们学校拍牛奶广告的时候，她就猜到会发生什么了。

唐董薇假装遗憾地表示，可惜他们下午要拍牛奶 vlog，不然还能留出时间让陆越和"老朋友"打个招呼叙叙旧情什么的。

陆越一脸严肃地表示，他和郑太没有叙旧的空间，他也根本不想见到死对头。

义正词严的话刚一说完，陆越转头就乔装打扮地溜去看郑太拍广告了。

陆越压了压帽檐，鬼鬼祟祟地来到目的地。这一片区域已经被闻讯而来的同学们包围了，看热闹的吃瓜群众不少，但是郑太的粉丝也有不少，大老远地，陆越就看到有人举着应援牌了。

陆越不悦地撇撇嘴，偷偷摸摸地挤到围观的人群中，他倒要看看郑太拍的是什么玩意儿。

今天恰好是个阳光明媚的下午，广告拍摄组将湘南农大这一片风景优美的花园湖用隔栏围了起来。郑太已经在拍摄中了，湖畔的绿色花园里，他坐在树荫下的园艺桌旁，一手托腮专心地看着书本，这次广告的主角湘农牛奶就在书旁，他拿起牛奶喝了一口，原本沉醉于书本的表情一下子变了……

"咦，你是……"身边一个女生疑惑地看着戴着鸭舌帽、墨镜和口罩，浑身都写着可疑的陆越。

正一边看一边碎碎念腹诽的陆越，闻言立刻像是炸毛的猫一样跳了起来："我不是！"

绝对不能承认他是陆越！否则他的面子往哪里搁？！

女生有些尴尬地瑟缩了一下："呃，我想问，你是郑太的男粉吗？"

当然不是！陆越差点儿脱口而出。

但是，他猛然意识到情况不对劲。

挤在拍摄现场周围的人绝大部分是女孩子，寥寥几个男生全都是被女朋友强行拉来卡位的，而他这样一个人高马大还全副武装的男生，站在人群最前排，怎么看怎么可疑。如果不是粉丝，他一个大男生怎么会在这种大热天挤到女生堆里来？万一周围人觉得他不对劲，刨根问底一番……

陆越的冷汗下来了，绝对不能让人发现！

是暴露身份，还是承认粉籍？

这个残酷的选择让陆越陷入了灵魂的挣扎，面对周围人越来越古怪的眼神，陆越屈辱地说道："我……我……没错，我是郑太的男粉。"

这一刻，陆越眼中的神采消失了。

这绝对是他人生中最大的耻辱！

然而下一秒，陆越认识到，这个世界上还有比这一刻更尴尬的耻辱。

刚拍完一段广告的郑太惊讶地回过头，一眼看穿了死对头的伪装，他嘴角绽开一个愉悦的笑容，兴高采烈地朝着陆越跑来，并用他人设范围内允许的最大音量喊出了他的名字：

"陆哥！你来看我拍广告啦！我好高兴啊！"

全场皆惊，无数的手机摄像头对准了陆越。

一股冰凉的血直冲陆越脑门儿，他眼前一黑，五个硕大的字在他的脑中以五颜六色的弹幕形式轰轰烈烈地播放，并持续不断地复读——社会性死亡。

十五分钟后，赶到临时化妆间的唐堇薇看到了一个气定神闲的郑太和一个气急败坏的陆越。

陆越一看唐堇薇来了，顿时理直气壮起来："谁说我是来偷看你拍广告的，我正要去拍 vlog！你还不知道吧，我这一期拍的也是'湘农牛奶'，我可是这个牌子的特别代言人，谁让它是我们学校自产的呢？唐堇薇，你说对不对？"

郑太本来在笑嘻嘻地给陆越添堵，见到有别人进来，立刻切换到了白莲花演技模式，装模作样地眨了眨眼，一脸好奇地问唐堇薇："这位小姐姐，请问他说的是真的吗？"

"当然是真的。我还要带陆越去有机牧场现场拍摄，就不打扰你了。"唐堇薇微笑着对郑太说。

输人不输阵，陆越绝不放过在宿敌面前宣战的机会："我作为本校的特别代言人，比带货是不会输给你的！"

这是要比试的意思咯？郑太立刻听出了死对头的意思。他谨慎地在脑中捋了捋思路，觉得自己应该提防一二——万一陆越拍的东西很吸引人，他可是会很困扰的呀。

于是郑太露出了恰到好处的可爱好奇心："正好我的广告也拍完了，我可以跟去看看吗？"

"不可以！"这是来自讨厌的死对头的陆越。

"当然可以。"这是来自唯恐天下不乱的唐堇薇。

郑太立刻看出了他们中谁是说话算数的那一个，于是他对唐堇薇露出了美少年灿烂的笑容："谢谢小姐姐，你真是人美心善。"

说着，郑太还要踩陆越一脚："不像陆哥，有时候，他有一点点小心眼儿呢。"

深谙女性心理的郑太比了个小小的心，对唐堇薇发动卖萌攻势。

陆越吐着舌头做了个被恶心到的表情："恶心死了，谁是你陆哥啊？还一口一个小姐姐啊，你年纪比人家唐堇薇还大两岁呢，别装嫩了！"

被死对头冷酷拆穿真实年龄的花样美少年："……"

好气哦，可还是要在人前保持美少年的治愈笑容，郑太咬牙切齿地心想，一会儿他非要给陆越找点碴儿不可！

很快，找碴儿的机会来了。

湘南农大的有机实验牧场坐落于新校区往东十公里外的一片草场上。

九月的天气依旧炎热，碧蓝的晴空上飘浮着片片高远的白云，已经有了几分秋高气爽的气息。微风吹过绿海一般的草场，成群的奶牛整齐地在栅栏里享用草料。

这里不但有田园牧歌般的美好景象，更有现代化的奶业工厂里的设施，每天大批精心饲养的奶牛被送到挤奶区，在全自动的转盘挤奶设施上产出牛奶。

有机实验牧场的草料自产，不使用转基因品种，不打农药，奶牛不喂激素增加产奶量，就连小牛也喝牛奶而不是更廉价的奶粉。所有的努力，都是为了让湘农牧场产出的牛奶有更好的品质和更纯正的味道。

陆越承认，他们学校的自产牛奶确实很好喝，但是，美味的牛奶不能改变他此时窘迫的处境。

蹲在一头奶牛面前，拿着电动挤奶器的陆越，手在颤抖。

站在陆越身边，拿着手机拍照的郑太，笑得人在颤抖。

"陆哥，加油挤奶，我相信你，一定可以的！"郑太笑得花枝乱颤，已经完全忘记了自己的人设。

这天底下还有比看死对头丢人更快乐的事情吗？郑太心想，当然是没有啦！陆越的丢人就是他的快乐呀！

唐堇薇在一旁温柔地担任了科普角色："电动挤奶器通上后，奶牛不会当即开始产奶，而是需要大约一分钟的时间来分泌荷尔蒙，然后才会出奶。一定要把奶挤干净，不然会影响牛奶的产量和品质。"

郑太眨巴眨巴大眼睛，崇拜地看着唐堇薇："小姐姐好渊博哦。小姐姐可以再讲一些挤奶的知识吗？我觉得陆哥会很需要的。"

这一刻，陆越很想摔挤奶器。

更崩溃的是，唐堇薇竟然真的给郑太讲解了起来。

郑太笑得越发甜蜜了："小姐姐真的懂得好多哦，而且还那么好心地给我做科普。你这样聪明美丽天使心肠的小姐姐，是怎么和陆哥成为朋友的呀？虽然我和陆越关系很好，但是我还是要偷偷告诉你，他有时候不太会领情呢。你看，他在瞪我们呢！"

陆越的眼神里充满了杀气：不要挑拨离间了，你这个心机绿茶！

郑太：嘻嘻。

摄影工具人蔺君书感受到了眼前的暗潮汹涌：

陆越在抓狂，抓狂到没心思好好拍视频，一副随时都会摔东西走人的样子。郑太在撩骚，卖萌装傻地对唐堇薇发电——当他发现他对唐堇薇示好会引来陆越的进一步抓狂时，他干得更起劲了。唐堇薇不知道在想什么，态度友好地和郑太聊天，聊得眉开眼笑意气相投，当场交换微信号码了。

在唐堇薇的暗示下，茶艺达人郑太心领神会地挑出了陆越最崩溃的照片，以最快的速度发到了微博上，用词是他一贯的白莲花：今天在湘南农大拍广告，巧遇了我的好朋友 @陆越_TWENTY，正好他要去挤牛奶，我就来参观啦，第一次见到挤牛奶的现场。农大的生活果然好有意思呢！

"不许发微博！"陆越叫道。

"哎，不可以吗？可是这样可以帮陆哥做宣传啊，小姐姐也同意了呀。"郑太笑眯眯地装傻，"陆哥也帮我发一条吧，我们互相帮忙不好吗？广告的照片我已经发朋友圈了，你随便挑几张就好。"

一点儿也不好！陆越看着郑太发在朋友圈里的照片，漫画般的美少年在一片绿意盎然的花园中看书，手里捧着他要代言的湘农牛奶，每喝上一口，他都露出陶醉的表情。

再看看自己拍的是什么？蹲在牧场的奶房里，穿着一身挤奶工的衣服，亲自给牛挤奶！

惨烈的对比下，陆越痛心难当。

他为什么要受这份委屈，他不干了！

从来都只是现代工农业成品的享受者的陆越此时却面对一头活的奶牛，还要给它挤奶，旁边站着嘲笑他的还是他最讨厌的死对头。就连应该站在他这边的唐堇薇，也和他的死对头聊得热火朝天，让他难以忍受。

一肚子火气的陆越深吸了一口气，当场就要撂挑子走人。

"其实我对这个企划也没什么信心，毕竟我们只是自拍的 vlog，和你的广告比起来只是小打小闹。"唐堇薇突然对郑太推心置腹起来。

郑太笑靥如花，他也这么觉得。本来他还担心陆越会拍出什么好东西来，现在一看，负责拍摄的是陆越的知名黑粉，负责策划的对陆越都没有信心，至于陆越，他已经黑着脸根本不配合了。再看看陆越拍的是什么东西，给奶牛挤奶？谁要看这种东西啊！

不过，看到这样的现场，郑太倒是希望陆越能把东西拍出来了。拍出一个注定被他踩在脚下的东西，才能证明陆越彻彻底底地输给了他。非但如此，他还要费心费力地帮陆越宣传，博一个不忘昔日队友情的好名声。

心机绿茶郑太歪了歪头："不会啊，陆哥人气很高的，就算是随便拍拍 vlog 也会有很多人看的。"

"是吗？可我觉得他根本不会好好拍。"唐堇薇似有若无地扫了陆越一眼，又是一声矫揉造作的叹气，"你看看他的脸色，肯定是在想怎么把东西一扔走人了。"

郑太笑着打起了配合："这倒是陆哥会做的事情呢。以前陆哥和我吵架，直接就撂门离开录音棚了，弄得大家都好尴尬哦。啊，对不起，我不该说陆哥的坏话的。"

唐堇薇忧郁地说道："看来我们马上也要面对这样的场景了。"

忍无可忍的陆越："喂，谁说我不拍了啊！！！"

唐堇薇和郑太一起看向他，脸上浮现出相似度极高的搞事笑容："哦？"

阴沉着脸的陆越咬牙切齿："拍，立刻就拍！不就是挤奶吗，我可以！"

唐堇薇和郑太："哦——"

拿着挤奶器，面色凝重地蹲在奶牛面前，陆越咬紧了牙关。一走了之很容易，逃避现实也很容易，但是就这样在郑太面前逃走，丢下拍摄工作，不负责任地自我逃避下去，他就能回到娱乐圈了吗？

陆越冷冷地看着已经毫不掩饰得意之情的郑太，压抑在心底的那股火焰再次熊熊燃烧。

想笑就笑吧，他会用自己的方式重新杀回去，就从……就从今天拍挤牛奶开始！

下定了决心，陆越一咬牙，开始挤奶。

唐堇薇微微一笑：这位养尊处优不食人间烟火的大少爷就是需要一点儿刺激。看，这不是干得挺好的吗？

虽然表情还是僵硬的，但是他已经在努力配合拍摄了："唐堇薇，你接着说啊，挤奶的要诀是什么？"

郑太脸上的笑容淡了下去，陆越认真地开始做事之后，他那些酝酿已久的嘲讽之语，一时间却不知道该怎么说了。

笑话陆越在认真挤牛奶？原本陆越不情不愿的样子是很好笑，臭着一张脸想逃避现实的样子也很好笑，可是当他好好做起来之后，他却一点儿也不可笑了。

一个专心工作的人，永远不会是可笑的。

郑太突然有一点儿后悔，但也只是一点点而已。

唐堇薇熟练地指点着陆越挤奶，明里暗里把有机牧场的牛奶夸了一通，陆越配合地做了个捧哏，两人一唱一和，顺利拍完了这一段。

原来也没有想象的那么难嘛，陆越看着自己的劳动成果，竟然有了一丝骄傲。

唐堇薇检查一番之后，夸奖了他一句："干得不错。"

陆越顿时得意地笑了，只要他认真做，也是可以干得很好的。

陆越逐渐找到了感觉，他甚至会主动提建议了："旁边那群小牛很可爱，我们拍点儿花絮吧？"

唐堇薇欣然同意，甚至有一种"熊孩子终于出息了"的欣慰感。

于是陆越抱起了小奶牛，还给小牛喂牛奶。他拎着装满了牛奶的铁桶，看着小牛伸出粉红色的舌头卖力地舔奶，发出了正常人看到小奶猫吃手手时的声音："哦——"声音一波三折，荡漾着人类被萌到时的颤音。

这位人设是酷哥的偶像，已经完全忘记了自己的人设。

他甚至热情主动地给奶牛铲草料——为了让它们好好吃饭加油产奶喂饱小牛。唐堇薇默默捂住了额头，不愧是看原教授的传记电影能看哭的感性人，她差点儿要被可爱到了。

等到陆越主动拿着吉他"对牛弹琴"的时候，唐堇薇已经收拾好心情，笑容满面地对着镜头讲解起了"音乐有利于提高奶牛的产奶量"。

郑太认认真真地看完了陆越的vlog拍摄，表情从嘲讽到惊讶，又从惊讶到冷漠。最后他看着在草地上打滚的陆越，脸上露出了不屑的笑容。

他赢定了。郑太笃定地心想，谁会因为看了这种土味vlog就买牛奶呢？就算vlog的主角是陆越也不行。

这次比赛，他是绝对不可能输给陆越的！

只是，他的内心深处却恍然有了一丝淡淡的不安。他的死对头没有消沉下去，而是再次振作起来，虽然振作的方式在他眼里毫无价值。

早知道就不刺激他了，郑太郁闷地心想，看着唐堇薇的眼神都有了几分幽怨。

他可能、大概、应该是被她当作工具人套路了吧？

唐堇薇感受到了他的视线，回头对他嫣然一笑，少女美丽的脸上那俏皮狡黠的笑容，一瞬间就化解了郑太的郁闷，让他有气都生不起来了。

还是想办法给陆越添点儿堵吧，最好能把漂亮的小姐姐忽悠到他这边来，郑太心想。

助理已经打电话来催了两次了，还有其他行程安排的郑太只能满脸笑容地和两人告别。看着郑太离开的背影，和奶牛打了一下午交道的陆越终于松了口气——死对头滚蛋啦！

心情大好的陆越问唐堇薇："如果这次比赛我能赢郑太，你能不能答应我一件事啊？"

唐堇薇的心情很不错，她正在检查拍了一下午的素材，对陆越出乎意料的配合十分满意，可以说是格外惊喜了。既然陆越这么上道，那她也应该小小地奖励一番。

于是她头也不抬地说道："好啊。"

陆越嘀咕道："你都不问是什么事吗？"

唐堇薇理所当然地说："我不用猜都知道，你还能有别的事吗？"

陆越有点儿不爽，他确实是在为那些和郑太的同人烦恼，但她这副智珠在握的样子却让他恼羞成怒起来。

明明是唐堇薇先挑事，凭什么还要他主动议和？

他忍不住想让唐堇薇也尝一尝他这些天受到的煎熬，至少要让她大吃一惊，懊悔不已！

回想着功败垂成的勾引唐堇薇计划，陆越突然计上心来。

"你猜错了。我不是让你停手搞同人。"陆越抱着手臂，语气颇为傲娇。

唐堇薇这才抬头看向他，有些意外的样子："那是什么事？"

陆越抬起了下巴，嘴角挂着志得意满的笑容："很简单，我要你做我的女朋友！"

沉默，唐堇薇的笑容在沉默中凝固了，她似乎是怀疑他吃错了药，又好像是在怀疑自己的听力出了点儿问题，疑问、茫然、震惊、纠结……一连串很不唐堇薇的情绪在她脸上来回跳动，让她秀美的脸庞陡然生动了起来。

陆越在心中发出一阵嚣张的狂笑声：她尿了，她尿了，她尿了！能在唐堇薇的脸上看到这种表情，他今天一下午的辛苦都是值得的！

唐堇薇重新挤出了一个笑容，只是没有那么自然了："为什么？"

——当然是因为你这个笑眯眯的小恶魔冷酷无情一肚子坏水还爱搞事，我要让你做我的女朋友，对我言听计从，从此再也不能强迫我干这干那！但是我能这么说吗？

满心怨念但是机智地发挥着生存智慧的陆越，当机立断地胡诌起来："当然是因为你聪明漂亮、智慧过人、神机妙算、有勇有谋……"

陆越的成语词汇量不足以撑起一篇打动女生的彩虹屁，但是意思表达出来了。

唐堇薇的脸上浮现出一个营业性的假笑，眼神逐渐危险："你知道说谎是要拉肚子的吧？"

"什么，我怎么没听说过？"陆越捂住了自己的肚子，忽然意识到自己被套路了，"不不不，我没说谎！我真的没说谎啊！"

唐堇薇伸手从桌子上拿了一件东西。

陆越定睛一看，是一个奶瓶，用来给刚出生还不会喝盆盆奶的小奶牛准备的。

不等陆越弄明白她这是要做什么，唐堇薇已经狞笑了起来，用力一捏奶瓶，一股生牛奶喷在了陆越的脸上。

"胆子大了啊，敢调戏我了，喝点儿奶清醒一下吧！"

陆越惨叫一声，连连闪躲："喂！我夸你还有错了？你这个人讲不讲道理啊！"

唐堇薇笑靥如花，把陆越堵在墙边要灌他牛奶："作为感谢，我请你喝点儿牛奶啊，毕竟牛奶富含蛋白质、钙、磷、钾和维生素，这也没错呀。"

陆越："重点是这个吗？重点是这是生牛奶！喝了要拉肚子的！"

唐堇薇："说谎才会拉肚子！喝！"

咕咚咕咚……被唐堇薇硬灌了一升生牛奶的陆越哀号："完了完了，我一定会拉肚子拉到死。这个生牛奶根本没有杀菌消毒啊！"

唐堇薇皮笑肉不笑："很高兴你在下午的拍摄中学习到了巴氏消毒的必要性。但是我要特别申明一句，有机牧场的检疫标准很高，这里的生牛奶可以直接喝。"

嘴唇上还有一圈牛奶胡子的陆越将信将疑："真的？"

模样还有点儿萌。

唐堇薇笑容灿烂："真的，只要你没有乳糖不耐。"

陆越捂着肚子："我有一点点，很轻微，喝普通牛奶没有问题。"

唐堇薇笑得更甜了："那你完了。生牛奶营养很好，乳糖超高的。"

陆越"啊——"惨叫着冲向了厕所。

唐堇薇从容地放下奶瓶，骄傲地心想，她可不会被一只哈士奇的沙雕玩笑弄得芳心大乱。把她当作普通的小女生对付，她一定会让陆越知道什么叫得罪校霸的下场！

不过，这串彩虹屁还是没错的，她收下了，唐堇薇掩饰性地摸了摸刚才突然发烫的耳垂，昂首挺胸地走向门外。

郑太的广告和陆越的 vlog 在同一天播出了。湘农牛奶为两位代言人特别推出了不同的新款包装，当天就开始预售。

陆越紧张极了，这可是他正式发布的第一期 vlog，竟然直接就为母校做起了推广，他有点儿忐忑。

再一看 vlog 的内容：挤牛奶，揍小牛，铲干草，草地打滚……

陆越默默捂住了脸，他在 vlog 里根本不是一个酷哥，而是形象全无的挤奶工，哪个粉丝要看他这副鬼样子啊？唐堇薇非说这样接地气的新鲜内容才会受欢迎。

绝望的陆越放弃了看数据，他觉得自己输定了。

他的死对头一定不会放过嘲笑他的机会！

"我去声乐教室了。"陆越不想在寝室里待着了，他要一个人静静，手机都不带的那种。

"又去啊？"蔺君书诧异地说道。

"哼，我要保持住随时能回到娱乐圈的巅峰状态，让那个没了修音师就不能活的郑太一听到我开腔就羞愤得吊死在公司门口！那个戏精应该赶紧滚去演戏，不要再祸害音乐了！"陆越说着，独自离开了寝室。

半小时后，连续给陆越打了三个电话都没打通的唐堇薇，怀疑陆越是不是拉黑她了。

谅他也没这个胆子，唐堇薇心想着，拨通了蔺君书的电话："陆越在吗，把电话给他。"

蔺君书看了一眼被陆越丢在床上静音的手机："他出去了，手机没带。"

唐堇薇眯了眯眼，语气危险起来："大晚上一个人去哪儿？该不会是去酒吧了吧？"

一想到陆越很可能腻味了学校的无聊生活，出去花天酒地找乐子，唐堇薇就感到头痛，她可不想帮陆越处理这种消息。

"没有，他去声乐教室了。你不知道吗，他晚上一有空就会去练习弹唱和跳舞，要到熄灯时间才回来。"蔺君书说着，勉强帮陆越解释了一句，"他说这是要保持随时能回到娱乐圈的巅峰状态。"

唐堇薇愣住了："他真的这么说？"

蔺君书难得给陆越说了句好话："哈，你也觉得不可思议？不过据我观察，他是认真的。班长，你也不要对他太严苛了，虽然这家伙是有很多毛病，但是对于音乐的热爱，并不输给任何人。"

前往声乐教室的路上，唐堇薇一直都在想蔺君书的话。

虽然初见时有这样那样的不愉快，她却还是逐渐对陆越有了一些别的看法，至少，他没有她印象里那么糟糕。

装酷失败的时候很好笑，被迫去干不想干的事情的时候很好笑，气急败坏地和她吵架的时候很好笑，搞砸了她交代的工作的时候很好笑，但是……

唐堇薇站在声乐教室的窗前，看着在室内一个人认真弹吉他的陆越。

唯独这个时候，他并不好笑。

她不知不觉看了很久，陆越弹一会儿停一会儿，抓起笔在纸上涂涂画画修修改改，然后再弹几下，一会儿抓狂地把整张纸揉成一团扔出去，过一会儿又老老实实地捡回来展平，咬着笔杆继续写。

突然，陆越若有所感地抬起头，看到站在窗外一声不吭的人影，昏暗的灯光下，披散着长发站在窗外的唐堇薇着实吓人，陆越大叫一声，从椅子上跳起来："鬼啊！"

唐堇薇才被他吓到了呢，她心跳速度飙升，下意识地想摸摸胸口，又担心这会暴露自己怕鬼的小秘密："这个世界上根本没有鬼。"

陆越莫名其妙："你干吗鬼鬼祟祟地站在窗外，大晚上的我还以为见鬼了呢！"

唐堇薇努力平复着呼吸和心跳，做起了复读机："都说了，这个世界上根本没有鬼。"

要是陆越看得够仔细，一定能发现她发白的脸色和微微颤抖的双腿。然而钢铁直男陆越浑然没发觉，他给唐堇薇打开了门。

唐堇薇以最快的速度走进了灯火通明的音乐教室，好像门外的黑暗里会潜伏着什么吓人的怪物似的。她还比平时更靠近陆越，这个距离已经超过了礼貌的社交距离了。陆越闻到了她身上淡淡的洗发水的香味，不由多闻了几下，像是嗅到了食物香味的小狗似的，被唐堇薇瞪了一眼才若无其事地转开了脸："你来干什么？"

"你又在干什么？"唐堇薇看着被他扔了一地的纸团问道。

"写歌啊。我刚才有了点儿灵感，打算给下一期 vlog 配一首我的新歌。唉，早知道这一期也自己写首歌了，说不定就赢了郑太呢。"陆越一脸遗憾地说。

唐堇薇古怪地看着他："谁说你输了？"

陆越："啊？"

唐堇薇看着他目瞪口呆的表情，一阵好笑："恭喜你，陆越同学，带货销量三倍杀郑太。我还以为你是胜券在握，手机都不带就跑出来，原来是以为自己输定了啊……"

陆越顿时狂喜："什么，真的是三倍？"

唐堇薇刷新了一下手机上的数据，嘴角浮现出一丝得意的笑容："现在是四倍杀了哦。"

陆越瞬间活跃成一只在家憋了一星期终于被主人带出去的哈士奇，绕着唐堇薇团团转："真的？这怎么可能！手机给我，快让我看看！"

唐堇薇不满地反问："你对我的策划眼光有什么疑问？"

"不不不，没有没有！我只是太激动了。"陆越乐得尾巴都摇起来了，"可这是怎么做到的？我在 vlog 里简直蠢爆了……"

唐堇薇的语气柔和下来："还记得你第一天住校的时候，我对你说过的话吗？"

那一天她可说了不少话呢，陆越心想，可是他很快想到了。

她说，"你要诚实"。

不是装模作样地在学校里混日子，也不是敷衍了事地拍 vlog，而是诚实地展示自己的生活，诚实地洗心革面，改变从前的自己。

"虽然你说拍的内容太土了，但是这些东西都是诚实的，你让观众看到了牛奶背后真实的样子，从饲养奶牛，到挤奶，到消毒……他们看到的不是货架上包装精美的牛奶，而是它还没有变成商品前的样子，这比任何单纯的广告都有说服力。郑太的广告固然不错，但是好得千篇一律，你的'土'，'土'得很真实。"唐堇薇说道。

陆越感到心脏被泡在了温暖的牛奶里，他看着自己的手，回想起被小牛舔到时的感觉。

"虽然农业没有那么洋气，但是，我们学校的牛奶真的很好喝，对吧？"唐堇薇柔声说道。

陆越情不自禁地露出了一个傻傻的笑容："嗯！"

他突然有这样一种感觉：来到农大，认识唐堇薇，过上和从前截然不同的生活，也不是一件坏事。

唐堇薇从包里拿出两包牛奶，把其中一包递给了陆越："喏。"

陆越警觉："干吗？"

唐堇薇："庆祝一下咯。"

陆越一脸嫌弃地用吸管戳开了牛奶："这是我经历过最土的庆祝仪式，红酒香槟统统没有，喝的竟然是牛奶！"

唐堇薇的脸上浮现出一个温柔的笑容："但是，这可是胜利的牛奶哦。"

陆越手里的牛奶顿时变得与众不同起来。是啊，这是胜利的牛奶，是他努力之后的回报。

"那就为了这胜利的牛奶，干杯？"唐堇薇把牛奶举到陆越面前。

陆越灿烂地笑了起来，拿牛奶和她手里的牛奶轻轻一碰："干杯！"

夜晚的声乐教室中，明亮的灯光照出两个靠近的人影：

"我把新写的曲子弹给你听听？"

"好啊。"

"这首新歌我要取名《四倍杀的胜利》！"

"幼稚。"

"喂，这怎么能说幼稚呢？这是男人的浪漫！"

"你可以再等一等，等数据稳定一点儿，也许明天就是五倍杀了。"

"有道理哦。不愧是你，冷酷无情，精于算计，总是严谨，还很魔鬼的唐堇薇！"

"……你把真心话说出来了哦。"

"哈哈哈哈哈哈，胜利的牛奶，就是会让人说出真心话的！"

这小子突然嚣张起来，唐堇薇叼着牛奶，用眼角余光瞥了一眼得意忘形的陆越，决定宽宏大量地原谅他今晚小小的冒犯。

"不过……"怀里抱着吉他的陆越忽然低沉了声线，专心致志地侧着脸看她，"我还是要谢谢你。"

唐堇薇吮吸着牛奶，发出了一声鼻音："嗯？"

声乐教室的灯光让这个最初以颜值红遍大江南北的大男孩有一种被笼罩在聚光灯下的效果，他的表情里依旧有那么一点小小的得意，更多的却是另一种真诚的情绪。

"那天的话也不全是假话，你确实聪明漂亮，智慧过人。"陆越说着，绽开了一个迷人的笑颜，"那就让我为聪明漂亮的唐堇薇小姐，献上一首歌吧，歌名就叫《四倍杀的胜利》！顺便一提，也许明早就改名了哦。"

陆越弹唱起来，在这间只有两个人的声乐教室中，在唯一一个观众面前。

那个观众是个黑粉，长着一张大家闺秀的脸，名义上是个正儿八经的学霸，背后却是个"欺男霸女"的小恶魔，永远有一肚子的坏水和套路，总是让他做一些挖蚯蚓、剪羊毛、挤牛奶的可怕工作，强迫他每天上课，住寝室，埋头苦学专业课。

她一点儿也不可爱，可怕倒是真的。

他却觉得，自己可以弹到永远，永远。

这一晚，陆越突然顿悟了一些道理，他一时间没法说得清楚明白，但他就是觉得自己又成熟了一点儿。

当晚，回到寝室的陆越发现郑太照常开始表演他的白莲花技能，微博 cue（暗示）陆越恭喜他，陆越干脆利落地把他拉黑了。

陆越如释重负中，暗藏着一丝得意，他不想再为了虚假的塑料友情把自己气得七窍生烟了。他早该干脆地告诉所有人，他和郑太的关系一塌糊涂，连朋友都算不上。他还烦透了郑太贴着他炒个不停，连他退圈了都没消停。

反正，这也是一种诚实嘛！唐堇薇就提倡这种诚实！

做完这一切，陆越不抱希望地给唐堇薇发了一条信息：我已经把郑太拉黑了。

原本以为他应该还在唐堇薇的黑名单里，没想到唐堇薇秒回：干得漂亮。

陆越大惊：你竟然把我放出来了？难道是我今晚的个人演唱会终于让你黑转粉了？还是这是对我今晚送你回寝室的报答？说起来，你今天有点儿奇怪哦，竟然主动要我送你回寝室，你以前不是使唤完了就把我一脚踢远吗？

唐堇薇：如果你不说正事，你很快就会滚回黑名单了。

陆越赶忙抓紧时间：说好了我赢了郑太，你得答应我一件事。我现在决定好了，你赶紧让那群黑粉停手，别再搞我俩的同人了！

女生宿舍里，唐堇薇趴在阳台上看着手机，手指在键盘上轻敲——女朋友不要了？

信息还没有发出去，唐堇薇自己就愣住了，什么时候起，她会和陆越开这种玩笑了呢？

唐堇薇呼吸了一口夜里清新的空气，默默把这行字删掉，回复了一个"OK"。

发出这条信息，唐堇薇表情微妙地盯着"正在输入中"的提示，却半晌也没看到陆越再发什么过来。于是她撇撇嘴，再一次把他拖进了黑名单。

还是这样的关系最舒坦，唐堇薇心想，弹琴谈心的文艺哈士奇只是昙花一现，而蠢萌可爱的哈士奇才是永恒的，还是让他在黑名单里待着吧。

不过，看在他认真拍摄的分上，明天就放他出来。

"他怎么能直接拉黑你？这事难道就这么算了吗？"经纪人愤愤然问道，他和郑太合作的时间不长，观念上倒是完全转变过来了。

郑太的脸上阴晴不定，许久，他才露出了一个云淡风轻的笑容："当然不会了。但是，没必要我亲自下场。"

经纪人转念一想："也是，反正真人秀马上就要开拍了。到时候我们成天在农大，不愁找不到机会。"

郑太却回给他一个美少年阳光灿烂的笑容："我才不亲自动手呢。他们学校有那么多他的黑粉，黑粉要找他的碴儿，关我什么事呢？"

说完，郑太哼着歌发了条信息给冯戚，放下手机喃喃自语道："那就走着瞧咯。"

不许抢我的经纪人！

　　农大附近的咖啡馆里，唐堇薇正在等一个特别的人——陆越的死对头郑太。

　　收到这份见面邀请的时候，唐堇薇十分意外，她没想到郑太在牛奶广告事件之后竟然会主动约她见面，还说有十分重要的事情需要和她谈谈。光看这一点，他的心理素质和个人城府确实比陆越强很多，脸皮也是。

　　不过，约她见面还迟到，扣分。唐堇薇喝着甜甜的奶茶不悦地心想。

　　"笃笃笃"的敲门声响起。

　　"请进。"唐堇薇说道。

　　门开了一条缝，一束包扎精美的白色玫瑰花从门缝里挤了进来，轻轻地摇晃了几下，"玫瑰花"说道："实在很抱歉，路上堵车迟到了，聪明美丽温柔善良的堇薇小姐姐可以原谅我吗？"

　　唐堇薇愣了一下，说道："直接进来吧。"

　　"玫瑰花"又摇晃了两下："不可以哦。如果没有得到女士的谅解，玫瑰花可是会伤心到枯萎的哦。所以要请你接过这束花，我才有勇气走进这扇门。"

　　唐堇薇站了起来，从门缝里接过了这束花，包厢门外的郑太这才摘下帽子，对她露出了一个纯情美少年的微笑，然后双手合十地道歉："约会让女孩子等我真的真的很抱歉，我没想到路上会那么堵。你生我的气了吗？"

　　他道歉的神情非常真诚，带着一点儿美少年的惴惴不安，好像因此对他生气是一件多么残忍的事情。

　　"我原谅你了。"唐堇薇不禁缓和了神情说道。

　　"太好啦！"郑太开心起来，对她绽开一个阳光灿烂的笑容，"我就知道堇薇小姐姐一定是个心胸宽广的人，绝对不会因为这种事情对我生气的。"

　　说着，他还笑眯眯地补充了一句："不然你早就被陆越气死啦。"

　　唐堇薇："……"

　　虽然背后吐槽不太厚道，但是郑太这句话真的说到她的心坎上了。

这下唐堇薇饶有兴致地观察起了郑太，从前她对郑太的了解不算多，只知道他的这张漂亮美少年面孔下是一个颇有心机的灵魂，非常擅长伪装，也很懂如何讨人喜欢，陆越说他心机绿茶白莲花完全没说错。

但是做心机绿茶白莲花，是需要很高的情商的。郑太当年能说服公司同意他和如日中天的陆越炒CP，现在又能说动陆越的前经纪人带着整个团队投奔他，绝对不是泛泛之辈，他有着非常狡猾的生存智慧。

于是她对郑太的目的更有兴趣了。

可是郑太没有直入主题的意思，他笑盈盈地和唐堇薇东拉西扯，一会儿夸她给陆越做的vlog策划方案好，一会赞美她有成为顶级经纪人的潜质，把唐堇薇夸得天上有地上无。偏偏这种腻人的吹捧从他嘴里说出来，完全不显得油腻，反倒十分真诚可爱。如果今天换个人坐在这里，现在已经被这一通糖衣炮弹打倒了。

"唉，一直以来，陆哥对我有很多误会。"郑太幽幽地叹了口气，一副忧郁美少年的样子，"自从他的团队到我这边来之后，他对我的芥蒂就更深了。"

"所以呢？"唐堇薇问道，郑太也差不多该说出他的目的了吧？

"没什么所以了。堇薇小姐姐是不是以为我今天约你见面，是想说动你替我对陆越说好话？"郑太微笑着摇了摇头，"你猜错了哦。我根本没有那种打算。"

这倒是让唐堇薇倍感意外。

"有一件事，陆哥是对的。我和他从来都不是什么好朋友，我们是赤裸裸的竞争关系。一直以来他都比我幸运，他家世好，有音乐才华，有更好的团队，还总是幸运地获得赏识，他理所当然拥有的一切，我却需要自己努力去争取，才有机会和他站到同一个舞台上。所以我总是会想尽办法为自己争取，我不觉得这有什么错，抢走他团队的事情，我是不会道歉的。"郑太温柔又坚定地说出了这番话。

唐堇薇看着他的神情终于稍稍正色，她嘴角噙着一抹审视的笑容："实话说，你让我有点儿意外。"

"你是不是以为我会在你面前卖惨？"郑太狡黠地微笑着说道，"不会哦。我不会对我欣赏的堇薇小姐姐这么做。卖惨只能获得女性的怜爱，我不想要你的怜爱。因为……"

郑太突然趴在桌子上，凑近唐堇薇，眨了眨他那双明亮的大眼睛说道："因为我想做的是把你从陆越身边抢走。"

看着唐堇薇讶异的神情，郑太歪了歪头，露出了一个甜甜的笑容。

"所以，堇薇小姐姐能考虑一下我吗？"

"那个不是郑太吗？"正在逛街的夏姝宁看到从车里出来的戴着帽子的人，顿时停下了脚步。

作为陆越的资深粉丝，夏姝宁绝对不会认错的两个人分别是陆越和他的死对头郑太。

可是郑太为什么会出现在农大附近的咖啡馆？夏姝宁疑惑不解，看着郑太停在咖啡馆门口的车，又看着他走进了咖啡馆。

哦，对了，郑太最近要拍《大学生活》这档综艺真人秀，拍摄地就在湘南农大，难道他是来和节目组碰面的？

不管怎么样，夏姝宁的好奇心已经被完全激活了，她假装若无其事地跟进了咖啡馆，然后收获了一个晴天霹雳的意外——和郑太见面的人是唐堇薇啊！

必须告诉陆越，他的新经纪人又要被拐跑了！

半小时后，气急败坏的陆越像是一头头顶长草的发疯河马一样冲进了咖啡馆，一脚踹开了包厢门："郑太、唐堇薇！你们两个背着我在勾搭什么呢？！"

已经结束了危险话题，正喝着奶茶和郑太讨论几天后在农大开机的真人秀的唐堇薇，一口奶茶呛在了喉咙里。

偏偏郑太不慌不忙地对他嫣然一笑："陆哥，下午好呀，要一起来喝一杯吗？"

"和你喝咖啡我会吐。唐堇薇，我们走！"陆越没好气地说着，一把拉起唐堇薇，恶狠狠地瞪了她一眼，那表情活脱脱就是"回去再跟你算这笔账"。

唐堇薇被他这么一拽，还没站稳就跟跄了一下。

郑太皱了皱眉："陆哥，不是我说你，你对女孩子也太粗鲁了。我只是和堇薇小姐姐一起喝下午茶聊聊天，你为什么突然冲进来一副好像我抢了你女朋友的样子？"

出现了，郑太的绿茶发言！

已经被挖走了一个经纪人的陆越顿时气不打一处来："你偷偷摸摸约我的经纪人吃饭能安什么好心？我要是不过来，明天你是不是又多了个经纪人？"

郑太沉下了脸："你这样说也太不信任堇薇小姐姐了，这对她很失礼。"

说着，郑太对唐堇薇鞠躬道歉："实在很抱歉。因为我的关系害你被陆哥误会。我会好好跟他解释的，我们只是聊了一下接下来的真人秀拍摄。"

在门外暗中观察的夏姝宁倒吸一口冷气：专业，这实在是太专业绿茶了！

唐堇薇觉得事情有趣了起来，她的视线在陆越和郑太身上一掠而过，最后微笑着说道："没什么，谢谢你的邀请，和你聊天很愉快。"

在陆越难以置信的表情中，郑太露出了一个美少年楚楚动人的笑容："我也觉得和堇薇小姐姐聊天很开心。"

看着"眉来眼去"的两人，堵心得不能再堵心的陆越心态崩了："好啊，还是我打扰了你们开心聊天是吧？行，你们接着聊，最好把经纪合同也聊完。你爱给谁做经纪人就给谁做经纪人！"

说着，陆越气势如虹地冲了出去，可谓是来也匆匆去也匆匆，临走前还不忘拽走夏姝宁。

"等等，陆越，我们就这么走了可以吗？我觉得这里面有点儿误会……"夏姝宁慌慌张张地说道。

"有什么误会？她都已经和郑太聊得很愉快了，再聊下去她也是郑太的经纪人了！四舍五入，这就是要叛变！"回想起这件事，陆越仍然恨得咬牙切齿。带了他三年的经纪人就那么离他而去转投郑太，每当他想起当年他们两人一起规划未来时豪情壮志的样子，他都觉得一阵酸楚。

凭什么啊，凭什么郑太能把他身边的人一个个地都抢走？

如果他没有告别娱乐圈，郑太能这么轻易地拉走他整个团队吗？

可为什么连唐堇薇也……

气愤之中，陆越还觉得委屈，他含着金汤匙出生，一帆风顺地长大，从来没有受过这么多打击，这种被人背叛的感觉让他痛苦难当。

陆越坐在了驾驶座上，阴沉着脸迟迟没有发动汽车。

他看到郑太和唐堇薇有说有笑地从他的车前经过，唐堇薇手里还拿着一束白色的玫瑰花，刺得陆越眼睛疼。

"对了，有个东西忘了给你。"郑太突然想起了什么，从自己汽车的后备厢里拿出了一个礼物盒，"不是什么贵重的东西，是我上次搞活动的时候自己做的手工巧克力，送给你一份，当点心配奶茶特别好吃哦。"

"谢谢，不过我也没有很喜欢喝奶茶，我拿去配咖啡吧。"唐堇薇笑眯眯地说。

郑太对她嫣然一笑，回过头看了车里的陆越一眼，仿佛才发现他似的："咦，陆哥你还没走啊？那我先送堇薇小姐姐回学校了哦。"

气炸的陆越狂按喇叭，并附赠一声咆哮："滚啊！"

后排的夏姝宁惨不忍睹地捂住了脸：二越你毫无战斗力啊，在郑太面前简直是一败涂地。她现在好后悔把陆越叫来，简直是火上浇油。

陆越始终不愿意对别人承认的是，经纪人辰哥带着团队离开，对他而言是一个很严重的打击，他对此耿耿于怀。

如果连带了他三年的经纪人都会因为他的失势转投他的死对头，那么唐堇薇呢？他们之间甚至没有签过书面合同——唐堇薇拒绝和他签合同，她认为自己担任他在校期间的经纪人只是兴趣使然。

也就是说，唐堇薇为他做的一切，完全建立在她的个人意愿上，她相信和陆越合作能达成宣传湘南农大的效果，她就会和他合作。但假如她找到了比他更有用的"棋子"，她会不会也转身离开呢？

肯定会的吧，陆越沮丧地心想。

"如果你担心这个的话……我，我觉得你最好和班长认真谈谈。"夏姝宁小声说道。

夏姝宁倒不是同意陆越的看法，以她对唐堇薇的了解，唐堇薇并不是一个那么冷酷无情只在乎利益的人。但是她又不知道该如何说服陆越，只能劝他和唐堇薇谈谈。

"我不！"陆越的那股大少爷脾气又上来了，"她要是觉得郑太比我好，那她就去给郑太当经纪人啊，我不在乎！"

夏姝宁欲言又止：你嘴上这么说，可是表情却完全不是那么回事啊。

"反正她得给我道歉，不然我是绝对不会原谅她的通敌行为的！"陆越振振有词地说道。

这一刻，夏姝宁是真的后悔。她到底是为什么要把看到的事情告诉陆越这个憨憨啊！

回到寝室，夏姝宁忧郁地对唐堇薇解释了事情的始末。

"就是这样了。对不起，早知道我就不和陆越说了。"夏姝宁垂头丧气地对唐堇薇道歉。

"哦，我知道了。"唐堇薇淡淡地应道，似乎完全没放在心上。

"陆越现在这个样子，其实也可以理解啦。毕竟他经纪人走了的事情，给了他很大的刺激。他虽然嘴上不说，但是心里一定很害怕你也丢下他。"夏姝宁忍不住帮陆越说起了话，亲妈粉心态再次涌现，"二越真是太可怜了，他现在是一只害怕被主人扫地出门的小狗狗，我们要好好关爱他！"

唐堇薇："……"

夏姝宁眼巴巴地看着她。

唐堇薇指了指自己的眼睛："滤镜摘一下。他现在是一个二十岁的成年男子，是时候接受社会的毒打了。"

夏姝宁："可他以前没有被毒打过！"

唐堇薇对她微微一笑："所以我应该帮他补补课。"

夏姝宁惊恐："你……你要干什么？班长，你手下留情啊！"

唐堇薇的笑容灿烂起来。

是时候让这位大少爷明白地球不是围着他转的真相了，不讲道理地发完脾气之后只等别人来道歉哄他这种好事，以后可不会再有了。学会说人话也是成长的一部分呢，陆越同学。

真人秀综艺《大学生活》正式在湘南农大开拍了，正在农大念书的陆越免不了成为一个话题。大批不知道是粉丝还是黑粉的人经常在官方微博下留言求节目组探班"普通在校大学生"陆越，最好让他来客串，但节目组一直没有给出一个明确的答复。

唐堇薇逮到了正在用"非暴力不合作"的方法和她闹脾气的陆越，告诉了他这个消息。

"我的建议是，你应该作为素人出镜。考虑到你的人气，导演很乐意让你串场，只要发挥得好，你甚至比作为嘉宾参加的人更有优势，因为你是真的在农大念书。"唐堇薇慢条斯理地对陆越说道。

等了好几天也没有等到唐堇薇道歉的陆越，此时看她各种不顺眼，用怀疑的语气问道："你不会是想骗我参加，然后让我给郑太垫脚吧？"

唐堇薇："我是你的经纪人，不是郑太的。"

陆越哼了一声："谁知道呢，辰哥以前也是我的经纪人啊。"

微笑着的唐堇薇语气陡然危险起来："所以你是不想参加咯？"

陆越骄傲地点了点头："有郑太在的节目，我才不要参加呢。他一定又想着蹭我的热度，我是不会给他这个机会的！"

唐堇薇把手上的本子一合："恕我直言，照现在的苗头看，很快你就不值得他蹭热度了。"

陆越遭遇扎心一击，一脸沉痛又难以置信的表情，差点儿吐血。

"逃避不能解决任何问题，只会让你继续沉沦下去。你想回到娱乐圈，就不应该错过任何一个出镜的机会，还要表现得比从前更完美。如果你只是因为闹脾气，对我，对郑太有意见，所以才想着随意丢弃这个难得的机会的话，我对你的幼稚感到失望。"唐堇薇站了起来，看了一眼手机上的时间，对他微微一笑，是那种大家闺秀拒人于千里之外的礼节性笑容，"我约了人见面，你可以再考虑一下午，明天上午给我一个明确的答复。"

说着，唐堇薇从容地对他挥挥手，毫不留恋地转身离开了教室。

陆越立刻站了起来，紧张地追问道："你去哪儿？"

唐堇薇停下脚步，回头反问："我想，我应该没有对你报备行踪的义务吧？"

目送着唐堇薇离去，陆越头顶那根看不见的天线立刻竖了起来：有情况！她是不是约了郑太见面？绝对是的！他们是不是要谈跳槽问题了？就连唐堇薇也要丢下他跑了吗？

强烈的危机感促使陆越偷偷跟了上去。

绝对不能让郑太把唐堇薇也拐跑了！他不允许啊！

这一跟，陆越跟到了一个熟悉的地方，又是上次的那家咖啡馆，这下他心中的疑云就越发浓重了。这种沉重的心情让他产生了一种奇怪的联想，他仿佛是一个在跟踪出轨的女朋友的被绿老实人。

惨，太惨了，他堂堂陆越是怎么沦落到这一步的？他可是迷倒万千少女超级受欢迎的陆越啊！

悲痛欲绝的心情中，陆越鬼鬼祟祟地坐在一个空位上，和唐堇薇那桌隔了一道绿植围栏。从植物的缝隙间，陆越偷偷摸摸地打量着唐堇薇，她正微笑着对坐在她对面的人说道："抱歉，今天包间满了呢，只好委屈你坐在这里了。"

"没关系。反正这里也挺隐蔽的。"郑太的声音传来，语气轻松，丝毫不介意的样子。

果然是郑太！这下，陆越的心跳速度飙升，那种"女朋友出轨"的感觉也越发强烈了。

他们两人聊起了真人秀节目，又聊起了陆越。

郑太听说了唐堇薇的烦恼之后，开心地开始补刀："陆哥就是这样的性格啦。我和他在一个组合的时候，也总是我们所有人去哄他。后来他单飞之后，其实大家都松了口气呢。"

陆越：？

你们当初不是这么说的！陆越的内心在惨叫，当初你们不是哭着喊着求我不要走吗？

唐堇薇似乎很感兴趣地追问道："你们不会觉得厌烦吗？"

郑太很开心地说："会啊，所以我们私底下建了一个吐槽他的群，到现在除了陆哥其余的人都还在里面呢，我们看到关于他的热搜还是会经常吐槽他的啦。"

陆越：！

怎么会这样？你们竟然建了群吐槽我吗？我有那么糟糕吗？！

郑太："不过那时候我们也没有办法，因为陆哥比较红嘛，我们只能迁就他的大少爷脾气啦。"

唐堇薇："那可真是难为你们了。"

郑太甜甜地笑了起来："现在我们解脱了，陆哥难为的可就是堇薇小姐姐你了呢。"

陆越气结，他哪有难为唐堇薇？这些日子只有他被唐堇薇千层套路的时候，没有唐堇薇老老实实给他道歉的时候，分明是唐堇薇在难为他啊！

"先生，要来点儿什么？"带着职业微笑的服务员站在陆越身边问道。

陆越被吓了一跳，生怕自己被人发现，立刻压了压头顶的帽檐，用手指着在菜单上乱点一气，一点儿也不敢出声。

唐堇薇一边不动声色地听着旁边的动静，一边微笑着和郑太继续聊天，套了不少关于真人秀的节目安排，这些信息也只有郑太能给到她了。

郑太问道："所以陆哥是真的不打算参加真人秀了吗？那也太可惜了，我听到导演说很想邀请他作为素人参加呢。"

唐堇薇似乎很忧郁地叹了口气："他不想做的事情，我也没办法勉强他呀。"

陆越的内心充斥着吐槽的声音：明明你一直都在勉强我，还每次都能成功！

郑太歪了歪脑袋，露出了一个纯情美少年的可爱笑容，配上了他标准的绿茶发言："堇薇小姐姐那么为他操心，他竟然一点儿也不领情吗？如果是我的话，一定会高高兴兴地去参加节目，拿出最好的状态来回报你的付出。"

唐堇薇又是一声轻叹："如果陆越能像你这么为人着想就好了。"

郑太笑得更甜了："所以堇薇小姐姐考虑一下我吧？既然陆哥是扶不上墙了，至少你还能拯救一下我呀。"

唐堇薇默默看着他："你恐怕不需要我的帮忙。"

郑太惊讶地说："怎么可能？我每天都在祈祷能收获堇薇小姐姐这么聪明能干的助手，你想在我的团队里担任任何职位都可以哦。能每天看到你的笑容，我就觉得一整天都充满了干劲呢！"

陆越正胡乱喝着服务员送上来的咖啡，差点儿当场吐出来。郑太到底是品种稀有的绝世绿茶，这种话都能面不改色地说出口！唐堇薇不会真的信了他的鬼话吧？！

陆越握着咖啡杯手柄的手紧了紧，生怕听到唐堇薇答应。

他想现在就跳出来，像上次一样，当面指责郑太和唐堇薇，可是刚才喝下去的咖啡好像被奇妙的魔法变成了一块沉甸甸的石头压在他的胃里，他动弹不得。

他听到唐堇薇的声音响起："抱歉，我不能答应你。"

郑太失望地问道："为什么呢？"

唐堇薇："至少现在，我不能答应你。"

郑太："现在？也就是说，以后也许可以咯？"

唐堇薇："我要等陆越给我一个答复。如果他仍然不能明白我想让他明白的，也许我会认真考虑的。"

郑太开心地双手合十："那太好啦，我等堇薇小姐姐的好消息。"

唐堇薇微笑着点了点头，优雅又迅速地扫荡起了郑太请客的甜点，绝不放过任何一块美味的小蛋糕，至于这多出来的热量会不会发胖……她才不担心呢，和郑太斗智斗勇可是很消耗能量的。

哎，还是捉弄傻白甜陆越比较开心，唐堇薇咬着叉子，眼神瞥向一旁的绿植，嘴角浮现出一抹俏皮的笑容。

这一晚，陆越辗转反侧，强烈的危机感让他睡不着觉。

白天唐堇薇和郑太的每一句话，都在他脑中翻滚出来，连同那些他从来没有思考过的问题——为什么郑太总是比他人缘好？明明郑太私底下干的那些事都很败人品，但郑太的风评就是比他强。

陆越苦恼地翻了个身，像一只恼怒的狗子咬着枕头出气。

不行，不能让唐堇薇也离开他，他一定要把她留下来。

可是她想要的答复……陆越立刻想到了她问他要不要参加真人秀。那时候他不乐意，一方面固然是因为他不想让郑太找到机会搞事情，另一方面也是因为，以素人的身份参加节目，他觉得自己输给郑太了。

陆越纠结地在床上翻来覆去，最后咬咬牙做了个决定：答应参加真人秀。

他不但要参加，还要在节目里好好表现，他得让唐堇薇看到自己比郑太优秀得多，她离开他转投郑太绝对是错误的选择。

没错，就是这样！做出决定的陆越暗中给自己打气，他一定可以的，他可是从来也没有输给郑太过啊！

于是，第二天一早，唐堇薇见到了一个脸上挂着两个黑眼圈的陆越。他背着他那把心爱的吉他，气势汹汹地拦下了唐堇薇，说要给她展示一下自己昨晚刚写的歌。

唐堇薇面带礼貌的微笑听他把这首名叫《我就是比他强》的歌弹唱了一遍，平心而论，陆越的音乐水平是真的不错。

"这就是我的答复。"陆越把吉他一背，高高地抬起下巴，骄傲地说道，"真人秀我参加了！"

唐堇薇赞许地看着他："好，那我就去答复节目组了。"

陆越傲慢地点了点头，转身就要走，还没走出两步突然又停了下来，回头恶狠狠地丢下一句："你不许跟郑太勾勾搭搭！"

套路成功的唐堇薇露出温婉端庄的笑容，什么也不说，就这么静静地看着陆越，仿佛在问他为什么要无理取闹。

陆越突然面上一红，生怕自己昨天跟踪她的事情被发现，立刻心虚地溜走了。

陆越作为素人出镜，并不需要和参加真人秀的明星们一起活动，但是节目组经常会来突袭他，这给陆越造成了不少困扰。

这天下午，陆越被发配到兽医社帮忙，对兽医工作一无所知的陆越怀着可以撸猫撸狗的期待，兴高采烈地来到了兽医社，然后惊恐地发现冯戚是这个社团的成员。

"听说你家养狗，那你一定会给狗洗澡咯？现在有四条狗等着洗澡，交给你了。"冯戚对他露出了一个恶意满满的高冷笑容。

"我家有负责洗狗和遛狗的帮工的！我从来也没给狗洗过澡啊！"陆越惨叫着，被唐堇薇推进了宠物洗浴隔间里。

等到陆越解决了四条浑身脏兮兮的狗子出来的时候，他已经从打扮精致的时尚潮男变成了一只浑身湿答答精疲力竭的落汤鸡，他悲痛欲绝地对唐堇薇控诉："为什么洗狗这么累啊？"

唐堇薇微笑："给你一点儿奖励，伸手。"

陆越不明所以地伸出手。

唐堇薇把十个一元硬币放在了他的手里："劳务费。"

陆越难以置信地看着手里的十个钢镚儿，顿时心态崩了："我累死累活洗了四条狗，你就给我十块钱？你还不如别给我算了。"

唐堇薇"哦"了一声，笑眯眯地把钢镚儿拿回去，换成一块包着玻璃糖纸的水果糖。

陆越："……"

唐堇薇故作惊讶地看着他："连这也无法打动你吗？"

陆越叫道："谁稀罕一块糖啊！"

唐堇薇眨了眨眼："不愧是大明星，要求还挺高，那我给你摘颗星星总该满意了吧？"

陆越狐疑地看着她："星星呢？"

唐堇薇把糖拿了回去，在陆越目瞪口呆的注视下，剥去外壳放进了自己嘴里。她的手宛如在花丛中翻飞的蝴蝶一般灵巧，一眨眼就把糖纸叠成了一颗小星星。

她手指拈着一颗精致的小星星，笑盈盈地放进了陆越的手里："喏，给你小星星。"

陆越看着手心里亮晶晶的小星星，又抬头看向唐堇薇含笑的狡黠眼睛，一瞬间脑中闪过一个没来由的念头——星星不在他的手里，而在她的眼睛里。

她眼睛里一闪一闪的光芒中似乎有魔法，他被迷惑了，恍惚地把这颗一文不值的玻璃糖纸小星星装进了口袋里，好像它真的价值千金。

唐堇薇困惑地看着他，陆越怎么突然这么好说话了？还以为要再忽悠他几个回合才能转移他的注意力呢。

就在这个当口儿，兽医社的大门突然被推开了，郑太怀抱着一只鸭子，一脸焦急地冲了进来，把那短暂的暧昧氛围驱散得一干二净："有医生在吗？这只鸭鸭的腿断了，快救救它吧！"

紧跟在郑太身后，摄影师迅速架好机位跟拍起来。

刚和四条狗子进行了一番激烈水战，此时浑身湿透毫无形象可言的陆越一脸蒙圈地看着眼前精心打扮过的死对头，陷入了自闭。

纯情美少年眼中含泪地抱着一只小白鸭，可怜巴巴地看着他："陆哥，你能救救这只可怜的小鸭子吗？求你了！"

任谁看到都要被美少年打动：啊，他是多么热心善良，才会如此关心一只鸭子啊！

可陆越是什么人啊，他是郑太受害者联盟里的 TOP1（排名第一），看到郑太这副样子，他立刻反应过来：这一定是郑太的阴谋！

郑太一定是知道他在兽医社帮忙，还刚刚和四条狗子进行了激烈的水战，所以抓住时机带鸭上门，想要让摄影师拍到他最狼狈的一幕，还要充分展示他的无能——陆越连只鸭子都治不好！

陆越遭遇了人生重大危机，只洗了四条狗的他对兽医工作一无所知。

郑太在摄像机拍不到的角度，对他露出了一个恶意的微笑，说话的语气却十分焦急："陆哥，你应该懂兽医的吧？能治治这只可怜的鸭鸭吗？它现在不能走路了，太可怜了，我们一定要救救它。"

就在陆越纠结之际，站在一旁静观的唐堇薇突然出声："能把鸭子给我看一下吗？"

郑太愣了愣，鸭子已经被唐堇薇轻巧地接了过去。

这是一只再普通不过的鸭子，不知道被什么动物攻击了，左腿的下半截不见了，只剩一条腿的它可怜巴巴地趴在唐堇薇怀里，一副弱小无助又可怜的样子。

"这个要怎么治？"陆越小声问唐堇薇。

唐堇薇检查了一下鸭子后，用提示的口吻说道："还记得上周我们去工学院的事情吗？"

陆越眼珠一转："你是说 3D 打印教室？"

唐堇薇点了点头："人失去了一条腿需要假肢，鸭子也一样，只要给它做一只假肢接上，它就可以恢复基本的行走能力。"

陆越恍然大悟。

"没问题！"陆越抱起鸭子，脸上挂着自信的笑容，"最快的方法就是用 3D 打印机给鸭子做一只假肢接上，然后它就可以自由行走了。"

郑太傻眼："这是什么操作？"

陆越自信地叉腰："你不懂的操作。这事就交给我了！"

说干就干，成功抢回了镜头 C 位的陆越带着节目组前往工学院的 3D 打印教室，找到了上次帮他制作模型的校友，又亲自测量好了鸭子的脚掌数据，让 3D 打印机开始工作起来。

整个过程中，陆越虽然套着一身兽医的工作服，还因为刚洗了四条狗浑身狼狈，但是自信满满地为工作忙碌的他有一种别样的帅气。

等到鸭子的脚掌打印完毕，他和唐堇薇一起帮鸭子装上了这只假肢，又稍加调试。

"重获新腿"的鸭子犹犹豫豫地走了几步，一开始还有些踉跄，可随着它的动作，鸭子忽然意识到自己丢掉的腿又回来了。它立刻兴奋地嘎嘎大叫，连跑带跳地满屋子飞奔，任谁都看得出它的兴奋。

这下所有人都围着鸭子观察，有的称赞陆越的主意好，有的给鸭子鼓劲，还有的人已经乐呵呵地拿着手机拍起了视频。

陆越得意地抱着手臂，对郑太嘚瑟道："看，这不就治好了吗？"

郑太脸上白莲花的笑容已经快挂不住了。

陆越变狡猾了，竟然学会了喧宾夺主，还学会了不动声色地抢走他的镜头。整整一个下午，原本带着鸭子找上陆越的郑太竟然好像被摄影师遗忘了一样，存在感大大下降。

不应该是这样的，郑太郁闷得想要咬手绢，明明应该是他对无能为力的陆越发表一番"看似安慰其实火上浇油"的白莲花言论，展示一下自己对小动物的爱心和陆越的无能。

怎么会这样啊？！

郑太幽幽地看向唐堇薇，果然，是他那个经纪人的主意吧？

"这一次就算你赢了。"郑太整理了一下心情，重新挤出一个合乎他人设的假笑，"但是下一次就没有那么好的运气了哦。"

陆越正得意着呢，恨不得绕着郑太跳舞三圈，听到郑太的这番"败犬发言"，他嘿嘿一笑："你就尽管放马过来吧。"

就在他享受着这一刻胜利的喜悦时，郑太却突然脸色一变，殷勤地对不远处的唐堇薇招手："堇薇小姐姐，我在这里哦！"

唐堇薇回过头："你们在这里做什么？"

郑太甜甜地笑了起来："我在和陆哥联络感情呀。"

陆越一脸冷漠："我和你没有感情可以联络。"

郑太笑得更甜了，他上前一步自然地挽住唐堇薇的胳膊："既然陆哥不想理我，那我还是和堇薇小姐姐联络感情吧。"

陆越一把拉开唐堇薇，把她的胳膊搪在了怀里："滚滚滚，这是我的经纪人！"

郑太无辜地眨了眨眼："不如我把辰哥还给你，你把堇薇小姐姐换给我吧？"

陆越："你们滚啊！莫挨唐堇薇！她是我的！"

唐堇薇："……"

看着气炸的陆越，郑太笑得更开心了："我可是随时都欢迎堇薇小姐姐来我的团队的哦。"

陆越气冲冲地拽着唐堇薇走了，一边走还一边警告她："你可不许跟着他跑，他这个人阴险狡猾，根本就不是真心相信你的才能，他只是想利用完就把你扔掉，你千万不要上他的当！"

唐堇薇看着他这副焦急的样子，好笑地问道："听起来，你好像很担心我上当受骗？"

陆越噎住了："呃……"

唐堇薇凑近他，那双有小星星的眼睛里忽闪着好奇探究的光彩："你说郑太不是真心相信我的才能，那你呢？"

这两个问题都好难回答，陆越急得后背冒汗。

承认吧，违背了他一贯"心服口不服"的人设，毕竟他总是被唐堇薇玩弄得嗷嗷叫。否认吧，唐堇薇一生气跟郑太跑了可怎么办？他不想再丢一个经纪人了！

陷入两难抉择的陆越，根本不能管理好自己的表情，想什么都写在了脸上。

唐堇薇忍着笑，装作一副伤心欲绝的样子："原来你根本不相信我的能力，唉，那我还是……"

陆越惨叫了一声："我相信！"

唐堇薇歪了歪头，玩味地看着他："真的吗？我不信。"

陆越放弃了挣扎，委委屈屈地说道："我真的相信你的。虽然你总是套路我，折腾我，以看我吃苦受累为乐，但是……但是……你，你也干得不错……嗯，就是这样了，你这个经纪人当得还算称职。"

唐堇薇闻言露出了一个小恶魔的危险笑容："只是'还算称职'啊？"

陆越秒怂："不，是非常称职！"

唐堇薇："哦？"

心里的底线一旦被打破，陆越就放飞自我了："我说的都是真心话，没有一点儿水分的。虽然我老是跟你抬杠，嘴上吐槽你，但是你让我做的事我最后都做到了呀。"

唐堇薇假装不信："那不都是我逼你的吗？"

陆越哼了一声："要不是我乐意，你怎么可能真的逼迫我就范。"

唐堇薇看他这副认怂之后还要犟嘴的样子，不禁被可爱到了，她也不知道自己的审美出了什么问题，竟然会觉得陆越这副模样特别好玩。

她不禁微笑着，踮起脚在他的头顶上摸了一下，像是摸摸小猫小狗一样："今天你的表现不错，明天继续努力，嗯？"

被来了一下"摸头杀"的陆越下意识地应了一声，愣了好几秒才回过神来。

"等等，你刚才是不是乱摸我的头？我的发型可是精心打理过的，你这么乱摸是要弄乱的知道吗？"

"咦，会吗？可你今天已经洗了四条狗，早就没有发型可言了啊。"

"什么？啊，对啊！天哪，我就是这副样子出镜了吗？唐堇薇！你怎么不提醒我抢救一下啊？我陆越不要面子的吗？！"

"噗——"

"你还笑！唐堇薇你没有心！"

"这样挺好的，很自然。给鸭子做假肢的时候非常帅气，比平时更帅气哦，我都被惊讶到了呢。"唐堇薇歪了歪脑袋，满眼真诚地夸奖道。

"呃……那……那不算什么。咳咳，我，我平时也很帅……不，我是说，如果发型打理好的话，我会更帅。哎，今天怎么这么热，我快晒死了，我要去躲一躲太阳。"

看着面红耳赤找借口溜走的陆越，唐堇薇的脸上浮现出一个愉快的笑容。

嘻，哈士奇就是好哄。

不过比起需要她费心对付的绿茶味白莲花，还是哈士奇更让她心情愉快呢，唐堇薇心想。

接下来她倒要看看，郑太还能玩出什么花样来。

真人秀节目里免不了有一些竞技类的活动，《大学生活》当然也不例外。节目第三期中会加入一场知识竞赛活动，参加比赛的选手需要自己寻找队友，作为搭档，两人一组地参加竞赛。

"我选堇薇小姐姐！"刚一听完规则，郑太第一个举起手来，还对镜头露出了一个美少年的招牌笑容，"堇薇小姐姐是实验班的班长，超级聪明的学霸女神哦，我要和她搭档！"

镜头一下子对准了正在思考这项竞赛会涉及哪些题目，应该怎么给陆越补课的唐堇薇，她明显怔了一下，这才看向郑太，似乎有所意动。

"我不同意！"陆越当即跳起来反对，"唐堇薇，你跟我一组啦！"

主持人乐呵呵地笑了起来："看来为了争取到一名得力的队友，陆越和郑太发生了一点儿分歧。"

郑太可怜兮兮地看着唐堇薇，陆越则恶狠狠地盯着她，大有她如果跟郑太组队他现在就能闹起来的架势。

幼稚鬼，唐堇薇心想。

郑太干脆站了起来，一路小跑到唐堇薇身边，在她耳边小声说道："堇薇小姐姐跟我组队的话会更有话题性哦，你不想看看气得跳脚的陆越吗？所以，考虑一下我吧？"

"郑太，不要勾搭我班长！"陆越急了，生怕唐堇薇被郑太拐跑，也跑到了唐堇薇身边，还拉着她第一个上台，气势汹汹地在黑板的分组名单上写下了两人的名字。

"好了，现在我们是一组的了！"先下手为强的陆越对郑太露出了一个胜利的笑容。

节目组的人都被陆越逗笑了，大家纷纷抗议："这样强买强卖的不算，你得让唐小姐同意才行。""就是说啊，你这是'抢婚行为'，无效的哦。""简直是强行拉着妹子去民政局登记，太好笑了。"

唐堇薇也忍着笑，在陆越耳边说道："要做我的队友可没那么容易哦，你得做好充分的心理准备。"

陆越瞬间警觉："你有什么条件？"

唐堇薇意味深长地说："距离比赛还有一周的时间，这一周里你可得听我指挥，把我安排给你的工作保质保量地完成。"

陆越越发怀疑："什么工作？"

唐堇薇对他嫣然一笑："准备竞赛的工作呀。"

哦，准备竞赛啊，这算什么！陆越当即点头答应："没问题！"

唐堇薇甜甜地笑了，对着镜头说道："我同意了，我和陆越一组。"

郑太发出了一声委屈的叹息："啊，完蛋了，最佳队友被抢走了，陆哥太过分了。"

陆越骄傲地挺起胸，嘚瑟地看着郑太：哼，想和他抢经纪人，做梦去吧！

此时的陆越还不知道，接下来的一周他将面临什么样的地狱生活……

那能怎么办呢？自己抢回来的队友，哭着也得认。

"在竞赛前，我要给你补习一下农学的基本常识。"唐堇薇拿着一摞厚厚的资料，对呆坐在图书馆里的陆越露出了一个灿烂过头的笑容，"不多，把这些背下来就可以啦。"

陆越惊恐地看着眼前这摞半米高的资料："我可以退赛吗？"

唐堇薇歪了歪头："你猜？"

陆越假装听不懂，满眼希望地问道："可以的吧，一定可以的吧？"

唐堇薇微笑："可以呀。我认真考虑了一下，觉得和郑太组队也不错，也许我们能擦出队友的火花呢，毕竟他是个很不错的偶像，身上一定有很多闪光点是我还没发现的。"

陆越："他没有闪光点！我才是浑身闪光点的那个！"

唐堇薇："是吗？可你连竞赛的准备工作都不想做。"

陆越："我没有，我只是随便说说，我现在就开始背题！"

陆越认命地拿起最上面的一本资料，泪流满面：套路，这全都是唐堇薇的套路，可他就是吃这种套路。

唐堇薇笑眯眯的：总算找到一个让陆越奋起补习一下基础知识的机会了，她可不能放过呀。

十分钟后。

陆越一脸问号地指着题目："你这都是什么题啊？一堆教人怎么养鸡养鸭钓鱼打板栗的内容，为什么还有插秧和收割的视频呢？"

唐堇薇甜甜一笑："不但要背，我还会让你实践哦。"

陆越："喂，这根本不是知识竞赛的内容啊！"

唐堇薇眨眨眼："背就完事了，快去背书，明天现场实践。"

陆越惨叫连连，原本信心满满的他突然觉得前途一片灰暗。

此时忙于准备竞赛环节的人并不只有陆越一个，他的死对头郑太也在为此忙碌，只是方法和陆越截然不同。

郑太拿着手里的题目资料，赞许地对经纪人说道："还是辰哥你经验老到，买通工作人员把题目弄出来，这下就不怕现场出什么意外了。"

经纪人提醒道："你也不要全部答对，不然就太夸张了。这几天装模作样地看点儿书，让节目组知道你在认真准备，这样面子上也好看一点儿。"

郑太笑眯眯："我知道分寸的啦。不过，陆越那边不会也拿到题目了吧？"

经纪人自信地说："不可能。他在节目组又没什么人脉，想买也不知道该找谁。"

郑太的笑容里浮现出愉悦的恶意："这就是退圈的恶果呀。"

经纪人附和道："陆越那家伙脑子一向不开窍，只要你好好准备，不怕现场找不到让他丢人的机会。到时候他这个正在农大念书的，竞赛答题竟然输给你，看他还能怎么洗。"

郑太若有所思："希望如此。不过，我倒是有点儿担心一个人……"

郑太的脑中浮现出唐堇薇的身影，这段时间他们两人虚与委蛇，彼此都看出对方不是省油的灯，唐堇薇会想不到他的打算吗？

可是她又能做什么呢？最多不过是在比赛现场作为陆越的队友帮他挽回一点儿颜面罢了。

郑太稍稍安下心来，现在万事俱备，只等比赛拍摄了。

哦，当然不能忘了随时随地经营好自己的人设。

郑太让助理泡了一杯咖啡，把农大的课本放在桌上，调整一下台灯的光线，再用手机精心挑选角度，把这幅认真构图之后的学习照片加了个滤镜，完美展现出他在夜深人静的时候还在认真看书准备节目的勤奋态度。

配词：安静的夜晚更适合学习，我要努力努力再努力。

这副熬夜学习的姿态收获了粉丝们的心疼，评论转发里一片称赞他勤奋努力的声音。

然而粉丝们不知道的是，照片拍完不到一分钟，营业完毕的郑太就美滋滋地敷着睡眠面膜睡觉去了。

嗐，都拿到比赛的题目了，还熬什么夜啊？

真正在图书馆熬夜背书结果趴在桌子上睡过去的陆越，耳边响起了甜美却危险的声音："你睡着了吗？"

陆越猛地坐直了身体，眼睛还没睁开，但是嘴巴已经自动回复："我没有睡着，我超清醒的。"

开玩笑，当着唐堇薇的面复习到睡过去这种事情，绝对不能承认啊，否则还不知道她要怎么折腾他呢。

刚才还趴在他耳边送出危险发言的唐堇薇，施施然地回到了自己的座位上，一手支着下巴，意味深长地说道："很好，你的死对头可是在熬夜复习，你也不能输哦。"

陆越就算没睡醒也不信："这不可能，郑太他为了睡美容觉，除非有通告，不然绝不熬夜。"

唐堇薇把手机里的微博截图展示给陆越看，陆越一看就吐槽道："这熟悉的口吻，疯狂暗示自己在熬夜看书，相信我，他绝对是发完这条就去睡觉了。"

唐堇薇一挑眉："看来他对比赛很有信心嘛。那就让他先高兴一会儿吧。"

到时候，她可是要送一份惊喜给节目组呢。

知识竞赛项目拍摄前一晚，导演收到了一个惊天喜讯：原教授听说他们在农大拍摄真人秀，还要搞农学知识竞赛，他很感兴趣，打算作为特别嘉宾来现场，还有意代表湘南农大校方，担任出题人的角色。

导演大喜过望，一口答应了下来。这种天上掉馅饼的好事，他怎么能拒绝呢？

于是，第二天一早，当笑眯眯的原教授出现在拍摄现场的时候，在场的所有人都惊呆了。郑太讶异地拉着经纪人询问他怎么没有收到原教授也要来的消息，经纪人也莫名其妙，他是真的没听说啊。

陆越也大吃一惊，原教授还主动和他打了招呼，关切地询问他在农大的学习状况，还特地问他："听说堇薇让你参加了不少社团活动？"

要是真要抱怨这个，陆越简直可以吐槽一整天，但是唐堇薇正笑容端庄地站在他身边，眼神里隐隐有"你胆敢告状，我就要你好看"的威胁之意，他只能忍着被"黑恶势力"压迫的苦楚，帮唐堇薇说起了好话："确实参加了不少活动，其实，还挺有意思的……真的，我学到了很多知识。"

原教授看他这副蔫头蔫脑言不由衷的样子，笑着拍了拍他的肩膀："一会儿比赛加油啊，你可是代表我们湘南农大一方的呢。"

陆越顷刻间感受到了巨大的压力："我努力。"

"来帮我看看，我今天的造型怎么样？"趁着拍摄开始前，陆越小声询问唐堇薇。

"挺好的。"唐堇薇感觉到了他的紧张，难得温柔地安慰了一句，"不用紧张，你面对镜头的经验应该比我丰富才对。"

"这不一样啊！如果现在让我上台表演节目，我当场拿着吉他来一段，一点儿都不带怵的。但是今天要拍的是知识竞赛！知识竞赛！这太可怕了。"陆越脑补着自己坐在台上正儿八经答题的样子，这画风怎么也和他陆越对不上。

唐堇薇意味深长地笑着说道："今天的知识竞赛，和你想象的恐怕不太一样哦。"

陆越疑惑地看着她："是什么不太一样。哦，还有原教授是怎么会突然说要来参加节目的？"

"哦，我请他来的啊。"唐堇薇理所当然地说道。

"啊？！"陆越吃了一惊。

唐堇薇对他眨了眨眼："他老人家可不是一个死板守旧的人，听说有节目组要在湘南农大拍真人秀，他可感兴趣了，觉得这是个宣传学校的好机会。我拜托他来当出题人，他一口就答应了，还说要来点儿特别的题目。不过我可没有从他那里弄答案哦，一会儿他会出什么题目，我也不知道。"当然，她猜得到一些就是了。

陆越吐槽道："我又没打算让你去弄答案。"

唐堇薇的笑容真诚了一些，她摸了摸陆越的头发："我知道。你只是想和郑太公平地比赛一场。"

陆越小声嘀咕："那你还不好好让我复习，这几天你可是让我把各大农学社团的工作干了个遍，就差养猪了。"

唐堇薇的恶趣味来了："你很期待养猪吗？"

陆越疯狂摇头："没有没有绝对没有！"

拍摄正式开始前，导演对大家说道："原教授给了我一个很好的建议，单纯的知识竞赛答题不能体现出大家的真实水平，他认为实践才是检验学习的最好方法。所以我对今天的比赛项目做了修改，我们改为……劳动比赛！"

全场震惊！

特别是郑太，他当场愣住了，霎时间脸色惨白。

换题？

临场换题？

改为现场劳动？

这是什么魔鬼操作？闻所未闻！

十指不沾阳春水的郑太拼命给经纪人使眼色，可这种时候，经纪人也毫无办法了，他对郑太摇了摇头，示意他专心比赛。

郑太心慌意乱，他的搭档纳闷儿地问道："你怎么了？"

郑太努力平复着此时的心虚，强撑出笑容："没什么，就是身体不太舒服，这几天看书看得太晚了，也许是发低烧……"

搭档惊讶道："你还真的看书了啊？"

郑太："？？？"

搭档："我还以为你只是拍照做做样子呢。那可太好啦，我也是学渣一个，你好歹看了点儿农学的书，种地什么的你应该懂一点儿了吧？一会儿现场劳动就看你的了。"

郑太："……"不，别看我的，我不懂啊！

郑太欲哭无泪，招牌的美少年笑容都消失了。他幽幽地看着远处的唐堇薇，怀疑这是她做的手脚，唐堇薇似乎觉察到了他的视线，回头对他甜甜一笑，用口型无声地说道："加油。"

郑太："……"

确认过眼神，他这是被唐堇薇套路了啊！

"今天的户外劳动比赛，我给它取了个名字，叫'铁人三项'。"导演兴致勃勃地现场介绍起来，"我们节目组在原教授的启发下，连夜构思出了这三项活动。第一项叫'姜太公钓鱼'，顾名思义啊，就是钓鱼比赛。第二项叫'寻找金羊毛'，就是给绵羊剪毛比赛。第三项叫'民以食为天'，在规定时间内比赛小麦收割。每一项都会根据大家的劳动成绩计分，中间还会穿插随机提问，答出来的有额外加分，最后以分数最高的那一组为胜利。怎么样，是不是比坐在桌子前答题有趣多了？"

陆越惊喜地看向唐堇薇："这个我可以！"

入学之后就被唐堇薇各种安排在社团里劳动的陆越，对以上这些项目简直如数家珍，随便拿出来哪一项他都能立刻上手，可以说是熟练得让人心疼。

唐堇薇对他微微一笑："那就加油吧。"

经纪人默默看向郑太："你可以吗？"

郑太含泪说道："不行也得行。往好处想，以前在农大拍综艺的时候我也是干过的，虽然就那么一次……"而且干得不怎么样，全靠当初陆越咋咋呼呼地退出节目组，吸引了网友们的全部火力，他这个后来加入的虽然表现一般，但靠着在节目里卖"笨手笨脚但是热心善良小天使"的团宠人设，还是混得很滋润的。

但是这次眼看着是不行了，这次是竞赛型，如果他表现得太菜一定会被群嘲。最重要的是，陆越也在啊，如果陆越表现卓越，那他岂不是风评逆转？

郑太迅速开动脑筋，思索着避免自己翻车的办法。

装病？可以。适当装一装，表现出今天身体不适但还是敬业地参加户外活动。

转移观众注意力？可以。给观众一点儿别的话题，他们就会把注意力从他很菜这点挪开，至于话题……

郑太幽怨地看着正在和陆越小声交谈着一会儿比赛的唐堇薇。

堇薇小姐姐，就决定是你了！

钓鱼项目开始了。节目组很不客气地给了每个组一个铲子、一个水桶和一根简陋的钓鱼竿，并告诉他们：一切都要自己搞定，包括鱼饵。

参赛选手们集体蒙圈：什么？鱼饵都要自己搞定？这可怎么办？

有经验的还好，已经在河边挖蚯蚓了，没经验的还在用手机搜索怎么自制鱼饵钓鱼。而其中最熟练的莫过于陆越，有着丰富挖蚯蚓经验的陆越乐观地表示："你们不用急，等我搞定蚯蚓了分给你们就是了！"

主持人兴致勃勃地问道："这么有信心能挖到大量蚯蚓？"

陆越含泪道："你们根本不知道我都经历了什么。我曾经就在这里，因为挖蚯蚓掉进了河里。"

虽然是他自己作死想拿蚯蚓吓唬唐堇薇，但结果就是自己掉进了河里。

有了经验的陆越要来了洗衣粉，自制了一桶能把蚯蚓都逼出来的"洗衣粉味特别饮料"，往湿润的泥土里一倒，没一会儿蚯蚓就争先恐后地钻了出来。

"来来来，别客气，随便挖！"陆越大方地说道。

"你不担心一会儿进度落后吗？"主持人疑惑地问道。

"怎么可能呢？不要小看我，我可是钓鱼高手！"陆越信心十足地说道，还对唐堇薇来了个得意的眼神，"比钓鱼，我一定比你钓得多！"

正在把蚯蚓挂上鱼钩的唐堇薇回给他一个甜甜的微笑，用夸张的鼓励语气说道："加油，你是最棒的，我相信你！"

陆越猛地打了个哆嗦，呃，不知道为什么，唐堇薇这么说话让他的鸡皮疙瘩疯狂起立。

为了证明自己的实力，陆越克服着对虫子的恐惧，开始专心致志地钓鱼。

他擅长钓鱼这点可不是吹牛，因为他那个浑蛋老爹热爱钓鱼的关系，陆越小时候经常被迫陪同。不知道是他运气特别好还是他傻得招鱼喜欢，同一片水域里，用同样的饵料，他就是能比别人钓得多。

今天也是如此，陆越像是开挂了一样，一下钩没一会儿就钓上来一条鱼，那行云流水的动作和出人意料的钓鱼效率，让其他组的人都看呆了。

陆越不禁嘚瑟起来，身后那条看不见的尾巴摇得飞快。

"我经常出海钓鱼，为此我特地买了个游艇，还考了证书。你坐过游艇吗？下次我带你去海钓啊。"陆越一边盯着水面钓鱼，一边不忘对唐堇薇显摆，那语气活像是炫耀糖果的幼儿园小朋友。

见唐堇薇迟迟没有回应，陆越迷惑地回头去找自己的队友，却猛然看到让他想要摔鱼竿的一幕：他的死对头郑太正坐在唐堇薇身边，扶着额头不胜虚弱地卖惨。

郑太弱弱地问道："我头有点儿晕晕的，是不是中暑了呀？堇薇小姐姐有带药吗？"

唐堇薇试探了一下他的额头："好像是有点儿烫，正好我带了藿香正气水，我拿给你吧。"

郑太露出了一个虚弱的笑容："谢谢你，你真好。都怪我最近熬夜没有休息好，结果今天比赛的时候就生病了，既耽误拍摄进度又拖累队友，我真是太没用了。"

说着，美少年一副泫然欲泣的样子，把病中故作坚强的那一面展现得淋漓尽致，任谁看了都要说一句"心疼郑太"。

唐堇薇安慰了他几句，劝他赶紧吃药，郑太这才拿着药剂小口小口地喝了起来，一边喝一边吐了吐舌头，一副被苦到了的样子。

"药好苦呀。但是一想到这是堇薇小姐姐给我的药，我一定要全部喝完才行！"郑太假装坚强地说。

陆越恨不得把钓上的鱼甩到浑身散发着绿茶味的郑太脸上去。

人家在好好比赛，怎么就你在撩妹？

你这是钓鱼还是钓人呢？

铁青着脸的陆越看着水面上动起来的浮漂，露出了狰狞的笑容。他用力拉起鱼竿，咬钩的可怜鱼儿在他充满怒意的力量下被拽出水面，在半空中划出一条标准的抛物线，准确无误地飞向了郑太。

正在西子捧心状喝药的郑太，冷不防被一条腥味十足的河鱼拍在了脸上，嘴里的药"扑哧"一下喷了满地。

唐堇薇看呆了，愣愣地转头看向罪魁祸首。

陆越脸上挂着得逞的坏笑，气定神闲地说："不好意思啊，这条鱼不知道怎么飞起来了，可能是被恶心坏了吧。"

郑太泫然欲泣，一副被欺负了敢怒不敢言的小白花模样："我不疼，只是吓了一跳。我被鱼打到了没关系，没有打中堇薇小姐姐真是太好了。"

说着，他楚楚可怜地看着唐堇薇，脸上还要自带一个坚强的笑容："堇薇小姐姐不用为我担心，我……我习惯了……"

都这样了还能勾搭唐堇薇？

陆越气不打一处来："不要老和我队友搭讪！"

郑太似乎被吓到了，怔怔地看着他，眼中涌现了泪花："对不起，陆哥，我又害你生气了。我没有恶意，只是人不太舒服，问问堇薇小姐姐有没有带药……我，我这就回去了。鱼……鱼还给你。"

说着，郑太可怜巴巴地捡起了地上的鱼，小心翼翼地放进陆越的桶里，末了还要悄悄用袖子擦一擦脸上被鱼溅到的水花，一副被陆越欺负得惨兮兮的模样，任谁见了都要同情。

陆越："……"

出现了，郑太的茶言茶语！

唐堇薇似乎完全不懂绿茶的心机之处，她怜爱地安慰了郑太一番，又劝他好好休息身体要紧。

郑太十分感动，热泪盈眶地说："堇薇小姐姐对我真好，如果你是我的队友该多好啊。"

陆越冒了出来，恶声恶气地说："你做梦去吧！"

唐堇薇觉得好玩极了，陆越这副气势汹汹的样子，在不知情的人看来简直是他在欺负郑太。现在她总算知道为什么陆越总有那么多耍大牌欺负队友的黑料了，论演技，十个陆越也不是郑太的对手。

反正今天她也试探够了，确定了郑太确实是黔驴技穷没招了，那么就别怪她不客气了，唐堇薇心想。

"哎，说起来，郑太还没有准备鱼饵呢。陆越，你赶紧分给人家一点儿啊，不要那么小气，要多照顾病人知道吗？"唐堇薇坏坏地提醒道，还对陆越挤了挤眼睛，抛出一个小恶魔使坏的信号。

陆越本来是不愿意的，但是郑太突然脸色一白："不，不，不用了，我自己来就好。"

陆越脑袋上突然亮起了一个灯泡，叮的一声，他顿悟了！

突然机智起来的陆越迅速找了个塑料袋装了一大把蚯蚓，热情洋溢地塞到了郑太的手里，并无师自通地借鉴了他的茶言茶语："刚才我钓的鱼甩到你了，真对不起。今天你都生病了，总不能让你自己去挖蚯蚓吧。别客气，这些都给你了，省得你再去挖蚯蚓，赶紧去钓鱼吧，加油！"

隔着一层塑料袋，感受着袋中蠕动的虫子的触感，汗毛倒竖的郑太突然手一抖，装满了蚯蚓的袋子立刻掉在了地上。

蠕动的蚯蚓们争先恐后地从塑料袋里爬了出来，一条条快活地在他穿着凉鞋的脚背上跳舞。

"糟糕，蚯蚓跑了，快捡起来。"陆越说着，熟练地用筷子夹起一条，热心地为郑太介绍道，"这种细小的红色蚯蚓作为鱼饵非常好用，你的鱼竿呢，我帮你串一下……喂，郑太？郑太你没事吧？你脸色怎么这么差？快来人帮忙啊，郑太晕过去了！"

随着陆越的惊呼声，钓鱼战绩为零的郑太在第一轮就正式出局。

原因：中暑。

评价：虽然有点儿可怜，但是菜得真实。

钓鱼比赛，陆越和唐堇薇以毫无疑问的战绩取得了胜利，其间的几次问答抽查，陆越也基本答对，偶尔有不确定的还能求助万能的神队友唐堇薇，可谓是春风得意。

第二轮的剪羊毛比赛，重回比赛现场的郑太对着一群绵羊蒙圈，只能愣愣地看着陆越熟练地完成了剃毛工作，拿下又一轮胜利，而他被恼怒的绵羊踹了一脚，差点儿又晕过去。

最后一轮小麦收割比赛，刚好前几天才被唐堇薇拉着突击帮忙的陆越第一个完成任务，留下在麦田里腰酸背痛怀疑人生的郑太，兴高采烈地跑到麦田边给大家唱歌鼓劲去了。

主持人都被他逗乐了："看来陆越同学在农大的学习很有成效啊。"

陆越顿时嘚瑟起来："那必须的，我可是实打实地在认真学习，还参加了很多社团实践活动，班长给我作证，我最近是不是特别认真？"

唐堇薇含笑看着他，很给面子地给了个肯定的答复。

主持人笑道："可我注意到了，抽查答题的环节，你好几次在偷偷求助你班长哦。"

陆越大骇："这也被你发现了？班长，我一共问了你多少题？"

唐堇薇摊开手掌，比了个"五"的动作，陆越却趁机跳过来跟她来了个击掌，看着唐堇薇愕然的神情，他笑得更开心了："多谢你啦，这个冠军分你一半咯。"

说着，陆越连哄带讨地从原教授那里要来了奖杯奖状，乐呵呵地和唐堇薇分享。原教授当众鼓励了他几句，期盼他在农大能继续努力，收获一个全新的自己。陆越夸张地惨叫了一声："再这样学下去，我都可以报您的硕士生了。"

原教授拍着他的肩膀鼓励道："那你得再加把劲儿，我只收博士生。"

现场顿时一片欢声笑语，气氛十分热烈。

唯独郑太的笑容很勉强。

太失败了，等到这一期节目播出，他完全可以想象得到大家对于陆越的风评会有一个怎样的一百八十度大转弯，毕竟陆越在节目里的表现无可挑剔，勤劳肯干，做什么都不推三阻四，还比别人做得好，连原教授都很喜欢陆越。

偏偏他搬起石头砸了自己的脚，发微博表示自己努力学习，却在比赛中拿了个垫底的成绩，简直不能更丢人了。就算他发挥演技暗示自己是生病了状态不好，也掩饰不了他们这组糟糕的成绩。

心情郁郁的郑太抚摸着自己的额头，这下他是真的想中暑了。

果不其然。

《大学生活》一开播，第一期陆越就出场了，给断腿的可怜鸭子做 3D 打印假肢的善举充满了故事性。这还是陆越退圈后首次在正式的节目里出镜，一下子就引燃了节目的热度。而郑太抱着鸭子一脸焦急地找医生的样子，被不少网友吐槽太做作了。倒是有一些垂死挣扎的陆郑 CP 粉，在这一段里哭天抢地地抠到了糖。

节目里有大量陆越的镜头，日常在社团里帮忙的陆越丝毫没有明星的架子，他和大家协同工作的时候那熟练的手法，一看就是经常在做，而不是在镜头前摆拍。这件事也获得了优秀的评价。

比起三年前同样在农大拍摄的真人秀，那时候陆越的表现可完全不如现在，简直可以说是判若两人。任谁都看得出来，陆越和从前不一样了。

第二期的竞赛活动更是为陆越带来了新的热度，以"学渣"形象出名的陆越，在来到农大学习之后竟然有了奇迹般的转变，在其他人——特别是郑太——的衬托下，他竟然有一点儿全能学霸的气势了。做起他从前根本不会做的农活的时候，他竟然干得干脆利落，答题也很准确，连原教授都夸了他。

只有陆郑CP粉在这里泪洒太平洋：两人的关系肉眼可见的糟糕，陆越退圈后都不屑掩饰一下了。以前还能说这是"渣攻贱受"，现在看来，根本是两人有仇，这CP续不动了。

郑太再次翻车，这件事还要怪他自己。他认认真真每天营业发微博明示暗示自己有在好好学习，结果一到比赛现场，实践环节次次垫底，就连主持人抽查答题都一问三不知，就算有粉丝帮他洗地，心疼他是熬夜学习太努力反而累坏了身体，可也没法说服大部分网友。

还有人吐槽他比赛期间就光顾着卖萌撩妹子了，根本没把心思放在比赛上。

为此，郑太还特地打电话给唐堇薇："你绝对绝对绝对是故意的吧？"

唐堇薇装傻："我不知道你在说什么呢。"

郑太委屈地抱怨道："我想通了，原教授怎么可能突然要来我们这个真人秀里担任出题人呢。我合理怀疑是你请他来的。为了陆越，你竟然率先动用'核武器'，堇薇小姐姐你这样可是不厚道的哦。"

郑太永远能把语气拿捏到位，就算是在抱怨，他也能说得像是在撒娇。

一旁的陆越不耐烦地抢过电话："是又怎么样？你自己翻车还怪我们咯？我就是比你红呀，退圈也比你红。赶紧洗洗睡吧，醒来我就要杀回娱乐圈了。还有，唐堇薇是不会给你当经纪人的，再撩也不是你的，略略略！"

说完，陆越飞快地挂了电话，还"贴心"地把郑太的名字拖进了唐堇薇的手机黑名单里。

现在是他们团队的会议时间，现场的夏姝宁等人都笑了起来。

唐堇薇没好气地拿回自己手机，严肃地对大家说道："我觉得还是得趁着热度拍一拍养猪，否则再让陆越膨胀下去，他很快就要飞上天了。"

会议室里顿时传来了一片窃笑声，以蔺君书笑得最响亮。

正陶醉在暴打死对头的快乐之中的陆越，冷不防听到了这个噩耗，顿时惊叫："快停止你的魔鬼行为！你就不能让我多高兴一阵吗？"

唐堇薇粲然一笑："你已经高兴够久了。节目播出以来，你每天抱着手机看评论里怎么夸你，学习效率都降低了，这样下去可不行。"

窥屏被抓包的陆越小声哔哔："我也不只是看别人怎么夸我，我还看别人怎么吐槽郑太。你不知道了吧。"

看到郑太自作自受的下场，陆越简直像是三伏天喝了冰可乐一样酸爽。

蔺君书插了一句："托节目组的福，之前你积攒的那些素材，包括剪羊毛之类的内容，也可以准备投放了。"

陆越捂住了脸："我好不容易在真人秀里挽回的个人形象啊！"

夏姝宁偷笑了起来："我觉得很可爱啊，大家一定会喜欢看你的 vlog 的。"

陆越不信："真的吗？我怀疑你们是被唐堇薇指使联合起来骗我的。"

王朝、马汉异口同声道："绝对没有！"

陆越觉得更可疑了。

唐堇薇干咳了两声，总结道："虽然近期你的形象挽回计划执行得很顺利，真人秀播出后，算是有了阶段性的成果，这一点我表示肯定，大家也都有目共睹。陆越的表现不错，值得鼓励。"

"说得好！"陆越听着，立刻给自己鼓掌。

唐堇薇斜了他一眼："但是还是不能放松，现在你要加紧巩固大众对你的新印象。最好的办法就是继续拍 vlog，我会引入更多不同的内容，给观众更多新鲜感。但是核心仍然是围绕着你在农大的学习和生活。明白了吗？"

"哦，明白了，总之还是要继续拍我受苦受累的 vlog。"陆越垂头丧气。

团队会议结束了，大家领了自己的工作纷纷离开了教室，只剩下陆越趴在桌子上，哀怨地看着唐堇薇："我那么努力了，你就不能夸我几句吗？"

唐堇薇迈着轻盈的步伐从他身边走过，用手里卷起来的书在他的脑袋上轻敲了一下："干得不错。"

陆越不满意："就这样吗？"

唐堇薇嫣然一笑："看你比赛的时候，我突然想起三年前的事情。那时候你也是在农大拍真人秀，但是那时候的表现可真是让我目瞪口呆。"

陆越羞赧地抱住了头："别骂了别骂了，孩子要被骂傻了。要批评也别翻旧账啊，太丢人了。"

唐堇薇听出了他语气里的懊悔，笑得更甜了："如果那时候你有现在这样的表现，我肯定不会变成你的黑粉，也许会成为你的粉丝也说不定。"

陆越从胳膊里抬起头："真的？"

唐堇薇没有回答，只是露出了一个俏皮的笑容，用她那独特的语气说道："你猜？"

唐堇薇离开了教室，陆越一个人趴在桌上，旁边还堆着之前唐堇薇给他整理的补习资料，他突然间有了许多说不清的烦恼，心中又充斥着道不明的喜悦。

这种猜猜猜的游戏真是讨厌，他心想，可是有一股初秋果子成熟的甜味在他心里发酵着，他被甜得忍不住一个人在教室里傻笑起来。

他突然觉得，能来农大真是太好了。

怦然心动的瞬间

陆越又膨胀了。

最近他的事业否极泰来。原本被全网黑的他，在真人秀播出之后，个人形象从不学无术、自大、翻车的偶像，变成了知错能改、返校念书、痛改前非的……搞笑艺人。

"为什么是搞笑艺人啊？！"曾经装逼如风的酷哥陆越呐喊着质问道。

这都要怪他的农大生活 vlog，随着真人秀节目的火热，陆越拍摄的 vlog 也开始定期更新。每一期都十分有梗，这一期高喊着不想养猪，下一期挖蚯蚓掉进河里，再来一期捡鸡蛋被母鸡追杀，加更一期剪羊毛被羊踹翻，酷哥人设崩得渣渣都不剩。

观众总算知道，真人秀里每一项任务都完成得那么熟练的陆越，到底在农大经历了些什么。

没良心的弹幕区俨然已经成了"哈哈党"的乐园，陆越在蔺君书的拍摄和剪辑下，迸发出了前所未有的搞笑天赋。

陆越长得俊，不笑不说话安安静静坐在那里的时候，有一种高冷的贵气，他从前把这种气质发挥出了惊艳效果，确实吸引了不少小女生高喊"陆越好酷好帅"，但是熟知陆越本性的老粉丝们很清楚，他只是个大龄中二期青少年。

现在，这位大龄中二期青少年所处的环境从舞台、别墅、跑车、游艇、豪华餐厅变成了农业大学的鸡舍、羊圈和牧场，陆越的一切努力都没有发挥应有的作用。

这种"努力想装一下但是被土味背景拖累"的效果，形成了一种极具反差的喜剧感。而陆越时常流露出"我堂堂当红明星为什么在河边挖蚯蚓"的崩溃，又加剧了这种喜剧效果。

最搞笑的是，他的制作团队经常轮流上阵哄骗陆越，一会儿骗他弹吉他唱歌可以让蚯蚓自己钻出来，一会儿骗他现场表演有助于提升奶牛的牛奶产量，陆越被哄得团团转，每次回过神来大声质问他们是不是又在骗他的时候，那个不是整活胜似整活的效果可太绝了。

谁看了都得笑得肚子疼，完了还要在评论区没良心地说一句：加大力度！

这大概就是他的 vlog 会迅速走红的原因。观众们总想看点儿轻松又沙雕的东西，最好这个东西还能和朋友讨论分享，大家一起哈哈哈，而陆越的 vlog 恰好符合了这种需求。

至于陆越的感受……

他已经从蒙圈到崩溃，再到崩溃转向了……得意。

没错，他开始得意了。

"归根到底还是因为我陆越很有人气，我拍什么都能火。"课间休息时间，陆越一脸嘚瑟地对身边的唐堇薇说道。

唐堇薇觉得有点儿好笑，但是她忍住了这种嘲笑他幼稚的念头，笑眯眯地附和地点头："嗯，你最近表现不错，我很满意。"

陆越惊讶地看着她，他还以为唐堇薇会泼他的冷水，没想到她竟然表扬了他。

这下，陆越可不好意思起来了，他干咳了两声，决定讨好一番："当然，这也离不开大家的帮助。特别是你，按理说我应该给你发奖金，但你连工资都不领。这样吧，为了表达感谢，我送你点儿礼物吧，你想要什么？"

这就是困扰陆越的地方了，他不知道唐堇薇喜欢什么。唐堇薇对广受欢迎的名牌衣服、奢侈品、包包毫无兴趣，她还吐槽过陆越的服饰鞋包，这让陆越很不服气，所幸唐堇薇最后还是认同了这是他的工作必要开支。但这件事还是让陆越意识到，唐堇薇对这些东西没兴趣，所以他最好还是直接问她。

唐堇薇认真思索着，突然古怪地笑了起来，神神秘秘地对他眨了眨眼，神情俏皮里带着她独有的恶趣味："你懂的。"

陆越立刻脸色骤变："不，我不懂！只有养猪，我绝对不会拍的！"

唐堇薇歪了歪头："可你都拍过捡鸡蛋、剪羊毛、挤牛奶了……"

陆越把脑袋摇得像个快飞起来的拨浪鼓："那怎么能一样呢，反正我讨厌猪，绝对不拍养猪！"

唐堇薇叹了口气，闷闷不乐道："那换一个内容吧，拍采蘑菇？"

陆越本能地有些迟疑，他已经不是刚认识唐堇薇的那个陆越了，现在饱经套路的他已经熟悉了唐堇薇的说话风格，她这么配合地改口，八成是有诈。

但是采蘑菇听起来还是很安全的，陆越心想，又不需要他去照顾动物，随便摘点儿蘑菇在"身经百战"的他眼里已经算不得什么了。

"行吧。"陆越勉强应了下来，"就是采蘑菇，没什么脏乱的活儿吧？"

"没有。"唐堇薇微笑，"不过，需要徒步进山，可能还要野外露营哦。"

他就知道！

陆越当即拒绝："我不去！你别指望让我睡帐篷和睡袋，万一山里有狼，我还想回娱乐圈呢，可不想因为野外作死被狼吃掉沦为业内笑话。"

唐堇薇看着他的眼神里有一点儿不加隐晦的鄙视："现在山里早就没有狼了。"

陆越不信："我在美国的时候又不是没有去露营过，住的还是精心维护的山间别墅，照样大晚上听到狼嚎，附近还有熊的踪迹。就算这里没有野兽，那也有虫子啊，我不想在山里喂虫子。"

唐堇薇露出了一个虚假的笑容："住别墅不能算露营。"

陆越哼了一声："山间别墅我都不想住，休想让我睡帐篷！"

唐堇薇的笑容灿烂了起来："行吧，既然如此，那这一期还是拍养猪好了。我和养猪社团的同学打个招呼，今天就让你给猪铲屎吧。"

陆越矜持里带着一丝傲慢的表情瞬间僵硬："等一等。"

唐堇薇微笑着看着他："嗯？"

陆越黑着脸，咬牙切齿地说："也……也不是不能商量。但是睡帐篷，我真的不行，你得给我找个有屋顶的住处，否则我绝对不会住到野外去。"

唐堇薇一口答应："没问题，就这么说定了！"

陆越看着她满意的表情，再一次怀疑自己被套路了。

她怎么这么会套路？！

陆越要露营拍摄采摘蘑菇，那么摄影师蔺君书自然也逃不了，这对塑料兄弟面面相觑了半天，最后齐刷刷叹了口气："唉……"

都是迫于唐堇薇的淫威啊。

"如果明天我放她鸽子，会有什么下场？"陆越问道。

"大概会被你的新保镖按头塞进猪圈里吧。"蔺君书说。

他指的是王朝和马汉，这两人最近在负责陆越在校期间的人身安全，也肩负着唐堇薇眼线的重要职责。

陆越悲从中来，他未来两年的人生真的就这样被唐堇薇玩弄于股掌之间了吗？

"我只是想送她一份礼物啊，结果呢，她满脑子都是工作。"陆越对蔺君书抱怨起来，"结果礼物没送出去，我还要去野外露营拍摄。"

蔺君书怜悯地看着他："现在你还想送班长礼物吗？"

陆越不假思索："想啊，但是我不知道她喜欢什么。"

蔺君书说道："这我倒是有思路。对班长这样特别的女孩子，你应该投其所好，送那种不怎么花钱但是很费心的礼物。比如，我知道班长很喜欢喝一种酸奶，但是这个酸奶可比你之前代言的那个湘农牛奶难买多了。它用的也是我们学校有机牧场的奶源，由美食社每天定量制作一批，早餐时间会在食堂里限量供应，需要排队购买，还限购根本供不应求。"

陆越摸了摸下巴："她收到这个礼物就会对我和颜悦色？"

蔺君书："应该是吧，我经常看到冯戚给她带酸奶，应该是很喜欢的。"

陆越听到"冯戚"这个名字，不悦地撇了撇嘴，这也是个黑粉，还是个和唐堇薇关系很好的黑粉，还疑似暗恋唐堇薇，简直需要去看眼科。

这得多眼瞎才会看上唐堇薇啊？

陆越按捺着心中那点儿不愉快，把事情敲定下来："那就这么定了，明天，周末去野外露营前，我去给唐堇薇带一瓶酸奶讨好她一下。"

"为什么大清早就这么多人在食堂里排队啊？！"

一大早，为了买到美食社团限量发行的新鲜酸奶，陆越比平常起得更早，还强行拉上了蔺君书一起来食堂。结果刚一走进食堂，陆越就惊呆了：这么早人就这么多？怎么会这样啊？

陆越感到一阵崩溃。平日里他的早餐大多有热心的同学投喂，偶尔去食堂也是速战速决打包就走，根本没注意食堂卖酸奶的区域原来有这么多人排队，都快赶上他演唱会排队入场时的盛况了。

"不就是瓶酸奶吗？"陆越郁闷但老实地排起队来，忍不住跟身后的蔺君书吐槽。

蔺君书吐槽他："我半小时前就让你出门了，你非要折腾你的发型，这下好了，等我们买到酸奶，也许就已经迟到了。"

陆越越想越想叹气了。唐堇薇八成已经到了约定出发的地点，正满脸杀气地等他们，不知道酸奶能不能安抚住她。

周围排队的同学发现了陆越，大家嘻嘻哈哈地跟他打起了招呼。拍摄真人秀节目之后，农大的学生们也习惯了在校园里偶遇陆越，不会像一开始那样狂热围堵，大家默认他是来念书的，尽量不打扰他的日常生活——当然，这也离不开唐堇薇那群小弟的三令五申。

陆越越排越着急，最后看了一眼时间之后，毅然对蔺君书说道："我去前面找个女生帮我代买吧。"

"不行！"前面排队的人群里突然响起了一个冷厉的声音。

陆越心里"咯噔"了一下，抬眼看去，只见他的死忠黑粉冯戚抱着手臂冷冷回眸："美食社特制的酸奶每天都是限量的，每个人还限购两份，你找前面的人帮你代买，既插队又妨碍别人购买，这就是你的素质吗，陆大明星？"

被黑粉当面怼素质，陆越不得不咬牙继续排队。

终于，前面的人一个个买到了酸奶离去。冯戚买了两瓶酸奶，对陆越露出了一个幸灾乐祸的笑容。陆越不解，等到他来到窗口的时候，卖酸奶的大叔冷酷地说道："后面的散了吧，卖光了，明天赶早。"

排队的人群里一片唉声叹气，陆越呆若木鸡。

"我的酸奶呢？我那么大两份酸奶呢？"陆越在半空中比比画画，悲痛欲绝地看着蔺君书。

蔺君书怜悯地拍了拍他的肩膀："走吧，赶紧和班长集合，再迟到下去，她就要生气了。"

陆越心碎一地，垂头丧气，简直比自己被黑上热搜还郁闷。

"等等，你们是要给唐堇薇带酸奶？"冯戚突然叫住了准备离场的两人。

"关你什么事？"陆越没好气地反问。

蔺君书干咳了一声："是的，我们想给班长带一瓶，不过还是来晚了。"

冯戚："我记得，你们今天是要去野外拍摄吧？"

蔺君书点了点头，心里却不由嘀咕了起来，是唐堇薇告诉冯戚的？他们的关系还真不错，不愧是青梅竹马。

冯戚把手头的其中一瓶酸奶递给了蔺君书："我还有点儿事，麻烦你帮我带给堇薇吧。"说完，他看也不看陆越一眼，转身就走了。

陆越气极了："不要不要！谁要他送啊！"

蔺君书斜了他一眼："人家送给班长的，你急什么？"

陆越一时语塞，黑着脸和蔺君书一块儿赶往约定的停车场。

今天负责开车的是夏姝宁，为了扮演好一个贫穷小助理，她特地把自己的豪车开回了家，在车库里磨蹭了半天，愣是挑不出一辆符合贫穷小助理人设的车，最后怏怏地放弃了，老老实实开陆越的车。

为了能保住这份工作，她苦苦哀求过唐堇薇和蔺君书不要把她的家境告诉陆越，因为她是靠着对陆越卖惨才谋到了这份助理工作，她不想失去给偶像打工的机会。

唐堇薇答应得很干脆，蔺君书却心情复杂——刚上大学那会儿，他对活泼可爱的夏姝宁一见钟情，结果发现她是个追星陆越的脑残粉，而他却是和陆越有着"深仇大恨"的死忠黑粉，这才郁郁地把刚刚萌芽的暗恋之情掐死了。

现在倒好，他们一个是陆越的御用摄影师，一个是陆越的新任小助理，兜兜转转竟然到了同一个团队里给陆越打工，这酸爽感真是绝了。更酸爽的是，夏姝宁对蔺君书暗恋过她的事情一无所知。

看到陆越和蔺君书朝着这里快步走来，夏姝宁松了口气："你们总算来啦，我还以为你们两个失踪了呢，班长已经等你们很久啦。"

陆越率先打开后门要坐到后排，还没坐进去呢，后排的唐堇薇把手中的书本一合，黑气郁结的漂亮脸蛋儿上堆砌出了一个危险的笑容："我给你们预留了足够的时间，但你们还是迟到了一刻钟，为什么？"

还不是为了给你抢酸奶？陆越在心中惨叫，不但没有抢到，还被冯戚嘲讽了！

刚被黑粉怼脸的陆越余怒未消，气呼呼地说："不就是迟到了一刻钟吗？"

"哦？"唐堇薇暗藏杀气的眼神扫了过来，陆越顿时厌了一半，委委屈屈地嘀咕道："我去买酸奶，结果排了半天队还卖光了，我哪知道要这么久……"

"所以我一口酸奶都没有喝到，在这里多等了一刻钟，还应该谢谢你咯？"唐堇薇笑眯眯地反问着，捏着书页的手指微微一用力，纸张揉成了一团。

被阴阳怪气了一通的陆越浑身不爽："我这可是好心好意想给你带点儿酸奶。"

"好意不是理由。做任何事情都要权衡轻重缓急，当你发现排队会迟到的时候，你就可以放弃买酸奶了，因为这不是你今天的必要事项，你今天要完成的任务是进山露营。"唐堇薇见陆越死不认错，语气也冷了下来。

陆越更生气了："喂，你以为这是为了谁啊？我可是想送你酸奶才去排队的！就算中间出了点儿错，你也不用这样凶我吧？"

气愤之余，陆越还一阵委屈，赌气似的不吭声装死。

夏姝宁打了个圆场："也就迟到一刻钟，待会儿我开车开快点儿就好了。"

"不行！不能超速！"陆越叫道。

"请注意行车安全。"唐堇薇说道。

夏姝宁擦了擦额头的冷汗，连连应了两声，在心中嘀咕：这种时候你们倒是一致对外了。

蔺君书帮忙打了个圆场："陆越也是好意，虽然最后没买到。喏，这是冯戚买到的，他让我带给你。"

唐堇薇听说两人遇到了冯戚，多少猜到陆越是为什么一脸不爽了，她接过酸奶，偷偷打量了陆越一眼，不料，陆越又抽风了。

"你不许喝他的酸奶！"陆越一想到冯戚那副样子就来气，劈手夺过酸奶，打开上面的封口，咕噜噜地一口气下肚，誓要当场消灭冯戚的礼物，绝不能让它进入唐堇薇的胃里。

喝着喝着，他的表情从苦大仇深变成眉头舒展，又从眉头舒展变成了眉开眼笑，喝完了酸奶，陆越抖了抖瓶子确定一滴都倒不出来了，他沮丧地把视线投向了撕开的纸盖，里面黏了一层酸奶盖。

陆越咽了咽口水，嘴里那股浓郁香甜的酸奶味促使他做出了一个前所未有的举动——伸出舌头舔了起来。

蔺君书一脸茫然：说好的这是冯戚给唐堇薇的呢，怎么你一口气喝没了？你喝完还舔盖？！

唐堇薇不忍直视：她见过似曾相识的画面，她依稀记得她去陆越家的时候，他家的哈士奇就是这么用舌头狂甩装满了牛奶的饭盆，直到一滴都不剩。

唯有夏姝宁，满脑子都是妈妈粉的尖叫：我崽！可爱！妈妈爱你！

舔完酸奶盖之后才意识到自己做了什么的陆越面红耳赤地把瓶子扔进了垃圾袋，装作若无其事地说道："没想到还挺好喝的。"

见唐堇薇看着他的眼神不对，陆越赶紧补救："我这是帮你检查！万一他在里面下毒怎么办？！"

唐堇薇挤出了一个扭曲的笑容："那真是谢谢你帮我试毒了。"

蔺君书都无语了：醒醒，人家十几年的老朋友，下毒做什么？

陆越清新脱俗的狡辩理由让唐堇薇无言以对，最终放弃和他较真——这显然会让她的双商直线暴跌，被陆越拉到同一水平线，最后被陆越浑然天成的沙雕逻辑打败。不值得不值得。

同样是迟到，郑太就能用自己超绝的情商化解唐堇薇的怒气，而陆越这只哈士奇，不但不会道歉，还会把人气到升天，某种意义上来说他也是个天才。

于是，唐堇薇心中那个记仇的小恶魔，扑哧一下在一缕青烟之后冒了出来，她竖着尖尖的犄角，摇晃着长长的尾巴，拿出一支笔，在翻开的小本本上记下了今天陆越的沙雕行为。

小恶魔记仇完毕：一定要狠狠地报复陆越！

善良的小天使探头探脑：温柔一点儿吧，你可是淑女呢。

小恶魔：不行，淑女也是有火气的！

小天使：那……那下手轻一点儿。

小恶魔：嘿嘿！

陆越看着唐堇薇笑容里暗藏的咬牙切齿，后知后觉起来：糟糕，不但没有用酸奶贿赂成功，还让她的心情更糟糕了呢。感觉要完！

车子驶离农大，朝着郊区缓缓驶去。

外面天幕阴沉，看起来可能会下雨，陆越心不在焉地看起了天气预报。这几天的天气一直不好，一阵一阵地下雨，不过这种天气倒是很适合长蘑菇。

但陆越还是希望不要下雨，虽然他们带了伞以防万一，但是淋雨跑山里总不是什么愉快的体验。

陆越讨厌下雨天，特别是下雨天去郊外。两年前他曾经在一个旅游风景区里拍摄新专辑的 MV（音乐短片），那一天也是下雨，他行程紧凑，不想再等天气转好了，灵机一动干脆把 MV 的那一幕剧本改成了雨中，结果像是被诅咒了一样，"吧唧"一下摔在了泥地里，还不幸严重崴脚，被迫推迟专辑发行日期。

"既然有两个小时的车程，路上也没什么事，我顺便给你介绍一下《科学养猪的实用技术》吧。"安排完了记仇小本本，唐董薇开口道。

陆越浑身一颤："我们没有这门课！"

唐董薇对他微笑："但是你迟早要拍养猪 vlog 的。每期 vlog 评论最热门的都是问你什么时候开始养猪。"

陆越眼前一黑，他的粉丝们是怎么回事？怎么会有粉丝想看偶像养猪？怕不是黑粉吧？

为了逃避现实，陆越抱住头往旁边一躲："不行不行，我昨晚两点才睡，还失眠多梦，现在头昏眼花马上就要晕过去了，根本听不进去。我要补觉了！再见！"

说着，陆越坚定不移地一歪脑袋，闭上了眼，大有装死之意。

开车的夏姝宁和前排的蔺君书不禁笑出了声。

唐董薇可不信他真的睡了，她立刻凑了过去，双眼紧盯陆越连续颤抖很不听话的眼睫毛，认真得仿佛是在用显微镜观察植物细胞。

装睡中的陆越没听到唐董薇再说话，不禁疑惑地睁开一只眼睛偷看，却惊恐地发现唐董薇不知什么时候靠了过来，正近距离观察他，脸上还带着有杀气的微笑，似乎一旦确认他在装睡，立刻就把他丢下汽车。这可吓得陆越一激灵，心跳直逼一百二十次／分。

车子已经驶离了城区，在路上颠簸了一下，唐董薇猝不及防地身子一歪，嘴唇在陆越的嘴角上轻轻擦过——

时间在这一刻倏然静止，陆越脑中一片空白。

唐董薇也愣住了，她捂着自己的嘴唇，脸上的笑容因为这个意外的吻暂停。

至于陆越，他的大脑像是一台蓝屏死机的老式电脑，机箱的风扇在 CPU（中央处理器）过热中疯狂转动，蒸腾的热气由内而外地喷涌而出，嗡嗡作响。

然后蓝屏一片的屏幕上"哒哒哒"地浮现出一行字：唐董薇的嘴唇还蛮软的。

下一秒，这台垂死挣扎的老式电脑终于彻底报废了。

接下来的路程里，两人再没有说过一句话，陆越假装无事发生地蒙头大睡，然而整整两个小时的车程，他异常清醒，一点儿也没睡着。

他满脑子都是关于唐董薇的胡思乱想，刚才那不到三秒钟的意外以延迟摄影的模式一帧一帧地在他脑中回放，唐董薇细微的表情变化都变得无比清晰，她短暂的惊讶、意外和不知所措剥落了她专业理性和时不时小恶魔的那一面，露出的是她更鲜活更真实的内在——一个会因为意外的吻脸红的可爱女孩。

她慌张地后退了一些，身体紧紧地贴在了车门边上，并坚定地扭过了脸。

记忆画面的最后定格在了这一幕，她在看窗外的雨幕，而陆越在偷看她耳郭上的红晕缓缓地朝着脖颈蔓延了下去。

那一刻，陆越忽然听见了自己的心跳声和她的心跳声，响亮到盖过了车窗外的雨声。

"陆越，你还困着吗？"夏姝宁疑惑地看着"睡"了两个小时的陆越。从下车到现在他都一言不发，安静得不像他。

"越睡越困啊。"陆越装模作样地打了个哈欠，视线的余光瞥向身边的唐堇薇。

果然下雨了，山间葱翠，绵绵细雨中，撑着一把黑色长柄伞的唐堇薇依旧是那张大家闺秀的温婉脸庞，没了平日里折腾他时小恶魔般的千层套路，却多了一种遗世独立的孤高气质，让人移不开视线。

看着她的时候，陆越觉得自己好像沉入了一汪深潭之中，全世界都安静了下来，取而代之的是自己加速的心跳声，铺天盖地、震耳欲聋。

他觉得自己应该是脑子进水了，否则怎么会因为一个意外的吻而心跳加速呢。

喜欢上唐堇薇？

不可能的，他又不是受虐狂。

虽然她长得好看，人又聪明，性格有趣，就是有点儿恶趣味，总是套路他还每次都能得逞，但他是绝对不可能喜欢唐堇薇的！

这一定是封闭空间里过剩的荷尔蒙带来的错觉，陆越笃定地心想，过一会儿就恢复正常了。

"看这个天气，今天雨未必能停，下雨天不好拍啊。"蔺君书走到唐堇薇身边，为难地说道。

"先去住宿的地方安顿下来。我看了天气预报，明天会是个好天气。"恢复镇定的唐堇薇说道。

"我们真的有住的地方？"陆越大吃一惊，他还以为今晚就要睡在山洞了。

唐堇薇正色道："我答应过你了，会给你一个有屋顶的住处。"

习惯了被唐堇薇坑的陆越，这一刻竟然觉得很感动。

下一秒，他的感动就灰飞烟灭了。

因为唐堇薇说："所以今晚我们住树屋。"

陆越的脑中立刻浮现出大树上最多只有三平方米的小破树屋，它是那么破，那么小，挂在树上，还得他吭哧吭哧像猴子一样爬上去。屋顶的木头也是破的，外面下着大雨，里面下着小雨，淅沥沥地淋了他一身。

陆越幽怨道："那还不如住山洞呢。"山洞好歹不漏雨。

唐堇薇惊讶道："原来你还有这样的爱好，那也没问题，到时候我们住树屋，你住山洞好了。"

蔺君书倒是很意外："这片山区里还有树屋？是守林员住的吗？"

唐堇薇笑容满面地介绍起来："是我们学校盖的夏季山林假区啊，类似于民宿，今年刚修完，下个月进山的路修通之后，就要开始对外营业了，是个亲子夏令营的好去处。"

要不是因为想要宣传一下学校设立的这片度假区，她可是真的会让陆越睡山洞的。

陆越：！！！

度假区！也就是说，不会是挂在树上的漏雨破树屋了！

陆越脑中的画面一下子切换到了高达上千平方米豪华木屋度假村，全木质结构，有巨大的落地玻璃窗，里面有地毯、壁炉、书架、软沙发，外面有花园、湖泊、温泉、游泳池，还有饲养小鹿、孔雀等动物的区域，充满了腐朽的资本主义奢华。

好，很好，这才是他陆越要住的地方，配得上他的身价。

唐堇薇完全能从陆越的脸上看出他在想什么，她无情地微笑起来："考虑到是树屋，面积有点儿小，单层只有十几平方米。"

陆越脑内的豪华度假村画面哗啦啦地碎裂了。

人生，就是这样大起大落……

在唐堇薇的一通解释后，陆越已经对树屋不抱任何期待了，他现在深深地怀疑，唐堇薇忽悠他来山里拍采蘑菇，根本只是个借口，她只是想利用他宣传学校即将对外营业的树屋度假区！

以他对唐堇薇这个爱校狂魔的了解，八成就是这样。

他已经做好了要嫌弃一顿的准备，但是真当他们来到树屋度假区的时候，他却愣住了。

眼前是一片充斥着自然风情的山林，地面经过了整修，来往的主要通道上铺了一层木质板材，保留了山野风味，却又不会让人觉得过分原始。

十几间树屋已经修建好了，每一间的造型都是不同的，有的一整间树屋环绕在粗壮的树干上，弧形的木楼梯连通了树屋和地面；有的用了好几棵树作为支架搭建而成，两层高的小屋精巧而不失野趣；还有的干脆在山坡上抬高了地基，搭建出类似高脚竹屋的树屋。

蔺君书十分高兴："看起来很不错，我还没住过树屋呢，今天总算能体验一下了。"

夏姝宁吃惊道："这比我想的……好多了。"

只有陆越还沉浸在上千平方米豪华度假村破灭的沉痛中，虽然眼前的树屋比他一开始想象的要好多了，但他还是蔫了吧唧的："就这？就这？最里面那间双层的树屋还不错，我就勉为其难地住一下吧。"

唐堇薇微笑："咦，你不是说宁可住山洞吗？我还特地问了管理员，附近真的有个山洞呢。"

陆越："咳咳，我没有说过，你记错了！"

有了不错的住处，陆越终于不作了，度假村的管理员热情地帮他们打开了最大的那间树屋的门，介绍了一下这间树屋的基本设施。一楼是客厅、开放式厨房和洗手间，家用电器一应俱全，还有一面墙是落地窗，坐在沙发上可以欣赏到远处的美妙湖景。最妙的是餐厅在一个小角落里，桌子是一棵从脚下伸入木屋的粗壮树木改造而成，只在桌板上镀了一层漆。这种野趣不是任何精致的工业产物可以替代的。

一楼的旋转木梯通往二楼，上面有两间卧室，因为是木屋的关系，层高比较低，像是阁楼层，但是因为纯木质的床铺和家具，有一种与钢筋水泥大楼截然不同的质朴美感。二楼外侧还有一个木阳台，站在那里也可以欣赏到这片山林中的湖光山色，美不胜收。

这下，就连陆越也挑剔不起来了。他一会儿跑到阳台看雨中湖景，一会儿钻回一楼研究起了那个原木餐桌，对今晚住所的满意程度直线上升。

蔺君书跟在他身后拍起了树屋里的布置，又冒雨到外面去拍了其他树屋的外观。一下午的时间飞快过去了，雨天的夜晚来得比平日更早些，天很快就黑了。

夜幕降临，吃了一顿简易晚餐的四人坐在树屋的客厅里面面相觑。

在这尴尬的沉默中，唐堇薇觉得自己应该说些什么，可她偏偏不知道这种轻松休闲的时刻应该和同龄人聊什么话题，从小的生活环境和家庭关系让她习惯一个人思考和生活，对这样的氛围不知所措。

绞尽脑汁地想了半天，唐堇薇开口道："既然现在有空，我给你们讲解一下如何分辨常见的毒蘑菇吧？"

陆越："请停止你的唐堇薇行为！"

唐堇薇：？

陆越："难得来到这种地方，我们应该搞一点儿与众不同的活动。"

唐堇薇："比如？"

陆越是个非常会玩的人，他脑中有一万种玩法，各种牌类游戏都很行，特别是德州扑克，在美国的时候经常和同学打牌，麻将也会一点儿，下棋虽然不精通，但是还可以玩两手。但是当他把这些游戏选项——提出来之后，却遭到了所有人的反对。

蔺君书："我不会下棋。"

夏姝宁："我不会搓麻将。"

唐堇薇："我全都不会。"

陆越看着她，开始了直男发言："你好菜哦。"

唐堇薇的笑容瞬间死掉了。

从小到大，只有人夸她聪明，没有人敢说她很菜，从来没有！而就在今天，她竟然被一个能在一条微博里连错五个成语的学渣说她菜，这是耻辱！

陆越浑然不知自己又被记仇了，他说道："那你们也来点儿提议？"

蔺君书："狼人杀怎么样？这个你们都会吧？我高中的时候很流行的。"

陆越一脸茫然："我不会啊，美国的高中不玩这个。"

唐堇薇转过脸看着他，把陆越刚才嘲讽她的话原样奉还："你好菜哦。"

陆越气结："换一个换一个，别的我肯定会！"

夏姝宁提议："三国杀呢？"

陆越呆住："饶了我吧，我根本记不住里面的人。"

唐堇薇默默追击："是真的好菜哦。"

陆越幽怨地看着唐堇薇，唐堇薇挂着淑女得体的微笑，仿佛刚才"报仇"的人不是她一样。

窗外下着瓢泼大雨，屋内开着空调冷气，被反向嘲讽的陆越躺在沙发上绞尽脑汁，思索着这种时候应该玩些什么。

"有了！"陆越一个鲤鱼打挺，从沙发上坐了起来，两眼放光地说，"雨夜的山中树屋，这是恐怖片的绝佳环境，我们来讲鬼故事吧！"

闻言，唐堇薇的脸色顿时变了："无聊。"

鬼故事？为什么是讲鬼故事？她才不要！

陆越发现了她的脸色变化，感到不可思议：唐堇薇这是……怕鬼？

那可太棒了！简直天赐良机！

陆越大喜过望，一种强烈地想要捉弄唐堇薇的冲动立刻占领了智商的高地。

必须玩，不玩不是人！

陆越发挥出了惊人的演技，用怀疑的口吻问道："你不会是怕鬼吧？"

唐堇薇挤出了一个笑容，但此时此刻，她脸上的笑容大不如平日从容："怎么可能。我是个唯物主义者，对这种神神道道的东西毫无兴趣，当然也不害怕。"

她说得斩钉截铁，丝毫不愿意暴露自己的弱点，但是微微颤抖的声线已经暴露了真相。

陆越拉长了音调"哦"了起来，回想起曾经唐堇薇被他吓了一跳后的表现，他快控制不住自己的表情了，唐堇薇绝对是怕鬼！

这可是千载难逢的让唐堇薇失态的机会，陆越迅速拉拢了蔺君书和夏姝宁，三人一个关灯，一个点蜡烛，还有一个从冰箱里拿出了冰镇好的啤酒，包围住面色铁青的唐堇薇，开始讲起了鬼故事。

陆越暗中观察着唐堇薇的脸色，坏笑着说道："我就讲一个在深山老林度假时发生的鬼故事吧，这是我还在美国时听说的。有几个正在念大学的年轻人，决定去野外露营。前往营地的路上，他们发现了一件怪事：草丛里有什么东西在惨叫，那绝对不是野猫野狗的叫声，像是小孩惊恐的尖叫，又像是男人喝醉酒后发疯时的声音。"

陆越讲故事的水平不错，仗着自己看过的恐怖片多，把各个片子里的桥段融合到了一起，现编了一个露营恐怖故事出来，唐堇薇的鸡皮疙瘩已经一片一片地站起来了。

"……上山的路上发生的诡异事情，让这群人有些心神不宁，他们坐在小木屋里，外面下着大雨，好像在暗示有什么危险的事情即将发生。"陆越一边讲着，一边密切观察唐堇薇的脸色，在发现她越发僵硬的表情后，嘴角疯狂上扬，"就在这时，只听'啪'的一声，灯突然灭了！"

仿佛是为了配合陆越的话，树屋的灯骤然熄灭，整个房间陷入了一片黑暗之中。

黑暗中传来唐堇薇一声尖叫："啊！"

房间里立刻兵荒马乱起来，蔺君书大声问："怎么回事，停电了吗？"夏姝宁慌慌张张地去找开关，结果被凳子绊倒在地，又是一声巨响。

陆越在一片漆黑中摸到了一只柔软的手，手的主人又发出了一声尖叫，是唐堇薇没错了。他立刻说道："是我啦，别怕别怕。"

唐堇薇死死抓着他的手，那手劲捏得陆越龇牙咧嘴："你轻点儿啊喂，我手都快被你捏断了。"

手劲是变小了，但是黑暗中，唐堇薇半个人都贴到了陆越身上，死死抱住他的胳膊不放。陆越没想到她会吓成这样，尴尬地安慰道："估计就是跳闸了，一会儿就好了。"

唐堇薇没说话，她似乎是觉得刚才的尖叫很丢脸，一个字也不想说。

陆越想把自己的胳膊抽出来，可是作为导致唐堇薇受惊吓的罪魁祸首，他在愧疚中发挥出了绅士精神，默认了唐堇薇把他的胳膊当毛绒玩具抱。

淡淡的沐浴露的香味充斥在他的鼻尖，还有手臂上肌肤的触感，他突然心跳加速。

无光的环境中，他的感觉也越发敏锐，他听到了自己怦怦的心跳声，还有唐堇薇的心跳声，也是一样急促。

应该说点儿什么。陆越心想，可是他的脑子里好像填满了轻飘又柔软的东西，让他突然失去了畅所欲言的能力。他应该安慰唐堇薇吗？还是只要沉默地提供胳膊就好了？他是不是应该开个美式玩笑活跃气氛？虽然唐堇薇也不是什么正经淑女，但他总得表现一下绅士风度吧？

可偏偏这时候他不知所措，他迫切地想要为唐堇薇做些什么，却不知道如何是好。他恍惚地在心里感叹，如果唐堇薇永远是这副被吓坏了的小兔子的样子就好了。

"你要是怕的话，我给你唱首歌？"想了半天，陆越别扭地憋出了这么一句话。

"你要是唱恐怖片里的歌，我就杀了你！"唐堇薇咬牙切齿地说，声音还有点儿抖。

陆越被逗笑了，唐堇薇一定是真的被吓坏了，否则她怎么会承认她在怕？

不过，被吓到了的唐堇薇，可比平时可爱多了。

陆越也想不到，自己竟然有一天会把唐堇薇和"可爱"这个词语联系在一起。

"我给你唱广场舞热门爆款歌曲，保证你听了想抖腿，根本不尿了。"陆越说。

"我本来就不尿！"唐堇薇终于记起自己的人设了。

"那我给你唱鬼片里的歌。"陆越使坏道。

然后他的胳膊被用力拧了一下，疼得他"嗷"地叫了起来。

"快唱广场舞的歌。"唐堇薇催促道。

陆越还想和她拌嘴，可想到她是被自己吓成这样的，决定宽宏大量一下。

陆越唱起了歌，是老牌歌星的热门曲目，常年霸占促销打折店、样样两元店和广场舞歌单，让人一听就精神抖擞，浑然忘记犯怵。

唐堇薇听他唱着，不自觉的颤抖终于平息了下来，抱着他胳膊的手也放松了一些，她没有那么怕了。

蔺君书和夏姝宁摸到了屋外的电闸那里，用手机照明，重新推上开关后，屋子里立刻恢复了光明。

"呼，好了没事了，终于来电了。"蔺君书回到树屋里，抬头一看，顿时傻眼了。

陆越在唱歌，从来天不怕地不怕的唐堇薇惨白着脸，双手搂住陆越的胳膊，像是雷雨天一个人在家的小孩抱着唯一的玩具熊似的。这画面，竟然让唐堇薇有了那么点儿小鸟依人的可爱。

被蔺君书这么一盯，陆越也不唱了，面红耳赤地捜着自己的胳膊："来电了，快放开我的手。"

唐堇薇这才松了手——力气之大差点儿把陆越推倒在地——她猛然站了起来，语气生硬地说道："明天还要早起，都早点儿睡觉吧。"

说着，她匆匆走向二楼，脚步声里都透着生气，耳朵都红了。

蔺君书在沉默之后，语重心长地对陆越说："你完了。"

陆越还在回味刚才黑暗中唐堇薇前所未有的黏人姿态："啊？"

蔺君书："以我对班长的了解，她现在超级生气。你赶紧想想怎么补救吧。"

陆越："……"

唐堇薇确实非常生气，怕鬼是她从小到大的弱点，她明知道这不科学，但是恐惧是不会因为人的理性而消失的。小时候还有母亲能在她吓坏的时候安慰她，可是在母亲去世之后，因为和父亲的矛盾，她开始习惯一个人独立生活，原教授虽然承担着她半个监护人的职责，但是他毕竟不懂一个十岁小女孩的恐惧。

为了防止这种不理性的恐惧影响她的生活，她从来不看恐怖片，也不看恐怖小说，绝不和人讨论怪力乱神的话题。偏偏今天陆越嘴贱地讲起了鬼故事，一下子就把她压抑已久的怕鬼情绪激活了。

最过分的是，突然停电了！她的大脑一下子就停机了，竟然丢人地抱着陆越的胳膊不放，还听他唱歌安慰。

躺在还散发着清漆味道的木床上，唐堇薇翻来覆去地睡不着，一闭上眼脑中就开始浮现出陆越讲的鬼故事画面。

不行，不能想这些！

唐堇薇缩在被窝里，咬牙切齿地捶了一下床板，强迫自己在脑内换个频道。

于是频道变成了她吓得六神无主抓着陆越的胳膊不放，陆越给她唱歌。

深感丢人的唐堇薇把自己气精神了，辗转反侧，心中的小恶魔对陆越疯狂记仇，直到半夜才迷迷糊糊地睡了过去，梦里她被一个恐怖的恶鬼追杀，她又是尖叫又是逃跑，把能丢的脸都丢尽了，结果那恶鬼把面具一摘，露出陆越嘚瑟的笑脸："想不到吧，是我！"

唐堇薇被气醒了。

大半夜的，她想上厕所，还想喝点儿水，在床上犹豫了好一会儿才鼓起勇气，用手机的手电筒照明，沿着树屋的楼梯来到洗手间，又去一楼的厨房倒水喝。

屋外正在下雨，雨声敲打着树屋的外墙，唐堇薇站在落地窗边看着窗外漆黑的雨夜，那远方山林影影绰绰，仿佛里面有什么鬼祟的东西……

她不禁打了个哆嗦，连连默念了三遍社会主义核心价值观：富强、民主、文明、和谐，自由、平等、公正、法治，爱国、敬业、诚信、友善。

呼，感觉好多了，要是现在能来杯奶茶压压惊就更好了。

唐堇薇缓了口气，准备回房间裹紧自己的小被子继续睡，然而还没转过身，屋外突然传来了一声古怪又凄厉的叫声，似猫非猫，似人非人，十分瘆人。

唐堇薇倒吸一口冷气，汗毛倒竖，脑中全是陆越讲的鬼故事。

突然，一只冰冷的手拍在她的肩膀上，唐堇薇浑身过了电似的哆嗦了一下，张嘴就要叫起来——

"嘘嘘嘘，是我啦！"又一只手捂住了她的嘴，耳边传来的声音却是如此熟悉。

唐堇薇哆嗦着回过头，陆越一脸无辜好奇地问道："你大晚上不睡觉干吗呢？"

恐惧感瞬间烟消云散，留下来的是浓浓的怒火，白白被吓唬的唐堇薇怒火中烧，她一声不吭，张嘴就咬住了陆越捂她的手。

陆越惨叫一声："你怎么咬人呢？"

唐堇薇咬牙切齿地说道："是你先吓唬我的！"

陆越被吼了一下，委屈地嘀咕道："我这不是关心你吗？"

关心得差点儿吓得她心梗！唐堇薇恼怒地瞪着他，说不出口自己被吓坏了的事实。

"呃……我刚才是不是吓到你了？"后知后觉的陆越终于发现唐堇薇惨白的脸色和还在发抖的双腿。

"没有，我根本不怕鬼！"唐堇薇冷冷道。

屋外的丛林中骤然传来又一声凄厉的尖叫，信誓旦旦表示自己不怕鬼的唐堇薇顿时"哇"的一声，一头扑进了陆越的怀里："鬼鬼鬼，外面有鬼啊！！！"

冷不防被人抱了个满怀，陆越愣住了，脑中一片空白，只有无数弹幕飘过：

她抱我了，她抱我了，她抱我了。

这个突如其来的拥抱，比那个意外的吻还要让他震惊，他像僵住了一样，被唐堇薇死死搂住了腰。她还恨不得把整个人扎进他怀里，再黏人的奶猫也没有此时的她更能黏人了。

"你你你你冷静一点儿……"陆越的脸一下子就红了，语无伦次地说道。

窗外再次传来了那古怪的叫声，被吓坏了的唐堇薇这下干脆双手搂住陆越的脖子，整个人双脚离地吊在了他的身上，像是抱着桉树的考拉，哆哆嗦嗦地一声不吭。

"桉树"面红耳赤。

"考拉"瑟瑟发抖。

只有屋外的怪叫声，一声接着一声，越发惨烈起来。

"咳咳，班长……咳，唐唐啊，你能不能从我身上下来了？"陆越艰难地问道，他快被唐堇薇勒得窒息了。

"我不下来，你快去把鬼赶走！"唐堇薇的声音里带着哭腔。

这是被吓哭了？陆越蒙圈了。

"你不下来，我也没法过去看啊。"

"你别去看！你会被鬼吃掉的！"

"啊？"

"你快去把鬼赶走啦！"

"那你先松开我啊。"

"不行，会被鬼吃掉！"

"哦，那我再想想办法。"

"别想了，你快去把鬼赶走赶走赶走！"

对话陷入了死循环，这下陆越确定了，有着千层套路的小恶魔唐堇薇，已经被完全吓傻了。

他觉得有点儿好笑，又莫名地有点儿心疼，在这种复杂的心情下，他伸出手摸了摸唐董薇的头发："肯定是什么动物的声音，没什么好怕的。你要是不放心，我出去看看情况。你一个人在里面待着，没问题吧？"

唐董薇白着脸，她不想说自己害怕，这会让她已经所剩无几的颜面丢得一干二净。

她鼓起勇气，点了点头，假装矜持又镇定地从陆越身上下来，嘴里的话却颠三倒四的："我没问题，我完全好了，我一点儿都不怕。"

下一秒，窗外再次响起了那凄厉诡异的尖叫声。

唐董薇"哇"地惨叫了一声，拉着陆越躲到了他的身后，蹲下来瑟瑟发抖。

陆越被她拽着套头睡衣的下摆，差点儿被领口勒得窒息："松松手，衣服，衣服……"快把我勒死啦！

唐董薇只听到"衣服"两个字，脑筋短路的她慌不择路地掀开陆越宽松的睡衣钻了进去。

陆越傻眼了，浑身有如过电一般。

少女光滑的肌肤上有一层薄薄的冷汗，她吓得要命，像是一尾滑不溜丢的鱼儿钻进了他的衣服里，要命地扭来扭去。

陆越面红耳赤地把人拽了出来，唐董薇还要钻，他赶紧把人一把搂住，死死搂住："没事了，没事了，真的没事了，别慌，我就在这儿，有我在什么都不用怕。"

唐董薇的挣扎停止了，丢尽了脸面的她靠在陆越的身上，一声不吭，却说什么也不肯撒手。

陆越抱着她，轻声叹了口气："你要是怕的话，我还是给你唱歌好了，我临睡前可是特地给你写了首歌哦，歌名叫《不怕鬼的唐小姐》，你可是第一个听众哦。"

在这个静悄悄却不时传来古怪尖叫声的雨夜，陆越抱着吓得晕乎乎的唐董薇，唱起了新写的歌："从前有个不怕鬼的唐小姐，从来也不看鬼故事。妖魔鬼怪是什么东西？唐小姐只会劝他们都去学习，配上劳动改造养鸭养鸡，鬼听了都会叹气……"

轻快活泼的旋律，搭配上俏皮诙谐的歌词，在雨夜中像是一个有魔力的小精灵在挥舞着魔法棒，驱散了黑暗中蔓延的恐惧。

慢慢地，陆越感觉到怀里的人停止了颤抖，可她却还是把脸埋在他的肩膀上，怎么也不肯抬起头。

唱完了整首歌的陆越安抚地拍了拍唐董薇的后背，难得温柔地关心道："好点儿了吗？"

唐董薇闷闷地"嗯"了一声，坚决不肯抬起头。理智回笼的她意识到了刚才她都做了些什么，这绝对是她人生中最丢人的时刻，她竟然因为怕鬼，先是当着陆越的面怕得要哭，又是拉开人家的睡衣投怀送抱，简直颜面尽失。她以后要怎么在陆越面前抬起头来啊？

"那你松松手，我出去看一眼？"陆越小声问道。

唐堇薇的脸又白了："别去了吧，万一是狼……"

陆越再次确认唐堇薇是被吓傻了，连狼的叫声都忘了，她也忘了自己信誓旦旦地说过现在山里早就没有狼了。

哎呀，难得看到这么呆呆的唐堇薇，陆越有点儿想笑。

"绝对不是狼，我估计是什么东西掉进陷阱里了，我去看看就知道了。"陆越说着，从口袋里摸出了一颗纸折的小星星，放到了唐堇薇的手里，"喏，害怕的话，就拿着它吧，虽然它不会发光，但这可是星星哦，这还是你送我的呢。"

唐堇薇拿着这颗熟悉的用糖纸叠成的小星星，闷闷地说道："你把我的小星星压坏了。"

陆越尴尬地嘀咕道："放睡衣口袋里，可不得压坏吗……"

但他解释不了，为什么他会下意识地把这颗小星星放进睡衣的口袋里。

陆越帮唐堇薇打开了客厅的灯，灯火驱散了黑暗，却照亮了唐堇薇红透了的脸颊，同样红着脸的陆越假装没看见，拉开门走进了雨幕中。

雨水迎面袭来，陆越浑身一激灵，一巴掌拍在了自己额头上：刚才他是抽什么风？为什么面红耳赤心跳加速还觉得唐堇薇这样好可爱？这都得怪雨夜黑暗中的缠绵氛围，让他整个人不对劲了起来。

必须醒醒脑子，陆越淋着雨，气势汹汹地冲向怪叫声的来源地。

几分钟后，忐忑不安的唐堇薇看着陆越拎着一只野兔回来了。

"嘻，就是只兔子，被陷阱困住了就叫了起来。听说兔子没有声带，怎么叫起来的声音这么吓人？"陆越拎着兔子的耳朵，嘚瑟地说道，"现在闹鬼之谜解开啦，我是不是很厉害？"

唐堇薇目光幽幽地看着茫然的兔子，眼神中突然流露出杀气。

被雨水一淋，刚才那点儿黑暗中的暧昧气氛早已荡然无存，陆越恢复到了逗比状态："我就说不可能有鬼，结果你非抱着我又哭又叫还不让我出去看看情况……"

唐堇薇眼中的杀气越发浓郁了。

陆越依旧不知死活："现在你放心了吧？关键时刻，还是要我陆越出马，马上破解闹鬼之谜，我可真是太厉害了。哦对了，刚才我唱的《不怕鬼的唐小姐》不错吧？我临睡前特地给你写的歌哦，我觉得歌里面被吓得喵喵叫的唐小姐非常契合你的形象。嗯，我果然是个音乐天才。"

唐堇薇的脸上露出了一个灿烂的笑容："那你很棒棒哦。"

空气突然冷了下来，陆越打了个哆嗦，迎上了唐堇薇巧笑倩兮的脸。

完了，又得意忘形了。

情商堪忧的陆越这才意识到问题的严重性，明明是大好的局面，他怎么一不留神又作了个大死呢？

哎，又得罪唐堇薇了，怎么办呢？

在树屋的木床上辗转反侧的陆越，开始了一番自我纠结。回忆着今天发生的一幕幕，他陡然对唐堇薇有了全新的认识。

原来她怕鬼啊，她被吓得六神无主的时候竟然有点儿可爱，回过神来恼羞成怒的时候又是另一种可爱。

想到这里，陆越不禁在黑暗里笑出了声。

他决定了，他要大方一点儿，唐堇薇要折腾他就让她折腾呗，反正就是受点儿苦，他这不已经都习惯了吗？再想方设法讨好一番，等到唐堇薇消了气，他不就又可以活蹦乱跳了吗？

想通了的陆越满意地叹了一口气，抱着薄被翻了个身，虽然明天肯定会被唐堇薇整得很惨，但是他竟然不觉得生气，细细品味一下，他觉得也蛮好玩的。就像他回头看自己的 vlog 的时候，明明拍摄时被唐堇薇折腾得鸡飞狗跳，但是观看时却忍不住自己也会笑。

就这么决定了，讨好唐堇薇让她尽快消气的计划，开始执行！

天亮了，坐在餐桌前的陆越感到毛骨悚然。

今天他们即将进山采蘑菇，唐堇薇早早地就起来了，不但给他们做了早餐，还笑容满面地等在客厅里，招呼他们赶紧洗漱吃饭。

蔺君书和夏姝宁连声感激唐堇薇，美滋滋地吃起了培根和煎蛋，夸她手艺真棒。

唯有陆越，他小心翼翼地打量了唐堇薇半天，她微笑着看着他："赶紧吃啊，马上就要出发了。"

讨好她，快讨好她，这不是昨晚就做好了的决定吗？

陆越又给自己做了一番心理建设，这才夹起煎蛋咬了一口：好咸！她一定是故意在里面加盐了！

唐堇薇笑容灿烂："不好吃吗？"

陆越还能说什么，看唐堇薇这个样子，他要是敢说不好吃，她当场能把盘子扣在他脸上，反手给他来一通喵喵拳。他只能露出弱小无助又可怜的笑容，试图讨好唐堇薇："好吃，你的手艺真好，我从来没吃过这么特别的煎蛋。"

唐堇薇笑得更甜了："那再来一个。"

陆越："……"

水，快给我水！

吃完饭，生无可恋的陆越咕噜咕噜地连喝了两瓶水，这才压下了嘴里的咸味。

这是对他的报复吗？行吧，也不是很过分。陆越乐观地心想，他已经不是刚认识唐堇薇时一惊一乍的他了，现在他抗打击能力超强的。

很快他就知道，自己真的太天真了。

"来，这个背篓是我特地从管理员那里借来的，我觉得装蘑菇很合适。"唐堇薇笑盈盈地把一个巨大的竹编背篓递到了陆越眼前。

陆越一脸愁苦："可以不用这种土味背篓吗？背上它我瞬间像个村夫。"

唐堇薇歪了歪头："哎呀，你今天就是采蘑菇的村夫啊。"

陆越："……"

唐堇薇笑容满面："背吗？"

陆越："……背。"

穿上防虫长袖长裤，背上背篓，拄上手杖，再戴一顶草帽，帅气程度骤降百分之两百，陆越痛心疾首，唐堇薇喜笑颜开——她就是要这种效果！

为了给自己的捉弄行为来点儿理论依据，唐堇薇振振有词地说："你要相信我的眼光。在你的 vlog 里，观众并不想看到一个光鲜亮丽在镜头前摆酷的你，他们要看一个和舞台上截然不同的你。今天你进山，穿着一身工作服，戴着斗笠背着背篓采蘑菇，看起来就很专业，不是来闹着玩的。这一期视频发出去，一定会受到好评，距离你洗白人设回到娱乐圈又近了一步了。"

这番话十分鼓舞人心，听起来也确实很有道理，谨记着讨好唐堇薇要务的陆越连连点头，一脸振奋地说道："那还等什么，走吧，为了回到娱乐圈，进山采蘑菇！"

蔺君书和夏姝宁摇头叹气：唉，这只哈士奇真的太好骗了。

背对着大家的陆越泪流满面：这一刻，是求生欲让他演技爆棚。

唐堇薇到底什么时候才会放过他啊？

昨天刚下了雨，今天的天气还是阴沉沉的，四人踩着湿润泥泞的山路来到了前方的松树林中，时不时有树上的积水被风吹落，洒在手背上。第一次来山里采蘑菇的陆越觉得周围的一切都很新鲜，就是飞虫太多，十分恼人，他可不喜欢虫子。

唐堇薇一边走一边介绍湘南地区常见的可食用蘑菇，还有一些常见的毒蘑菇。并不是外形正常、颜色朴素的蘑菇就一定没有毒，事实上，很多毒蘑菇长得和无毒蘑菇很像，甚至有一些看起来白净朴素的蘑菇，内里其实含有剧毒，例如白毒伞，食用五十克即可使器官衰竭致死。

最好的办法是不要采摘自己不认识的蘑菇以身试毒，以免全家 ICU 相见。

"这片林子里的珊瑚菌比较多，你们观察一下松树落叶堆，会有不少长得像珊瑚一样的蘑菇，就是这个珊瑚菌了。"

在唐堇薇的指导下，陆越迅速上手，兴致勃勃地找起了蘑菇。

"这个红色的蘑菇看起来不错，能吃吗？"陆越拿着一朵红蘑菇问道。

"有毒。"唐堇薇笑眯眯地说。

陆越立刻扔了，那动作快得仿佛他手里拿的是一枚炸弹。

"不过晒干之后水煮还是可以吃的。"唐堇薇补充道。

"算了算了，还是吃点儿安全的吧。我可不想吃了毒蘑菇产生幻觉进医院。"陆越十分谨慎。

一上午的拍摄，陆越在各种角落采到了大半筐蘑菇，大部分是珊瑚菌，还有一些松乳菇，最奇妙的是，路上陆越偶然发现了几朵紫灵芝，可把他嘚瑟坏了，举着硬邦邦的灵芝在镜头前炫耀了半天。

下午又下起了雨，即将完成拍摄工作的陆越心情放松。早上他还在提防唐堇薇给他来点儿什么"惊险刺激"的项目，结果一上午过去，她都没有特别的动作。

难道一个加盐煎蛋和一个背篓就原谅他了？陆越有些怀疑，但又觉得，也许她真的是原谅他了。

不远处，唐堇薇用树枝在松叶丛里翻找了一会儿，突然回头叫陆越："你来看看这个。"

"又发现了什么新品种蘑菇？"陆越不疑有他，上前查看。

"给你。"唐堇薇从松叶丛里摘了一朵特别大的松乳菇，放到了陆越的手中。

陆越："不就是松乳菇吗？"

唐堇薇的笑容灿烂起来："你把它翻过来看看。"

陆越依言翻了过来，菌盖背面的菌褶上，赫然是一条毛茸茸的松毛虫，一拱一拱地扭动着掉在了他的手上！

"啊——！"

山林间响起了陆越的惨叫声，还有唐堇薇快乐的笑声。

舒服了。

"你这是报复。"陆越幽怨地说道。

"对，就是报复。"唐堇薇笑眯眯的。

"那结束了吗？"陆越委屈地问道。

"算是结束了吧。"唐堇薇说着，又觉得有些奇怪，陆越今天是怎么回事？竟然没和她继续闹下去，反而一副决定认怂还时不时讨好她的架势。

陆越眼巴巴地看着她，听到这话，他终于露出了一个开心的笑容。

他隐约感觉到自己的心态发生了一点儿变化，也许是昨晚黑暗中唐堇薇被吓得六神无主的样子，也许是那时候她死死拽住他胳膊的手，又也许是车厢里那个意外擦到的吻……让他骤然有了点儿不一样的感觉。

看着唐堇薇那副怀疑他被魂穿了的表情，陆越反而觉得事情变得有趣了。

他已经完全学会了怎样在小恶魔的压迫下苦中作乐。

下午又下起了雨，蔺君书小心翼翼地用一次性透明鞋套给单反相机套上了一层"雨衣"，又给镜头安上了遮光罩："还差几个镜头，马上就拍完了。"

拍摄用的单反相机不是蔺君书的，而是陆越的忠实粉丝夏姝宁赞助的，这位白富美很大方地将顶配相机出借了，满脸都写着不差钱，唯独叮嘱不可以告诉陆越。

蔺君书很小心，他生怕雨水打湿了相机，那可真是卖了他也赔不起。

"你带伞了吗？"夏姝宁问陆越。

陆越这才回过神来，他一矮身钻进了唐堇薇的黑伞下："我没带伞，拼一下呗。"

蔺君书欲言又止，陆越为了和唐堇薇靠近点儿，可真是睁着眼睛说瞎话，明明临出门前他亲眼看到陆越往包里装了伞。

唐堇薇对陆越反常的举动十分警惕，怀疑他是要伺机报复，立刻道："我多带了一把，借给你吧。"说着，她递了一把折伞给陆越。

陆越拿着这把素色花纹的折伞，仿佛拿着一块烫手山芋，二话不说就塞进了蔺君书的怀里："老蔺，你拿着！单反不能进水，你比我需要，我和班长将就一下就好了！"

蔺君书："……那可真是谢谢你了。"

送走了"烫手伞芋"，陆越理不直气也不壮地和唐堇薇共用一伞。唐堇薇虽然在女孩子里算是身高不低，但是和陆越比还是矮了半个头，她不得不把伞举得更高了一些，陆越见她动作吃力，迅速"夺权"，讨好地说道："怎么能让你撑伞呢？撑伞太累了，交给我吧！"

说着，立刻接过了伞柄，举得高高的。

山风一吹，无情的绵绵细雨劈头盖脸地扑在了唐堇薇的脸上。

唐堇薇："……你举太高了。"

陆越："啊？哦，淋到你了？不好意思啊。"

陆越赶紧调整方案，把伞举得低了点儿，然后往唐堇薇那边偏，一瞬间的用力过猛，伞柄准确无误地亲上了唐堇薇的额头，发出一声闷闷的碰撞声。

唐堇薇捂住发红的额头，眼底浮现出杀气——这就是陆越的报复吗？

陆越更慌了："对不起，对不起啊！我不是故意的，你疼不疼啊？"

唐堇薇深吸了一口气，默念了三遍"不要和哈士奇计较"，然后果断剥夺了陆越的举伞权："还是我来吧。"

"再给我一次机会！"陆越叫道，"我只是没和别人并过伞，再让我练一下就好了！"

唐堇薇奇怪道："你以前没和别人一起撑过伞吗？"

陆越闷闷地点了点头，又摇了摇头："也不是，但和别人共用伞，也是工作人员给我撑伞啊。"

唐堇薇深深地看了他一眼。局促的伞下空间里，他们之间的距离比以往更近，陆越不敢直视她的眼睛，装作若无其事地移开了视线，耳边响起唐堇薇清冽的声音："那就再给你一次机会吧，拿好了。"

陆越双手握住伞柄，如获至宝："一定不辱使命！"

举个伞而已，真不知道有什么好兴奋的，唐堇薇莫名其妙地看了他一眼，她倒要看看陆越还想玩什么花招。

不远处，用脖子夹着雨伞的蔺君书终于给相机穿好了"雨衣"，突然手机响了。

蔺君书哀叹了一声，夹着雨伞去掏兜里的手机，他的胳膊肘在三脚架上撞了一下，顿时一阵麻痒，手中的手机在地心引力的控制下以自由落体的速度下坠。

就在这千钧一发之际，蔺君书丢开碍事的雨伞，双手全力以赴奔向坠落的手机——咣当一声，在雨伞的剐蹭下，已经从三脚架上拆下却还没收好的单反相机砸在了地上。

这一刻，蔺君书的呼吸停止了，他抓着失而复得完好无损的手机，却只能眼睁睁地看着昂贵的单反相机在并不平坦的斜坡上骨碌碌地往下滚。

于是所有人见证了蔺君书这一刻无望的努力——他惨叫着扑向单反相机，雨天山间湿滑的泥土和他的鞋底开了个恶意的玩笑，"刺溜"一声，他脚下一滑，屁股着地在山坡上滑出了足足三米远。

而单反相机在他的面前，默默滚进了一个积水的浅坑之中。

唐堇薇："……"

陆越："……"

夏姝宁："……"

——完蛋了。

这一刻，蔺君书完全忘记了脚踝上传来的疼痛感，满脑子都是自己"倾家荡产"赔偿夏姝宁单反相机的悲惨画面：他卖掉了自己心爱但不值钱的弹幕网站账号，穿着一身破破烂烂的乞丐装，跪倒在富有的夏姝宁大小姐面前，抱着她的大腿忏悔，苦苦哀求她宽限还款期限。

"你还好吗？能站起来吗？"唐堇薇扶起蔺君书问道。

"别管我，快去捡单反！那玩意儿进水了要命的！"蔺君书惨叫道。

陆越于是俯身捡起被积水弄脏打湿的相机，相机外面包裹着一层防雨用的一次性塑料鞋套，但是积水还是灌进了鞋套里，他只得忍着脏兮兮的泥水，一脸嫌弃地擦起了相机。

"姝宁，相机进水了怎么抢救啊？"陆越随口问身边的夏姝宁。

夏姝宁本想回答，但是她没有忘记自己在陆越面前的人设，一个贫穷少女怎么会很懂单反相机呢？这不合理！

于是她一口咬定："别问我，我不知道！"

陆越擦干了相机外的污水，点了点触控显示屏后看到屏幕亮了起来，他满脸欣慰地转头告诉夏姝宁："没坏，还能用……"

蔺君书顿时惊叫起来："不要开机！"

话音未落，显示屏上的画面瞬间黑了下去，主板进水短路了。

"现在好像不能了。"陆越脸上的笑容逐渐消失。

蔺君书目眦欲裂地看着短路的单反相机，发出了悲痛欲绝的哀鸣声："我完蛋了！"

郊外的山林间，四人对着一台进了水短路的单反陷入诡异的沉默之中。

唐堇薇："回去看看能不能修吧？"

蔺君书心如死灰："相机进水基本修不好，除非换主板。"

陆越有一瞬间的心虚，随即立刻拍着胸脯保证："问题不大，我回头买一台一样的赔给你吧。"

他到现在都以为这是蔺君书的相机。

蔺君书恶狠狠地瞪了他一眼："你以为这是钱的问题吗？！"

陆越被吼得一脸不知所措："难道不是吗？"

蔺君书语塞，这是钱的问题，也不全是钱的问题，夏姝宁借给他的相机坏了，他怎么也过意不去。

夏姝宁欲言又止，她想说她根本不在意一台单反相机，坏了就坏了吧，大不了再买一台新的。但是在陆越面前，她什么也不敢说。

蔺君书没好气地对陆越说道："你还是先担心担心素材吧。"

陆越这才回过神来，惊恐道："什么，今天白拍了吗？"

蔺君书："不知道，拿回去修修看，如果 SD（安全数据）卡也损坏了，那里面的数据就没了。"

陆越惨叫一声，抱住头："我们进山，淋雨，采蘑菇，忙了两天就这么白干了？蔺君书，看看你干的好事！"

蔺君书也恼了："要不是你胡乱启动单反，它也不会短路的！"

陆越不服："那你还不如说如果你不手抖，这相机根本不会进水！"

蔺君书无话可说，干脆阴阳怪气道："你有这个闲情和我斗嘴，还不如往前看一眼，班长已经走远了，你可赶紧追上去给人家打伞啊。哦，差点儿忘了，我和夏姝宁共用一伞，现在伞又多了一把，班长不需要和你拼伞了呢。"

"她肯定需要我，如果她不需要我，那就让我需要她！"说着，恋爱小天才陆越使劲抖起了伞，左右上下用力挥舞，可怜的雨伞被他一番折腾，伞骨都折反了。

陆越得意地冲蔺君书一笑，提着被他弄坏了的雨伞，快步朝着唐堇薇追了上去："唐唐，等等我！我这把伞坏了，我还是和你一起撑吧！"

搀扶着蔺君书的夏姝宁：？

这是什么哈士奇拆家一般的迷惑行为？

拿三脚架充当拐杖还有萌妹子搀扶的蔺君书：呵。

前方的唐堇薇听到了陆越的声音，停下脚步回头一看：陆越拿着一把折坏了的伞，像一头冲锋的犀牛一样从山坡上跑下来。她立刻皱了皱眉："不要跑步，雨天山路很滑……"

话音未落，唐堇薇眼睁睁地看着陆越的左脚在一片落叶形成的腐殖质上滑了一下，他试图挽救失去重心的自己，但是右脚却有一些自己的想法——它用力扭转了一个角度，来了个脚背侧翻。于是陆越以一个惨不忍睹的劈叉般的姿势坐倒在地上，整个人都是傻眼的。

下一秒，脚踝上传来的疼痛让陆越龇牙咧嘴起来："嗷！我也扭到脚了！"

唐堇薇："……"

蔺君书："……"

夏姝宁："……"

陆越的内心是崩溃的，他悲痛欲绝地坐在地上，任由唐堇薇脱了他的袜子给他检查脚踝。

夏姝宁在一旁给两人撑伞，忧心地问道："要不要紧啊？不会伤到骨头吧？"

唐堇薇本该幸灾乐祸的，但是看到陆越这副垂头丧气的样子，她反而没了嘲笑他的心情，只是如实说道："不清楚，只能先简单处理一下。"

陆越疼得面如死灰，开始沉痛脑补自己悲惨的未来："我的脚肯定是断了，这辈子都站不起来了，我的星途一片灰暗，从此只能在农大挖蚯蚓，唐堇薇，你要对我负责的……"

唐堇薇没吭声，直接用冷冰冰的手指在他的脚踝上按了一下，陆越登时发出一声凄厉的惨叫："别别别，你下手轻一点儿啊！"

唐堇薇安慰道："多半只是韧带损伤，等回到城区，给他们两个都拍个片儿检查一下吧。"

陆越委委屈屈抽抽搭搭，眼眶都红了："可是我的脚真的很疼，我走不动了。"

"我来背你啊。"唐堇薇理所当然地说。

陆越惊讶地抬起头，看向唐堇薇的脸庞。

雨越来越大了，绵绵的秋雨中，唐堇薇长而浓密的睫毛间沾上了细细碎碎的雨丝，莹莹如同一片细碎的水晶，睫毛下幽深的黑眸中倒映着狼狈的他。她微微笑着，雨幕中的她宛如初见时那样散发着天使般的光彩，让人完全联想不到她真实的性格。

陆越无端地觉得脸上发烫，躲过雨伞飘到他脸上的雨丝并不能带走脸上的热度，反而让他心跳加速、手足无措。

"你背得动吗？"陆越咽了咽唾沫，反问道。他一个一米八几的成年男性，唐堇薇不可能背得动。

唐堇薇点了点头，对他展开了一个自信的笑容："我可以。"

"先休息一下吧，我走不动了。"夏姝宁发出了虚弱的声音。

这个提议得到了全票通过。

并肩坐在一棵倒下的山木上，沐浴在细雨之中，陆越时不时偷偷打量着唐堇薇，她俯身随手掐了几株狗尾草摆弄了起来。

陆越好奇地看着她手指翻飞，狗尾草在她手中被编织成了一个奇怪的东西。

"这个送给你。"唐堇薇把编好的东西放到了陆越的手中，期待着他的评价。

陆越受宠若惊，难道是他的讨好计划终于有成效了吗？唐堇薇又送他礼物了，虽然只是自己编织的小玩意儿，但那也是她送的礼物啊！

"谢谢……这、这是什么？"陆越又是惊喜又是疑惑地问道。

"看不出来吗？"唐堇薇有些意外。

陆越两指拎起这一团绿色的植物打量了半天："我看看……哦，我知道了，这是一只蜘蛛对不对？"

唐堇薇脸上的笑容有一瞬间的凝固。

"不是吗？那我再猜猜看……嗯，我又知道了！是一只蚂蚱吧？"

唐堇薇的脸上已经一片空白，甚至流露出淡淡的自我怀疑：她的编织手艺这么差吗？明明小时候原教授经常编了给她玩的啊。

"还不对吗？你等等，我认真看一看！"陆越有点儿慌，赶忙捧着这个小物件绞尽脑汁，"我懂了，这次一定没错了，这是一条狗！你看，它还翘着尾巴！你编得可真像，简直……呃，那个成语怎么说的来着？微妙微笑，没错没错，让人一看就露出微妙的微笑！"

"其实，这是一只兔子。"一阵死一般的寂静后，唐堇薇又开了口，干巴巴地说道，

"还有，这个成语是惟妙惟肖。"

陆越捧着这只狗尾巴草编的兔子，脸上"机智"的笑容逐渐智障："哦。"

沉默，是雨中的康桥。

"休息得差不多了，我们也出发吧。"唐堇薇说着，干脆利落地背起了陆越。

陆越是茫然的。

当他真的被唐堇薇背起来之后，他才发现她的力气出乎意料的大，背着他都能一路步履平稳地下山，简直让人怀疑她是不是参加过什么特种兵秘密训练。

远离了喧嚣城市，绵绵雨幕中，四周只有穿过树林的风声、雨声和他们的脚步声，还有唐堇薇稍稍急促的呼吸，一切都是那么清晰。

雨渐渐停了，陆越趴在唐堇薇的背上，手里还攥着一只狗尾巴草编的兔子，又是气恼又是羞耻，满脑子都是胡思乱想。他止不住地在心里埋怨自己怎么这么蠢，猜三次都猜不到这是只兔子，明明仔细看一会儿还是有点儿像的啊！还有，为什么会是他摔跤崴脚，明明在漫画里都是女主角才会跌倒，给男主角英雄救美助人为乐的机会，怎么到他身上，角色就颠倒过来了？

在这些杂乱无章的念头中，他的思绪时不时就会被一些无端的感叹打断，他总是克制不住地去观察唐堇薇，唐堇薇的耳郭，唐堇薇的后颈，唐堇薇的呼吸。

这两天的一切反常，在这一刻突然有了答案。

——他喜欢唐堇薇。

他被唐堇薇吸引着，这是完全不理性的吸引。他们初次见面就相看两厌，他讨厌这个外表大家闺秀内心却一肚子坏水，还总是用一千种套路坑他的小恶魔唐堇薇，可偏偏她总有办法让他不得不配合。

她腹黑又记仇，还有看他倒霉就喜笑颜开的恶趣味，十足是个黑粉。

可相处久了，他发现她也并不只有讨厌的一面。她聪明，漂亮，眼光一流，行动力强，总能为他指明正确的道路，虽然方法让人头痛，可她确实为他做了很多事。

在某些他不曾发现的角落里，她把可爱的小脾气藏了起来。像极了山野里的小蘑菇，平日里漫山遍野地找不着，可是下雨之后却偷偷地冒了出来，只要他认真去寻找，可爱的蘑菇就藏在树叶下，藏在树根旁，也藏在她的心里。

明明怕鬼怕得要命，却偏要假装若无其事，结果被吓得抱着他不肯撒手，暴露之后还恼羞成怒。就连这样的"坏脾气"，陆越都觉得她可爱得要命。

他以为自己绝不会喜欢她，可偏偏就是喜欢她。

陆越无声地叹了口气：他认栽了。

雨中，唐堇薇带着喘息的声音在他耳边响起："兔子我编得不好，你可以直接扔掉。"

她可爱的地方又冒了出来，陆越心想，说是让他扔掉，但要是他真的扔掉，她一定会暗暗记仇。

"不要！我要留着。"陆越一手环着唐堇薇的脖子，另一手拎着这只草兔子举在唐堇薇的面前，玩笑似的说，"你每天就知道指使我干这干那，难得送我礼物，我当然要好好珍藏了，以后你再训我，我就让全班同学猜猜看班长编了什么东西。"

"幼稚。"唐堇薇无语。

听着唐堇薇不同于往常的语气，陆越笑得更开心了，心中的恶作剧冲动在滚烫的心口翻腾不休，他迫切想要看到唐堇薇更多与众不同的一面。

"你背我这么辛苦，我给你来个一对一的个人演唱会怎么样？这可是谁都没有的VIP（贵宾）待遇哦。"他说道。

"不必，我怕你唱得太难听，手一抖就把你扔地上了。"唐堇薇说。

陆越才不信呢，他张口就唱起了《不怕鬼的唐小姐》："从前有个不怕鬼的唐小姐，从来也不看鬼故事。妖魔鬼怪是什么东西？唐小姐只会劝他们都去学习，配上劳动改造养鸭养鸡，鬼听了都会叹气……"

唐堇薇气结："陆越，你再唱？！"

陆越哈哈笑着，快乐得不行。

看着唐堇薇恼羞成怒到耳朵都红了，那红彤彤的耳垂像是一朵雨后刚刚冒出来的红蘑菇。

陆越盯着她的耳垂看了半天，一种强烈的冲动下，他坏心眼地在她的耳朵上轻轻吹了一口热气。

然而下一秒，他就为自己的冲动作死付出了代价——

唐堇薇被突如其来的偷袭弄得一个哆嗦，下意识地松开了手，而陆越圈着唐堇薇脖子的手没抓稳，惨叫着一屁股摔在了地上。

脚疼，屁股更疼。

唐堇薇幽幽地看着他，一脸杀气，唯有满脸的红晕出卖了她这一刻的不平静。

陆越哭丧着脸发出控诉："你就这么把我丢下来了？你是魔鬼吗？"

唐堇薇对他展露了一个危险的笑容："对不起，我会换个更安全的姿势。"

说着，她轻而易举却又不可思议地将陆越拎了起来，像是扛着一袋土豆一样将人扛在她纤细的肩上。

这下陆越连胃都疼了——被硌的！

啊，人不作死，就不会死，他怎么就记不住这个道理呢？！陆越欲哭无泪地心想。

他到底是喜欢上了一个什么样的女孩子啊！

她的可爱最多只能持续五分钟！

新一期采蘑菇 vlog 在遭遇了两名主创人员崴脚和存储卡差点儿报废的大危机之后，终于发布了。

不出唐堇薇的意料，这一期视频也迅速传播开来，配合陆越为了拍摄崴脚的消息，收获了不少称赞。陆越表现得也很敬业，对个人形象十分在意的他竟然也放下了这点儿"矜持"，穿着一身防虫的长袖长裤，背着斗笠采起了蘑菇。最后因为拍摄遭遇雨水，不慎崴脚，更是让人心疼。

不过要说最让观众感到好奇的，不是山野里形形色色的奇怪蘑菇，而是他们那一晚住的树屋。谁童年时没有梦想过有一个树屋秘密基地呢？看到 vlog 中精致漂亮的树屋，任谁都会十分好奇。托这期视频的福，湘南农大的夏令营度假区一下子就火了。

唐堇薇十分满意，不论是宣传树屋度假村，还是帮陆越洗白人设，都达到了她的计划目标。

现在，问题只剩下一个了。

挂着拐杖可怜巴巴地看着她的陆越，用自己的颜值卖起了萌，或者说，卖起了惨："唐唐，我腿断了，你要对我负责。"

唐堇薇向来从容不迫的笑容风化了。

陆越疯了，他 OOC（人设崩塌）了！

论错误的表白方式

陆越的脚崴了，在进山拍摄采蘑菇的时候。

比崴脚更严重的是，他怦然心动了，对象是一个以折腾他为乐的小恶魔。

这一晚陆越都睡不着觉，医生确认并无大碍，只是轻微扭伤的脚踝隐隐作痛着，可更让他隐隐作痛的是脑子里剪不断理还乱的感情问题。

野外的这场雨好像有一种奇妙的力量，让一只大大咧咧的哈士奇变得深沉起来。陆越理不清自己的思绪，他想强迫自己的大脑关机睡觉，可是大脑顽固地拒绝了这个无理的要求，强行播放起了它自己剪辑的唐堇薇各种角度的视频合集，还自顾自地给所有画面都加了滤镜，配上了 DokiDoki（一款日本电脑端游戏）的恋爱 BGM。

而他的心，正在怦怦直跳，每一下跳动都伴随着尖叫呐喊：快去追唐堇薇！我唐堇薇含量严重不足！再不和唐堇薇谈恋爱我就要罢工了！

陆越烦躁地翻了个身。

啊，太难了！到底怎样才是正确的追求方式啊？直接冲上去表白吗？

陆越的脑中一下子就有画面了：他手捧鲜花嘤嘤嘤地对唐堇薇表白，而唐堇薇含着一抹矜持淑女的笑容，温柔礼貌但是无情地说"对不起，我对笨蛋没有兴趣，如果你只是太无聊了，我会给你多安排几项社团活动，保证你每一天都充实得没空想谈恋爱呢"。

这可太像是唐堇薇会说的话了！

陆越感到一阵绝望，他身为一个当红偶像，出道期间忙于事业无心恋爱，现在退圈来上学了，却意想不到地在大学里遇到了心动的人，还是个一看就超级难搞定的对象，堪称是刚出新手村就遇到了 LV99（99 级）的终极 boss（游戏中首领级别的守关怪物）。

——唉，我太难了。陆越沉重地叹息起来。

之前他勾引唐堇薇的尝试全部以失败告终，实践得知，用霸道总裁追软妹的那一套是行不通的，他得换个思路。

陆越摸了摸自己崴了的脚，突然计上心来。

对了，唐堇薇这种个性，说不定是个吃软不吃硬的人呢。每次和她硬碰硬的时候，她总能让他吃瘪，但是当他认怂认错的时候，她的态度就很友好，这次露营采蘑菇，他乖乖认怂随她折腾，她不就轻轻放过他了吗？

明白了！他应该来软的，合理利用自己"工伤"的事实，对唐堇薇展开卖惨示弱求安慰的骚套路。

这一定可以拉近和唐堇薇的距离，他可真是个恋爱小天才！

陆越美滋滋地畅想起来，甚至做起了计划，直到进入梦乡，他的脸上都挂着笑容。

啊，甜美的爱情，他来了！

"借病作妖"这一老土但是行之有效的方法，在陆越的童年时代里，是一出定期上演的剧目。

他目睹自己的花瓶美人老妈扶着额头，矫揉造作地唉声叹气，抱怨自己头痛发作，然后他那在商场上十分精明但是在老婆面前实属智障的老爸就开始嘘寒问暖，当着他的面心肝儿宝贝儿地叫个不停，哄着老婆去休息，还屁颠屁颠地翘班给老婆端茶送水。

那时候，年少的陆越还不知道这就是被喂狗粮的感觉，但不妨碍他牢牢记住一件事：生病是可以作妖的。

现在，轮到他作妖了。

一觉醒来，陆越想起今天的计划，兴奋得起床气都没了，拿起手机给唐堇薇发消息：唐唐，帮我带份早餐嘛，谢谢。

唐堇薇秒回：你想吃什么？

陆越开始了第一次作妖：我身心受创，当然需要特别的爱心早餐，要营养丰富，要能帮助我早日康复，还要我的最爱你懂的。你可要好好动脑筋，我现在缺什么，就得用早餐补什么。

一番疯狂暗示的陆越如意算盘打得非常好，他现在脚伤，需要营养，唐堇薇当然应该能猜中他的心思，给他带来美味的酸奶补足营养，这样才能早日恢复健康。

唐堇薇：哦。

虽然这个"哦"字非常冷漠，但是陆越用自己丰富的脑补能力，硬是在脑中勾勒出唐堇薇一脸为难又认真地帮他挑选早餐的样子，顿时美滋滋地笑出了声。

一个小时后，挂着拐杖来到教室上课的陆越，难以置信地指着自己桌面上的一副"加量版"大饼油条，震惊地问道："你就让我吃这个？"

唐堇薇笑盈盈地反问："有什么问题吗？"

陆越委屈地说："可我明明暗示要酸奶了，你怎么不帮我带酸奶？"

农大自产的美味酸奶他可还没喝够呢。

唐堇薇微笑道："因为你发消息给我的时候已经太晚了，酸奶售罄。"

陆越郁闷极了，嫌弃地用两根手指钩起塑料袋挑三拣四："这个大饼油条都冷了！"

唐堇薇低着头，翻过一页笔记："我想，这主要得怪你来得晚了。"

陆越冷哼了一声，不满地坐了下来，嘀嘀咕咕地抱怨："这大饼油条怎么还有两个饼呢。"

唐堇薇笑得更灿烂了："这不是你的要求吗？让你缺什么补什么。"

陆越满头问号。

唐堇薇斜他一眼，悠悠道："祝你考一百分的意思。"

陆越这才反应过来，他有些气恼地说道："我崴的是脚，又不是磕到了头。"

唐堇薇对他露齿一笑："我还以为你会很需要这个。你是不是忘了，今天的这堂课有个随堂测试？"

陆越：！！！

唐堇薇笑得更甜了："你现在是抓紧时间临阵抱佛脚，还是吃个玄学早餐？"

陆越面无人色，一手抓起课本翻开看，另一手抓着玄学早餐啃："我选双管齐下！"

然后，这次遗传学的随堂测试，"双管齐下"的陆越毫不意外地没有及格。

陆越泪流满面：考试好难，还不如下地干活呢！

"这样不行。"唐堇薇拿着陆越的随堂测试考卷，秀气的眉毛都皱了起来，一副忧心忡忡的样子。

陆越有点儿懊恼，又有点儿心虚。

"你必须在课本知识上多花点儿功夫了。"唐堇薇严肃地宣告了这个坏消息，"你才刚刚在真人秀里洗刷了一下你的学渣形象，网友总算相信你有在好好学习了，现在你的成绩一爆出去，之前的努力就全都白费了。"

陆越撇了一句："我每天拍 vlog，哪有时间学习啊。"

唐堇薇的眼神危险了起来："哦？那还是我的错咯？"

陆越立刻疯狂摇头："不不不，我绝对没有那种大逆不道的想法！你做的一切都是为了我好，我明白的！"

唐堇薇对他突如其来的觉悟感到怀疑，她情不自禁地琢磨起陆越这又是抽什么风。

陆越竭力让自己的眼神看起来足够真诚，最好能让唐堇薇知道自己喜欢她，可偏偏唐堇薇在恋爱上毫无敏锐度，她疑心陆越这是企图用良好的表面态度搪塞学习任务。

她会让他得逞吗？别做梦了，她唐堇薇绝不会被陆越糊弄过去！

唐堇薇理了理思绪，定神道："那就好。我想好了，最近我们拍一期关于学习的

vlog。内容包括你在教室上课，你在寝室做作业，你在图书馆补课，穿插少量其他内容，让你的粉丝知道你在学校里除了挖蚯蚓、剪羊毛，也有在教室里学习的时候。"

陆越叹了口气。

唐堇薇："别叹气了，这对你树立一个学生形象很有好处。你也不想再被人当成文盲了吧？"

陆越很不服气地强调："我只是中文不太好，又不是真的文盲，我英语很好的！"

唐堇薇敷衍地点着头："行，很好，了不起。今晚图书馆见。"

说完，她毫不留恋地拿起自己的笔记本走出了教室。

陆越在她身后唉声叹气："唉，拍综艺时我已经补习过一轮了，这一次说什么也不想……"

不料，站在教室门口等唐堇薇的冯戚说道："堇薇，我刚拍完了一组杂志内页的照片，一起出去吃个饭吧。"

嚯，这是在撩妹！陆越立刻警惕起来，脑中拉响了情敌一号警报。

"唐唐，你等一等，我觉得我们现在就可以去图书馆补课！"陆越一跃而起，顾不上脚伤，飞快地拄着拐杖挤开了冯戚，一脸真诚地对唐堇薇说道，"我已经迫不及待地想要学习了！"

冯戚：？

唐堇薇：……

扯谎一时爽，圆谎火葬场。

半小时后的图书馆中，陆越一脸杀意地看着面前的这本《遗传学》，和孟德尔的豌豆较劲，唐堇薇放低的声音在他耳中变成了毫无意义的嗡嗡声，让他一个字也听不进去。

"……你听明白了吗？"讲了半个小时之后，唐堇薇合上书本问道。

"好像有点儿明白，又有点儿不明白。"陆越趴在桌子上眼巴巴地看着唐堇薇，像一只可怜兮兮地看着主人吃大餐自己却饿着肚子的小狗。

唐堇薇又好气又好笑："那显然是你没明白。先休息十分钟，待会儿我提问抽查。"

"哦……那我先去一下洗手间。"陆越拄着拐杖站了起来，还补充了一下最近学到的农学知识，"这可以为农作物提供氮肥！"

唐堇薇："……"

等到陆越走远了，唐堇薇才困惑地蹙了蹙眉，自言自语道："他竟然记住了氮肥。"

陆越的离去让坐在他们周围的同学蠢蠢欲动了起来，几个女生你看看我，我看看你，挤眉弄眼了半天，最后成功推举出了一个女生代表来到唐堇薇面前。

"唐堇薇学姐，这些零食，是我们一起买的，想送给陆越同学……拜托你了！"说完，这位陆越的小迷妹红着脸把东西往陆越座位上一放，飞一样地跑掉了。

唐堇薇已经见怪不怪，自从陆越来到湘南农大之后，这个陆越的黑粉大本营迅速变质了，半个学校的女生陷入了癫狂中，听说还组建了湘南农大陆越粉丝后援会，会互相分享陆越的行踪。她还知道带头人是她的室友夏姝宁，陆越的头号粉丝。

现在网络上有很多他在学校的照片，不是在教室上课就是在去教室上课的路上，还有他在社团工作的照片，以及他在食堂里排队买特供酸奶的偷拍。刚开学时他还会戴着墨镜帽子背着吉他十分特立独行地出门，现在俨然已经被大学氛围感染，最近甚至有人拍到他晚上穿着T恤拖鞋下楼去食堂买烤串的照片。这种接地气的风格博得了不少路人的好感，让陆越一度跌入谷底的风评开始反弹。

这些照片，有的是同学自发上传的，有的是唐堇薇授意精挑细选过的。

要改变一个人的形象，不是一蹴而就的事情，唐堇薇很有耐心，也很有行动力。她决定和陆越来一场双赢的合作，就不会让陆越脱离她的计划，她准备了很多后手，可惜几乎都没用上。

因为到目前为止，陆越的表现出乎她的预料。

她原本以为陆越是绝不可能静下心来念书的，曾经这个人在她眼中是个学渣，浮躁、爱现、不学无术，缺点一大堆，会回学校继续学业也只是为了应付他父亲的要求。可让她意外的是，这种枯燥无味的大学生活陆越竟然坚持下来了。

这几个月以来，他老老实实地上课，服服帖帖地在社团拍vlog，就连空间狭小的男生宿舍也住得有滋有味——虽然时不时要抱怨一下寝室衣柜放不下衣服，还要应付舍管检查，但自从答应唐堇薇会住下来之后，他就没有偷偷出去租过公寓。

陆越的适应力和韧性出乎唐堇薇的意料，各种意义上都是如此。唐堇薇感到困惑，她突然弄不清陆越到底是一个什么样的人了。

"咦，这是什么？"陆越拄着拐杖从洗手间回来了，看到桌上的一堆零食，他先是愣了一下，然后恍然大悟，"哦，又是我的小粉丝送来的吧——"

听这语气，他还挺得意，一脸嘚瑟地冲唐堇薇炫耀了起来，试图在心仪的妹子面前展现自己的吸引力："哎，优秀如我，太受欢迎也是没办法的事情。"

唐堇薇："……"

不知道为什么，看到陆越这副因为受欢迎而得意地炫耀的样子，她突然有些闷闷不乐。

一定是因为他太幼稚了，唐堇薇心想。

陆越大方地将桌上的零食往唐堇薇那边推了推："喏，想吃什么，我请你咯。"

"谢谢，不用了，我也去一下洗手间。"唐堇薇起身朝着洗手间走去。

唐堇薇离开之后，陆越百无聊赖地坐在桌边环顾四周，周围几桌的女孩子们纷纷无视了面前的书本和笔记，兴奋难当地一起偷看陆越。陆越早已习惯了万众瞩目，被一群人盯着看丝毫不慌，还有闲情冲女孩子们笑，附赠一个眨眼，让女生们捂着胸口无声尖叫了起来。

果然，他还是那么受欢迎，陆越感到自我陶醉。

可随即陆越又沮丧起来：要是唐堇薇也那么好哄就好了。

突然，人群中有两个男生站了起来，顶着大家的注视来到陆越面前，红着脸递出了一封书信。

陆越呆愣地看着来人，表情还有一丝丝惊恐："这是……"

千万不要是给他的情书！他又不是 gay（同性恋）！

来人板着脸，面色微红："麻烦你转交给唐堇薇，拜托了！"

陆越："……"

送情书的人走了，陆越拿着一封情书，心里颇不是滋味，形容起来就仿佛是热锅上的醋，扑哧扑哧地冒着泡泡，弄得整个厨房都是一股酸味。

可恶，竟然要他转交情书，这人知不知道他也喜欢唐堇薇啊？！

等到唐堇薇从洗手间回来，看到陆越手上拿着个粉色的信封，不由眉头一皱，不悦地问道："这是什么？"

陆越正想告诉她这是别人送她的情书，突然心念一动，嘴角一勾，轻佻地反问："你说呢？"

唐堇薇扫了他一眼，决定给陆越一点儿小小的警告，免得他得意忘形："我知道你很受女生欢迎……"

陆越的眼睛亮了起来，唐堇薇这是吃醋了吗？真的吗？天哪，她竟然会为他吃醋？！

"但是既然是别人的心意，请你认真对待。如果你不喜欢，就直白地拒绝，不要玩弄别人的感情。"唐堇薇认真道。

陆越嘴角一抽，这让他怎么说，现在告诉唐堇薇这是别人送她的情书还来得及吗？

"其实我对待感情很认真的。"陆越为自己辩解了一句，企图挽救自己在唐堇薇心目中的形象。

"哦——"唐堇薇假假地对他一笑，声音都透着敷衍和不信任。

陆越郁闷极了，满心不是滋味，嘀嘀咕咕了半天，把手中这封情书朝唐堇薇怀里一甩："这是别人给你的，我代交！"

看到唐堇薇怔怔的表情，陆越终于有了一种扳回一城的快感，他酸溜溜地说道："现在轮到你秉承对感情认真的态度，把不喜欢的直接拒绝了。"

唐堇薇默默看着他，陆越不甘示弱地回瞪，二人的视线在空中"厮杀"了半天，谁也不肯先撤回。

最后，唐堇薇闷不吭声地低下头，撕开信封看了起来。陆越假装低头看书，可是人已经情不自禁地往唐堇薇那边靠了过去，视线止不住地偷瞄。

唐堇薇把信纸往旁边移了移："注意礼貌。"

陆越偷看被抓，倔强地发表评价："……哼！写得真肉麻！恶心死了，快扔了！"

唐堇薇认真看完，在情书末尾找到了电话号码，用手机编辑了一条信息发了过去，礼貌而坚决地回绝了表白。

陆越吊着的这颗心终于回到了原位，他长长地出了口气，揶揄道："所以说嘛，这年头写情书的人越来越少了，大家都是加个微信每天早晚问安试探，万一被婉拒也不会太尴尬。哪像写情书啊，要么直接接受，要么直接被拒。"

唐堇薇扫了他一眼，突然嘴角浮现出一丝笑意："况且，写情书很考验人。"

陆越：？

唐堇薇："第一，字不能丑，字丑直接死刑；第二，文采要好，要是错字连篇、成语乱用，那也是死刑。"

陆越脸色一变，看着唐堇薇的眼神都不对了：我怀疑你在针对我，可是我没有证据！

"最重要的是，这是一种诚意。"唐堇薇郑重地说道，她的神情里有一种不同于以往的认真，这让她流露出罕见的感性一面，"虽然现代科技给社会生活带来了很多改变，但有些东西，古老的方式还是有它的浪漫一面的，挺好。"

陆越怔怔地看着唐堇薇，他很少听到她表达对某件事物的感受，情书这样有关恋爱的话题，她更是从来也不提起，她只会直截了当地指挥他干这干那，好像她根本不在意别人的想法，只在意应该怎么行动。而现在，坐在一起聊着各自不同的看法，此时唐堇薇和他之间的距离，比以往任何时候都要近。

他几乎要怀疑这是唐堇薇对他的暗示，但随即又把这个荒唐的念头赶出了脑海：不可能的，唐堇薇根本不知道他喜欢她。

他到现在都小心翼翼地藏着这份感情，就连追求都藏在少年玩闹一般的行径里，非要撒泼打滚、装傻充愣，生怕那一点儿小心思被她看清。

可也许，他应该更坦荡一点儿？陆越陷入了纠结。

也许是他盯着她看了太久，唐堇薇不动声色地移开了视线，疑惑自己为什么要和陆越聊这种话题。

为了掩饰这一刻的尴尬和那一星半点无法追究的羞赧，她绽开了一个盈盈的笑容，双手交叉支着下巴，直勾勾地看着陆越，调侃道："怎么，你在研究表白的正确方式吗？"

陆越像是被踩中了尾巴的猫："怎么可能，不要瞎说啊，我陆越超级受欢迎的好不好，需要研究表白吗？"

"哦——"唐堇薇故作失望地叹了口气，随即拿起桌子上的课本，对他嫣然一笑，'那就继续研究孟德尔和他的豌豆吧？"

陆越：“……"

补课结束之后，回到寝室的陆越再一次深夜失眠辗转反侧，满脑子都是唐董薇那狡黠俏皮的笑颜，还有她认真阅读情书的画面。

凌晨一点钟，翻来覆去睡不着觉的陆越放弃了治疗，自暴自弃地拿起枕边的手机，在搜索引擎里输入了困扰他一晚上的问题。

——怎么写情书？

陆越疯了。

一大早起来，蔺君书惊恐地看着趴在书桌上奋笔疾书的陆越，忍不住想要去阳台确认今天的太阳到底是从哪边升起来的。

陆越竟然熬夜学习到天明？这是一种什么样的精神？

"你复习了一整晚吗？"蔺君书颤抖着问道。

陆越抬起头，眼中还有红血丝：“不，我没有复习。"

蔺君书更蒙圈了：“那你在做什么？"

陆越咧嘴一笑：“我在写情书。"

蔺君书：“……"

这一刻，蔺君书明白，陆越什么人设都可能崩，但是恋爱脑人设是不会崩的！

"你是不是忘了，今天你要补考遗传学的随堂测试？"蔺君书好心地提醒道。

陆越顿时脸色骤变：“糟糕，我忘了！"

他慌慌张张地站起来，还没全好的脚踝一个趔趄，差点儿摔倒：“完了完了，昨晚我忙着写情书，根本没有好好复习！"

蔺君书叹了口气：“班长昨天不是帮你补习了吗？及格应该没问题吧？"

陆越委屈地说：“昨天我光顾着看她，都没好好听课……"

蔺君书：“……"

很好，恋爱脑人设依旧很坚挺，根本不会崩。

"你怎么想到要写情书的？"蔺君书好奇地问道。

"咳咳，这你就不知道了，这都是唐唐给我的暗示！"一说起谈恋爱，陆越就兴奋了，他抖了抖手头的纸张，面有得意之色，“经过我的研究考证，唐董薇她就是喜欢古老传统的示爱方式，比如写情书什么的，而且还要满足三个要求：字好看、有文采、没错字。可这就触及了我知识的盲区！毕竟我是个成语乱用的人。为了让这封情书得到唐董薇的认可，我苦苦思索，终于想到了一个好办法！我要用英文写情书！"

蔺君书听得一愣一愣的：“啊？"

陆越得意扬扬起来：“虽然我中文不行，但是我留学那么多年，英语还是很过关的！

而且我连夜抄了莎士比亚等一系列经典里的各种情话，你看！"

蔺君书接过这封情书，呆呆地看了起来："……这……我英语一般般，六级水平而已……这个字母是我认识的那个英文字母吗？为什么我看不太懂？"

陆越哼哼了两声："这你就不懂了吧，英文花体字，我为了拍专辑 MV 的一个镜头特别练过的，这叫敬业精神！怎么样，好看吧？"

蔺君书不明觉厉："……挺，挺好的。"

听到室友"真诚的"鼓励，陆越立刻膨胀了起来："很好，连你也这么说，那唐唐一定会认可我的情书的！"

说着，陆越喜滋滋地把情书包了起来，准备今天就交给唐堇薇。

"你不署名吗？"蔺君书提醒道。

陆越顿时脸上一红："等……等她看完了再说！万一……万一她不满意呢……那我多没面子。"

蔺君书斜睨着他。不知道为什么，他有一种强烈的预感，陆越的表白行动一定会翻车的。

唐堇薇神色凝重地看着放在抽屉里的这封信。

外壳是粉红色的，上面还用花里胡哨的字体写了"Jinwei Tang"，一看就知道是一封情书。

两堂课的间隙里，唐堇薇去了一下洗手间，回来就看到自己的课桌抽屉里多了一封情书，显然，提交这封情书的人要么是她的同学，要么拜托了她的同学。

"你刚才有看到是谁塞的吗？"唐堇薇拿起情书，询问一旁的陆越。

陆越摇头，一脸无辜："不知道啊，刚才我也出去放风了……你赶紧打开看看呀！"

唐堇薇将信将疑地看了他一眼，低头拆信，然后愣住了。

整整三页的信纸上，从头到尾都是一串串英文，还是手写的花体，放眼望去尽是大大小小的圈圈，她花了好几秒的时间才辨认出这些夸张的艺术字母到底是哪个单词。

——花里胡哨的玩意儿！读英文文献都没那么痛苦。她心想，毕竟英文文献虽然单词术语很多，但好歹是清爽的印刷体，这个花体也太难读了。

唐堇薇皱着眉，飞快地将情书从头到尾地扫了一遍，然后面无表情地塞回了信封。

陆越在一旁认真观察唐堇薇的神情，见她蹙着眉，心情一下子忐忑起来："……你……有什么感想吗？"

唐堇薇冷冷道："这是我收到的最差的一封情书。"

陆越如遭雷击！

"为、为什么啊？！"陆越差点儿绷不住表情，整个人都萎靡了。他那么认真地写这封情书，完美符合唐堇薇的要求，为什么她一副很不高兴的样子？连敷衍的微笑都不给了。

"第一，我不知道这个人在想什么，竟然用英语写情书，中文有什么不好的吗？这只是增加了我的阅读难度，并且让我多浪费了人生中宝贵的五分钟。第二，情书的内容空洞无物，大量引用了名著台词杂糅在一起，毫无自己的见解。第三，也是最重要的一点，他没写名字。"唐堇薇抿着嘴，不悦地说道，"我不欣赏这种藏头露尾的行径。"

小心翼翼的情书试探以惨烈的方式告终，陆越有如霜打的茄子，又如被剃秃后忧郁的狗子，蔫了吧唧地呆坐在一旁，委委屈屈可怜兮兮。听到唐堇薇的这番批判，他更加不敢说出这是自己写的了，只觉得自己满腔浪漫情怀被十二月的寒风迎面吹了一脸，整个人瑟瑟发抖。

唐堇薇奇怪地看着他："你怎么好像很没精神的样子，身体不舒服吗？"

陆越泪流满面地捂着胸口："我……我的心脏……在抽搐，它要裂开了。我还觉得很冷，简直像是在做冰桶挑战，我现在只想钻进被窝里抱紧我的小被子……"

唐堇薇起初还以为他是真的心脏不舒服，听着听着，她恍然大悟。

她脸上的笑容危险了起来："原来如此，我明白了。"

陆越倒吸一口冷气，紧张兮兮地看着她：她明白什么了？难道她发现情书是他写的了？完蛋了！

"你是想装病逃避一会儿的遗传学补考。"唐堇薇眯了眯眼睛，笑容凉凉地问道，"你昨晚是不是没有好好复习？"

在这关键时刻，陆越急中生智，他指着自己的眼睛："你看我的黑眼圈，粉底和遮瑕膏都没有遮住，这说明什么？我昨晚熬夜通宵复习了，这种认真的态度难道不值得你夸奖一番吗？"

唐堇薇看着他的黑眼圈，被他说服了。

陆越长长地松了口气，心有余悸地摸着胸口：总算蒙混过关了。可是亲爱的唐唐我昨晚分明是通宵在给你写情书啊！

陆越，心酸，委屈，泪流。

但他是不会就这样放弃的，他那颗恋爱脑里装满了机灵的小点子，他一定会找到管用的办法的！

不远处靠墙的桌边，冯戚远远地看着两人的互动，高冷的脸上闪过一丝不悦之色。

旁边的同学注意到这一幕，不悦地抱怨道："冯戚，你说我们黑粉团就这么看着陆越勾搭班长吗？这小子一看就不怀好意。"

冯戚没有回答，他在思考，到底是从什么时候起，唐堇薇对陆越越来越上心了呢？

这不是一个好征兆，他心想，特别是陆越看唐堇薇的眼神，让他有了危机感。

他绝不会认错，那是喜欢一个人的眼神。

两连挫败之后，陆越抱着吉他在寝室里发呆。

恋爱是流行歌曲里永恒的主题，其中单恋和失恋并称两大创作灵感源泉。所以现在，陆越灵感爆棚，这大概是单恋未遂接近失恋的双重 buff（效果）。

一边写着新歌，陆越突然灵光一闪。

"有了！"他从椅子上跳了起来。

蔺君书被吓了一跳："什么有了？"

"我有主意了！"陆越激动地说道，"这是个天才的主意，无论是多么没有浪漫细胞的女孩子，都一定能感受到浓浓的爱意！"

蔺君书不禁好奇起来："什么主意？"

陆越得意地在吉他上玩了个花哨的技巧，眼睛亮亮地说道："我要写一首专属情歌。"

蔺君书的嘴角一抽："说真的，这种招数在班长面前不一定管用……"

"不不不，不是你想的那样，我写歌给唐堇薇这太土了，这种招式我恋爱小天才陆越怎么会采用呢？我的主意可不一般，我谱了个曲子，让唐堇薇给我填词，然后再用这首歌对她表白，让她做第一个听众，这种浪漫的感觉，没有女孩子可以抵挡！"陆越激动地现场演奏了一段。

蔺君书听完评价道："这个旋律不错，有一种轻松愉快又有点儿甜蜜的感觉。"

陆越顿时来了信心："这次一定能成！"

陆越欢天喜地地跑了，背着他的吉他，挂着拐杖，顽强地冲到劳动社的活动教室里："唐唐，我有一件特别重大重要重量级的事情，需要你来完成。"

正在安排小弟们劳动改造日程表的唐堇薇抬起头，秀美的脸上流露出一丝可爱的困惑："什么事情？"

陆越把吉他往她面前一放，笑得阳光灿烂："填词。"

唐堇薇更困惑了："为什么找我填词？"

她在这方面的造诣仅限于音乐课水平，跟陆越没法比，完全不明白为什么陆越突然找上她。

"咳咳，是这样的，我刚写了一首歌，但是你懂的，灵感这种东西是不听话的，我现在完全没有填词的灵感，需要你的帮忙……"陆越胡诌了一通，眼巴巴地看着唐堇薇，双手合十，"求你了，这首歌我打算……呃，用在以后的 vlog 里，这很重要的，你可不能不帮我。"

唐堇薇看着一脸诚恳恳求的陆越，嘴角浮现出一个狡黠的弧度："可以啊，但是我也有个条件哦。"

出现了，从不吃亏的唐堇薇的千层套路，陆越心想。

然而这一次追妹心切的陆越甚至是主动给自己挖好了坑，只等唐堇薇一声令下就往里面跳，这也许就是该死的爱情吧。

"没问题。"陆越心甘情愿地同意了，"放马过来吧，就算你让我现在给一百头奶牛挤奶，我也会搞定的！"

唐堇薇嫣然一笑："我不会让伤患做这么辛苦的体力活。"

陆越摸了摸还没好的腿，看着唐堇薇的眼神里写满了感动。

然而下一秒，感动消失了。

"拍一期厨房美食 vlog 吧，系上围裙展现厨艺，居家好男人的形象可是很受欢迎的，这对你重塑个人形象大有好处呢。"唐堇薇笑眯眯地说道。

陆越茫然地看着自己的双手，发出了厨房新手的悲鸣："可是我从来没做过菜啊。"

唐堇薇笑得更甜了："不要紧，在我填好歌词之前，你还有足够的时间去了解这门学问，美食社的同学们会很乐意帮助你的。"

陆越含泪点头——至少，他还能期待一下唐堇薇的填词……吧？

等等，他是不是忘了说明歌曲的主题了？但是唐堇薇应该听得出来吧？这显然是情歌的风格，自然要搭配对应的歌词，特别去强调一下反而会让唐堇薇生疑，反正她那么聪明，肯定不会出岔子的。

怀着这样的心情，在美食社煎熬了三天，引起灶台着火三次、锅子烧干两次、煮出大量黑暗料理的陆越，终于等到了唐堇薇填好的歌词。

唐堇薇笑容满面地说道："这几天我反复听你写的歌，又去突击补习了一下填词的要点，又咨询了美食社的朋友这几天你的厨艺修习情况，现在来交作业了。这首歌正好可以用在下一期的厨房美食 vlog 里呢。"

啊？听起来好像哪里不对劲？

陆越颤抖着拿起歌词，歌名赫然是：《厨房杀手》。

唐堇薇温柔地说道："听说你差点儿炸了厨房，我一下子有了灵感，这首歌旋律轻松愉快还有点儿沙雕，很适合厨房杀手的主题。厨房新手们听了这首歌，一定会有共鸣的。"

陆越看着满纸诙谐幽默的歌词，泪洒厨房：说好的情歌呢？为什么变成了一首嘲讽他厨艺的歌曲？

"我写得不好吗？"唐堇薇觉察到陆越异样的神情，不禁微微蹙着秀气的眉毛，似乎心情有些忐忑。

看到心上人期待又不安的表情，陆越哪里能把自己表白未遂的小心思说出口，他只能眼含热泪，大力夸赞道："好极了，你写的，真好……我……我都要感动哭了……"

唐堇薇浑然不知，见陆越满意，她的笑容越发灿烂了："那就好，接下来就开始拍这一期的 vlog 吧，蔺君书有事请假，这一期我来充当摄影师。你挑一个你学会了的菜品吧，现在会哪些了？"

陆越露出了屈辱的表情："……我只做出了酸奶，其他全都做坏了。"

唐堇薇："……"

厨房杀手是真的菜！

"至少要做个奶油蛋糕吧，这个又不难，我来教你，一定可以的。"唐堇薇微笑着说道。

陆越看着她的笑颜，脑中浮现出了美妙的幻想：和心上人一起做蛋糕，这……这……这也太浪漫了吧，简直是他梦寐以求的约会！放在综艺真人秀里，配上音乐和剪辑，冒出来的粉红泡泡简直能让观众放声尖叫！

陆越顿时把自己的黑暗料理抛到了脑后，美滋滋地摇着尾巴点头："可以，我一定可以的。"

不愧是永远都自信满满的陆越，唐堇薇看着他阳光灿烂的表情在心中感慨。她怀着某种恶趣味，拿出了一条印着哈士奇头像的围裙："来，系上吧。"

切换到恋爱脑状态的陆越灵机一动，眼巴巴地看着唐堇薇："围裙的绳子我系不到，你能帮帮忙吗？"

这可是亲密接触的好机会，陆越机灵地心想。试想一下，少女贴在他的身后，温柔地给他系上围裙，多么言情剧的一幕啊。

"好呀。"唐堇薇爽快地答应下来，她来到陆越的身后。陆越挺直了背，感觉到身后另一个人的体温，还有少女清新的香味，不禁荡漾了起来。

然后，他"嗷"的一声惨叫起来，小腹被勒得死紧，仿佛中世纪穿束腰的女人一样无法大口呼吸。

"系好了。"唐堇薇赞赏地夸奖道，"没想到你的腰还蛮细的呢。"

陆越屏着呼吸，含着眼泪，挺胸收腹地收下了这个夸奖。

她都这么夸他了，他还能说让她松一松围裙绳吗？当然不能！

陆越在这恋爱的气氛中，忍受着无法呼吸的痛苦，开始做酸奶和蛋糕。

唐堇薇也不是什么厨房高手，但是她"作弊"了，对着下厨 app 里提供的步骤，有条不紊地指挥着陆越，一边给他拍视频。

陆越哪里会老老实实地当一个工具人，难得的厨房约会，他脑子里没有鸡蛋、牛奶和砂糖，只有唐堇薇，可是要怎么撩她呢？

有了！

陆越的手一抖，金属勺子掉在了地上，他"哎呀"了一声，瞅见唐堇薇弯腰帮他去捡勺子，赶紧自己也蹲了下来，佯装不经意地凑近她。

近了，更近了，唐堇薇的脸颊近在咫尺，近得每一根睫毛都清晰可见，他已经闻到了她身上那股好闻的清新香味。

再近一点儿，假装脚一滑亲到她……

"刺啦"一声，布帛撕裂的声音让陆越以一个搞笑的"掷铁饼者"的姿势停住了。

唐堇薇已经捡起了勺子拿去清洗，疑惑地问道："你怎么了？"

陆越眼含热泪，心中的旖旎之情荡然无存："我……我……我裂开了。"

唐堇薇定睛一看，那条让陆越无法呼吸的围裙，因为他下蹲捡勺的动作不堪重负，从正中央裂成了两半，印在上面的哈士奇头像自然变成了"裂开的哈士奇"，而真正裂开的，是陆越的少男心。

唐堇薇对他的心碎并不知情，她安慰道："没关系，还有备份的围裙。"

问题根本不在围裙上！陆越委屈地看着她："这次不要哈士奇款。"

唐堇薇笑眯眯地应承下来，重新给陆越找了条围裙。这一次，上面印着一个拿着尖叉的小恶魔，可爱的 Q 版造型，那暗中使坏的笑容陆越甚是熟悉。

他默默看向唐堇薇，唐堇薇眨了眨眼："怎么了？不喜欢的话，还有一条小猪围裙呢。"

"不，我喜欢的！"陆越二话不说，抢过围裙自己系上了，说什么也不给唐堇薇第二次勒死他的机会。

烹饪继续，陆越在唐堇薇的指挥下顺利完成了酸奶的制作，放入烤箱升温发酵。接下来就只剩下做蛋糕了。

陆越绞尽脑汁，苦思冥想，又生一计。他佯装认真地打发奶油，回头对唐堇薇说："唐唐，看到我头顶的吊柜了吗？里面有一套模具，帮我拿一下好吗，我现在腾不出手。"

唐堇薇不知道陆越的狡猾用心，站到他身后，踮起脚去开柜门。

机会来了，陆越浑身一震，恋爱脑全面启动，精密地计算起了自己要在什么时候突然转身，假装不经意地后退半步，就能精准地亲到唐堇薇。这一次没有坑货围裙害人，他一定可以成功！

唐堇薇站在陆越身后，费劲地踮着脚，轻轻拉开吊柜门找起了模具。

就是现在！

陆越深吸了一口气，转过身来，激动地凑了过去……

"哎，小心！"唐堇薇的手一抖，好不容易够到的模具从手中滑落下来，整整一盆金属模具像下雨一般掉了下来，丁零当啷地砸了陆越满头。

"你没事吧？"唐堇薇看着呆若木鸡的陆越，还以为他被砸傻了，担心地问道。

满头包的陆越，在这一刻不禁怀疑人生：为什么当初他心无杂念，却能在车上不小心亲到唐堇薇，现在他费尽心机，却屡战屡败？

难道，这是上天对他动机不纯的惩罚吗？

见陆越还是一副呆滞的样子，唐堇薇担忧地问道："砸疼你了吗？对不起啊，我刚才被你吓了一跳，手里的东西没拿稳。"

陆越突然愧疚起来，唐堇薇全然不知情，还以为是自己的错，现在反倒为他担心起来，而他在干吗？

陆越呆坐在椅子上，抱着脑袋反省起了自己。唐堇薇见他呆呆的，脸上溅到了奶油都没发现，一副受到了重大挫折的样子，顿时越发愧疚了。

她抽了一张纸巾来到陆越面前，帮他擦掉了脸上的奶油痕迹，温柔地说道："你要是觉得头晕，我送你去医务室看看，但愿不是脑震荡了。今天的拍摄就算了吧，你的身体要紧。"

她的声音是轻柔的，眼神里溢满了担忧，陆越心中柔软一片，他突然拉住了唐堇薇的手，大声说道："唐唐，你对我真好！"

陆越这又是抽什么风？唐堇薇警觉起来。

"我一定会把蛋糕做好的。我……我还要给你一个惊喜！"陆越宣布道。

"……那你加油。"唐堇薇怀疑地看着陆越，盘算着陆越到底想做什么。

陆越不想做什么，他只是突然醒悟了：偷偷摸摸占唐堇薇便宜是行不通的，他应该正确地表达自己，展现自己对她的好感。

比如，要征服她的心，先征服她的胃。至于食材嘛，蛋糕什么的就太普通了，他刚才突然想起了前几天露营时采摘的蘑菇，这可不是普通的蘑菇，里面充满了他们共同的回忆，他要给唐堇薇做一锅美味的蘑菇汤，她一定会很感动。

蘑菇汤，他来了！

唐堇薇觉得，陆越最近很奇怪。

他对她安排的拍摄工作十分积极，再不推三阻四妄图逃避社团活动，上课从不迟到早退，还经常缠着她主动要求补课。

最重要的是，这个积极的态度不是靠她逼出来的，而是他主动自觉的。

虽然每天早晚都要给她发微信问好有点儿烦人，但是看在他积极学习的分上，她忍了。

但是，就在今天，陆越又给了她一个惊吓。

陆越：中午来烹饪教室，我准备了一个惊喜给你。

等到唐堇薇来到烹饪教室，她看到一个精心打扮过的陆越，端着一锅汤，郑重地放在桌子上，还掏出了两份格外精致的餐具，布置好了餐巾，十分有仪式感。

"这是什么？"唐堇薇好奇地问道。

陆越神神秘秘地问道："你还记得我们去树屋的那次露营吗？"

唐堇薇陡然想起闹鬼事件，脸上的笑容僵硬了，她怀疑陆越这是要搞事情。

"那次我们采了好多蘑菇回来，所以我今天特地做了一锅蘑菇汤，很鲜美的，你来尝尝吧。"陆越说着，补充了一句，"我一口气就喝了两大碗呢。"

蘑菇汤真的很鲜美，他现在都觉得飘飘然的。看到唐堇薇之后，他飘得更厉害了，心脏怦怦直跳，脸上的笑容都透着一股英俊之外的傻气。

唐堇薇觉得今天的陆越有点儿奇怪，但是又说不出哪里奇怪，出于淑女的礼貌，她感谢了陆越的招待，这才掀开锅盖。

下一秒，唐堇薇愣住了。

蘑菇汤里冒出了几个一看就不对劲的品种，这……这好像是毒蘑菇！

"陆越，你喝了？快催吐，这个蘑菇有毒的！"唐堇薇急了。

陆越傻乎乎地眨巴眨巴眼，脸上的笑容越发古怪了，他突然站了起来，在唐堇薇目瞪口呆的注视下，拿起料理台上的砧板，敏捷地跳到了台面上。

眼前不再是烹饪教室，而是一片座无虚席的观众席，陆越拿着吉他站在舞台上。他刚刚结束了一场演唱会，就在encore（返场）阶段，他听着全场的encore声，露出了一个灿烂的笑容。

唐堇薇震惊地看着料理台上的陆越，他手上拿着一块砧板，抽风似的弹奏起来，弹着弹着，他突然笑容灿烂地说道："今天，我有一个重要的消息要向大家宣布，我有喜欢的人了！"

陆越的眼前出现了唐堇薇的身影，他立刻抓住面前的唐堇薇的手，深情款款地说道："我喜欢你，请和我交往吧！"

烹饪教室中，双手被陆越紧紧握住的唐堇薇，脸上一下子泛起了红晕。蘑菇中毒的陆越用认真而深情的目光凝视着她，对她郑重表白。

"你中毒了。"唐堇薇红了脸，她知道陆越现在不太清醒，毒蘑菇的致幻作用让他产生了幻觉，可是突然被陆越当面表白，她还是忍不住心跳加速了。

"中了你的毒。"陆越压低了声线，充满磁性的嗓音不管不顾地往唐堇薇耳中钻去，令人不知所措。

"我……我现在，送你去医院。"唐堇薇慌张地说。

"我不去医院，我们应该去教堂，现在去结婚。"陆越说着，眼前的画面又变了，从演唱会的舞台变成了教堂，教堂的大门开了，一个身穿婚纱的唐堇薇走了进来，正羞涩地看着他。

陆越立刻松开手，朝着"唐堇薇"跑了过去："我也喜欢你，我们现在就结婚吧！"

烹饪教室中，唐堇薇呆若木鸡地看着陆越丢下她，朝着门口的王朝跑了过去。

王朝一脸蒙圈，被陆越抱了个满怀。陆越深情款款地看着他："亲爱的，我们今天就结婚。"

王朝发出怪叫："什么鬼？"

唐堇薇扶住了额头："他蘑菇中毒出现幻觉了。"

这还没完，马汉也从门外走了进来，疑惑地问道："怎么了？我好像听到陆越的声音。"

陆越猛地抬起头，对马汉绽开一个帅气的微笑——在他眼中，又一个穿着婚纱的唐堇薇走进了教堂，他立刻陶醉了，一手拉着王朝，另一手拉着马汉，发出了渣男宣言："你们我都喜欢，请全部和我结婚！"

唐堇薇忍无可忍了！

很好，刚才那一瞬间的心动消失了，少女心也不见了，她现在又是冷酷无情的小恶魔了。

小恶魔咬牙切齿地发出命令："王朝、马汉，把他扛起来，送去医院洗胃。"

陆越发出了惨叫声："不要啊，我要结婚，我要和你们结婚！"

王朝："渣男。"

马汉："太渣了。"

两人对视一眼，异口同声："原来陆越是个花心大萝卜！"

唐堇薇的笑容里溢出了黑气："没错，他就是个花心大萝卜。"

中毒幻觉里都是和一群妹子结婚，这绝对是日有所思夜有所梦。亏她还以为刚才陆越突如其来的深情表白是针对她的呢，都是幻觉。

仍然在幻觉中，被无数个身穿婚纱的唐堇薇包围着的陆越，完全不知道自己已经风评被害。他沉浸在爱的温暖中，唐堇薇们有的对他撒娇，有的送上亲亲，还有的抱着他的手臂不肯撒手，每一个既热情又可爱，简直是梦中才有的美妙场景。

其中一个唐堇薇还娇滴滴地问他最喜欢哪一个。

陆越的脸上荡漾着笑容，他发出了最后的渣男宣言："亲爱的，你们每一个我都喜欢，我爱死你们了！"

哎，怎么脑袋突然疼了一下，是谁揍了他？

用钞能力打造表白圣地

陆越出院了。

从王朝、马汉那里听说了自己的丢人事迹之后，他感到天都塌了，连发二十条微信向唐堇薇道歉，唐堇薇原谅了他。

等到唐堇薇来看望他，当时还躺在医院里的陆越再次借病作妖，可怜兮兮地表示自己想喝酸奶，并且要农大自产的酸奶，唐堇薇同意了他。

结果直到出院，他都没有喝上酸奶。

陆越郁闷极了，他的追妹事业简直诸事不顺，现在干脆连唐堇薇的人都找不到。她仿佛忙到失踪，除了上课的时候会出现在教室里，一下课就跑得无影无踪。

正当陆越因为唐堇薇含量不足而无精打采的时候，一个意外的消息让他惊恐了起来。

"最近好像都没看到班长。"同班的女生有些疑惑地对身边的男生说道。

男生突然神神秘秘地笑了起来："这你就不知道了吧？班长最近有情况了！"

女生越发困惑了："什么情况？我怎么不知道？冯戚没跟我说啊。"

同为陆越黑粉团的核心成员，他俩成天被冯戚灌输一堆关于唐堇薇的最新近况。看起来高冷傲慢的冯戚在谈论起唐堇薇的时候，简直像一个拿着高额推销提成的售货员，恨不得对每个认识的人科普唐堇薇有多优秀，但是在唐堇薇面前，他一本正经十分矜持。

这可能就是传说中的傲娇吧。

男生干咳了两声："他当然不知道，如果他知道就不得了了……总之，我亲眼看到她这几天出现在牧场那里，好像和一个畜牧系的学长走得很近。昨天我还看到他们两个在一起喂牛，我们农大学生谈恋爱，不都是从一起种地喂鸡这种事情开始的吗？所以直觉告诉我，他们一定有情况！"

"这不可能！"身后传来一个熟悉的声音，两个同学立刻回过头。陆越气势汹汹地说道："你瞎说，唐唐不可能在外面勾三搭四！"

得知噩耗的陆越，以最快的速度赶赴有机牧场。

他之前在那里拍过挤牛奶的 vlog，所以熟门熟路地来到现场。

一派田园牧歌的美好场景中，陆越如遭雷击。

一个高高帅帅但是挂着黑眼圈并且发际线已经开始让人焦虑的学长，紧紧拉住唐堇薇的手，眼冒泪花地看着她，深情款款地说道："真的，堇薇，如果没有你，如果不是你，我的人生将是多么黑暗啊！"

唐堇薇脸上的笑容十分礼节性："学长，能松手吗？"

学长："不，我不要松手！你知道我现在有多激动吗？我一定要把我现在的心情传达给你，请一定要听我说完！"

唐堇薇的笑容僵硬了："请长话短说。事实上，我在赶时间。"

学长："不可能长话短说，这种喜悦中带着忐忑，忐忑中满载着对未来憧憬的心情，是不可能几句话说清楚的。堇薇，真的谢谢你出现在我的生命里，从今往后，你是我的女神，我的信仰，我人生最不可或缺的人，是你拯救了我的全世界！"

唐堇薇脸上的笑容快要龟裂了："你太夸张了……"

学长："一点儿也没有夸张！你不知道这些年来我过的是什么日子！在我人生最黑暗的时候，是你的出现，改变了我悲惨的命运。啊……我的人生里突然有了一道光，照亮了我的未来，指引着我从地狱走出来。我要对你大声说，我爱死你……"

"松开她的手，我不同意！！！"

一声怒吼传来，正牵着唐堇薇的手表白的英俊学长转过头，呆呆地看着一只水桶正朝着他飞来……

他的嘴还在一开一合，在水桶到来之前将最后几个字说了出来："……的论文选题……"

"咣当"一声，破空而来的水桶正中学长脑壳，他两眼一翻，直挺挺地倒了下去，嘴里倔强地吐出了最后一个字："……了。"

说着，他面带"今年终于可以毕业了"的欣慰笑容，安详地闭上了眼睛。

丢出水桶的陆越后知后觉："啊？"

好像有哪里不对劲！

"他……还活着吧？"目睹了刚才兵荒马乱的现场之后，始作俑者陆越忐忑地问道。

唐堇薇被陆越惹出来的麻烦弄得头痛不已："你进去看看就知道了。"

陆越有点儿尿。

刚才发生在他眼前的那一幕是那么令人误会，他怎么也想不到，那位强行拉着唐堇薇的手发表了一串"情话"的学长，根本不是像他想象的那样在深情表白，而是在感谢唐堇薇帮他搞定了论文。

这份感激之情是如此强烈，以至于他被打晕送到医务室之后仍然嘴里念念有词地说着诸如"导师夸我这次论文写得好""今年我不会再被延毕了吧""董薇学妹你是我女神"之类的发言，真是闻者伤心见者落泪。

据说，这名硕士被延毕了一年的畜牧系学长因为跟了一名非常严厉的导师，三年来白天在牧场里养牛养马，晚上在实验室给导师做牛做马，直接从头发浓密的帅哥变成了发际线濒危的帅哥。

一名穿着白大褂的医生从房间里走了出来，见到杵在门口的两人，笑着问道："你们是来看李同学的吗？他已经醒了。"

唐董薇点了点头，礼貌地问道："他没事吧？"

医生笑眯眯地说道："没事，没有脑震荡，刚才应该只是太累，所以被敲到脑袋后身体直接进入到休息模式。换言之，就是累晕睡着了。"

陆越：？

唐董薇若有所思："有可能，听说他为了赶论文，已经四十八小时没有合眼了，加上导师刚才打电话夸他这次写得不错，所以情绪激动。"

陆越：！

农大这么可怕的吗？陆越瑟瑟发抖。

唐董薇对陆越说道："跟我来，好好跟李学长道歉。"

陆越蔫了吧唧地点了点头，老老实实地跟着唐董薇走进了病房。

李学长好好地躺在病床上，看起来刚刚睡醒，但已经很顽强地坐起来玩手机了。

"啊，是董薇学妹！还有……陆越学弟。"李学长摸了摸自己的脑袋，"你那一下可真够狠的，我还以为我的脑浆爆出来了呢。"

陆越尴尬地低下了头，头顶着唐董薇暗藏威胁意味的眼神，老实地道歉了："李学长，对不起，刚才我太冲动了，误会了你……"

"嘻，没事没事，我刚才也激动呢。你知道吗？当我的导师说'看这篇论文你今年应该可以毕业了'的时候，我整个人都飞升了！被敲到头算什么？打断我的腿我也高兴！"一想到毕业有望，李学长满面红光地语无伦次了起来，激动之情溢于言表。

陆越偷觑了唐董薇一眼，小声问道："你为什么会帮他搞论文？"

当然是为了给你搞到酸奶，唐董薇心道。那天把陆越送到医院后，医生反复对她强调毒蘑菇的危险性，还说陆越这次是运气好，下次可千万别再食用毒蘑菇了，否则救不过来都是可能的。

唐董薇有些气恼，又有些心虚，气恼的是陆越中毒时抽风的表现，心虚的是她觉得自己没有尽到对陆越的责任。陆行舟把陆越托付给她，结果先是野外拍摄崴了脚，又是吃了毒蘑菇进了医院，她感到十分惭愧。

这份愧疚之情，促使她在陆越提出要求的时候一口答应下来。

不就是酸奶嘛，虽然是限量供应，但是这可难不倒她。

李学长听到陆越的话后又激动起来，连连夸奖道："董薇学妹的学术水平是没得说的！她让我找导师商量重新选题，然后给我列了框架和角度，还帮我连夜修改……啊，我终于不用在有机牧场再喂一年的牛了！学妹，是你救了我啊！！！"

唐董薇礼貌地微笑道："不客气，不要忘了你答应我的事。"

陆越好奇："什么事？"

唐董薇瞥了他一眼，怀着小小的骄傲说道："你在医院的时候不是跟我要酸奶吗？我拿到了。"

陆越："啊？"

李学长兴奋道："没问题！你今年份的酸奶我承包了！哎，这大概算是我在有机牧场'搬砖'唯一的福利吧，美食社和牧场合作，每天给我们这批学术民工定量供应酸奶，要不是还有这口酸奶喝，我大概早就活不下去了……"

李学长倾诉起了自己这几年的悲惨生活，陆越却已经呆住了，他愣愣地张着嘴，像一只被吓傻了的狗子："你……你……你是为了我……"

唐董薇展现了一个学霸从容的微笑，尽量不让自己此刻的得意太过显眼："知识就是力量。它当然也可以变成酸奶，只不过要花费一点儿时间发酵一下而已。"

说着，她的嘴角微微翘起，一个自信又俏皮的微笑自然地流淌出来，旋即就化为漫天的星星，在她的眼里闪闪发光。

陆越不觉看呆了，心跳怦怦加速，整个人都陶醉在唐董薇此时的笑容中，轻飘飘地飞了起来——她现在有十万分的可爱！

"对了，李学长说他偷藏了一大桶酸奶在冰箱里，也送给我了，你现在想喝吗？"唐董薇俏皮地绽开一个笑容，笑靥如花。

"喂喂喂，学妹，你可别全拿走了，好歹给我留一点儿啊！"李学长哀号道，"还有陆学弟，看在酸奶的分上，你给我留个签名啊！"

陆越已经什么都听不见了，他脸上挂着傻乎乎的笑容，脚下发飘地走出了医务室。

唐唐送他礼物了，他在医院里的话她不但听进去了，还加倍满足了他，现在他有一年份的特制酸奶了！这样用心的礼物，四舍五入就是定情信物啊！

啊，这就是收到喜欢的人送来礼物的感觉吗？她怎么这么好？为了他的一句话，千辛万苦地帮他实现了愿望。心跳是那么快那么剧烈，陆越有一种强烈的冲动，想要把自己内心的这份爱意倾诉出来。

可是在这初秋的午后，在这阳光灿烂的走廊上，他却只能痴痴地看着唐董薇的背影，距离他只有一步之遥。她高高束起的马尾随着她的脚步左右晃动着，调皮地撩动了少年心事，却又让少年欲言又止。

他忽然明白了什么是初恋的烦恼。

一夜之间，陆越的人生大不一样了。

世界还是那个世界，但是突然间，他眼中的世界变了——那些窗外的花草树木，那些来来往往的人，甚至天空和大地，都骤然间不再重要了。人群中，他的目光只会被一个人吸引，唐堇薇，她的身上好像在发光。

陆越不是第一次在她身上见到这种光，他很多次感觉到自己的眼睛被她点亮，可是那时候他并不明白这种光芒是什么，现在他明白了。

陆越被迷住了，他坠入爱河，而且是毫无反抗之力甚至毫无反抗之心地掉了下去，把自己浸泡在粉红色的河流之中，浑然没想到要爬上岸。

必须表白！必须让唐堇薇知道他喜欢她！陆越再一次对自己强调。

但是，如果唐堇薇不喜欢他呢？

陆越患得患失起来。在提出表白之前，他是不是应该和唐堇薇来几次浪漫的约会？和学习拍摄都没有关系，纯粹只是两个人说说话逛逛街的那种约会。

可唐堇薇会同意吗？

陆越毫无信心，以他对唐堇薇的了解，她绝对不会把时间浪费在这种事情上。

但他可以曲线救国啊！陆越的小脑瓜子里闪出了一个绝妙的主意：以学习为名，行撩妹之实。

天才，他果然是个恋爱小天才！

打定了主意，陆越立刻搜索起了他们学校适合约会的地点：咦，这个叫玫瑰园的地方，一听就很浪漫。

陆越脑中立刻浮现出法国普罗旺斯薰衣草原那种类型的风景。换成玫瑰花的话，应该是一望无际的火焰玫瑰沐浴在阳光下，既浪漫又美好，适合约会！

再一打听，他们实验班上学期有玫瑰扦插实践课，他顿时计上心来。

陆越：听说你们上学期在玫瑰园学习了扦插？我错过了这门课，想补补课，你能教我一下吗？

几秒钟后，唐堇薇回了一句：OK，我现在有空，玫瑰园见。

恋爱小天才的约会大作战第一步，搞定！

风流倜傥英俊潇洒的陆越站在写了"湘南农业大学月季试验田"的招牌前，感到了一丝丝迷茫。

他和他怀里包装精美的玫瑰花都感到迷茫。

为什么手机定位"玫瑰园"会把他导航到这里啊？月季试验田和玫瑰园有什么关系？陆越擦了擦眼睛，深深怀疑自己是被导航坑了。

"陆越。"唐堇薇的声音传来。

陆越一下子振奋起来，迅速把脑中"月季和玫瑰"的小问题丢到了九霄云外，摆出最酷的姿势，露出最帅的表情，用最性感的声音说道："嗨，唐唐，我在这里！"

唐堇薇盯着他怀里罕见的紫色玫瑰花，一脸深思。

陆越顿时紧张起来，他现在的心情十分忐忑，既想让唐堇薇知道自己的心意，又不敢贸然让她知晓。为了掩饰这一刻的慌张，他故作潇洒地把花递了过去："既然要来玫瑰园，当然要准备般配的礼物，你可不要想多了。"

求求你多想一点儿！陆越的内心呐喊着，最好赶紧发现我喜欢你，然后你也赶紧喜欢喜欢我，求你了！

也许是陆越这一刻的心声过于强烈，唐堇薇真的多想了起来。她捧着花，认认真真地看起来，那洞悉的眼神让陆越心惊肉跳。

"你……"唐堇薇抬起头，满脸严肃地看着陆越。

陆越的心跳速度瞬间上了高速公路，他紧张地咽了咽唾沫。

"你是不是偷了玫瑰园花圃里的花？这里的鲜花都是摘一罚百的。"唐堇薇一脸不赞同地问道。

死一般的寂静中，陆越叫了起来："我没有！！！"

唐堇薇依旧一脸怀疑："这个紫色的品种市面上很少见，是园艺社前几年才培育出来的新品种玫瑰。"

陆越冤屈地叫道："路上遇到了园艺社在摆摊卖花，我挑了最贵的买的。"

原来如此，唐堇薇恍然大悟，随即道了歉。

陆越不依不饶，黏着她嘀嘀咕咕地抱怨起来，一会儿可怜巴巴地说自己的心碎了，一会儿又哀号自己在唐堇薇眼中竟然是会偷花的小贼，那股喋喋不休的劲头，吵得唐堇薇脑壳疼。

必须得想办法治治他，对哈士奇绝对不能惯着，否则他可是会拆家的，必须转移话题。

唐堇薇微微一笑，回头上下打量了陆越一番，看得陆越面上微烫，不好意思地低下了头，心中还暗喜唐堇薇竟然会在意他的外形，这可是个好兆头啊！

不料，唐堇薇面带危险的笑容问道："你为什么穿成这样？"

陆越："啊？"

迷惘的陆越低头看着自己的衣服——这性感的不对称衬衫，心机地露出了他的锁骨，完美体现出他的气质；这休闲而不失时尚意味的破洞流苏牛仔裤，衬得他两腿修长，胸部以下全是腿；这双时尚时尚最时尚的限量版球鞋，任何一个对鞋子有所了解的男生看到都会根本移不开眼。

这完全是约会必备的装备！并且可以适应扦插玫瑰的工作量——陆越的脑中浮现出他母亲插花时的场景，并把这一幕错误地代入到了扦插课程中。

扦插和插花，名字听起来很像，实际做起来也差不多……吧？

唐堇薇对他嫣然一笑："脱掉！"

陆越倒吸一口凉气，脸红了："这……这不好吧？"

唐堇薇恍然意识到他在说什么，脸上一热："你在想什么呢？我是让你换一件衣服，你非要穿成这样下田的话，别怪我没提醒你。"

陆越傻眼了，为什么他来玫瑰园要下田？玫瑰园难道不是那种远处有一个荷兰风格的风车徐徐转动，放眼望去四周尽是一排一排盛放的玫瑰花的风景胜地吗？

而"下田"这个词，充满了一种古老朴素的农业精神，一听到就让人眼前浮现出炎炎烈日下身躯伛偻的老农民，肩上搭着一条汗湿的毛巾，挽着裤脚走下水体浑浊的稻田，里面说不定还有蚂蟥等着吸血……完全让他回想起了在各个农学社团里累得死去活来的日子。

"为什么要下田？"陆越弱弱地问道。

"因为玫瑰种在田里，它需要泥土，还会长虫。"唐堇薇微笑着说。

陆越瑟瑟发抖，他恍然意识到，他想象中的浪漫玫瑰园恐怕不是那么回事。

等到唐堇薇带他走过小路，来到前方的温室大棚前的时候，陆越已经傻了。

这和他想象的完全不一样！

眼前的大棚看起来既不高端也不洋气还有点儿土，仿佛一个个被劈开横放的圆筒，外面覆盖着白色的塑料膜，而无论温室内外都已经没了水泥地和砂石地的痕迹，只剩下普普通通甚至还长了杂草的泥土路。

"里面就是玫瑰园了，我给你找双鞋子再进去吧。"唐堇薇指了指其中一间温室说道。

陆越无语凝噎，内心的悲伤逆流成河，他用最后的力气问道："可是，说好的玫瑰花呢？这里不是月季试验田吗？"

唐堇薇默默看着他，笑眯眯地说道："看来你的确没有农学常识。你在市面上见到的玫瑰，百分之九十九都是不同品种的月季，包括你刚才送给我的那一束。"

这一刻，陆越内心所有冒着粉红泡泡的玫瑰花园都碎开了。

嘻，什么玫瑰啊浪漫啊，都是月季 cosplay（角色扮演）的！

看陆越一脸垂头丧气的可怜样子，唐堇薇内心那只小恶魔再次死灰复燃了，她熟练地掩藏住了自己内心的恶趣味，笑容灿烂地说："来吧，我来教你月季扦插。"

十分钟后，穿着土里土气的工作服，脚上蹬着一双朴素的胶鞋，戴着土味帽子和工作手套的陆越，一脸悲痛且倔强地听着唐堇薇的授课。

"现代月季是一个品种大类，细分下来有杂交茶香月季、丰花月季、壮花月季、藤蔓月季等不同的品类……"说着，唐堇薇各把一支对应的品类放在陆越面前。

陆越一手拿着一朵，放在脸颊边，冲唐堇薇抛了个眨眼："花好看，还是我好看？"

唐堇薇甜甜地笑着，用眼神警告道："专心听课的人最好看。"

陆越："……"

唐堇薇继续讲课："月季在我国是一种相当古老的花种，所有十九世纪六十年代之前的月季品种都被归入了'古老月季'中，而'现代月季'则是十八世纪末到十九世纪初从我国传入欧洲的古老月季和欧洲蔷薇科植物杂交繁育出来的，品种极多。现在我们能买到的基本上都是这些杂交出来的现代月季，包括你买的那种，知道它的名字吗？"

陆越摇了摇头，卖花的园艺社社员并没有告诉他名字。

唐堇薇笑眯眯地说道："它叫小恶魔。"

陆越诧异地看着那束紫色的玫瑰花，又盯着唐堇薇看，嘴里说出一句作死的诚实发言："果然和你很般配。"

唐堇薇的太阳穴突突地跳了起来，那种要教训一下哈士奇的心情再次占领了她的思想，于是她笑得更灿烂了："光介绍不能很好地展现扦插要点，跟我来吧，我带你现场学习。"

一边说着，唐堇薇一边把陆越推进了大棚花房中，惨案就此展开——

"有虫、有虫、有虫子啊！"

"冷静一点儿，其实刚才有几条掉到你衣服上了，可能已经爬进去了哦。"

"啊——"

"好了，我帮你捉下来了，你要看看吗？这个叫月季叶蜂，现在这个季节已经不是高发期了，不太常见呢。"

"我不要！拿走拿走！！"

又过了一会儿——

"啊——我的手，扎到了，我的手在流血啊！"

"我告诉过你，任何时候都不要摘下手套，月季的花刺很坚硬的。"

"啊——你给我涂了什么，好疼啊！"

"过氧化氢。"

"唐堇薇你果然是个小恶魔！"

"既然你都这么说了，那我可就真的不做人了哦。"

"不要啊！"

一个小时后，身心受创的陆越顾不上嫌弃环境，呆呆地坐在花棚外的木凳上，双目无神，蔫了吧唧，仿佛被月季叶蜂幼虫啃过的叶子。

什么玫瑰园，欣赏浪漫玫瑰，他根本无心看花，满脑子都是被唐堇薇强行灌进去的扦插知识。他现在坐在花棚外，身后还有一堵缠绕着藤蔓月季的漂亮花墙，但是他已经失去梦想无心欣赏了。

他真傻，真的，为什么会抱着可以和唐堇薇约会的心情，把人叫到玫瑰园来呢？结果被白嫖了一顿，不但在玫瑰园帮园艺系的学生打工照顾花卉，还被强行学习了一堆完全不是他审美口味的知识。

他根本不想知道月季的扦插知识和常见虫害护理啊！

"要水吗？"身边传来唐堇薇的声音。

陆越抬起头，和他一样穿着毫无设计感的园艺工作服，但是莫名就是比他精神的唐堇薇拿着一瓶水递到他面前。

"谢谢。"陆越小声嘀咕着，接过水喝了起来。

唐堇薇也坐了下来，慢慢地喝着水，看着不远处一群在花棚内外进进出出的园艺系学生，笑盈盈地说道："其实，还挺有趣的吧？你要是有空，随时都可以来帮忙。"

陆越一脸惊恐："不不不，不用了不用了！"

唐堇薇似乎是想笑，这份笑意从她的眼睛里自然地流淌了出来，可是她忍住了："那你想学点儿有趣的东西吗？"

陆越怀疑地看着她："你先说说看。"

唐堇薇思索了一下，觉得应该想办法提高一下他的积极性，于是说道："比如，用土豆种一株玫瑰花？"

陆越的眼睛亮了："这也可以？"

其实不行，唐堇薇很清楚，土豆里的淀粉对扦插月季毫无帮助。月季本身就是一种容易扦插的植物，用普通的扦插手法就可以成活，非要画蛇添足地扦插在土豆里，反而降低了成功率。

但是唐堇薇面不改色地忽悠起来，信誓旦旦地说道："当然可以了，你可以把它种在这里，经常来看它，我想这对你来说应该会是一件很有意义的事情。"

当然有意义！

陆越的恋爱脑已经情不自禁地脑补出他时不时拉着唐堇薇来看他们一起种的玫瑰花的场景了，虽然这里的环境不符合他对玫瑰园的想象，但是这可是唐堇薇啊！和唐堇薇约会他哪里敢挑三拣四！就这么干了！

好骗的陆越终于恢复了精神："好啊好啊，那我们来试试吧！"

他也太容易上当了吧，唐堇薇看着被骗得找不着北的陆越，竟然感到了一丝丝的心虚和愧疚。她脑中已经浮现出陆越发现自己精心培育的玫瑰花最后没能活下来时的沮丧表情，活像一只发现藏骨头的地方被清理干净的狗子，委屈得呜呜叫。

小恶魔唐堇薇终于找回了一点儿良知："但是我得提醒你，这个成功率很低，大部分都会因为根系腐烂而失败。"

陆越非常乐观："没关系呀，试试呗，万一成功了呢！"

于是几分钟后，陆越得到了一个塑料可乐瓶、一株没有花苞只有几片叶子的月季枝，还有一颗圆滚滚的土豆。

陆越缓缓打出了一个问号："不用种子吗？"

唐堇薇眨眨眼，笑眯眯地科普道："不用。告诉你一个常识，月季是一种品种不稳定的植物，你种了红色重瓣的月季花种，很可能长出粉色半重瓣的品种来，甚至长出了一个没见过的新品种。所以除非为了培育新品，不然一律采用你今天学的扦插手法来繁殖。"

这一刻，陆越才明白：什么浪漫的土豆种玫瑰啊，这根本只是唐堇薇在对他考试！他怎么就不长记性呢？！

但是事已至此，陆越也下不了船了，他老老实实按照唐堇薇的指导，笨手笨脚地给土豆去了芽眼，又在土豆上钻了个洞，把修剪清理好的枝条插到土豆的洞中，还用了点儿生根粉。把土豆埋进泥土里，再把剪掉底部的大可乐瓶罩在这株玫瑰花上——这里陆越忍不住吐槽它看起来像个没有花版的粗糙永生花瓶——再用水浇透泥土。

"这样真的能活下来吗？"陆越怀疑地问道。

"不一定成功。最合适的扦插季节是二三月份和七八月份，现在已经是十一月了……顺利的话，二三十天后它就能长出根活下来，不顺利的话，它就会死掉。"唐堇薇淡淡道。

陆越看着这株可怜的玫瑰花，一番辛勤劳动让他对这株玫瑰产生了感情："那……我们常来看看？"

唐堇薇被他期待的眼神看得心头一跳，下意识地说道："可以。"

陆越笑开了眼，刚才的郁闷在唐堇薇的一句话间烟消云散，他的心情美丽起来，甚至颇有兴致地打量起了旁边的那面花墙。

花墙上长满了藤蔓月季，大片大片火焰一般的红。陆越在家中的花园见过这种花，但那时候他甚至没有一丝丝的好奇心，对它的名字也毫不在意。

"这种月季叫什么名字？"陆越问道。

"叫小女孩。是藤蔓月季的一种，花量大，花期长，很受欢迎。"唐堇薇秒答。

明明开得那么热烈，名字竟然是可爱的"小女孩"，陆越不由偷偷打量了唐堇薇一眼，那种雀跃的心情再一次回到了他的胸口，他想做点儿什么。

陆越小心翼翼地用园艺剪剪下一枝，装作不经意地说道："挺好看的，再送你一朵吧，作为你今天给我补课的谢礼。"

也是和他约会的礼物，尽管她并不知道他藏在心底的秘密。

陆越感到自己脸在发烫，他不敢再看唐堇薇，反手就把月季递了过去。

手中的花被轻轻一抽拿走了，陆越这才回过头，大着胆子看唐堇薇。她指了指花墙不远处的一块牌子："所以，到最后你还是偷了花？"

陆越定睛一看，只见那块牌子上赫然写着：偷摘一朵，罚款一百。

陆越的脸色瞬间和唐堇薇手上的花一个色号了："我没带现金，能手机支付吗？"

"扑哧"，耳边传来一声轻笑，陆越震惊地扭过头，只见唐堇薇将月季挡在了嘴边，花儿却挡不住她带着笑意的眼睛。

她笑了，笑了，笑了。

陆越看呆了，半晌没说出话来，只听见自己心跳如雷。

"我帮你付吧。"唐堇薇微笑着，将一张一百块的纸币用绳子系在了被陆越剪断的花枝上，然后对他轻轻点了点头，"现在回去还赶得上食堂的晚餐，走吧。"

说完，她转身就走。

"等等！我请你吃饭，就当还你钱！"陆越赶忙追了上去。

远远的，唐堇薇背对着他晃了晃手中的那枝月季花："把那束'小恶魔'也带上。"

怦然心动之后，陆越一巴掌拍在了自己的额头上：必须得想个办法追到唐堇薇！不然，他下半辈子都得后悔！

"我决定表白了。"陆越怀着烈士炸碉堡一般的心情，郑重地把这个消息告诉了蔺君书。

这种注定不会成功的努力不用再告诉我了。蔺君书神情复杂地看着陆越，毕竟他们只是纯洁的金钱关系，并不是什么追妹联盟好兄弟。说起来，他还是陆越的黑粉呢，至今都没有退出黑粉联盟。

黑粉头目冯戚偶尔还会来找他打听一下陆越的近况，蔺君书半真半假一问三不知地糊弄着。倒不是他真的和陆越成了朋友，只是看在陆越给钱的分上，他不想出卖自己的雇主。

但是，如果他的雇主再和他讨论"追妹指南"的话，他就要心态爆炸了！

偏偏陆越不知道他此时复杂的心情，叽里咕噜地说起了自己的表白计划："虽然我的玫瑰幻想已经被月季花破灭了，但是这不重要，重要的是，表白的场地一定要足够浪漫。所以我有了个大胆的想法。"

蔺君书本来不想听的，但是陆越绘声绘色地说了起来："我决定氪金，动用钞能力！"

"啊？"蔺君书一脸蒙圈。

"我要出资把玫瑰园打造成全校闻名的恋爱圣地！"陆越气势汹汹地说道，"他们园艺社根本不懂经营，那么大一片地方只要铺上草坪种上绿植，把大棚内的各种玫瑰……啊不，月季花，移栽一部分到室外，再安装一些户外桌椅，布置一点儿气球之类的装饰，多好的一个恋爱圣地啊！我已经找专业人士做好了设计图纸，这就去和园艺社商量。"

说着，陆越得意地把手机里的效果图拿给蔺君书看，蔺君书目瞪口呆："这完全不是一个地方了啊。"

"但是很梦幻很浪漫吧？你看这个休闲区，到处都是色彩缤纷的玫瑰花，女孩子看了准会尖叫，表白成功概率上升百分之两百。"陆越露出了一个嘚瑟的笑容，"等到一切准备完毕，我把唐唐约到现场，弹着情歌拿着玫瑰对她表白，她一定会感动地跳到我的怀里，那就成啦！"

蔺君书竟然有了一种地主家的傻儿子终于长大了的欣慰感——呸呸呸，这一定都是错觉。

陆越兴高采烈地跑出了宿舍，去找园艺社沟通。

看着陆越远去的背影，蔺君书摇了摇头："唉，这该死的爱情。"

"什么该死的爱情？"门外传来冯戚的声音，他倚在门边，用狐疑的眼神打量着蔺君书，"陆越又想做什么？"

不好！蔺君书心中狂叫，这要是让冯戚知道陆越要追他的青梅竹马，他当场就要表演校草男神如何暗恋未遂为爱发疯了。

见蔺君书面色阴晴不定，冯戚大步走进了他的寝室，对他步步紧逼："我看到陆越蹦蹦跳跳地出去了，什么事让他这么高兴，嗯？"

被校草用杀气腾腾的眼神威胁，蔺君书顾左右而言他，试图像往常那样糊弄一番。

但这显然毫无作用。十分钟后，揉着拳头的冯戚面色冷肃地走出了这间男生寝室，留下一个被榨干了情报的蔺君书，躺在地上欲哭无泪：陆越，对不起了！

"忽然想起来，我们好久没有一起吃饭了。"学校附近的一家西餐厅里，冯戚用随意的语气说道。

"抱歉，最近事情有点儿多。"唐堇薇说道。

"我知道，陆越的事情嘛。"冯戚说着，自然地把服务员端上来的牛排切好推到唐堇薇面前。

唐堇薇连谢谢都没说，拿过来就吃了。

他们之间很少说谢，原因无他，实在是太熟了。

冯戚的母亲和唐堇薇的母亲是少年时代就关系很好的闺蜜，长大后一个成了娱乐圈业内人士，另一个成了湘南农大的老师，两人在截然不同的领域里各有成就，却也没耽误友情。巧合的是两人还同年生子，产房是同一个，生日是同一天，刚好生了一男一女，差点儿就约了娃娃亲。

小时候唐堇薇的母亲工作忙，丈夫又长期不在身边，就把她丢给闺蜜带；冯戚的母亲工作忙，就把冯戚送到唐堇薇家。两人上了同一个幼儿园，然后是同一个小学……直到唐堇薇的母亲去世，两家的关系都一直很好，冯戚的母亲还考虑过把唐堇薇接到自己家里寄养，但是唐堇薇选择留在原教授身边。

在唐堇薇的童年记忆里，充满了冯戚的黑历史：这位如今受到无数女孩子欢迎的校园男神、校草酷哥，小时候是个三天不打上房揭瓦的熊孩子，会因为爬树掏鸟窝爬不下来哇哇大哭，会因为在家里研究鞭炮里的火药引起火灾而挨了一顿男女混合双打，还会因为抄她作业连名字也抄进去而被老师叫了家长。

这位出生第一天就和她见过面的竹马在她的人生里担任的是兄弟的角色，小时候他们是吵吵闹闹的小玩伴，长大后是关系很好的同学朋友，唯有青春期的那段时间，他们的关系疏远了一些——冯戚的中二病犯了，对她横挑鼻子竖挑眼，整日找碴儿，好像她欠了他五百万似的。

幸好这个症状没有持续太久，过完变声期之后冯戚就恢复了正常，只是比从前酷了一点儿，有未来那副傲慢贵公子的架势了。

但要说两人关系好到亲密无间，也不尽然。唐堇薇有一种天然的"君子之交淡如水"的气质，童年的经历让她习惯一个人生活，习惯和人保持距离，从来没有人真正走进她的世界里。冯戚则是在青春期以后褪去了活泼话痨的孩子气，变成了一个高冷酷哥，指望他们两人坐下来面对面谈心，那简直是梦里才会有的画面。

两人虽然一路同校做着同学，连大学都是同一所，但平日里各有各的事情。像今天这样坐下来一起吃饭的时候，多半是冯戚又干了一份模特兼职，拿到酬劳之后请她吃个饭，聊聊最近的学习和生活，偶尔会讲一些娱乐圈的八卦——多半是吐槽陆越。唐堇薇也会回请他，顺便说说自己最近在哪个教授的项目组里帮忙，写了什么论文。

他们从来只谈事，不谈心。

自从唐堇薇担任了陆越的校园经纪人之后，她就更忙了，他们很久没有一起吃饭了。

"你最近还在经营黑粉群吗？"唐堇薇问道。

冯戚低着头，脑中迅速整理了一下思路，避重就轻地说道："最近陆越不是表现得不错吗？我们这群黑粉也不是无脑黑，近来也没什么特别的群内活动，怎么了？"

唐堇薇有些奇怪地说道："我还以为陆越的 vlog 一发，你们又该开始剪鬼畜视频制作表情包了。"

冯戚开玩笑似的问道："这属于群内常规活动，一直都有。怎么，经纪人小姐要禁止我们恶搞啦？看在我们这么多年感情的分上，可不要发律师函给我哦。"

唐堇薇好笑地瞥了他一眼："你自己把握一下尺度就好了。只要不是恶意黑人，陆越也不会在意的。"

冯戚的心情有些复杂，他从蔺君书那边得到了陆越要对唐堇薇表白的消息，赶在陆越表白前把唐堇薇约了出来，想要打探一下她的想法，但是还没问出口，他就感觉到了唐堇薇的态度有了变化。

她对陆越的看法变了。

冯戚陡然有了危机感。从前他觉得自己和唐堇薇是最默契的，他们了解对方的一切，这种知根知底的安心感让他觉得不必操之过急，哪怕唐堇薇总是一副死理性派不会开窍的样子，而他也总是一副酷酷的对个人感情没有兴趣的样子。

他总有一种没来由的信心，如果唐堇薇哪天决定谈恋爱，她只会选择他。

冯戚按捺着此刻的不安，不动声色地问道："和陆越接触的这段时间，你对他有改观吗？"

唐堇薇不假思索地说道："当然了。最近我也在思考，以前我对陆越的看法是不是太偏颇了。毕竟那个时候我对他的了解也仅限于被报道出来的片面内容，真正的陆越是一个什么样的人，我其实并不了解。"

冯戚皱着眉问道："那现在你觉得他是一个什么样的人呢？"

唐堇薇思索起来，她一手支着脸颊，沉思了一会儿，突然微笑起来。

这个笑容陡然让冯戚的心头一凉。

"他啊，虽然不太聪明的样子，但是个蛮可爱的男孩子。"唐堇薇语带笑意地说道。

冯戚的心一下子跌到了谷底。

唐堇薇的手机响了，她接起电话："喂，陆越？"

电话那头的陆越不知道说了什么，唐堇薇半是无奈半是妥协地同意了："好吧，我一会儿就过来。"

挂了电话，唐堇薇歉意地对冯戚说道："临时有事，我先回学校了，下次我请你吃饭。"

看着唐堇薇离去的背影，冯戚握着牛排刀的手紧了紧。

他必须有所行动了。

幸好，他完全知道陆越要做什么，冯戚放下牛排刀，拿出手机打开了学校论坛。

晚风瑟瑟，为了今天傍晚的表白忙碌了许久的陆越，不忘给自己打理一个最能衬托出他英俊的发型，再穿上一身精心搭配的服装，当然少不了一双钟爱的限量版球鞋。

陆越在镜子前自我欣赏了一番，决定给自己一个大大的好评。

——没问题的，陆越！你是最优秀的！这次表白一定可以成功的！

临阵磨枪补习了几本傻白甜学渣女主倒追腹黑学霸男主的校园恋爱漫画之后，陆越觉得自己的理论水平突飞猛进，并完全没有发现自己已经完全代入到了女主角的角色里，还用女主角的思维模式揣摩着唐堇薇的心理。

哼着歌来到玫瑰园，陆越掏出手机，打开摄像头，对着里面的帅脸感叹：不愧是我，任何时候看起来都是非常英俊帅气呢！

一切都很完美，园艺社的社员们看到他，热情地上来打招呼。陆越主动掏钱说要把玫瑰园的户外场景改造一番，打造成恋爱圣地，园艺社的同学们简直乐疯了，这年头人傻钱多的金主爸爸是珍稀品种，他们二话不说，积极行动起来。

现在，草坪铺好了，灌木移栽了，新砌好的花坛里栽满了各个品种的玫瑰花。心灵手巧的社团成员们还自发地扎了花球，做了展板，铺好了一条宛如结婚殿堂里才有的红地毯，两旁盛开着鲜艳的红玫瑰。

这简直是如梦似幻的婚礼现场才会有的布置，陆越陶醉了。

"我要求的那个准备好了吗？"陆越激动地问道。

"你看，就在那里。"园艺社的社员指了指。

陆越过去一看，正是特别要求的梦幻玫瑰园——紫色的"小恶魔"玫瑰花在地面上拼成了一个巨大的爱心，旁边环形的鲜花拱门旁装饰着蜡烛、白纱、绸缎和各种饰品，任何一对情侣路过此地，都会挪不动腿，至少也得拍上几十甚至上百张合影才肯罢休。

至少陆越本人，迫不及待地拍了一堆照片，此时的他宛如一只求偶期花枝招展的雄鸟，对自己的羽毛和千辛万苦打造的巢穴百般在意，只等一位腹黑却也很完美的女主角闪亮登场了。

唐堇薇发来一条微信：我快到门口了，你现在在在玫瑰园吗？

陆越秒回：在在在，我这就来门口！

放下手机，陆越朝着玫瑰园入口快步走去，准备在那里迎接唐堇薇的到来。

翘首以盼的陆越等来了一个惊吓：玫瑰园外，人群潮水一般地向着这里涌来，女生们拖着男朋友，像是一群兴奋的小鸟，叽叽喳喳地说着话。

"这就是论坛里说的恋爱圣地吗？哇，听起来好梦幻哦，我现在就想进去看看。"

"玫瑰园我之前来过，没什么好看的。"

"那是以前啦，园艺社把这里改造了一通，你看论坛里的照片，可美啦，简直像是婚礼仪式现场。"

"让我看看。哇，真漂亮，我这就去把我男朋友叫来拍照。"

"我把我们寝室的小姐妹都叫来了！"

"我发给隔壁大学的朋友了，现在她们正在赶来的路上。太美了，我的少女心根本无法拒绝！"

陆越目瞪口呆，这是怎么回事？为什么，为什么好像整个学校的情侣都冲过来了啊？！等等，她们说的论坛是怎么回事？

陆越慌忙掏出手机，登录学校论坛一看，置顶加精的帖子赫然是《最美玫瑰园：恋爱圣地打卡指南》，发帖人：冯戚。

冯戚？冯戚！

"快看，那不是陆越吗？他也来了！"一个小粉丝发现了正在玫瑰园门口气得挠墙的陆越，激动地尖叫了起来。

陆越：你们不要过来啊！

他内心的惨叫没有得到回应，来恋爱圣地打卡的情侣们迅速包围了陆越，有的来打个招呼，有的要签名，还有的纯粹只是来围观凑热闹。

陆越泪流满面：我的恋爱圣地，怎么就变成全校景点了？我还成了景点的一部分。

好不容易杀出重围，陆越赶忙给唐堇薇发信息，问她到哪儿了。

消息还没发出去，陆越就看到了唐堇薇——只见不远处的月季花墙下，冯戚微笑着把一束眼熟的紫色玫瑰花送到了唐堇薇怀里："你生日快到了，提前把礼物送你了。"

唐堇薇纳闷儿："你摘的？乱摘月季，当心罚款。"

她完全没有多想。冯戚送她送花的记录要追溯到很多年前了。某一年，刚过了变声期的冯戚突然抱着一束蓝色的玫瑰花酷酷地等在她家门口，说了一句"听说你从来没收到过玫瑰花，这也太可怜了，以后你的生日礼物就换成花吧，免得我费心想礼物"，说完把花丢给她，扭头就走，跩得唐堇薇想用花束打他的后脑勺。

后来的若干年里，唐堇薇各种颜色的玫瑰花都收到过了，而冯戚也真的没再送过她其他的生日礼物，她看透了这一切：这是直男狡猾的偷懒行为。

冯戚英俊的脸上浮现出一个恶作剧的笑容："园艺社为了表达感谢送我的。我听说他们改造完了玫瑰园，就帮他们在论坛上宣传一下，现在看来效果不错，整个大学城的情侣都来了。"

说着，冯戚转头看向目瞪口呆的陆越，对他露出了一个恶意满满的笑容。

陆越："……"

啊——又是冯戚这个浑蛋！

唐堇薇听了，赞赏地说道："你总算干了一件好事，这个玫瑰园确实被改造得很漂亮，我觉得可以再扩大宣传，打造出一个网红景点，这对提高我们学校的知名度很有好处。"

冯戚打了个响指，酷酷地说道："爱校狂魔的指令，收到，就交给我吧！走，我带你去看看改造好的玫瑰园。"

"等等，唐唐，你听我说——"陆越再也忍不下去了，他宛如《小美人鱼》里救了王子却被邻国公主顶替了功劳的可怜小美人鱼，急切地要冲上去辩解：这一切明明和冯戚毫无关系，都是他的功劳啊！

然而，冯戚突然高声喊道："陆越也来玫瑰园了！"

周围正在拍照的情侣们集体发出了"哇哦"的声音，一些不常见到陆越的外校情侣，更是兴奋地朝他涌来。

唐堇薇摇头叹气，远远地对陆越挥了挥手："我和冯戚去逛逛，你先忙吧。"

说着，唐堇薇和冯戚朝着精心布置好的紫色玫瑰区域走去，被人群淹没的陆越，流下了小美人鱼的泪水。

他猛然意识到，自己的恋爱道路上最大的劲敌出现了。

他的脑中闪过了一条巨大的加粗弹幕：**天降才是真王道，青梅竹马必须死！**

你喜欢我

陆越的感情生活遭遇了巨大的困难——情敌。

而他的事业也遭遇了巨大的困难——情敌空降团队成了特别顾问。

"为什么啊？"陆越发出了惊天动地的惨叫声，"他可是我的黑粉哎！"

"是你提出想做期插花 vlog 的，这方面我并不擅长，需要一个专业指导，恰好冯戚很擅长插花，他答应我会好好指导你。"唐堇薇微笑着说道。

陆越一脸有苦说不出的神情。

他好不容易跟唐堇薇解释清楚了是他斥资把玫瑰园改造现在的样子，唐堇薇闻言夸奖他终于有了点儿爱校意识。

陆越被夸得美滋滋，他的恋爱小脑瓜再次运转了起来，他想起唐堇薇的生日就要到了。

这可是个重要的日子，如果能在唐堇薇的生日当天，在这个他倾力打造的恋爱圣地中，送上一捧自己亲手做的美丽插花，这一定可以提高表白成功率吧！

于是乎，陆越主动提出了要学插花。

但是，他不知道他的情敌会成为他的临时老师啊！

陆越满脸不信任地看向冯戚，冯戚高冷的脸上浮现出一个傲慢的笑容，他对陆越说道："虽然我们以前有一些芥蒂，但是看在堇薇的面子上，我会好好'指导'你的——希望你能在我那只蠢货八哥学会插花前，成功掌握基础的插花技法。这个要求不过分吧？"

似乎是应和冯戚的话，他养的那只八哥停在他的肩上，冷嘲热讽地叫了起来："蠢货，蠢货。"

这鸟怎么还会骂人呢？

陆越恶狠狠地瞪着冯戚和他的八哥，冯戚回给他一个嘲讽的眼神。

这一瞬间，情敌的目光在对视中火花四射。

陆越：这是宣战。

冯戚：没错，这就是宣战。

陆越恍悟了，他必须面对自己追爱道路上有这么一个讨人嫌情敌的现实。既然如此，那就只能来一场男人之间的战斗了！

想通了的陆越率先对冯戚伸出手，冯戚狐疑地看着他，怀疑他在打什么鬼主意。

陆越对他灿烂一笑："不握个手吗？"

唐堇薇立刻瞥了冯戚一眼，冯戚这才傲慢地开了腔："既然你都这么要求了，那我也不好不给你面子。"

说着，冯戚慢吞吞地伸出手，从神情到语气都充满了施舍之意，一副纡尊降贵的派头。

陆越才不理会他的矫情，立刻握住了他的手，用上了十成十的力道。

冯戚的脸色顿时变了，他恍悟这是情敌的下马威，当即不甘示弱地也拿出了十足的力气，两人捏着对方的手用力再用力，简直像是在超市偷捏袋装方便面，突出一个隐蔽和使劲。

陆越屏气使劲，冯戚咬紧牙关，谁都不肯先撒手。

半分钟过去了，唐堇薇狐疑地看着他俩交握的手："你们有必要握这么久吗？"

两人这才猛地撒手，假装无事发生。

一场没有硝烟的战争即将打响。

第一回合下马威握手结束，随着唐堇薇离开这间作为临时会议室的空教室，第二回合互撂狠话立刻开幕。

陆越和冯戚不约而同地卸下了脸上的假笑，面无表情地凝视着彼此。

陆越：冯戚性格高傲，看谁都一副看不起人的鬼样子，唐堇薇一定是看在认识多年的分上才忍了他，绝对不会看上他的。

冯戚：这只哈士奇长得勉强凑合，但是脑子不太行，唐堇薇一定不会看上他这种男花瓶的。但是我有必要宣誓一下"主权"。

于是，冯戚率先开口了。他矜傲地对陆越说道："你恐怕并不清楚我和堇薇是什么样的交情。我们同年同月同日生在同一个产房里，还没出生的时候就认识了……"

陆越用古怪的眼神看着他："你们是双胞胎？"

要真是这种有情人终成兄妹的剧本，陆越现在就高高兴兴地喊他一声"大舅子"。

冯戚顿时脸绿了："你在胡说些什么？！我们的母亲是好朋友！"

"哦——"这下用嘲讽的眼神看着情敌的人变成了陆越，他无师自通地阴阳怪气起来，"就这，就这？"

高冷酷哥·校园男神·冯戚深呼吸：冷静，冷静，一定不要被这只哈士奇激怒他会把他的智商拉到自己的水平，然后用丰富的沙雕经验打败陆越，他要维持体面！

"你认识堇薇不过两个多月，而我却认识了她二十年。我了解她的一切，她的性格她的喜好，她的家庭，她的梦想，我是最适合她的人。"冯戚一脸高冷地说道。

陆越幽幽地看着他："你一定不看校园恋爱漫画。"

冯戚：？

陆越："你这种青梅竹马二十年不敢表白的男配，在恋爱漫画里总是第一个出局的。"

冯戚：！

陆越的语气里充满了夸张的怜悯，他奚落起了情敌："你就没想过吗？你们俩要是真的能擦出火花，前二十年都干吗去了？光在那儿年年生日送玫瑰，连句'我爱你'都不敢说，你这是死要面子就不表白的傲娇吗？还是你怕唐堇薇知道了从此和你保持距离呢？"

冯戚："……"

恋爱脑达人陆越用他天才般的恋爱逻辑套路起了冯戚："这位青梅竹马了二十年后仍然没敢表白的冯同学，要不我行行好帮你个忙，我现在就把唐堇薇叫回来，告诉她你暗恋她很多年。要是你们能有情人终成眷属，我现在就挖个坑把自己埋了。"

冯戚瞳孔地震，这一刻的他竟然感觉到了被公开处刑的羞耻和恐惧。

他的脑中立刻有了画面，陆越恶意地在唐堇薇面前捅破了这份长达数年的暗恋之情，而他全无准备地站在唐堇薇面前，眼看着她的表情从震惊到茫然，从茫然到抱歉，最后来了一句："对不起，我从来没想过你对我是这种想法。为了不给你无谓的希望，我们还是少联系吧。"

而他，一个自诩既有品位又有格调从来都是傲慢地拒绝别人表白的人生赢家，在这一刻，成了一只败犬。

这绝对、绝对、绝对不可以！

"你等等！"冯戚拦住了陆越。

陆越露出了胜利的笑容。他已经看穿冯戚了，这人在感情上十分要脸，过分矜持，拉不下身段去主动示好，就连送玫瑰花都要打着生日礼物的名义，好像被唐堇薇发现就是他输了。

这种人俗称傲娇。

以陆越从恋爱漫画中学到的经验，这种死傲娇就算是杀了他也不会主动表白，更不可能追到妹子。

冯戚抬起脸，一张冷酷帅哥的脸上浮现出了杀气，他以己度人地威胁道："如果你敢把这件事说出去，我就把你打造恋爱圣地的不良用心告诉唐堇薇，你根本不是为了学校，你只是想跟唐堇薇表白。"

这下，傻眼的人轮到陆越了！

冯戚露出了胜券在握的微笑，他不在乎再等下去，但是一定要把陆越拦下来，不惜一切代价，决不能让陆越揭穿他喜欢唐堇薇！

冯戚乘胜追击："怎么？怕了？我就知道你也……"

"谢谢你啊！"陆越突然激动起来，热情洋溢地握住冯戚的手，"你这是要给我送助攻吗？哎呀，大家是情敌，这多不好意思啊！亏我还误会你是个装腔作势成性、阴险狡诈、小肚鸡肠的坏胚，可你竟然要帮我表白，谢谢啊大兄弟！"

冯戚傻眼了。

陆越笑容越发耀眼，眼神里充满了能够打击到情敌的自信："你怕被唐堇薇发现，我可不怕呀。就算这次表白没成功，我还可以继续追她，我们可是有着共同目标，未来会继续合作的，总有一天我会打动她的。至于你……嘿。"

教室的门突然被推开了，去而复返的唐堇薇疑惑地问道："你们怎么还在这里？"

陆越转过头，对她灿烂地一笑，一瞬间空气里仿佛充满了动画特效里才有的小花花和粉红泡泡："我在和你的青梅竹马谈论严肃的感情问题。"

唐堇薇越发觉得奇怪了，还有一丝丝好奇："什么感情问题？"

陆越对她抛了个眨眼："两性恋爱话题。唐唐你不知道吧，你的青梅竹马原来一直暗恋……"

这一生死时刻，即将暴露暗恋还得目送情敌在追爱事业上高歌猛进的冯戚，做出了一个生死攸关的选择：他要不惜一切代价，阻止陆越捅破他隐秘的感情并打断陆越的表白。

冯戚爆发出人生中巅峰的手速，他一把捂住了陆越的嘴，面无表情对好奇的唐堇薇说道："是的，我暗恋陆越。"

唐堇薇：？？？

陆越：！！！

在唐堇薇震惊的眼神中，冯戚黑着脸，咬着牙，一字一顿地说出了诛心之言："我对他因爱生恨，所以才成了他的黑粉。"

在唐堇薇恍然大悟并若有所思的表情中，陆越惊恐地挣扎起来，他一把扯开了冯戚的手："你别听他胡说！"

冯戚再一次捂住了他的嘴："陆越听说后受了一些刺激，他说他绝对不会喜欢男人，他其实喜欢你。一定是我的表白给了他太大的压力，他想证明自己是个直男，你懂的。"

陆越再一次从冯戚的魔爪中发出了声音，他对唐堇薇叫道："唐唐，我本来就喜欢你啊！"

冯戚忍着恶心，深情款款地对他说道："你不必这样自证性取向。"

唐堇薇怜悯地看着陆越，温柔地宽慰道："你不用怕，就算你不喜欢我，冯戚也不会对你怎么样的，我会和他好好谈谈这件事，让他不要对你的生活造成困扰。"

说着，唐堇薇严词要求冯戚放开陆越，她要和他单独聊聊。

冯戚从容地松开手臂，在唐堇薇看不见的角度，对陆越露出了一个"同归于尽"式的冷酷笑容：要死一起死，现在谁都别想表白了！

陆越呐喊道："唐唐，你听我解释啊！根本不是这么一回事，冯戚他根本是利用我啊！他是为了不让我向你表白才这么说的啊！"

唐堇薇将信将疑地看着冯戚。

冯戚一脸傲慢地反问道："我会拿自己的名誉开这种玩笑吗？"

陆越竟然无从反驳，因为这根本不是正常人干得出来的事！

唐堇薇秀美的脸上流露出恍然，她顿悟了："原来如此，怪不得你对陆越黑得这么执着，也怪不得那么多女孩子倒追你，你却看都不看一眼，还经常问我陆越的近况。以前是我的思维太狭隘了，竟然从来没往这个方向想过，但是现在一回想，这一切原来早有征兆，我完全明白了。"

她懊恼极了，为什么她没有早一点儿发现呢？她在感情方面真的这么迟钝吗？

欲言又止的冯戚："……"

心态崩了的陆越："啊——"

唐堇薇郑重地对陆越承诺道："你尽管放心，我会管好冯戚，不让他骚扰你的。"说着，她拽走了冯戚。

陆越扑通一声跪倒在地，沉沉的雷云压在他的头顶，一会儿风吹一会儿暴雨，他泪流满面：这一招杀敌一千自损八百的不要脸招式，太狠毒了。

这个死傲娇情敌打出了一招他从未见过的骚操作！

"我从没见过如此不要脸的操作。"陆越简直要窒息了，他抓走了他的小助理夏姝宁诉苦，"唐堇薇已经完全相信了她那个不靠谱的青梅竹马的鬼话，现在她根本不相信这件事的起因是我想跟她表白！"

夏姝宁也要窒息了。

她原本满心欢喜地来赴偶像的约，以为陆越是要对她敞开心扉，谈谈自己的人生、理想、事业、未来这些让妈妈粉感到愉快的话题。

她万万没有想到，陆越张口就是一句："我恋爱了。"

夏姝宁，一位小小年纪已经变成了妈妈粉，为了接近偶像假装自己是个贫穷少女的真白富美，在这一刻差点儿当场晕厥。

她满脑子就只剩下一句话：二越，你还小，妈妈不许你谈恋爱！

等她得知陆越喜欢的人是唐堇薇，她再一次感到头晕目眩，上一次她如此崩溃还要追溯到三年前她发现和她网恋的作家前男友是陆越的黑粉。

可陆越完全不知她此时的心情，他以祥林嫂的语气，喋喋不休地对夏姝宁诉说着冯戚的所作所为，并向她征求意见："姝宁，现在我只能靠你了。你是唐唐的室友，请你帮我跟她解释清楚事情的真相！否则我永远也追不到她了！"

"好的，交给我吧。"夏姝宁咽下了满肚子的吐槽，对着偶像露出了一个可靠的笑容。

陆越如释重负，欣喜地感谢了她，赶紧埋单离开了咖啡馆，他要重新振作，随时准备迎接冯戚的垂死挣扎。

坐在椅子上的夏姝宁默默抱住了自己的脑袋，在桌子上用力磕了起来，一边磕一边杀气腾腾地念叨："妈妈一定会拆散你们的！！！"

唐堇薇回到寝室的时候，已经快到熄灯时间了。

今天一整天发生了太多意想不到的事情，她感到身心俱疲，不得不喝了两杯奶茶压压惊。

和冯戚的谈话进行得还不太顺利，她迫切想知道自己的青梅竹马是如何对陆越有了奇怪的想法，还因为爱而不得因爱生恨变成了一个黑粉头子。但是冯戚对自己的感情问题欲言又止，一旦她想深入地讨论这个问题，他就祭出沉默大法，这让唐堇薇无从下手。

幸好冯戚最后对她保证，他会尊重陆越的想法，绝对不会骚扰陆越。

谈话结束前，冯戚还为自己造成她困扰道了歉，他坚定地认为是因为自己对陆越突然表白，导致陆越病急乱投医地谎称自己喜欢她，并试图破坏她和冯戚的友好关系。

冯戚一本正经地说道："陆越恐同。他为了强调自己是直男，一定会做出一些过激的举动，包括且不限于追求你，对我人身攻击，污蔑我们之间纯洁的友情……你要有心理准备。"

唐堇薇深深地叹了口气，看着陆越发来的一连串信息，感到头痛不已。

这队伍太难带了。

等到她回到寝室，刚一开门，她就看到趴在书桌上看课本睡着了的夏姝宁尖叫着"我不同意"从睡梦中醒来，还因为动作幅度太大，把座椅掀翻了。

唐堇薇柔声问道："你没事吧？是做噩梦了吗？"

夏姝宁猛然转过脸，泫然欲泣地看着她，仿佛她就是她的噩梦源头。

"我梦到我老了，变成了一个可爱的小老太太。有一天，我活泼可爱英俊潇洒但是一直不肯结婚的儿子陆越，突然带着你回家。"夏姝宁的眼眶中蓄满了泪水，"他说你是他的……"

唐堇薇从"不肯结婚"的前提条件里推导出了剧情："结婚对象？"

夏姝宁惊恐地看着唐堇薇，这一瞬间她不得不怀疑唐堇薇对陆越也有好感，否则为什么会猜得那么准呢？

不行，她不能让唐堇薇往这个方向想。

夏姝宁打定了主意，她目光幽幽地看着唐堇薇，胡扯道："他说，你是他的主人。"

一个问号从唐堇薇的头顶冒了出来。

她的脑中有画面了：她手里牵着陆越，陆越的头上有一对毛茸茸的狗耳朵，还在使劲摇尾巴。

夏姝宁开始扭曲自己的噩梦："我的儿子陆越是一条哈士奇，所以你们是不可能结婚的，他是你的狗，请你摆正主人的态度，好好训导他。"

更多的问号成群结队地从唐堇薇的头顶冒了出来。

"你为什么会做这种奇怪的梦？"唐堇薇不禁问道。

"当然是因为陆越找我吐槽……"夏姝宁下意识地说着，突然惊觉失言，她不小心说出来了！

唐堇薇了然："哦，他告诉你冯戚的事情了。你有什么看法吗？"

夏姝宁的脸色变了又变，似乎想要解释什么，又突然苍白了脸欲言又止，最后下定了决心，毅然开口道："我认为，冯戚暗恋陆越的事情是早有预兆的！"

唐堇薇："……"

原来夏姝宁早就发现了，所以只有她一无所知吗？她真是这么迟钝的人吗？唐堇薇不禁对自己的情商产生了怀疑，她讷讷地摸着自己的心口，愁眉苦脸地反省起了自己：她是不是应该多关心一点儿身边的朋友？

她又发现，夏姝宁偷偷看了一眼笔记本上的小抄，继续对她说道："因爱生恨，和黑到深处自然粉是一个辩证统一的哲学状态。所以，虽然冯戚是陆越的黑粉，但是黑着黑着产生了感情也是情理之中，这不是冯戚的错，是因为该死的爱情！当务之急，是我们要让两人树立正确的感情观，陆越恐同是不对的，冯戚因爱生恨变得扭曲也是不对的，我们应该帮助他们成为好朋友。"

唐堇薇盯着夏姝宁，怀疑地说道："你今天有点儿奇怪。我以为你这个陆越的粉丝会痛斥冯戚勾引你的偶像，没想到你还帮冯戚说话。"

夏姝宁噎住了。

唐堇薇思忖起来。夏姝宁一定不知道冯戚经营着陆越的黑粉群，否则以她的性格，绝对不会为冯戚说好话。所以到底是什么原因，让夏姝宁主动为冯戚辩解，还提出要帮助他呢？这不符合夏姝宁的性格和行事动机。

"因为，我暗恋冯戚！"夏姝宁突然大声说道。

"……"唐堇薇愣住了。

刹那间，一幅复杂的人物关系图从她脑中冒了出来：夏姝宁暗恋冯戚，冯戚暗恋陆越，同时，夏姝宁还是陆越的粉丝。而陆越为了逃避冯戚的暗恋，假装自己喜欢唐董薇，而唐董薇是冯戚的青梅竹马……不知道为什么，蔺君书的名字突然顽固地冒了出来，没头没脑地往夏姝宁的名字靠了过去……

这一刻，问号已经不满足于从她头顶冒出来了，而是疯狂地在她的世界里刷屏，顷刻间占领了人物关系图。她被问号淹没，不知所措！

可怕的沉默中，唐董薇有种时光倒转回到了冯戚对陆越表白之时的错觉：又来了，这种完全意想不到的暗恋关系。这一次，她是真的迷惑了，难道她在感情问题上真的毫无情商，竟然看不出团队里有这样一组复杂的三角恋关系？

但这倒是可以解释为什么夏姝宁如此关心冯戚暗恋陆越的事情，因为她喜欢冯戚啊，唐董薇心想。

太复杂了，真的太复杂了，要不是夏姝宁在场，她不想暴露自己这么少女的爱好，她都想破例再给自己来一杯奶茶压压惊了。

而夏姝宁心中无声地泪流成河：她的名誉啊，为了阻止偶像谈恋爱，她真的付出了太多！

感情受挫，但是生活还是要继续。陆越颇有一种越挫越勇的感觉，因为今天是唐董薇的生日，还是插花 vlog 拍摄的日子，他一定要抓住机会，澄清他的死傲娇情敌恶意制造的误会，成功对唐董薇表白。

但是，这显然并不容易。

陆越忧郁地站在他的伤心地玫瑰园前，苦苦思索应该如何行动。

放眼望去，王朝、马汉两名保镖正在搬运拍摄需要用到的道具器材，夏姝宁和蔺君书正在窃窃私语地交流着什么，而他那个已经疯了的情敌正靠在月季花墙边，满脸不符合傲娇人设的温柔笑容，对唐董薇介绍着插花的常见技法。唐董薇端庄文雅地笑着，时不时点点头，听得十分认真。

碍眼，十分碍眼。

陆越冷哼一声，大步流星地走上前去，用挤在冯戚和唐董薇中间的办法，强势插入话题。

唐董薇只是看了一下手机的工夫，站在她眼前的人已经从冯戚变成了陆越，她正要问陆越有什么事，陆越转过身对被他挤开的冯戚说道："要拍插花 vlog 的人不是唐董薇，而是我，麻烦你教教我插花的基础知识吧。"

冯戚一脸冷漠地看着陆越，这是打压吗？还是陆越另类的挑衅方式？

但不管是什么，他都接招了。

"以你的头脑，我不觉得你能很快掌握插花技巧……"冯戚下意识地开始奚落情敌傲慢的话刚一出口，他对上了唐董薇疑惑的眼神，惊觉自己的"暗恋"被发现了，即补救，"所以我会更认真地教导你，毕竟我的心里只有你。"

陆越：他是怎么面不改色地说出这么恶心的话来的？！

唐堇薇也是一脸微妙，不知不觉间她的心态发生了一点儿变化，她试图以吃瓜群众的旁观者视角来看待发生在她眼前的"狗血单恋故事"，但是又摆脱不了那种别扭感。

她就是觉得有点儿不爽，这种不爽是隐秘的，她找不出缘由，也无法驱散，只能任凭这种阻碍她理性思考的情绪在她的心中游来游去，让她浑身不对劲。

陆越一脸嫌弃地瞪着冯戚，冯戚摆着最酷的脸，说着最骚的话："亲爱的，我来教授你插花的艺术。"

陆越刚想说"你滚一边去"，唐堇薇却说道："也好，那你好好教陆越，我在旁边看着。你要对陆越礼貌一点儿。"

冯戚幽幽地看着陆越，要不是唐堇薇在这儿，他还真想来一通阴阳怪气的冷嘲热讽。陆越也是一样，他甚至想揍冯戚，此时此刻他宁可情敌是茶艺大师郑太，那也好过这个疯起来杀敌一千自损八百的装gay神经病啊！

当关系复杂的三人坐在同一张桌子前的时候，可想而知，画面已经不能只用精彩来形容了。

桌面上放着拍摄要用的十几种花材，冯戚拿起一株狗尾巴草，用他一贯高冷的语气说道："如果用花来比喻人，我觉得堇薇是含苞欲放的红玫瑰，而陆越……你是狗尾巴草，生命力顽强，怎么踩也踩不死。"

唐堇薇：？

陆越冷笑一声，从口袋里掏出了一个草编的小玩意儿："狗尾巴草有什么不好的，看到这个了吗？这是我们去野外拍摄视频的时候，唐唐给我编的小兔子，就是用狗尾巴草编的呢。"

唐堇薇窘迫地红了脸，幽怨地瞪着陆越："你怎么还留着？"

陆越扬扬得意起来："我说过了，你送我的东西我要永远留着。关键时刻还能拿出来炫耀一下。"

冯戚瞥了一眼那只草编的四不像兔子，对陆越的冷脸在面对唐堇薇时化为了满面春风："这个东西小时候你也总是编了送给我，我家里现在还有一盒子。"

唐堇薇的表情逐渐冷漠："两位先生，我知道我编东西的手艺很烂，请你们停止这种迫害嘲讽我的行为。"

冯戚：我不是我没有，都是陆越的错！

陆越：我不是我没有，都是冯戚的错！

两人恶狠狠地对望了一眼，第一轮战斗，平手。

冯戚开始讲解新手插花的要点，重点介绍了同色系鲜花的搭配，以及几种新手也能插得很漂亮的式样。冯戚此人，只要不发疯，就是一个完美的高冷贵公子，性格还不好接近，但是在女生中很有人气。

幸亏是个死傲娇，陆越心想，他从包里拿出两瓶酸奶，一瓶递给唐堇薇："喏，给你。"

自从上次唐堇薇帮畜牧系的学长搞定了论文之后，学长就慷慨地把自己在有机牧场搬砖所得的那份酸奶送给了陆越，陆越每天美滋滋地品尝着这种内部特供超级难买的限定酸奶，还不忘"克扣"自己的口粮投喂给唐堇薇。看到唐堇薇捧着酸奶喝的时候，他甚至觉得这比自己喝到美味的酸奶更有意义。

唐堇薇对陆越微微一笑，接过酸奶正要喝，只听冯戚突然说道："堇薇，有个好消息要告诉你。"

唐堇薇抬头看着他："嗯？"

冯戚暗暗瞥了陆越一眼，对唐堇薇说道："我听说美食社最近开发出了几种新品种的酸奶，我特地去试吃了一下，味道特别棒，晚上我每种带一份给你吧？不用跟我客气，只是美食社给得太多了，我喝不完。"

陆越心中咯噔了一下。糟糕，这招假装不经意地"投其所好"太阴险了！

唐堇薇迟疑了一下，犹犹豫豫地看了陆越一眼："你不送给陆越吗？"

冯戚和陆越的脸瞬间都绿了。

冯戚：我死也不会送给情敌的。

陆越：我死也不会吃情敌送的东西的。

冯戚挤出一个礼貌的笑容，故作大方地说道："比起陆越，当然是你比较重要啦，我可不能'见色忘友'嘛。"

在这情敌交锋的关键时刻，陆越突然顿悟了：他不能任由冯戚这样讨好唐堇薇，他要不惜一切代价地截和，就像冯戚阻止他向唐堇薇表白一样！

于是，陆越斩钉截铁地说道："我要喝。"

冯戚愣住了。

陆越扯出了一个狰狞的笑容："你不是喜欢我吗？拿出一点儿诚意来啊。酸奶送我，你还应该早上给我带早餐，上课帮我做笔记，考前帮我复习课本，空余时间陪我聊天打游戏，这都做不到的话，你的喜欢也太肤浅了。"

冯戚震惊地看着黑化的陆越，又看向罕见地露出了蒙圈表情的唐堇薇，一时间竟然不知道该怎么回答。

唐堇薇也是一样震惊。她原本以为冯戚这段扭曲又禁断的恋情很快会在两人的相处中消失殆尽，但她万万没想到，现在陆越竟然出现了要接受冯戚的苗头。

她以为是两个直男的人 gay 到一块儿去了，她要怎么对冯戚的母亲和陆越的父亲交代啊？

就在她迷茫之时，王朝来报告之前准备的拍摄道具出了点儿问题，需要她去协调一下。唐堇薇竟然感觉松了口气，她暂时丢开这凝滞的气氛，出去处理突发状况了。临走前还嘱咐两人要好好相处。

　　坐在桌边的冯戚和陆越不约而同地发出了一声冷哼，看都不想看对方一眼，但是嘴炮还是不能停的。

　　"我劝你还是早点儿死心吧。堇薇是什么样的人，我很清楚，她从小到大都只喜欢聪明人，和蠢货没有共同话题。她会关照你，帮助你，不过是因为责任使然罢了，你大可不必自我感觉如此良好。"冯戚一脸冷傲地说道，充分显摆着青梅竹马的优越感。

　　"某些人才应该赶紧摆正自己的位置。青梅竹马会输给天降是铁律，你们俩刚一出生就认识，在她眼里你是她异父异母的亲兄弟，早就不可能擦出爱情的火花了。你自己心里肯定清楚，要不然何必宁可装 gay 迫害情敌也不敢表白呢？"陆越反唇相讥，每一句都直戳情敌的痛处。

　　冯戚被迎头痛击，十分扎心。陆越见他被气得说不出话来，这感觉仿佛大夏天开了一瓶冰可乐一样舒畅。

　　"哎，我去一下洗手间。某位要追求我的装 gay 直男请不要跟踪我到洗手间，对这种变态行为，我会报警的哦。"说完，陆越哼着胜利的小曲离开了房间。

　　嘲完就跑，有被爽到！

　　陆越并不是真的要去洗手间，他是要甩开冯戚去找唐堇薇。

　　在恋爱这个问题上，陆越很有一些小聪明，他称之为"恋爱的智慧"。在他发现他的情敌想尽办法不让他单独和唐堇薇解释清楚误会之后，他就偏要想尽办法抓住时机。

　　这一次，他逮到了好机会。

　　刚刚处理完了拍摄准备问题的唐堇薇正要回到这间临时教室，经过玫瑰园月季花墙的时候，她被陆越拦住了。

　　不远处的夏姝宁心脏狂跳：危险！必须马上告诉冯戚！

　　陆越对粉丝的叛变一无所知，他正沉浸在解释误会并表白的激动之中。

　　"我有一个特别严肃也特别重要的请求，请你给我五分钟的时间，让我把一个重大误会解释清楚，好吗？"陆越真诚地看着唐堇薇，那双漂亮的桃花眼里涌动着前所未有的认真，还有几分让人无法拒绝的恳求。

　　唐堇薇时常觉得陆越求人的时候像一只可怜巴巴的小狗，此时此刻这种感觉越发强烈了。

　　一定是关于冯戚的事情，唐堇薇心想。

　　这不是一个让她愉快的话题，虽然她一直掩饰得很好，也把自己的情绪控制得很好，但是骤然发现多年好友竟然是 gay，还暗恋陆越，她的心情十分复杂。这种难以描慕的复杂情绪，在陆越表现出愿意接受冯戚的追求之后达到了新高峰。

要是有魔法就好了，唯物主义者唐堇薇在这一刻放弃了她的原则，她想给两人一人一个"一忘皆空"，好让一切回到过去的正常状态里。而不是现在这样，她明明浑身不自在，却还得保持冷静地处理问题。

"唐唐？五分钟不可以的话，三分钟，就给我三分钟。"陆越把她的迟疑误以为是婉拒，再次恳求道。

听他说吧，唐堇薇心想，总要给他一个机会。也许，陆越会给她带来意想不到的惊喜呢？

怀着这种隐秘的期待，她轻轻点了点头，神情竟有些许的娇羞。

陆越松了一口气，开心地笑了起来："其实事情的起因来自你的盲点，你从来没想过冯戚他……"

一声尖锐的口哨声响起，陆越和唐堇薇一起转头看去，一只八哥扑棱着翅膀落在了月季花墙上，对着两人叫道："我喜欢你！"

陆越傻眼地看着八哥："这里为什么会有冯戚的八哥？"

冯戚不紧不慢地朝这里走来，又吹了一声口哨，八哥欢蹦乱跳地回到了他的手上。

冯戚对目瞪口呆的陆越冷冷一笑："你想说什么？我也很感兴趣。"

八哥丝毫不知道陆越此时的崩溃，正憨憨地复读着"我喜欢你"，那副机灵又狡猾的样子，引得唐堇薇起了逗弄它的心思。

这一刻、陆越的心情宛如好不容易逃出变态杀人狂陷阱正要去报警，却发现又被变态杀人狂堵在了家门口。

冯戚来到陆越面前。陆越后退了半步，警觉地看着他。

冯戚的眼神里写满了嫌弃，但是声音却深情款款，做到了一个精分的基本修养："只是几分钟没有看到你，我就觉得生命里好像少了点儿什么，忍不住到处找你……"

"闭嘴啊！你以为我不知道你脑子里在想什么吗？"陆越气愤地叫道。

"你当然知道，这已经尽人皆知。你看我的八哥，都明白我的心意了。"说着，冯戚的手指在八哥的嘴上轻轻一碰。

八哥继续当复读机："我喜欢你！"

陆越感到窒息，每当他想给唐堇薇解释，冯戚总有骚操作来破坏他的行动。

而唐堇薇……

陆越看向唐堇薇，全程不忍直视的她挤出了一个尴尬而不失礼貌的笑容，小声对冯戚说道："你答应过我不骚扰陆越的。"

冯戚一脸凝重，他咬牙切齿地说道："实在抱歉，我……我情难自禁。"

唐堇薇被惊到了，她是那么了解冯戚，知道她的小伙伴是一个多么内敛的人，现在竟然对陆越直抒胸臆，这……这难道就是真正的爱情吗？她不禁陷入了迷茫之中。

陆越再也忍不住了，一把拖走了冯戚："你住口，再说下去我要吐了！"

冯戚压低了声音警告道："只要你乖乖闭嘴，我当然也会闭嘴。"

陆越简直泪洒玫瑰园，一个不要脸面不要名誉的情敌也太难对付了。

看来他一个人是搞不定这件事了，他需要小伙伴的帮助，至少得有人帮他支开冯戚，陆越忧郁地心想，把目光投向了不远处鬼鬼祟祟的夏姝宁。

通风报信的夏姝宁被偶像一瞪，突然心虚。

陆越觉得自己有必要问一问他的小助理，说好的帮他澄清真相呢？为什么唐堇薇一点儿都没有相信？

夏姝宁颤巍巍地对他解释了一番，保证她会继续努力，陆越这才勉强点了点头。

"那你加油，我也努力努力。"陆越说着，潇洒地对夏姝宁挥了挥手离开了。

走出没多远，他忽然想起他还没告诉夏姝宁他手捧DIY（自己动手做）插花的表白计划，立刻回头去找她。然而这一回头，他听到了一些意想不到的内容。

"陆越没有怀疑你给我通风报信吧？"这是冯戚的声音。

"没有，二越不是那么敏锐的人。"这是夏姝宁的声音。

通风报信？啊？夏姝宁怎么会给冯戚通风报信？陆越被残酷的现实一顿暴击，打得头晕目眩眼前一黑，他难以置信地贴在墙角边，耳朵竖了起来。

冯戚似乎很满意，两人讨论起了如何进一步破坏陆越的表白计划，颇有一种反派密谋的气氛。

夏姝宁叹气道："为了反对陆越谈恋爱，我们必须进一步合作，组建一个'反对陆越恋爱小组'。"

冯戚："我同意。"

夏姝宁："光靠我们两个人还不够，把蔺君书也拉进来吧，多一个人多一份力量。"

冯戚："行，我现在就去找他谈谈这件事，他应该会同意的。正好，我还有点儿事要跟他说。"

冯戚离开了，已经震惊到怒火中烧的陆越蹑手蹑脚地跟了上去。他倒要听听看，冯戚要怎么把他的室友兼队友也拐到反对他的阵营里！

绝对不可能的，陆越咬牙切齿地心想，不可能每个人都会出卖他，他不可能这么失败！

然后他裂开了。

不远处的楼梯间里，冯戚和蔺君书热烈地讨论着他。

"回寝室之后就麻烦你继续盯着陆越了，随时保持联系。"冯戚对蔺君书说道。

蔺君书叹了口气，声音在空旷的楼梯间里有些迷茫："说真的，我觉得我们这样不太地道……"

冯戚冷笑了一声："怎么，你还同情起了陆越？老蔺啊，你可是我们黑粉群的核心成员，可不要'叛变革命'哦。"

蔺君书沉默了一会儿，突然问道："我可以问个问题吗？你当初是为什么要组建这个黑粉群？"

冯戚敷衍道："谁知道呢，也许是因为我未卜先知地知道我俩会成为情敌吧。不过早知如此，当年黑他的时候就应该更用力一点儿。"

陆越再一次震惊了，他知道自己一直以来有一个藏匿在湘南农大中的黑粉组织，但他不知道冯戚是其中一员，特别是冯戚，他竟然还是组建者！

气愤，震惊，难以相信！

那还等什么，冲上去揍他啊！

怒火中烧的陆越摩拳擦掌地就要冲出去和黑粉头子来个物理对决，没想到有个人快了他一步。

突然想起还有事情没有说清楚，跟着冯戚来找人的夏姝宁，意外地听到了这个令她惊恐的内幕消息，她再也忍不住了。

"冯戚！蔺君书！"她气得眼眶都红了，尖声叫道，"原来你们两个早就是一伙的了！"

大一刚进学校不久，夏姝宁就听说了学校内有一个陆越的黑粉群，本着要捍卫偶像的念头，她费尽心思加入到了群中，想要弄清楚到底是哪些人在黑她的偶像，却很快被发现踢出去了。两年多来，夏姝宁每每看到这个黑粉组织暗中搞事，就气得牙痒痒，不知道多少次和小姐妹们抱怨，如果让她知道这群黑粉都是谁，她一定要买几个"越南杀手"来给他们一点儿教训。

她万万没想到，这个黑粉组织的头领和核心成员，就是她的同班同学。而他们几分钟前才结成了"反对陆越恋爱小组"。

她到底干了一件什么样的蠢事啊！夏姝宁简直要哭出来了。

她眼泪汪汪地瞪着两人，又气又急，还羞恼得不行，眨眼便真的哭了起来："我恨死你们了！！！"

她丢下这句尖锐的控诉，哭着跑开了。

"姝宁！"

"你等等，先别走！"

冯戚和蔺君书顿时慌了，赶紧要去拦下她，不料，一个意想不到的人出现在两人身后，对他们露出了一个狰狞的笑容。

被打击得千疮百孔的陆越怒极反笑，他揉着手腕，双手握拳像是要打拳击似的做起了准备动作："两位黑粉先生，先别忙着去追人啊，你们是不是有什么重要的事情要对我解释解释？比如那个黑粉群？"

蔺君书倒吸一口凉气，冯戚高冷的表情也瞬间崩坏了。

陆越全都听见了？

不等两人开口，陆越已经送了他们一人一拳，他咬牙切齿地说道："解释的事情就缓缓吧，我现在只想干架，来吧！"

午后，窗外响起了闷闷的雷鸣声，快要下雨了。

现场准备就绪，拍摄时间已经到了，但是陆越、冯戚、蔺君书、夏姝宁四人集体失踪。

唐堇薇坐在拍摄场地里，桌上放着一篮陆越练习插花的作品，主色系是鲜艳的红色，以玫瑰花、香雪兰、郁金香为主，修成了一个漂亮的圆弧形。她俏丽的脸上挂着一个冷冰冰的危险笑容，双手抱在胸前，脚尖一下一下地叩着地面。

这活脱脱就是要去揍人的表情，站在她身后的王朝、马汉冷汗都下来了。

"我再去打个电话催一催。"王朝主动提议道。

唐堇薇挂起一个礼节性的微笑："不用了，我去找他们，希望他们能给我一个说得过去的理由。"

放她鸽子这种事情，可不是说算了就算了的。

唐堇薇俏脸含霜地走出了拍摄现场，朝着附近的教室找过去。

她倒要看看，他们几人是在搞什么玩意儿。

走廊前方传来伤心的哭声，夏姝宁一边抹眼泪一边朝前跑，差点儿一头撞在了唐堇薇身上。

唐堇薇愣了愣："你怎么了？"

夏姝宁脸上挂满了泪痕，呜呜咽咽地看着她，突然号啕大哭了起来："我恨死冯戚了！！！"

丢下这没头没脑的一句话，她再次哭着跑了。

唐堇薇茫然地站在原地，她是和冯戚吵架了吗？年轻人的爱恨感情变化竟然如此极端，昨天还暗恋冯戚，今天就恨死他了……不过，到底发生了什么？

怀着这样的困惑，唐堇薇继续朝前走去，终于，在楼梯间里见到了扭打成一团的两人。陆越和冯戚对掐，你一拳我一脚活像小学生对殴，蔺君书早已被踹到了一边尿尿地喊着"别打了别打了"。

"住手，你们在搞什么鬼？"唐堇薇立刻叫停。

正把冯戚按在地上揍的陆越猛然回过头，见到是唐堇薇，突然更生气了，照着冯戚的脸来了一下狠的。冯戚也不甘示弱，找准机会把他掀了出去，趁机反客为主。

唐堇薇忍无可忍了，拿出当年教训大学城内小混混的战斗力，一手一个地把两人揪到了一边，面带杀意凛然的微笑："两位幼儿园先生，现在可以冷静下来对我解释一下为什么打架吗？"

陆越气愤地叫道："你问问这个黑粉头子都干了什么啊！"

唐堇薇怔松了一下，没想到陆越发现了冯戚的真实身份，她立刻看向冯戚。

冯戚的眼角还有一块刚添上去的淤青，他第一次对唐堇薇冷下脸："这件事与你无关，让我和陆越自己解决。"

"怎么和她无关了？"在一连串的打击之后，陆越爆发了，"所有的事情，从头到尾就只和她有关系！"

他当真那么在乎冯戚组建黑粉群黑他的事情？不，他不在乎，他在乎的是唐堇薇，从头到尾就只在乎她而已。

他用力挣脱了唐堇薇的手，一把将她按在墙边，刚刚经历了一场激烈搏斗的他脸上还有汗水和伤痕，他在喘息，眼中却流露出难得的强势和孤注一掷的信念。什么表白的场合，什么浪漫的气氛，什么精心准备的布置，在这一刻的冲动前都不复存在了。

他只想要不顾一切地说出来，不给自己退路地说出来，他早该这么做的。

"好，我告诉你，唐堇薇，我喜欢你！是这样的喜欢！"在这一声震耳欲聋的表白声中，陆越用力亲上了唐堇薇的嘴唇。

这一刻，唐堇薇瞪大双眼，愣在了当场。

身前是陆越，身后是墙壁，嘴唇上是熟悉又陌生的柔软触感，她恍惚地回想起了前往露营地的车上那一个意外的吻。她以为自己早就把那一瞬间的触电感忘到了脑后，可是现在，她恍然发现，她从来也没有忘记过。她好像听到了黑夜中陆越给她唱歌的声音，感受到了他给予的温暖拥抱。

嘴唇被人用力咬了一下，陆越挫败地把脸埋在唐堇薇的肩膀上，他低声咒骂了一句什么话，唐堇薇没有听清。

"拒绝的话就不要说了。"陆越闷闷地说道，声音有些沙哑，"就算是我这么乐观开朗的人，被喜欢的女孩子拒绝也是会很难过的。就这样吧，抱歉，今天我没心情拍 vlog 了，改天吧。"

说着，陆越匆忙地转过身，给了唐堇薇一个潇洒的背影。只有他自己知道，这一刻他是落荒而逃的。

唐堇薇看着他的背影，手指摸上自己的嘴唇，傻傻地回不过神来。

陆越亲她了？这不是意外的吻，而是破釜沉舟的表白。可是，可是为什么？又是什么时候起……

唐堇薇的脑中像是滚满了被猫咪挠坏的毛线球，乱七八糟地缠在了一起，怎么也理不清剪不断。

每一次都是她给陆越挖坑，笑眯眯地看着他往里面跳。可是这一次，陆越却用一个吻给她挖了一个巨大的坑。来自恋爱脑反将一军的报复，让从未想过恋爱的女孩子陷入了混乱之中。

窗外的雨云已经酝酿好了一场飘泼的雨水，在这个午后，在这个普通又不普通的校园里，在满怀烦恼心事的少男少女的心中，下起了滂沱大雨。

下午的拍摄就这样因故取消，唐堇薇在搞清楚事情的始末之后，第一次对冯戚感到不解和失望。他们礼貌地给了彼此冷静的时间，就像多年来形成的默契一样。但是这一次，唐堇薇隐隐意识到，自己和冯戚不可能回到过去了。

散场后的玫瑰园在雨中安静又冷清，雨水驱散了络绎不绝的情侣，让这里沉浸在安静的梦幻中。

唐堇薇在藤蔓月季的花墙下找到了她忽悠陆越种的土豆玫瑰。

这株扦插在土豆上，被种进了土里的月季花只有一根光秃秃的枝干，看起来并没有要发芽的迹象。

有一把撑开的伞为它挡着雨，而这把伞唐堇薇见过。

这是陆越的伞。

她想象得到，他临走前把伞留给了玫瑰花，自己只身走入了雨幕中。

他对这株玫瑰花充满了期盼，经常来这里小心地照顾它，期待它早日生根发芽，开出漂亮的花。

但是……

唐堇薇小心地将它取了出来，果然，扦插失败了，茎干的根部已经腐烂了。她早就告诉过陆越，虽然用土豆种玫瑰听起来很有趣，但其实成功率很低。当时陆越自信满满地表示愿意试一试，也许就成功了呢。

很可惜，他的尝试没有成功。

唐堇薇喜欢农业的一点在于，种下种子就会有收获，努力就会有回报。但其实农业并不永远如此乐于回馈。种植会遭遇旱涝，畜牧会遭遇疫病，在人类漫长的农业尝试中，失败远多于成功。但如果不去尝试，就永远不会成功。

更换方法，不断尝试，直到成功，仅此而已。

唐堇薇回到玫瑰园中，挑了一株茎干最相似的。她熟练地处理好了枝叶，剪掉了花朵，重新扦插了一次，当然，不用土豆作为噱头的那种。

被重新扦插的玫瑰回到了原来的位置，套上了保持湿度用的塑料瓶，看起来和之前别无两样。

完成了这个秘密工作的唐堇薇站了起来，感觉复杂的心情被逐渐理清。

她突然想起和陆越在玫瑰园的那一天，他小心翼翼地剪下了藤蔓月季花墙上的一朵月季花，假装随意地送给她，还硬要搪塞说那只是她帮忙补课的谢礼。

如果那时候她多看陆越一眼，也许就会发现他故作镇定的神情下掩饰不住的忐忑慌张。

那个有一双被无数人称赞过的漂亮眼睛的男孩子，可能、的确、真的是个非常可爱的人。

大雨倾盆而下，轰隆隆地宣泄着季节的躁动，落荒而逃的陆越把伞留给玫瑰花，好像它会保护它盛开一样。

现在，陆越站在由他出资打造的恋爱圣地中，等待一场迟早会停，又也许永远不会停的雨。

他闻到了空气里泥土淡淡的腥味，似有若无间，还有水滴清冽的味道——这让他不禁想到了唐堇薇。

他已经想不起是从什么时候开始，周遭的一切都让他想起唐堇薇——路边的狗尾巴草，让他想起唐堇薇；课本上画好的重点线，让他想起唐堇薇；食堂里排队买酸奶的人群，又让他想起唐堇薇……

就连抬头看着这场雨，他都情不自禁地想起唐堇薇。

也是在这样的大雨中，他们坐车前往郊外的山林，颠簸中她不小心亲到了他的嘴角，那个小小的意外无数次在他脑海中浮现，每一次都让他旁若无人地露出笑容。

只有爱情，会让周围熟悉的一切都烙上另一个人的痕迹。

他相信，无论多少年后，他看到玫瑰花的时候都会想起在玫瑰园中唐堇薇告诉他的，那关于月季和玫瑰的一切。他会记得扦插的知识，记得用土豆种的玫瑰花，还有盲目摘下罚款一百元的那朵红色月季……那是她在他的生命中留下的，永恒的，与爱情有关的记忆。

但他盲目的表白还是失败了，在他落荒而逃之后，唐堇薇既没有给他打电话，也没有给他发信息，好像一切都没有发生过。

这是一种冷静的拒绝。

沮丧的陆越独自站在被玫瑰包围的亭阁中。他的衣服湿透了，就算冒雨回寝室也不会让他的衣服有新的淋湿空间，但他就是莫名不想走。

也许，他是在等一个不可能的奇迹。

奇迹在雨中发生了。

他的身后传来了一个熟悉的声音，像是雨。

"没带伞吗？"她问道。

陆越心头一跳，忍住回头的冲动，故作镇定地问道："怎么，你带了？"

他那颗不受控制的脑袋立刻联想到了曾经并肩撑伞的经历，他小心翼翼地撑高了伞，却屡屡不熟练地搞砸一切，苦苦哀求唐堇薇再给他一次撑伞的机会。

身后的脚步声近了，在他身边停下，唐堇薇温柔地说道："天气预报没有告诉我今天会下雨。"

因为她的靠近而浑身紧绷的陆越嘴上不饶人："你竟然也会有失算的时候？"

唐堇薇看着亭檐外的雨，歪了歪头说道："人生怎么可能没有意料之外的事情？重要的是，怎么去应对这件事。"

一种小动物一般的直觉让陆越觉得她好像话里有话，却品不出内涵来，只得闷闷地别开了眼，假装被不远处花坛里的紫色玫瑰花吸引了注意力，看得专心致志。

可是他视线的余光却总在追随着唐堇薇，和他并肩等雨的她怀里抱着一篮红色系的插花——这是他留在拍摄现场的练习作品。

她为什么会带着他的插花？陆越浑身一震，他忍不住多想，却又不敢多想。

唐堇薇安静地看着雨幕，似乎并不急着等到他的声音。但是陆越发现了，她有心事。她修长的手指在另一只手的手腕上摩挲着，他经常在她思考的时候发现她的这个小动作。

她在想什么呢？陆越不禁入了神，不知不觉地看向唐堇薇，她的侧脸在昏暗的天幕下，在如注的暴雨声浪中，静谧得好似与世界相隔了一个维度。

她的睫毛微微颤动着，几串飞溅在雨中的细丝不知怎么缠上了她的睫毛，莹莹的如同一片晶莹的珠帘，而珠帘下她那双永远自信永远坚定永远智慧的眼睛，不知在何时对上了他的视线。

倾盆大雨中，她凝视着他的双眼，比雨声更清冽的声音响起——

那是自信的、坚定的、不容置喙的声音：

"陆越，你喜欢我。"

她直白地陈述她刚刚知晓的事实，直白得让人心跳如雷。

瓢泼大雨中，他和喜欢的女孩并肩站在恋爱圣地的亭檐下，等待大雨停下。这温柔到暧昧的时刻中，恼人的爱情折磨得他满腹心事，这个可爱又心酸的小秘密在他的心里翻滚着，反复不休地催促他解释。

他试图解释，可偏偏说不出口，冲动表白时的勇气突然间消失了，现在的他更像是一个等待判决的囚徒。

其实，他也没比冯戚好到哪里去，他自嘲地心想。

陆越几乎讨厌起了这样矫情的自己，他曾经以为自己是个坦荡直接的人，如果喜欢一个人，一定会以最快的速度跑到她面前，向全世界宣告自己的爱意。毕竟，爱情是那样美好，他为什么要苦苦隐瞒？

可当他真的坠入爱河，他却发现自己也不过是一个小心翼翼地抱着浮木载沉载浮的溺水人，是丢开承载着他生命的浮木，挣扎着向岸边游去？还是继续抱着它，祈祷湍急的水流将他带往未知的尽头？那里也许是一片静流的彼岸，也许是飞流直下的瀑布悬崖。

然而生活里就是这样充满了意外，他原本精心准备的表白被破坏，他在最狼狈的时候孤注一掷地说出了他的秘密。

雨还在下，他从未觉得有一场雨能够这样暗潮汹涌，下得他心如潮水，又下得他欲言又止。

陆越不敢再看唐堇薇的眼神，他只敢沉默地等待一个审判的结果，无论是好是坏，至少，不要再让他受煎熬。

这就是先爱上的代价？理智那轻嘲的声音在陆越的脑中回荡着。

无声之中，他听见自己的心在回答：可我不后悔。

于是他从唐堇薇的怀里拿回了那捧插花，拿在自己的手中，又递向她："是，我喜欢你。打造恋爱圣地是因为喜欢你，学习插花是因为喜欢你，学习厨艺、请你填词、送你情书，都是因为我喜欢你。"

这一番话几乎耗尽了他全部的勇气，他甚至觉得，自己已经没有勇气去听一个答案了。

唐堇薇静静地看着陆越的侧脸，雨水一般的声音恍然温柔："其实，我不确定我的想法，我从来没有跟人讨论过恋爱的话题，也没想过自己会有恋爱的可能……"

她很少用如此温柔的语气，可这罕见的温柔为什么如此残酷呢？残酷得好像漫漫长夜里即将熄灭的蜡烛那最后一瞬的光。心酸的委屈溢满了陆越的胸腔，他的眼眶湿润了。

"但……"

陆越猛然哆嗦了一下，他再也克制不住大喜大悲，扭头看向唐堇薇。

水雾、大雨、近在咫尺的距离，他看见了，听见了，也感觉到了。唐堇薇微笑着，从他手中接过了那捧插花，用轻柔而坚定的声音对他说："但我对你，有不一样的感觉。"

世界突然明亮了，可这份明亮太耀眼了，也太虚幻了，他好像轻飘飘地游荡在一场梦里，生怕下一秒就会醒来。

"所以，你愿意给我一点儿时间，等我想清楚吗？"唐堇薇郑重问道，眼瞳中隐约有着忐忑的期待，那些璀璨的光点宛如一闪一闪跳动着的小星星。

陆越突然醒来了，这世间最美好的事情，莫过于美梦醒来，却发现一切都是真的。

他一把抓住了唐堇薇的手，差点儿撞掉了那篮插花。

他的声音都在颤抖："我愿意！我当然愿意！"

话一出口，他恍然发现这个回答仿佛是婚礼现场的证词，而恋爱圣地里精心布置过的一切，也恰好宛如婚礼现场。他因此红了脸，可怎么也无法掩饰自己脸上越来越灿烂的笑容。

　　看起来有点儿傻，唐堇薇心想，可是，那也是傻得可爱。

　　于是她也笑了起来，并不张扬的笑容里，她原本的忐忑和不确定逐渐隐去了，一切的不确定都变成了确定。其实她没有完全的把握，就像她自己说的，人生怎么可能没有意料之外的事情。幸好，还在意料之中。

　　唐堇薇轻轻抽回了自己的手，陆越愣神之际，她从包里拿出了一柄折伞，对他嫣然一笑："雨小了，走吧。"

　　陆越愕然道："你不是没带伞吗？"

　　不然她怎么会淋湿了外衣，和他一起在凉亭躲雨？

　　唐堇薇的笑容里充斥着捉弄人时的狡黠："你问我的时候，我只说天气预报没有告诉我今天会下雨，却没有说我没带伞。"

　　被套路了的陆越愣愣地看着她，从前唐堇薇的千层套路总是让他头痛不已，但是现在，在这场大雨中，他突然被甜蜜的雨水淹没，完完全全忘记了那些烦恼。

　　"一起走吧，我送你回去。"唐堇薇撑开了伞，回头对他说道。

　　雨中，她身姿挺拔，气质澄净，宛如水边的兰花，就连地面的积水里的倒影都好似一朵空谷幽兰。可是她的笑容，她藏在笑容里的小脾气，让她鲜活地回到了人间，出现在他的眼前，让他满心满眼都是她。

　　陆越小声抱怨了一句，一矮身钻进了雨伞下："你果然什么都算到了。"

　　下雨也好，他的反应也好，她什么都预料到了，几乎聪明得让人讨厌，可他就是舍不得讨厌。

　　"没有。"唐堇薇举高了伞，"我只是昨天看到了天空中有钩卷云，从传统农业气象经验来看，近日很可能会下雨。虽然天气预报没说，但是带一把伞也不是什么麻烦事。"

　　"那你为什么不多带一把？"陆越小小地杠了她一句，又飞快地自封了身份，"聪明人应该要算到她愚蠢的未来男朋友很可能不会带伞。"

　　这小脾气和小心机幼稚得可爱，唐堇薇忍住了笑意，实话实说："其实我带了。"

　　陆越："啊？"

　　唐堇薇抬起头，看着傻乎乎的陆越："包里还有一把伞，是从一朵玫瑰花旁捡来的。如果你被我气跑了的话，我会物归原主。"

　　陆越涨红了脸："我怎么可能会气跑！"

　　毕竟，毕竟他是那么喜欢她啊！

　　唐堇薇偏了偏头，用可爱的语气问道："不会吗？"

陆越："不会！"

唐堇薇又问："那需要那把伞吗？"

陆越果断拒绝："不要！"

唐堇薇点了点头："我也觉得你不会想要的。毕竟，雨中并伞很浪漫。"

陆越夸张地"哇哦"了一声："你竟然懂得了浪漫，这一定是爱情的力量！"

唐堇薇对他笑得很甜："也许是从你身上学到的？毕竟，某个浪漫细胞过剩的人，为了一次表白，可是给全校情侣们提供了一个恋爱圣地呢。"

陆越小声说道："结果某人根本没发现，害我像一条倒霉的小美人鱼一样，眼睁睁看着你和居心不良的'邻国公主'去逛玫瑰园了。"

这语气里酸溜溜的小脾气，让唐堇薇忍俊不禁。

"要不，你现在陪我逛逛？现在这里可是网红景点了，也只有这样的下雨天才有一点儿安静的感觉。"唐堇薇笑眯眯地说道。

陆越根本无法拒绝。

雨水哗啦啦地落在伞面上，沿着光滑的伞面汇聚成一串串的水珠落下，伞外的人只听得到逐渐转小的雨势淅沥沥的声音，而伞下的人听来，却是震耳欲聋的佳音。

和他并肩撑伞的这个人，是如此与众不同。陆越几乎不知道要如何去定义她，她既不天真，也不幼稚，心事藏得很深，还不会依赖人——除了被鬼故事吓坏的时候，她没有同龄女孩子身上那份傻白甜的可爱，也不需要天降一个万能的爱人去为她的人生保驾护航。

她聪明得过分，却也狡猾得过分。比起软弱逃避、被动接受，她更喜欢自己去争取，即使是面对一个她并不熟悉的领域——感情。

可这不代表她不会温柔体谅。

她在尝试着去理解他，感受他，满足他内心的愿望。

她在尝试着喜欢他。

她真的，是一个非常非常特别的姑娘。

如果从前，掉在爱河里爬不上来的陆越，内心深处还有一丝丝的怨愤不甘，此时此刻，他已经什么都不在乎了。

他觉得自己喜欢上了一个全世界最好的人。

她什么都值得。

"生日快乐，还有，我喜欢你。"雨中，他再一次说出了藏在心底的话。

她微笑着，把手中的漂亮花篮举了起来："礼物我收到了。现在，请耐心等我的回答。"

陆越突然对未来充满了期待。

队友们的秘密

陆越的心情从没这么阳光灿烂过。

自从表白成功——虽然中间发生了很多意外——陆越立刻觉得天都亮了。他复活了，他甚至有冲动想要打电话给他那没人性的魔鬼资本家老爹，感谢他强行把他送到农大来念书。

这不，只要他继续努力，他很快就可以拥有一个聪明漂亮十项全能的女朋友了！

陆越浑身充满干劲，又有了写歌的灵感，大晚上的在音乐教室里琢磨着，迟迟不肯回寝室。沉迷音乐只是一方面，另一个重要的原因是他不知道回寝室要怎么面对蔺君书。

想到冯戚、夏姝宁和蔺君书三人，陆越又是一阵头痛，干脆把这些烦恼一股脑儿丢到天边，专心致志地制订起了"追人计划"。

他现在还在被考察期，在唐堇薇想清楚之前，他一定要努力展示自己，绝对不能惹得她不高兴。他还要抓住每一个可以利用的机会讨好她，要是能成功约会几次就更好了。

陆越美滋滋地畅想着未来，对恋爱的憧憬让他的大脑疯狂地分泌起了多巴胺，他第一百零一次拿起手机，想要给唐堇薇发信息，但是一看时间已经快熄灯了，又快快地放下。

结果，唐堇薇给他发来了信息，陆越的眼睛一下子就亮了，迫不及待地划开了手机界面。

唐堇薇：明天上午的遗传学课结束后，有空吗？劳动社有了一项新的安排。

哇，唐堇薇发消息竟然会有问句了，按照以往她的习惯，绝对是直接告诉他几点几分到哪里做什么。

从不谈人生谈理想谈私事，发信息绝对只聊工作，这就是唐堇薇风格。她在这方面压根儿就没有小女生的习惯，既不会和他聊这个电影好看，也不会吐槽那个同学奇葩，这让平日里就喜欢小嘴一张吧嗒吧嗒聊八卦的陆越非常郁闷。

他发现在处理人际关系和无关正事的交流上，唐堇薇有一种奇异的笨拙，好像腹黑的小恶魔一下子变成了天然呆。她还死要面子地不承认自己的弱点，一旦被发现就恼羞成怒，这一切在陆越眼中都分外可爱。

但是今天，她会体贴地问他有没有空了，这就是一个巨大的进步，陆越心想。

陆越在对话框里编辑了半天，从"明天早上你想吃什么我给你带"，到"什么时候再给我补一下遗传学的课"，再到"哇，这种任务通知也太无情了吧，好歹给我发个晚安么么哒"。

每一句都打完了，却又在发出去的前一秒删掉。最后他只回了"知道了"加上一个可爱的表情包，发完又十分后悔，他应该趁机卖个萌的。

陆越挫败地趴在桌子上，两眼无神地看着唐堇薇的头像发呆，对话框上却显示"正在输入"的动态。

陆越的两眼直勾勾地盯着手机，只见唐堇薇回了一句：早点儿休息，晚安。

陆越立刻精神了，他以最快的手速抓住手机，连发了三个可爱的表情包，一个是喷洒爱心的小人，一个是小猫咪乖巧点头，最后一个是Q版的晚安祝福。

发完表情包，陆越满意地点了点头。

真正的猛男，就是要会熟练应用卖萌表情包的！

然而，第二天上午，陆越就知道了，真正的猛男还要学会面对心仪女生安排的艰巨任务。

劳动社的活动室里，唐堇薇照常笑眯眯地和他打了个招呼，丝毫看不出她即将给他安排一项多么可怕的工作。

对未来一无所知的陆越，笑得十分傻白甜，眼睛跟着唐堇薇转来转去，完全忽视了一旁正在搬东西的王朝、马汉，也忽略了今天没有出现的蔺君书和夏姝宁。

唐堇薇对他招了招手，示意他过来坐下。陆越三步并作两步上前，殷勤地帮唐堇薇拉开了椅子，然后自己在她对面乖巧地坐好。

"今天的我也是元气满满地准备好为同学们服务了，请把任务交给我吧，我现在来者不拒！"陆越一脸轻松地说道。

多亏唐堇薇的"压榨"，他已经对劳动社的日常社团活动有了丰富的经验，一般的任务根本难不倒他，他甚至已经能苦中作乐地从中获得趣味了。

最重要的是，现在的他需要努力刷唐堇薇的好感度。

唐堇薇微笑着看着他，语气十分温柔："这个任务有点儿难，我正在考虑交给别人……"

陆越急了："交给我呀，我现在满脑子都是工作，你让我做什么，我都绝对乐意，一定会努力完成的！"

他就差一条可以来回摇晃的尾巴来表达自己的忠心耿耿了。现在是什么时候啊？是他的恋爱被考察期，就算唐堇薇让他现在去跑运动会三千米，他也会屁颠屁颠地报名参加。

唐堇薇对他温柔一笑："养猪社最近要新养一批仔猪，急缺人手。"

陆越的脸色顿时变了。

什么，养猪？

他不想养猪啊！

陆越差点儿脱口而出，可是话还没出口，他就对上了唐堇薇的眼神。她在微笑，十分大家闺秀的笑容，但是眼神里却充满了危险的气息。

不好，是唐堇薇的微笑！她要开始套路了！

不，这一次她甚至不用套路，因为他已经上套了，不但是自己主动跳进去的，还不肯解套了。

陆越欲哭无泪地看着她："一定要养猪吗？"

唐堇薇笑眯眯："不一定呢。如果你不愿意的话，我可以把这项工作交给别人，你完全不用担心我会生气，我会充分尊重你的意愿，毕竟这是你的自由嘛。"

陆越眼含热泪，这种自由和自杀有什么区别？

只要他敢说出一个"不"字，他立刻就被唐堇薇踢出恋爱对象行列了。

眼看着恋爱曙光在前，就算前方是一路血雨腥风，陆越也要去。

于是他挤出了一个苦涩的笑容，可怜巴巴地说道："我想养猪。"

唐堇薇笑得十分甜蜜："真心自愿的？"

陆越沉重地点头："真心的，自愿的。"

唐堇薇的笑容更甜了："但是很遗憾，你现在恐怕拍不了养猪 vlog 了。"

陆越大喜过望，又立刻意识到自己没有做好表情管理，赶紧切换成沉痛模式："为什么啊？"

唐堇薇："因为你的团队要解散了啊。"

陆越："啊？"

面对一脸茫然的陆越，唐堇薇从包里抽出了两份辞呈："姝宁和蔺君书都向我递交了辞呈，让我转达一下对你的歉意，他们决定退出你的工作团队了。"

陆越接过辞呈看了起来，夏姝宁的辞职申请里通篇都是道歉，她认为自己无法胜任助理的工作，决定辞职。

蔺君书的辞呈则更简短一些，他决定把这两个月的工资全部退回，并辞去摄影和剪辑的工作。

陆越蒙圈地看完了两份辞呈："我都没说要解雇他们呢，他们怎么自己要辞职了？"

唐堇薇淡淡道："问题不在这里，现在的问题是，你很快就没有助理，也没有摄影师了。"

陆越的心情陡然复杂了起来。

他是搞掉了情敌冯戚，但是他同时踢爆了夏姝宁、蔺君书和冯戚之间的暗通款曲，这下好了，三个人全都从他的视野中消失了。

陆越烦恼地抱住了头。

昨晚他赶在熄灯前几分钟才回到寝室。蔺君书已经睡下了，什么都没对他说，而他也不知道该说些什么，最后只得在一片沉默的黑暗中心事重重地睡去。

陆越不是一个气量狭小的人，他的脾气来得快去得也快。打从一开始他就知道蔺君书是他的黑粉，和他合作也只是为了解决开学第一天就和室友打架的负面新闻，所以当得知蔺君书和冯戚的牵扯之后，他觉得在意料之外，又在情理之中。平心而论，他对蔺君书并不够关心，也算不上了解，没有投入太多感情，自然也不会觉得受伤，他只是有一点儿难过。

反而是夏姝宁和冯戚合作这件事，让他难以接受。

唐堇薇静静地看着陆越，他抱着脑袋，像极了被高数折磨傻了的样子。

他完全没领到她的意思，唐堇薇无奈地心想，还是得让他直说。

"所以你现在必须做个决定，是重新招人，还是去挽留他们两人。"唐堇薇说道。

陆越眼巴巴地看着她："我不懂要怎么挽留别人啊。"当初经纪人带着整个团队跑了，他都没挽留，现在猛然让他去挽留蔺君书和夏姝宁，他实在不知道怎么下手。

唐堇薇的眼神陡然危险了起来："那么你是打算放他们离开，重新招人咯？"

陆越心里咯噔了一下："不不不，我不是这个意思。"

唐堇薇露出了满意的微笑："那你是打算去挽留他们咯？"

陆越一脸正色："没错，我正要去挽留他们，一定要让他们回心转意留下来！"

看到唐堇薇脸上"孺子可教"的欣慰表情，陆越这才松了一口气，沾沾自喜地心想，他果然是个恋爱小天才。

谈心谈话确实不是陆越的专长。如果人的各种技能有属性加点，那么陆越的属性点基本点在了颜值、音乐和投胎技巧上，"说服"这项技能，他压根儿没加点。

他是家里的独生子，碰巧他的父母也都是独生子女，这就导致他小时候根本没有关系近的同龄亲戚。出道之后，他的人际交往水平非但没有提高，还因为有经纪人和助理的存在直线下降了。

等到他需要去认真挽回即将离职的两位团队成员的时候，陆越傻眼了。

一对一谈话？让他聊天开玩笑嘻嘻哈哈没问题，认真讨论正经事并说服对方留下，他完全不知道该怎么聊。这种窘迫感，仿佛是刚入职的职场菜鸟要和 HR（人力资源）谈薪水待遇，满心都是尴尬和不知所措。

这就导致当陆越杀气腾腾地找到蔺君书说要和他谈谈的时候，蔺君书一声不吭掉头就跑。陆越一脸蒙圈拔腿就追，两人在校园里展开了一场追逐战，吃瓜群众都看傻了：陆越和他的摄影师这是干吗呢？从来都只见到摄影师追着主角跑，怎么这下调换角色了？

最骚的是，蔺君书为了躲避陆越，一头扎进了养猪社的猪舍里，陆越在门外气得跳脚："你出来，我们谈谈！"

"我们没什么好谈的了，该说的我都写在辞职信里了！"屋内的蔺君书喊道。

"你有本事闹辞职，你就有本事开门啊！我不同意你辞职，开门开门开门啊！"陆越捶门叫道。

蔺君书当真开了门，一头膘肥体壮的生猪冲了出来，陆越发出了惊天动地的惨叫声，消失在了蔺君书的视野中。

找蔺君书谈话失败了，陆越不甘心就这样放弃，转头就找上了夏姝宁。

彼时夏姝宁正在学校的 BBS（论坛）里看帖子，看到陆越"追杀"蔺君书，蔺君书躲进猪舍的帖子，她想象着这个画面，忍不住偷笑了起来。

然而一抬头，她就看到了陆越站在她面前，严肃地说道："姝宁，关于你辞职的事情，我们必须谈谈。"

夏姝宁慌了，急中生智的她突然一伸手："二越你看，有猪在天上飞！"

陆越猛一回头，发现自己上当，夏姝宁已经噌噌地跑远了，陆越气急败坏："你怎么也跑？"

远处传来夏姝宁的声音："对不起，对不起，对不起！"

几分钟后，夏姝宁和蔺君书相聚在猪舍，谈心谈话遭遇重大失败的陆越则垂头丧气地出现在劳动社的活动教室门边，绝望地用脑袋磕着门板，活像一只抽风的啄木鸟。

"老大，陆越这样没问题吗？"王朝远远地看到了这一幕，担忧地问唐董薇。

唐董薇正在看论坛里陆越抽风行为的直播帖，总算搞明白了这家伙到底又干了什么蠢事。

"就当锻炼他的沟通能力吧。我这个经纪人可不打算帮他大包大揽所有的事情，他总得学会怎么和团队里的成员沟通交流，他也必须更了解他们，弄清楚他们要离开的真正原因。"唐董薇微笑着说道。

他的上一个经纪人能轻而易举地越过他带走整个团队的人，说明陆越根本没有和团队内的成员建立起足够牢固的关系。就连和陆越最亲近的助理都没有给他通风报信，足见陆越是完全被架空的状态，而他对此毫无自觉。

她不希望重来一次，陆越还是一样，对团队里的成员漠不关心。

人与人之间的关系，不仅仅是金钱雇用。金钱当然是重要的，但是在基本的物质基础之上，存在着看不见摸不着，却足以影响人决断的东西——感情。

她希望陆越和他的团队成员之间，不只是工作上的伙伴，也是生活上的朋友，甚至是拥有共同目标的"战友"。

但是具体要怎么做，这就触及她知识的盲区，从小的家庭经历让唐堇薇在这方面也是抓瞎——看她收拾小混混的时候就知道了，完全是暴力压制加上劳动改造。谈心谈话，不存在的。幸好王朝、马汉幡然醒悟决意悔过，主动帮她打下手，而他们两人看起来大大咧咧，其实还挺细心靠谱的。

看着陆越苦恼不已的样子，唐堇薇觉得，自己应该帮帮他。

"王朝、马汉，你们有空和陆越聊聊吧。"唐堇薇有点儿心虚地提议道，决定把启发陆越的职责丢给得力手下。

"我们能聊什么？"马汉诧异地问道。

唐堇薇幽幽地看着他，她怀疑他们是在为难她这个老大，但是她没有证据。

王朝若有所思："这样行不行？我们和陆越像朋友一样聊天，顺便问问他的打算，等到他向我们请教的时候，我们就给点儿建议。"

马汉一琢磨，觉得此事靠谱："我看陆越的鬼点子还挺多的，鼓励他多想想，也许会有什么可行方案。"

两个手下你一言我一语地筹划起来，唐堇薇笑容满面地听着，欣慰地感受到了有靠谱手下的重要性："很好，就这样进行，随时保持联系。"

看着王朝、马汉离去的背影，唐堇薇欣然地摸了摸胸口，长长地出了一口气：要保持一个英明神武无所不能的老大形象，还真有点儿难度呢。哎，不想了，去买杯奶茶快乐一下吧。

十分钟后，唐堇薇快乐地嘬着珍珠奶茶等待消息，陆越却被王朝、马汉两个肌肉大汉围在门边，一个对他邪魅一笑，另一个拍了拍他的肩膀："我们谈谈？"

要是这一幕发生在刚开学的时候，陆越一准以为自己是惹上了黑社会，但是经过这些日子的相处，他知道王朝、马汉并不是外表那样粗犷危险——王朝甚至还很多才多艺，唢呐水平相当震撼人心，这可是他亲自体验过的。

现在这两人不但是他在劳动社里的前辈，还是他在校期间的保镖。他们两人究竟要找他谈什么？陆越迷惑不解地跟着他们朝隔壁的空教室走去。

突然，他脑中灵光一闪：他们两个不会也要辞职吧？！

陆越的脸色顿时变了，要是王朝、马汉也走了，唐堇薇一准认为这是他的问题，那他岂不是……

陆越满脸愁苦，期期艾艾地说道："你们不要走，我给你们加薪。"

王朝、马汉对视了一眼，突然哈哈大笑："想什么呢，我们可没打算辞职。"

陆越立刻松了口气，感觉自己从悬崖边上爬回了安全区："呼，幸好幸好，我还以为你们两个也要走。"

话题一下子恢复了正常，王朝和马汉一唱一和，跟陆越聊了起来。只要不涉及讨论正经问题，陆越是个很能侃的人，他愉快地和两个保镖侃了半天，得知两人的老家在哪里，家庭背景，生活状况，这段时间在团队内工作的感受。他甚至还和王朝相约学习新乐器，他教王朝弹吉他，王朝教他吹唢呐。

陆越还问了他俩不少关于唐堇薇的事情，但是在这方面，王朝、马汉可就对脸茫然了："她从来不和我们说家里的事，也不聊自己，所以我们也不太清楚……"

陆越"啊"了一声，不禁失落地嘀咕道："连你们也不清楚吗？"

眼看陆越又要顽固地朝着恋爱方向跑题，王朝、马汉赶紧把话题扯了回来："哎，老蔺和姝宁就要走了，大家共事的这段时间，想想真是挺舍不得的。"

陆越叹了口气，又振作道："先别担心，我会努力说服他们留下来的。"

马汉问道："哦？你准备怎么说服他们？"

陆越沉默了，他苦恼地对两位老大哥说道："我……呃……我也不知道，我认真找他们谈话，但是他们见了我就跑，我现在也不知道该怎么办了。"

王朝和马汉再次对视了一眼，王朝说道："不如我们来帮你参谋参谋？"

陆越立刻点头道："好啊。你们有什么建议吗？"

王朝嘿嘿一笑："你给他们表演吹唢呐。"

陆越：？

马汉也是嘿嘿一笑："或者把他们堵在厕所里揍一顿，逼他们回来工作。"

陆越：？？

看着两人乐不可支的样子，陆越恍然大悟："你们消遣我啊！"

王朝、马汉哈哈大笑着："自己动动脑筋，不要指望我们给你什么可靠的建议。"

陆越苦思冥想："要不，我去预约一家好吃的餐厅，请他们一起吃个饭聊聊？"这是他从经纪人辰哥那里学到的，他特别喜欢在餐桌上谈事情。

王朝幽幽道："太没创意了。"

陆越抓耳挠腮："那我……那我请他们喝酒，喝着喝着就可以敞开心扉了。"

马汉一脸嫌弃："这是什么油腻的中年感，能不能来点儿既年轻，又活泼，还有意思的沟通方式？"

这下陆越是真的被难住了，他支吾了半天还是不得要领。

王朝偷偷给唐堇薇发信息，向她请示该怎么引导陆越。正在喝奶茶的唐堇薇差点儿被这个问题呛住，她要是知道能怎么解决早就自己上了。

唐堇薇纠结地回了一句话：你们以前是怎么解决劳动社成员改造到一半想跑路的问题的？

王朝恍然大悟，这事儿他可有经验了。小混混想跑，就把人按在教室里"谈心谈话"，找出想跑路的原因，然后再有针对性地解决。有时候表面上喊着"干活太累不想干"，其实是校外的狐朋狗友在教唆他，这种时候就要抓住深层原因，把他的狐朋狗友一起抓进来劳动改造。

于是王朝说道："陆越啊，沟通不能只是随便聊天，你得先弄明白蔺君书和夏姝宁是为什么提出辞职。"

陆越郁闷地抿了抿嘴："肯定是因为冯戚的事情，让他们觉得对不起我。但既然觉得对不起我，为什么不来找我道歉，见了我还跟老鼠见了猫似的，他们也不问问我的想法。"

陆越颇有些赌气。王朝叹气道："依我看，不是那么简单的事情。一个人做出某个决定，往往不会只有一个原因，就像你退圈表面上是因为你发的那条成语乱用的微博引起的，但是更深层次的原因你有想过吗？"

陆越若有所思："所以，我需要明白他们要走的真正原因，然后才能把他们留下来？"

王朝欣慰地点头："没错。"

陆越再次苦思冥想：要让两人坦诚，又不能聊得很生硬，还必须实话实说……

突然，陆越的脑中蹦出了一个主意："我们来玩真心话大冒险吧！"

王朝和马汉："啊？"

陆越用力一拍手："对啊，我们可以用游戏的方式来说出真心话。我问他们问题，他们也可以问我问题，这样我们都可以坦诚直言，我就可以弄清楚他们离开的真正原因，然后想办法留下他们！"

王朝偷偷发信息给唐堇薇通风报信请示。

唐堇薇正在和奶茶里的最后一颗珍珠较劲，眼看着杯子里还有一颗，可就是吸不上来，让人恼火。看到王朝发来的鬼点子，她一脸蒙圈。

真心话大冒险，这能行吗？

唐堇薇心里没底，但眼下也没有什么更好的办法了，至少应该让陆越试一试，大不了她在旁边看着点。

于是唐堇薇飞快地回道：可以一试。

收到了老大回复的王朝于是说："很好的办法，那就赶紧行动吧。"

陆越激动地站了起来："那我现在就行动了！"

真心话大冒险计划，正式启动！

夜晚，劳动社的活动室内，被王朝、马汉强行拉来现场的蔺君书有点儿忐忑。这主要是因为，他们两人二话不说踹开寝室大门拖着他就走的行径，让他有一种被绑架的感觉。

陆越不会是因为他和冯戚合谋的事情，派人把他拉到阴暗的小角落里揍一顿吧？蔺君书不安地心想。

但是很快，他发现夏姝宁也被唐堇薇带来了。她脸上也是同样的迷茫和忐忑，见到陆越都不敢正眼看他，一副垂头丧气十分消沉的样子。

陆越见人到齐了，满意地拍了拍手，愉快地说道："不用紧张，今天把你们叫来这里，主要是为了玩一个游戏。"

夏姝宁："咦？"

蔺君书："啊？"

唐堇薇在一旁微笑着看着，一副胸有成竹镇定看戏的样子。

陆越正色道："你们要辞职的事情我已经知道了，但是在你们走之前，我要和你们玩一出'真心话大冒险'的游戏。不许拒绝，如果拒绝的话，我就不让你们辞职了！"

夏姝宁和蔺君书："……"

敢情还是要谈心谈话啊！

唐堇薇帮陆越补了补漏洞："辞职需要提前三十天通知。所以如果陆越不同意的话，你们得三十天后才能离职。"

陆越开心地对唐堇薇比了个小心心。

"所以，为了能顺利离职，我们开始吧。"说着，陆越对唐堇薇招了招手，"唐唐也来呀。"

唐堇薇脸上的笑容僵住了："我又没打算辞职，就不必了。"

陆越把手里的骰子和罐子摇得哗啦啦响："不行！你要帮我问问题，我一个人问不过来。"

唐堇薇目光幽幽地看着三人，特别是陆越，满脸都写着傻白甜，一副根本玩不转的样子。她又看向蔺君书和夏姝宁，两人都是心事重重的模样，显然并不会轻易敞开心扉。

这队伍着实难带，唐堇薇郁郁地心想。

不过，如果是玩骰子的话，她可是自信不会输给任何人的，小时候为了和冯戚玩骰子比大小，不服输的她专门去练过，赢得冯戚怀疑人生。

"好吧。"唐堇薇说道，对三人嫣然一笑，"正好，我很久没有玩骰子了。"

陆越突然有了一种危险的预感。

这种感觉，怎么和被唐堇薇套路的时候那么相似呢？

于是，在这个并不算大的活动室里，陆越、唐堇薇、蔺君书和夏姝宁四人，坐在一张四人桌前，桌子的中央放着一个罐子和一个骰子。

如果不加以解释，这简直就是一个赌博现场，陆越干咳了两声，赶紧解说起来："游戏规则很简单，我们四个人轮流掷骰子，点数最大的人可以让点数最小的人选择是要真心话还是大冒险。如果选择真心话，就要如实回答提问人的问题。如果选大冒险，则要完成提问人给出的冒险项目，项目可以有困难，但一定是要可以完成的。点数最大最小的人如果有一个以上，数字并列的人都可以算作提问人或者答题人。"

三人一起点了点头。夏姝宁稍稍精神了一点儿，如果她能够提问陆越的话，她要问什么问题呢？她有好多问题想问陆越。

蔺君书则有一丝丝为难，还有几分隐秘的期待。他不是个很活泼外向的人，和大家的关系也很一般，如果没人想问他问题怎么办？要不，他主动选择大冒险？不过，他运气还不错，也许能经常拿到最大点数，那岂不是可以多问问姝宁问题？这么一想，他顿时觉得这个幼稚的游戏也不是没有可取之处了。

陆越见大家都同意了，嘴角不由浮现出一个得意的笑容。他千方百计把唐堇薇也拉了进来，就是指望能问她一些他关心的问题，谁让唐堇薇平时不肯对他敞开心扉的，他可是被逼得出此下策了呢。

只有唐堇薇，看着场上的这群弱鸡，露出了一个蒙娜丽莎般神秘的微笑。

"那我先开始了。"陆越把骰子往罐子里一丢，用力摇了半天，嘴里念念有词，好像这是一种神秘的祈祷仪式。

"666，一定是6！"陆越打开罐子，大家一起定睛一看，一个鲜亮的1点出现在他们眼前。

三人："……"

陆越大惊失色："怎么可能？我的手气不会这么烂吧！"

夏姝宁忍着笑，接过罐子摇晃了两下，一边摇一边说道："根据今天的星座运势，我可是幸运满满的哦。"

罐子打开，又是一个鲜亮的1点。

夏姝宁难以置信："这不科学，不，这不玄学！！！"

这下想笑的人变成了蔺君书，他觉得此刻的夏姝宁真是可爱极了。

"轮到我了。从小我就是个手气很旺的人，逢年过节家里长辈打麻将，都喜欢让我坐在旁边摸牌。"

说着，蔺君书掀开了罐子。

又是一个鲜亮的1点，无情地嘲讽着他的自吹自擂。

蔺君书瞳孔地震："怎会如此？"

陆越毫不客气地哈哈大笑："看来这轮大家都运气不佳。"

说着，他把罐子推到了唐堇薇面前："唐唐，你来试试？"

唐堇薇看着罐子问道："一定要在罐子里摇点吗？"

陆越下意识地想说"当然"，可是唐堇薇正痴痴地看着他，眼中写着无限的期许，他哪里能拒绝心上人的小小要求，当即改口："不用不用，你直接抛骰子也可以。"

唐堇薇对他甜甜一笑："好，那我直接在桌子上丢吧。也许我的运气能比你们好一点儿。"

话音刚落，唐堇薇干脆地拿起骰子，轻轻地丢在了桌子上。六面的骰子在桌上滚动了几圈，才缓缓停了下来。

2.

三人目瞪口呆：还真是比他好"一点"啊！

唐堇薇拿着骰子，笑着说道："你们可以选了，要真心话还是大冒险？"

陆越迫不及待："真心话！我要说真心话！快来问我！"

蔺君书犹犹豫豫："我选大冒险吧。"

夏姝宁迟疑了一会儿："我也选真心话。"

唐堇薇点了点头，飞快地琢磨好了问题，第一轮就稍微放点儿水："那好，首先是陆越。从我告诉你要拍养猪 vlog 之后，你去查资料了吗？"

——这不是我想回答的问题！

陆越幽怨又忐忑地回答："……没、没有。"

唐堇薇微笑："哦？"

陆越立刻表决心："今晚就去看书！"

唐堇薇满意地点了点头，陆越泪流满面：这根本不是他想的真心话大冒险，为什么唐堇薇不问问他关于恋爱的问题？大家不都是这么玩的吗？

然后是蔺君书，唐堇薇看着他，想道：这次活动的目的是为了让大家敞开心扉，那就不应该提倡大冒险，把这种"大逆不道"的念头当场掐死吧。

于是她突然笑容灿烂："你去报名参加下周的趣味运动会，任选二十个项目。"

宅男蔺君书差点儿当场去世。

陆越和夏姝宁齐齐吸了一口冷气：嘶，还好没选大冒险！

最后是夏姝宁，唐堇薇犹豫了一下，觉得不该在第一轮就直入主题，而是应该唤起这个小粉丝对陆越的热情："说说你都为了追星做过什么别人做不到的事情吧。"

夏姝宁不假思索："买了一别墅的代言，花光零用钱不得不辞掉了家里的帮工，房里堆满了代言产品，连储物室都没空位了，只好搬来住寝室。"

陆越猛然转头："啊？"

唐堇薇："……"

她怎么就这么说漏嘴了？唐堇薇傻眼。

夏姝宁的脸立刻白了：糟了，说漏嘴崩人设了！

唐堇薇干咳一声，掩饰住了自己提问翻车的尴尬，仿佛一切都在她的预料之中："反正你都要走了，不如把真相告诉陆越吧。"

陆越一脸茫然："什么真相？"

夏姝宁捂住了脸，羞愧道："对不起，二越，我骗了你。我来当你助理并不是因为缺钱，我……我……我家里还挺有钱的。"

蔺君书见她说了，幽幽开口补充道："她爸妈在学校附近给她买了一套别墅，以前她是不住校的。"

唐堇薇补了一刀："这事我们全班都知道，只有你不知道。"

夏姝宁弱弱地抗议："不要再说了……"

陆越的世界观被颠覆了！说好的农村贫穷少女努力靠自己考上大学，现在还要每天兼职六小时才能勉强维持生计，所以迫切需要一份工作呢？

原来都是骗他的吗？！

夏姝宁忐忑不安，眼看着都要哭出来了："因为骗了你，我一直良心不安，每天都害怕被拆穿……"

原来如此，夏姝宁选择辞职，不只是因为冯戚的事情，这下陆越明白了。

他叹了口气："算啦，你骗我的事情又不止一件。"

这下，夏姝宁是真的哭出声了："对不起……呜呜呜，但我不该和冯戚合作的。"

夏姝宁的眼泪和道歉一起涌了出来，她一把鼻涕一把泪地倾诉起了自己是如何成为一个妈妈粉，又是如何变成极端妈妈粉，她为什么希望陆越四十岁再谈恋爱哪怕他现在已经退圈，哭着哭着，蔺君书还给她递了一张纸巾。

夏姝宁没接，她还记恨着蔺君书竟然是黑粉群卧底的事情，反手就从唐堇薇那里抽走了纸巾，还给了蔺君书一个兔子瞪人般的眼神。

蔺君书的心裂成了两半，一半在喊她瞪人也好可爱，另一半在沉痛地哀号他已经没希望了。

"但是我现在想开了。"夏姝宁哽咽着说，"你想做什么就做什么吧，妈妈永远支持你！"

陆越被一个看起来比他还小的女孩子自称妈妈，又是无奈又是好笑，但最后竟然有些感动，他总是很容易被粉丝感动。

夏姝宁最后问道："你还生我的气吗？"

陆越摇了摇头，露出一个招牌笑容："早就不生气了。"

夏姝宁终于笑了起来，压在她心头的沉沉阴云陡然散开了，她突然觉得阳光灿烂。

虽然提问出错，但是"话疗"竟然很顺利。唐堇薇欣慰地说道："那就开始第二轮吧。还是从陆越开始。"

陆越搓了搓手，还一本正经地往手心吹气，好像这种玄学行为能够提高他的摇骰子水平，真正的投骰子大师唐堇薇看着他徒劳的努力，但笑不语。

"666，这次一定是6！"陆越一把掀开罐子，五个黑点出现在他面前，"不错不错，差一点就是6了！"

他美滋滋地把罐子递给夏姝宁，夏姝宁已经擦干了眼泪，破涕为笑地接过："陆越的手气变好了，那身为粉丝的我，一定也会变得幸运吧。"

说着，她掀开了罐子。

也是一个5。

夏姝宁顿时笑开了颜，把骰子和罐子给了蔺君书。

蔺君书看到两人都时来运转，立刻有了自信："大家的运气都好起来了，那我应该也会……"

罐子一开，血淋淋的4点，让蔺君书陷入了诡异的沉默。

陆越笑得捶桌："你完了你完了你完了，这次一定是大家来问你问题！"

蔺君书咬牙道："班长还没摇点呢，说不定比我的点数小。"

唐堇薇从容地接过骰子，不动声色地盘算起来。如果她摇一个6点，那么就只有她成为提问人，但是如果她摇一个5点，现场就有三个人可以提问蔺君书。这是一个让蔺君书敞开心扉的好机会。

于是她微微一笑："那就试试看咯。"

话音刚落，唐堇薇又没有用罐子，直接把骰子抛了出去。骰子在桌面上滚动了一会儿，稳稳地停在了5点上。

陆越再次哈哈大笑："上一轮一问三，这次三问一，做好心理准备了吗？"

蔺君书："……"

唐堇薇微笑着问道："你要选真心话还是大冒险？"

"大……"蔺君书第一个字刚出口，就被唐堇薇直接打断："每年运动会总有几个困难项目缺人，哎……"

蔺君书瞬间改口："大冒险算什么，真男人当然要选真心话，你们问吧。"

陆越乐不可支，夏姝宁忍俊不禁，唯有蔺君书一脸苦相。

陆越终于可以美滋滋地问别人恋爱问题了："那我先提问咯。你的初恋是在什么时呢？不会还是母胎单身吧？"

蔺君书恼怒地说道："当然不是！我高中就恋爱了！"

陆越和夏姝宁一起"哇"了起来，陆越追问道："是和同学吗？"

蔺君书摇了摇头，沮丧地说道："不，是网恋。高考前就分手了。"说着，他幽怨地瞪了陆越一眼，这件事还和陆越脱不了干系。他会成为陆越的死忠黑粉，根源就在于此。

夏姝宁意外地看着蔺君书，喃喃道："好巧，我也是。"她的声音太轻了，谁也没有听清。

"轮到你提问啦。"陆越催促夏姝宁。

蔺君书生怕他们再提问这个话题，赶忙说道："别问这个了，换一个问题吧。"

夏姝宁犹豫起来，一时间拿不定主意。

"那我先问吧。"唐堇薇见夏姝宁已经敞开了心扉，现在应该轮到蔺君书了，干脆先提问了，"谈谈你是为什么要辞职好了。"

蔺君书一下子苦了脸，他就知道唐堇薇不会放过这个问题。

"首先，陆越，我要对你道歉，对不起。"说这话的时候，蔺君书低垂着脑袋，不敢看陆越，"你要去改造玫瑰园的事情，是我告诉冯戚的。"

"我就说冯戚是怎么知道的！原来是你！"

陆越顿时又恼火起来，抱着手臂气鼓鼓地瞪着蔺君书。蔺君书也没为自己辩解，他一开始是不肯说的，但是冯戚在门外听到了一些，又揍了他一顿，他只得说出这条情报。

"……这就是这些日子我做的事情。是我对不起你，这两个月的相处，改变了我对你的看法，你是一个很好的人，你不应该被这样对待。现在我没脸继续在团队里待下去了，也没脸拿这份薪水，所以我决定辞职。我已经退出了黑粉群，以后也绝不会再做对不起你的事，请你原谅我。"蔺君书说着，突然站了起来，对陆越来了个九十度鞠躬，把陆越吓了一跳。

"呃……倒也不用这么认真。"陆越支支吾吾了两声，尴尬地赶紧把蔺君书按回座位上。

唐堇薇一眼就看出陆越早就不生气了，他只是在等别人给他递一个台阶，于是处问道："所以，你原谅他了吗？"

陆越一手扶着额，另一手在半空中胡乱摆动了两下："原谅了原谅了，别再提这事了，就当没发生过。"

一切都依照着唐堇薇的预想进行，她再次满意地点点头：虽然她不擅长对别人敞开心扉，但是让别人敞开心扉的能力还是很不错的嘛。

还不到时候问他们两人是否愿意继续留在团队里，那就继续活跃一下气氛，带这一茬过分严肃的话题吧，唐堇薇心想。

唐堇薇于是催促夏姝宁："轮到你提问了。"

夏姝宁本来还对蔺君书略有怨念，但现在陆越都说原谅他了，她也不好追着这点不放。她想了想，挑了个平常的问题："我记得你还挺多才多艺的，那除了摄影和剪辑，你还有什么特长吗？"

这是个炫耀的机会！

蔺君书立刻从一个颓废死宅蜕变为"精神小伙"，他用按捺着夸耀的语气说道："略有几样，但也不是很多。要说比较擅长的话，那应该是写作了。我中学的时候就在网上写书，第一本就签约了，还挺受欢迎的。"

陆越惊讶地说："你还会写书？"

蔺君书口气低调，但是微微抬起的下巴却掩饰不住他暗藏的得意："写过几本，数据还可以。除此之外，我的日语也不错，以前在汉化组做过，翻译、修图和嵌字都没问题。"

陆越对他肃然起敬，原来他的室友不仅仅是一个抱着漫画的死宅男，还是一位隐藏的大佬。也是，蔺君书的摄影和剪辑水平陆越是亲眼见证过的，由此看来，他的其他技能也不会差到哪里去。

夏姝宁也一脸惊讶，她好奇地问道："你的笔名叫什么？"

蔺君书回避了这个问题："这个就让我保密吧。"

夏姝宁顿时哀怨地看了他一眼，圆圆的杏仁眼里写满了可怜与渴望："真的不能告诉我吗？"

蔺君书的原则一下子飞出了九霄云外，他忘乎所以地脱口而出："我都退圈好几年了，你应该不知道我。我的笔名叫修平。"

"刺啦"一声巨响，夏姝宁猛然站了起来，椅子在地面上拖出一声刺耳的声响："你就是修平？写《我在外星搞种植》的那个修平？！"

已经太久没有人这么称呼他了，蔺君书一时间没有反应过来，愣愣地点了点头。

难以置信地看着他的夏姝宁"哇"的一声哭了出来，气恼地叫道："原来是你！你军蛋！！"

蔺君书一脸蒙圈："啊？"

夏姝宁哭着跑了，这下谁劝都不好使，连唐堇薇都拦不下她。

"你们有过节？"眼看气氛急转直下，唐堇薇难得迷茫地问蔺君书。

"我不知道啊！我只是个写过几篇网文的扑街写手！后来转行剪视频就再也没写过了！"蔺君书沉浸在被暗恋对象痛骂浑蛋的痛苦中，抱着头怀疑人生。

"修平？《我在外星搞种植》？怎么有点儿耳熟？"陆越摸了摸下巴，思索起来。

在应该沉迷网文的年纪时人在国外，没有经历过全班男生一起追网文的氛围，因此对网文知之甚少，所以他对自己竟然对修平这个作者和这个书名有印象感到奇怪。

蔺君书突然脑中灵光一现，冷汗瞬间下来了。

糟糕！他想起来了，这本书当初可是在网上被轰轰烈烈地掐过，原因是书里的一个恶毒男配原型是陆越！啊，夏姝宁是陆越的死忠粉丝，难道说……

怪不得夏姝宁会知道他！

蔺君书顿时悔不当初，早知道他就不该说出来！

"我想起来了！"陆越突然脸色一变，神情古怪地看着蔺君书，"你在那本书里黑过我是吧？"

完了，全完了！黑历史被曝光的那一刻，蔺君书感到眼前一片黑暗。

自作孽不可活！

蔺君书摊上大事了。

年少无知时他在文里黑陆越的黑历史被揭发——还是他自曝的——一下子得罪了他暗恋的妹子和明星室友，现在他不知所措。

蔺君书麻木地坐在寝室的书桌前，电脑屏幕散发着莹莹的绿光，脑中一片空白，别说打字了，连屏幕上的字都看不进去。

今天的"真心话大冒险"活动，因为夏姝宁哭着跑掉而宣布终止。陆越从回寝室后就没有和他说过一句话，每当蔺君书鼓起勇气要再次道歉的时候，陆越就化身一只"哼哼怪"，对他横挑鼻子竖挑眼，满脸都写着不高兴。

可这也怪不得陆越，他也没想到自己的这名室友对他的恨意是如此深沉，不但剪鬼畜视频黑过他，还写文黑过他，这是什么样的深仇大恨啊？

蔺君书又是愧疚又是羞耻，几番煎熬之后，他也恼怒起来，回想着因为陆越而无疾而终的初恋情人，他干脆赌气不道歉了！

蔺君书默默关掉了电脑，逃避似的钻进了被窝里。他先是平躺着，静静看着一片黑暗中寝室天花板上模糊的纹路。

陆越给唐堇薇发信息：蔺君书浑蛋，他都不给我道歉！

唐堇薇没有回他消息，陆越越发恼火，在被子里翻来覆去了一会儿，感到心头有一簇火苗在不断燃烧，烧得他心肝脾肺一起疼。

再也按捺不住的陆越气鼓鼓地坐了起来，拍着被子问道："蔺君书！你老实交代到底为什么这么恨我？又是写文黑我，又是剪视频黑我，我以前到底怎么得罪你了？"

寝室里安安静静，蔺君书好似已经睡着了，可陆越才不信，他顽强地爬到了蔺君书的床上，揪着蔺君书的被子使劲摇了起来："你说！你快给我交代清楚！"

蔺君书闷不作声，干脆钻进被窝里把自己团成一团，双手顽固地抓着被子不让陆越抢走。

陆越不信邪，和他玩起了幼稚的抢被子游戏，折腾半天把两人都折腾出一身汗来，这才消停了几分。

"喂，你说说看呗，你到底为什么讨厌我啊？"陆越趴在床头，一手抓着护栏，另一手有一下没一下地揪被子。

被窝里传来蔺君书闷闷的声音："因为你抢了我的女朋友。"

单身狗陆越蒙了："怎么可能？什么时候的事情？"

蔺君书："三年前，你出道没多久的时候。"

陆越急了："我真没有啊！我以我人格担保那时候我忙得要死，根本没空谈恋爱！"

被窝里的蔺君书动了动，伸出了一个"死不瞑目"的脑袋："你有！我的初恋女友原本是我的读者，自从粉上你之后就成天跟我安利你。我气不过，把你写进了小说里当反派，后来的事情你就知道了。我被你的粉丝掐到退圈封笔，从此成了你的黑粉。"

陆越的嘴角一抽："这锅我着实冤枉啊。"

"我知道……对不起。"黑暗之中，蔺君书的语气软了下来，"一直以来，都是我在单方面针对你，其实你没有做错什么……"

"这你就不对了，我还是有错的。"陆越突然正色说道。

就在蔺君书迷惑不解之际，陆越一本正经地把后半句补上了："人红是非多，我错在太帅太红了呀！"

蔺君书："……"

陆越见气氛转好，心情也不由转好，活泼地对蔺君书叨叨了起来："其实吧，我也没太生气，毕竟这都是三年前的事情了，那时候我们又不是室友。再说，作为一个当红明星，黑过我的人漫山遍野能编出几个师来，我要是个个都生气，早就把自己气进医院了。嘻，都是太红害了我！我原谅你了！"

蔺君书目瞪口呆，这家伙怎么自说自话就原谅他了？他还没好好道歉呢。

"不对，我现在还不能原谅你！"陆越突然兴奋地说道，"除非你把你和初恋的故事给我好好说说。还有夏姝宁，我算是看出来了，你是不是暗恋她？今天活动的时候，你一直盯着她看个不停。"

蔺君书的脸一下子红了，就算周围一片漆黑，他剧烈的心跳和结巴的语气也掩饰不住他的真实心意。

陆越一下子就欢乐起来，聊到恋爱，他可就不困也不气了啊。

他欢脱地说道："没想到你眼光还不错嘛，我这名小粉丝非常可爱。怎么样，想不想追她啊？想的话就赶紧跟我交代你的初恋故事，我的八卦之心已经按捺不住了！"

"你这个人……"蔺君书不知道该说什么才好了。

陆越还没来农大的时候，他对这个明星还充满了偏见。隔着镜头和舞台，他所见到的陆越是一个傲慢自大还很愚蠢，却被资本包装得闪闪发亮的花瓶。可是自从陆越来到了农大，他渐渐意识到陆越并不是他以为的那样，陆越身上有很多真诚温暖的地方：轻易就原谅了蔺君书黑过他的行径，接纳蔺君书作为自己的摄影师，对蔺君书的感情问题很热心。陆越真的是一个自信乐观、内心善良的人，就连嘴硬和犯蠢的时候都显得可爱。

这一次，蔺君书真真切切地感觉到了歉疚。

他欠陆越的，太多了。

这次男生寝室夜话整整持续了半个晚上，蔺君书将自己和素未谋面的初恋女友的故事完整地告诉了陆越，陆越听得津津有味。等聊到夏姝宁的时候，陆越就更来劲了，甚至还给蔺君书出起了主意："道歉，一定要真诚地道歉。她拉黑你，你就去她寝室下面等人。作为一名热心助人的室友，我决定把我明天那份珍贵的酸奶口粮捐献给你，它可是我们农大校内的硬通货，你快拿着它去道歉，成功率提升百分之二十以上！"

蔺君书满脸黑线，总觉得这家伙不靠谱。

"蔺君书啊，我觉得我们应该组一个男子恋爱互助团！我帮你追夏姝宁，你也得帮我追唐董薇啊，如果我们双双成功，那就可以搞四人约会了，多浪漫啊。"陆越飘飘然了起来。

蔺君书消沉地说："我觉得双双失败的可能性更大。"

陆越："喂，你还想不想和夏姝宁谈恋爱了？！"

蔺君书："……想。"

陆越："想就照我的办法去做！赶紧去道歉啦！！"

这就是为什么，第二天傍晚，蔺君书拿着一份酸奶徘徊在女生寝室楼下，浑身忐忑不安。

这份碰运气的等待得到了回报，大概半个小时后，蔺君书借着路灯光看到了拎着一盒小蛋糕独自一个人慢吞吞地回寝室的夏姝宁。她看起来还是一如既往地可爱，只是面色凝重，仿佛心事重重。

蔺君书一下子精神了，他迈出一步，想要冲上去拦下夏姝宁，好好跟她道歉。但是人刚来到夏姝宁面前，面对夏姝宁又惊又恼的神情，他的脑中突然一片空白了。原本在心里反复演讲过好几十遍的道歉台词突然间像重装后的电脑硬盘一样一片空白。

蔺君书的舌头被打了个无形的结，让他只能发出"呃""啊""你"的声音，面色涨得通红。极度慌乱下，他的大脑好像被劈成了两半，一半在胡乱尖叫哀号，发出无意义的声响，另一半则在冷静分析着并不重要的内容，比如现在的路灯很暗，他烫的面色应该不会太鲜艳，这应该能给他保留百分之一的尊严，等等。

被拦在路中央的夏姝宁感受到了路过的学生们好奇又探究的视线，一时间窘迫非常，她本来就是一个容易害羞和尴尬的人，现在顿感羞涩难当。

"我和你没什么好说的！"夏姝宁压低了声音，语速飞快地说道，以惊人的速度冲进了女生宿舍。

蔺君书下意识地追赶，还不等反应过来就已经冲进了女生宿舍大门，然后被进进出出的女生们怒目而视：

"这里是女生寝室！"

"变态啊！"

"喂喂喂，你干吗？"

舍管阿姨已经投来了危险的眼神，那视线堪比一张死刑通知单，那凌厉的杀气吓得蔺君书后退了两步，慌忙离开女生寝室。

错失了大好机会，蔺君书懊悔不已，他站在寝室路边的树下，用额头和树干较起了劲，没几下就磕得脑门生疼，周围路过的学生们纷纷避开他。

"蔺君书？"一个熟悉的声音响起。

来人是唐堇薇，她怀里抱着几本厚厚的教材，似乎刚从图书馆回来，见到蔺君书在原地撞树，她略一思索就猜到了原因："你见到姝宁了？她不接受你的道歉？"

对对对，完全正确！蔺君书苦着脸，虚弱地问道："班长，能不能请你……"

话还没说完就被唐堇薇打断了："不能。"

蔺君书："……"这也太干脆了！听都不听完吗？

唐堇薇异常干脆地说："姝宁是我的好朋友，我更在乎她的想法。既然她拒绝你的道歉，那一定有她的理由。我可以帮你问一问，但我不会帮你做说客，勉强我的朋友原谅你。"

果然是唐堇薇的逻辑，蔺君书心想，和陆越那个感情丰富的情感流画风截然不同。

然而，真实的唐堇薇端庄地微笑着，内心却是：对不起，我是真的不懂这个，请不要再拿复杂的感情问题来折磨我了。

"不论如何，我先谢谢你……"蔺君书郑重地说道，"请务必帮我问一问，她怎样才能原谅我。还有这个酸奶，麻烦你带给姝宁。"

唐堇薇接过酸奶，拿在手中看了两眼，冷不防问道："这是陆越给你的？"

蔺君书下意识地应了一声。

唐堇薇没再说什么，转身走进了女生寝室的大楼。

蔺君书在楼下怅然若失地站了许久，直到快要熄灯才垂头丧气地回去了。

走在寝室楼道里，唐堇薇抬手给陆越发去了一条信息。

唐堇薇：这份酸奶是你给蔺君书的？

陆越：是啊是啊，我让他去找夏姝宁道歉了，他还没回来，成功了吗？

唐堇薇：显然没有。

陆越回了个气呼呼的表情包：老蔺废物！靠你了唐唐，你快搭把手，帮忙解决一下团队内部的感情问题，否则我们这个团队就要分崩离析了啊！

唐堇薇：这是谁的问题呢？

陆越又回了个小狗在地上撒泼打滚的可爱图片：我不管，我不管，求你了，帮帮忙吧！事关蔺君书的人生幸福，还事关我们团队的存亡，你不能这么冷酷无情。

他到底是从哪里找到这么多可爱的表情包的？唐堇薇不解地看着对话屏幕里滚来滚去的小狗，忍不住把它的形象套在了陆越身上。

谁能拒绝这么可爱的小狗狗呢？

唐堇薇纠结了一会儿，回道：我可以帮忙问一问。

陆越：我就知道你不是那么冷酷的人！

唐堇薇对着屏幕微笑，陆越不说还好，既然他这么"夸奖"她了，她才不会这么轻易地放过陆越呢。

唐堇薇：但是我有一个条件。

陆越发了个"狗狗突然警觉"的表情包：你想做什么？？？

唐堇薇看着陆越发来的微信，几乎能从这个表情包中看到陆越在屏幕那头上蹿下跳急得跺脚的样子，她的嘴角不禁溢出一个微笑。

唐堇薇：也没什么，养猪社的同学已经把一间旧仓库改建好了，仔猪马上就要进场了，到时候你认领一只，好好照顾你的小猪，每天给它喂水喂食好好照料，可以做到吧？

陆越：……

唐堇薇回了他一个系统自带的微笑表情，在这种语境下有一种惊人的嘲讽效果。

陆越：好好好！成交！但你也得答应我，跟夏姝宁好好聊聊呗，求你了嘛！

唐堇薇：好。

按掉手机屏幕，唐堇薇用钥匙打开了寝室的房门，发现夏姝宁正趴在写字台前发呆，不知道在想什么。

唐堇薇发现自己开门的声音都没有惊动夏姝宁，顿时挑了挑眉，意识到她现在的情绪一定不太对劲。

应该怎么开口和人谈心？唐堇薇迟疑了一会儿，决定单刀直入："我们谈谈吧。"

夏姝宁慌忙抬起头，推开椅子站起来："我先去洗漱了，马上就要熄灯了，明天再说吧！"

"坐下！我们现在就谈！"唐堇薇直接下令。

夏姝宁一屁股坐了回去，这才回过神来。

然后呢，她应该说什么？唐堇薇也蒙了，现在的气氛怎么看也不对劲啊。

但是单刀直入式聊法，至少奏效了，她决定再接再厉："你因为蔺君书的事情很不对劲。他以前写书黑过陆越这件事，对你打击这么大吗？"

夏姝宁低头看着自己穿着拖鞋的双脚，闷不作声。

好像效果不佳，唐堇薇尴尬地傻在原地。

"你们还有没有其他过节？"唐堇薇又追问道。

"我现在不想谈他。"夏姝宁低声说道。

唐堇薇苦恼极了，和人交流学习和研究项目，她可以说得头头是道，但是一旦开始和人谈心谈话，她就陷入了难题之中。宁可用她的千层套路逼得人家不得不同意要求，要让她来扮演知心姐姐的角色，简直是强人所难——她宁可去写论文。

谁能告诉她现在应该怎么和别人谈论感情问题啊？

纠结之际的唐堇薇，在绝望中看到了手机里弹出的微信消息，陆越关心地问道：进展如何了呀？

唐堇薇：姝宁说她现在不想谈蔺君书。

陆越秒回：你是不是一进寝室就直接问了？

唐堇薇：……

这个简短的省略号里，暴露了唐堇薇的迷茫和不知所措。

陆越：注意气氛啊！连我这个钢铁直男都知道，找人谈心谈话最好是在夜深人静四下无人的环境里，你至少也等到熄灯后啊！

唐堇薇眼前一亮：原来如此，谢谢。

陆越又发来一条：还有一个办法，我觉得可行。酒后吐真言听说过吗？她要是不肯说，你就灌她喝点儿酒，酒劲上来了，平时不想说的话也肯说了。

唐堇薇恍然大悟：明白了。

得到"高人"指点的唐堇薇重新找回了自信，她放下手机，对夏姝宁莞尔一笑："现在，你到床上去！"

夏姝宁迷惑地看着她："啊？"

唐堇薇："现在，立刻，马上！"

她说得斩钉截铁，夏姝宁不由自主地听从了她的话，乖乖坐到了床铺上，眼巴巴也看着唐堇薇换上鞋子："等我十分钟，我去买点儿东西。"

夏姝宁：？

十分钟后，唐堇薇拎着一袋啤酒回到了寝室。

"给你，喝吧。"唐堇薇笑眯眯地把一罐啤酒递给夏姝宁。

夏姝宁越发迷茫了，那圆圆的杏仁眼里简直冒出了一个接一个的问号。

唐堇薇"啪嗒"一下关掉了寝室的顶灯，借着微弱的走廊光线来到夏姝宁的床上，把啤酒也一并带了过来："好了，现在气氛到位了，我们可以喝酒谈心了。"

夏姝宁哭笑不得："你干吗啦！"

"你因为蔺君书的事情心情不好，我有必要和你好好谈谈。"唐堇薇理所当然地说着，打开了易拉罐啤酒默默抿了一口，然后眉头紧皱——这也太难喝了。这种酒精饮料发明出来是为了折磨人类的味蕾吗？还不如奶茶万分之一好喝。

夏姝宁小口小口地喝着酒，心中有一股感动的热流：唐堇薇在关心她，虽然方式如此笨拙生疏，可是这份举动里的关心是真切的，让她感动。

她突然为自己当初破坏陆越和唐堇薇感情的事情愧疚了起来。

"谢谢你。"夏姝宁小声说。

"不客气，现在可以说了吗？"唐堇薇问道。

夏姝宁又喝了一口啤酒，才喝了几口她当然没有醉，但是啤酒微微苦涩的味道却让她心中尘封多年的情感再次荡起了涟漪。

"我高中的时候，喜欢上了一个人。"夏姝宁低声说道，"是很单纯的喜欢。他是个新人作家，刚开始在网上连载作品，我觉得他写得新奇又有趣，就成了他的读者，后来还成了网友。我们每天都在谈论创作，讨论文学，交流彼此的生活，我觉得他是个很有趣的人。后来，我们就交往了……在网上。"

唐堇薇是何等聪明，立刻就把所有线索串到了一起："那个人就是蔺君书，笔名修平，对不对？"

夏姝宁没作声，将手中的一罐啤酒一饮而尽，黑暗中吞咽的声音酝酿出了一种格外复杂的情绪。她试图用啤酒浇灭内心的那团火焰，却反倒让火越烧越旺。

初恋总是难以忘却的，对夏姝宁来说更是如此。她从小念的就是女校，和同龄男孩子的接触少之又少。在网上看小说完全是一种偶然，她偶然间点进了那个网站，看到了修平的小说，那时候他还是一个新人。她成了他的读者，然后是朋友，再然后，记不清是谁先开的口，他们莫名地成了一对网络恋人。

对恋爱充满好奇的夏姝宁没有想太多，她高兴自己有了一个男朋友，有一种背着家长偷偷恋爱的禁忌感。这种关系对一个从小循规蹈矩的女孩子而言是奇妙的体验同学和朋友是有距离和界限的，如同一对双子星，它们会被对方的轨道影响，可是归根到底，它们都在自己的世界中安静运行。但是恋人不一样，恋人之间仿佛是两个互相吸引互相吞噬的黑洞，它们侵占着彼此的时间和空间，吞噬一切物质和距离它们是具有独占欲的。

她会第一时间和修平分享自己的生活，从随手拍一朵路边的花，到抱怨作业太难，除了自己的名字和长相，她什么都会告诉修平。这份谨慎来自家庭教育，也是一个少女连自己都不知道的小心思：她不是在和一个真实的人谈恋爱，她只是在和一个集合了少女幻想的虚拟人物恋爱，她不想破坏这份美好的幻想。

这究竟是爱情吗？十七岁的时候，夏姝宁其实并不明白，她只觉得这样很快乐。她把快乐投注在了"修平"这个半虚半实的人物上，却不去思考这到底是不是爱情。

现在她二十岁了，回顾往昔岁月里的那段初恋，夏姝宁隐约意识到了一些什么：那曾经燃烧在她心中的情感，并不是对修平的爱意，而是对她幻想中的修平的爱。

修平是完美的，毫无瑕疵的，因为他甚至不是真实存在的。所以当修平做出她难以接受的事情之后，她的"爱火"迅速熄灭了。她气愤的不仅仅是修平诋毁陆越，更是修平在她心中那个完美形象的崩塌。

原来，修平并不是她想象中的那样。

那一刻，一个少女的初恋就结束了。

唐堇薇拿着满罐的啤酒，专注地听夏姝宁断断续续地讲述着那段恋情，伴随着夏姝宁的情绪起伏，唐堇薇仿佛走进了她的内心世界，跟着她一起走过了那段酸甜苦辣的初恋，这是唐堇薇从未有过的体验。

夏姝宁坦诚地对她剖析着自己的内心，这让唐堇薇倍感意外，还有点儿受宠若惊。

夏姝宁竟然把这么私密的初恋故事告诉了她，从来不和别人聊自己的唐堇薇简直有些惭愧了。

可是惭愧之余，她竟然也体会到了别样的欣喜——夏姝宁信任她，所以愿意和她分享秘密。她们之间似有若无的距离，一下子就被这个秘密拉近了。

唐堇薇强迫自己把思绪转回到夏姝宁身上："所以，你认为那时候并不是在和修平谈恋爱，而是在和自己的幻想谈恋爱。当修平做出你不能接受的事情的时候，你的幻想破灭了，你觉得自己被愚弄了。而你把这份幻想破灭的愤怒发泄在蔺君书身上，所以既不想接受现实，也不想原谅他的作为。"

夏姝宁不服气地嘀咕道："但是他黑我偶像这件事是真的！他就是这么干了！还干了两次！"

唐堇薇不解地问道："他为什么这么做呢？"

夏姝宁愣住了："我不知道呀，你觉得呢？"

再次被触及知识盲区的唐堇薇呆住了，她像是很懂这方面的人吗？

唐堇薇故作镇定地说道："我不够了解他，但你既然是他的初恋，应该能想象得到他这么做的缘由吧？"

夏姝宁陷入思索。修平讨厌陆越吗？起初是没有的。她刚粉上陆越的时候，修平并没有表达反对的意见，甚至欣然接受了她的安利，陪她听陆越的新歌，甚至还帮她剪过陆越的视频。是从什么时候开始，修平变了呢？

夏姝宁恍然有些明白："……是因为我吗？"

唐堇薇没有说话，只静静地听夏姝宁说出答案："因为我喜欢陆越，我把时间和精力给了陆越，忽略了修平。我不再和他讨论他的作品，也不乐意听他讲创作计划，我每天都在喋喋不休地和他讲陆越……"

唐堇薇问道："你打算把你就是他初恋的事情告诉蔺君书吗？"

夏姝宁的脸色变了："我不要！我不想告诉他！"

唐堇薇不解："为什么？"

夏姝宁咬着啤酒罐，小声说道："毕竟都是过去的事情了，我已经放下了。"

唐堇薇直白道："可是看你现在的样子，并不像是已经放下了的样子。"

夏姝宁哑口无言。

许久，她把喝光的啤酒罐轻轻丢进了垃圾桶，拉过被子把自己裹上，瓮声瓮气地说道："反正就是这样了，以后我就当作不认识他，你不许把今晚的秘密告诉他！"

唐堇薇眨了眨眼，她的任务应该算是完成了吗？

好像没有。

"你要怎么样才能原谅他呢？"唐堇薇追问道。

"看我心情啦！"夏姝宁拿出了她的大小姐脾气，这一声过后就尽情装死了。

唐堇薇无奈地叹了口气，勉强也算是完成任务了吧，她把这个不好不坏的消息回复给陆越。

陆越看着信息，怜悯地拍了拍正襟危坐严阵以待的蔺君书："这里有一个好消息，还有一个坏消息。"

蔺君书幽幽道："先说好消息，我已经承受不住更多坏消息了。"

陆越："好消息是，唐唐和姝宁谈过了，姝宁说她已经放下了。"

蔺君书的眼睛亮了起来。

陆越适时地泼了一盆冷水："但是坏消息是，她说什么时候原谅你要看她的心情。"

蔺君书再次萎靡。一个女孩子的心情，这可比高数期末考试还难懂。

陆越："所以我们寝室的'男子恋爱互助团'必须马上组建起来！恋爱问题是我们男人的终身大事，一定要认真对待！"

蔺君书："……"

陆越瞪着他："怎么，你觉得恋爱不重要吗？你还想不想让姝宁原谅你啦？"

蔺君书屈服了："想。"

陆越满意地点了点头："我就知道你也是个恋爱脑。好了，那就这么说定了，从明天开始,我一定千方百计给你制造机会,帮你取得姝宁的原谅。等她原谅了你,你就可以展开追求,说不定真的能追到白富美呢!"

蔺君书:"呃……总之,一起加油?"

陆越握住了他的手,感觉自己和蔺君书的友情一下子拉近了:"加油加油!我们一定会成功谈上恋爱的!"

陆越深信,组建"男子恋爱互助团"一定是个正确的选择。这不,第二天他就找到了一个大好机会。

"好消息,好消息,老蔺,我有个好消息告诉你!"陆越兴奋地撒丫子狂奔到了蔺君书面前。

蔺君书呆呆地从漫画书前抬起头,推了推眼镜:"啊?"

陆越一把扯走了他的漫画:"现在,姝宁遇到了一个大麻烦!"

蔺君书紧张地立刻站了起来:"什么麻烦?我这就过去!"

陆越又把他按回椅子上:"先别急嘛,听我说完。"

原来,养猪社近来把一间后山闲置的旧仓库改造成了另一处小型养猪场,准备养一批新猪,作为今年的社团实践加分项目。因为人手紧缺,养猪社的成员找到了他们劳动社帮忙,其中一项内容是采购一批必要的机器,包括通风、供暖等必备设施。因为预算有限,只能购买二手的。

这项工作交给了夏姝宁,但是这位白富美对此毫无经验,盲目听信了一个养猪论坛里的破产养殖户的介绍,买来了他闲置的二手设施,结果其中的两台暖风机是坏的。唐堇薇发现后,立刻让她暂时不要付尾款,结果这才发现,夏姝宁傻乎乎地把全款都付清了。

夏姝宁发现后决定自掏腰包重新买一批,但是唐堇薇觉得也许修理一下能解决问题,便准备这几天找人修一修。

"你不是对修东西还挺有一手的吗?上次那个进水的单反相机,不是让你修好了吗?拍的素材完好无损。"陆越说道。

"那是因为直接换掉了主板,素材没丢是因为储存卡没问题。"蔺君书吐槽道,"你根本不懂维修!"

"行行行,我不懂,但你总该懂一点儿吧?你不是会写书还会做汉化吗?这个应该也可以吧?"陆越问道。

"……"蔺君书不知道该如何对陆越解释,陆越好像已经认定了他是个万事通。

但是蔺君书确实懂一点儿,他爸爸是个汽车修理工,他从小耳濡目染对机械和修理略知一二,童年的启蒙读物就是《家用电器维修基础知识》。小时候同龄人要修小赛车、悠悠球之类的小玩意儿都会来找他，每当家里东西坏了，他和父亲就会抢着去修，通常会变成父子维修家电教学。

"坏的是两台暖风机？这玩意儿往简单点儿说就是空气加热器搭一个送风机……你要是不好理解，就想象一下电吹风。电吹风我倒是修过……"蔺君书自言自语起来，脑中盘算着能不能搞定，"具体的还要等我看过才知道。"

"行啦，既然你心里有数，赶紧去现场看看，走起！"陆越二话不说，拽着蔺君书直奔学校后山的旧仓库。

此时的后山旧仓库，现场已经改建完毕，夏姝宁垂头丧气地坐在仓库旁，小声对到处打电话的唐堇薇说道："要不，还是让我出钱弥补一下损失吧。"

唐堇薇正在发信息找人询问维修问题，头也不抬地说道："那倒不用，找个人修一修就是了，修不好再说。"

可夏姝宁还是很不好意思。要是采购的时候她能再小心一点儿就好了，她沮丧地心想。

"修理的人来了！"陆越带着蔺君书赶到现场，二话不说就把他推了出来，"我问过老蔺了，他说他能修！"

蔺君书瞳孔地震：我不是，我没有，我只说来看看。

唐堇薇意外地问道："你会修理？"

蔺君书："会一点儿……"

夏姝宁本来见到蔺君书有些尴尬，听他这么一说，立刻抬头看向他。两人四目相对，都下意识地避开了眼神。

陆越对唐堇薇挤眉弄眼，疯狂暗示：快给他一个机会啊！

那神情，比他自己谈不上恋爱还要着急。

唐堇薇觉得好笑，她瞥了陆越一眼，故意做出一副正在思考的样子。陆越更急了，忍不住凑到她身边拽着她走开了几步，小声说道："你还没发现吗？老蔺他现在还暗恋着姝宁哎！我们要给他们制造机会啊！"

唐堇薇："……"

这一刻，她再一次感受到了被团队内复杂的感情纠葛支配的恐惧！等等，他俩不是彼此的初恋吗？还是当了两年多的同学之后，才被夏姝宁发现的，蔺君书至今都不知道。

有点儿意思了。这样的巧合激起了唐堇薇的兴趣，她回头看了看，夏姝宁和蔺君书正相顾无言，一个看天，一个看地，就是不看对面。

"看到了吗？这就叫有戏！"陆越兴奋地说道。

"那你打算怎么做？"唐堇薇笑眯眯地问道。

"当然是给他们制造机会啦。有机会，才能好好沟通；好好沟通，才能建立感情。你看，咱俩不就遵循着这个恋爱规律吗？"陆越不要脸地说道。

唐董薇斜了他一眼，没有拆穿他在用词上的小心思。

有唐董薇点头，这件事就好办了，她当即同意让蔺君书试一试。蔺君书说干就干，拿出了不符合宅男人设的行动力，借到了一套维修工具箱，整个下午都在后山的仓库里和两台出故障的暖风机斗智斗勇。

夏姝宁的心情十分复杂，这是她惹出来的麻烦，现在却要别人帮她收拾残局，那个人偏偏还是蔺君书，她有点儿惭愧，又有点儿羞恼。

她的手机、电脑坏了，她的第一反应是换个新的，而不是送去维修。上一次单反相机进水之后，她也立刻提议要借新的给蔺君书，但是蔺君书拒绝了。他自己出钱把坏掉的主板换新——并找陆越报销了——修好的相机看起来完好无损。

夏姝宁忽然想起了一件旧事，那是两年前刚上大学的时候，她的手提电脑坏了，正郁闷地对唐董薇抱怨，坐在她前排的蔺君书突然回过头来，忐忑地说道："那个……夏同学，我可以帮你看看……我……我会修……"

夏姝宁有点儿莫名其妙，她和蔺君书可算不上熟悉。

白富美夏姝宁露出了一个礼貌的微笑："不用了，谢谢你哦，我已经买了新的了。"

那一刻，蔺君书失落的神情让她记忆犹新。

对夏姝宁而言，东西坏了就应该换新，修理它是一件费时费力毫无意义的事情，再怎么修理，坏掉的东西也不会回到从前了。

可是现在，看着蔺君书熟练地打开暖风机的后盖，把里面复杂得让人一头雾水的线路和部件拆出来检查的样子，她突然觉得，能把坏掉的东西修好也是一种能力。

一种了不起的能力。

"你别担心，我会尽力把它修好的。"蔺君书认真地对她说道。

夏姝宁轻轻地"嗯"了一声。

她想，她是期待的，期待那些坏掉的东西被重新修好的那一天。

怀着这份复杂的心情，入夜之后，夏姝宁接到了陆越的一个电话。

"姝宁啊，你晚上有见到老蔺吗？我打他手机他没接。"陆越说道。

"没有啊，他是不是还在后山修暖风机？"夏姝宁说道。

陆越"咦"了一声："有可能，晚饭的时候他也没有回寝室，不知道他吃了没有……哎，可惜我现在被唐唐抓到了图书馆补课，不然我就带点儿宵夜去投喂他了。"

正聊着，电话那边传来了唐董薇的声音，陆越赶紧挂了电话。

图书馆的某个角落里，陆越扬扬得意地说道："相信我，姝宁一定会给蔺君书送宵夜去！"

唐堇薇正在批改陆越惨不忍睹的答题作业，一边画叉叉一边说道："是吗？"

陆越完全没听出她的语气，自顾自地说道："哼哼，这你就不懂了。姝宁现在正处于忐忑不安的状态，我只要轻轻一推，她立刻就会动起来。我知道她是一个不喜欢欠别人的女孩子，她一定会去的。"

唐堇薇对他微微一笑，这熟悉的笑容让陆越浑身发毛："与其关心你的团队成员，不如关心关心你的高数作业。"

陆越哀号了一声："在美国的时候我的数学还是不错的！"

唐堇薇笑得更甜了："在这里，不行。坐好了，我给你讲。"

陆越已经身在曹营心在汉，完全没有心思听什么高数，他现在只想去后山旧仓库那里吃瓜……啊不，是关心朋友的感情进展。

陆越用他那双格外有神的眼睛对唐堇薇放电："唐唐，打个商量吧，我们去后山看看情况好不好？蔺君书现在也许需要我们的帮助，我们难道不应该伸出援手吗？"

唐堇薇微笑："可我怎么怀疑，你只是想逃避学习呢？"

陆越顿时沮丧地趴在桌子上，用下巴磕着课本，漂亮的桃花眼往上看，眼巴巴地瞅着唐堇薇。图书馆的灯光下，他长而浓密的睫毛在眼下投出了一片扇形的阴影，阴影中，他黑色的眼瞳里倒映着片片灯光，忽闪忽闪着，如同夏夜中一闪一闪的星。

他像一只被主人不小心踢了一脚，委屈巴巴的小奶狗。唐堇薇的脑中跳出了一个不受她控制的联想，荒诞的，却又是可爱的。

她不由自主地改了口："抓紧时间，只要你把这些题目做对了，我们就去看看。"

陆越立刻精神起来，他迫不及待地接过画满叉的作业："来了来了，我的干劲来了！冲呀！"

夏姝宁在后山的旧仓库附近徘徊。

她买了一份豪华版盒饭——份美味的烧烤宵夜，还有两杯奶茶，满当当地提着，就是迟迟不肯走近。

不要慌，只是过去送个宵夜，感谢一下蔺君书帮她善后，又不是多难的事情，夏姝宁给自己反复打气，终于鼓起勇气走了过去。

不远处的旧仓库内，蔺君书拖了把小木凳，一手螺丝刀一手手电筒，正专心致志地研究暖风机的内部结构。

"咳咳……晚、晚上好！"门外传来了夏姝宁的声音。

蔺君书正和一枚拧得特别结实的螺丝较劲，冷不防听到她的声音，吓得螺丝刀都掉了。

"姝宁，你怎么过来了？"蔺君书惊喜地问道。

"听陆越说你没吃晚饭，我就给你带了点儿东西……"夏姝宁轻声回答。

蔺君书诡异地沉默了。

陆越这是睁着眼睛说瞎话，他俩分明是一起吃的晚饭，而且陆越还死不要脸地让他请了客，神神秘秘地说这是他应得的报酬。

蔺君书恍然大悟，原来陆越早就盘算好了啊！这小子在恋爱问题上怎么小聪明一套一套的？不过，还真得谢谢他了。

"是的，我还没吃饭，现在都快饿死了，太感谢你了。"蔺君书对夏姝宁腼腆地笑了笑，"你买了好多，我一个人肯定吃不完，一起吃一点儿吧？"

夏姝宁不好断然拒绝，就在她思索借口之际，蔺君书已经热情地接过了东西放在桌子上，还主动帮她拉开了椅子。她犹豫了一下，默默坐了下来。

坐下之后，夏姝宁当即就后悔了，她刚才怎么就鬼使神差地答应了呢？她应该说自己吃过了啊。现在她不得不和前男友坐在一起吃晚饭，而这个前男友还不知道她是谁。

简直又惨又好笑，夏姝宁郁闷地心想。

在这尴尬的七分钟里，两人不约而同地放低了咀嚼的声音，细嚼慢咽，把烧烤吃出了斯文优雅的气度来。

"你也多吃点儿，这么多我一个人肯定消化不了。"蔺君书强迫自己开口打破这尴尬的沉默。

夏姝宁在一颗一颗地吃花生，正想努力咽下去再开口作答，冷不防一颗花生倔强地冲进了气管里，她顿时面色青紫。眼看着咳嗽在即，她用尽自己全部的自制力，捂住嘴钻到了桌子下，这才撕心裂肺地咳嗽起来。

这可吓坏了蔺君书，他连忙问道："你还好吗？你没事吧？呛到了吗？"

夏姝宁满脑子嗡嗡声，她拼命想回答，又答不出来，心中只有一个惨烈的声音：闭嘴，别问，别说话！让我静静地呛完！

呛出了花生米的夏姝宁艰难地从桌子下钻了回来，脸色赤红，她用纸巾捂住自己的半张脸，竭力若无其事地说道："没事了，不好意思，刚才呛到了。"

这种时候该如何回答？这一刻，蔺君书深深地感觉到自己常年不和异性打交道的恶果——这一刻他竟然不知道说什么才是对的。

对了，她还带了奶茶！蔺君书像是抓到了救命稻草，抓过奶茶插上吸管递给了夏姝宁："喝点儿奶茶润润喉咙吧，我听你刚才呛得声音都哑了。"

淑女形象破裂的夏姝宁内心尖叫声不停：浑蛋前男友，你还敢提？！我命令你现在就当场失忆！！

但是她最后也没有说什么，只是斯文地微笑着，接过奶茶用力吸了一口。

一颗颗饱满的珍珠顺着吸管窜进了她的嘴里，下一刻，夏姝宁的笑容凝固了，某一颗珍珠仿佛被那粒花生附体，拒绝进入食道，而是义无反顾地奔向了气管。

"噗——咳咳咳咳咳——"这一次，夏姝宁没能控制住自己，第一口奶茶连带着珍珠一起喷在了蔺君书的脸上。

夏姝宁咳得泪眼婆娑，绝望地看着一脸蒙圈的蔺君书，这一刻，她脑中只剩下一个念头：太丢人了，我死了算了。

这一刻的丢人，是夏姝宁前二十年所有丢人事迹加在一起的总和，万般窘迫下，她"哇"的一声捂着脸哭了出来。

蔺君书傻眼了。

他恍然间回到了幼儿园时期，那是他唯一一个欺负过女生的年龄段，那时候他还不是一个宅男，而是热衷于抓了毛毛虫吓唬女孩子还揪人家小辫子的熊孩子。

但那时候，他对弄哭女孩子的反应是得意扬扬；然而现在，他对此感到不知所措。

看到哭得稀里哗啦的夏姝宁，蔺君书恍然有一种头皮发胀的感觉，记忆瞬间回到了他被网恋的初恋女友单方面拉黑分手的那一刻，那时候他也是如此不知所措。

"我要回去了！"夏姝宁哽咽着说道。

"我……我送你回去。"蔺君书立马骑上了自行车，用自己全部的情商说出了这句话。

"不用了，我自己能回去。"说着，夏姝宁几乎是从旧仓库里逃出去的。

蔺君书蒙圈地站在原地，仿佛被这个重大打击捶傻了。

"哗啦"一声，旧仓库的窗户突然被人拉开了，陆越从窗外探进脑袋，他气急败坏地说道："还愣着干吗，赶紧去追啊！哭着喊着也要把人送回寝室啊！"

蔺君书一脸蒙圈："你为什么会在这里？"

陆越更生气了："现在是讨论这个的时候吗？赶紧去啊！"

蔺君书被陆越一吼，这才意识到现在不是纠结偷听问题的时候，他赶紧追出了旧仓库。

陆越还趴在窗台上，气愤难当："他是不是傻的？会不会谈恋爱啊，这都要我教？真是废物点心，连我十分之一的泡妞功力都没有。我说得对不对啊，唐唐？"说着说着，他还自吹自擂起来，可以说是十分膨胀。

在这温柔的月夜，湘南农大后山的旧仓库外，被迫藏身在窗台下偷听了一刻钟的唐董薇，"啪"的一声，在陆越的胳膊上扇了一下，打断了他的自我吹嘘。

见陆越迷茫地看向她，她抬起头，对他嫣然一笑："有蚊子叮在你胳膊上了。"

时间拨回一刻钟前，被陆越连哄带骗拖到后山吃瓜的唐董薇，生平第一次干起了偷听的勾当。陆越听得津津有味，她听得欲言又止，很想直接站出来。

陆越的恋爱天线已经完全竖起来了，他信誓旦旦地按住唐董薇："夏姝宁会主动来送宵夜，这代表她对蔺君书不是全无感情，如果我们不识相地破坏了这个气氛，也许会拆散一对情侣。这简直是魔鬼行径，是万万使不得的。"

唐堇薇微笑着纠正道："别忘了，她可是被你骗来的。"

陆越坚决不认，他还无师自通了一语双关，狡猾地说道："我只是委婉地暗示了一下。这属于钓鱼没有用鱼饵，鱼就上钩了，一定是鱼有问题！"

唐堇薇被他的强词夺理惊住了，仔细想想，竟然还有几分道理。

陆越竖起耳朵擦亮眼睛在暗中观察："来都来了，还是再听听看吧，万一有什么刺激的进展呢？"

果然，刺激的进展来了，等夏姝宁因为两次呛住羞恼得跑掉的时候，蔺君书这个憨憨竟然不知所措，气得陆越当即跳了出来当面指导。

等到蔺君书也跑没影了，陆越这才大大咧咧地带着唐堇薇"鸠占鹊巢"，邀请她吃宵夜。至于宵夜的来源嘛，当然是刚才跑掉的两人了。

"这么多烤串，才吃了两三根，这也太浪费了，唐唐，你不是常说农大的学子更不应该浪费粮食吗？来吃一口烤年糕哦。"陆越拿着一串烤年糕送到了唐堇薇的嘴边。

本想说自己已经吃饱了，可看着陆越真诚里带着一点儿期盼的眼神，唐堇薇下意识地咬了一口。

陆越的脸上顿时绽开了一个灿烂的笑容，投喂也更加殷勤起来。

这才叫晚间约会嘛，陆越美滋滋地想，比起蔺君书，他果然是个恋爱小天才！

"哦，唐唐，还有一杯奶茶没拆封，你要吗？"陆越体贴地问道，"女孩子好像都很喜欢喝奶茶。"

唐堇薇默默看着奶茶，克制住自己馋它的欲望，对他灿烂一笑："不，我不是一般女孩子，我讨厌奶茶。"

陆越遗憾地叹了口气，自己打开奶茶喝了起来。

"哎，你看着我做什么？"陆越捧着奶茶茫然地问道。

唐堇薇的笑容里暗藏着没喝到奶茶还要被迫看人家喝的幽怨，真是微妙的不爽。

"姝宁，等一等。"

蔺君书终于在陆越的提点下，一路飞奔地追上了夏姝宁。

夏姝宁闷不吭声地埋头往前走，直到被蔺君书拦下。他慌不择言地给自己找了个理由："我有话对你说！"

空气里还带着太阳的暖意，此时此刻在安静的后山小路上，两人再一次陷入了沉默。

夏姝宁低着头："你想说什么？"

蔺君书张口结舌。

他应该说什么呢？为自己曾经在书里黑陆越的事情道歉吗？为自己和冯戚的合作道歉吗？

"如果是道歉的话，就不必再说了。陆越都原谅你了，我也不会再揪着不放。"夏姝宁闷闷地堵上了他的话。

连她自己也不知道，她究竟想听什么。

这一晚月光澄澈，洒在僻静的山间小径上，月光下的夏姝宁比以往任何时候都要文静忧郁，这个经常很活泼甜美的女孩子，仿佛有着重重心事。

月光总是很容易和爱情联系在一起，文艺青年蔺君书看着心仪的女孩子的脸庞，脑中突然一片空白，他不假思索地说出了夏目漱石那句著名的表白——这也是他曾经对网恋的初恋对象说过的表白："今晚月色真美。"

夏姝宁猛然抬起头对上了他的视线，眼中的惊讶和意外赫然告诉他，她听懂了。

蔺君书的脸一下子红透了，他鼓起勇气，直白地说出了那句话："我喜欢你。"

夏姝宁的心情复杂极了。她万万没想到，自己的前男友竟然再一次对她表白，用的还是一模一样的台词。

这也太轻浮了！夏姝宁气恼地心想，他到底用这套话对多少女孩子表白过啊！

她问道："你喜欢我什么呢？"

蔺君书的大脑里一团糨糊，他本能地作答："其实我第一次见到你的时候，就觉得你很可爱……"

夏姝宁秀美的脸蛋儿扭曲了一瞬："所以是见色起意咯？"

蔺君书："不不不！深入了解之后，我就没有这样了！我发现你喜欢陆越，那时候我还很讨厌他，所以我就连带着不喜欢你了。"

夏姝宁感到窒息，她当年为什么会觉得"修平"是个博闻强识的有才青年啊，看看他这情商，简直低到爆炸。

幸好蔺君书及时发现了自己的失言，试图抢救："我真正喜欢上你，是因为我们在团队里共处的时候，我们总是很聊得来。"

夏姝宁："……"这并不是一个很好的理由，真的。

蔺君书："我发现你和我想象的不一样，你可爱的地方不在于外表，而是在你的内心。"

夏姝宁："……"我对我自己的外表很满意，谢谢。

蔺君书继续作死："这是我第一次喜欢上一个人……"

夏姝宁终于忍不住了，怒气值持续上升的她板着脸，阴恻恻地问出了那句话："哦，是吗？可我怎么记得你有个初恋女友，网名叫宁宁的。"

蔺君书仿佛被当头一棒："陆越告诉你的？他答应我绝不乱说的！"

夏姝宁黑沉着脸："不是陆越，你不要什么都怪陆越。你再好好想想，你还记得你的初恋女友是为什么和你分手的吗？反正都怪陆越咯。"

蔺君书慢慢地张开了嘴，所有的动作都像是按下了慢放键。

他目瞪口呆地看着夏姝宁，惊恐的表情甚至有一丝丝的好笑。

"你……不会是……不，你就是……"蔺君书语无伦次起来。

夏姝宁深吸一口气，脸上露出了一个矜持礼貌但是拒人于千里之外的笑容："没错，我就是宁宁。"

一道惊雷劈在了蔺君书的头上，把他轰成一团碎裂的渣渣。

"所以你就这么回来了？"陆越恨铁不成钢地瞪着蔺君书，"你们是彼此的初恋啊，初恋啊！这样的机会你们都不能破镜重圆？我再也不相信爱情了，不，是我再也不相信你的情商了！"

男生寝室里，蔺君书钻进被窝里，和自己的小被子"自抱自泣"："就这样吧，我和姝宁没希望了。"

陆越拖过一把椅子坐下来，用他聪明的恋爱小脑瓜开始分析："我倒觉得未必。你对姝宁表白，她突然爆发把这件事抖了出来，这说明什么？说明她在意你啊。如果真的没感情了，她直接拒绝你走人就行了，何必戳穿呢？"

陆越一边分析，一边给唐堇薇发信息，发布他俩的新动态和旧感情，结果唐堇薇回他：姝宁跟我说过了。

陆越的眼睛一亮，是"说过了"，不是"说了"，说明唐堇薇早知道！

陆越赶紧一边撒娇卖萌控诉唐堇薇不分享这个重大消息，一边打探着那边夏姝宁的情况，越听越觉得这对分手两年多的前任是有戏的。

陆越最后总结道："行了，你也别丧了，先把暖风机修好，然后我来帮你想办法，迂回出击，从朋友做起。我们男子恋爱互助团绝不服输！"

在恋爱问题上行动力满点的陆越说干就干。

第二天是周日，陆越一早就拉来了唐堇薇，一本正经地说自己要继续为了解决团队问题而努力。

唐堇薇似笑非笑地问道："我看，是为了解决团队恋爱问题努力吧？"

陆越的小心思被拆穿，但他丝毫不慌，他还有脸卖萌："那必须的呀，我们两人的恋爱问题，那可太重要了。"

唐堇薇瞥了他一眼："快说吧，你又想到什么鬼主意了？"

陆越嘿嘿一笑："你跟我打好配合，其他到了现场再说。"

说着，陆越一个电话把夏姝宁约到了劳动社的活动教室里。

夏姝宁本来想拒绝的，但是偶像的哀求她怎么也拒绝不了，最后还是乖乖来了。但是来的路上，她已经打定了主意，如果陆越是为了帮蔺君书说情，那就算是偶像，她也坚决不会同意的。

然而，剧本却不是这么发展的。

刚一走进活动教室，她就看到陆越在对唐堇薇唉声叹气："哎，蔺君书不再担任摄影工作后，现在 vlog 拍摄已经完全停滞了。这可怎么办啊？"

唐堇薇："我有在帮你留意新的人选，但是有意向的几人，最近这段时间都没法来帮忙。"

陆越闻言，沮丧地趴在桌子上："那就不拍了呗？"

唐堇薇："不行，这是一个长期工作，停更几期对你的人气损害很大，我不建议停工。"

陆越："这也不行那也不行，除非你现在给我变出一个人来顶上，不然我也没辙。"

唐堇薇转头，看到杵在门口的夏姝宁，对她点了点头："你来了？"

陆越见到夏姝宁，对她展颜一笑："姝宁来啦，坐吧。关于辞职的事情，我想再问问你，能不能再多留一阵。老蔺说什么也不肯给我拍视频了，现在我们真的很缺人……"

唐堇薇若有所思地看着夏姝宁："我记得，姝宁也是会拍视频的。"

陆越眼前一亮："真的？姝宁，你会拍视频？"

夏姝宁支支吾吾了一会儿，点了点头。之前拍摄用的装备就是她赞助的，她怎么可能不会呢？毕竟当年的追星经历可是大大锻炼了她，她还会私下剪辑陆越的视频分享到网上呢。

陆越立刻激动地握住了夏姝宁的手："姝宁，在我找到新的摄影师前，你能不能帮我拍 vlog？这一期不能再耽搁下去了。"

见夏姝宁脸上露出了挣扎之色，唐堇薇忍着笑意说道："陆越现在很需要人帮忙。身为妈妈粉，在看到儿子有困难的时候，难道能袖手旁观吗？"

陆越更是露出了标准的狗狗眼，满脸期待地看着她，好像她是他的大救星，他还深情款款地来了一句："妈，求你了。"

夏姝宁被雷得外焦里嫩："别说了，我帮忙，我帮忙就是了。"

陆越和唐堇薇对视一眼，计划成功。

陆越赶紧掏出从蔺君书那里要来的移动硬盘："这是老蔺之前拍的视频素材，有一些内容可以利用，你回去看看吧。"

夏姝宁拿着移动硬盘，直到走出了活动室，她才恍然有了一种被电信诈骗的感觉。她是不是被这两人联手套路了？

暂时留住了夏姝宁，陆越和唐堇薇又马不停蹄地开始套路蔺君书。

他们在后山的旧仓库里找到了正在和暖风机较劲的蔺君书，他的 T 恤上沾满了油污和灰尘，原本白白净净的脸上更是一块黑一块白，完全没有平常清秀文雅的样子。

"老蔺，修好了吗？"陆越问道。

"一台修好了，这台还在修，问题不大。"蔺君书在情场受打击后这是化悲愤为动力了，成天蹲在仓库里修机器，一门心思要把这件事做好，好像这样就能挽回夏姝宁似的。

"有个事情要告诉你，姝宁同意留下来帮我拍视频了。"陆越说道。

蔺君书拿着测电笔的手停顿了一下，头也不抬地说道："哦，这是好事啊。"

陆越小声在唐堇薇耳边说："这就叫口是心非。"

唐堇薇用胳膊肘戳了戳他，也回以小声："你赶紧的。"

陆越对她抛了个眨眼："交给我吧。"

"咳咳，老蔺啊，还有个事我要跟你谈谈。"陆越往蔺君书身边一蹲，用胳膊搭住了他的脖子。

"如果是让我回去继续给你拍视频，那就不用说了。"蔺君书闷闷道。

"那其他事情呢？可以谈吗？"陆越问道。

"还有什么好谈的？"蔺君书狐疑地问道。

陆越对他咧开了一个灿烂的笑容："谈恋爱的事情呀。来，听我的，我来给你重新支招……"

唐堇薇怜悯地看着蔺君书，他只犹豫了不到三分钟，就痛快地跳坑了。

在正经事上，从来都是她套路别人，但是在感情问题上，陆越的套路却层出不穷。

她突然觉得，他的恋爱脑有时候也挺管用的。

也许，这次团队危机真的能用他的恋爱脑解决呢。

回到寝室后，夏姝宁将移动硬盘连接到电脑上，开始整理蔺君书拍的素材。这是一项需要花费很长时间的工作，夏姝宁做好了长期抗战的准备。

文件夹里分类十分清晰，各个不同主题的 vlog 内容分门别类，取名一律是"陆越钓鱼""陆越剪羊毛"，但是有一个文件夹的名字却和陆越没有关系，这个文件夹叫 SN。

酸奶、思念、水泥？

夏姝宁点开了文件夹，里面是上百段视频，她随便打开一个，最先出现在画面里的是陆越，他正在苦哈哈地刨蚯蚓，但是拍着拍着，她出现在了镜头里。

夏姝宁愣住了。

视频里的她只出现了几秒钟，几乎就是这段视频的长度。她又点开了其他的视频，在反复确认后，她发现了这些视频的共同点——里面都有她。

她又去其他文件夹里查看了一番，原来 SN 这个文件夹里的视频都是从其他的视频里特地截出来的片段。

夏姝宁恍然意识到 SN 是她名字"姝宁"的缩写。

毫无疑问，这是蔺君书剪的。他给陆越拍的视频素材里有关她的部分，专门剪出来放在了这个文件夹里。

她心情复杂地看着镜头里自己的一颦一笑，久久沉默不语。

晚上劳动社的活动教室里，被点名来参加会议的人齐聚一堂。

夏姝宁心不在焉，刚才她旁敲侧击地问陆越那个移动硬盘的事情，陆越一副完全不知情的样子，只说是蔺君书辞职之后把硬盘还给了他，会转交给下一个剪辑师。

可是蔺君书会忘记删掉那个文件夹吗？夏姝宁本能地有些怀疑，但是陆越此时的表现太正常了，完全看不出异样。

见夏姝宁多问了几句，陆越突然反问："姝宁是舍不得蔺君书离开吗？"

夏姝宁立刻住了嘴。

唐堇薇敲了敲桌子："差不多到齐了……新来的技术指导还没到吗？"

陆越憋出了一个诡异的笑容："快了快了，他说在路上了。"

夏姝宁问道："技术指导？是指导什么？"

"哦，你不是说剪辑方面你不太擅长吗？我帮你请了个懂行的。他还会帮忙修一下器械，写文案也很擅长，是个全能高手。"陆越嘿嘿笑道。

夏姝宁越听越觉得不对劲，正要开口追问，大门突然开了。

蔺君书气喘吁吁地走了进来："抱歉抱歉，我刚修完了暖风机，比预想的晚了一点儿。"

夏姝宁愣愣地看着他，蔺君书红着脸，对她腼腆地笑了笑。

陆越突然开始鼓掌："好，感谢蔺指导帮我们完成了修理暖风机的工作，这下我们就可以跟养猪社的同学交代了。"

王朝、马汉捧场地鼓掌，两个人就拍出了二十个人的效果。

蔺君书在夏姝宁旁边的空位上坐了下来。现在，夏姝宁哪里还不明白自己这是被套路了。陆越说蔺君书不再担任摄影工作了，她当然以为他是离开了团队，可没想到陆越反手就把蔺君书请回来了，只是名头换成了技术指导。

她有种上当了的感觉，可是坐在她身边的蔺君书，衣服都没来得及换，上面还沾着油污，一看就是为了修暖风机的事情忙碌了很久，她怎么好意思此时翻脸呢？

"那个……东西我修好了，以后需要维护的话，可以来问我。"蔺君书小声说道。

"……谢谢。"夏姝宁礼貌地说道，语气有些别扭。

唐堇薇宣布了下一期 vlog 的拍摄内容和时间，陆越对养猪这个主题叫苦不迭，但在唐堇薇的微笑中，他还是同意了。

会议结束之后，陆越和唐堇薇结伴去后山看旧仓库的改建情况了，王朝、马汉则留下来打扫活动教室。只剩下蔺君书和夏姝宁，一前一后地离开，却在回程的路上"巧遇"地相遇了。

"……过去的事情，我想再对你说一次抱歉。"蔺君书突然说道。

夏姝宁愣愣地抬起头，不知道他为什么把话题扯向危险的方向。

最好的办法，不是让时间淡忘一切，默契地当着关系不远不近的同学吗？

但是，这件事始终是坐在房间里的大象，他们谁都看到了它的存在，却假装它不存在。

"不仅仅是对你，也是对陆越。当初我将他写进书里当一个反派，是因为嫉妒。"蔺君书红着脸，忍着这一刻直抒胸臆的羞耻感说道。

嫉妒？

夏姝宁愣愣地听他说了下去。

"我不是想为自己辩解，只是想把当初的动机告诉你。我也没想到，现在我反而和陆越成了要好的朋友……他真的是一个很好、很宽容、很勇敢的人，我想为他做点儿事情。而你，过去你在我心中是一个很遥远的存在，隔着网络，我不知道你的真名，也没有见过你的照片，我只知道，你是存在的，我也相信总有一天，我会在线下见到你。还记得那时候我们相约要考同一所大学吗？后来发生了那件事，我们再也没有联系过，我高考失利，来到了这里，原本以为你应该去了那所大学，没想到兜兜转转，我们在这里相遇了……这真的是一件，很奇妙，很不可思议的事情。"

蔺君书说得磕磕绊绊，语无伦次，他甚至不知道自己到底想要表达什么，但是此时此刻，他只想继续说下去，不要停。

"最不可思议的是，我还是喜欢上了你。我不是喜欢上了两个人，而是喜欢上了同一个人，两次。我觉得，这不仅仅是巧合，也是一种缘分。可能是我命中注定，就是会喜欢你。"

夏姝宁安静地听着他说，她有点儿想逃，又有点儿想哭，可她还是听完了。

"谢谢。"她轻声说道，"当年的事情，不全是你的错。既然都已经过去了，我想……我已经原谅你了。"

蔺君书如释重负地松了口气，露出一个笑容："太好了。"

夏姝宁忐忑地打量着他。

"只要你愿意原谅我，我就很高兴了。至于其他的……我还是喜欢你，不管你喜不喜欢我，我都喜欢你。我会像……呃，一个骑士一样，守护在你身边，我会控制距离，保持礼貌，请你，至少不要赶走我。"蔺君书结结巴巴地说道。

夏姝宁抿了抿嘴，忍住了笑意："……你说话真的很中二病。"

蔺君书面红耳赤："抱歉，我……我动漫看多了。我只是想说，如果你有任何地方需要我帮忙……请你随时召唤我。"

"随时吗？"夏姝宁问道。

"随时！"蔺君书毫不犹豫地说。

夏姝宁歪了歪头："我想向你请教一下摄影和剪辑的技巧，可以指导我吗？还有在我忙不过来的时候，你能帮我一起剪吗？"

蔺君书怀疑自己幻听了，愣了几秒才意识到她在说什么。

他欣喜若狂地点头："没问题！我可以的！请一定交给我！"

他忽然间看到了未来的一线曙光。

也许，他不是毫无希望的，对吧？

小猪佩奇

众所周知，爱情的力量是伟大的，那么一个人可以为爱情做些什么疯狂的事情呢？对陆越而言，他可以为爱养猪。

在解决了团队危机，成功让夏姝宁和蔺君书都留下来之后，陆越的 vlog 拍摄日程再次启动，而这一次，他的拍摄主题是他最害怕的养猪。

"养猪社听说我们帮他们搞定了猪舍的问题，连暖风机都修好了，非常感谢我们。"笑得眉眼弯弯的唐堇薇对陆越说道，"作为感谢，他们同意你认领一只小猪。现在你可以去挑你的搭档了。"

蔺君书幸灾乐祸地笑了起来："这一期的 vlog 一定会火爆的。以后无论谁看到你，都会想起……你懂的。"

陆越泪流满面，并且十分委屈。他堂堂一个人气明星，从此就要和最讨厌的动物绑定吗？要是他真的有尾巴，现在一定已经耷拉下来了。

可是唐堇薇的眼神里，笑意像是一颗又一颗的小星星，让她的眼睛闪闪发光，也让陆越怦然心动："我相信你一定没问题的。"

就算知道唐堇薇的笑容背后会有无数套路，可是陆越还是心甘情愿地被套了。

喜欢的人的笑容从来都有魔法，他原本有些许着恼的心情像是被施了魔法般一扫而空，转而在他的胸中煮起了一锅五颜六色的糖水，正在咕噜咕噜地冒着七彩泡泡，让他飘飘然地跟着泡泡一起飞了起来。

这就是恋爱的感觉吗？他快被甜死了！

"当然没问题！"陆越一口应了下来，"不就是一只小猪崽儿吗？难道我还会搞不定它？我现在就冲了！"

说着，陆越朝着改建好的猪舍大步流星地走了过去。

出乎意料的，里面很干净，和他想象中又脏又臭的猪舍不一样。空旷整洁的仓库中央有一条一米多宽垫高的水泥通道，左右两侧则铺上了木屑、麦麸和菌种混合而成的垫材，垫材和通道之间是铁质的栅栏。

小猪们就在栅栏中生活，栅栏外侧靠近走廊的位置有水槽和食槽，每天他们都需要分组来喂食五次，等到再长大一些后可以减少为每天三次，还要把小猪集中排泄在垫材角落的排泄物分散铲到垫材下层，便于垫材里的菌种将其发酵为蛋白质和益生菌。

陆越呆愣了一下："这……和我想的不太一样啊。"

这些仔猪每只才十五公斤，正是最可爱的时候，一只只都圆滚滚胖嘟嘟，要是拿去冒充不法商家口中不会长大的小香猪毫无问题，极富欺诈性。

"哇，好可爱，陆越也这么觉得吧。"夏姝宁也站在栏杆边上，兴奋地看着里面的小猪。

"不可爱，一点儿也不可爱！它们以后会长到两百斤，任何两百斤的动物都不可能可爱！"陆越斩钉截铁地说道，眼神却跟着到处乱跑的小猪崽儿转。

唐堇薇微笑地看着他："挑一只你喜欢的吧。"

陆越："我一只也不喜欢……"

唐堇薇的笑容加深："哦？那你是不打算拍了？"

陆越："我可没那么说！唐唐，你了解我的，我很敬业的！你让我拍养猪，我就拍养猪，绝无二话，你要相信爱情能战胜一切。"

唐堇薇二话不说，拉开栏杆门把他推了进去："让我看看你的爱情，加油哦。"

被猪包围不知所措的陆越："……"

围着他转的好奇小猪们："吭哧吭哧。"

陆越僵硬着脸，在这一小块分隔区里观察仔猪，满地乱跑的小猪里只有一只趴在角落里一动也不动，形容萎靡，看起来似乎病了。

"唐唐，那只耳标上写着7号的小猪是怎么了？"陆越问道。

唐堇薇皱了皱眉："可能是应激了。集中运输、环境变换、打架撕咬，这些外界刺激都有可能造成猪的应激反应。"

陆越："它不会死掉吧？"

唐堇薇："不好说。要是你不想它死掉，现在就把它抱出来检查一下，看看有没有发烧，再确定打什么药。"

"抱出来？"陆越惊恐地看着唐堇薇，"我……呃……我不行，我讨厌……"

唐堇薇含笑的眼神扫了过来，瞬间让陆越改口："我错了，我能行！男人不能说自己不行！"

唐堇薇满意地点了点头："去吧。"

陆越一边满脸视死如归地走向小猪，一边催眠自己：它是一只有点儿胖的兔子，有点儿胖的兔子，有点儿胖的兔子。

发酵床上的垫材是崭新的，只有角落里有来不及翻料清理的排泄物，总体来说征干净了。但陆越龟毛的洁癖发作，一想到这个垫料下面会有无数发酵中的尿粪，他就觉得自己仿佛在公共厕所里裸奔，浑身汗毛都竖起来了。

随着他的靠近，原本蔫嗒嗒地趴在地上的小猪突然警惕地抬起头来，警觉地往旁边躲了躲，飞快地跑到了另一个角落里。

陆越：？？？

这猪还会跑？对哦，猪当然会跑，跑得还很快。

"别跑！"陆越拔腿就追，吓得小猪越发慌张，在垫材上东奔西跑，引得其他小猪也骚动起来，哼哼唧唧地一起跑。

7 号小猪迅速混入了其他仔猪之中，陆越盯着它不放，哪会让它蒙混过关，对它紧追不放。然而陆越的跑动惊动其他小猪慌张乱跑，总是挡住他的去路，让 7 号在这块面积不大的发酵床区域内和陆越上演了一出"老鹰抓小鸡"一般的闹剧。

"慢一点儿，用走的，不然其他的猪也要被你吓出应激了。"唐堇薇提醒道。

"了解！唐唐，你就等着看我怎么抓住它吧！"陆越欢快地应了一声，继续和 7 号斗智斗勇，誓要抓住它打一顿屁股！

陆越追猪追出了火气，眼看着 7 号被他逼到了角落里，顿时摩拳擦掌一副恶人表情逼近："嘿嘿嘿，这下我看你往哪里跑！"

7 号哼唧哼唧，瑟缩在角落里无处可逃，模样竟有些可怜。

满身大汗的陆越也顾不上猪脏不脏了，一把将它抱了起来，怒喝道："还跑吗？"

7 号："哼哼。"

陆越："什么意思啊？你是不是在偷偷骂我？"

7 号："吭哧吭哧。"

陆越："我看你就是在骂我！看我待会儿不打你屁股！"

7 号："唔咿——"

陆越："不敢了吧？哼，早认尿不就好了吗？非要我威胁你！"

唐堇薇茫然地看着陆越举着 7 号一本正经地和它对话，不禁转头问正架着三脚架认真拍摄的蔺君书和帮忙的夏姝宁："他为什么能和猪说话？"

夏姝宁："这是偶像的特殊力量，偶像就是能和小猪说话的！"

唐堇薇："……"

不，这是二货的力量，唐堇薇心想。

这到底是一种什么奇妙的感觉呢？

陆越默默看着自己的双手，就在两分钟前，他这双从来只用来弹吉他拿话筒的手，毛捉了一只三十斤重的小猪。

毛蹭蹭的，热乎乎的，会扭动，会挣扎的小猪。

这手感和平日在家里撸狗不一样，小猪的毛没那么柔软，可是身体却很柔软，那种微妙的手感不禁自动在陆越的脑中回放，让他浑身都觉得怪怪的——这触感是真实存在的吗？想再摸一下确认确认。不，我怎么可能会想摸一只猪，这不科学！

"别愣在那里，过来帮忙。"唐堇薇提着一个兽医简易工具箱走了过来。

"呃，来了。"陆越赶紧跟上，好奇地问道，"我们现在干吗？给它打针吗？"

唐堇薇笑眯眯地打开工具箱，从里面取出棉花、酒精、温度计，这根温度计上还用绳子拴了一个蝴蝶夹："不，给它量体温。"

量体温？陆越好奇地看着这根特别的温度计，完全不明白为什么温度计还要拴夹子。

他问道："这个夹子是干什么用的？"

唐堇薇意味深长地看了他一眼，笑容加深："这根温度计是肛温计。"

陆越惊恐地看着温度计，再看向手里茫然的小猪，表情立刻变了。

什么，她竟然要用肛温计爆它的菊花吗？

"太惨了，做猪真的太惨了。"陆越喃喃道。

"温柔一点儿，不会很痛的。"唐堇薇语气温和地举起肛门温度计，说着恐怖的话，微笑的表情有一种无形的威慑力。

"这不是痛不痛的问题。"陆越默默捂住了脸，这是雄性生物的天然恐惧！

唐堇薇把温度计塞到了陆越手里，陆越茫然地看着她："我来？"

唐堇薇对他俏皮地眨了眨眼，温柔地反问："不行吗？"

陆越含泪："我可以！"

在唐堇薇的指导下，陆越默默把温度计的温度摇到三十五度以下，擦上酒精，再一次怜悯地看着小猪。

谁想得到呢，好好的一个偶像，不但要喂养猪崽儿，还要给猪插肛门温度计！旁边还有个热衷于拍他丢人画面并在剪辑里让他更丢人的摄影师！

陆越觉得自己是这里第二惨的，第一惨当然是7号。

7号顽强抵抗起来，仿佛知晓自己即将面临的悲惨命运——它一边发出威胁的哼哼声，一边紧紧靠在墙边拒绝把后腿的支配权交给陆越。

陆越连抓带拖，把7号拖到了一旁，并大声威胁："再踹我，等你长肥了我就把你的后腿做成烤猪蹄！"

7号突然萎靡，放弃抵抗自暴自弃地趴在地上，任由陆越抓着它的后腿。

对于这不可思议的一幕，唐堇薇的第一反应是回头问两人："他是不是真的能和猪说话？"

夏姝宁荡漾起了亲妈的微笑："我家二越当然可以！他可是爱豆啊！"

看到夏姝宁这么说，蔺君书立刻咽下了关于唯物主义的发言，附和道："没错！"

这是色令智昏，唐堇薇斜了蔺君书一眼，一边帮忙陆越拎住7号的耳朵限制它的行动，一边口头指导陆越怎么给猪量体温。

陆越一脸嫌弃地给温度计涂润滑液，用两根手指拎起小猪的尾巴根，此时他有些疑惑地问道："这只猪的尾巴怎么这么短？"

"这批仔猪都做过断尾。"唐堇薇回道。

"断尾？为什么要把它们的尾巴弄断？"陆越莫名其妙。

"原因有很多。简单来说，断尾可以防止仔猪出现'咬尾症'的恶癖症，同时提高它的增肥效率——因为平日里摇尾巴这一行为消耗了猪百分之十五的能量——而且肉质还会得到一些提升。"唐堇薇解释道。

陆越沉默了，一声不吭地给小猪量体温，半晌才小声说道："感觉……有点儿可怜。"

唐堇薇平静地看了他一眼："如果这样你就觉得它可怜的话……顺便告诉你，这只小公猪出生第七天就被阉割了。"

陆越的表情瞬间扭曲了一下，满脸都写着"蛋疼"。

"人类真是太残忍了。"陆越看着7号的眼神越发怜悯。

太可怜了，它出生没多久就失去了尾巴和蛋蛋，现在又被按在这里用肛温计量体温，养上几个月就要被宰掉，这是怎样悲惨的一生啊，陆越不禁同情起来。

测量温度的结果出来了，三十九摄氏度，并没有发烧，陆越不知道为什么感到松了口气，嘴上却嫌弃地表示："喊，没发烧就萎靡成这样，真是没用的家伙。不过我看到它屁股上有伤口，八成是被别的小猪咬了，需要给它擦一擦吗？"

唐堇薇点头道："先注射肾上腺素，用过氧化氢给它清洗一下伤口，再涂点儿药。"

说是打针，但当这个粗大的针筒拿出来的时候，陆越又是一哆嗦，他看着都觉得疼。一想到未来这批小猪还要挨个被这么粗的针头打疫苗，他看着它们的眼神越发同情。

处理完伤口之后，可怜的7号已经萎靡得不行了，趴在角落里一动不动，陆越担心地看了一会儿，不太确定地问唐堇薇："它应该会好起来吧？"

"看运气了。"唐堇薇回道，"你要是担心它的话，这几天多关注一下它的情况吧。"

"好。"陆越一口答应下来，完全没有推三阻四的念头。

"好了，接下来该投放饲料了。"唐堇薇笑盈盈地催促道，"它们都饿了。"

陆越认命地叹了口气，将刚才脑中那些深沉的思考驱赶出去："知道啦知道啦，反正就是喂猪嘛，哎，那么优秀的我为什么会沦落到来这里喂猪，这都得怪你……"

虽然依旧满嘴抱怨，但是陆越却没有一开始那么抗拒照料这群仔猪了。养猪社的几个同学嘻嘻哈哈地和他打着招呼，大家一起用钉耙翻动着发酵床里的垫料，将干净的垫材翻上来，将排泄物翻下去分解发酵。这项工作虽然感觉有点儿糟糕，但总好过每天用清水冲洗猪舍，这也是发酵床技术的优势之一。

照料完小猪，陆越最后又来到被隔离的7号面前，偷偷看了它一会儿，它还是没吃东西，也不知道能不能恢复健康。

怀着这份担心，陆越一步三回头地离开了猪舍。这批仔猪还没到育肥的省心阶段，一天需要喂食五次，陆越承包了早上的喂食工作，但他偷偷决定中午再来看它一眼。

陆越心神不宁，上午的课一结束，他也不跟其他人打招呼，就偷偷摸摸跑到后山的猪舍看7号去了。7号还活着，状态似乎好了一点儿，正慢悠悠地在单独的隔离栏里踱步，但食槽里的饲料却只吃了一点儿。

见到陆越趴在护栏上看它，7号发出了不友好的吭哧声，似乎还在记恨他之前的行为，陆越看它一副恼怒的样子，不禁扑哧一声笑了出来。

7号这副警觉小心的样子，看起来还挺可爱的，陆越心想。

等到傍晚的时候，陆越又跑到后山来了，这次7号看起来状态更好了，它甚至把水槽里的水都喝空了。

陆越干脆拧开了随身带的矿泉水引诱它来喝，7号警惕地看了他半天，似乎终于原谅了他之前的无理行径，凑到他面前抬头喝起了水。

小猪抬着头摇晃着耳朵努力喝水的样子让陆越笑了起来，等小猪喝饱了水，他大着胆子摸了摸它的耳朵。小猪的耳朵飞快地抖动了一下，倔强地甩开了陆越的抚摸。

"嘿，你还挺倔嘛。"陆越嘀嘀咕咕地和7号说话。

7号吭哧吭哧了半天，那滴溜溜的眼神特别有灵性，仿佛在鄙视陆越。

陆越也不气恼，趴在栏杆上看了半天，越看越觉得7号眉清目秀，和其他的小猪不一样！果然，他这样优秀的偶像，就连认领的小猪都很与众不同！

"我决定认领你了，我还要给你取个名字！"陆越大声说道。

7号乌溜溜的小眼睛在转动，仿佛听懂了他的话。

"我决定叫你……佩奇！就这么决定了，小猪佩奇！"陆越说着，自己笑出了声把佩奇举得高高的。

佩奇发出了吭哧吭哧的抗议声，抖动着自己的四条小短腿挣扎。

陆越哈哈大笑，举着佩奇开心地说道："虽然你这只小猪蠢兮兮的，还生病给我添堵，但是我大人有大量地原谅你了！从今天起，你就是我的小猪佩奇了，我会好好照顾你的，直到你长胖被吃掉！"

猪舍外，透过窗上的玻璃目睹了室内这一幕的唐堇薇轻叹了一口气。为什么陆越会一本正经地和猪说话？他是童话里的公主吗？擅长和动物沟通？

举着手机偷拍的蔺君书拍够了素材，咂舌道："这行为叫什么来着？"

一旁的夏姝宁憋着笑："真香。"

佩奇是一只活泼可爱并且聪明的小猪。

恢复健康之后的佩奇很快就记住了陆越，每天陆越来投喂饲料的时候，它都十分兴奋，吭哧吭哧地和陆越"说话"。

陆越立刻对自己的新工作产生了期待，喂食打扫之余，他还会把佩奇从猪栏里带出来，系上绳子在后山外遛它，就像他在家里的花园里遛狗一样——当然，这一切都是陆越在暗中进行的，他刻意避开了同学，小心翼翼地掩饰着自己的"真香"行为。

他陆越可是很要面子的，当年嫌弃养猪，现在他也不能真香！

殊不知，这一切其实早已落在了其他人的眼中。

佩奇爱上了这项户外活动，每天看到陆越到来，它就开始闹腾，非要去外面转一圈才肯安分。

陆越也爱上了这项遛猪活动，短短一周之内，整个劳动社的同学都见证了陆越从一开始的嫌弃，进化到了如今的真香。夏姝宁在屏蔽了陆越的社团群里苦苦哀求大家不要当面揭穿陆越，以免他恼羞成怒。

于是，善良的同学们体贴地为陆越保守了这个不算秘密的秘密，尽量假装没看见他偷偷把小猪带出去遛弯。

唐堇薇觉得不可思议。陆越这家伙，当年因为养猪退出真人秀，不久前还因为养猪的恐吓在开学典礼上喜提热搜！为什么现在他拌饲料的动作那么熟练，喂猪的时候那么积极，还时不时要把他的小猪偷出去遛一遛？

遛猪倒也不是不行，但是身为一只以食用为最终目的的生猪，运动不利于它长肉，现在养殖场几乎都会把育肥猪限制在一个狭小的空间里，让它除了吃就是睡，这样长肉才会有效率。

"猪不宜有太多活动，否则会导致它长肉效率下降。"唐堇薇旁敲侧击地警告陆越。

对此，陆越的反应是装傻。

"啊？哦，怪不得要把它们关在那么小的地方啊，感觉有点儿可怜。"陆越若无其事地吹了声口哨，拒不承认自己偷偷遛猪的行为。

第二天，唐堇薇就目击了陆越给佩奇加餐——他带了一袋水果，蹲在猪舍的栅栏前，给佩奇削皮喂苹果，一边喂还一边嘀嘀咕咕地数落它："你可得给我加把劲啊，你看看你的小伙伴们，长肉飞快，你呢？不争气！光知道在外面撒欢，都不好好长肉，这怎么行？我看我还是得给你加餐！"

佩奇快乐地啃着削皮切好的苹果，把所有围上来的同伴都驱赶到了一旁。

陆越看乐了，不由夸它："可以啊，佩奇。看你这么能打我就放心了，下次谁敢欺负你，你就咬回去，狠狠地咬！"

唐堇薇觉得，陆越显然是对猪上头了。

但饶是聪明如唐堇薇，也想不到陆越的"上头"症状还能进一步加剧。

"蒙面遛猪侠？"第一次听到这种奇葩称呼的唐堇薇茫然地把这个词语重复了一遍，"你说，有人在朋友圈发了偷拍到的蒙面遛猪侠？"

夏姝宁捂着额头，一脸郁闷地说道："是啊，是隔壁兽医系的学妹，晚上在操场附近看到有个蒙面人牵着一只小猪散步，觉得很新奇，就发朋友圈了，现在被人截图发到了网上，很多人觉得很有趣，转发已经过万了。"

下面一串都是网友的评论，有的在问是不是农大人均要养一只猪；有的在问这只猪是什么品种，看起来粉嫩嫩肉嘟嘟还挺可爱的；还有人联想到了退圈后正在农大念书并且发表了"不想养猪"发言的陆越，好奇他现在有没有养上猪，还被下面的评论安利了陆越的农大 vlog，据说以后会有养猪的选题。

唐堇薇和夏姝宁对视了一眼，她说："照片里的人，是陆越没错吧？"

夏姝宁默默点头："肯定是他，最近只有他每天晚上偷偷摸摸把小猪带出猪舍遛弯，听蔺君书说，他还想把猪带回寝室，蔺君书觉得好崩溃，他实在不想在寝室里养猪。"

唐堇薇："随他去吧。"

夏姝宁："哎，万一被扒出来……"

唐堇薇："就是要让他被扒出来啊。"

夏姝宁："哎？"

唐堇薇微微一笑："以他的遛猪热情，被扒出来是迟早的事。"

那不妨就推一把吧，就当给下一期 vlog 预热了，唐堇薇心想，搞事的心蠢蠢欲动起来。

前偶像·现苦逼农大学子·蒙面遛猪侠·真香选手·陆越，遭遇了一点儿困难。

身为一名前任偶像，职业生涯中被粉丝围堵的事情时有发生，他习以为常。然而，蒙面出行的他今天竟然因为一只猪而被围得里三层外三层，这却是他人生中前所未有的遭遇。

"同学，这是你养的猪吗？我可以摸摸看吗？"

"啊，你就是网上说的那个蒙面遛猪侠啊，好有趣！"

"哇，这是小香猪吗？长得好可爱啊，我也想养一只。"

"同学你是哪个系的？畜牧系吗？什么，养猪社？你们竟然可以养猪？社团还招人吗？"

"它叫什么名字？多大了？以后会长到两百斤吗？"

"我都不知道猪原来这么可爱，它耳朵在动哎，好想摸两把哦！"

一大群男生女生围了上来，叽叽喳喳地说着话，还有人自顾自地撸起了小猪。

越紧张得一句话也不敢说，虽然他遛猪做了防护措施——戴着鸭舌帽、墨镜和口罩，但是难保不被人认出来啊！

万一被人发现他陆越竟然在遛猪，那他以前说过的话岂不都成了笑话？

他陆越，绝不养猪！

"不好意思，麻烦让让，我要把猪送回去了。"陆越掩饰性地压低了嗓音说道。

"啊，不要啊，再让我们看一会儿吧。"几个正在和小猪玩的女生小声哀求起来。

"就是啊，这么可爱的小猪可不多见，它叫什么名字呀？"又有几个同学问道。

陆越干咳了两声，心中不由得得意："你们也觉得它很可爱吧，告诉你们也无妨，它叫佩奇！"

"哦哦，小猪佩奇！"女孩子们兴奋地叫了起来，一迭声地叫起了小猪的名字。

佩奇毫不怯场，摇头晃脑地拨动着四只蹄子在原地撒欢，引来姑娘们一阵阵的笑声。

陆越非常得意。这种得意感和平日里他自己受到欢迎不一样，而是类似于"孩子很争气，考了年级第一"的得意。他沾沾自喜地心想，不愧是他一眼选中的小猪，就是与众不同。

哎，现在他可是每天一百零八次地忍耐着想要跟唐堇薇晒佩奇的冲动。可要是让唐堇薇知道他已经对养猪真香了，陆越又觉得有点儿丢脸。

就在他走神之际，身后突然传来了唐堇薇的声音，一口叫破了他的名字："陆越？你怎么在这里？"

陆越倒吸一口凉气，空气瞬间凝滞了，周围的男男女女一下子愣住了，齐齐扭头看向陆越。

陆越下意识地捂住了自己的口罩，冷汗唰地流了下来。

该问这个问题的人明明应该是他啊！他倒是想问问，唐堇薇为什么会在这里啊？！

"我刚才就觉得他很眼熟，原来……原来是陆越啊！"一个女生率先尖叫起来。

"真的是陆越！对哦，他是不是要拍养猪 vlog 了？果然是他吗？"

"陆越！陆越啊——"

现场一下子成了炸开的油锅，陆越心道不好，虽然农大的同学们已经逐渐习惯在学校里见到他了，但是在这种被围着的现场中暴露身份的话，反而会引起过分关注。

最重要的是，他的马甲要掉了！！！

"我不是陆越！"陆越大声喊着，顾不上和唐堇薇打招呼，抱起茫然的佩奇，从人群中挤了出去，逃之夭夭。

嘴里还叼着姑娘投喂的小零食的佩奇，迷茫地哑吧哑吧嘴。

"原来是陆越在遛猪啊！"

"什么，蒙面遛猪侠是陆越？"

"天哪，我要发朋友圈，还要发微博，还好我刚才拍照了。"

身后传来的声音，让抱着小猪拔腿狂奔的陆越内心泪流满面：完了，我的一世英名啊！

唐堇薇，这都怪你！！！

人群中的唐堇薇看着陆越仓皇逃走的背影，露出了一个愉悦的笑容，心中的那个小恶魔拿着尖尖的叉子，快乐地挥舞着小翅膀上下飞舞着。

"所以你就把佩奇带回来了？"蔺君书一脸面无表情。

陆越嘤嘤嘤："不然怎么办呢？我被人追，总不能当众逃回后山去吧？只好先跑回最近的寝室了。"

蔺君书："楼下舍管竟然没发现？"

陆越："刚好舍管不在前台，不知道去哪儿了，我就赶紧把佩奇带进来了。"

蔺君书："寝室里不许养宠物的。"

陆越闻言，一把抱住佩奇，眼泪汪汪地说道："你不能赶走佩奇！佩奇不是宠物，它……它……它是我的小宝贝！"

蔺君书："……"

陆越再接再厉："我会给它洗澡的，你不要赶走我的佩奇！"

佩奇听不懂人话，但是极通人性地看着蔺君书，乌溜溜的小眼睛充满了灵性，仿佛也在哀求蔺君书不要赶走它。

蔺君书绝望地捂住了额头："随便你吧！顺便说一句，我的单反没关，这段我拍下来当素材了哦。"

陆越：！

在一番讨价还价之后，佩奇拥有了寝室的临时住宿权，还美滋滋地洗了个澡。

陆越一边给猪洗澡，一边和浴室外的蔺君书聊天："我还以为佩奇会拼死反抗呢结果它洗得好开心啊。"

蔺君书一边整理拍摄素材，一边回道："因为猪是一种很爱干净的动物。"

陆越惊异地说："那为什么我看到的猪都是脏兮兮的？我还以为它们一辈子都不会洗澡呢。"

蔺君书："把你关在只有一张床大小的房间里，每天吃喝拉撒都在里面，不许你洗澡，也不让你活动，你也会变得又脏又臭神经兮兮。"

陆越沉默了，给佩奇冲洗的动作也停了下来，不明所以的佩奇把前爪搭在了他膝盖上，好奇地看着他，仿佛在用眼神催促他赶紧把它身上的泡沫冲干净。

陆越摸了摸佩奇的鼻子，它开心地用可爱的小鼻子拱起了陆越的手心。

"我觉得，你还是不要对它太上心了。"蔺君书随口说道，"毕竟，它只能有几个月的生命，一旦长到出栏标准，就要被送去屠宰场了。佩奇还是只阉割了的公猪，连作为繁育猪的价值都没有，只能吃肉了。"

陆越的心里"咯噔"了一下，他拒绝去想这只聪明可爱的小猪会被杀掉的事实。

"我听说以前农村家家户户会自己养猪？"陆越小声问道。

"是啊，我爷爷奶奶家就会养猪，过年的时候杀了吃。"蔺君书说。

"不会觉得它们很可怜吗？养了那么久的话，会有感情的吧？"陆越问道。

蔺君书摸了摸下巴，认真思考起来："那就要看一开始是作为什么用处饲养的了。我老家养的狗，多半是用来看家的，并不会吃它，就算老死了大部分人也会挖坑把它埋了而不是吃掉。但是养的鸡、鸭、鹅、猪，那就是用来吃的家禽家畜了，一旦做好了心理上的准备，要吃的时候就不会那么纠结了。"

陆越沮丧了，闷闷地问道："就没有例外吗？"

蔺君书苦恼地想了想："这我就不知道了。这只猪是属于养猪社的，你也决定不了它的未来，所以别想了。"

佩奇洗完澡，对干净的自己十分满意，开心地在寝室里跑来跑去。陆越找了个快递纸箱，在里面垫了不要的衣服："喏，这就是你的临时住所了，不可以在里面随便尿尿哦。"

佩奇嫌弃地吭哧了两声，似乎在辩解它才不会在自己的"床上"撒尿呢。

就在这时，走廊上传来了闹哄哄的声音。

"舍管来检查卫生啦！快把乱七八糟的东西藏好！"走廊上有人号了一嗓子。

这下可热闹了，这年头谁没有在寝室里藏点儿热得快、小火锅之类的呢？

陆越更慌了，他惊恐地问蔺君书："佩奇怎么办？"

蔺君书也脸色煞白："快，快藏起来！"

"哪里哪里？"陆越抱着佩奇急得直跺脚，恨不得现在就来一件隐形衣把佩奇变没。

"床底下？"蔺君书一指床底。

"不行！我在下面放了三十双鞋子，塞满了！"陆越惨叫。

衣着讲究的前偶像，在着装上从不松懈，哪怕精简又精简，常穿的鞋子还是有三十双。这三十双带着鞋盒的鞋子把床底下塞得满满当当，容不下一只三十多斤的小猪了。

"衣柜！衣柜也可以！"蔺君书立刻冲到衣柜前，帮陆越拉开柜子。

陆越还来不及阻止，就眼看着里面山一样高的衣服倒了下来，把蔺君书埋进了衣山里。

蔺君书惨叫："你怎么有这么多衣服？"

陆越委屈地说："这哪里多了，我只拿了当季的衣服，换季的还在家里呢。"

"开门，检查！"舍管的敲门声响起。

陆越无声尖叫：怎么办啊！

蔺君书急得上火："快，快钻到被子里去！"

陆越眼睛一亮，领悟了蔺君书的意思，连忙抱着茫然的佩奇爬上床，连人带猪一起钻进了被窝。

蔺君书这才打开了寝室门，尴尬地笑着，对膀大腰圆的舍管阿姨说："咳咳，怎么又检查卫生啊？上周不是才检查过吗？"

舍管阿姨严厉的眼神扫过蔺君书脚边的衣服堆："这也太乱了，要扣分。"

蔺君书假装镇定地点头："马上打扫干净！"

舍管阿姨步入寝室，看向陆越的那张床，顿时和颜悦色："小陆今天怎么这么早睡了？"

陆越从被子里钻出一个脑袋，一脸可怜地说："我好像有点儿感冒了，就早点休息了。"

舍管阿姨怜爱地看着他："药吃了吗？"

陆越乖巧地点头："吃了吃了，睡一觉就好了。"

说着，他在被子里"蠕动"了一下，脸上的表情瞬间僵硬。

"不舒服吗？"舍管阿姨发现他的脸色变化，关心地问道。

"没、没有！我很好，很好……"陆越结结巴巴地说着，内心却在惨叫：佩奇，不要咬我的衣服！

佩奇浑然不知陆越是如何努力才没有露出破绽，它好玩地在被窝里钻来钻去，快乐地拱着被子。

"咦，什么东西在动……"舍管阿姨的眼神一下子犀利起来，"你在被子里藏了什么？"

陆越："没有！没藏什么！是我太冷了在发抖！"

舍管阿姨："还有什么声音，你们是不是有女生在串宿舍？"

陆越："我的肚子，我肚子疼，咕噜噜地叫呢！"

舍管阿姨："不，分明是吭哧吭哧地叫。"

陆越："……"

舍管阿姨："它钻出来了……"

蔺君书一巴掌拍在了自己的额头上，只见一只肉嘟嘟的可爱小猪从陆越的怀里钻了出来，坚定地抛弃了黑暗的被窝，把脑袋伸出来展望光明。

五秒钟后，整层楼都听到了舍管阿姨惊天动地的吼声：

"陆越，寝室里不许养猪！！！"

众所周知，陆越是一个死要面子活受罪的人。

这一点表现在全校师生都知道他蒙面遛猪还在寝室里窝藏小猪的事迹上，但陆越就是不承认他对佩奇真香了，特别是在唐堇薇面前，他抵死不认。

面对唐堇薇的微笑，陆越振振有词地狡辩着："我只是看它闷在猪舍里很可怜，大发慈悲地带它出来散散步。至于为什么把它带到寝室里去，这就得问你了。要不是你当众叫破了我的名字，我也不至于慌不择路地带着佩奇躲回寝室里去啊。"

唐堇薇意味深长地笑着："哦——这么说，都得怪我咯。"

危险！陆越的恋爱天线立刻竖了起来，对他发出疯狂的报警声。

"不不不，怎么会是你的错呢！唐唐，我不许你这么说自己！"陆越的求生欲瞬间爆发。

"那应该怪谁呢？"唐堇薇笑眯眯地问道。

"当然应该怪佩奇！"陆越指着栏杆后傻乎乎地看着他的小猪，"这只小猪太不安分了，每天就想着出去玩，这不是一只小猪应该有的样子，我要好好教育教育它。"

唐堇薇目光幽幽地盯着陆越，盯得他一阵心虚。

随即，唐堇薇甜甜一笑："这么说，你只是履行一下养猪的义务，并不是对佩奇特殊对待了？"

陆越用力点头："那当然了，它不过是一只普通的小猪而已。"

唐堇薇笑得更甜了："太好了，我松了一口气呢。"

陆越疑惑地看着她："啊？"

唐堇薇："养猪社的成员说，他们每一批育肥猪出栏之后，都会挑一只养得最好的，在屠宰完之后给每个社员分猪肉呢。现在看来，每天散步的佩奇肌肉含量一定会比其他猪高，很符合标准。"

陆越倒吸一口凉气："不要杀我的佩奇！"

唐堇薇微笑地看着他："你只养了它一周，但已经不舍得下手了吗？"

陆越的脸色一阵红一阵白："这……它……它现在还小啊，以后也许就长不好吃了呢。我最近挺忙的，估计也没空遛它了……"

陆越越说越小声，他转头看向佩奇，佩奇眼巴巴地看着他，满脸都写着想出去散步。

陆越强迫自己扭开脸，一脸冷酷地说道："没错，最近我又要补课又要拍 vlog 还要写歌，哪有时间每天带着一只小笨猪到处散步啊。我先走了，唐唐，你大可放心，我才没有舍不得佩奇呢。"

说着，陆越支支吾吾地找了个借口，飞快地溜了。

唐堇薇提醒道："本周晚上你轮值，这两天有暴雨，别忘了来检查一下猪舍门窗是关紧。"

陆越心不在焉地应了一声，迅速从现场消失了。

可怜的佩奇今天还没有被遛，委屈地在隔栏后面吭哧吭哧叫。

唐堇薇抱起佩奇认真地看了一会儿。唔，确实挺可爱的。

"你迟早可以光明正大地跟着陆越在学校里散步的。"唐堇薇一本正经地对佩奇说着，好像它听得懂似的。说完，她忽然意识到自己做了什么，赶忙放下佩奇左右环顾了一圈，发现没有人注意到她对小猪自言自语的奇怪行为，这才松了口气。

她一定是被陆越传染了，唐堇薇郁闷地想，这都是陆越的错。

秋末天气变幻无常，持续的高温让人丝毫没有秋季即将结束的感觉。

这条被拖得过长的秋季的尾巴，带来了一场意料之外的降雨。下午大雨倾盆，三米之外都看不清迎面走来的人是谁。

陆越顶着大雨去音乐教室练习了，结果忘了带充电宝，手机没电，他郁闷地丢开手机，在空荡荡的音乐教室里自娱自乐起来。

好像忘记了什么事情，陆越心想，大概是因为他没能遛佩奇，所以心里空落落的。

今天一整天，他被无数同学和社团校友轮番询问佩奇的事情，大家都十分好奇，他不是出了名的讨厌猪吗，怎么会突然真香了呢？

陆越烦不胜烦，他对每一个人反复澄清，自己并不是喜欢养猪了，只是出于工作义务随便养养。至于喜欢小猪，这是没有的事，他陆越怎么可能对猪真香呢！

然而大家嘴上应着，看着他的眼神却让他忍不住想溜走。

算了，不想了！陆越抛开这些胡思乱想，专心地练起了吉他，直到快要熄灯了才冒着大雨回到了寝室。

"陆越，你可算回来了，班长说她打不通你的电话。"一进寝室，蔺君书就赶忙告诉了陆越这个坏消息。

"我手机没电了。"陆越赶忙充电，来电显示里跳出了好几通唐堇薇的电话，他赶紧回拨过去。

然而电话是夏姝宁接的："班长打不通你电话，担心你晚上没去检查猪舍的门窗她就自己去了，手机都忘了带。"

陆越震惊道："她怎么可能出这种纰漏？"

唐堇薇做事有多细致，他又不是没有领教过。以陆越的性格高考迟到都不意外但是唐堇薇的性格决定了她就连上课没带课本这种错误都不会犯，除非……

夏姝宁为难地呜咽了一声："她下午的时候说有点儿发烧，我看她脸色确实不好……"

陆越气急败坏："那你就应该拦住她！"

夏姝宁委屈地说：“对不起……我那时候在洗澡，等我出来她已经走了。拜托你了，赶紧去看一下吧。”

陆越挂了电话，二话不说就冲出了寝室门。

“你去哪儿？马上要熄灯了！”蔺君书大声喊道。

“去去就回！”陆越喊着，人已经消失在寝室走廊的尽头。

寝室楼外是瓢泼大雨，雨水哗啦啦地倾泻下来，在路灯上、路面上、草地上敲击出骇人的声响。

陆越深吸了一口气，把手机和充电宝往兜里一放，穿上雨衣，冲进了大雨之中。

当唐堇薇发现自己忘了带手机的时候，人已经来到后山猪舍的门口了。

冷风卷着雨水吹入伞下，她既觉得浑身发烫，又觉得浑身发冷，这种矛盾的感觉让她几乎有些迷糊了。

“唐堇薇！”暴雨声中，唐堇薇模模糊糊地听到有人在叫她。

她停下脚步，回过头去。

远处是一片无尽的黑暗，雨中一切都是朦胧的，哪怕是建筑都好像被吞没在恐怖的黑色之中，只剩下一个剪影残躯，远方路边的灯光更是渺渺如同海市蜃楼，虚幻得不真实。

是高烧带来的幻听，唐堇薇冷静地想着，科学研究表明，人在发烧状态下产生幻觉和幻听都是正常的。

于是她继续往前走，现在她有些后悔自己忘了带上手机了，要是有手机的话，至少能提供一点儿照明的光源……

“唐堇薇，你给我站住！”那个幻听的声音又出现了，比之前更真实了一点儿，甚至听得出是陆越的声音。

雨太大了，被困在雨中的病人有一点儿淡淡的不耐烦，她想赶紧把这里的事情解决，回到温暖干燥的寝室被窝里，舒舒服服地喝杯热水，再睡上一觉，然后第二天她就可以恢复健康。

可偏偏“有人”在阻拦她。

唐堇薇加快步子往前走，黑暗的前路里只有建筑朦胧的影子，但是只要再往前走，就可以到了。每一步都很沉重，鞋子已经湿透了，裤脚也湿了，这些潮湿的布料在一缕缕地吸取她的体温，让她觉得寒冷。

真的太冷了，这不是十一月的温度，还是说她烧得太厉害了？

还不等唐堇薇昏昏沉沉的脑袋想明白这个问题，她就被脚下的障碍物绊了个趔趄，不受控制地往前倾倒，失去重心，眼看着就要栽倒在积水中。

就在此时，她被人抱住了。

唐堇薇花了好几秒才意识到这件事，有人稳稳地抱住了她。

在关键时刻赶到的陆越气得吼了起来："我老远就叫你了，你都没听到吗？"

"听到了，我以为是幻听。"唐堇薇说道，声音有一种飘浮在雨中的恍惚。

真的是陆越吗？还是她已经开始产生幻觉了？

真实和虚幻在雨中，在病中，逐渐变得难以区分。

这里太黑了，她甚至看不清陆越的脸，但是从皮肤上传来的温度却又是那么真实……

"我去！你果然发烧了，好烫！"陆越顾不上心猿意马，他半抱着唐堇薇，从她的手上感觉到了惊人的温度，吓得他赶紧摸了摸唐堇薇的额头，"绝对是高烧！我先送你去医务室，你得赶紧吃退烧药了。"

"稍等，我先去检查一下……"唐堇薇的声音逐渐低了下去。

"喂，你醒醒，唐唐！唐堇薇！"陆越惊恐地看着怀里的唐堇薇突然软了下来，昏昏沉沉地失去了知觉。

倾盆大雨中，唐堇薇晕了过去。

"40.5℃，再不送来怕是要烧傻了。"医务室二十四小时值班的医生是个快退休的阿姨，也不认识陆越，没好气地对浑身湿透狼狈不堪的陆越说道，"还淋了雨？现在年轻人这么浪漫的吗？为了约会命都不要了！"

"不，不是约会！"陆越结结巴巴地解释，又担心地看着昏迷不醒的唐堇薇，"医生，她不会有事吧？"

"打了退烧针，观察半个小时，温度下来了应该就没事了。等人缓过来了送去医院检查一下，看看是什么原因引起的发烧……"医生絮絮叨叨地指挥着陆越，"出去出去，我给你女朋友换身衣服。"

还不是女朋友呢，但陆越没解释，乖乖出去了，趁机给夏姝宁打电话告诉她消息。

寝室已经熄灯了，夏姝宁来不了，只能叮嘱陆越照顾唐堇薇，陆越一迭声地应下来，挂了电话才想起自己根本不知道该怎么照顾病人。

不等陆越用手机搜索一下"如何照顾发烧病人"，他就被医生喊了回去："你闲着没事，就拿冷毛巾给你女朋友敷敷额头，好好照顾人家。"

陆越老老实实地应下来，笨手笨脚地拧干毛巾给唐堇薇敷额头，祈祷她的高烧快点儿退下来。

敷好了毛巾，陆越搬了一把椅子坐在唐堇薇床边半步也不肯离开，焦虑和惆怅向这个从来不知愁滋味的少年袭来。他沉默地看着唐堇薇因为发烧微红的脸颊，还有不断颤动的睫毛，恨不得现在躺在床上发烧的人是自己。

在这份煎熬中，他悄悄把手伸进被子里，捉住了她的手。

"你一定要平安无事啊。"陆越小声说道。

在退烧针的作用下，高热退了下来，虽然还有一些热度，但已经不严重了。

医生给唐堇薇挂了个吊水，嘱咐陆越多关注她的情况。陆越连连点头，乖巧地拿手机在备忘录里记笔记，那副认真的模样让医生对这个俊小伙另眼相看，夸了他两句。

"你要是累了，旁边还有一张空的病床，去睡一会儿吧，她今晚不一定会醒。"医生说道。

"不用，我不困，我精神好得很。"陆越连连摇头，"我还是再看看吧，万一半夜她又烧起来就麻烦了。"

医生离开了，陆越伸了个懒腰，看着神色和缓的唐堇薇，小声嘀咕道："你什么时候才会醒啊？"

他还是第一次见到唐堇薇睡着的样子，陆越心想。唐堇薇出现在他面前的时候，永远是清醒的、理智的、神采奕奕的，有时候又是狡黠的、坏心眼儿的，这为她平添了几分可爱。她从来不会把自己脆弱的一面暴露给别人看，他自然无从窥见剥离了"正常状态"的唐堇薇是什么样子。

原来是这个样子啊，她生病的时候也会露出脆弱的神情，睡着的时候也会毫无防备，这份反差让陆越奇异地移不开眼。

他就这样安安静静地看着唐堇薇，想着关于她的一切，甚至是未来。

从前他很少去想和唐堇薇的未来，他更在乎当下的一切，关于未来的那些事情，是模糊的、朦胧的、不确定的，他甚至不敢确定自己能不能和唐堇薇在一起。但是现在，他突然可以想象到一些从前不敢细想的东西了：他们会恋爱，会结婚，会有属于两个人的生活——虽然现在他还想象不出自己有小孩——也许还会养条狗。

唐堇薇一定会很忙，她是个停不下来的人，工作会让她快乐，让她放弃事业做个全职太太，她当场就能让陆越滚到美国去，下辈子都别出现在她的人生里，她肯定会是个事业女性……也许他才是他们家里"主内"的那一个。陆越烦恼地皱了皱鼻子。

那他呢？陆越想到了自己，他还要回到娱乐圈去吗？

想象到这里戛然而止，他突然从柔软得像棉花糖一样的云中回到了冷硬潮湿的地上，窗外那冰冷的秋雨，就好像是现实一样。

"你不可能在娱乐圈待一辈子的。"父亲陆行舟的声音在他的耳边响起，"进入娱乐圈的人都目标明确，想要赚钱的，想要名气的，但想要名气的归根到底是想要赚钱。我搞不懂你的目标是什么。"

那时候他是怎么回答的呢？

哦，他说："人就不能有点儿爱好吗？"

"当然可以。比如我，我投资，我赚钱，我也做慈善，但我最大的爱好是投钱给一堆八成不会有成果，有了成果也无法盈利的农学研究项目。这是个花钱的爱好，但它有意义，只要有一两个项目有成果，就一定会让世界受益。可你的爱好只是在浪费你的人生，你没有从中学到任何东西，只是沉浸在被人喜欢的幻觉里，更加虚荣、浮躁、虚伪，这到底有什么意义？"陆行舟问道，"如果你喜欢音乐，你就静下心来，去找更好的音乐人学习，去体验人生增加感悟，然后你才会得到更好的音乐。站在舞台上装模作样，接受粉丝的欢呼和鼓励不会让你变成音乐天才。音乐是被创作出来的，不是被人喜欢出来的。你虽然有几分音乐才华，但你的人生太肤浅了，你根本没搞清楚自己到底想要什么。"

"咳咳……"昏睡中的唐堇薇轻轻地咳嗽两声，惊醒了走神的陆越。

"你醒了？感觉怎么样？"陆越关切地问道。

唐堇薇没有醒，她皱着眉说了两句梦呓，陆越侧耳倾听："我好想……"

她想什么？

陆越的耳朵竖得老高。

"喝奶茶。"唐堇薇咕噜了一个词语出来，又沉沉地睡了过去。

陆越傻眼了。唐堇薇想喝奶茶？不会吧，她不是说自己讨厌奶茶吗？就像他讨厌猪一样，是一个无须质疑的事实。

不对，他现在喜欢佩奇了！所以，也许唐堇薇真的喜欢奶茶呢。

陆越纠结地给她换了一条冷毛巾，看着窗外的大雨陷入沉思，大晚上的哪里去买奶茶啊。

半晌，他叹了口气："行吧，反正我现在除了照顾你也没事可做。如果你醒来能喝到奶茶的话，一定会高兴吧？"

怀着要给心上人一个惊喜的心情，陆越冒雨直奔美食社的烹饪教室，熟门熟路地找到了牛奶和茶叶，煮了一壶热腾腾的奶茶，装在保温杯里带回了医务室。

湿淋淋的陆越把自己煮的奶茶往床头一放，趴在唐堇薇枕边，叽叽咕咕地和她讲起了话："还没谈恋爱呢，我就已经有一万个烦恼了。要是你最后还拒绝我，那我……那我真是太惨了。"

唐堇薇睡得很沉，对床边的奶茶和陆越的满腹心事一无所知。

陆越自顾自地说了半天，看着她沉睡的侧脸，心头又是温柔又是刺痛，仿佛被一朵美丽的玫瑰花扎到了心尖。

"作为给你煮奶茶的奖励，我可以亲你一下吗？"陆越小声问道。

唐堇薇当然没有回答。

"你要是知道我不经你允许偷亲你的话，一定会生气吧。"陆越喃喃道。

他知道唐堇薇对一切"霸道总裁式"的互动都很不感冒，要是有人强吻她，她完全不会觉得浪漫，只会一巴掌打回去，报警有人性骚扰——哪怕那个人是陆越，下场恐怕也是如此。

陆越握着唐堇薇的手，捏在手心里，唉声叹气起来："虽然你冷酷的样子也很美丽，但要是能再温柔一点儿别总是套路我就好了……"

雨点击打在窗户上的声音如同白噪音，陆越已经忘记了窗外下着大雨，此时此刻，他的眼中心中就只有唐堇薇而已。

满腔无处安放的柔情里，他小心翼翼地用双手捧着唐堇薇的手，放到唇边，悄悄在她的手背上落下了一个轻柔的吻——

"这不是偷亲，是给女王陛下的吻手礼。祝女王陛下早日恢复健康。"他笑着说道。

唤醒陆越的是窗外的鸟鸣声，几只叽叽喳喳的小鸟在窗台上蹦来跳去，吵闹不休。陆越恍惚地从梦中醒来，顿觉腰酸背痛。他竟然坐在椅子上，趴在床头睡了好几个小时，一只手还紧紧握着唐堇薇的手，现在都麻了。

"嘶……"陆越别扭地转动着脖子，怀疑自己是落枕了。

啊，唐堇薇！

陆越猛然想起自己为什么身在此处，赶忙查看唐堇薇的情况，用手试探了一下她的额头，已经不烫了。

看来没事了，陆越松了口气。

唐堇薇的睫毛轻颤了两下，缓缓从沉睡中睁开了眼，眼神还有些迷蒙。

陆越紧张地看着她："你醒了？现在还难受吗？"

唐堇薇皱着眉，用沙哑的声音说道："水。"

陆越立刻想起自己连夜煮的奶茶，兴高采烈地给唐堇薇倒了一杯。

唐堇薇喝了两口，呆呆地看着保温壶里的液体："这个是……"

这个东西看起来像奶茶，闻起来像奶茶，喝起来完全就是奶茶。

陆越使劲摇晃不存在的尾巴："昨天你说梦话，说你好想喝奶茶，我特地去烹饪教室给你煮的，好喝吗？"

唐堇薇的脸色变了："我说过这种话？"

陆越连连点头，好奇又作死地说道："可上次你分明说你讨厌奶茶……"

唐堇薇僵硬地咽下嘴里丝滑香醇的奶茶，刚刚病愈的脸涨得通红："我讨厌奶茶，一定是听错了。"

看着她此时的表现，陆越哪里还不知道这就是她的口是心非呢？就像露营时信誓旦旦说自己不怕鬼的那次一样。

她嘴硬的样子也好可爱，陆越差点儿要控制不住表情了，可是为了爱情，这一刻的他强忍着逐渐变态的笑容，可怜巴巴地说道："可是我辛辛苦苦煮好了，你就赏脸喝一口吧。"

唐堇薇警惕地看着陆越，怀疑这家伙已经发现了她的小秘密，就像她已经发现了他对佩奇真香的小秘密。

陆越真诚地眨了眨眼："求你了。"

唐堇薇默默接过保温壶，这种糟心的事情就不想了，喝就完事了！

奶茶，真香。

见唐堇薇喝得津津有味，时不时眯起眼一副满意的小模样，陆越骄傲极了，他有心活跃一下气氛，拣了个浪漫的开场白："唐唐，我昨晚梦到你了，你有没有梦见我啊？"

沉浸在美味奶茶中的唐堇薇突然清醒了："我梦见猪跑了。"

陆越：？

唐堇薇放下奶茶，紧张地问道："我昨晚是发烧晕过去了？猪舍现场你检查过了吗？门窗关紧了吗？"

陆越心惊肉跳，一脸蒙圈："我……我见你晕了，就赶紧把你送来医务室了……后来，我去了一趟烹饪教室……然后就回来继续照顾你了。"

唐堇薇嘴里的奶茶都不香了："也就是说，整整一晚上的时间，没有人去确认过猪舍的情况？"

陆越哑口无言："呃……"

唐堇薇深吸一口气，声音提高了八度："那还等什么？赶紧去检查！"

跑东跑西熬了半宿的陆越一醒来就被吼了一头，委屈地小声说："最多是进了点儿水，不会有什么问题的……"

话还没说完，医务室门外传来了惊叫的声音："天哪，我刚才看到有猪在路上跑！"

"啊？学校里怎么会有猪？"

"不知道啊，难道是从畜牧系那里跑出来的？"

"说起来，上次我还看到陆越在学校里遛猪的新闻，该不会……"

隔着一扇门，唐堇薇和陆越陷入了诡异的沉默之中。

陆越：完蛋了！

唐堇薇黑了脸："现在就去，马上！"

看着陆越狂奔出去的背影，唐堇薇气得拿起保温壶——喝点儿奶茶压压惊。

惨剧发生了。

后山猪舍在改建时没做好防水工作，昨天的暴雨让雨水渗入了室内，而没有关好的窗户则给小猪们跑路提供了一条通道。不知道是哪只小猪带的头——陆越私底下猜测是佩奇干的，因为只有它有每天出门散步的特权。

总之，和佩奇同个栏位的小猪们，在暴雨之夜集体"越狱"了。

"怎么会这样啊！"陆越抱着头惨叫起来，"不应该啊！"

面上还有病容的唐堇薇杀气腾腾地笑着："这都是谁的错呢？"

陆越哆嗦了一下，老老实实地承认："我的错，都是我的错。现在可怎么办啊？"

突发状况让陆越脑中一片空白，急需有个靠谱的人来拿个主意。幸好唐堇薇正是一个靠谱的人。

"先通知养猪社的成员，在附近找找看，大部分猪不会跑太远，最坏的情况是得发动全校的同学帮忙找猪……"唐堇薇说着，突然看向陆越，眼中流露出奇异的怜悯。

陆越不解地看着她："怎么了？我脸上有东西吗？"

唐堇薇嫣然一笑："……没有。手机借我。"

陆越疑惑地看着唐堇薇借走了他的电话，开始思路清晰地发号施令。得知噩耗的同学们纷纷赶到后山，对着一片狼藉的猪舍长吁短叹，陆越十分羞愧，又万分担心。

他的佩奇现在还不知道跑哪里去了呢，万一遇上变态，岂不是会变成烤乳猪？

陆越越想越伤心，恨不得现在就跑去找猪。

接下来就是齐心协力挽救损失的时候了，一部分同学被唐堇薇分配去清理猪舍，把进水的垫材翻出来晾晒，同时为了避免"水灾"过后传染疫病，给整个猪舍消毒。还要关注一下剩下的几只小猪的情况，万一生病了还得打针服药。还有一部分人被分配去找猪了，现在正在后山漫山遍野地寻找落跑的小猪们……

现场忙忙碌碌，但有条不紊，陆越小心翼翼地在一旁"伺候"着大病初愈的唐堇薇，端奶茶送热水，时不时还要关心一下，生怕她又倒下了。

等到现场初步清理完毕，唐堇薇才长长出了口气，问道："现在找回几只了？"

被拉来当传令员的夏姝宁汇报道："丢失的十五只小猪里，只找到了三只，情况不妙，再这样下去它们可能会跑得更远，我们的人手不够。"

唐堇薇看着忙碌的现场，轻叹了一口气："知道了，我来想办法吧。"

陆越的眼睛一亮："我就知道你一定有办法。我能帮上什么忙吗？你尽管说，只要我能做到，我一定去完成！"

唐堇薇忽地对他粲然一笑，大病初愈的脸上格外灿烂的笑容，立刻就让陆越有了不祥的预感。

"为了找回佩奇和其他小猪，你什么都愿意做？"唐堇薇笑眯眯地问道。

"呃……"陆越犹豫了。

无数次被唐堇薇套路的血泪教训告诉他，现在他的面前一定有一个已经挖好了的大坑，只等他傻乎乎地主动跳进去了。

但是，挖坑的人可是唐堇薇啊。而坑底，有他心爱的佩奇啊！

陆越咬咬牙："我愿意！"

此时此刻，天真的陆越仍然不知道，距离暴露他的"真香"人设，只差最后一步了。

坐在广播室里的陆越一脸蒙圈，不知所措。

唐堇薇镇定地对广播社的同学表达感谢，顺便请教了一下播音设备的使用方法，飞快地记了下来。

"好了，现在就看你的了，稿子准备好了吗？"唐堇薇笑眯眯地问道。

陆越呆愣地看着话筒："……啊？"

他脑中一片空白，什么稿子啊？他为什么会被拉到广播室里来？为什么啊？！

唐堇薇已经懒得叹气了，她拿起一旁的纸和笔，现场开始写稿。

陆越弱弱地问道："你到底想干吗……"

唐堇薇一心二用，一边写一边回答："很简单，借用一下你的名气，发动全校同学帮忙找回小猪。"

陆越的声音更微弱了："……那我……我……我喜欢猪的事情岂不是……"

唐堇薇微笑地看了他一眼："这件事还有谁不知道的吗？你蒙面遛猪的事迹早就尽人皆知了。"

陆越被会心一击："……"

话虽如此，被曝光和自己曝光是一回事吗？他陆越不要面子的吗？当年他可是信誓旦旦喊出过"不想养猪"的惊人发言，震惊全网，结果现在当众为猪求援，请求全校同学帮忙一起找猪。

啊，人设崩塌，这也是一种人设崩塌！

唐堇薇微笑着问道："刚才有人对我说，为了挽回自己犯下的错误，什么都愿意做。原来是在骗我的吗？"

陆越疯狂摇头："没有没有，我没说不愿意，只是……"

唐堇薇继续微笑，直接打断道："所以为了找回佩奇，你愿意向同学们求助咯？"

这一刻，陆越感觉自己像是儿子被绑架的倒霉家属，正被绑匪索要赎金，只要他敢拒绝，他的宝贝儿子就要被撕票了！

陆越捂住了脸，屈服了："别说了，我念稿，我念！"

还要什么面子啊，他的宝贝佩奇丢了啊！只要能把佩奇找回来，丢点儿面子算什么！

唐堇薇写完了稿子，轻轻吹了一口气，把稿纸放到陆越面前："就这么念吧。"

陆越看了起来，看到某一行的时候，他指着上面的字难以置信地问道："什么叫'只要提供有效线索，就可获得一份农大特供酸奶'？这酸奶就算有钱也限购啊！"

唐堇薇从容道："从你的份额里扣啊。我和学长打过招呼了，他说可以配合调配。"

陆越惨叫："不行！换个悬赏奖励！我的酸奶不行！"

唐堇薇认真道："直接金钱悬赏，我认为不太妥当。换成我们农大的硬通货酸奶则能达到双赢的效果，也不会给养猪社的同学增加经济负担。"

陆越："可是这要克扣我的口粮哎！"

唐堇薇只说了两个字："佩奇。"

陆越："啊——"

——佩奇，我的佩奇啊！你可要再坚持一下啊！爸爸为了你可是连最爱的酸奶都不要了啊！这可不是市面上随便能买到的酸奶，是超级好喝无敌难买的农大自产酸奶啊！

五分钟后，生无可恋的陆越在广播前念道："亲爱的同学们，大家好，我是陆越，很抱歉在这个周六的上午打扰到大家……"

"因为昨晚暴雨，学校后山的猪舍进水，丢失小猪十二只……"

"现在请求各位同学帮忙寻找，如果有线索，请立刻拨打电话……"

"每一位提供有效线索的同学，都可以获得农大有机牧场自产的特供酸奶一份……"

说到最后，陆越看着稿子，情难自禁地呜咽起来："我的小猪佩奇也丢了，它真的是一只聪明可爱的小猪，你们可能在网上见过我遛它的照片，它是我的小宝贝，我不能没有佩奇……请一定要帮我找到佩奇啊！求你们了！"

在这个周六的上午，来往于寝室、食堂、教学楼、图书馆之间的同学，惊讶地听到了这份来自陆越的奇妙"寻猪启事"，交头接耳起来。

"是那只陆越的宠物小猪吗？怎么丢了？"

"不是宠物猪啦，就是普通的小猪。"

"陆越不是很讨厌猪的吗？"

"哼哼，你肯定是没有看八卦，他现在沉迷养猪了。"

"陆越已经走火入魔开始真香了……不过话说回来，他的那只小猪真的很可爱。"

"干净的小猪本来就很可爱的啦，不然怎么会有那么多人被骗去养小香猪呢，一只只都长到了两百斤。"

"提供线索的奖励是有机牧场的酸奶哎，这个我好喜欢，每天限购，排队都买不到，想要。"

"那就抓紧时间，找到一只还有其他的奖励呢。"

"不多说了，我先去找猪了！找到了猪也许还可以跟陆越要个签名呢！"

毕竟人多力量大，随着广播消息发出，很快，守在电话旁的夏姝宁就开始接到线索报告："东区教学楼那里发现了一只小猪，在灌木花坛里啃草皮，我一靠近就跑了。"

"发现了一只小猪，不知道怎么跑到蔬菜工厂里去了！现在正在祸害蔬菜工厂里的蔬菜呢！"

"玫瑰园发现了小猪一只。"

"有一只看起来像猪一样的东西，跑到图书馆里来了……啊——天哪，真的是猪！别过来啊！"

"我看到一只猪，但是我不想要酸奶，换成陆越的签名照可以吗？"

"你们快来啊，有一只猪跑到食堂来了，食堂师傅正抓着它说干脆杀了做烤乳猪吧，快来救救小猪啊！小猪要被吃掉了！"

随着消息不断传来，唐堇薇迅速给同学们分组分派任务，逐一去确认现场，十二只走丢的小猪迅速被找回了一大半，只剩下三只顽固的躲猫猫分子，还藏身在学校各个角落里，但也没能坚持多久。

找猪行动在全校同学的踊跃帮助下，只用了半天时间就圆满收工了。

所有的小猪，包括佩奇，全都被找到了。

陆越抱着刚刚洗干净的佩奇喜极而泣："佩奇，你可算回来了！为了你这只翘家小猪，全校……不，全网都知道我对猪真香了。"

佩奇用乌溜溜的黑眼睛看着他，非但没有体谅这位"老父亲"的心情，还迅速挣脱他，跑去进餐了。

看着吃得"呼哧呼哧"的小猪崽儿，陆越的心都化了："我们的佩奇真是可可爱爱！"

唐堇薇看着他这副幼稚的样子，竟然觉得有点儿可爱，她提醒道："差不多了，你该去发放酸奶了。今天我们一共收集到六十三条有效线索，要发六十三份酸奶，未来两个月里，你的酸奶就停供了。"

陆越欲哭无泪，和佩奇抱头痛诉："都是你的错，佩奇啊！你知不知道爸爸为了你，不但牺牲了名誉，还付出了最爱的酸奶。"

哭诉归哭诉，陆越还是老老实实地来到了指定地点，可怜兮兮地向前来领取奖励的线索提供者发放酸奶。

畜牧系的李学长笑眯眯地把准备好的两箱新鲜酸奶放到了小桌子上："都是美食社现做的，我还在里面放了冰袋，可以有效保鲜。"

陆越蹲在桌子旁撸小猪，生无可恋地说："别说了，我的心……"

"人来了，赶紧营业吧！"唐堇薇微笑着，推着陆越坐了下来。

李学长把带来的广告牌往桌子旁一放，上面写着湘南农大有机牧场自产酸奶的广告词，竟然打了推销学校酸奶的主意。

线索提供者陆陆续续来了，都是校友。大家对陆越这位湘南农大的名人已经很熟悉了，见到他都笑眯眯地打招呼，有的跟他握手要签名，有的还要个合影。

"你的 vlog 挺有意思的。"一个男同学领到酸奶，当场就喝了起来，语气熟稔地对陆越说，"说真的，我一开始不太喜欢你。"

陆越："咦？"

男生哈哈一笑："我和我室友还打赌，你肯定只是来农大挂个名，不会好好念书的。结果这都大半个学期过去了，你竟然每天都在上课，还养起了猪。虽然你害我输了一顿宵夜，不过我对你改观了。陆越同学，加油吧，看好你哟。"

人已经走远了，陆越还有些回不过神来，半晌才蒙圈地回头问唐堇薇："我这是感化了一个黑粉？"

唐堇薇笑着说道："恭喜，请再接再厉，继续感化你的几十万黑粉。"

陆越惨叫："我哪有那么多黑粉！"

又一个提供线索的女同学来了，领走了酸奶，还和陆越合了照，开心地捧着手机说道："我喜欢你很久啦，不过从来没想过会和你成为同学，感觉和做梦一样。"

太好了，这是个粉丝！陆越也开心，热情地和粉丝聊天。

"二越，你以后还会回娱乐圈吗？"粉丝关心地问道。

当然要回去。陆越本想不假思索地这么回答，但是话到了嘴边却卡住了。

他看向站在远处打电话的唐堇薇，忽然无法再那样轻易地说出来。

不知不觉间，他被这所学校改变着，也被唐堇薇改变着。从前厌烦的事情，他现在做得津津有味，从前讨厌的动物，他现在喜欢得不惜自己崩了自己的人设。烦恼吗？一定要说的话，这是甜蜜的烦恼。

他在这些甜蜜的烦恼中获得了新的力量，也获得了从前体会不到的快乐，是这样的生活悄然改变了过去那个傲慢浮夸虚假做作的自己。

他不再像从前那样为了名气患得患失，也不再掩饰真实的自己，他在镜头前找回了自我。

可世事就是这样奇怪，从前他千方百计地给自己打造完美人设，可黑粉多得让他烦不胜烦。现在他抛开这些东西，真正地做着自己，反倒收获了更多人的喜欢。

至少，唐堇薇绝不会喜欢从前的那个他。

那么，现在的他呢？

也许是这一刻冥冥之中的心有灵犀，唐堇薇忽然回过头。正是夕阳西下之时，天边的云层散开了，漫天的灿烂晚霞将天空染成了绚烂的金红色，雨后的地面上积了水，于是大地上也倒映着这样美丽的颜色。

站在夕阳落照之中的唐堇薇，对上了他的视线，远远地给了他一个微笑。

这个笑容比晚霞更烂漫。

陆越停下了思考，他突然不想去纠结这个过于遥远的未来选择了。此时此刻，他不想错过当下每一天的风景，也不想错过爱情。

答谢校友们提供线索的活动结束了，回寝室的路上，陆越可怜兮兮地对唐堇薇抱怨："我两个月的酸奶就这样没有了。两个月喝不到酸奶，我要死了！"

唐堇薇突然笑出了声："我骗你的。"

陆越："啊？"

唐堇薇见他还没反应过来，笑盈盈地解释道："我早就跟美食社打过招呼了，让他们提供了额外的酸奶，还有广告牌，说是给学校的酸奶做一下推广活动。因为过一阵子就要出新产品了，到时候产量上来，就可以对外销售了。只要六十多份酸奶，做一次免费的全网广告，他们可高兴了。"

陆越既惊又喜："不是克扣我的口粮吗？"

唐堇薇："当然不是了！"

陆越这才恍然大悟，可是这一次，他被骗得喜上眉梢。

他喜欢的女孩子，总是用一万种套路坑他，可每次他掉进坑里，非但不生气，还心里美滋滋。

"唐唐！"陆越突然大声。

唐堇薇以为他生气了，眨了眨眼看他。

"我爱死你了！"陆越说着，飞快地在她的脸颊上亲了一口，"我要每天送你奶茶！"

唐堇薇的脸一下子就红了，她捂着侧脸，恼怒地瞪着他，可是脸上毫无说服力的红晕却暴露了她这一刻的羞涩。

"我都说了，我不喜欢奶茶！"她面红耳赤地做着没有说服力的辩解。

夕阳落下了，可是这一刹那，陆越却觉得自己看到了黎明的曙光。

不到一天时间，陆越的"真香"行为已经在网上发酵得尽人皆知。

陆越干脆在养猪篇 vlog 发布之前，光明正大地给佩奇拍了一组九宫格照片，还拜托蔺君书修图。

蔺君书大感震惊："你自拍都不修图的！"

陆越哼了一声："我天生丽质不需要修图，但是我的宝贝佩奇，它现在只有 99 分的可爱，还有 1 分，需要靠修图来填补。别废话了，快给佩奇修图，我要发微博了！"

拿到蔺君书修好的图，陆越满意地发出了这条微博：给大家介绍一下，这是我的宠物佩奇，关于它是如何改变了我的故事，今晚就告诉大家，敬请期待。

关掉微博，陆越伸了个懒腰，起身对蔺君书说道："我去遛佩奇啦。"

蔺君书还在最后一遍检查 vlog，抬头问道："这次不蒙面了吧？"

陆越哼了一声，得意道："那是当然。而且我还约到了唐唐，她答应跟我一起遛佩奇了，我得早点儿过去，先买杯奶茶，虽然唐唐嘴上嫌弃，但是她每次都老老实实地喝完。这就是女孩子的口是心非吗？太可爱了。"

蔺君书觉得一阵牙疼，他强烈怀疑这个男子恋爱互助团中的另一位成员，即将成功谈上恋爱。

我也喜欢你

十一月底，气温已经转凉，但还不到寒冷的时候，正是秋高气爽的宜人季节。

湘南农大的运动会就是在这样的时间举行的。为期三天的运动会包含了开幕仪式和上百种脑洞大开的趣味比赛。其中，开幕式更是颇具农大特色，竟然是由十几辆不同类型和功能的农业拖拉机改装成的花车，在全校范围内巡游。

陆越忍不住吐槽："你说的拖拉机，是我脑子里想的那种拖拉机吗？"

唐堇薇微笑道："如果你想的是那种有内燃机，有传动、行走、转向、制动、悬挂系统和电气设备，可以用来耕地、播种、施肥、中耕、收获、运输的机械装置的话，没错，就是那种拖拉机。你想进一步了解它的话，我可以给你推荐一些农用拖拉机的选型、使用和维修书籍。"

陆越疯狂摇头，他学养猪和高数已经学得头大了，不想再了解拖拉机了。

"可是拖拉机怎么用来做花车巡游呢？"陆越还是不解。

"稍微装饰一下就好了。"唐堇薇说道，"拖拉机花车前两年得到了很多好评，我记得有人拍过视频……"

唐堇薇觉得陆越可能对此有所误解，便掏出手机找了一下视频发给他看。

陆越定睛一看，不由得瞪大了眼睛：和他印象里在农田里工作又脏又破的拖拉机不同，这些巨大的车辆崭新干净，散发着金属冷峻的光泽，配上装饰用的花卉、气球和彩带，又显得可爱喜庆。

"这辆车好大啊，比别的拖拉机大了一圈！"陆越指着其中一辆说道。

"这个是大型联合收割机。价格从几万到几百万不等，最贵的一款我记得报价是四百万。"唐堇薇面无表情地说道。

陆越缓缓打出一个问号："等等，我那辆兰博基尼也才四百万啊！"

说到这里，陆越又怨念地吐槽了一句："然后我还没开几天，就退圈来农大念书了，现在的坐骑竟然是共享单车。过几天还要看拖拉机巡游，我的人生到底遭遇了些什么啊……"

陆越听到一声轻笑，他立刻扭头看向唐堇薇："你刚才是不是偷笑了？"

唐堇薇正色道："没有，你听错了。"

陆越眯了眯眼，怀疑地说道："可我分明听到了你在笑。"

这副警惕又疑心的样子，像极了一只溜达了一圈却发现饭盆里的狗粮被偷光的小狗，黑亮的眼睛紧盯着每一只路过的"犯罪嫌疑人"，誓要把"犯人"揪出来。

唐堇薇有一瞬间的冲动想要摸摸他的头，但是她克制住了。

这种冲动正在越来越频繁地出现，她总是疑心自己克制不了多久了。

唐堇薇干脆宣布了一个坏消息："开幕仪式的花车巡演上，你要负责表演节目和讲话，早点儿准备起来吧。"

陆越：？

这是什么画风？他，陆越，在拖拉机上表演节目？

"为什么啊！"陆越惨叫了一声，"我怎么可以站在拖拉机上？这没有品位！"

"这不是普通的拖拉机，是价值四百万的大型联合收割机，比你的兰博基尼贵。"唐堇薇纠正道。

陆越可怜兮兮地问道："那你会来看我在拖拉机上的表演吗？"

唐堇薇微笑道："恐怕不行哦。我要负责运动会的统筹主持工作，只能在主席台上坐着，不过我会负责念你的稿子的。学生会那边还有点儿事，我先走了，再见。"

说完，唐堇薇就离开了。

陆越气结，愤愤地把脑袋磕在墙上，气鼓鼓地心想：是他陆越不够帅了，还是她唐堇薇抵抗力增强了？明明以前只要他眼巴巴地看着她，她总能答应下来的！

可恶，女人太可恶了，得到了他的爱情就不珍惜！陆越捶了捶墙面，幼稚地想：你倒是快点儿喜欢喜欢我啊！

唐堇薇说很忙，那就是真的很忙，一直到运动会即将开幕，陆越都没怎么见到她。他郁闷地被蔺君书和夏姝宁拉着拍日常生活 vlog，闲暇时间还要准备开幕式表演，就连平日里最喜欢的逛佩奇活动，都因为少了唐堇薇提不起劲了。

就在开幕式前夕，他还被冯戚找上了门。

自从那次表白事件之后，冯戚迅速低调了下去，特别是在唐堇薇面前，他也不怎么刷青梅竹马的存在感了。但是在陆越这里，冯戚好像打开什么奇怪的开关，动不动就要来挑衅他一番，来一通阴阳怪气。

在陆越的认知里，这是一只败犬在垂死挣扎，看他明明已经内心抓狂，却还要假装高冷的样子，怪有意思的。

但有时候，败犬的话也挺犀利的。

"去年我在趣味运动会上拿到了五个项目的冠军，今年我会再创纪录。你呢？你不会就打算在开幕式的花车巡演上弹弹吉他唱唱歌混过去吧？"冯戚一脸傲慢地问道。

陆越不服气地说："我已经报名参加十几个项目了。"虽然是被唐堇薇套路才报名的。

冯戚冷哼了一声："但愿你不要颗粒无收。今年我们实验班可是要争夺团体总冠军的，希望你不要拖大家的后腿。哦，我觉得你还是把精力放在花车巡演上吧，赶紧求堇薇帮你捉刀写一篇讲话稿，千万不要自己写，毕竟谁都知道你的文字水平是灾难级的。"

陆越气结，当晚就打开电脑抓耳挠腮起来，结果三个小时过去了，文档里才写了百来个字。陆越气息奄奄地瘫在椅子上，拿着手机想跟唐堇薇求助。

结果刚打开微信就看到班级群里，唐堇薇在安排本届运动会的任务，下面一溜的"班长辛苦了"，陆越的手指在唐堇薇的头像上迟疑了半天，最后委屈兮兮地复读了"班长辛苦了"。

如果这点儿小事都需要跟唐堇薇助，那岂不是证明他不行？是男人就不能说自己不行！

陆越一个鲤鱼打挺坐回椅子上，对着电脑继续挠头。

他陆越一定会写出来的，一定的！

最后，陆越还真的写出来了，他把每个成语都搜索了一遍，确保没有乱用的，看着这份让他绞尽脑汁的稿件，陆越露出了得意的笑容。

只要他打定主意去做，还是能写出来的嘛！

等到开幕式那天，陆越终于逮住了机会，在花车巡游开始前冲到了主席台，亲自交稿给唐堇薇。唐堇薇正坐在播音台前念一篇通讯稿，刚好念完，同样负责播报工作的冯戚坐在她旁边，看到陆越出现，立刻皱紧了眉头。

陆越假装没看见冯戚，他忙不迭地凑上去，恶作剧地俯下身，在唐堇薇耳边小声念叨："唐唐？"

他还无师自通了一点儿郑太的"茶艺"技巧，用眼神挑衅冯戚，冯戚回给他一个暗藏杀气的眼神。

唐堇薇头也不回，直接向后伸手："终于写好了，把稿子给我看看。"

"你怎么知道我是来送稿子的？"陆越大惊。

"不然呢？"唐堇薇终于回过头了，眼神逐渐变得危险，"难道你是来捣乱的？"

陆越嘻嘻笑着，把稿子往她面前一塞："不，我是来找你假公借私的。"

"是假公济私。你的语文怎么一点儿进步都没有？"唐堇薇开始检查陆越千辛万苦才写好的讲话稿，只瞥了两眼，她就叹了口气，"不行，你写得太正经无趣了，我要是这么念的话，根本毫无记忆点，这不符合我们对你的人设要求。"

陆越哀叫了一声："我好不容易才憋出来的。"

冯戚拿过稿子看了两眼，酷哥的脸上露出了一丝微妙的笑意："大概有个小学六年级的水平。"

陆越气愤地一把抢回稿子，恼怒地瞪着冯戚。冯戚凉凉地开口道："虽然我们之间有过一些不愉快，但你毕竟是实验班的一分子，所以我勉为其难地搭了把手。我帮你写了一份讲话稿，你要看一眼吗？"

说着，冯戚把他准备的讲话稿递给了陆越。

陆越一看，呃，他的这个死傲娇情敌的水平有点儿强。

"拿去用吧，不用谢我了。"冯戚露出一个骄傲的笑容，看到陆越吃瘪，他就感到愉悦。

"不需要。"陆越咬牙切齿地说道，"我自己的稿子，再烂也要念下去，大不了我自己念稿！"

说着，陆越气得伸手揪了揪唐堇薇的高马尾，唐堇薇猝不及防地被偷袭，猛然回过头，震惊地看着他。

陆越怨念地瞪了她一眼，连自己的稿子都没拿就跑了。

还没跑出多远，唐堇薇的电话就追了过来，陆越赌气不接，背着吉他来到花车巡游队伍的出发点。列队的拖拉机已经装饰一新，陆越强颜欢笑地登上了最前面那辆传说中价值四百万的联合收割机的车顶。

一切准备工作就绪，花车巡游即将开始。

"陆越！"人群里传来一个熟悉的声音。

陆越低头看去，是夏姝宁正对着他挥手，他不禁失望。不过想也知道，唐堇薇不可能丢开工作跑来和他讲道理，可他就是酸溜溜的。

"班长大人吩咐我告诉你一声，一会儿现场讲话让你闭嘴，她来念稿。"夏姝宁把手放在嘴边，大声对车顶的陆越喊道。

"我不要用冯戚的稿子！"陆越回道。这是原则问题，情敌的稿子，再好他也不要用。

"就知道你会这么回复。班长说了，她另有安排。"夏姝宁说道。

不等陆越追问，车队已经出发了，陆越迎风站在车顶，满脑子都是刨根问底的冲动。唐堇薇到底想做什么？她不会只是敷衍他一下，最后还是念了冯戚写的讲话稿吧？那他可要生气了，很生气很生气的那种，她不哄他就不理人的那种。

沿途的欢呼声和音乐声中，花车上的陆越有些心不在焉，直到车队进入了大操场中。根据彩排时的要求，广播现在应该开始介绍他，然后他开始表演……

唐堇薇的声音在广播里响起："现在在车上向各位观众走来的是……"

陆越怔了怔，看向主席台，这分明是他那篇被唐堇薇枪毙的讲话稿，为什么她反而念了起来？

不对，她改词了。

"农大新晋十项全能劳动高手，上可挤奶养猪，下可孵蛋钓鱼，学习生活类 vlog 拍摄狂魔，全网最可爱小猪佩奇的饲主——陆·真香·越……"

陆越惊叫了一声，唐堇薇这改词也太魔性了吧！明明里面的要点他都有写到，但是为什么唐堇薇一改，整个画风都变得搞笑起来。

现场果然一片欢笑声，在道路两旁夹道围观的校友们对着陆越疯狂招手欢呼，这份出人意料的热情让陆越十分动容，这里曾经可是他的黑粉大本营。

沐浴在午后的灿烂阳光下，唐堇薇低着头，在话筒前朗读着被改得面目全非的讲话稿。别人也许听不出来，可陆越这个写稿子的人却听得分明，她这是在他的基础上给内容做了个"整容手术"，让这段介绍词风趣幽默又令人印象深刻。

她确实用了陆越的稿子，但又在里面加入了自己的灵魂。

这就好像她悄悄地塞了一块糖给他，把他甜得晕头转向。

陆越一巴掌拍在自己的额头上，宛如栽进了一个装满蜜糖的陷阱，整个人都笑得傻乎乎的。

谁说学神不会撩？她太会了！

开幕式结束后，精彩有趣的运动会就此拉开了序幕。

和一般的大学运动会不同，湘南农大的运动会项目不是常规体育项目，而是各个不同的社团组织的特色项目，如钓鱼比赛、剪羊毛大赛、水果采摘比赛……参赛选手也不以学院和班级名义报名，而是以社团名义参赛，所有项目均可报名。

历年的趣味运动会中，发生过各种各样或奇葩或好笑的事件。例如，钓鱼比赛因规则漏洞，选手现场用渔网捞鱼夺得冠军，次年的项目里禁止了参赛者使用鱼竿以外的道具，结果参赛选手改造鱼竿加装了"电鱼器"……

再例如，养鹅社组织了赶鹅比赛，结果因为某几只大鹅过于凶猛，将赶鹅比赛变成了大鹅赶人比赛。一旁的兽医社友情提供了即将参加障碍跑的狗，成功解救了被大鹅追杀的倒霉参赛者，然后由美食社的成员热情地带走了这几只大鹅。据说他们三个社团晚上联谊吃了烤鹅。

据说因为这些鹅还促成了几对情侣，让鹅在农大有了不一样的地位。

趣味运动会期间，每时每刻都有有趣的比赛在校园的各个场地举行，大操场那里是主赛场，承办了一些能集中举办的赛事。但是除此之外，一些诸如谷物分类、下河摸鱼、花园寻宝之类的比赛，有更强的场地限制，这些比赛就会在各个社团自己选定的区域进行。

这三天里，整个湘南农大对外开放，吸引着大学城其他学校的同学们来参观，让运动会更像是一个趣味十足的嘉年华活动。

可怜的蔺君书因为在真心话大冒险中作死，被唐堇薇指派报名了 N 个项目，让宅男差点儿断气。陆越见到他这副惨状于心不忍，找唐堇薇求情。

"好啊，既然你主动提议，那就由你帮他共同分担吧。"唐堇薇笑盈盈地说着，给陆越也报了一堆项目。

在报名表上签名的陆越这才回过味来：他是不是又被唐堇薇套路了？

陆越幽怨地抬起头，对上唐堇薇灿烂的笑容。

她脸上那狡黠的笑意，又俏皮又可爱。

陆越被甜得心头一酥，大笔一挥，在十几个项目上签下了自己的名字。

这就是为什么运动会期间他在各个比赛场地来回奔波。

陆越的出现也让农大的趣味运动会得到了更高的曝光度，一时间，全网都被这些奇怪的运动比赛吸引了注意力。

就像陆越说的那样，他报名了十几个项目，先是在第一天的钓鱼比赛里拿到了冠军，又在剪羊毛比赛中获得了亚军，酸奶制作比赛里他翻车了，评委们纷纷对他的手艺给出了差评，让陆越欲哭无泪，拿着酸奶自暴自弃地喝了个干净。

这样有趣的比赛，本来就重在参与。整整三天里，陆越不是在各个比赛场地间来回奔走，就是去主席台那里找唐堇薇卖萌，顺便气一气冯戚。

陆越已经掌握了技巧，和冯戚斗嘴的时候，只要揪住他的痛处疯狂输出，这个死敖娇就会面红耳赤憋不出话来。而这个痛处，自然就是唐堇薇啦。

唐堇薇看着他俩吵架，那表情宛如幼儿园老师看熊孩子菜鸡互啄。

"停。今天下午就是最后的重头戏了，你们准备好了吗？"唐堇薇关心道。

她指的是每年趣味运动会最后一天的重大赛事——全民快跑。

这里的全民指的可不只是学生们，还包括了各种动物。在这项比赛里，参赛者要带上自己的动物搭档完成各项挑战，其中最有挑战性的一项是随机抽取一项挑战内容，完成了这项内容才可以继续领着搭档向终点冲刺。

而这个随机抽取的挑战内容，有难有易，随机性极大，难的譬如立刻找到不知道在何处的校长并拿到签名，容易的则比如抱起搭档亲一口即可继续比赛。

参赛者还可以携带各种道具，例如引诱搭档的食物，或者干扰其他参赛者的物品，给比赛增添了许多悬念。因为这种不确定性，这是一个特别受欢迎的比赛项目，拿到冠军的参赛者可以获得额外的加分，这对取得班级团体冠军很有帮助。

陆越当然报名了，他的搭档是心爱的小猪佩奇，他对佩奇有着充足的信心，这段时间他还加紧训练过它，深信只要发挥出色，他和佩奇一定可以勇夺冠军。

“我早就准备好了。唐唐，你会参加吗？”陆越好奇地问道。

“我当然要参加。”唐董薇理所当然地说道。

“你竟然要参加？那你的动物搭档是……”陆越更好奇了。

唐董薇给了他一个从容的微笑：“一只大鹅。”

陆越：？

唐董薇笑得更甜蜜了：“忘了告诉你，动物攻击别的动物也是符合规则的哦。所以你可得小心了，我的大鹅经过专业训练，特别凶猛，可能会一路横冲直撞地咬过去呢。”

陆越：！

可……可怕！

冯戚突然插话道：“论这项比赛，我是不会输的，即使对手是董薇你。”

陆越忍不住问道：“你的搭档是什么？那只八哥吗？”

冯戚对他神神秘秘地勾了勾嘴角：“到时候你就知道了。”

陆越立刻有了不好的预感，总觉得，冯戚会带什么难对付的动物。

但是他的佩奇是不会输的！毕竟那可是世界第一可爱的小猪！

全民快跑比赛前夕，陆越被兽医社的熟人领走，去看他们社团和养鸭社联合组织的“狗狗赶鸭”大赛。陆越对这场比赛分外感兴趣，在听说参赛的选手中有哈士奇之后，他就觉得更有趣了。

家里养着一只哈士奇的他深知这狗有多难训练，他亲眼看过母亲把狗送去专门的学校里培训，最后哈士奇并没有长进，他们全家却长进了——放弃了对它不切实际的期望。抱着看笑话的心情，陆越热情围观了这场比赛。

赛场上，一只黑白毛色体形健硕的边牧正在场地上东奔西走。不需要指挥，它一会儿趴下，一会儿吠叫，很快把一群到处乱跑的鸭子聚集到一起，赶往正确的方向，整个过程不超过三分钟。

“哎哟，那只边牧真的好聪明啊，这么快就把这群鸭子都赶到指定地点了！”站在场边的陆越惊叹了一声。

“边牧本来就是专业的工作犬，很擅长执行放牧任务。”一旁的蔺君书说道，“哎，看看人家社团，宠物是狗，我们最近却在养猪社帮人家养猪！”

这话陆越就不爱听了，他不满道：“猪有什么不好的，你看佩奇，它多可爱啊！”

蔺君书嘴角抽搐，陆越显然已经忘记了当初自己有多嫌弃它。

下一只登场的是汉特威犬，体型不大，但是动作敏捷，叫声穿透力惊人。小小一只狗，声震全场，吓得鸭子服服帖帖，大约花了四分半钟完成了任务。

陆越捂着耳朵念叨：“太吵了太吵了，这狗我不想养，我家有只哈士奇就已经吵了。"

蔺君书闻言笑了："你看新登场的那一只，不就是哈士奇吗？"

陆越幸灾乐祸："所以现在他们完蛋了。"

果不其然，这只哈士奇刚一冲入赛场，就开始狂叫乱窜，跑动毫无章法，追得大群鸭子四散逃窜。它一会儿追逐这只，一会儿吓唬那只，别说把鸭子赶到指定区域了，简直能当场咬死两只。

最后，这只肇事哈士奇被垂头丧气的主人牵走了，赢得了满场的笑声。看它的样子，丝毫不以为耻，甚至还很得意，完全把这个活动当成了一个欢乐的游戏项目。

比赛结束，领奖的时候，冯戚领着边牧走上了冠军的位置，陆越顿时表情扭曲："这条边牧竟然是冯戚的？"

一旁的兽医社成员说道："是啊，你不知道吗？去年冯戚捡到了一条受伤的边牧，送到兽医社救治，因为大家都喜欢它，就一直养着了，现在可是我们社团的团宠呢。"

在领奖台上的冯戚仿佛听到了他们这边的声音，远远地看向陆越，对他露出了一个矜傲的笑容，陆越绝望地扶住了额头。

要完，现在他知道冯戚的搭档是什么动物了。

比赛即将开始，陆越牵着佩奇忧郁地站在起跑线上，他幽怨地看着身边的唐董薇，她正牵着一只张牙舞爪的大白鹅，微笑着看向他："不要怕，它现在不咬人。"

这话是对佩奇说的，佩奇因为大白鹅瑟瑟发抖，一副随时都会挣脱牵引绳跑路的模样。

这让陆越倍感丢脸，他陆越的小猪怎么可以这么怂呢？

"这个比赛应该禁止狗参加。"陆越委委屈屈地告起了状，"冯戚竟然要带边牧参加，这是降维打击，一点儿也不公平。"

唐董薇微笑着问道："你不是对佩奇信心十足吗？"

陆越抱起佩奇，佩奇搭着他的肩膀，一人一猪露出了相似的怨念表情，满脸都写着"这还怎么玩"。

旁边的赛道上，牵着乌龟的蔺君书慢悠悠地说道："不用慌，反正我肯定是垫底的。"

夏姝宁抱着一只兔子吐槽他："我说要带兔子参加，你非说要来个龟兔赛跑，结果真带了只乌龟，这怎么赢得了嘛！"

蔺君书傻乎乎地笑了起来，明显是醉翁之意不在酒，已经为了爱情无所谓比赛胜负了。

可陆越在乎，他可以输给唐董薇，但绝不能输给冯戚！

那该怎么办呢？陆越陷入沉思，盘算起了他随身携带的道具里有没有派得上用场的，可思来想去却悲哀地发现，他带的道具能管好佩奇就不错了——这只贪吃的小猪已经开始垂涎起他包里的酸奶了。

"冯戚选手呢？冯戚选手还没有到位吗？"裁判问道。

"还没有，快判他出局。"陆越急不可耐地打击情敌。

"抱歉，我刚才在参加另一场比赛，来晚了。"冯戚的声音响起。陆越回头看去，只见他领着那条聪明的边牧出现在赛场上。

那条边牧还认识唐堇薇，主动到她身边摇起了尾巴，唐堇薇蹲了下来，摸了摸它的脑袋，边牧开心极了，围着她转来转去，殷勤地闻着她身侧的腰包，口水都流了下来。

陆越的脸色越发不愉，他幽怨地瞪着边牧，又幽怨地瞪起了冯戚。

"你这是作弊。"陆越咬牙切齿地说道。

"你这是污蔑。"冯戚义正词严地说道。

"你以为带狗就可以稳赢了吗？想得美，我和佩奇之间的默契，绝对不会输给任何动物的。"陆越说道。

被陆越寄予厚望的佩奇，一脸憨憨地看着主人，浑然不知自己要面对什么样的对手。

冯戚瞥了一眼佩奇，嘴角浮现出一个高冷的笑容："哦，那我拭目以待了。"

比赛即将开始，赛道上已经站满了各种各样的动物，鸡、鸭、鹅、猪这类算是常规品种，奶牛和绵羊也不算出格，不常规的包括乌龟、兔子、蜥蜴、螃蟹……还有人带了一只海胆，大概是来搞笑的。

陆越看着满场的动物和跃跃欲试的参赛者，摸了摸佩奇的小脑袋："加油啊，我们一定要拿到冠军！"

佩奇："吭哧吭哧！"

发令枪响，陆越立刻牵着佩奇冲入了赛道，他没有跑，而是从容地快步走着，因为他深知欲速则不达的道理。这场比赛的关键不在于冲刺速度，而在于不犯错误，一旦动物离开了比赛区域，那就直接被取消名次了。

当然，适当的引诱也是很必要的。

陆越掏出了随身携带的道具之———酸奶。

佩奇眼睛一亮，被这根吊在眼前的"胡萝卜"引诱，四只小短腿迈得更快了。

陆越往后看去，后方已经是一片混乱的"战场"：唐堇薇的大鹅正在大杀特杀，驱赶着一群小鸡冲出了赛道，夏姝宁的兔子因为受惊跑了，她惊呼着追了出去，连人带兔一起出局。

蔺君书为了抢救夏姝宁，丢下了自己的搭档乌龟冲过去帮忙，结果也被判了出局，真是爱情让人失智，龟兔赛跑的故事无法如期上演。

王朝正凭借自己的肌肉力量和一头奶牛较劲，但是这头奶牛不是靠蛮力可以轻易右得了的，它有自己的想法，拒不起身，趴在起跑线上不动如山。最后王朝放弃挣扎，坦然接受失败的命运。

最悲惨的莫过于马汉了。他的队友是一只脾气暴躁的绵羊，因为羊不配合，他气得和它现场对喷，羊用看弱智的眼神看着他，马汉在原地跳脚，对队友毫无办法。

只有冯戚，他自信地松开了边牧的牵引绳，吹了一声口哨，边牧立刻动了起来，仿佛训练过几百次一样熟练地穿过了前方的障碍物。

大事不妙，陆越赶忙催促佩奇加快速度，可是迟迟没有吃到酸奶心情大坏的佩奇不满地哼哼了两声，竟然站住不动了，这架势活像家长不给买玩具就不走的熊孩子。

糟糕，再不追上去，冯戚就要赢了！碗里的冠军就要飞了！女朋友要没了！

情急之下，陆越掏出了最后的制胜法宝——一根温度计。

这可不是一根普通的温度计，而是曾经蹂躏过佩奇数次的肛温计，只要见到它，佩奇就会被深深地引起仇恨，拔腿就跑！

果不其然，佩奇乌溜溜的小眼睛死死盯着肛温计，在陆越试图用肛温计威胁它菊花的一瞬间，它以最快的速度逃离现场！

成了！陆越大喜，可随即他惊恐地发现，佩奇跑错方向了！

"不是那边啊，佩奇！不要往回跑啊！"陆越急得大叫起来，引来了全场的爆笑，所有人都在给佩奇加油。

陆越急忙追上去拉住牵引绳，和佩奇在原地较劲："掉头，你快掉头！终点线在那边！"

佩奇："呼哧呼哧！"

陆越："求你了！只要你跑完，我这个月的酸奶都给你！！"

佩奇："吭哧吭哧！"

陆越："相信我，我说一不二，在场所有人都能作证！快跑啊啊啊啊啊啊！！！"

唐堇薇看着陆越和佩奇之间一本正经的单方面对话，又好气又好笑，再这么折腾下去，冯戚的边牧可要抵达任务挑战区域了。

于是她提醒道："留给你的时间不多了。"

陆越又是一声惨叫，他抬头朝前看去，果然，边牧已经快到挑战区域了。不行，得想想办法，他还有什么道具没拿出来呢？

陆越赶紧搜起了自己的背包，绝望地发现没有一件派得上用场，他求助地看着唐堇薇："唐唐，你还有什么办法吗？"

唐堇薇叹了口气，把自己的腰包丢给他，然后若无其事地牵着大鹅继续走了，深藏功与名。

陆越赶紧打开腰包，里面是一袋热腾腾的肉包子。

陆越：？

陆越拿着肉包，看着佩奇。

佩奇：？

远处传来了边牧的吠叫声，陆越恍然大悟，这不是给佩奇的肉包，是给冯戚的边牧的！

陆越赶紧朝着边牧丢了一个肉包。

正在狂奔的边牧突然来了个急刹车，回头看向赛道上的肉包。

冯戚愤怒的声音传来："陆越，你要诈！"

陆越叉腰大笑："比赛规则里可没有不许用肉包引诱对手的狗。"

又是一只肉包飞了过去，边牧完全忘记了工作，快乐地啃起了肉包子，而其他选手的动物也被吸引，纷纷忘记了比赛，冲向肉包，现场的观众席上爆发出了一阵又一阵的大笑声。

唐堇薇的大鹅冲了过来，一时间让沉迷肉包的动物们惊吓得到处乱跑，又是一批选手惨遭出局。

佩奇也在肉包的引诱下重新振作起来，朝着边牧飞快地跑去，第一个抵达任务挑战区。陆越迫不及待地从抽奖箱里抽出了自己的任务卡片，定睛一看，他傻眼了。

抱着下一位抵达任务挑战区的参赛者原地转三圈。

陆越惊恐地看向后方，冯戚正强行拉着边牧，黑着脸往这里冲来，眼看着就要进入挑战区。

这一刻，陆越发出了一声惨烈的叫声："冯戚，你滚远点儿！唐堇薇，你快点儿过来啊！！！"

可惜，唐堇薇没有响应他的召唤，她正带着大鹅大杀四方，一路扫除了海量竞争对手，听到陆越的惨叫声，她还抬头对他嫣然一笑，仿佛在为自己的战绩骄傲。

这个笑容是很可爱啦，但是……但是……

陆越欲哭无泪地看着冯戚冲到了挑战区，他杀气腾腾地瞪着陆越："你输定了。"

说着，冯戚抽取了自己的任务卡片：**对喜欢的人表白，大声说"我爱你"！**

冯戚，一位宁可装 gay 也绝不表白的死傲娇，在这一刻，满脸震惊地失语。

这种任务，还不如杀了他比较干脆。

一个终极傲娇，就算吊死在女生寝室门口，也绝对不会表白的。

陆越偷看到了他的任务卡，狂笑了起来："哈哈哈哈哈哈哈哈哈哈哈哈，你去啊大声点儿，反正她已经知道了。"

冯戚抢过他的卡片一看，脸上扭曲的表情终于缓和了："你也没好到哪里去。退吧，我是不会配合的。"

都已经到这里了，陆越哪里肯放弃，他把手伸向了背包，里面还有一条绳子没有派上用场呢，大不了把冯戚捆住强行转圈圈。

但是光靠他一个人的力量，能制得住冯戚吗？

就在此时，唐堇薇带着她那只耀武扬威的大鹅来到了现场，抽走自己的任务卡：

自选一位被任务卡住的参赛者，帮助其完成任务。

唐堇薇默默看向两人："有谁需要帮忙吗？"

冯戚断然道："不需要！"

陆越超大声："我需要！"

两人对视了一眼，陆越得意地把任务卡和绳子递到了唐堇薇面前："快，帮我按住冯戚，把他绑起来！"

唐堇薇：？

冯戚怒道："你敢？！"

陆越露出一个坏坏的笑容："你不配合的话，我就把你的任务内容公布出来了哦。"

冯戚惊惧交加："……无耻！"

陆越这是瞅准了他的死穴，太不要脸了！

唐堇薇拿着绳子，笑眯眯地看着冯戚："所以，还需要我帮忙吗？"

冯戚咬着牙："不需要了，你赶紧的，要是拿不到冠军，你就等着事后我杀人灭口吧。"

陆越也是一脸嫌弃，他勉为其难地搭着冯戚的胳膊，拽着他来了个二人转，一旁的裁判勉强认可了他完成任务，陆越立刻迫不及待地拉上唐堇薇跑："冲冲冲，前方就是终点了！"

唐堇薇被他拽得趔趄了一下："冯戚的任务到底是什么？"

身后传来冯戚杀意满满的声音："陆越，你敢说出来，我一定杀了你！"

陆越哈哈大笑着，一手牵着佩奇，一手拉着唐堇薇，冲向了终点："暂时帮他保密！"

唐堇薇勉强同意了，可她的大鹅还没有同意呢，这只鹅突然对佩奇产生了浓厚的兴趣，大叫着追了起来，吓得佩奇夹紧尾巴一路狂奔，速度之快让陆越叹为观止。

在大鹅的驱赶下，陆越和佩奇第一个抵达了终点线，夺得冠军。

在满场围观群众的掌声和尖叫声中，陆越高高地举起了佩奇，抱着它猛亲了两口，被大鹅追得一脸蒙的佩奇惊魂未定，根本不搭理主人的狂喜。

颁奖现场，陆越把佩奇交给夏姝宁，自己兴冲冲地登上冠军的台子，美滋滋地接了颁奖，又对着亚军位置上的唐堇薇使劲眨眼，那股兴奋劲就别提了。

唐堇薇的嘴角不自觉地上扬，她什么都没有说。

颁奖台下的佩奇看着主人喜笑颜开的模样，误以为是在召唤它，它为难地看了看一米多高的颁奖台，又回味着今天吃到的酸奶和肉包，决定讨好一下主人。

于是，它奋勇地冲了出去，挣脱了帮忙牵着绳子的夏姝宁，以最快的速度冲上了颁奖台。

"啊！佩奇跑过来了！"

"快让开，不要挡路啊！"

"糟糕，陆越小心啊！"

"离我的相机远一点儿！"

在众人的惊呼声中，佩奇冲上了颁奖台！陆越惊慌失措地后退了一步，却忘了脚下的颁奖台就只有那么点儿大，后退的结果就是——陆越脚下一空，仰面倒地，结结实实地摔向了草坪。

唐堇薇立刻伸手拉他，却被陆越拉着一起摔向了草坪。

在这惊魂一刻中，双双倒地的两人在全场的惊呼声中亲到了一起。

唐堇薇痛呼了一声，陆越嘴唇上被磕出了一道口子，正冒着血丝。

两人愣愣地看着彼此，一时间谁都没有说话。

陆越涨红了脸，正想趁机再表白一次心意，却被唐堇薇脸上的红晕恍了神。他的脑中一片空白，却被一串又一串关于她的弹幕充满了：她脸红了，她一定也喜欢我！

"我……"陆越张了张嘴，萦绕在嘴边的那句话刚要说出口，屁股上突然传来了一阵剧痛。

唐堇薇的大鹅仿佛看穿了一切，在这被暧昧的氛围笼罩的时刻里，一口咬在了陆越的屁股上。

"它为什么咬我？！"陆越惨叫着爬了起来，大鹅见他动了，越发兴奋，拍着翅膀追着陆越一路狂奔。

"快拦住它！"唐堇薇也站了起来，赶紧招呼工作人员帮忙，"这只鹅刚刚比赛过会越战越勇，再不拦住它，陆越就惨了。"

来不及了，陆越已经被逼到了河道边，在横冲直撞战斗力爆棚的大鹅的威胁下不假思索地跳了下去。

围观群众顿时发出了一声悲哀的叹息，然后齐声喊道："鹅会游泳啊！"

水中的陆越生无可恋地以狗刨式游向对岸，这短短十几米的距离，大鹅宛如水战神，来了一通疯狂输出。等到陆越爬上岸的时候，他时髦的发型已经全部毁掉，精心搭配的衣服被撕出了两条口子，鞋子里咕噜噜地冒着水，一步一个湿脚印。

"抓住它的脖子！"唐堇薇提供了远程策略支援。

于是，所有人都隔着河道，看着陆越和大鹅来了一通搏斗，在鸡飞狗跳的大乱斗后，陆越以惨烈的代价揪住了大鹅的脖子，提着它四十五度角对着天空泪流满面。

他朝着河对岸的唐堇薇控诉道："你的鹅好凶！"

唐堇薇看着他狼狈不堪的样子，忍不住笑了，弯弯的眉眼里浸满了少女生动的俏皮，让人情不自禁地就跟着她一起笑。

下一秒，她的笑容被定格在了这一瞬间。

已经形象全无的陆越，一手提着呆鹅，另一手放在嘴边，大声对她说道："可我不在乎，因为我喜欢你！唐堇薇，我特别特别喜欢你！"

这分明应该是好笑多过感动的场景，可是此时此刻，听着这个英俊的男孩子在最狼狈的时刻发自内心的声音，唐堇薇却再也无法无动于衷。

她的嘴角还有刚才那一吻的温度，昔日相处的一幕幕让她的心中跳动着一团热情的火焰。那是被陆越点燃的恋爱的火花，它跟随着她的心不断跳动着，燃烧着，让她浑身充满了力量和勇气。

也许年轻人的青春里，就是会有这样的冲动时刻。

全场的寂静中，唐堇薇牵着佩奇，站在河边对他粲然一笑，她大声回道：

"好巧，我也喜欢你！"

分手警告

陆越着实出了一把风头。

不是因为他在开幕仪式上现场表演节目，也不是因为他在运动会期间拿到了三个项目的冠军，而是因为他那番可以载入史册的神奇表白。

试想一下，当陆越被大鹅追杀得跳了河，好不容易落汤鸡一样从河里爬了上来，又和大鹅肉搏了三百回合，最后拎着鹅脖子毫无形象地对河对岸的漂亮学霸小姐姐大声表白：

"你的鹅好凶。可我不在乎，因为我喜欢你！"

哦呼，这可太刺激了。

无论是画面感还是搞笑程度都让人捧腹，表白的话更是迅速变成一个梗，广大沙雕网友开始自动填空：你的 ____ 好凶，可我不在乎，因为我喜欢你。

这里的空格可以填入"狗""老妈""闺蜜""前男友"等词语，但无论怎么填，让搞笑程度都无法战胜原版。

毕竟，不是每个人都有机会和大鹅大战三百回合的。

这个意外事件也引出了一系列意想不到的后续，陆越的粉丝和黑粉又在轰轰烈烈地掐架，掐着掐着变成了盘点陆越退圈返校念书至今有了哪些改变。

不盘点不知道，一盘点吓一跳。这短短的一个学期里，陆越的身上发生了翻天覆地的变化，而这一切，正是从他进入农大继续学业开始。

难道湘南农大真的有什么改造人的魔力？吃瓜群众纷纷好奇起来，再回过头去看陆越发布的一系列 vlog，里面的陆越从不情不愿地在社团里打工，变得每天遛猪都兴高采烈。最初他还会矜持一下，摆出一副明星派头，背着吉他去上课，高冷地和同学保持距离，再看看现在，最近的 vlog 里他已经在和男生们勾肩搭背毫无架子地一起打篮球了。

他好像真的改变了很多。

而细心的吃瓜群众也从 vlog 里翻出了不少唐堇薇存在的痕迹，于是广大网友们发掘起了两人的"奸情"，开始研究他们是从什么时候起看对眼的。同样出镜过的蔺君其姝宁、王朝和马汉等人也被好奇的校友们追问起了八卦。

最忙的人无疑是唐堇薇，在经历了两小时内手机被未接电话打到没电之后，她非之后悔：为什么要一时冲动答应下来呢？维持以前的关系不好吗？

可是她新鲜上任的男朋友正眼巴巴地看着她，像一只可怜兮兮的小土狗，生怕被人丢掉，她又无可奈何地叹了口气。

算了，看在他还算可爱的分上。

在这样的情况下，陆越的团队内部会议再一次召开了。

"现在有好几个品牌方找到我，希望你能接代言。另外，还有两个不错的真人秀邀约，以及几个电影和电视剧的本子，看来你的势头很不错。"唐堇薇对陆越说道。

陆越正在专心致志地欣赏女朋友认真工作时的模样，听到她的话，立刻扯出了一个灿烂的笑容："那必须的呀，唐唐的思路能出错吗？配合你思路的我会出错吗？唉，可惜我现在只能继续宅在学校里念书，等我拿到了毕业证再杀回去……"

说着，陆越又长吁短叹起来，一会儿嘀咕死对头郑太最近又在上蹿下跳，一会儿吐槽自己人设已经崩得再也粘不起来了，他现在简直是个搞笑谐星，再也走不了酷路线了。

陆越这副畅想未来小声嘀咕的样子向来很有趣，唐堇薇看着他，嘴角不禁浮现出一丝浅浅的笑意。

蔺君书无声地叹了口气，感到被塞了一嘴狗粮，他酸了，是真的酸；夏姝宁在一旁露出了姨母笑，自从两人确定关系之后，她简直比自己谈上恋爱还激动，她已经从一个禁止儿子谈恋爱的老母亲蜕变成了恨不得儿子当场结婚的老母亲。这心态变化幅度之大，速度之快，堪称人类心理学未解之谜。

因为恋爱曝光，不少粉丝哭着喊着要脱粉转黑，夏姝宁拿出了当年揍黑粉的劲头，熬夜在网上和人对线，现在脸上挂着黑眼圈，但是嘴角有快乐的笑容。

"其实，对现在的你来说，已经没有必要在学校里待满两年了。"唐堇薇给陆越分析，"陆先生让你返校念书的初衷，一方面是为了改变你的缺点，另一方面也是因为当时你个人形象太过负面，接不到任何工作邀约。现在这两点情况已经发生了变化，我想，你应该也意识到了。如果你想回娱乐圈的话，现在是个很好的时机。"

陆越没想到她会给出这样的建议，他愣了一下，一时间竟然答不上来。

他想回去吗？刚刚来到农大的时候，他日思夜想，恨不得立刻离开学校回到熟悉的舞台。可是现在，他却有些依依不舍。

陆越抿了抿嘴，问道："可如果我回去了，你还会管我吗？"

唐堇薇迟疑了一下，摇了摇头："我只是受陆先生的嘱托，在这段时间里帮你解决一些麻烦。但我没有转型全职做你的经纪人的计划，娱乐圈不是我熟悉的领域，我认为，一个专业的经纪人对你的未来发展更有好处。至于我……"

她有她自己的梦想。

陆越哀号了一声，趴在桌子上可怜巴巴地看着她："太冷酷了，我可是你的男朋友哎！你要丢下我不管吗？"

唐堇薇笑了："女朋友不负责管男朋友的事业。"

陆越用拳头敲着桌子耍赖："不行，你必须负责到底，快对我负责！"

蔺君书和夏姝宁交换了一个不忍直视的眼神，王朝、马汉齐刷刷摇头，恋爱就是让人幼稚。

最后，耍赖不成的陆越唉声叹气："反正也不急着现在就做决定吧，我再考虑考虑。"

陆越的"考虑考虑"，意思就是抛到脑后不管了。这位恋爱脑最近才刚谈上恋爱，正沉浸在满脑子风花雪月的快乐中，他惊喜地发现，恋爱之后唐堇薇对他的容忍度直线上升了。

他黏黏糊糊地跟在唐堇薇身边，白天必送一张写了情诗的卡片，晚上发消息也不怕被她拉黑了，于是他快乐地抄送着到处搜罗来的"土味情话"，让唐堇薇露出不忍直视的表情。

陆越敏锐地发现，唐堇薇在给他"特权"——她会在塞满邮箱的邮件里最先回他的那一封；会在看到信息的第一时间回复他而不是假装没看见；会喝他送的奶茶，甚至不再狡辩自己讨厌奶茶……

这份小小的特殊让他欢喜雀跃，恨不得二十四小时向唐堇薇发射恋爱电波，然而还不等他成功把唐堇薇也洗脑成一个恋爱脑，他就把自己洗得更恋爱脑了。

恋爱这件事对陆越而言有着全新的人生意义，从前他从来没有想过，在父母这样的家人关系之外，他会与另一个人建立如此深远的感情联系。这种联系不同于朋友也不同于同事，而是一种超乎理性范畴的感情。他会格外在意唐堇薇，和她有关的一切都变得不同起来。

他约她去看玫瑰园里他们一起种的那朵玫瑰花，把写好的歌第一个唱给她听，他不遗余力地表现着自己的喜欢，从来没有想过掩饰这种过分强烈的情感。他在某些地方死要面子，但是在喜欢的女孩子面前，他也可以很不要脸地装傻卖萌，他看着她的眼睛里永远有闪闪发光的东西。

有时候，就连唐堇薇也觉得不可思议。她不是一个感情强烈的人，童年时分崩离析的家庭让她怀疑自己根本没有恋爱的那根神经，但是陆越总有办法让她意识到，她的内心深处依旧渴望着这种青春洋溢的爱情。

"走啦走啦，一起去遛佩奇啦。"陆越拽着唐堇薇，他总是想尽办法从时间的海绵里挤出约会时间。但是唐堇薇总有办法把补课也列入约会项目中，让陆越痛并快乐着但恋爱的事情，怎么能算痛苦呢？就算是被高数按在课本上摩擦，陆越也要抓住机会甜言蜜语地夸唐董薇讲课讲得真好，唯一的不好是她太漂亮了，他光顾着看她没把课听进去。

对此，唐董薇回给他一个灿烂的笑容。然后，第二天的补课老师换成了王朝、马汉。

陆越在泪流满面中学会了谈恋爱不能连累学习的道理。

但是，此时沉浸在恋爱中的他还不知道，他愉快的恋爱之旅即将坐上惊险刺激的过山车。

作为一个事业感情双得意的中年男人，陆行舟对自己大半辈子里的绝大部分事情都感到满意：事业顺利，自从告别老师出来弃学经商，他像是坐上了火箭一样，事业一飞冲天；老婆性格有趣人又漂亮，和他结婚多年感情恩爱——这在富人圈子里简直是奇迹。

唯一的意外是生了个糟心儿子。

每每想到这里，陆行舟都要长叹一声，这就是娶了个漂亮但不太聪明的老婆的代价啊！他这糟心儿子完美继承了孩子他妈的一切，从脸蛋儿到那转得不太灵光的小脑袋瓜子，简直一模一样！

当然，作为一个向往家庭和睦并深知维持这份和睦并不容易的中年男人，他从来不会在老婆面前吐槽孩子为什么不聪明，只会附和老婆一起骂儿子。

自从儿子出道之后，陆行舟就越发嫌弃这崽子了，偶尔在电视上看到陆越：花里胡哨的打扮，装傻摆酷的架势，还有一群小女生对着他尖叫；这崽子还越发膨胀了，好像自己是什么天王巨星……陆行舟非常绝望，非常非常绝望，这真的太不体面了。

陆行舟，一个对娱乐圈毫无好感的体面人，对儿子的职业选择嗤之以鼻。他强烈怀疑陆越这小子迟早会因为狐朋狗友吸毒而被牵扯进去；被人骗去赌场输了一个亿，回来哭着找他多要钱；或者干脆是酒吧约人被人仙人跳拍了裸照发网上，让他这个当爹的丢尽脸面……可见，在一个嫌弃儿子的老爹眼里，不惮以最大的恶意揣测亲生儿子。

倒是他的夫人薛美芸经常对他的这番言论表示抗议，她总是相信儿子是有救的——这个用词暴露了一些她内心的想法——年轻人叛逆一些、想出名是很正常的，再说了，儿子不是被他们丢回学校去改造了嘛。

比起这些，她倒是更担心儿子的感情问题。身为一个相信爱情的中年女性，她是个非常浪漫的人，还有一点儿戏精的天赋，热衷于探索如何给婚姻生活增添激情，也热衷于和儿子八卦恋爱问题——现在我们知道陆越的恋爱脑是从谁那里遗传到的了。

可惜陆越一直忙于事业无心恋爱，让她大失所望。直到最近，她突然看到了一丝希望的曙光。

但她的丈夫显然不这么想。

这一天，陆行舟在接完电话后颓然道："我完了。"

薛美芸眨了眨眼："公司要破产了？"

陆行舟摇头："公司破产问题不大，现在我遇到了一个比破产还严重的问题。"

薛美芸的表情沉重起来："是咱们儿子的问题吗？"

陆行舟沉痛地点了点头。

薛美芸严肃："他赌博了？"

陆行舟摇头。

薛美芸惊恐："他吸毒了？"

陆行舟继续摇头。

薛美芸沉痛："他……他……他还活着吗？"

陆行舟："活着，活蹦乱跳的，你打开微博看一眼热搜就知道了。"

于是，薛美芸急忙看了起来，那如丧考妣的心情一下子舒缓了，她长长地出了口气："什么啊，我快被你吓死了，不就是咱儿子恋爱了吗？这是好事啊！"

陆行舟扶着额头："你再看看人家姑娘叫什么名字。"

薛美芸："唐堇薇？好熟悉的名字。啊，我想起来了，这不是你老师的亲戚吗？你还拜托人家照顾一下阿越。他俩好上了？好事啊。"

陆行舟默默盯着妻子，无法表达这一刻的沉重。

薛美芸问道："你老师知道这事了吗？"

陆行舟的眼中突然闪过了希望的光芒："对啊，原教授八成还不知道啊。不如我现在就去负荆请罪？"

薛美芸嘴角一抽："不至于吧，孩子们谈个恋爱而已……"

陆行舟更振奋了："是啊，只是谈个恋爱，谈恋爱可以分手啊！肯定是堇薇聪明漂亮，只是一心学业，为人单纯，一时为美色所迷，等清醒了就好了！分手，赶紧让他们分手！在我老师听说之前就分手！"

薛美芸无语，她终于搞明白了丈夫崩溃的源头："我以为你是看不上人家姑娘，原来你是嫌弃你儿子啊！"

陆行舟面无表情："那必须是非常地嫌弃。他的出生是一场杜蕾斯应该给我寄道歉信的事故。"

薛美芸："……"

陆行舟："我现在还怕这个破孩子图个新鲜，泡了我老师最疼爱的后辈，以后两人闹崩了，我有什么脸面去见老师？"

薛美芸小声嘀咕了一句："也许阿越是真心的呢，这孩子在感情上是个很认真的型，从来没有玩玩这回事的。"

陆行舟："不怕一万只怕万一！早点儿分手拉倒，就当这事没发生过！"

薛美芸不满道："有你这么埋汰孩子的吗？我不同意！"

陆行舟见老婆发飙，立刻唯唯诺诺，内心却有了些别的想法。

至少，他得确定自己儿子是认真在谈恋爱，还是一时兴趣。如果是前者，那还交代得过去，但如果是后者……陆行舟在心里冷笑了一声：那就不要怪老爹心狠手辣，给你点儿社会人的毒打了。

至于老婆同不同意，问题不大，以他结婚多年的生活经验，说服老婆不是问题——他的漂亮老婆是个傻白甜，在好忽悠程度上甚至胜过陆越。

陆行舟忽然意识到，他完全可以忽悠他老婆去发挥一下戏精本质，也许能收到意想不到的效果。

陆行舟沉思了一会儿，脑中有了个主意："老婆，来，有个事儿我跟你说说，你想不想考验一下孩子们的感情呀？"

薛美芸果然上钩了，她兴奋地问道："什么样的考验？扮演恶毒婆婆吗？拿着一千万的支票让他们分手？电视剧里都是这么演的，我超爱这个戏码的！"

陆行舟干咳了两声："通货膨胀了，一千万可能不太够。但这不是重点，重点是，别那么土，我们来点儿创意操作吧。听我的……"

薛美芸眼巴巴地看着丈夫，眼神里逐渐多了惊叹和崇拜："好有趣！老公，你果然好有想法，我就是最喜欢你这点！当年你五块钱都没有的时候，坐在田埂上对我说你有个能赚一个亿的点子，真的太厉害了，别人想都不敢想。我当时就把刚买的进口轿车卖了要入股，果然后来你赚了一个亿呢！也就花了……七、八、九……九年吧，阿越刚念小学那会儿。"

陆行舟的表情僵硬了：老婆，你真的是在夸我吗？

但是看着薛美芸一脸认真和崇拜的表情，他决定坦然受用老婆这褒贬不明的彩虹屁——以他对她的了解，她是认真的，毕竟她是一个会卖豪车投钱给一个搞农学的穷小子创业的傻白甜。

为了防止这个傻白甜被人骗得找不着北，他最后把人娶回了家，没半点儿嫌弃，还觉得他老婆就是好。

可见就算是大佬，也不能避免做人双标。老婆是个漂亮傻白甜，他觉得老婆太可爱了，幸福的家庭就是需要这样轻松愉快的氛围；儿子是个漂亮傻白甜，他一脸嫌弃，看哪儿哪儿不顺眼，恨不得赶紧踢出家门，眼不见为净。

赶紧来个聪明人把这个傻白甜领走，也算是满足了他的心愿。唐董薇还真是完美符合他的标准，陆行舟默默地想，他简直要不好意思强拆 CP 了。

不过……陆行舟看向薛美芸，她已经跃跃欲试地写起攻略 tips（提示），戏精的热情已经熊熊燃烧了起来。

陆行舟：算了，老婆开心就好。至于儿子，自求多福吧。

十二月初，天气刚刚转冷。

湘南农大正在举行每年一度的湘南农业大学农产品展销会，对外销售各种自产的农产品，从有机牧场的奶制品，到蔬菜工厂的长期供货蔬菜，甚至是各大社团养殖的各种禽畜，都在销售清单上。

现场还有一个美食节活动，美食社承包了半条街，招募各个社团的成员帮忙兜售小吃，有烧烤，有饮料，有面食，还有各种地方特色食物，吸引了整个大学城的学生前来游玩。

陆越原本计划着快乐地拉着唐堇薇，在小吃街上从头吃到尾，结果两个目标一个都没有实现。

唐堇薇说学生会有很多事情要忙，她要负责接待大宗采购的客户，不能陪他吃喝玩乐。这也就算了，在陆越撒泼打滚说一个人好无聊的时候，她反手就把他安排去管理烧烤摊了。

"给你找点儿事情做，免得你闲得摇尾巴。"唐堇薇语笑嫣然地说道。

于是，陆越欲哭无泪地在路边摇着扇子卖起了羊肉串，不但被其他学校的吃瓜群众围观，烤焦了东西还要被扣工资。他的小猪佩奇倒是幸福得很，在摊位旁来回游走，依靠萌萌的外表骗吃骗喝，收获了好多食客提供的美食。

"不要这么哭丧着脸，拍视频呢，快整点儿活儿，大家就爱看你整活儿。"蔺君书架着相机指挥道。

陆越自暴自弃地给自己戴了顶白色的小帽，用充满地方口音的腔调唱起了 rap（说唱音乐）："羊肉串，羊肉串，正宗的羊肉串，十块钱三支！烤焦的不要钱！"

周围顿时传来了哈哈大笑的声音："好活儿，再整一个！"

陆越郁闷的心情逐渐舒展了，他东张西望一番，找到了大吃大喝十分享受的佩奇大声喊道："猪肉串，猪肉串，不正宗的猪肉串，抓住那只佩奇，我给你们烤肉串！"

佩奇冷不防听到自己的名字，惊慌地抬起头，看着冲向它的食客们，吓得东躲西藏然而还是被抓到了陆越面前。陆越用十支羊肉串换到了自己的小猪，狞笑着把它拴在一旁，被迫跟着被烟熏的佩奇郁闷得吭哧吭哧叫。

陆越又继续摇起扇子烤肉串，心情大好的他和周围的同学们聊着天，聊着聊着他突然看见了人群中路过的唐堇薇。

陆越顿时兴奋起来，大声喊道："羊肉串，羊肉串，正宗的羊肉串，免费的不要钱只要帮我把我的女朋友抓过来，免费送羊肉串！"

人群中行色匆匆的唐堇薇愣了一下，和陆越对上了视线。周围人齐刷刷地抬起头看向她，两眼放光：哦——就是她，陆越不惜被鹅追杀也要当众表白的女友。

这下现场就热闹开了，起哄的起哄，搞事的搞事，大家推着唐堇薇来到陆越的面前，陆越笑嘻嘻地看着她："这就叫吃瓜群众的力量。"

唐堇薇半是无奈半是好笑地看着他："别闹，我还有事呢。"

陆越递了串烤串给她："知道你有事啦，亲我一下就放你走。"

周围的吃瓜群众立刻兴奋了："亲一个，亲一个，亲一个！"

人群中，唐堇薇的耳朵红了，她赧然地抢过陆越手里的扇子，挡在两人面前，借着扇子的遮挡，飞快地在他的脸颊上亲了一口。

陆越捂住被亲的脸颊，故作沮丧地喊道："为什么亲脸也要挡啊？"

唐堇薇红着脸，直接把烤串塞到他嘴里："闭嘴，我走了！"

陆越叼着烤串，挥手送别了唐堇薇——她离开的速度之快，简直是落荒而逃。等人一走，他立刻喜笑颜开地宣布架子上的羊肉串都免费了，他请客，庆祝女朋友的亲亲。

蜂拥而至的人群淹没了烧烤摊，陆越痛并快乐着地给大家烤肉，嘴角笑容飞扬。谁夸一下唐堇薇，他就开开心心地给人免单，成功拉低整条美食街的收益，创造了倒贴式劳动的新纪录。

唐堇薇站在展销会的接待处，用略带疑惑的眼神看着眼前这位漂亮的贵妇人。她挎着一只爱马仕包包，衣着十分时尚，就算戴着墨镜也看得出是个优雅的大美人。

"唐……咳嗯，同学，你好。我听说你们学校的展销会有很多有趣的产品，可以带我了解一下吗？"贵妇人露出一个落落大方的笑容，眼睛却盯着手里的笔记本瞄了两眼。

"您贵姓？"唐堇薇问道。

"我姓薛。"她说道。

"薛女士您好，您对什么类型的产品感兴趣呢？"唐堇薇又问。

薛女士愣了一下，她飞快地翻起手头的笔记本，好像里面写了什么回答似的。可是几分钟过去了，她沮丧地合上了本子："我也不太清楚，你们这里卖包吗？衣服呢？"

这是一个古怪的客户，唐堇薇审视地打量着她，一开始还以为是来找碴儿的，但是看她的言谈举止并非如此，她只是单纯搞不清楚展销会到底是卖什么的。

那么问题来了，这位看起来就人傻钱多的贵妇人为什么会出现在农大展销会上呢？

唐堇薇沉思了几秒，决定先不管这些了，她要履行好接待客户的责任，如果能多卖出一些产品创收，那就再好不过了。

既然要推销产品，那么当然要符合顾客的需求，眼前这位顾客嘛……

她从容地笑了起来，镇定自若地说道："您对美容养颜的蜂王浆感兴趣吗？我们学校的蔬菜工厂内部有授粉的蜜蜂，因为是在对温度、湿度和洁净程度有极高标准的室内，这些蜜蜂产出的蜂蜜品质优越，特别是蜂王浆……"

薛女士"哇哦"了一声，立刻露出了感兴趣的表情。唐堇薇滔滔不绝地介绍起了产品，薛女士连连点头，表情从惊讶到惊喜，从惊喜到兴奋："我买了！"

唐堇薇的笑容里多了几分甜蜜："那您再看看这件产品，这是特种的奶制品……"

薛女士两眼放光："我订十年份的。"

唐堇薇又引着她朝有机蔬菜的区域走去："这些有机蔬菜……"

薛女士："我全都要！"

唐堇薇笑容满面："对于您这样的大客户，我们提供送货上门服务，请问您的住址是？"

爱马仕里塞满了蜂王浆，手里提着一篮子无菌鸡蛋，怀里还抱着一束新鲜玫瑰的薛女士流利地报出了家庭地址。

唐堇薇沉默了，这个地址有点儿熟悉，她似乎、应该、肯定曾经去过。

购物的快乐是如此强烈，薛女士沉浸在买买买的快乐中，完全忘记了自己的初衷。

唐堇薇整理好表情，也整理好了思路，她对薛女士露出一个礼貌的笑容："原来如此，您就是陆越的母亲啊。"

薛女士大惊失色："你是怎么看穿我的？我明明隐姓埋名还做了伪装！"

这一刻，即使戴着墨镜，唐堇薇也能从她的脸上看到陆越的影子：这对母子实在是太像了。

"糟糕了，我……唉，我的计划失败了！"薛女士焦虑地又翻起了自己的笔记本，可是笔记本依旧没有给她提供办法。

不远处的人群里传来了陆越的声音，他正朝着这边赶来："唐唐，我那边摆摊结束了，你好了吗？"

薛女士倒吸一口凉气："糟糕，我儿子来了！你跟我走吧，我们回家再聊！走走走！"

唐堇薇一脸茫然地被薛女士拉着上了车。

唐堇薇坐在陆家的温室花园中，周围是各种被精心照料的花草植被，她手里捧着一杯热气腾腾的香茶，难得地感觉到了紧张。

因为她正在面对一个处于自己知识范畴之外的场景——男朋友家属的见面谈话。

带她来这里的薛女士唉声叹气地请她喝起了下午茶，旁边是久未见面的陆行舟先生，他依旧是那副温文儒雅的样子。他笑眯眯地问道："堇薇，最近和阿越处得怎么样啊？"

来了。唐堇薇敏锐地意识到了这点。

她摸不透这对夫妇的想法，因为薛女士给她的信息太奇怪了：薛女士乔装打扮地去农大见她，结果没有和她谈论陆越，反倒大肆采购起来——好吧，这里面有一半的责任要归在她身上，她推销东西的时候太卖力了，而薛女士的购物热情也太高涨了。

唐堇薇只能用自己有限的从电视剧和电影里见过的场景，假设了几种可能性，其中最常出现的一个画面就是：陆越的父母会拿着一张大额支票放在她面前，强势地要求她离开他们的儿子。

但她很快用逻辑推翻了这一点。陆行舟不可能这么做，因为原教授。

"我们相处得很好。"唐堇薇斟酌了一下词句，决定开诚布公地说清楚，"事实上，我们在谈恋爱。"

陆行舟一脸如丧考妣的郁闷："堇薇啊，你这是看上他什么了？"

这个问题不对劲。唐堇薇的警戒程度再次拉高了三十个百分点。为什么陆行舟先生会问这种问题？如果他反对这段恋情，认为她配不上陆越，正常的问法应该是"陆越看上你什么了"吧？

唐堇薇的用词更谨慎了："陆越有很多优点。虽然我们一开始见面的时候，我确实对他有一些偏见，但是随着这几个月的相处，我发现他在不断改变。他热情善良，知错能改，愿意努力，还很勇敢，我很欣赏他对生活乐观的态度，这也感染到了我，我觉得和他相处很轻松也很开心。"

陆行舟的脸色更黑了，用一种无奈的语气说道："堇薇啊，我很高兴你和陆越处得好，但是……"

"老公，说好的让我来！"薛美芸急忙打断陆行舟。

陆行舟无奈地看着她，在经历了上门破坏情侣感情结果反被推销了一堆农产品回去之后，他的傻白甜老婆仍然没有放弃做一个戏精。看在她之前精心准备了那么久的份上，给她个表演的机会吧。

想到这里，陆行舟点了点头，把话头让给薛美芸。

薛美芸兴奋地再一次拉起唐堇薇："你跟我来，我给你看点儿东西！"

说着，薛美芸带着唐堇薇来到了主宅的二楼，穿过宽敞明亮的走廊，她激动地推开了一扇大门。这是一间巨大的收藏室，里面挂着形形色色的绘画作品，唐堇薇纳闷地看着正前方的一幅画作，这个绘画技法很眼熟，但是为什么上面画的是油菜花呢？

"小唐，这是我收藏的名家画作，这一幅就是著名的凡·高的《油菜花》，上一位藏人说他花了三千万美金才拍卖下来的！经过我辛苦的砍价，最后一千万人民币成交。"薛美芸站在画作前，骄傲地说道，"只要你和陆越分手，我就把这幅名画送给你！"

唐堇薇：？

凡·高的《油菜花》？凡·高画过油菜花？她只听说过向日葵，是她太孤陋寡闻了吗？唐堇薇呆呆地看着这幅画作，陷入了无法思考的境地。

薛美芸见她沉默，以为她对这幅画不满意，又赶紧把她带到了旁边的雕像前："这是《断腿的维纳斯》，你一定听说过吧，很有名很有名的，它价值五千万美金！这个作为你们的分手费，既有艺术性，又有价值性，你一定很满意吧！"

唐堇薇：……

她确定、一定以及肯定，那个雕塑应该叫"断臂的维纳斯"，现在收藏在罗浮宫。所以眼前这个没有腿的雕像是什么鬼？

唐堇薇又看了其他的收藏品，有画了飞碟的国画，有蹲在马桶上的思想者，有扛着长枪的兵马俑……任何想象得到、想象不到的奇葩赝品都汇集在了这个收藏室里。而它们的所有人——薛女士，正滔滔不绝地介绍着她的收藏，骄傲地自夸着眼光。

"我对它们都没有兴趣，它们在我眼里一文不值。"唐堇薇挂着端庄的笑容说道。

她疯了才会要这些假货，薛女士到底是多缺心眼，才会买了一屋子的赝品啊！

薛美芸十分感动地说道："没想到你对阿越的感情如此之深，凡·高、维纳斯他们都无法打动你吗？那我只好拿出我最珍贵的收藏了！"

唐堇薇在她的引导下，来到了一扇奢华的门扉前，薛美芸凝重地抚摸着门框："这里面有我最珍贵的财富——是每一个女人都无法拒绝的东西，任何一个女人，只要看上一眼，就会发出狂喜的尖叫声，恨不得将它们占为己有！"

这倒是引起了唐堇薇的好奇，她终于从刚才被赝品震撼的心情中缓了过来。

薛美芸露出一个自信的笑容，推开了这扇大门。

门内是一间巨大的衣帽间，通天的柜子里放满了各种各样的大牌包包，琳琅满目地占据了每一个角落。她站在门边，骄傲地说道："没有女人可以拒绝包包，没有！小唐，只要你愿意离开阿越，这些包包都是你的了！"

唐堇薇面无表情，内心毫无波动："我对包没有兴趣。"

薛美芸惊恐地尖叫起来："什么？！原来你是男扮女装的吗？"

唐堇薇：？？？

薛美芸在她的胸口上摸了起来："没有女人能拒绝包，除非她不是女人！可是，你是你有胸啊，是隆胸的吗？难道你去过泰国？我，我不能接受我儿子娶一个人妖！"

"咳咳！"身后传来了陆行舟的咳嗽声，"老婆，咳咳，注意一点儿。儿子来了。"

唐堇薇松了口气，她回头看向走廊尽头，怒气冲冲的陆越三步并作两步杀到了衣帽间门前，一把拉住了她的手，气急败坏地喊道："你们背着我把唐唐叫来想做什么？别指望我们分手，你们做梦！"

陆行舟恢复了那副儒雅但是在怼儿子上毫不留情的样子："陆越，你最好考虑清楚。你不是想回娱乐圈吗？我现在给你一个机会，只要你和董……唐董薇分手，我立刻同意你休学复出，以后也绝不逼你回学校。你想做什么就做什么，合约也会回到你自己手里，因为我会把你的公司交给你，以后你就是你们公司最大的股东，你说了算。"

陆越一愣："你吃错药了？"

薛美芸眨了眨眼，用手背擦了擦眼角："阿越啊，这可是妈妈我好不容易说服你爸的。你总是抱怨学校太苦，还让你住寝室，你们班长还逼你养猪……"

陆越脸色一白，紧张地看向笑容逐渐危险的唐董薇，慌忙解释："我不是，我没有！妈，你别乱说啊！我只是刚开学的时候找你吐槽过几句，后来我绝对没有那么说过啊！我现在可爱佩奇了！它是我的心肝宝贝！全网都知道的！"

"别跑题了。"陆行舟硬是把话题从养猪扯回了棒打鸳鸯，"你就说吧，你还想不想回娱乐圈？"

陆越不假思索："我想啊。"

陆行舟"哦"了一声："那你是同意了？"

陆越冷笑："你做梦！"

陆行舟："你最好考虑清楚。你的经纪合同在我手里，能不能复出也是我说了算。你要是想被雪藏一辈子的话，请便。"

陆越的表情冷厉下来，唐董薇还是第一次见到他露出这种神情，冷厉得像是一头被激怒的小狮子。

他眼睛一眨不眨地盯着陆行舟，用低沉的声音问道："你认真的？"

陆行舟静坐在椅子上，不动如山："对，我认真的。谈恋爱我无所谓，但是你的婚姻我早有打算。你配合，以后我们的一切都属于你。如果你不配合，那你现在就可以离开了，我和你妈还年轻，再生一个也来得及。"

陆越震惊地看着他，仿佛第一次认识自己的父亲。

唐董薇安静地看着陆越，他脸上的神色是从未有过的冰冷和肃然，但是那双明亮的眼睛里酝酿着的怒火，却在熊熊燃烧着。

她以为他会勃然大怒，大声和他的父亲争吵，怒气冲冲地甩门而去，就像他一直以来表现出来的那样，冲动到几乎幼稚。

可现在，她却发现，自己猜不到他的反应了。

陆越深吸了一口气，用沙哑的声音问道："妈，你也赞同？"

薛美芸欲言又止，许久才点头："对，我和你爸是一样的想法。"

陆行舟又道："你们在一起，对彼此都没有好处。唐董薇因为你的关系被人攻击，还是在你退圈的情况下，你要是想回去，你们分手是最好的选择。"

"对，你说得都对，但你以为我没考虑过吗？"陆越冷冷地说道。

"那你考虑的结果呢？"陆行舟问道。

陆越伸出手，拉住了唐堇薇的手。

"我考虑清楚了。"他说着，坚定地揽住了她的肩膀，"我滚！"

说完，他头也不回地拉着唐堇薇冲出了这个让他窒息的地方。

他并没有走远，来到楼梯旁，陆越突然停下脚步，轻声对她说道："对不起，让你受了这么多委屈。我保证……你等我五分钟，我回房间拿点儿东西。"

说着，陆越以最快的速度冲到自己的房间，翻箱倒柜地拿好了自己的东西，然后逼着可怜的管家找了户口本给他，这才拉上唐堇薇跑了。

上车，关上车门，陆越每个动作都隐含着怒火，却温柔地帮副驾座上的唐堇薇系好了安全带。

"给你。你收着。"陆越把装成一袋的东西都塞给了唐堇薇。

唐堇薇看了一眼，里面是户口本、银行卡、文件合同，还有几本房产证。

"这几张卡的户头里大概有……对不起，我也记不太清。不过文件里每个季度有一份财务分析表写得很清楚，大概是一千万左右。不是那个浑蛋的钱，都是我自己挣的。我不会管账，这些以前都是家里派人在打理。你愿意学习一下怎么理财吗？"陆越一边开车一边问道，怕唐堇薇误会，他慌忙解释了一句，"不是我自己不肯学，只是你知道我数学不太好。我怕我学着学着，就把钱理没了。你那么聪明，还是交给你比较好。"

陆越在路边停了车，静静地看着她，眼眶微微发红，委屈得像是一只被丢出门外无家可归的小狗："我吃得不多，现在住的是十几平方米的学生宿舍，很好养活。以前喜欢乱买东西，花钱大手大脚，以后不会了，你每个月给我发点儿零花钱就好。现在我被赶出家门了，你能不能……收留我？"

　

薛美芸忧郁地看着餐桌上精致的下午茶餐点，幽幽地叹了口气。

"我还是觉得太过分了。他们是那么相爱，我用那些收藏品和包包都无法打动小唐，这说明他们情比金坚。"薛美芸眼泪汪汪地说道。

陆行舟嘴角一抽，包包也就算了，但还是不要告诉她那些收藏品都是从义乌小商品市场批发来的了。自从她兴高采烈地花巨款买了一幅奇葩赝品之后，他就学会了毒攻毒曲线救国，只有魔法才能打败魔法。

薛美芸越想越伤心："阿越临走前的眼神你也看到了，他一定是真伤心了。这么一来，你们的父子关系怎么还好得了？"

陆行舟抿了一口茶，一副毫不在意的样子："反正我们父子之间的关系本来就一糊涂，没什么可以继续破坏下去的余地了。"

薛美芸斜了他一眼，是谁刚才坐立不安，频频回头看向陆越离开时的方向？

"行了，儿子的表现你也看到了，你可以放心跟你老师交代去了。阿越虽然年轻冲动，但对小唐确实是真心的。无论他们以后能不能成，原教授都不会怪到你头上。"薛美芸笑着问道，"所以你打算怎么跟你儿子坦白？"

陆行舟迟疑了一会儿："傻儿子看不明白，董薇应当是看懂了，她会解释的。"

薛美芸"哦"了一声，想了一会儿，她笑眯眯地说道："那你可要提防好了，你儿子一会儿就怒气冲冲地要杀过来和你拍桌对喊了。这次你这么胡来，连断绝父子关系的话都说出来了，他一定是气疯了。"

陆行舟冷哼了一声："小兔崽子还敢翻天了？有本事来跟我闹啊，我会怕他？"

此时的陆行舟还不知道，距离他人生最大的翻车时刻，已经只剩下不到两个小时了。

在陆越不算漫长的人生中，他是一个罕见的幸运儿，并且极大的可能他还要继续幸运下去。

他家境富裕，父母感情和睦，虽然父子关系欠佳，但母子关系和谐，只要父亲折腾他，他就找母亲告状，母亲总有办法收拾他父亲。他们三人的关系有点儿像剪刀、石头、布，形成了一个闭合食物链循环。

虽然他和陆行舟的关系不算和睦，但他从来也没有怀疑过一点——

那就是，他的父母都是爱他的。

就算父亲逼他退圈回学校念书，他会因此和父亲大吵大闹，但内心深处他明白，他的父亲是因为爱他才逼他这么做，最后他也确实因此获益良多。因此，他讨厌陆行舟的行事风格和父权思想，但是他也会承认，陆行舟是个不算糟糕的父亲。

这份强烈的自己是被爱着的自信，让陆越长成了一个乐观且安全感十足的人，他的心始终燃烧着热情的火焰，让他有无穷无尽的能量，毫不吝啬地把这份爱赠予别人。

陆越从来也没有想过，自己会有被赶出家门的一天。

极致的愤怒之后，他呆呆地坐在驾驶座上，他觉得很茫然，又觉得一切都太过荒唐了：他会因为和唐董薇谈恋爱被赶出家门？这怎么可能呢？这简直莫名其妙。

他恍惚得有些怀疑，难道他的父母没有他想象的那么爱他？

这个可怕的念头让他毛骨悚然，又难以置信。

要知道，他从来也没有怀疑过这一点。他的父母爱他，这简直和地球在围着太阳转一样，是一个构成了世界运行的常识。当这个"常识"不再是"常识"的时候，甚至觉得委屈至极。

凭什么会这样呢？明明他没有做错任何事，可就是被爱他的父母抛弃了。

于是他问唐董薇："现在我被赶出家门了，你能不能……收留我？"

他几乎要丢脸地哭出来，可他今天已经足够丢脸了，他不想在唐堇薇面前掉眼泪，所以他努力忍住了眼眶里的湿润，小心翼翼地问出了这句话。

——他一定很难过，唐堇薇心想。

因为她的关系，他被迫做出一个残酷的选择：是听从父母的安排和她分手，还是为了一份刚刚开始的恋情被扫地出门。

如果选择前者，他就可以顺理成章地离开学校，回到他曾经奋斗过的娱乐圈，重新开始他习以为常的生活。如果选择后者……这是一个毫无性价比的选择，彻头彻尾的糟糕选项，简直是把一磅黄金和一磅奶糖放在了天平的两边任人选择。

怎么会有人放弃黄金，选择一磅奶糖呢？

可偏偏陆越就是这么选了。

做出这个匪夷所思的选择的人，此时正凝望着她的眼睛，微红的眼眶里流淌着某种晶莹的东西。他的神情是忐忑不安的，刚刚被赶出家门的他惶惶不安地想要从她身上获得一点儿安慰，也许还有一点儿嘉奖，一点点就好。

可她觉得，他值得更多、更好的一切。

他不应该被逼迫，也不应该被考验，更不应该受这种委屈，这个天真到有点儿犯傻的男孩子，这个为了一磅奶糖放弃了金子的男孩子，应该拥有一切美好的东西，因为他值得。

唐堇薇温柔地看着他，她轻轻地，轻轻地凑了过去，在他的嘴唇上亲了一下，是一个很浅很浅的吻，像是蝴蝶的翅膀扇过了玫瑰花的花瓣一样。

她承诺："好，我收留你。"

于是她看到，这个无家可归的男孩子眼里亮起了光，他注视着她，满心满眼都只有她。

这一刻，唐堇薇的脑中有了个疯狂的念头：去他的尊敬长辈，她现在就要帮她可爱又黏人的男朋友报仇！

于是，她拉着他的手，轻声说道："别难过了，我保证，你很快就会开心起来，是很开心很开心的那种。"

陆越不太明白，但此时此刻，拉着唐堇薇的手的他已经不再那么沮丧了，他重新有了期待。

"可我还是很难过，必须再亲一下才能好。"陆越撒了个一目了然的谎。

唐堇薇仿佛是真的信了，她用食指在自己的嘴唇上轻点了一下："那就再亲一下。"

他终于笑了，索要了一个黏黏糊糊的吻，有一点点似有若无的奶糖的味道。

当站在原教授的办公室门前的时候，陆越还有点儿蒙圈。

"这……我觉得……不……不用这样吧？"陆越忐忑地问道。

"完全有这个必要。既然要见家长，那就两边都见一见，原教授是我最尊敬的长辈，也是我实际上的监护人，最重要的是，他是你爸爸的老师。"唐堇薇笑眯眯地说着，淡定地敲开了门。

"请进。"原教授正在自己的办公桌上拿着一个放大镜认真地看一沓打印出来的文稿，一边看一边说道。

门开了，唐堇薇一把将踌躇不前的陆越推进了办公室："老师，下午好，我带陆越过来，有件事要跟您说。"

原教授听到唐堇薇的声音，惊讶地抬起头："堇薇来了？小陆同学也来了？坐，坐啊。"

陆越这是第一次来到原教授的办公室，浑身坐立不安。

"有什么事啊？说吧。"原教授兴致勃勃地打开冰箱想拿出点儿甜点招待陆越，但是刚一打开冰箱就暴露了里面数量明显超标的甜点，他紧张地回头看了唐堇薇一眼，确定她没有看到，这才飞快地拿了一份出来。

假装没看见的唐堇薇默默低头看桌子，斟酌着语句。

陆越父母今天夸张的表演显然是骗不过她的，特别是薛女士。她很清楚这是一个针对他们的"考验"，他们在试探陆越和她的心意。而他们这番大费周章，并不是看在她唐堇薇的面子上，而是因为原教授。

陆行舟并非反对她和陆越的恋情，他担心的是这段恋情的走向——如果他们两人最后一个不体面的形式分手，而原因在陆越身上，那么他很难和自己的恩师交代。

所以他宁可在原教授知晓两人的恋情之前，逼着两人做个决断。

所以他会让薛美芸那么夸张地表演，摆明了告诉她这是在演戏，但陆越是不知道的。如果陆越为了选唐堇薇宁可被"赶出家门"，那么无论未来两人因何分手，这份感情至少是真挚过的；如果陆越放弃了唐堇薇，那就等于是把未来分手的可能提前到现在，并且在原教授知道之前就解决了这件事。

原教授并不关心娱乐新闻，所以他至今都不知道他俩交往的事情。以唐堇薇的性格，她也不会告诉原教授，这件事就等于没发生过。陆行舟不用担心自己无法对恩师交代，他甚至有理由对唐堇薇交代——他提前帮她看清了自己的儿子是什么德性。就算唐堇薇有怨言，她也只能吃下这个闷亏。

由此可见，陆行舟确实是一个精明老练的商人，他很清楚自己行事的尺度，也明白怎样降低风险，让自己立于不败之地。

他的一切想法都很完美：陆越为了唐堇薇宁可被赶出家门，事后唐堇薇却会帮他给陆越解释清楚。陆越会明白这只是他父亲的一个"小小考验"，他并没有真的打算赶陆越走，甚至支持他们的感情。思考模式从来都很简单的陆越可能会生气一时，但很快就会原谅他，并对他支持自己和唐堇薇的恋情感激涕零。

这大概就是狡猾的聪明人，总能让事情按照他的想法进行，可偏偏另一个聪明人唐堇薇不喜欢。

因为那一刻，陆越的伤心和痛苦是真实的。他真的以为父母抛弃他了，他明明难过，却努力在她面前坚强，还煞有介事地规划未来，只为了向她证明自己靠得住——他害怕唐堇薇也不要他。

所以唐堇薇咽下了帮陆行舟解释的话，拉着陆越来到了原教授面前，要给自己的小男朋友讨回这笔账。

"我要向您坦白一件事。我喜欢陆越。"唐堇薇拉住了陆越的手，在原教授面前，陆越的脸顿时红了。

原教授愣了半天，仿佛以为自己听错了，伸手掏了掏耳朵。

"您没有听错。我们正在交往，已经有一段时间了。"唐堇薇一脸凝重地说道，"这件事被陆先生知道了，他强烈反对，勒令我们分手，否则就让陆越滚出去再也不联系。我很庆幸，陆越选了我，所以我想拜托您转告陆先生，我们是绝对不会因为父母的反对分手的。"

说着，唐堇薇在陆越的大腿上掐了一把，用眼神暗示：快按计划行事！

陆越爆发出人生中的巅峰演技，他的眼泪唰地就掉了下来，一把鼻涕一把泪地哭诉："原教授，我发誓我会一辈子对唐唐好的。求您了，我不想和唐唐分手。"

原教授目瞪口呆。

五分钟后。

办公室里响起了原教授中气十足但是怒不可遏的声音，他拿着电话："陆行舟，给我马上滚到办公室来！把事情解释清楚，你为什么要逼你儿子和堇薇分手？"

陆越目瞪口呆地听了一场从未见过的热闹。

他那人模狗样、做任何事都从容不迫、游刃有余的混账老爹，被原教授一个电话叫到了办公室里。

隔着一扇办公室的大门，站在走廊里的陆越听到里面惊天动地的声音：

"……人孩子谈得好好的，你反对个什么劲？还包办婚姻？这都什么年代了，还这一套？"

"不不不，我绝对不是那个意思。误会，都是误会啊！"

"那你就是看不上堇薇咯？"

"老师我发誓我没有这种想法！堇薇那么聪明，配我家傻儿子是他祖上积德了！"

绝对没有半点儿不满意！"

办公室里，看着怒火中烧的恩师，陆行舟心中那叫一个冤枉啊。

他只是防患于未然地想甩锅，免得两人未来分手害他被恩师骂，结果倒好，他现在就被一顿痛批了！

幸好这小兔崽子不在，不然当爹的脸都丢光了，陆行舟苦中作乐地心想。

现在他恍然大悟，他千算万算，把自己儿子的性子摸得清清楚楚，但是漏算了唐堇薇。

这个和他儿子一个年纪的小姑娘，可没有那么好摆布。她明明知道他在演戏，却没有按照他给的剧本走，她根本不帮他解释，反而假装什么都不知道，拉着陆越就来越级"告状"了。

至于她为什么这么做，陆行舟心里门儿清——不就是心疼他家的浑蛋小子了吗？

想到这里，陆行舟气也气不起来了。

他原本还担心自家傻儿子被人玩得团团转，现在看来，唐堇薇对他家傻儿子也是真心的，连一点儿委屈都舍不得他受，倒也是个护短的个性。

"行了，该说的我也说完了。你这么大的人了，再骂你也是丢你的脸。出去吧，好好跟你儿子道个歉。什么赶出门不赶出家门的，简直胡闹。"原教授说道。

陆行舟这才长长出了一口气，凄凄惨惨地背下了这口"破坏孩子自由恋爱"的锅，准备回头找个机会和唐堇薇通个气，再好好对原教授解释。

办公室外的走廊里，陆越竖着耳朵贴在门上，满脸兴奋地听亲爹挨批，那神情活脱就是看热闹不嫌事大，哪里看得出两小时前他还眼泪汪汪地被赶出家门呢？

"哇，骂得好骂得好，这浑蛋就是要多骂骂。我妈就是太温柔了，关键时刻还是得原教授来。"陆越听得喜上眉梢，仿佛三伏天喝下了一大口冰可乐，通体舒坦爽到飞升。

唐堇薇温柔地看着他，给他支招："一会儿陆先生应该会来找你道歉。你先别答应，现得伤心一点儿，明白了吗？"

陆越迷茫地应了一声："可我一点儿也不伤心了，我现在开心得要命！"

唐堇薇："……"

真是记吃不记打，根本不记仇。

门开了，陆越登时后退两步，假装什么都没听见。陆行舟灰头土脸地从办公室里出来，一见到他杵在门口，顿时来气，想教训两句，又惦记着门内有一尊大神，只扯出一个尴尬的笑脸。

"阿越啊，这次是爸爸不好。爸跟你道歉，其实，我也不是那个意思……"给儿子认这种事情，陆行舟还是头一遭，尴尬得手脚都不知道往哪里放。

陆越也没好到哪里去，一身鸡皮疙瘩都起立跳舞，差点儿控制不住自己的表情。

可想起唐堇薇的叮嘱，他还是硬着头皮，偷掐自己的大腿，立刻在眼眶里蓄满了虚假的眼泪，低头别开脸，默默不语。

陆行舟尴尬地伸出手，想要摸摸儿子的脑袋，却发现他已经比自己都高了。

这个在他小时候做起来很熟练的动作，现在却怎么也不合适了。

"总之，你随时可以带堇薇来吃饭，我和你妈都欢迎。"说完这句话，陆行舟终于解脱了，他以一个优雅但迅疾的速度消失在了走廊里，临走前还用无奈的眼神看了唐堇薇一眼。

唐堇薇假装没看到，从容地拍了拍陆越的肩膀："好了，现在开心了吗？"

陆越恍恍惚惚地嘀咕道："好像在做梦一样……"

唐堇薇微微一笑，对他说道："总之是个挺不错的梦，就不急着醒了。走吧，跟原教授道个谢，然后我们就该回学校了。"

直到回到寝室，陆越都有一种今天一整天都在做梦的不真实感。

要知道，他二十年来和混账老爹的斗争从来就没有间断过，但是悲惨的是，他也从来没有成功过。陆行舟让他滚出去留学，他就得滚出去留学，让他退圈滚回来念书，他就得滚回来念书。陆行舟就像他人生里的关卡 boss 一样，刚出新手村的他根本无法战胜。

但就在今天，他目睹了无所不能的陆行舟的翻车经历。

哇，那滋味，爽到他现在都掩饰不住脸上荡漾出来的笑容。

寝室里，正在剪视频的蔺君书时不时用奇怪的眼神打量陆越，终于忍不住问道："你到底怎么回事啊？今天从外面回来之后，你就怪怪的。"

陆越原本就想说，见到好友发问哪里还忍得住，顿时倒豆子似的一股脑儿把事情经过告诉了蔺君书。

蔺君书听完，默默抽了抽嘴角：他的傻白甜室友真是个拿着女主剧本而不自知的家伙。想不到啊想不到，班长护短起来也是个性情中人，可见再聪明的脑袋一遇到感情问题也是白瞎，陆越这小子傻人有傻福，这下算是把班长套牢了。

蔺君书赶紧给夏姝宁发去信息，告诉她这个愉快的消息：他俩见家长了！

陆越并不知道室友正在费心讨好妹子，他正忙着给唐堇薇发微信卖萌。

陆越：快亲我一下，不然我要闹了！

聊天框里安静了足有五分钟，陆越盯着上面的"正在输入中"的提示，盯得从心期待到忐忑不安，正想试探着问问唐堇薇是不是生气了，对面突然发过来一个表包，是一个肌肉猛男把一只哈士奇壁咚在墙上狠狠亲了一口的动图。

陆越：？？？

他完全可以想象方才那五分钟里，素来没有收集表情包习惯的唐堇薇是怎么绞尽脑汁在网上找符合条件的表情包。但问题是，亲亲的表情包那么多，她为什么找了这个啊？这个虽然也是亲亲，但好像不太对劲啊！

唐堇薇回给他一个意味深长的微笑表情包：刚才我突然想到，为了感谢叔叔阿姨对我们感情的支持，我觉得，我们应该送一份礼物给他们。

陆越：啥？

唐堇薇：送个"二胎"吧。这样他们就会因为忙碌无心干涉你的事情。

陆越：？？？

几天后，听说儿子买了一只宠物送回家，薛美芸和陆行舟感到莫名其妙。

正在撸狗的薛美芸纳闷儿地看着丈夫："儿子不会又买了一条狗吧？"

陆行舟则想得更深远一些，他怀疑这是儿子隐晦的"报复"。

但是一只宠物也不能把他们怎么样啊？最多……最多他的家庭地位再被宠物挤占一个档位，他已经习惯了。

很快，他就知道了答案。

一只头上簪花的活泼小猪兴高采烈地从车上蹿了下来，飞奔着朝他俩跑来。陆越开着车门，对他俩远远挥了挥手："老爸老妈，马上要期末考试了，我要好好复习，没空遛猪，佩奇就交给你们照顾了，拜了个拜——"

说完，陆越开心地大笑着，开着车载着忍俊不禁的唐堇薇跑了。

陆行舟看着佩奇，眉头紧皱。他在思考下午约了几个同行在家里打桥牌，是不是应该换个地方，免得被好友们发现他在家养猪，这也太不体面了，他可丢不起这个人。

薛美芸看着佩奇，纠结的表情逐渐化为了欣喜："哎呀，我在阿越的视频里见过这只小猪，它好可爱啊。我从来没有养过猪猪呢。老公，我们养猪吧。"

陆行舟，一代投资圈大佬，在抱着猪满脸期待的漂亮老婆面前，陷入了沉默。

自从养了狗，他的家庭地位已经下降了一档，这要是再养一只猪……

但是，他能拒绝老婆吗？

他不能。

陆行舟挤出了一个勉强的笑容："嗯……"

当天下午，在花园里和好友打牌的陆行舟，面无表情地输钱。

"老公，我的宝贝佩奇跑了，你有看到佩奇吗？"薛美芸的声音远远传来。

"佩奇是谁？"好友 A 纳闷儿。

"是一条狗。"陆行舟一脸苦大仇深地说道。

他就算死，也不会承认自己在养猪。

好友 B 指着从他们面前跑过去的佩奇："刚才跑过去一只很胖的东西……"

陆行舟斩钉截铁："是一条胖狗。"

好友 C："可是它看起来像猪。"

陆行舟咬牙切齿："这是一条像猪的狗！"

好友 A："我想起来了！我看到过你儿子的视频，他养了一只叫佩奇的小猪对吧。哎呀，你儿子还蛮有趣的，我第一次看到年轻人把猪当作宠物养。"

陆行舟杀气腾腾："你记错了，我儿子养的是狗。"

"汪汪！"远处传来狗叫声，陆行舟紧绷的表情稍稍放松，继续催眠式复读，"看吧，那就是一条狗。"

好友们一起看向狗叫声传来的方向，哈士奇追赶着一只圆滚滚的猪，朝着他们冲了过来。佩奇表现出了和身材不符的敏捷，围着牌桌转起了圈圈。

好友们笑作一团："老陆啊，你的'狗'可真有够像猪的，哈哈哈哈哈……"

笑声在佩奇扑上陆行舟的一瞬间达到了最高峰，一群商界大佬笑得东倒西歪，陆行舟被猪撞翻在地，满脸写着怀疑人生。薛美芸见状，尖叫着喊道："佩奇宝贝，佩奇宝贝你没事吧！"

薛美芸急忙抱走了佩奇，完全没在意躺在地上怀疑人生的老公。

表面上"猪狗双全"，家庭地位却"猪狗不如"的商界大佬，脑中响起了儿子魔性的声音。

——我不想养猪！

她的梦想

　　脚边放着一箱法国庄园里产的葡萄酒，手里拎着几条烟，陆越站在教职工公寓的某一扇铁门前，紧张地咽了咽唾沫，心跳直逼一百八十次／分。

　　他不能不紧张，这扇陌生的门背后，就是唐堇薇的家。此时，唐堇薇的父亲唐毅就在家中。

　　这是见家长，还是背着唐堇薇见家长，陆越浑身不安，紧张得仿佛是唐堇薇生日那天他准备表白的时候。

　　陆越也不知道为什么事情会变成这样。昨天他从班主任那里听说，唐堇薇的父亲唐毅休年假，从西北回到了湘南市，受邀会在湘南农大做一场讲座，内容是关于他的核物理专业。

　　陆越对核物理专业一窍不通，但是这不妨碍他听到关键词：唐堇薇的父亲。

　　是时候见一见唐堇薇的家长了，陆越心想，他对此好奇已久。唐堇薇很少谈及自己，特别是她的家庭，陆越从拼拼凑凑间获得的信息只有一个模糊的轮廓：她的父亲在西北做有保密要求的核物理工作，很少回家，她的母亲是原教授的侄女，又是他的学生，很早就因病去世了，她是被长辈原教授带大的。

　　他迫切地想要见一见唐堇薇的父亲，恋爱脑告诉他，如果他不能搞定唐堇薇的父亲，他的恋爱道路就一定会遇到名叫"岳父"的这座大山。

　　于是，陆越主动对唐堇薇提出，他想和她一起去听唐毅的讲座。他预想过唐堇薇的反应：她也许会爽快地答应下来，带他去见自己的父亲；她也许会害羞，别扭地不让他去。

　　但是，无论如何陆越也想不到，当他对唐堇薇这么说的时候，她脸上的笑容在一瞬间就消失了。

　　她的眼神冷了下来，让陆越不知所措。

　　"我不会去的，你也没必要去见他。"她说。

　　陆越不解："可是他是你的父亲啊，如果他不喜欢我……"

唐堇薇挤出一个不自然的笑容，安抚道："你不用担心他对你有意见，他没资格对我的人际关系说三道四。"

陆越就算再迟钝，也听得出唐堇薇这番话里的意思，他迟疑地问道："你是不是……和唐叔叔吵架了？"

和父亲吵架这种事情，陆越可太有经验了，他三天不和陆行舟吵架就能让他妈妈感动得想开派对庆祝一番。

唐堇薇对他嫣然一笑，眼睛里却全无笑意："没有，我们从来不吵架，也没理由吵架。他有他的事业和梦想，我也是，做好自己的事情就够了。总之，你听我的，不用管他，他过几天就会回西北。"

说完，她用不自然的语气表示自己要去原教授的研究所一趟，转头就走了。

他们的父女关系好像很糟糕，这种明显超出了他阅历的问题，陆越都不知道该找谁商量，最后求助了母亲。母亲一听说，当即尖叫着让他带上礼物去见唐毅。父亲也赞同，派人送了见面礼过来，并叮嘱他一定要好好讨好他的未来岳父。

向来对他不假辞色的陆行舟，破天荒地用感同身受且心有余悸的语气，传授了当年他打动老丈人的独门秘籍，并总结道："我当年也是提着礼物自己找上门去的，每个毛脚女婿都要过这关，殷勤点儿，主动帮忙干活，知道吗？你岳父是个学者，文化人，搞科研的，你可千万不要给我丢人现眼。"

陆越就这样，被怂恿着上门了，他用他在恋爱时格外机灵的小脑瓜做了一番分析：去，但要偷偷摸摸地去，只要对唐堇薇隐瞒好，一切就不是问题。

对于唐堇薇的父亲，陆越脑中已经有了一番想象。就像陆行舟说的，他是个学者，那应该身材瘦高，文质彬彬，说起话来慢条斯理，也许还戴一副眼镜，至于相貌嘛，能把唐唐遗传得那么好看，一定是个中年美男子。

这样的人应该不会很难说话吧？陆越自我安慰着，此时他已经在门外徘徊了十几分钟。他狠了狠心，按下了门铃。

没一会儿，门内传来了由远及近的脚步声，接着厚重的防盗门打开了。

一个头发凌乱、肌肉虬结、满脸胡须的壮汉，手里拎着一把带血的菜刀，看到来人他期待的眼神变得不善起来，粗声粗气地问道："你小子是谁？"

陆越飞也似的后退了两步，掏出手机叫道："喂，110吗？我叫陆越，我要报警我去我女朋友家，她家有土匪强盗！我岳父……我岳父一定是被人谋杀了！"

壮汉一听，脸色漆黑，手里的菜刀"咣当"一声拍在了门板上，他大声喝道："你就是那个泡了我女儿的陆越？你小子还敢上门，好胆！还不给老子滚进来！"

陆越一脸震惊地看着菜刀壮汉，目瞪口呆："你你……你就是……"

壮汉狰狞一笑："没错，我就是你岳父……呸呸呸，想当我女婿，你还不够格呢别在门外瞎叫唤了，娘了吧唧的，进来说话！"

陆越的下巴在不知不觉间脱离了原本的位置，他震惊地看着唐毅，受到了巨大的世界观冲击：唐堇薇的母亲到底是多漂亮，才能把这土匪外貌的遗传基因扭转成唐堇薇大家闺秀的外表啊。

还有，浑蛋老爹又坑他，说好的学者、文化人呢？怎么是这样的啊？

陆越跟着进了门，下意识地找起了拖鞋，但是看着满地的血迹和脚上穿着户外鞋的唐毅，他突然意识到这是个不必要的行为——因为唐堇薇家中看起来久未住人了，家具上盖了披布，地上积了灰，空气里散发着一股淡淡的霉味。

唐毅手上拿着染血的菜刀，凭借体魄和武器给陆越制造了巨大的压迫感。

"您，您的菜刀……能放下来吗？"陆越心惊胆战地问道。

唐毅把菜刀往砧板上一拍，脚边杀了一半的鸡正半死不活地扑棱着翅膀，他用审视的眼神看着陆越，从头到脚看了三遍，最后不满地说道："不行，你不行。"

陆越慌了："唐叔叔，您可能对我有点儿误会。我以前是有点儿浮夸，但自从去了农大，和唐堇薇认识之后，我在她的影响下已经改了，现在我什么都听她的，我对她是真心的。您觉得我哪里做得不够好，您尽管说。"

唐毅摸着下巴上的胡子："你太娘了，不够爷们儿。"

陆越：？

这真是惊天的冤枉，陆越委屈地问道："我哪里娘了？"

唐毅看着他，摇头叹气："看看你的脸蛋儿，涂脂抹粉，没有一点儿男子汉气概。你这个身板也不够壮实，让你负重六十斤越野能跑几公里？我看你连只鸡都杀不了。"

这个陆越就不服气了，他辩解道："负重越野跑我可能不行，但是杀鸡我可以的！"

唐毅胡子拉碴的脸上露出一个赞赏的笑容："那太好了，这只鸡就交给你了。"

拿着菜刀站在厨房里，面对被杀了一半还在挣扎的公鸡，陆越陷入沉思：他是不是被唐堇薇的父亲套路了？这个套路手法，为什么如此熟悉？

客厅里传来唐毅的催促声："男子汉杀一只鸡需要磨磨蹭蹭的吗？想当我家的毛脚女婿就勤快点儿。"

茫然地杀完了鸡拔了毛，陆越继续面对未来岳父的挑三拣四："看你这副大少爷的样子，离了洗衣机肯定不会洗衣服。哎，我家唐唐是有事业心的女孩子，我不允许她以后给老公洗衣做饭当家庭主妇。"

陆越端着满盆的衣服在洗手间里手搓，搓完洗干净抱去晾晒，陆越怀疑自己是专门来上门做保洁的。

"洗得勉勉强强，打扫卫生会吗？什么？家里有人会做？这不行，小伙子怎么能不会打扫卫生呢？露两手给我看看。"

陆越穿着围裙拿着拖把在客厅里外跑来跑去，唐毅抱着手臂在一旁监督他，对他的工作能力评头论足："角落没拖干净。茶几下面也要擦的。水都这么脏了，要换一盆。"

好不容易让屋子里外窗明几净焕然一新，陆越满头大汗气喘吁吁地问道："都打扫好了，还有什么是我能做的？"

"不错，有点儿爷们儿的样子了，坐下陪我聊聊吧。"唐毅用力拍了拍陆越的肩膀，这两掌下来，陆越差点儿被拍得内出血，现在他知道唐堇薇的怪力是从哪里遗传来的了。

陆越忐忑不安地坐下，拘谨地看着唐毅。

唐毅问起了他的学业和家庭情况，听说他父亲也曾是原教授的学生，脸上露出了满意的表情。但是，等陆越说起自己以前在娱乐圈里的工作时，他又皱起了眉，吓得陆越赶紧转移话题，说起了唐堇薇。

这下唐毅听得更认真了，他不厌其烦地追问女儿的生活细节，和每一个关心女儿的父亲没有什么两样。

陆越忍不住问道："我听唐唐的口气，她好像对您有点儿……心结。我想带她去听您的讲座，但是她不同意，所以我只能偷偷来见您。你们之间是不是有什么误会？"

唐毅沉默了，这个外形十足硬汉的男人没有回答他的疑问，反而说道："你会喝酒吗？陪我喝两杯吧。"

陆越赶紧殷勤地把带来的葡萄酒奉上，唐毅眉头一皱："葡萄酒也就图一乐，真男人还得喝白酒。"

说着，唐毅从箱子里拎出两瓶白酒往桌上一放，陆越看着上面 53° 的数字，一口都没喝眼睛就已经失去了神采。

他要是能喝，当初怎么会因为几瓶香槟就晕头转向瞎发微博呢？

但是这话他能说吗？陆越含泪，舍命陪君子："干了！"

喝着酒，唐毅的话匣子就打开了："我听得出来，你是真心喜欢我家唐唐，但你不了解她。"

酒劲上来了，陆越的胆子也大了，他不服气地问道："我怎么就不了解她了？"

唐毅呵呵一笑："她是一个心思很深的孩子，她会让你去做事，但她不会和你说心事。"

陆越无法反驳，他们在恋爱，恋爱很甜蜜，他每天都是高高兴兴的，唐堇薇看起来也是如此。可是在这些愉快的日常背后，他却从未听她倾诉过烦恼：她不说她遇到的麻烦，不说她自己的心事，甚至不谈论她的父母与家庭。

他隐约知道这是不对劲的，在一段亲密关系中，怎么可能有人能如此克制呢？这种克制中，甚至透着隐隐的疏远，她喜欢他，却不会竭尽全力地喜欢，她甚至会悄悄地退开，让他们保持着恰到好处的距离。

"如果你还不服气，我问你两个问题，假如你能答出来，我现在就认可你。"唐毅深深地看了陆越一眼。

陆越正襟危坐，专心地听他提问。

"第一，唐唐对我的心结是什么？第二，她的梦想是什么？"唐毅问道。

陆越答不出来，当他意识到他一个问题也答不出来的时候，他感到的不是震惊，而是羞愧。他相信，如果是让唐董薇来回答关于他的问题，她一定可以轻松地回答，她了解他的一切，但是他却做不到。

唐毅说的是对的，他不了解她。

她帮他找回了自己，而他却什么都没有为她做过。

陆越喝着辛辣的白酒，酒精让他微醺，又让他清醒。唐毅和他碰了碰杯，感慨万千地说道："一眨眼，小时候跟在我屁股后面，抱着我的腿求我多留几天的唐唐已经长这么大了，都有男朋友了……要是你们真的能成，再过几年结婚了，她都不见得会给我发请帖。我这个做父亲的，真是太失败了。"

硬朗的男人惆怅的时候格外感伤，唐毅又拍着陆越的肩膀，这一次不再那么用力了："你啊……要好好对她……"

陆越看他这副样子，不禁鼻子一酸，唐毅笑着给他倒酒，两人一边喝一边聊，聊到醉酒后抱头痛哭。

"唐叔叔，你放心，我一定会弄清楚问题的，我会解开唐唐的心结的，我……我还要帮她实现梦想，以前都是她在帮我，现在轮到我去帮助她了。"醉醺醺的陆越眼泪汪汪地说道。

唐毅转过脸，偷偷抹了一下眼角："好，你小子很好，唐唐没看错你。你等着，我给你做碗鸡汤面，唐唐小时候可喜欢吃这个了。要是今天她肯回来，你们就好好聊聊，她既然喜欢你，说不定真的会愿意对你敞开心扉。"

陆越闻言，一下子从椅子上弹了起来："什么？唐唐要回来？我是瞒着她过来的，可千万不能让她知道！"说着，他慌慌张张地就要跑。

唐毅一把将他按回椅子上："你就坐着吧，她不会来的。"

被怪力按回椅子上的陆越奇怪地看着他，又环顾四周，屋子已经打扫干净了，厨房里熬着那只刚刚宰杀的鸡，这一切都像是迎接久未见面的女儿到来的准备。

陆越小心翼翼地问道："您让我又是杀鸡又是打扫卫生的，是因为唐唐可能会回家吗？"

唐毅又给自己倒了一小盏白酒，闷闷地说道："我知道她不会回来，但是万一呢？要是她来了，连口饭都吃不上，那我这个做父亲的也太失败了。"

为了这个万一，他做好了所有准备，默默等在家里，没有等来唐堇薇，却等来了陆越。

陆越感到一阵酸楚，他情不自禁地为唐毅难过起来，他甚至有点儿埋怨唐堇薇了。

"这样吧，唐叔叔，我去接唐堇薇，我一定把她带回来！"陆越一下子把唐堇薇的警告抛到了脑后，冲动地说道。

唐毅没说话，他又一次把陆越按回了椅子上，闷不吭声地从柜子里找出一本相册摊在他的面前："你看看这个吧。"

陆越不明所以地接过相册，翻开第一页，映入眼帘的是一张彩色的老照片，照片里是一个坐在婴儿车里的宝宝。陆越如有所感地翻了下来，后面是更多的照片，除了这个婴儿，还有一个美丽知性的女人，她抱着婴儿，对着镜头微笑。

陆越恍然大悟："这是唐唐和她母亲的照片。"

唐毅点了点头："你继续看。"

陆越继续翻照片，照片里的婴儿长大了，逐渐看得出唐堇薇的轮廓。小时候的她是个活泼爱笑的小姑娘，总是对着镜头露出甜甜的笑容，让陆越在心中大呼可爱。他打定主意，一定要问唐毅借到这本相册，他要去影印一份收藏。

相册收集了唐堇薇从出生到十岁左右的照片，再之后就没有了，看完了整本相册，陆越忽然回过味来：唐毅呢？为什么照片里只有唐堇薇、她的母亲和原教授，却从头到尾没有他的存在？

唐毅抿了一口酒，沉重地说道："我和唐唐的母亲一直过着天各一方的生活，我的工作没办法离开西北，她是原教授的侄女，又是他的学生，在湘南农大教书育人，也不可能调去西北和我团聚。每年只有春节和假期的时候，她才能带着唐唐去找我，要是遇上假期要做项目，一年还处不到一个月。她一个人既要工作又要带孩子，过得很辛苦。我时常想，如果我们一家三口能像普通家庭一样每天团聚在一起，在一张桌子上吃晚饭，我是不是能早一点儿发现她的身体问题，她是不是不会那么早地就离开我和唐唐了？说到底，是我对不起她们母女。"

陆越看着相册里笑容温柔的女人，还有对未来一无所知的年幼的唐堇薇，不禁难过起来。

"我妻子去世后，我想把唐唐带去西北，那时候她才十岁，但是她拿着这本相册放在我面前，对我说，她不愿意跟一个陌生人走，即使这个陌生人是她的父亲。"唐毅说着，红了眼眶，"你看相册就知道，她的童年里只有她的母亲和长辈原教授，我对她而言只是一年才能见到两面的陌生人，她甚至不想把我的照片放进相册里。两三岁的时候，她还会抱着我的腿叫我爸爸，吵着要吃我做的面，求我多留几天，后来她再也不会了。你知道吗？她把相册给我的时候，我一个大老爷们儿哭得喘不过气来，我对女道歉，我想要弥补她，但是她已经不再对我有期待了。我只能把她托付给原教授，像个懦夫一样逃走了。这是我做错的第二件事，我让她一个人孤独地长大了。"

在唐毅难堪又自责的回忆里，陆越依稀看到了年少时的唐堇薇。她一个人行走在湘南农大的校园里，拿着原教授给她的饭卡在食堂吃了饭，又拿着教师宿舍的钥匙回到房间里，乖巧安静地做作业。做完了作业，她会拿起原教授收集的书籍，对着晦涩的专业术语，一知半解地看下去。

有很多熟悉的、不熟悉的人照顾她，她总是很礼貌地微笑，从来不给人添麻烦。

她当然会有烦恼，但她要对谁倾诉烦恼呢？母亲已经不在了，关系生疏的父亲远在西北，尊敬的长辈又忙于事业，一个十岁的小女孩看着这个陌生的世界。学府里、研究所里、办公室里，来来往往的人讨论的是日益更新的农学最前沿的知识，唯独没有人向她展示一个健康、和睦、温暖的家庭关系是什么样子，也没有人告诉她，她应该把烦恼告诉爱她的人。

唐毅每年两次来看她，一次是春节，一次是年假，这是他全部的长假。如果唐堇薇愿意，她能在寒暑假去西北和父亲小住，但是她从来不去。她找了很好的理由：假期她要在原教授的研究所里帮忙，要去国外做交流学习，要跟着原教授去外地做讲演……只要她想，她总有忙不完的事情。

"原教授说，唐唐就是这样，你和她讨论工作学习，她能滔滔不绝地给你安排好。但如果你要和她谈心交流，她会说不出话来。有时候不是她不愿意，是她不知道该说些什么，也不知道该说给谁听。她别扭地折腾别人，软硬兼施地让别人依照她的心意做事，却总是不告诉别人她在想什么，因为在她母亲去世后的十年里，她一直都是这么活着的，她只是习惯了。等到我从原教授那里听说她的问题后，我想要弥补，却已经太晚了——她连我的礼物都不收了。"唐毅惆怅地哽咽了。

陆越抽了张纸巾，用力搓了搓鼻子："唐叔叔，那我现在能帮您什么吗？如果唐唐知道您一直在担心她，她一定可以理解您的，我愿意帮您把礼物送到她手里！"

唐毅又闷了一口白酒："我想给她买裙子。她母亲还在的时候，让我给唐唐买一条漂亮的裙子当生日礼物，结果还没有买好，她母亲就去世了，后来我就很少能见到她。现在我连她多高、穿多大的衣服都估不准了。"

"我知道，我来帮您挑。"陆越借着酒劲拍着胸脯保证，"唐叔叔，我们现在就去买裙子！"

唐毅看着他雄心壮志的样子，粗犷的脸上露出了一个欣慰的笑容："好，好小子，男子汉大丈夫，做事就要当机立断，不能婆婆妈妈的，我们现在就去买裙子！"

虽然隐约感觉这句话有哪里不对劲，但是醉意微醺的陆越满腔都是让他们父女重归于好的责任感，当即就和唐毅去了商场，目标：女装店。

众所周知，男人只有在陪女朋友或者老婆的时候，才有勇气踏入女装店。如果身边没有一个女性陪伴，女装店在男人眼中，俨然是女厕所一般的禁区，走进那里需要巨大的勇气。任何一个心理脆弱的男人，都承受不了导购和顾客们奇怪的眼神。

陆越站在女装店前，双手在脸上一阵乱摸，再三确定自己的口罩和墨镜戴得足够严实，不会让人认出他是个明星。

"唐叔叔，要不……我们还是手机网购吧……"陆越看着女装店里琳琅满目的小裙子，以及进进出出的女顾客们，感到了颤抖。

但是唐毅不一样，他是个铁血真汉子。

"网购太慢了，今天我就要买到裙子。"唐毅义正词严地说道。

"可是咱们两个男人进女装店，这……"陆越企图解释这个画面有多变态。

唐毅大手一挥："不用说了，真男人胸怀坦荡，为了女儿逛女装店又怎么了，走起！"

陆越绝望地看着唐毅那魁梧的背影朝着女装店进发，陪未来老丈人逛女装店，这绝对是世界上独一无二的体验，但他并不想要啊！

"欢迎光……"导购视线的余光看到一个人影走了进来，下意识地开口说着，然而一抬头，看到一个健壮的猛男一脚踏入女装店，嘴里的话顿时卡住了。

她下意识地往门外看，做好了看到一个女人跟着一起进来的准备，然而她只看到一个戴着墨镜、口罩鬼鬼祟祟的男孩子，两人对着衣架上满满当当的衣服面面相觑。

唐毅是个丧偶中年男人，对女性的衣服毫无品位可言；陆越比他稍好一点儿，但是他只研究男装搭配，对女装的审美基本和普通直男是一样的：模特好看，所以这件衣服也好看。

一大一小两个直男，对衣服评头论足："唐唐穿多大码的衣服？""她一米六五，按照这个身高挑就好了。""这件太灰了，唐唐皮肤白，穿鲜艳一点儿的很好看。""那件太暴露了，不可以这么穿。""这条裙子还挺好看的，不知道穿上是什么效果，小陆，要不你试试看？"

旁边的女顾客用看神经病的眼神看着他俩，放下衣服默默走远了。

陆越吓得跳了起来："我怎么能穿这个？"

唐毅皱着眉："怎么不行了？你穿上我看看，想象一下唐唐穿这个是什么效果。光看衣服我想不出来。"

陆越怪叫："可这是女装啊！"

唐毅不满地吹胡子瞪眼："男子汉大丈夫，穿女装又怎么了？你对唐唐的感情就这么肤浅吗？穿一下女装都不乐意。"

这话戳中了陆越的死穴，他无言以对。唐毅适时地问导购可不可以试穿，导购表情扭曲地点了点头，于是陆越抱着 XXL（特超大）的连衣裙在试衣间里陷入呆滞。

一定要把脸遮好了，这要是曝光了，简直是他人生黑历史的巅峰，陆越一边扭扭捏捏地换着衣服，一边崩溃地心想：唐唐啊唐唐，我为了你们的父女关系，简直付出太多了！

换好衣服，拉开帘子，陆越简直是挪着从试衣间里走了出来，要是条件允许他还想戴一个头套，毕竟墨镜和口罩不能保证他不被熟人认出。

唐毅看着换上了裙子的陆越，认真地点了点头："这件不错，唐唐穿一定好看。这件要了！"

导购笑容满面，虽然客人有点儿奇怪，但是购物爽快啊，她赶紧推销起了其他的衣服。

陆越松了口气，他看了一眼镜子里的自己——托健身习惯的福，他的身材还是很有料的，但是这让他在穿女装的时候完全没有男女莫辨的效果，而是变态指数直线上升。亏得衣服是秋冬的长袖，否则薄薄的夏装下面是肉眼可见的肌肉，这画面感可太惊悚了。

陆越赶紧冲回试衣间。帘子刚拉上，门外就传来了唐毅兴奋的声音："小陆，你试试这件旗袍，我觉得唐唐穿这个一定好看。"

陆越发出了一声惨烈的叫声："旗袍就算了吧！"

这一声惨叫是如此响亮，整个女装店里的视线都被吸引了过来，甚至连路过店门口的冯戚都停下了脚步。

这声音好耳熟，好像是陆越，但是这不是女装店吗？冯戚面无表情的酷脸上浮现出一丝疑惑。

他困惑地透过展示橱柜的玻璃看向里面，试衣间的帘子拉开了，一个穿着旗袍的陆越捂着脸从里面走了出来。

这一刻，冯戚的眼珠差点儿脱离眼眶，他浑身汗毛倒竖，颤抖着给唐堇薇打了个电话："你快和陆越分手，他是个喜欢穿女装的变态！"

唐堇薇：？？？

怀着一肚子疑问，唐堇薇赶到商场和冯戚会合，在冯戚的指点下，她目击了这震撼人心的一幕——陆越像个女装模特一样，被她的父亲唐毅使唤着，换了一套又一套衣服，从商场一楼一直买到了三楼。

两个男人一人手上提着至少十袋衣服，仿佛被陆越的母亲薛美芸精神附体一般，恨不得把整个商场掏空。

冯戚嘴角抽搐："你爸爸和陆越是怎么回事？"

不等心情复杂的唐堇薇回答，冯戚就知道了答案。走在前面不远处的唐毅正对劝收手的陆越解释道："这不是一年份的礼物，是二十年份的，我要一起补给她。不仅是今年，以后的每一年我都要买二十份给她。所以小陆，你可千万不要和唐唐分手，不然我要找谁转交呢？"

陆越再一次感动得眼泪汪汪："我一定会帮您和唐唐改善关系的。"

唐毅哈哈大笑着说好，又说："比起这个，别忘了我问你的第二个问题。不仅是你想知道答案，我这个做父亲的也想知道。"

陆越用力点头，他已经有思路了，他要找所有认识唐堇薇的人问一问，搞清楚唐堇薇究竟有什么梦想，而他，他要帮助唐堇薇实现梦想。

唐堇薇停下脚步，看着唐毅和陆越走远。冯戚催促道："你不跟上去吗？"

唐堇薇摇了摇头："就到这里吧。"

她的声音很轻，温柔的声音里有着淡淡的沙哑和鼻音，冯戚看向她端丽秀美的侧脸，不意外地看到她微微泛红的眼眶。

"我要去买件西装，你能陪我去试一下衣服吗？"唐堇薇问道。

冯戚若有所思："是给唐叔叔的吗？"

唐堇薇无声地点了点头。

这一刻她突然想起，她也欠了唐毅生日礼物，很多很多年的生日礼物。在母亲去世之后，他们之间的关系无声地断裂了。失去母亲的痛苦，对常年分居的父亲的埋怨，让她苛责着这个同样悲痛的男人。

每一年父亲都邀请她去西北小住，每一年她都找理由拒绝，她责怪着他，于是把他从自己的世界里推了出去，假装自己不需要他的存在。

可是当她再一次见到他，听到他对陆越说的那番话，看着他鬓角逐渐发芽的白发，她突然感到了愧疚与后悔。

如果母亲去世的时候，她答应和父亲去西北生活呢？如果每一年的假期，她去西北探望父亲呢？如果，如果她告诉他，每当她看到别人幸福的家庭时，内心都感到羡慕与孤独呢？

她突然想要告诉唐毅，也告诉陆越，她需要他们，需要被爱。

而她，也爱着他们。

陆越疯了！

他先是请假失踪了一整天，回来时又浑浑噩噩地大喊"我也当过女装大佬了"，"真男人就是要穿女装"，"Solved problem number one, now to problem number two（解决了第一个问题，现在转到第二个问题）"！

夏姝宁惊恐地看着陆越。他冲进劳动社的活动教室里，表情夸张地对她逼问："你知道唐堇薇的梦想吗？"

非

常

同

学

3
2
0

这神情和语气，活像是拷问犯人，吓得夏姝宁连连摇头。

陆越不爽地咂了咂嘴，转头把蔺君书按在了椅子上："那你知道吗？"

蔺君书一脸蒙圈："我怎么会知道啊，她是你的女朋友啊，又不是我的。"

陆越感到被嘲讽，不悦地反问："那你知道夏姝宁的梦想吗？"

蔺君书害羞地看了夏姝宁一眼："……还不知道呢。"

陆越冷笑："活该追不到。"

蔺君书："……"

"下一个。王朝，你知道唐堇薇的梦想吗？"陆越已经奔着下一位目标去了。

蔺君书红着脸，用眼角余光偷瞄夏姝宁，夏姝宁假装刚才自己什么都没听见，专心致志地看手机，手却有点儿抖。

陆越把整个劳动社的几十号人都拷问了一遍，一无所获，就在沮丧之际，王朝给了他一个提醒："为什么不问问冯戚呢？他认识老大那么多年，应该会知道得更多吧。"

陆越气愤道："我怎么可以去问情敌？"

王朝怜悯地看着他："那你就只能干瞪眼了哦。"

陆越咬牙切齿地捶着墙，痛下决心："不就是问情敌吗？我连女装都穿过了，还怕这个？真男人就是要无所畏惧，走起！"

陆越找到冯戚的时候，冯戚正在兽医社里给一条狗做绝育手术，他熟练地摘除了这对狗蛋，戴着口罩的侧脸无比高冷。

手术室的大门被人一脚踢开，另一个更酷的帅哥维持着踹门的姿势，大声问道："冯戚！你知道唐堇薇的梦想吗？"

冯戚手一抖，差点儿缝合失误："你发什么疯？要做绝育手术的话一旁排队，免费给你做。"

陆越一阵唏嘘，他按捺住此时焦虑的心情，烦躁地围着手术台踱步，终于熬到了冯戚做完手术。

"我知道，但我为什么要告诉你这个穿女装的变态？"冯戚问他。

陆越大惊失色："你怎么知道？"

冯戚冷冷一笑："那天我看到了。"

陆越险些捂着胸口，像木乃伊一样倒下去：被情敌目击猛男女装画面，他死了算了。

冯戚继续补刀："然后我叫来了唐堇薇。"

这下陆越是真的惊恐了，他抱住脑袋"啊——"地惨叫了起来，简直能把被麻醉的狗子也叫醒："她看到了！她知道我偷偷去见唐叔叔了！她还看到我穿女装了！啊——"

看着陆越发疯之后瘫在墙角装蘑菇，冯戚的嘴角浮现出了愉悦的笑容。

"冯戚，帮我个忙行吗？条件随便你开。"蹲在墙角的陆越幽幽地说道，"帮我和唐唐解释一下，我真的不是因为异装癖才去试穿女装的，这是因为……"

"她知道了。"冯戚淡淡地说道。

陆越惊讶地看着他，冯戚扫了他一眼，语气里多了几分挣扎后的释然："我也知道我为什么会输给你了。"

陆越"啊"了一声，冯戚这突然转移的话题让他猝不及防。

冯戚回忆着唐董薇当初拒绝他时的那番话，她说他并不是真的喜欢她。

那时候冯戚是不甘心的，他不接受自己对唐董薇的喜欢被她轻描淡写地否定。

"因为从小到大，所有人都觉得我们很般配，你的父母是这么说的，同学们是这么说的，所以连你也这么觉得。但是喜欢这种感情，并不是般配就可以的。你仔细回想，我们总是在以朋友甚至亲人的方式相处，我并没有冲动要去了解你的一切，你也是如此。"唐董薇说道。

直到唐毅出现，冯戚才真正明白自己一直忽略的东西：他自以为了解唐董薇，但这份了解是建立在长久相处后自然而然的认识上，而不是他怀着对异性的好奇和喜欢，去探索求知得到的。他只是被动地了解了她，却从不试图走进她的内心世界。

但是陆越在努力。他主动地甚至是冲动地找到了唐董薇的父亲，去争取唐父的支持，去弥合他们父女的关系。这不是因为他多管闲事，是因为他喜欢唐董薇，他想为她做什么。

现在，陆越想要了解唐董薇的梦想。而他，明明早就知道，却从来没想过加入她的梦想。

那为什么不让更适合她的人去帮她一起实现呢？

冯戚看着陆越那副专心听讲的样子，依旧冷冰冰，但却诚实地告诉了他答案："她曾经跟我说过，她想做有科普性质的农业宣传节目，向基层介绍各种改良技术的具体应用。例如，粮食的良种，家禽家畜的新品种和养殖方法，采访靠农业、畜牧业致富的农民和养殖户，推广他们的方案。"

陆越顿时精神了："你有没有觉得，我的 vlog 有点儿这个的意思在？你别看我老拍各种沙雕日常，但是说不定以后我可以往这个方向靠拢呀。而且，我以后会更专业的……嘿，唐唐的这个梦想里，我说不定帮得上忙。"

冯戚古怪地看着他："你想当农业节目主持人？"

陆越哼了一声："有什么不可以吗？"

冯戚看着他的眼神越发奇怪了："这和你以往的定位不符……你不是打算装傻卖ⅩⅩ两年，然后回你的娱乐圈去吗？"

陆越得意地笑了起来，他模仿着唐毅的动作，拍了拍冯戚的肩膀："这就是你不懂了，人是会改变的。爱情也不是每天装傻卖萌，而是要理解和帮助。我对唐唐的爱，就是这样的爱。"

冯戚翻了个白眼："你为什么能这么自然地说出如此恶心的话？"

陆越认真道："因为爱情。"

冯戚受不了了，一脚把他踢出了手术室："滚远点儿吧，别来恶心我了。"说着就摔上了门。

陆越还没走远呢，门突然又拉开了，冯戚依旧板着一张脸："还有，黑粉群我已经解散了。但如果你以后爆出什么不该出现的绯闻，黑粉群随时重组。"

陆越对他自信满满地一笑："相信我，这个群没机会重组了。"

冯戚冷傲地哼了一声："我会等着看的。"

唐毅的讲座将于周六下午在湘南农大的学生礼堂里进行。

在讲座开始前，陆越忍着羞耻乔装打扮，在夏姝宁的帮助下混入了女生寝室。

"这就是唐唐的寝室？好干净啊。"陆越摘下了假发，怀着雀跃的心情东张西望起来。

"快抓紧时间啦，按照计划，班长很快就回来了。"夏姝宁忍下了吐槽偶像的冲动催促道。

两人忙活起来，迅速布置现场。他们竖起了晾衣架，把刚拆封的衣物逐一挂好，又把鲜花等物品布置起来。这间普通的女生寝室立刻变成了一间精致的女装店。

"你还真是买了好多衣服。"夏姝宁看着满墙的女装，感慨起来。

"不只是我买的。"陆越神神秘秘地说道。

门外传来了摸索钥匙的声音，陆越赶忙躲进了洗手间："一切按计划行事！"

门开了，唐堇薇匆匆走入寝室，一看到满屋子挂着的衣服，她愣了一下，下意识地退了出去看了一眼门牌号，她没走错啊。

"怎么回事？"唐堇薇纳闷儿地问道。

夏姝宁嘿嘿笑着，把她推进了寝室里，哄骗道："商场搞活动我买多了，你帮我一起试穿一下啊？好看的话我五折卖给你……不，一折，一折卖你！"

唐堇薇盯着这些标牌都没剪的衣服看了两眼，她可没有那么好骗，几乎只是一眨眼的工夫，她就猜到了真相。

"你快挑啊，挑完穿穿看呀。"夏姝宁催促道。

唐堇薇意味深长地瞄了她一眼，嘴角露出一个甜甜的笑容："谢谢哦，但是我更想看另一个人穿……"

说着，她猛地拉开了洗手间的门。

正趴在门后偷听的陆越冷不防一个趔趄，"哎呀"一声抱住了唐堇薇，装模作样喊道："哎呀，我摔倒了，要唐唐亲亲才能起来！"

唐堇薇笑眯眯地看着他，轻轻地拎住了他的耳朵："老实交代，在动什么歪脑筋呢？"

陆越看出她根本没生气，于是放下心来，假装很痛的样子开起了玩笑："哎哟哎哟，耳朵要掉了，要掉了，我老实交代，保证什么都老实交代！"

"我帮你们把风。"夏姝宁嘻嘻笑着，帮两人关上了门。

装扮一新的寝室里，陆越眼巴巴地看着唐堇薇："我有个请求，不知道你能不能答应。"

唐堇薇含笑看着他："这就要看你最近的表现了。如果你背着我，偷偷对我的话奉阴违……哼哼。"

陆越装作一副可怜兮兮的样子："我只是想让你看看我的项目计划书。"

这是唐堇薇没有想到的发展，她疑惑地问道："项目计划书？你想做什么项目？"

陆越把自己绞尽脑汁，还回家跪求混账老爹帮忙修改过的项目计划书递给唐堇薇看，唐堇薇翻开看了一眼，竟然愣住了。

这是一份农业类主持节目的计划书，陆越在里面表达了自己想要转型的想法，倡议自己的合伙人唐堇薇一同加入。

"为什么？就算你不打算回娱乐圈，为什么会选择做农业节目的主持人？"唐堇薇问道。

陆越拉住了她的手："一直以来，我不够了解你。我总觉得，只要我们每天在一起开开心心的，就可以永远这样走下去。但是现在我意识到，不只是这样的。从前，一直是你在为我做事，你在帮助我，而我却没能为你做什么……"

"不是的，你也帮了我很多。"唐堇薇急忙说道。

"就这一次，先听我说完。"陆越的食指在她红润的嘴唇上点了点，难得强硬地打断了她的话。

唐堇薇安静下来，她看到陆越那双漂亮的桃花眼里倒映着她的模样，满满的都是深情。

"我知道了你的梦想。你想在未来做农学的宣传节目，我猜想，你为我策划vlog也有锻炼自己积累经验的想法在，我很高兴能成为你实现梦想的第一步。那么以后呢，如果你要做节目，我可以做主持人吗？我觉得在这方面我说不定还挺有天赋。如果你觉得我不行，我……我当投资人总可以吧？大不了我去跟我那个浑蛋老爹学一学怎么投资，反正我肯定能派得上用场的，对吧？"陆越忐忑又憧憬地道，"唐唐，我想为你的梦想添砖加瓦。"

唐堇薇说不出话来，这个眼睛里写满了期待的男孩子，他好像突然间成长了。

不再只专注于自己的事业和人生，他也关心他爱的人的一切。他总是很傻白甜的笑容里，有了担当的力量。

他说，他想为她的梦想添砖加瓦。

"这一次，你成语用对了哦。"唐堇薇的眼睛里含着一闪一闪湿漉漉的小星星。

"哎？"陆越没想到她的关注点在这里。

"所以我要奖励你一下。"唐堇薇微笑着看着他，可爱地歪了歪头，踮着脚吻上了他的嘴唇。

他们相拥而吻，在唇齿交缠之间，未来好像也因此交织在了一起。

一吻终了，陆越在这美好的气氛中，鼓起勇气问道："能陪我去听讲座吗？你知道的，我这个学渣连高数都学得挠头，核物理什么的，那简直跟天书一样……"

唐堇薇的嘴唇红红的，脸颊上泛着淡淡的红晕："那你得等我换一件衣服。"

陆越期待地看着她："哪一件？你觉得哪一件最好看？"

唐堇薇的笑容扩大了，她掏出手机，翻开相册里偷拍的某一张照片，照片里的唐毅正对着陆越握拳鼓励，而穿着裙子的陆越一脸面如死灰："这件最好看。"

陆越默默地用手捂住了脸。果然，这会成为他一辈子的黑历史。

但是，比起唐堇薇的笑容，他觉得这点儿黑历史根本不重要了。

唐堇薇换上了唐毅送给她的裙子，大小正合身，她很少穿这么鲜艳的颜色，但是这一刻的她光彩照人。连她自己也忍不住心生怀疑，难道真的是爱的力量？

她忍不住瞥了陆越一眼，而陆越正眼巴巴地看着她，对她露出了一个傻乎乎的灿烂笑容，连连夸她好看，那用词，几百字都不重样，简直是他人生语文水平的巅峰。

陆越和她手牵着手，走向了即将开始的讲座。在座无虚席的现场，唐堇薇看着讲坛上刮干净了胡子，戴上了眼镜，穿着西装，还打上了领带的唐毅。他因为不适应这身装扮，时不时就要摆弄一下领带，但他还是穿了这身西装，因为这是唐堇薇送他的礼物，也是她和解的信号，他一定要穿着这身衣服来做讲座。

唐毅第一时间就看到了坐在前排的唐堇薇，她的身上穿着他送的裙子，他的眼中立刻有了惊喜的神采。看着女儿久违的面容，硬汉的脸上浮现出了淡淡的柔情。一旁的陆越对他挥了挥手，得意地用大拇指指了指自己，又指了指唐堇薇，暗示自己已经找到了答案。

这个答案，不仅仅是答案，还是梦想与爱情。

走出了过去的阴影，未来，一定会更美好。

两年后。

初夏时的毕业季，终于拿到毕业证书的陆越站在穿衣镜前，紧张地和身上的白西装较劲。

他看起来比从前成熟了一些，原本还有些少年意气的五官变得更加轮廓分明，当他表情严肃的时候，竟然有了一种男子汉的可靠气质，称得上是英俊潇洒，散发着荷尔蒙的美男子。

但是，此时此刻，站在镜子前表情纠结的陆越，成功地把自己身上靠谱的一面破坏殆尽。

"我晒黑了。"陆越沮丧地对一旁拿着相机帮他记录这重要一刻的蔺君书说道，"前几天下乡采访的时候，我忘了带防晒霜。那个在山里放养黑猪的农户带着咱俩翻山越岭，那天气那太阳，活活把我烤成了这副鬼样子。回来后唐唐都说我黑了一圈，颜值降低了一个百分点，她肯定不爱我了。"

说着，陆越仰天长叹，哀叹自己筹备已久的求婚仪式有了一个不完美的开始。

从大四下学期开始，基本修完了学分的陆越怀着雄心壮志，停更了他广受欢迎的农大生活 vlog，开始和唐董薇一起筹备《农业财富经》这档节目。经纪公司的高层对此是蒙的：我们是想让你回娱乐圈，却不是以这种方式啊！但是真正说了算的陆行舟支持他："这些年我在农业项目上投了不少钱，多你这个项目不多。"

原教授听说后，特地给陆越打电话支持他的想法，这更坚定了陆越的信心。虽然一开始这是唐董薇的梦想，但是在将近两年的湘南农大学习生涯后，他逐渐喜欢上了自己从前不屑一顾的农学。

刚做这档节目的时候，陆越手头缺人缺资源，全靠团队里的成员不离不弃地帮助才成功支撑。后来，这档既接地气又让群众喜闻乐见的节目越做越好，陆越本人成了一个梗——明星转型的方式有很多，退圈的方式也有很多，但是退圈后去农大念书并转型成为农业节目主持人的，唯有陆越一个。

当年喊着"我不想养猪"的陆越，现在不但自己养了一只闻名全网的宠物猪佩奇，还经常在村里研究养殖户的猪是怎么做产后护理的，他还乐在其中。

陆越的神奇事迹还不止这一桩。当农业节目的主持人也没有改变他的音乐爱好，大学期间他包揽了自己 vlog 里的所有主题曲，毕业前夕发的第一张回归专辑干脆叫《农业重金属》。虽然名字让人窒息，但是里面的歌曲还是得到了业内人士的一致好评，称他在沉淀了两年后，在音乐方面大有突破。

至于他的死对头郑太，这两年的发展也很神奇——他意外在偶像剧里接了一个绿茶男配的角色，因为本色出演突然爆红，干脆转型成演员不再祸害音乐界了。这个转型倒是充分发挥出了他的演技天赋。陆越听说之后，敲锣打鼓欢送他滚出音乐圈，为此专门加更了一期 vlog。

事业发展得红红火火，陆越自然想在感情上也更进一步。在庆祝蔺君书和夏姝宁第二次初恋的派对上，喝醉的陆越冲动地求婚了，而唐堇薇爽快地同意了，一切氛围都是如此美好，直到她问起订婚戒指在哪里。

吓到酒醒的陆越连声保证会补给她一个完美的订婚仪式，唐堇薇笑眯眯地同意了。

于是，就在今天，也就是毕业典礼上，他邀请了所有嘉宾，准备好了所有的仪式，只等把唐堇薇骗到现场，给她一个大大的惊喜。

而订婚仪式的另一位主角唐堇薇，对这一切还一无所知。

唐堇薇总是很忙，毕业季更是如此，当陆越给她打电话，神神秘秘地让她现在来喷泉广场的时候，她委婉地拒绝："可是我现在要去移交社团工作，如果不是什么要紧的事情，我明天再来找你吧？"

陆越傻眼了。

他看着眼前已经准备得差不多的场地：订婚仪式的舞台和拱门，铺上了白色布料的桌椅，从玫瑰园送来的鲜花，美食社倾全社之力打造出来的七层订婚蛋糕——里面丕藏了一枚漂亮的钻戒……

为了让订婚仪式值得留念终生，陆越拜托蔺君书全程拍摄，甚至从家里请来了佩奇大宝贝，要让他们"一家三口"来个合影。顺便一提，佩奇已经两百斤了，现在正在啃装饰用的玫瑰花。而陆越的父母正和唐毅、原教授相谈甚欢，完全不知道陆越此时的困境。

如果唐堇薇不来，这一切有什么意义？

这一刻，陷入大危机的陆越默默盯住欢乐地啃花的佩奇，咬牙说道："大事不好了，我带佩奇来参加毕业典礼，但是它……它……它看起来不行了！"

佩奇听到了自己的名字，茫然地抬起头，嘴里还叼着啃了一半的玫瑰花。

"我马上到！"唐堇薇立刻说道。

挂了电话，陆越幽怨地看着佩奇，眼神中闪动着嫉妒的光芒：这是他的人生耻辱，重要的订婚仪式竟然要依靠"谎称佩奇生病"才能把另一位当事人请到现场，这是赤裸裸的人不如猪啊！

未来家庭地位堪忧的陆越，感到心塞塞的。

"快点儿准备起来，全靠你们的了！"陆越化悲愤为动力，指挥着现场来帮忙的小伙伴们继续抓紧布置现场，务必要让唐堇薇踏入这片喷泉广场的时候感到惊喜而不是惊吓。

"儿子加油！"母亲薛美芸喜笑颜开地鼓励道，还强迫陆行舟也送上祝福的笑容。

夏姝宁推着巨大的蛋糕车来到已经搭好的高台前："二越，你确定订婚戒指放进蛋糕里了吗？到时候你们两人一起切蛋糕的时候，会不会切歪了找不到戒指啊？"

陆越自信满满："不会的，戒指盒很大，保证一刀见戒指。"

已经见过戒指的夏姝宁感叹道："那枚戒指真好看……"说着，她默默瞥向蔺君书，蔺君书心中一咯噔，感到钱包开始流血。他痛并快乐地计算起了自己要花几个月的工资才能买到一枚符合夏姝宁白富美身价的戒指成功求婚，然后悲哀地发现，他近几年都不可能攒够钱了。

夏姝宁和帮忙的人一起把蛋糕放到礼桌上，然后悄悄来到蔺君书身边，小声问道"你在想什么？"

"咳咳……没，没什么。"蔺君书红着脸说道。

夏姝宁抬起脸，凑近了看他，扑闪着大眼睛："你也想要戒指吗？"

蔺君书："啊？"

夏姝宁扑哧一笑："好啊，我会送你的，一定比陆越送给唐堇薇的大。"

蔺君书：好像有哪里不对劲……等等，为什么是夏姝宁送他戒指？

被白富美"包养"的小白脸蔺君书茫然地看着女友。夏姝宁响亮地在他的脸颊上亲了一下，然后害羞地溜走了。蔺君书捂着被亲的侧脸，满脸都是傻乎乎的笑容。

目睹了这一切的陆越，发出了一声被喂饱了狗粮的声音：嗝。

论发狗粮，他陆越是不会输给任何人的，陆越满脸严肃地心想，今天的主角只有他和唐堇薇，他们要给所有人派发海量狗粮，让他们吃不了兜着走！

啊，唐唐怎么还没到？他已经等不及要秀恩爱了！

为了迎接唐堇薇的到来，陆越率先来到喷泉广场的入口处，来回踱步。

远处出现了一个熟悉的人影，陆越正要跳起来，却猛然看见唐堇薇带着冯戚一起朝这里狂奔。他顿时垮下脸来："你为什么要带着冯戚来？"

唐堇薇一把抓住陆越的领带，气喘吁吁地问道："佩奇呢？我把兽医带来了！"

即将成为未来颜值 top（顶端）的兽医冯戚面无表情地看着陆越身上的白西装，

情突然不对劲了：这个打扮太可疑，穿着这么正式的白西装，陆越这是要做什么？

陆越拼命给冯戚使眼色，暗示他不要破坏自己的计划。冯戚瞥了他俩一眼，无奈地翻了个白眼，保持沉默。

关心则乱的唐堇薇此时也发现了不对劲：不远处的广场上传来了音乐声，是陆越专辑里的新歌，一首和恋爱有关的情歌，他还专门拿着吉他弹唱给她听过，并用这首歌从她那里讨到了一个甜甜的吻。

"呃……佩奇它，它好像病了。总之，你们来看看吧！"陆越说着，殷勤地牵着唐堇薇往前走。

穿过广场的喷泉区，前方豁然开朗，绿草如茵的草坪上不知何时变成了一个临时的仪式场地。十几张圆形的白色小桌上面摆放着各色甜品，到处都点缀着新鲜的玫瑰花，正前方的高台已经搭建了起来，陆越的父母、唐堇薇的父亲和原教授，都已经在一旁等待他们了。

唐堇薇呆住了。

她愣愣地看着眼前浪漫又美好的一切，仿佛以为自己在做梦。陆越满心期待地看着她，眼睛里亮闪闪的，只等唐堇薇的脸上绽放美丽的笑容，抱着他夸奖一通。

唐堇薇的笑容消失了，她的脸上泛起了淡淡的红晕，她恶狠狠地瞪向陆越。恼羞成怒的她举起了拳头，却发现长辈们正盯着他们看，她立刻收手，不动声色地在陆越的腰上轻轻拧了一把，咬牙切齿地说道："浑蛋，这种时候为什么要搞突然袭击啊！我连衣服都没有准备好！"

就算是再缺浪漫的小心思，在订婚仪式的重要时刻，唐堇薇也知道不能穿着毕业合照的学士服站在镜头前。

陆越被拧了两下，捂着腰装模作样地"哎哟"了两声，这才解释道："哎呀，唐唐，你就这么小看我的吗？我怎么可能那么傻，订婚的婚纱给你准备好了，化妆师也准备好了，现在就去换装吧。"

气得要继续拧人的唐堇薇这下可拧不下手了。她好像一瞬间找回了淑女的那一面，端庄优雅地瞥了他一眼，笑眯眯地称赞道："这还差不多。"

坐在更衣室里，换好了婚纱的唐堇薇看着镜子里明艳精致的自己，恍然觉得这一切是如此不可思议。

两年前的她，无论如何也想不到自己会和曾经最讨厌的人一起站在订婚仪式上。可是仔细回想，陆越的每一次改变背后都有她的影子，而她的人生也已经不再是孤单一人。

她有了陆越陪伴。

那个有点儿傻白甜的男孩子，总是会逗她开心的男孩子，被她坑了一千零一次的男孩子，总是会嬉皮笑脸地从坑里爬上来，皮皮地对她释放着毫不掩饰的爱意。

不知不觉间，他已经是一个可靠的男朋友了……

不，从今天起，是她的未婚夫了。

这一路走来，他们好像都改变了很多，但是总有一些东西是没有改变的。

唐堇薇接过了夏姝宁递给她的捧花。

"是二越自己扎的手花哦，搭配得不错，看来以前学插花没白学。"夏姝宁迫不及待地把陆越为了这一次订婚仪式的所作所为抖了出来，"他可努力了，给园艺社募捐资金，让园艺社统一提供了这次仪式所需的全部花卉。又好说歹说让美食社帮忙，终于说服他们帮他做了订婚大蛋糕，里面还……"

夏姝宁意识到自己说漏嘴了，赶紧转移话题："哎呀，时间不早了，你赶紧出去吧，二越肯定等急了。"

唐堇薇被她推到门口，门一开，正忐忑徘徊的陆越立刻回过了头，被穿着白色婚纱的唐堇薇惊艳得神情恍惚，半晌回不过神来。

唐堇薇忍住了这一刻心中小小的骄傲，温柔地伸出手："还愣着做什么，走吧。"

陆越捧住了她的手，俯下身轻轻一吻，漂亮的桃花眼里流露出满满的深情："遵命，亲爱的公主殿下。"

陆越牵着唐堇薇的手，朝着布置好的高台走去，一路上唐堇薇问道。

"你计划这个仪式多久了？"

"那天求婚成功之后，我就琢磨着要补给你一个正式的订婚仪式了。"陆越骄傲地说道，一脸求表扬的神情，"我是不是超级无敌贴心小奶狗？现在超级靠谱的！"

唐堇薇被他逗笑了："靠谱？我可没看出来。你哪次翻车的时候不是我帮你补救的？"

陆越讨饶："别揭短了，别揭短了，今天可是订婚仪式哎。"

唐堇薇笑眯眯地看着他："那就给我展现一个完美的订婚仪式吧。"

陆越举起手，做了个敬礼的动作："保证完成任务！"

仪式有条不紊地进行着，终于来到了切蛋糕的重要时刻，陆越怀着激动的心情暗示唐堇薇和他一起拿刀切开这个美食社倾力打造的七层大蛋糕。

"这么大的蛋糕，能吃得完吗？"唐堇薇好奇地问道。

"吃不完给佩奇咯。"陆越说。

"可是佩奇都两百斤了，不能再这么大吃大喝了。"唐堇薇担心地看了佩奇一眼。

陆越哈哈大笑，远远地对佩奇喊道："佩奇，听到了吗？别吃了，唐唐要你减肥了！

牵着佩奇的薛美芸捂着嘴笑。佩奇似乎听懂了，它大为恼怒，原本趴在地上的突然站了起来，动了动鼻子。

空气里弥漫着迷人的蛋糕香味，佩奇的眼睛亮了。

"不好，快拉住它！"陆越感到了某种熟悉的不祥预感。

来不及了，佩奇已经挣脱了牵着它的薛美芸，朝着蛋糕狂奔过来，一头撞在陆越腿上。

陆越惨叫一声，慌忙后退，却浑然忘了身后就是还没切开的七层大蛋糕。

"小心！"唐堇薇试图拉住他，可一切已经来不及了。

陆越人一倒，结结实实地撞在了蛋糕上，将一米多高的蛋糕推了出去——巨大的蛋糕整个倒下，佩奇顿时被埋进了蛋糕山里。它又惊又喜，干脆埋在蛋糕中狂吃海喝了起来。

恭喜佩奇，吃到了第一口蛋糕。

而被撞蒙了的陆越脚下一滑，惨叫着扑进了蛋糕的海洋里，脸朝下摔倒，等他爬起来的时候，全身上下已经没有一处是干净的了。特别是脸，满脸的蛋糕奶油让他从英俊潇洒的男神，变成了沙雕搞笑的男神经。

恭喜陆越，吃到了第二口蛋糕。

"嘶——"全场参加仪式的人员都倒吸一口冷气。

"啊——佩奇！！！我的订婚仪式啊！！！"精心策划的订婚仪式被两百斤的佩奇毁于一旦，陆越那成熟的外壳一下子崩裂了，露出了里面那个正在抓狂的他。

罪魁祸首正吃得津津有味，发现陆越竟然要和它较真儿，吓得嘴里的盒子都掉下来了。

有什么亮晶晶的东西掉在了蛋糕渣里，唐堇薇盯着那东西一看，脸色变了："佩奇，那个不能吃！"

晚了，佩奇已经好奇地伸出了舌头，把那个亮晶晶的指环含进了嘴里。

"住手啊！"

"佩奇！！！"

"佩奇把戒指吃下去了！"

"戒指，我买的戒指啊！"

众人慌了，冲上来七手八脚地按住了佩奇，浑身蛋糕的陆越双手抱头，宛如可达鸭一样陷入了混乱中。

"陆越，快掰开它的嘴找找看，也许还没咽下去！"唐堇薇紧张地提醒道。

陆越惊恐地看着面色不善的佩奇和它被掰开的嘴，陷入了怀疑人生的状态。

为什么会这样呢？说好的完美仪式呢？怎么会出现他要徒手从佩奇嘴里掏订婚戒指的惨剧呢？

陆越泪流满面地伸出了手，并在一番努力后收获了一枚湿漉漉、黏答答的订婚戒指。

崩溃的陆越举着这枚戒指，不抱希望地看着唐堇薇，一脸泫然欲泣。这个表情出现在满脸都是蛋糕奶油的陆越脸上，既好笑又可怜。

唐堇薇扑哧笑出了声。

"仪式糟透了，不过，我不在乎。"唐堇薇的脸上浮现出温柔又俏皮的笑容，一如当年陆越冲动地在运动会上对她表白的那一刻，她在陆越满是奶油的侧脸上轻轻一吻，"因为我喜欢你。"

在陆越惊喜的眼神中，唐堇薇淡定地接过了戒指，往酒杯里一放准备倒酒洗一洗："还愣着干什么，帮我开香槟呀。"

"唐唐……"陆越突然小声叫她。

唐堇薇回过头，眼前扑上来一只激动过头的"大型犬"，一个熊抱就把她搂在了怀里。

"唐唐，我爱你！"陆越大声喊道。

唐堇薇被抱了个满怀，这一刻，除了感动，还有一丝丝的恼怒。她优雅地伸出手，在陆越的腰上拧了一把："亲爱的，你是不是忘了你身上的蛋糕了？"

陆越惊恐了一瞬，把她抱得更紧了："现在我们难夫难妻，谁也别想摆脱这个黑历史了。蔺君书，记得拍下来！"

蔺君书远远地对他比了个 OK 的手势。

唐堇薇无奈地放弃挣扎，转而捧起了陆越的脸，和他对上了视线。

两人相视一笑，不约而同地靠向对方，嘴唇与嘴唇碰触的一瞬间，仪式上猝不及防的荒诞展开已经不重要了。

一切的不完美，会因为爱情而完美，这就是爱情。